Günter Stolzenberger
Das große Buch der Liebe

Günter Stolzenberger

Das große Buch der Liebe

Erzählungen und Gedichte
aus 1000 Jahren

Artemis & Winkler

Die Deutsche Bibliothek verzeichnet diese Publikation
in der Deutschen Nationalbibliographie;
detaillierte bibliographische Daten sind im Internet
unter http://dnb.ddb.de abrufbar.

Druck und Bindung:
Druckerei Theiss GmbH, A-St. Stefan im Lavanttal
ISBN 3-538-07000-8
www.patmos.de

Übersicht

Vorwort

Neuerdings versucht man der Liebe mit Formeln auf den Leib zu rücken. $C_6H_5(NH_2)CH_3$ bezeichnet eine chemische Substanz, die ein amerikanischer Wissenschaftler im Gehirn von Verliebten isolieren konnte. Es scheint sich da um einen körpereigenen Stoff zu handeln, der die Wahrnehmung verändert. Denn Verliebte haben auf beneidenswerte Art einen ganz eigenen Zauber um sich, so als könnte ihnen die ganze Welt nichts anhaben. Glücklich, wie sie sind, leben sie in einem ganz eigenen Universum, in dem es nicht wichtig ist, was jemand ist oder woher er kommt. Hier zählen Dinge wie Zärtlichkeiten, Küsse, kleine Aufmerksamkeiten und vor allem Beisammensein, wenn möglich Haut auf Haut. Wenn man Glück hat und sich Mühe gibt, wird daraus eine Liebe, die auch im wirklichen Leben bestehen kann.

Was auf jeden Fall daraus wird, ist eine Geschichte. Verliebte werden ja nicht müde, zu erzählen. Sie müssen es loswerden, ihr Glück und ihr Leid. Sie tun es in schwärmenden Gedichten, in Geschichten von kühnen Abenteuern, ersten Küssen im Mondschein und traumhaften Hochzeiten, in intimen Geständnissen innigster Gefühle. SchriftstellerInnen aller Zeiten verwenden ihre ganze Kunst darauf. Es gibt kaum einen, der an diesem Thema vorbeikäme. Die Fülle der Liebesliteratur ist schier unübersehbar und nur die schönsten Exemplare daraus sind hier versammelt.

Steigen Sie in dieses Buch ein, wo immer Sie wollen. Lassen Sie sich als Burgfräulein ein Ständchen von einem Ritter bringen oder schwärmen Sie mit den Romantikern von der Macht der Liebe. Erfahren Sie von Heinrich Heine, wie es gelang, den fliegenden Holländer zu erlösen, oder erinnern Sie sich mit Valentin und Grass an ihre erste Liebe. Sie können sich aber auch mit Elke Heidenreich auf verstrickte Geschichten einlassen oder bei Max Frisch nachlesen, wie eine Ehe funktionieren könnte. Lesen Sie quer durch die Jahrhunderte Liebesbriefe voller Hoffnung, Zweifel und Leidenschaft und lachen Sie über die Dummheiten, zu denen Verliebte fähig sind. Um Ihnen die Suche nach Ihrem Thema zu erleichtern, ist dieses Buch mit einem Register versehen, in dem Sie nahezu alles finden können, was Sie schon immer über Liebe wissen wollten.

Dieses Buch bietet nicht nur einen repräsentativen Überblick über die deutschsprachige Liebesliteratur der letzten tausend Jahre, es bietet auch und vor allem ein großes Lesevergnügen. Es ist für alle, die in der Liebe mehr sehen als die Wirkung einer chemischen Substanz, die unter bestimmten Umständen im menschlichen Gehirn aufzufinden ist. Wir wünschen allen Verliebten, Verlobten und Verheirateten, und natürlich auch allen, die auf der Suche sind, viel Vergnügen beim Lesen und daß es mindestens einen Menschen gibt, der ihre Liebe erwidert.

Günter Stolzenberger

Inhalt

Williram von Ebersberg
um 1010–1085

Älteste Überlieferung des Hohen Liedes

Nachts in meinem Bette verlangte ich nach meinem Geliebten. Ich verlangte nach ihm und fand ihn nicht. Jetzt will ich aufstehen und will ihn suchen // quer duch die Stadt, in Gassen und auf Straßen. Immer noch habe ich ihn nicht gefunden. Auf dem Wege, wo ich ihn suchte, fanden mich die Stadtwächter. Zu denen sprach ich so: Saht ihr // irgendwo meinen Geliebten? Kurze Zeit später, nachdem ich sie alle abgegangen war, was ein jeglicher von ihnen allen mir über ihn sagen konnte, da fand ich meinen Geliebten. Ich nahm ihn zu mir, und lasse ihn auch nicht von mir, bis ich ihn wiederbringe in das Haus meiner // Mutter und in ihr Gemach.

Hildegard von Bingen
1098–1179

Adam und Eva

Als Gott den Adam schuf, hatte Adam eine große Liebe in seinem Schlafe, den Gott über ihn sandte. Und Gott gab der Liebe des Mannes Gestalt, und so ist die Frau die Liebe des Mannes. Sowie nun die Frau gebildet ward, gab Gott dem Manne jene Schöpfungskraft, daß er aus seiner Liebe, welche die Frau ist, Kinder erzeugen könne. Als nämlich Adam Eva zum erstenmal erblickte, war er ganz von Weisheit erfüllt, da er in ihr die Mutter seiner Kinder erkannte. Als aber Eva Adam ansah, schaute sie ihn so an, als blickte sie in den Himmel hinein und als richtete sie ihre Seele empor, die den Himmel ersehnt: war doch ihre Hoffnung auf den Mann gerichtet. Und darum wird eine einzige Liebe sein, und nur so sollte es sein in der Liebe zwischen Mann und Frau und nicht anders. Die Liebe des Mannes ist im Brand seiner Leidenschaft wie das Feuer brennender Berge, das kaum einzudämmen ist, die Liebe der Frau gleicht dagegen der Flamme in einem Holzstoß, die man leicht wieder auslöscht. Ihre Liebe ist dem Manne gegenüber wie die ausgeglichene Wärme der Sonnenglut, die fruchtbringend wirkt im Vergleich zu jener ungeheuerlich entfachten Flamme der brennenden Wälder. Deshalb vermag die Frau auf eine angenehmere Weise ihre Frucht auszutragen. Jene gewaltige Liebesglut aber, die in Adam aufkam, als Eva aus ihm hervorging, und die Süßigkeit jenes Schlafes, in welchen er damals gefallen war, ist durch sein Vergehen in eine Süßigkeit entgegengesetzter Natur verkehrt worden. Gleichwohl spürt auch jetzt noch der Mann jenen starken süßen Drang in sich, und wie sich der Hirsch nach der frischen Quelle sehnt, so eilt auch heute noch hurtig der Mann zum Weibe hin. Die Frau aber verhält sich ihm gegenüber mehr wie eine Getreidetenne, die von wuchtigen Schlägen erschüttert wird und die, so wie die Körner in ihr zerschlagen werden, sich tüchtig dabei erhitzt.

Unbekannter Verfasser
11. Jh.

Eine Dame besiegt einen Ritter (aus: Ruodlieb)

Inzwischen gingen der Ritter und sein Verwandter zusammen mit der Herrin dorthin, wo Harfenisten spielten. Als der Ritter hörte, wie schlecht der beste Jünger dieser Kunst unter ihnen die Weise spielte, sagte er zur Herrin, ob es doch noch eine Harfe gäbe. »Es gibt«, sagte sie, »eine Harfe, eine bessere wird's nicht mehr geben, auf der hat bei seinen Lebzeiten mein Herr gespielt. Bei ihrem Klang wird mein Herz krank vor Liebe. Niemand hat sie berührt, seit er sein Leben beschloß. Auf ihr könnt ihr Lieder spielen, wenn ihr wollt.« Sie befahl, sie ihm zu bringen. Er beeilte sich, sie zu stimmen [Lücke von 2 Versen]. Bald schlug er mit zwei Fingern der Linken, bald berührte er mit der Rechten die Saiten und ließ überaus süße Lieder erklingen. Mit großer Klarheit gestaltete er alle Rhythmen, so daß einer, der keine Ahnung vom Tanzen oder Händeklatschen nach Noten hatte, beides rasch lernte. Die zuvor kühl und lustig die Saiten geschlagen hatten, hörten jetzt still zu und wagten keinen Ton. Nachdem er auf diese Weise drei ungewohnte Lieder aufs lieblichste vorgetragen hatte, forderte ihn die Herrin auf, und ihre Tochter bat ihn, ein viertes zu spielen. Dazu sollten sein Verwandter und das Fräulein tanzen. Während er es wunderbar und schicklich mit Skalen und Intervallen paraphrasierend ausführte, erhob sich der junge Mann, ihm gegenüber erhob sich das Fräulein. Jener drehte sich wie ein Falke, diese wie eine Schwalbe; aber wo sie zusammentrafen, glitten sie rasch aneinander vorüber; er scheint sich zu bewegen, sie aber zu schwimmen, so daß niemand etwas tadeln hätte können, wenn er wollte, weder wie sie tanzten noch wie sie nach den Noten in die Hände klatschten. Dann gaben sie durch das Senken der Hände ein Zeichen – was viele dort bedauerten –, daß der Tanz zu Ende sei. Sie setzten sich gemeinsam nieder und entbrannten heftig füreinander. Durch das Gesetz der Ehe verbunden zu werden, das war ihr Wunsch. Ihre Mutter wünschte gar sehr, daß dies geschähe, und gab ihnen Gelegenheit zu reden, was sie wollten. Die junge Dame bat ihn, mit ihr Würfel zu spielen, unter der Bedingung, daß der Ring des Besiegten dem dreimaligen Sieger zu schenken sei. Darauf sagte er: »Wer das Spiel, das wir jetzt als erstes spielen, gewinnt, dem sollen beide Ringe gehören.« Sie gelobte es, spielte und besiegte ihn, der junge Mann verlor gerne und gab gerne ihr seinen Ring. Sie war ganz entzückt, auf diese Weise die Siegespreise zu besitzen, und verlor beim Spiel rasch ihren eigenen Ring, den sie vom Finger zog und ihm hinwarf, wobei sie ihn rollen ließ. In seiner Mitte war ein hohler Knoten, wenn er den nicht gelockert hätte, hätte er ihn nicht an den Finger stecken können.

(...)

Inzwischen spielten der junge Mann und das Fräulein noch auf gleiche Weise. Sie besiegte ihn dreimal, er überwand sie ebensooft. Von dem andern besiegt, freuten sie sich, nicht gesiegt zu haben, sondern geschlagen und unterlegen zu sein, ein gutes Vorzeichen für ihren Vertrag, da er nun dem Mädchen zu eigen war und dem jungen Manne das Mädchen zu eigen blieb. Sie wurde ›seiner‹ genannt, er wiederum ›ihre‹, mit Vertauschung des Geschlechts und Gebrauch einer Art grammatischer Freiheit. Sie verheimlichten es nicht mehr, daß sie einander heiß liebten und sich, wenn die Mutter es zuließe, noch in dieser Nacht vereinigen würden. Jene hätte es jedoch zugelassen, wenn es für sie nicht unschicklich gewesen wäre. Da konnte das Mädchen kaum bewogen werden zu warten.

(...)

Ruodlieb sandte zugleich nach den drei Damen; diese kamen rasch, die Tochter schritt sittsam vor ihnen. Ihnen gegenüber erhoben sich alle, die dort in einer Reihe saßen, um sie zu ehren. Als sich alle gesetzt und kurze Zeit geschwiegen hatten, da erhob sich Ruodlieb und verlangte Gehör für sich. Hierauf berichtete er seinen Verwandten und Freunden von dem Vertrag und daß er und sie in Liebe zueinander entbrannt seien. [Sie fragten] ihn, ob er sie zur Frau haben wolle ... [Lücke von 2 Versen] Sie fragten, ob sie ihn wolle; sie lächelte ein wenig, hierauf sagte sie: »Sollte ich etwa einen im Spiel unterlegenen Sklaven nicht wollen, den ich mit dem Würfel besiegt und damit zur Erfüllung jenes Vertrages gezwungen habe, der lautete, daß er mich allein heiraten müßte, mag er siegen oder unterliegen. Ich will, daß er mir Tag und Nacht beharrlich dient. Je besser er das macht, um so lieber ist er mir.« Da gab es bei allen große Heiterkeit und Gelächter, daß sie so fürwitzig und so freundlich gesprochen hatte. Als sie aber sahen, daß ihre Mutter nichts dagegen hatte und ihrer beider Geschlecht gleich an Einfluß und Reichtum war, entschieden sie mit Bedacht, daß sie gut zueinander paßten, und meinten, sie sollte ihm durch das Gesetz der Ehe angetraut werden. Der Bräutigam zog sein Schwert und wetzte es am Stufensockel. Auf dem Schwertgriff war ein goldener Ring befestigt, den der Bräutigam der Braut übergab, wobei er zu ihr sagte: »Wie der Ring den ganzen Finger ringsherum umschließt, so schnüre ich dir das feste und ewige Treueband zusammen. Dieses mußt du mir bewahren oder enthauptet werden.« Sie antwortete dem jungen Mann sehr klug und treffend: »Es gehört sich, daß beide sich dem gleichen Urteil unterwerfen. Sag, warum soll ich dir eine besere Treue bewahren als du mir? Sag, wenn du es verteidigen kannst, ob es Adam erlaubt gewesen wäre, eine Geliebte neben Eva zu haben, als Gott aus einer Rippe eine einzige Frau machte. Als Adam ausrief, sie sei von ihm genommen, sag, wo hast du gelesen, daß ihm zwei Evas zugestanden wurden? Wenn du dich mit Dirnen abgäbst, wolltest du deinerseits, daß ich eine Dirne wäre? Fern sei, daß ich mich in solchem Vertrag dir binde; geh, lebewohl, und wann immer du huren willst, dann aber ohne mich. So viele gibt's auf der Welt, denen ich mich ebensogut wie dir vermähle.« Mit diesen Worten überließ sie ihm das Schwert und den Ring. Der junge Mann sagte zu ihr: »Es geschehe, Geliebte, wie du willst. Wenn ich es jemals tue, soll ich die Güter, die ich dir gegeben habe, verlieren, und in deiner Macht soll stehen, dies mein Haupt abzuschlagen.« Sie lächelte ein wenig, wandte sich wieder ihm zu und sagte: »Nach diesem Gesetz wollen wir uns nun ohne Hintergedanken verbinden.« Der Freier sagte dazu Amen und küßte sie.

Liebesgruß (aus: Ruodlieb)

»Sage ihm nun von mir aus treuem Herzen, soviel Liebes, wieviel nun Blätter kommen und wieviel Freude die Vöglein bereiten, soviel, sage ihm, habe ich Liebe für ihn, und wieviel es an Gras und Blumen gibt, soviel Ehrenvolles sag ihm.«

Unbekannte Verfasserin 12. Jh.

Du bist mîn, ich bin dîn

Du bist mîn, ich bin dîn,
des solt du gewis sîn.
du bist beslozzen
in mînem herzen,
verlorn ist daz sluzzelin –
du muost o*u*ch immêr dar inne sin.

Du bist mein, ich bin dein

Du bist mein, ich bin dein,
dessen sollst du sicher sein.
Du bist verschlossen
in meinem Herzen,
verloren ist der Schlüssel fein –
du mußt für immer drinnen sein.

Unbekannter Verfasser
12. Jh.

Lieben oder kämpfen? (aus der Kaiserchronik – Lucretia)

Eines Tages ergab es sich,
daß der König sehr vergnügt wurde:
Die Römer hielten ein großes Turnier ab.
Dieses Ereignis wurde in Viterbo bekannt.
Da eilten all die höfischen Damen
hinauf auf die Zinnen, um zuzuschauen.
Als die Römer die Damen erblickten,
beeilten sie sich, um ihnen rasch möglichst nahe zu kommen,
damit die Damen sagen könnten,
welche Römer tüchtige Ritter seien.
Die Römer baten um einen Waffenstillstand,
bis ihre Unterredung mit den Damen zu Ende wäre.
Als der Waffenstillstand geschlossen war,
standen da viele reizende Damen,
die sich unterhalten wollten
mit vielen edlen Helden.
Unter ihnen war eine kecke (Dame)
namens Almenia.
Sie sprach: »Totila, du edler Mann,
du könntest ruhig näher zu den Damen herankommen;
es fehlt dir ja nicht an Mut,
und du hast durchaus die Statur eines tüchtigen Helden!
Bei Gott, beantworte mir meine Frage:
Wäre es dir lieber
– aufrichtig gesprochen –,
daß dich eine schöne Frau
diese ganze Nacht hindurch liebte,
oder daß du den morgigen Tag
in Waffen verbringen würdest
und mit einem ebenso tapferen Mann kämpfen,
wie du es zu sein glaubst.
(Sage mir,) was du tun würdest,
wenn du die Wahl hättest,
und was dir angemessener erschiene!«

Der Held Totila
antwortete ihr auf der Stelle:
»Ich weiß nicht, ob ich auf deine Frage
eine gute Antwort geben kann.
Ich will dir ehrlich sagen:
Kein tüchtiger Mann soll sich jemals feig zurückziehen,
wenn es gilt, irgendwo mit dem Schwert
sein Ansehen zu festigen.
Er selbst aber soll sich nicht vor der Tat seiner Tapferkeit rühmen,
damit es ihm danach nicht etwa leid tun muß.
Mit der Liebe aber verhält es sich so:
Ihr kann nichts Lebendes widerstehen.
Wem tatsächlich
die Liebe rechtschaffener Frauen zuteil wird,
der wird, wenn er krank ist, gesund,
wenn er alt ist, wieder jung.
Die Frauen machen ihn vollkommen
höfisch und tapfer:
Ihn kann nichts anfechten.
Deine Frage ist mir zu schwer:
Ich bin ein ungebildeter Mann,
auf deine Frage kann ich nicht richtig antworten.«

Gottfried von Strassburg
12. Jh.

Der Liebestrank (aus: Tristan und Isolde)

Nun war auf Tristans Weisung
den Damen zur Behaglichkeit
für die Reise eine Schiffskajüte
(als Raum allein für sie!)
zur Vefügung freigestellt.
Und dort hielt sich die Königin
mit ihren jungen Damen auf,
jedoch ein Mann war nie dabei –
außer Tristan, manchesmal.
Er ging zuweilen dort hinein
und tröstete die Königstochter,
wenn sie weinend dasaß.
Sie beweinte und beklagte,
daß sie auf diesem Weg ihr Land,
deren Menschen sie ja kannte,
verlassen mußte, auch Verwandte,
und mit fremden Leuten reiste,
ohne Wohin und Wie zu kennen.

Dann sprach ihr Tristan immer Mut zu,
und das mit größter Zärtlichkeit;
bei einer jeden Gelegenheit,
wenn er zu ihr und ihrem Leid kam,
da nahm er sie in seine Arme,
sehr zärtlich und sehr sanft,
doch stets nur in der Weise
eines Lehnsmanns bei der Herrin.
Der liebevoll-loyale Mann,
er bildete sich ein, er wäre
für die Schöne Trost im Unglück,
doch sooft es dazu kam,
daß er sie in die Arme nahm,
dachte Isolde jedesmal
an ihres Onkels Morold Tod,
und sagte ihm dann stets:
»Laßt das, Kapitän! Distanz!
Nehmt Eure Hände weg von mir!
Ihr seid ein lästger Mann.
Weshalb faßt ihr mich dauernd an?!«
»Wie, Schöne, mach ich etwas falsch?«
»Ja, Ihr – ich bin Euch feind.«
»Verehrte«, fragte er, »warum?«
»Den Onkel habt Ihr mir getötet.«
»Das ist durch Friedensschluß
geschlichtet!«
»Egal – ich kann Euch nicht ertragen!
Wenn Ihr nicht wärt, so wäre ich
ohne Leid und ohne Kummer.
Ihr, nur Ihr allein habt mir
mit tromperie, Verschlagenheit
diesen Kummer aufgebürdet.
Was ließ Euch nur von Cornwall aus
nach Irland reisen, mir zum Schaden?
Die mich als Kind schon aufgezogen,
denen habt Ihr mich entluchst,
und bringt mich nun – weiß nicht, wohin.
Ich weiß nicht, warum ich verkauft bin,
und weiß nicht, was hier aus mir wird.«
»Schöne Isolde, nein, so faßt Euch!
Ihr habt doch allen Grund, viel lieber
mächtige Königin zu sein im Ausland
als ohne Eigentum und Rang zu Hause;
Ansehn, Behaglichkeit in fremdem Land,
beschämende Armut im Vaterland,
das ist ein spürbarer Unterschied!«
Das Mädchen: »Ach, Tristan, Kapitän,
was Ihr mir auch sagt – ich hätte
lieber ein bescheidnes Leben
mit Wohlsein und Behaglichkeit
als Unbehagen, Mühsal
bei einem großen Reichtum.«
»Das ist schon richtig«, sagte Tristan,
»wenn man aber Reichtum
mit Behaglichkeit verbinden kann –
diese beiden Güter des Glücks
laufen besser im Gespann
als jedes nur für sich allein.
Nun sagt mir: wäre es dazu
gekommen, daß Ihr diesen Truchseß
zum Ehemann genommen hättet,
wie wäre es gelaufen? Ja gewiß,
›glücklich‹ wärt Ihr dann gewesen …!
Und nun dankt Ihr mir *so* dafür,
daß ich Euch zu Hilfe kam,
indem ich Euch von ihm erlöste?«
»Ihr werdet lange warten müssen,
eh ich mich dafür bedanke …
Ihr habt mich zwar von ihm erlöst,
doch seither habt Ihr mich so sehr
mit Kummer – ja, verchluttert,
daß mir jetzt lieber wär, ich hätte
den Truchseß mir zum Ehemann
genommen,
statt fortzuziehn mit Euch.
Er mag durchaus ein Schwächling sein –
doch wäre er nur kurz bei mir gewesen,
er hätte seine Schwachheit aufgegeben,
für mich. Und daran hätt sich mir gezeigt,
bei Gott, daß ich ihm lieb gewesen wäre.«

Tristan sagte: »Diese Sätze
sind für mich noch une surprise …!
Daß sich jemand *gegen* seine nature
als stark erweist, das fordert
viel Arbeit an sich selbst.
Die hohe Welt, sie glaubt nicht dran,
daß Schwäche Stärke werden kann. –
Verliert nur, Schönste, nicht den Mut!
Ich werde Euch in kurzer Zeit
einen König geben, als Gemahl,
bei dem Ihr Freude, Lebensglanz,
Reichtum, Trefflichkeit und Ehre
für alle Zukunft finden werdet.«

Und ihre Schiffe glitten so dahin …
Sie beide hatten frischen Wind
und Wasser, das nicht untief war.
Nun war die Schar der Damen
(Isolde, ihre Hofgefolgschaft)
frischen Wind und starken Seegang
noch keineswegs gewöhnt,
und so litten sie recht bald
an ungewohnter Übelkeit.
Tristan, Kapitän, befahl denn,
auf die Küste Kurs zu nehmen,
und eine Rast zu machen.
Als man im Zwischenhafen war,
ging fast alles Schiffsvolk
an Land, um sich dort zu mouvieren.
Und Tristan ging sogleich
zu seiner schönen Dame,
zu Begrüßung und Besuch.
Und als er bei ihr Platz genommen
und sie sich dies und jenes sagten
aus den persönlichen Bereichen,
da wünschte er, man möge ihm
zu trinken bringen. Freilich waren,
abgesehen von der Königstochter,
nur junge, kleine Damen dort.
»Schaut«, rief eine, »hier steht Wein,
in diesem kleinen Glasgefäß!«
Nein, es war kein Wein darin,
obwohl es ähnlich aussah:
es war der fortgesetzte Schmerz,
das pausenlose Herzeleid,
an dem sie beide starben –
doch davon wußte sie noch nichts …
Das Kind stand auf, ging rasch dorthin,
wo jener Trank im Glasgefäß
verwahrt war, im Versteck.
Sie bot ihn Tristan, ihrem Kapitän,
der bot ihn seinerseits Isolde.
Sie trank nach langem Widerstreben
und gab ihn Tristan, und er trank,
und beide wähnten, es wär Wein.
In dem Moment erschien Brangaine
und erkannte gleich das Glas
und wußte, was geschehen war.
Sie zuckte, sie erschrak so sehr,
daß sie alle Kraft verlor,
schon sah sie aus wie eine Tote.
Mit totem Herzen ging sie hin,
nahm das verfluchte Todesglas
und trug es raus und warf es
ins tobende, barbarische Meer.
»Ach, ich Arme«, rief sie, »ach,
daß ich jemals auf die Welt kam!
Ich Arme brach mein Ehrenwort,
meine Ehre ist verloren!
Mög es Gott auf ewig reuen,
daß ich diese Reise machte,
daß mich der Tod nicht zu sich nahm,
als ich zu der verwünschten Reise
mit Isolde ausgeschickt ward.
Weh euch, Tristan und Isolde,
der Trank ist euer beider Tod!«
Als nun das Mädchen und der Mann,
Isolde und Tristan, *beide*
den Trank getrunken hatten – schon
war der Menschheit Unrast da,

LIEBE, Fallenstellerin der Herzen,
stahl sich hinein in beider Herzen.
Bevor sie etwas davon merkten,
hißte sie die Siegesfahne,
unterwarf sie ihrer Macht.
Die vorher zwei und zwiegeteilt,
sie wurden *eins* und ungeteilt.
Zwischen beiden gab es *nichts* mehr,
das sie voneinander abstieß,
Isoldes Feindschaft war dahin.
Die Friedensstifter, Frau LIEBE,
hatte ihrer beider Sinne
von Feindschaft so gereinigt,
mit Liebe so vereinigt,
daß einer für den anderen
durchklart war wie das Spiegelglas.
In beiden schlug *ein* Herz.
Ihr Kummer war sein Schmerz,
sein Schmerz bereitete ihr Kummer.
Sie waren beide völlig eins
in Freude und in Leid, jedoch
versteckten sie sich voreinander,
das tat der Zweifel, tat die Scham:
sie schämte sich, er ebenfalls,
sie zweifelte an ihm, er an ihr.
Wie blind auch ihrer beider Herzen
nach der *einen* Lust begehrten,
so war doch für die zwei der Anfang
schwer und der Beginn. Dies hielt
die Lust vor ihnen noch versteckt.
Tristan, als er Liebe spürte,
dachte er sofort
ans Ehrenwort, das er gegeben,
und wollte sich entziehn.
Er dachte unablässig: »Nein,
Tristan, laß es sein, besinn dich,
nimm es gar nicht erst zur Kenntnis!«
Doch sein Herz, es wollte halt zu ihr …
Er kämpfte gegen sein Verlangen,
begehrte gegen sein Begehren auf.
Er wollte zu ihr hin und fort von ihr.
Der Mann, der in der Falle war,
er machte in der Schlinge wiederholt,
sehr oft vergebliche Versuche,
und setzte das noch lang so fort.
Der loyale Mann empfand
sehr stark die Qual, die doppelt war:
schaute er Isolde ins Gesicht,
und begann die süße LIEBE
sein Herz und seine Sinne
mit ihrer Hilfe zu verstören,
so dachte er sehr stark an die EHRE,
die zog ihn weg von dort;
doch schon ging LIEBE auf ihn los,
seine Herrin im ererbten Amt,
und zwang ihn wieder zur Gefolgschaft.
Seine Treue, seine Ehre,
sie forderten ihn sehr;
LIEBE forderte noch mehr,
sie tat ihm mehr als weh:
sie quälte ihn noch stärker
als beide: Treue und die Ehre.
Sein Herz, es sah sie lächelnd an,
doch seine Augen riß er von ihr los.
Wenn er sie freilich gar nicht sah,
so war dies seine größte Qual.
Er überlegte immer wieder
(wie es der Gefangne tut),
wie er ihr entfliehen könnte,
und er dachte wiederholt:
»Wend dich andren Frauen zu!
Wandle dies Begehren um!
Denk woanders an die Liebe!«
Jedoch da war und blieb die Schlinge.
Er wandte sich Verstand und Herz zu,
suchte Änderung in ihnen,
doch es gab in ihnen nur
ISOLDE und die LIEBE.
Auch Isolde ging es so:
sie machte gleichfalls oft Versuche,

dies Leben wurde ihr zur Plage.
Als sie den Vogelleim der LIEBE,
der Verführerin, entdeckte
und merkte, daß die Sinne
tief schon darin steckten,
da wollte sie auf festen Grund,
sie wollte raus und weg. Jedoch
es klebte schon der Leim an ihr,
zog sie zurück, hinab.
Die Schöne wehrte sich beständig,
doch kam mit keiner Regung weiter;
sie wollte ungern Folge leisten,
mit Füßen und mit Händen
versuchte sie es hier und dort,
regte sich, bewegte sich,
doch gerieten Hände, Füße
jedesmal noch tiefer
in die blinde Süße
der Liebe zu dem Mann.
Die verleimten Sinne
konnten sich in keiner Richtung
wegen, stegen oder brücken,
nicht einen halben Schritt weit oder Fuß –
die LIEBE war stets mit dabei!
In welche Richtung auch Isolde
denken mochte, was sie dachte –
in ihrem Denken war nichts andres
als LIEBE und TRISTAN.
Doch blieb alles im geheimen.
Ihr Herz und ihre Augen
befanden sich im Widerstreit.
Die Scham riß Blicke von ihm los,
die Liebe zog ihr Herz zu ihm.
Der verstörte Trupp:
Mädchen/Mann und Liebe/Scham,
war bei ihr ganz führungslos.
Das Mädchen wollte diesen Mann,
doch löste sie den Blick von ihm;
die Scham, sie wollte lieben,
doch zeigte sie das keinem.
Was brachte das? Scham und Mädchen
(so lautet ein geflügelt Wort),
die zwei entgleiten einem,
die gibt es nur mal kurz am Anfang,
die leisten nicht lang Widerstand.
Isolde gab den Kampf denn auf
und tat, was sich für sie ergab:
die Besiegte lieferte
dem Manne und der Liebe
den Körper und die Sinne aus.
Zuweilen blickte sie hinüber
und beschaute ihn verstohlen.
Die hellen Augen und ihr Herz,
sie stimmten völlig überein;
ihr Herz und ihre Augen,
sie warfen sich ganz heimlich, zärtlich
räubernd auf den Mann.
Und innig, sanft erwiderte
der Mann die Blicke.
Als die Liebe ihn nicht freigab,
zog er sich ebenfalls zurück.
Der Mann, das Mädchen machten sich
zu jeglicher Gelegenheit,
bei der das möglich war mit Anstand,
im Wechselspiel zum Augenschmaus.
Die Liebenden erschienen sich
sehr viel schöner als zuvor:
das Gesetz, das Recht der Liebe!
So ist es heuer, wars im Vorjahr,
so bleibt es, wo die LIEBE herrscht,
bei allen Liebespaaren:
daß sie einander mehr gefallen,
als es noch am Anfang war,
sobald in ihnen Liebe wächst,
die Blüten und dann Früchte trägt
von liebesschönen Dingen.
Die früchtereiche Liebe
macht schöner nach dem Anbeginn;
die Liebe trägt dies als den Samen,
und der erhält für sie den Namen.

Liebe läßt schöner scheinen als zuvor,
und dies erhält der Liebe Gesetz;
läßt Liebe so erscheinen wie zuvor,
verfällt sehr bald der Liebe Gesetz.

Die Schiffe stachen wieder in See
und fuhren beschwingt dahin –
freilich hatte LIEBE
an Bord zwei Herzen
abgebracht von ihrem Kurs.
Die beiden waren gedankenschwer,
beide waren sie belastet
von dem lieben Leid,
das da Wunder wirkt wie folgt:
das Honigsein vergällt es,
das Süßsein verbittert es,
das Feuchtsein entflammt es,
das Mildsein verätzt es,
die Herzen entherzt es,
die ganze Welt verkehrt es.
Dies hatte Tristan und Isolde
große Schmerzen zugefügt.
Sie quälte *eine* Drangsal
in befremdlicher Weise:
es konnte keiner dieser beiden
Behaglichkeit und Ruhe finden,
solang sie sich nicht sahen;
sobald sie sich dann sehen konnten,
ging es ihnen wieder nahe,
denn die beiden konnten
ihr Verlangen nicht vereinen.
Die Scheuheit war der Grund, die Scham,
die ihnen Lustgefühle nahm.
Wenn sie sich gelegentlich
heimlich mit verleimten Augen
gegenseitig sehen konnten,
so glich ihr beider Äußres
dem Zustand ihres Herzens, Kopfes.
Der LIEBE, dieser Schminkerin,
schien es nicht damit getan,
daß man sie in noblen Herzen
heimlich und verborgen trug,
sie wollte auch an den Gesichtern
ihre Herrschaft sichtbar machen.
Dies zeigte sich bei jedem anders;
die Schminke hielt nicht lang bei ihm,
nicht lange hielt bei ihr die Schminke;
wechselweise wurden sie
völlig bleich und dann sehr rot;
sie wurden rot und wieder bleich,
betont durch Schminken der Frau LIEBE.
Sogleich erkannten alle beide
(und das gehört sich hier auch so!),
daß ein gewisses Etwas Liebe
in den Sinnen dieser beiden
dem andren zugewendet war.
Und sie begannen gleich,
im Zeichen ihrer Liebe zu handeln,
Zeit, Gelegenheit zu suchen
für Geflüster und Gespräch.
Das Jägerpaar im Dienst der LIEBE
legte wechselseitig Schlingen,
wiederholt, und spannte Netze,
legte sich mit Frage, Antwort
Meutenposten, Fangplatz an.
Sie hatten sich sehr viel zu sagen.
(...)
Ihr Gespräch war ausgewogen:
sie sprach zu ihm und er zu ihr.
»Ach«, so sprach Isolde, »als sich mir
diese große Chance bot –
Herrgott, wie schaffte ich es nur,
daß ich Euch nicht im Bad erschlug?
Hätt ich gewußt, was ich jetzt weiß,
ja, es wäre Euer Tod gewesen!«
»Weshalb denn das, Isolde, Schöne?
Was verstört Euch? Und was wißt Ihr?«
»Was ich jetzt weiß, verstört mich.
Was ich jetzt seh, das tut mir weh.
Mich bedrücken Meer und Himmel;

Leib und Leben, sie belasten mich.«
Sie stützte sich nun auf und lehnte sich
an ihn mit ihrem Armgelenk –
und damit fing die Kühnheit an!
Ihre spiegelblanken Augen
füllten sich diskret mit Tränen …
ihr Herz, es wurde ihr schwer …
die schönen Lippen blähten sich …
langsam sank der Kopf herab …
Und ihr Freund, er nahm sie
hilfreich in die Arme,
nicht zu fest und nicht zu schwach –
wie es einem Fremden zusteht.
Er fragte sanft und leise:
»Nun, Schöne, Liebe, sagt es mir:
Was verstört Euch? Was beklagt Ihr?«
Isolde, Ködervogel der Frau LIEBE:
»A-ma-re, das ist meine Not,
a-ma-re drückt mir aufs Gemüt,
a-ma-re fügt mir Schmerzen zu.«
Nachdem sie dies »a-ma-re« mehrfach
wiederholt, da überdachte Tristan
die Bedeutung dieses Wortes,
trieb es prüfend in die Enge.
Er begann, sich klarzumachen,
daß amare *lieben* heißt,
amare *wie bitter!*, a mare *oh Meer!*
Die Zahl der Deutungen schien Legion!
Eins von dreien schloß er aus,
befragte nur die andren zwei;
er sprach nicht über Liebe,
die Schirmherrin der beiden,
ihr beider Hoffen, ihr Begehren,
er sprach nur über *Meer* und *bitter*.
»Isolde, Schöne, ich vermute,
Eure Not sind *Meer* und *bitter*,
Euch riechen Meer und Wind zu stark.
Ich glaube, beide sind Euch *bitter*.«
»Nein, Herr, nein, was sagt Ihr da?!
Keines von den beiden stört mich,
mir stinken weder Luft noch Meer,
allein a-ma-re tut mir weh.«
Weil ihm nur *dieses* Wort blieb,
verstand er die Bedeutung: *lieben*.
Vertraulich sagte er zu ihr:
»Schöne, ja, so gehts mir auch,
a-ma-re und Ihr, Ihr seid meine Not.
Herzensherrin, liebe Isolde,
Ihr allein, die Liebe zu Euch,
Ihr habt mir den Verstand, die Sinne
verwirrt, sie mir geraubt.
Ich bin so sehr, soweit
abgekommen von dem Kurs –
ich finde nie zu mir zurück!
Alles, was mein Auge sieht,
wird mir lästig, zur Belastung,
gibt mir nichts, ist mir egal;
es gibt in dieser Welt nur eins,
das meinem Herzen lieb ist: das seid *Ihr*.«
»Herr, Ihr seid es so bei *mir*.«
Als die Liebenden bei sich
das *eine* Denken, *eine* Fühlen,
das *eine* Verlangen entdeckten,
wurde beiden ihre Leidenschaft
zum Geheimnis wie zur Offenbarung.
Ein jeder schaute, jeder sprach
den anderen mit größrer Kühnheit an:
der Mann das Mädchen, das Mädchen
den Mann.
Distanz war zwischen ihnen fort:
er küßte sie, sie küßte ihn
mit Zärtlichkeit, die innig war.
Dies war beglückender Beginn
der Linderung durch Liebe.
Sie schenkten ein, sie tranken
Beglückung, die von Herzen kam.
So oft sie die Gelegenheit ergreifen
konnten, kam es zwischen ihnen
zu geheimem Hin und Her,
und dies so sehr dezent,

daß keiner in der Welt des Schiffs
ihre Neigung, ihr Verlangen spürte,
außer einer, der dies sowieso
bekannt war: der kundigen Brangaine.
Die schaute wiederholt diskret
und unbemerkt hinüber,
entdeckte ihre Heimlichkeiten
und dachte sich so manchesmal:
»Oh weh! Jetzt bin ich im Bilde …!
Die ersten Zeichen einer Liebe …!«
Und sie begann sogleich an beiden
zu sehn, wie ernst es ihnen war,
entdeckte im Erscheinungsbild
Zeichen innren Leidens
der Gemüter, ihrer Herzen;
das Leid der beiden störte sie,
denn sie bemerkte unablässig:
amaren und amouren,
seufzen, lamentieren,
grübeln und pensieren,
die Farben variieren.
Vor lauter Grübeln hatten sie
ganz den Appetit verloren,
bis der Mangel und das Leid
ihre Körper ganz besiegten,
so daß Brangaine Angst bekam
aus diesem Grund, der Furcht verfiel,
dies wäre ihrer beider Ende,
und sie dachte: »Raff dich auf,
find heraus, was da geschieht!«
Sie setzte sich zu ihnen eines Tages,
diskret und als Vertraute;
die Stolze und die Kluge sprach:
»Hier ist sonst niemand, nur wir drei –
sagt, ihr beiden, was verstört euch?
Ich sehe euch zu jeder Zeit
in Grübelein verfallen,
hör euch seufzen, klagen, jammern.«
Tristan: »Könnte ich das wagen,
ich würde Euch das sagen …«
»Ja, Herr, nur zu! So sprechts schon aus!
Sagt mir, was Ihr sagen wollt.«
»Verehrte, Beste«, sprach er,
»ich wage hier nicht, mehr zu sagen,
bevor Ihr Euch dafür verbürgt,
und zwar durch Ehrenwort und Eid,
daß Ihr uns zwein, die hilflos sind,
Güte, Freundlichkeit erweisen wollt.
Andernfalls sind wir verloren.«
Brangaine hob die Schwurhand,
gelobte und verbürgte
mit ihrem Ehrenwort und Eid,
sich ihnen ganz zu unterstellen.
»Beste, Treue«, sagte Tristan,
»nun denkt zuerst an Gott,
danach an Euer Heil.
Macht Euch unser Leid bewußt
und die Beklemmung unsrer Not.
Ich Armer und die arme Isolde –
ich weiß nicht, was mit uns geschah!
Wir zwei, wir haben binnen kurzem
durch ein verwunderliches Leid
beide den Verstand verloren.
Vor lauter Liebe sterben wir
und finden dennoch nicht die Zeit,
die günstige Gelegenheit,
denn Ihr, Ihr stört uns unablässig!
Wahrhaftig, wenn wir sterben,
seid Ihr alleine schuld daran!
Unser Tod und unser Leben
sind in Eure Hand gegeben. –
So, Ihr wißt damit Bescheid …
Brangaine, hochverehrtes Mädchen,
nun müßt Ihr Eurer Herrin und mir
Gunst erweisen, Hilfe leisten!«
Brangaine zu Isolde: »Herrin,
ist der Grund für Euren Kummer
solche Qual, wie er sie nennt?«
Isolde: »Ja, mein Herzcousinchen.«
Brangaine sprach: »Das reue Gott!

Daß der Teufel seinen Spott
mit uns auf solche Weise trieb! ...
Nun sehe ich: es geht nicht anders,
ich kann mich, euch zuliebe,
nur *so* verhalten, daß das Leid für mich
entsteht und Schande für euch beide.
Doch ehe ich euch sterben lasse,
veschaff ich lieber die Gelegenheit
zu allem, was ihr anstelln wollt.
Unterlaßt nicht wegen mir,
was ihr aus eignem Antrieb
nicht lassen wollt für euer Ansehn.
Doch soweit ihr euch beherrschen,
jenem Akt entsagen könnt,
so übt Entsagung. Dies empfehl ich.
Außer uns, zu dritt, darf niemand
von dem Skandal erfahren;
verbreitet ihr das irgendwie,
so gehts an eure Ehre;
erfährt das außer uns noch einer,
seid ihr verloren, ich mit euch.
Herzensherrin, schöne Isolde,
Euer Leben, Euer Tod,
die seien ganz in Eurer Hand;
verfügt nun über Tod und Leben,
wie es Euch beliebt.
Ihr müßt von diesem Zeitpunkt an
wegen *mir* nichts mehr befürchten.
Was euch recht scheint – macht es doch!«

In dieser Nacht, in der die Schöne lag
und sich in quälenden Gedanken
sehnte nach dem Herz-ami,
da kamen in den Raum
ihr ami und ihre Ärztin
(Tristan und die LIEBE)
leise reingeschlichen:
die LIEBE, diese Ärztin,
führte an der Hand
ihren Kranken (Tristan), fand
dort Isolde (ihre Kranke) vor.
Sie nahm sogleich die beiden Kranken,
gab ihn ihr und gab sie ihm
wechselseitig als Arznei.
Was andres hätte diese beiden
im gemeinschaftlichen Leiden
vereinigen und trennen können,
als Vereinigung der beiden,
die Schlinge ihrer beiden Sinne?
Die LIEBE, Schlingenlegerin,
schlang die Herzen dieser zwei
in eins, mit ihrer süßen Schlinge
und dies mit derart großem Können,
mit solcher Wunder-Wirkungskraft,
daß sie in allen ihren Jahren
in ihr gefangen blieben.

Ich weiß es: Tristan und Isolde,
die beiden voller Ungeduld,
sie nahmen sich da gegenseitig
viel von ihrem Leiden und Kummer,
als sie das Ziel erreichten ihres
einen gegenseitigen Verlangens.
Vorüber war nun das Begehren,
das Gedanken in die Enge treibt.
Wonach die Liebenden begehren,
das trieben diese beiden oft;
sobald die Stunde dafür kam,
sich die Gelegenheit ergab,
da gaben und da nahmen sie,
liebevoll und treu gestimmt,
für sich selbst und für die Liebe
willig den Tribut und Zins.
Auf dieser Reise, dieser Fahrt
fühlten sie sich innigst wohl.
Als ihre Scheu verflogen war,
da wurde ihr intimes Leben
über alle Maßen herrlich.
Und dies war klug und sinnvoll, denn:
die sich vorm anderen verstecken,

nachdem sie sich dem andren zeigten,
die dann ihrer Scham verfallen,
sich zurückziehn in der Liebe,
die bestehlen nur sich selbst.
Je mehr man, gegenseitig, sich versteckt,
desto mehr bestiehlt man sich,
vermischt das Schöne mit dem Leid.
Doch diese beiden Liebenden,
sie spielten keineswegs Versteck;
auch im Sprechen und im Blicken
waren sie intim.
Sie vertrieben sich die Reisezeit
mit einem Leben des Genusses.
Doch war das nicht umsonst zu haben:
sie litten an der Zukunftsfurcht.
Sie nahmen in der Furcht voraus,
was sich später denn erfüllte,
was ihnen sehr viel Freude nahm
und mancherlei Bedrängnis brachte:
der Umstand, daß die schöne Isolde
einem Mann gehören sollte,
dem sie nicht gehören wollte.
Und noch ein Leid bedrückte beide:
Isolde war nun nicht mehr Jungfrau.
Das brachte ihnen Leid,
das ließ die beiden leiden.
Doch die Belastung war für sie
zu ertragen, und zwar leicht,
denn sie erfüllten unbefangen
wechselseitig ihr Verlangen,
oft, ja ständig wiederholt.
Als sie nun so nah
auf Cornwall zugefahren waren,
daß man dies Land gut sehen konnte,
waren alle froh darüber.
Alle waren hoch erfreut,
außer Tristan und Isolde,
es machte *ihnen* angst und bange.
Ihr Wille, wäre der geschehn,
sie hätten *nie mehr* Land gesehn!

Hartwig von Raute
12. Jh.

Wenn ich die beste Frau sehe

Wenn ich die beste Frau sehe,
wie schwer nur kann ich mich beherrschen,
ihren herrlichen Leib zu umarmen
und an mich zu drücken.
Ich stehe ganz auf dem Sprung, als wolle ich dorthin,
wenn sie so süß vor mir steht.
Sähe es auch alle Welt,
wie mich der Unsinn der Liebe anfällt,
ich würde ihn nicht aufgeben,
ich würde springen,
erhoffte ich doch, bei ihr durch diesen Unsinn Zuneigung zu finden.

Meinloh von Sevelingen
12. Jh.

Ich habe etwas gehört

Ich habe etwas gehört, was mich wieder froh werden läßt:
Denn er ist heimgekehrt, durch den mein Trauern enden wird.
Meinem Herzeleid sei Lebewohl gesagt.
Seine Vortrefflichkeit verheißt mir eine unverbrüchliche Liebe.
Gewiß ganz nahe lege ich ihn zu mir, diesen jungen Mann.
Wie beglückte mich sein Kommen, wie gut er edlen Frauen dienen kann!

Heinrich von Veldeke
1140–1210

Jagdglück (aus: Eneasroman)

Als der Herr Eneas
schon längere Zeit
sich am Hofe der Frau Dido aufhielt
und sie es nicht
einzurichten wußte,
daß die Liebe sie
zusammenführte, wie sie es sich wünschte –
als das länger währte,
als es ihr gut schien,
da kam ihr
eines Abends spät
ein hilfreicher Gedanke.
Von Sehnsucht getrieben faßte sie den Plan,
des Morgens in der Frühe
in den Wald zu reiten,
um sich zu zerstreuen
und bei Hundegebell
Kurzweil zu suchen,
denn das hatte sie nötig.

Sie ließ die Jägermeister wissen,
sie wolle in den Wald reiten
und wünsche,
auch bei kaltem Wetter zu jagen.
Ehe es noch Tag wurde,
morgens in der Frühe
machte sie sich fertig.
    Die mächtige Dido
trug
eine prachtvolle Kleidung,
wie sie sie in ihrem Lande
ganz nach ihrem Wunsch
bekommen konnte,
die ihr aufs beste stand
und ihr auch, mit Gold und edlen Steinen,
durchaus zukam.
Ihr Hemd war von feinem Stoff,
ganz weiß abgenäht
und von vielen Goldfäden durchzogen.
Es war ganz eng anliegend.
Sie war eine wohlgewachsene Frau
und hätte nicht besser aussehen können.
(...)
Als sie mit ihrer Begleitung
ans Tor kam,
traf sie draußen auf Eneas
und seine Begleitung,
Ritter in großer Zahl.
Sie hatten sich früh versammelt,
als sie von der Jagd gehört hatten.
Ihm hatte sie es selbst ausrichten lassen.
Rotes Schmelzgold,
das sie mit ihrem Gewand
und ihrem Geschmeide trug,
strahlte mit dem Tag um die Wette.
Viel Gold und Seide
gab es an ihrer Kleidung.
Als sie Eneas begegnete,
ging es ihr gleich viel besser.
Er half ihr beim Aufsitzen.

Als sie aufgesessen war,
nahm der treffliche Eneas
das Pferd am Zaum –
nicht um vieles
hätte sie darauf verzichten mögen.
So führte sie der junge Mann,
in ihrem Herzen war sie glücklich darüber.
(…)
Sie glich Diana,
der Göttin des Wildes.
Ihr Herz war voller Hingabe
in der Liebe zu dem Manne.
Das sollte sie ihn erfahren lassen,
ehe er wieder nach Hause reiten würde.
Er ritt wie Phoebus,
jener sehr hohe Gott.
Die Liebe quälte sie hart.
Jene, die den Weg kannten,
lenkten die Hunde,
und diese liefen voraus.
Den Tag über stießen sie
zu ihrem großen Vergnügen
auf reichlich Wild.
Allesamt waren sie guter Stimmung,
auch wenn es sehr häufig geschah,
daß das Wild entkam.
Um die Mitte des Tages
zog ein sehr heftiges Unwetter auf,
das aus den Wolken
mit Sturm und Wind niederprasselte.
Im Nu war die Jagdgesellschaft
nach allen Richtungen
im Wald zerstreut.
Es tobte ein starker Wind,
es regnete und hagelte
sehr heftig.
Bei dem starken Unwetter
verlor man Frau Dido aus den Augen.
Niemand wußte, wohin sie geraten war,
bis auf den Herrn Eneas,

mit dem sie gerne alleine war.
Sie sahen einen
hohen, breit ausladenden Baum.
Sie eilten zu ihm hin,
und der treffliche Mann
half der Herrin beim Absteigen.
Da sollte denn das geschehen,
was lange herbeigesehnt worden war.
Der Herr Eneas
barg die Frau unter seinem Mantel.
Er spürte, wie schön sie war,
und umschlang sie mit den Armen.
Fleisch und Blut wurden
ihm heiß.
Mit männlichem Verlangen
behielt er die Oberhand
und nahm die Frau in Besitz.
Niemand war da,
nur sie beide alleine,
die Stelle war sehr schön.
Voller Liebe bat er sie,
sie möge ihm das gewähren –
wonach sie doch selber verlangte.
Trotzdem sprach sie dagegen,
aber er legte sie auf den Boden,
von Venus beraten.
Sie konnte sich nicht wehren.
Er tat mit ihr nach seinem Willen,
doch so, daß er sich ihre Zuneigung
mannhaft erhielt.
Ihr wißt schon, wie er sich ihrer annahm.
Als es dahin gekommen war,
wie ihr gehört habt,
und sie wieder aufbrechen sollten,
da war in kurzer Zeit
Didos Kleidung naß geworden.
Dennoch ging es ihr viel besser,
als wenn sie daheim geblieben wäre.
Das Wild war in rechter Weise getrieben,
und wenn der Mann so zum Schuß kommt,

daß er sein Vergnügen findet,
so freut ihn die Unternehmung.
Als das Wetter aufklarte
und der Regen sich verzog,
nahm er sie auf seine Arme
und hob sie in den Sattel.
Alle Mühe
dankte ihm liebevoll
die mächtige Dido.
    Frau Dido
war traurig und froh.
Ich sage euch, warum sie froh war:
weil sie von der Wunde geheilt wurde,
die sie so heftig gequält hatte,
solange sie dies vor Eneas verbergen mußte;
und dennoch war sie traurig darüber,
daß sie sich so schnell seinem Willen gefügt hatte,
nach so kurzem Bitten.
Das machte ihr große Beschwernis.
Sie wäre gestorben,
hätte sie nicht die Freude
aus dem zurückgewonnen,
was sie ihr genommen
und ihr die schmerzliche Wunde zugefügt hatte.
Das ist der rechten Liebe Art.

Mittelalterliche Aufklärung (aus: Eneasroman)

König Latinus hielt sich
in Laurentum in seinem Palast auf,
und der Herr Turnus
war vor den König getreten.
Er hatte gehört,
daß König Latin
mit Eneas Freundschaft schließen wollte
und einen Ausgleich anstrebte.
Turnus, der kühne, sagte
zu dem mächtigen König:
»Ihr wollt mich betrügen

um unseren Vertrag und um die Ehe.
Ihr zeigt ganz offen,
daß Ihr mich in der Not im Stich laßt.
Doch ist noch nichts entschieden«,
sprach der kühne Mann,
»ich habe den Zweikampf noch
nicht vergessen, der da abgesprochen wurde.
Ich und der Herr Eneas,
wir werden einander messen.
Ist Gott gnädig,
so daß ich mein Leben behalte,
so muß er mir Land und Frau lassen.
Wenn ich mich gegen ihn durchsetzen kann,
so muß das trojanische Heer
mit Schanden dieses Land verlassen,
und ich behalte meine Herrschaft.
Ist mir aber das zugedacht,
daß Eneas mich besiegt
und ich mein Leben verliere,
dann ist es mir völlig gleichgültig,
wem Ihr Eure Tochter und Euer Reich
geben wollt.«
(...)
Als so der Kampf festgesetzt war,
den Turnus und Eneas
kaum erwarten konnten
und auf den sie sich mit mannhaftem Ernst
vorbereiteten,
hielt sich die Königin
eines Abends spät
in ihrer Kemenate auf.
Sie rief ihre Tochter zu sich,
ein anmutiges junges Mädchen.
Mit großer Klugheit
und sicherem Geschick
begann sie eine Unterredung.
Die Königin sagte:
»Schöne Lavinia,
meine Tochter,
es kann nun leicht dahin kommen,

daß dein Vater dir
deine Ehre und deinen großen Besitz verspielt.
Turnus, der stattliche Held,
den nach deiner Liebe heftig verlangt,
ist deiner doch sehr wert.
Dessen bin ich gewiß,
und wärest du noch tausendmal
schöner und edler,
so könntes du auch dann dein Herz
ihm guten Gewissens zuwenden.
Ich bin auf deine Ehre bedacht
und will, daß du ihn liebst
und bedenkst,
daß er ein edler Fürst ist.
Darum rate ich dir
zu dem ansehnlichen Helden
und denke mit Abscheu an Eneas,
den unseligen Trojaner,
der den erschlagen will,
der dir von Herzen gewogen ist.
Dazu hast du handfesten Grund,
ihm abgeneigt zu sein
und ihm niemals irgendeine
Ehre zu erweisen;
laß das sein
und sei ihm feind mit Fug und Recht,
denn mit Gewalt
will er dich erringen
und das Reich
deines Vaters erben.
Wenn du richtig
und für dein Glück etwas tun willst,
Tochter, so liebe Turnus!«
»Womit soll ich ihn lieben?«
»Mit dem Herzen und mit den Sinnen.«
»Soll ich ihm mein Herz schenken?«
»Ja.« – »Wie könnte ich dann selber leben?«
»Du sollst es ihm nicht so geben.«
»Was, wenn das nicht geht?«
»Und was, Tochter, wenn es geht?«

»Herrin, wie könnte ich mein Herz
einem Mann zuwenden?«
»Die Minne wird es dich lehren.«
»Um Gottes willen, wer ist ›die Minne‹?«
»Sie herrscht seit Anbeginn
gewaltig über die ganze Welt
und wird es immer weiter tun
bis zum Jüngsten Tage,
so daß ihr keiner
irgendwie widerstehen kann,
denn sie ist so beschaffen,
daß man sie weder hören noch sehen kann.«
»Herrin, ich kenne sie nicht.«
»Du wirst sie noch kennenlernen.«
»Warum könnt Ihr es nicht erwarten?
Ich warte gern, wenn ich kann.«
»Vielleicht erlebe ich noch den Tag,
daß du ungebeten liebst.
Wenn du damit anfängst,
wirst du viel Freude haben.«
»Ich weiß nicht, Herrin, ob sie das wirklich tut.«
»Dessen kannst du sicher sein.«
»So erklärt mir denn, was Minne ist.«
»Ich kann dirs nicht beschreiben.«
»So müßt Ihrs bleiben lassen.«
Darauf sagte die Königin:
»So beschaffen ist die Minne,
daß es keiner richtig
dem anderen erklären kann,
in dessen Herz
sie nicht Eingang findet,
weil er so wie ein Stein lebt.
Wer sie aber richtig empfindet
und sich ihr zuwendet,
den lehrt sie vieles,
was ihm bis dahin fremd war.
Unvermittelt bringt sie einem eine Wunde bei,
gleich, ob Mann oder Frau.
Sie ergreift völlig Besitz
von Leib und Seele.

Sie macht das Antlitz fahl
mit ihrer großen Kraft,
oft läßt sie einen frieren.
Derart sind ihre Waffen.
Sie raubt dem Menschen den Schlaf
und die Lust am Essen und Trinken,
sie läßt ihn
hin und her sinnieren.
Niemand ist so mächtig,
sich ihrer zu erwehren,
noch ist er imstande,
sein Herz vor ihr zu schützen.
Es ist lange her,
daß ich so viel über sie gesprochen habe.«
»Herrin, ist denn die Minne eine Krankheit?«
»Nein, aber nicht weit davon entfernt.
Ich glaube, daß sie stärker ist
als Sucht oder Fieber.«
»Beide wären mir lieber,
denn nach dem Schwitzen wird man wieder gesund.«
»Minne läßt einen kalt und heiß werden
ärger als das Viertagefieber.
Wer von ihr befallen wird,
muss all das erleiden.«
»So möge Gott sie von mir fernhalten!«
»Nein, Tochter, sie ist auch sehr wohltuend.«
»Was bedeutet dann aber, daß sie so weh tut?«
»Ihre Qual ist süß.«
»Gott gebe, daß sie mich
flieht und meidet!
Wie könnte ich all die Not überstehen?«
Die Mutter entgegnete:
»Die Krankheit brauchst du nicht zu fürchten.
Hör zu, ich will dirs erklären:
Große Freude kommt aus dem Leiden,
Seelenruhe folgt der Bedrängnis.
Das ist ein tröstlicher Wechsel.
Auf die Mühsal folgt oft
eine lange Zeit des Wohlbefindens.
Aus dem Schmerz kommen Lust

und vielfältige Freude.
Traurigkeit wirkt Hochstimmung,
Angst befestigt die Beständigkeit.
Dies ist das Zeichen der Minne:
dem bleichen Antlitz folgt die lichte Farbe,
Beklemmung wechselt in Zuversicht,
durch Dulden wird man erlöst,
Entbehrung macht das Herz reich.
Für jedes
hat die Minne ein Heilmittel.«
»Ist sie nicht aber zuerst ganz bitter,
bevor die Linderung kommt?«
»Tochter, du begreifst sie überhaupt nicht.
    Sie macht selbst den Aufruhr wieder gut.«
»Die Qual am Anfang ist zu groß.«
»Manchmal schafft sie es,
die Wunden
ohne Salben und ohne Tropfen zu heilen.«
»Die Mühsal ist aber vorher doch sehr lang.«
»Tochter, das ist Schicksal.
Wenn man sich lange quält,
mit Qualen lebt
und Leid erfährt
von der Minne, wie ich es eben beschrieb,
und dann Freude und Ruhe
und Glück folgen,
wie wohl das dem Herzen tut!
Es schenkt ihm Trost,
denn es tut ihm wohler
und wirkt dreißigmal sanfter,
als wenn er des Trostes nie bedurft hätte.
Das wirst du mir zugestehen müssen.
Du hast oft gesehen,
wie der Herr Amor dasteht
im Tempel, innen
gegenüber dem Eingang.
Damit ist die Minne bezeichnet,
die Macht hat über alle Länder.
Er hält die Büchse in der Hand
und in der anderen zwei Gere.

Damit schießt er schmerzhaft,
wie ich dir sagte.
Der eine Ger ist aus Gold
und wird ständig benutzt.
Wer damit verwundet
wird,
der liebt heftig
und lebt mit Qualen.
Irgendeine Unbeständigkeit
kann ihm nicht vorgeworfen werden.
Der andere Ger ist aus Blei.
Über ihn kann ich dir sagen:
Wer von ihm
in seinem Herzen innen verwundet wird,
der verweigert der rechten Liebe
den Gehorsam.
Er haßt sie und ist ihr feind.
Was die Minne wirkt,
daran hat er keine Freude.
So ist es darum bestellt.
Willst du noch wissen,
was die Büchse bedeutet
– das wissen nicht alle Leute –,
so höre genau zu:
Sie weist auf die Salbe,
welche die Minne immer bereithält.
Die lindert die ganze Qual,
macht alles wieder gut
und heilt den,
den die Minne verwundet hat.
Sie gibt und spendet
Freude nach dem Leid.
Denk daran,
daß von der Minne beides reichlich gegeben wird.
Du bist gar nicht so einfältig,
wie du dich jetzt stellst.
Auch wenn du zwei Jahre
jünger wärest, als du bist,
wäre es für dich gewiß
nicht zu früh, dies zu lernen.

Du bist eine reife Frau
und bist schön.
Daß ich dirs immer lohnen werde
mit meiner Zuneigung und mit Geschenken,
auch das sollst du nicht vergessen.
Einmal mußt du doch mit der Liebe anfangen.
Deswegen liebe den edlen Mann,
Turnus, den edlen Fürsten!«
»Ich könnte es nicht und würde es auch nicht wagen.«
»Warum?« – »Wegen der Schmerzen.«
»Es ist aber eine große Beglückung.«
»Wie könnten sie Beglückung sein?«
»Weiß Gott, meine liebe Tochter,
ich weiß es genau: du wirst lieben,
wie ungern du es auch tust.
Wenn ich merken sollte,
daß du Eneas deine Liebe schenken willst
und uns dadurch entehrst,
daß du dein Herz
dem üblen Trojaner zuwendest,
laß ich dich eher totschlagen
und foltern,
als daß du seine Frau werden kannst.
Auf eine solche Frau hat er zu verzichten,
nie soll er sich
an dir freuen.«
»Ihr könnt es mir leicht verbieten,
es ist ja gar nicht mein Wille.«
Darauf schwieg die edle Frau.
Zornig ging
die mächtige Königin fort,
nachdem sie der Tochter
einen bösen Blick zugeworfen hatte.

Tristan mußte gegen seinen Willen

Tristan mußte gegen seinen Willen
der Königin treu sein,
denn ihn zwang mehr der Zaubertrank dazu

als die Kraft der Liebe.
Dafür soll mir die Gute danken,
daß ich diesen Trank
niemals nahm und sie doch mehr liebe
als er, falls das möglich ist.
Du Schöne,
Makellose,
laß mich dein sein,
und sei du mein.

Lieber hätte ich mit ihr zusammen

Lieber hätte ich mit ihr zusammen
tausend Mark, wo immer ich wollte,
und einen Kasten voll Gold,
als fern von ihr
krank, arm und allein zu sein.
Das kann ich ihr ganz sicher sagen,
daß das die Wahrheit über mich ist.

Der von Kürenberg
um 1150

Ich zog mir einen Falken auf

Ich zog mir einen Falken auf, länger als ein Jahr.
Als ich ihn gezähmt hatte, wie ich ihn haben wollte,
und ich ihm sein Gefieder mit Gold schön geschmückt hatte,
erhob er sich in die Lüfte und flog davon.

Später sah ich den Falken herrlich fliegen.
Er trug an seinem Fuß die seidenen Bänder,
und sein Gefieder war ganz rotgolden.
Gott führe sie zusammen, die einander gerne lieben wollen.

Dietmar von Aist
um 1150

Schläfst du, mein schöner Liebster?

»Schläfst du, mein schöner Liebster?
Ach, man weckt uns schon;
ein Vöglein, so wunderschön,
ist auf einen Zweig der Linde geflogen.«

»Ich habe so sanft geschlafen,
nun rufst du, Kind: ›Steh auf!‹
Freude ohne Leid kann nicht sein.
Was du verlangst, das tu ich, liebe Freundin.«

Die edle Frau begann zu weinen:
»Du reitest weg und läßt mich allein.
Wann wirst du wieder zu mir kommen?
Ach, du nimmst meine Freude mit dir!«

Heinrich von Morungen
1150–1222

Ach, wird mir denn je wieder

Ach, wird mir denn je wieder durch die Nacht ihr wundervoller Leib leuchten, strahlender noch als Schnee? Der täuschte meine Augen: Ich glaubte, es wäre der Glanz des hellen Mondes – da brach der Tag an.

»Ach, wird er je wieder den Morgen über hierbleiben? Möge uns doch die Nacht einmal so vergehen, daß wir nicht zu klagen brauchen: ›O weh, jetzt ist es Tag.‹ So rief er klagend als er zuletzt bei mir war – da brach der Tag an.«

Ach, unzählige Male küßte sie mich im Schlafe. Da rannen ihre Tränen nieder. Ich aber tröstete sie, so daß sie aufhörte zu weinen und mich ganz umfing – da brach der Tag an.

»Ach, daß er sich so oft in meinem Anblick verloren hat! Als er die Decke zurückschlug, da wollte er meine nackten Arme sehen, ganz nackt. Es war unerklärlich, daß er sich daran nicht satt sehen konnte – da brach der Tag an.«

Unbekannter Verfasser
um 1160

Mir hat ein Ritter gedient

»Mir hat ein Ritter«, sagte eine Frau,
»gedient, wie ich es wollte.
Bevor es zu spät ist,
soll er doch belohnt werden.
Winter und Schnee scheinen mir
wie schöne Blumen und Klee,
wenn ich ihn umfangen halte.
Und würde es die ganze Welt verdrießen,
er soll mich doch haben.«

Reinmar von Hagenau
1160–um 1210

Minneüberfall

Der Freude wurden meine Augen voll,
als ich zum erstenmal die Holde sah,
daß es mir jetzt und immerdar tut wohl.
Ein Wunder, das nur Minne kann, geschah:
Sie ging durch meine Augen, sanft und leise,
daß sie sich trotz der Enge gar nicht stieß
und sich in meinem Herzen niederließ:
da trag ich sie verborgen, die ich preise.

Laß, hohe Frau! Sag, was ist dein Begehr,
daß du mich überfällst an jener Statt,
die sieghaft so wie du kein Weib bisher
in einem kühnen Überfall betrat.
Erbarmen, Herrin! Kann dich nicht bestehen.
Mein Herz gehört dir eher noch als mir,
es sollte sein bei mir und ist bei dir:
von deiner Gnade muß ich es erflehen.

Ich glaube, daß mich Liebe erwartet

Ich glaube, daß mich Liebe erwartet.
Mein Herz schlägt höher vor Vergnügen,
in Freude schwingt mein Geist sich auf
wie der Falke zum Flug
und der Adler im Schweben.
Doch ich ließ Freunde daheim.
Glücklich bin ich, finde ich sie
wohl und gesund, wie ich sie verließ!
So schön ist es, bei ihr zu sein.
Herr Gott, gewähre mir,
daß ich sie sehe
und sie von allen Sorgen befreien kann,
wenn sie in irgendwelchen Sorgen ist,
daß ich ihr die erleichtere
und sie die meinen auch.
So können wir Freuden genießen.
Welch Glück für mich dann die lange Nacht!
Wie könnte sie mir zu lange dünken?

Hartmann von Aue
1165–1215

Erec, der verliebte Ritter (aus: Erec)

Erec war rechtschaffen und gut,
sein Geist war ritterlich gewesen,
bevor er eine Frau genommen hatte
und nach Hause zurückgekehrt war.
Nachdem er jetzt zu Hause ist,
wendete er alle seine Gedanken
an die Liebe Enites.
Sein Verstand richtete sich nur darauf,
wie er alles
zu seiner Bequemlichkeit einrichten könne.
Er änderte seine Gewohnheiten.

Als sei er nie ein Mann geworden,
so vertrieb er den Tag.
Morgens legte er sich nieder,
um seine Frau zu lieben,
bis man zur Messe läutete.
Dann standen sie beide
eilig auf.
Sie nahmen sich bei der Hand
und gingen zur Kapelle;
dort blieben sie gerade so lange
wie man die Messe sang.
Das war seine größte Mühe;
dann war schon das Essen fertig.
Sobald man die Tische hochgezogen hatte,
eilte er mit seiner Frau
von den Leuten weg ins Bett.
Da ging die Liebe von neuem an.
Von dort kam er nicht mehr weg,
bis er zum Abendessen ging.
Als Erec, der Sohn des Königs Lac,
sich vom ritterlichen Leben abkehrte,
verlor er dennoch nicht die gute Gesinnung,
die er sich bewahrte, daß,
wiewohl er selbst kein Turnier mehr aufsuchte,
er doch seine Gefährten
alle so versorgte,
daß sie ohne Hindernis
aus eigenen Mitteln Turnierfahrten unternehmen konnten.
Er befahl, sie so gut auszustatten,
als ritte er selbst mit ihnen.
Für dieses Verhalten lobe ich ihn.
Erec gewöhnte sich
um seiner Frau willen an große Bequemlichkeit.
Er liebte sie so sehr,
daß ihm alles Ansehen
allein ihretwegen gleichgültig wurde,
bis er sich so sehr *verlegen* hatte,
daß niemand mehr Achtung
vor ihm empfand.
Das verdroß mit Recht

Ritter und Knappen
am Hof.
Die vordem froh gewesen waren,
die verdroß es dort,
und sie zogen weg.
Denn kein Mensch
zweifelte,
daß er ganz verdorben sei;
diesen Ruf hatte er bekommen.
Eine Veränderung ging mit ihm vor.
Sein früherer Ruhm
verkehrte sich in Schande
bei denen, die ihn kannten.
Alle Welt schalt ihn.
Sein Hof wurde trübselig
und schändlich:
aus fremden Ländern brauchte ihn
niemand aufzusuchen, um Vergnügen zu finden.
Da fluchten die,
die ihm zugehörten
und ihm wohlgesinnt waren.
Sie sprachen alle: »Verflucht sei die Stunde,
da wir unsere Herrin kennenlernten!
Durch sie gerät unser Herr ins Verderben.«

Mancher begrüßt mich so

Mancher begrüßt mich so
(und das freut mich gar nicht):
»Hartmann, komm, laß uns
vornehme Damen anschauen gehen.«
Er möge mich doch in Frieden lassen
und alleine zu den Damen rennen!
Bei Damen getraue ich mich nicht mehr auszurichten,
als daß ich verdrossen vor ihnen stehe.

Bei Damen kenne ich nur eines:
So wie sie sich zu mir verhalten, so verhalte ich mich zu ihnen.
Denn ich kann mir viel besser
die Zeit mit Frauen niederen Standes vertreiben.

Wohin immer ich komme, gibt es viele von ihnen.
Dort finde ich eine, die mich haben will.
Die ist dann auch meine Liebste.
Was nützt mir ein zu hochgestecktes Ziel?
Törichterweise ist es mir unterlaufen,
daß ich zu einer Dame sagte:
»Gnädige Frau, ich habe mein ganzes Trachten
auf eure Liebe gerichtet.«
Da wurde ich scheel angesehen.
Darum will ich, das laßt euch sagen,
mir jetzt solche Frauen aussuchen,
die mir das nicht antun.

Kaiser Heinrich
1165–1197

Ich grüße mit Gesang die Holde

Ich grüße mit Gesang die Holde,
von der ich nicht lassen will noch kann.
Daß ich sie mündlich geziemend grüßen konnte,
ach, welch Leid! das ist manchen Tag her.
Wer immer nun diese Strophen singe vor ihr,
die ich so gar schmerzlich entbehre,
es sei Frau oder Mann, der hat sie von mir gegrüßt.

Mir sind die Reiche und die Länder untertan,
immer wenn ich bei der Liebenswerten bin,
und immer wenn ich von dannen scheide,
dann ist alle meine Macht und mein Reichtum dahin,
nur sehnsüchtigen Kummer, den zähle ich dann zu meiner Habe.
So kann ich an Freuden auf- und absteigen,
und ich vollziehe diesen Wechsel, wie ich glaube, um ihrer Liebe willen bis zum Grabe.

Nachdem ich sie so sehr von Herzen liebe
und sie ohne Wanken alle Zeit trage
sowohl im Herzen als auch im Sinn,
zuweilen mit so mancher Klage, –
was gibt mir dafür die Liebe als Lohn?
Sie danket es mir dann so recht schön.
Ehe ich auf sie verzichtete, verzichtete ich eher auf die Krone.

Der versündigt sich, der das nicht glaubt,
daß ich manchen lieben Tag leben könnte,
auch wenn niemals die Krone auf mein Haupt käme,
wessen ich mich ohne sie nicht erkühnen kann.
Verlöre ich sie, was hätte ich dann?
Dann taugte ich weder Frauen noch Männern zur Freude,
und es wäre mein bester Trost in Acht und Bann (getan).

Wolfram von Eschenbach
um 1170–1220

Der verliebte Gawan (aus: Parzival)

Faßt man all die Mühn zusammen,
schätzt man Qual ein, wägt sie ab,
sind Gawans Leiden weitaus schwerer!
Welche Leiden ich hier meine – –
Wenn's euch nicht verfrüht erscheint,
werde ich sie euch beschreiben.
Es drang dort Orgeluse in
das Herzensdenken Gawans ein.
(In der Feigheit war er schwach,
war stark in wahrer Tapferkeit.)
Wie kam's, daß ein so großes Weib
sich in so kleinem Raum verbarg?
Sie zog auf einem schmalen Pfad
in das Herz von Gawan ein
und damit schwanden seine Schmerzen
restlos vor der Liebesqual.

So groß auch diese Dame war,
sie saß in einer kleinen Kammer;
so lang er wachte, war er stets
in treuer Liebe zum Dienst bereit.
Keiner darf darüber lachen,
daß ein Kämpfer seines Schlags
von einer Dame défaitiert wird.
Achja ach, wie kommt das nur?
Die Herrin Liebe ist dem feind,
der Siegesruhm errungen hat.
Jedoch, sie traf auf einen Mann,
der kampfbereit und mutig war.
Sie sollte die Gewalt verschmähen
gegen ihn, der krank und wund ist;
er sollte etwas davon haben,
daß sie ihn – er wehrte sich –
besiegte, als er noch gesund war.
Herrin Liebe, wünscht Ihr Ruhm,
so müßt Ihr Euch schon sagen lassen:
dieser Kampf bringt keine Ehre!

Das Morgenlicht beim Ruf des Wächters sah

Das Morgenlicht beim Ruf des Wächters sah
eine edle Frau, als sie heimlich
in den Armen ihres teuren Liebsten lag.
So verlor sie viel von ihren Freuden.
Ihre hellen Augen wurden dadurch
aufs neue naß. Sie sagte: »O weh, Tag,
alles, was lebt, freut sich deiner
und sieht dich gern, nur ich nicht. Wie wird es mir ergehn!
Nun kann mein Liebster nicht länger
bei mir bleiben. Dein Licht jagt ihn fort von mir.«

Mit Macht drang der Tag durch die Fenster.
Sie waren mit vielen Schlössern verschlossen.
Das half nichts, die Angst überfiel sie.
Die Liebste zog den Geliebten fest an sich.

Ihre Augen benetzten
ihrer beider Wangen. Sie sagte zu ihm:
»Zwei Herzen und einen Leib haben wir,
unverbrüchlich eins in unserer Liebe.
Meiner großen Freude bin ich ganz beraubt,
außer wenn du zu mir kommst und ich zu dir.«

Der Mann, traurig, nahm auf diese Weise schnellen Abschied:
Ihre leuchtenden, glatten Körper
kamen sich näher. Da wurde es Tag.
Weinende Augen, süßer Frauenkuß.
So verflochten sie
Mund, Brust, die Arme, die blanken Beine.
Wenn ein Maler das entwerfen könnte,
wie sie in der Umarmung dalagen, es wäre wohl sein Meisterstück.
Obwohl ihr beider Glück nicht ohne Leid war,
gaben sie sich der Liebe vollkommen hin.

Was tut es, wenn sie es erlaubt

Was tut es, wenn sie es erlaubt,
daß ich in Treue um sie bin?

Mich lüstet – nichts hat mir geraubt
die Lust –, mein Blick schwingt zu ihr hin.

Halt ich wie die Eule Wacht?
Mein Herz sieht sie in finstrer Nacht!

Bei ihr steht jeder Trost bereit,
der Glück und Freude schenken mag.

So sei ihr denn mein Dienst geweiht.
Vielleicht erscheint einmal der Tag,

wo man mich wird in Freuden sehn.
Schon größere Wunder sind geschehn.

Tut denn der Storch im Saatfeld Schaden?
Noch minder schade ich den Fraun.

Nicht will ich Feindschaft auf mich laden.
Und kann ich einer nicht vertraun,

ihrethalb –: dann halt ich still;
weil ich jetzt höflich bleiben will.

Walther von der Vogelweide
1170–1230

das rätsel minne

Sagt mir jemand: was ist minne?
  weiß ich es zum teil, ich wüßts gern auf den grund
ward es einer besser inne
  sag er mir genau, wodurch sie so verwundt

liebe, die ist wundervoll
  tut sie weh, dann ist es eben keine liebe
    und ich weiß nicht, wie man sie sonst nennen soll

Hab ichs richtig ausersonnen
  was die liebe ist, dann ruft mir alle: ja
lieb ist: zweier herzen wonnen
  teilen sie sich alles, ist die liebe da

wird es aber nicht geteilt
  dann kann sie ein herz alleine nicht mehr fassen
    frau, mit deiner hilfe wär ich schnell geheilt

Dame, ich hab schwer zu tragen
  wolltest du mir helfen, hilf zur rechten zeit
doch du solltest deutlich sagen
  bin ich dir zuwider – nun, dann tuts mir leid

bin ich halt ein freier mann
  dame, aber eines sollst du gründlich wissen:
    daß dich kaum ein andrer besser loben kann

Dame, machst du süßes bitter
  glaubst, ich gäbe immer lieb für leiden hin
lob dich wie ein rechter ritter
  daß ich dann für dich nur doppelt niedrig bin

willst du mich so mißverstehn
  weh, was sag ich ohr- und augenloser
    wen die minne blendet, wie kann der noch sehn

sanfter minnegroll

Dame, daß ich euch zuzeiten
  selten grüße, das ist ohne meine schuld
wer sich liebt, der darf sich streiten
  wenn es aus rechter freundschaft rührt und herzenshuld

seid nicht traurig drum, seid froh
  zärtlich streiten, stark versöhnen ist der liebe
  recht – denn herzensliebe will es so

tandaradei

Unter der linden
  an der heide
  dort, wo wir unser nest gebaut
möget ihr finden
  von uns beiden
  gebrochnes gras und heidekraut

dort am wald im roten tal
  tandaradei
  sang so süß die nachtigall

Ich kam gegangen
  zu den wiesen
  mein liebster war schon vor mir dort
wie ward ich empfangen
  paradiesen
  daß ich nun selig bin hinfort

küßt er auch? die lippen wund
  tandaradei
  seht wie rot ist mir der mund

Dann ging er kräuter
  und blumen streuen
  zu einer weichen Lagerstatt
der zeichendeuter
mag sich freuen
  der sich dorthin verlaufen hat:

an den roten rosen kann er gut
  tandaradei
  merken, wo mein kopf geruht

Und was wir taten
  uns zu lieben
  wüßts wer, o gott, ich schämte mich
wer kann erraten
  was wir trieben
  es sahen doch nur er und ich

und ein kleines vögelein
  tandaradei
  das mag wohl verschwiegen sein

Die liebe ist nicht mann noch weib

Die liebe ist nicht mann noch weib
  hat keine seele, keinen leib
  man sieht sie keinem bilde gleichen
  man kann sie rufen, aber nie erreichen
und wird doch niemand ohne sie
  des hergotts gnade je gewinnen
  sie steckt so manchen in den sinnen
  in falsche herzen kam sie nie.

Neidhart von Reuental
um 1190–1246

Herz, du bist zu schnell

Herz, du bist zu schnell,
folgst du gleich den Augen nach.
Wo ein schönes Weib sie seh'n,
so gehst du im Sprung und schnaubst,
spielst mit dem Gedanken: »Hei, hätt' ich dies Gold im Griff!«

Dabei weißt du nicht,
ob dein lieber Augenfund
wirklich ohne Makel sei.
Solch Gedanke ist dir fern.
falls dein Wille sich erfüllt, dann reut dich deine Hast,

wenn die Liebe fremd,
wo die Schönheit ist zu Hause.
Glücklich der, der beide sie an einem Weibe findet!
Solcher Fund ward mir an schönen Frauen nie zu teil.

Als man Frauenliebe gegen Manneslieba wog

Als man Frauenliebe gegen Mannesliebe wog,
innerhalb des Herzenstür,
da galt Mannesliebe mehr.
Nun fällt gegen Frauenliebe nichts mehr ins Gewicht.

Doch weiß ich wirklich nicht, wen ich dafür beschuld'gen muß,
bei wem der wahre Grund hierfür.
An zweierlei gebricht es uns:
Wir Männer halten nicht an uns, es fehlt das rechte Scheit,
das gleichgewichtig hält
Herzensneigung und Begehren.
Wißt – entgegen jedem andern Spruch:
des Herzens Königin errang noch keiner,
der nicht das Wohlgefallen guter Frauen hat erlangt.

Reines Weibes Liebe adelt hoch des Mannes Sinn.
Hält gemeinsam Band sie fest,
sind sie beide preisenswert.
Wohl ihm, der bei Frauen zuverlässig weiß zu sein!

Wankellose Liebe wäre beiderseitig gut.
Wohl dem Herzen, das sie trägt!
Ihm wird, was es eingesetzt,
wohl gelohnt. Drum merkt euch, gute Männer, dieses Wort!

Seid den Frauen hold,
lacht sie an mit Herzens Augen!
Wißt, das Gold des ganzen Reichs Byzanz
vermöchte nicht ein Herz so froh zu machen,
wie reiner Frauen Liebe. Das ist freudenträcht'ger Lohn.

Wem von Liebe Liebes geschieht

Wem von Liebe Liebes geschieht,
wem die Liebe Liebes sagt,
wo Liebe lieb ist,
da kann Liebe Liebes zugestehen.
Liebes macht stattlich,

Liebe macht schön,
Liebes macht bereit zu ganzen Freuden,
die Liebe macht zum Diebe.
Lieber Mutter die liebe Tochter,
dem Manne das liebe Weib,

lieben Brüdern liebe Schwestern
versteht die Liebe wegzustehlen.
Liebe ist für ungeteilte Liebe ein lieber heimlicher Dieb,
Liebes macht Liebe um Liebe willen zum Dieb.

Ulrich von Liechtenstein
1198–1276

Eine Tanzweise

In dem honigsüßen Mai,
wenn der Wald gekleidet steht,
sieht man, wie sich alles schmückt,
was einen Geliebten hat:
Sie sind miteinander froh –
das ist recht, die Zeit will's so.

Wo sich Liebes dann verbindet,
macht die Liebe hochgemut,
in den beiden Herzen mait es
dann mit Freuden allezeit.
Trauer will die Liebe nicht,
wo man Lieb' bei Liebe sieht.

Wenn zwei sich einander lieben
herzlich ohne Wankelmut
und sich beide so vereinen,
daß die Liebe ehrlich ist,
dann hat Gott das so geschenkt
für ein wonnevolles Leben.

Stete Liebe heißet Minne;
Liebe, Minne, die sind eins:
Die kann ich in meinem Kopf
nicht zu zweien machen dann,
Liebe muß mir Minne sein
immer in dem Herzen mein.

Wo ein stetes Herze findet
stete Liebe, steten Sinn,
dann ist alles Trauern fort.
Stete Liebe ist so schön,
daß sie stete Freude gibt
stetem Herzen allezeit.

Könnte ich stete Liebe finden,
dann wollt' ich beständig sein
und ich könnte überwinden
alle Sorgen, die ich hab'.
Stete Liebe will ich gern,
Unbeständigkeit vermeiden.

Sie soll sich einen Liebhaber nehmen

Wo aber eine schöne, edle Dame,
tugendhaft und gutaussehend ist,
aber einen so üblen Mann hat,
der sie nicht mit sich vergnügen läßt,
und dem, was sie auch macht, was sie auch tut,
nichts recht ist
und der ihr dabei keine Freude gönnt
und den man nie um Ehre
kämpfen sieht –
dessen Lehre zerstört

viele reine Damen.
Diese Tugendlosen
verderben viele Damen.
Herrje, wieviel Trauer sie verbreiten!
Die Dame, die einen dieser Männer hat,
– und wenn sie es nicht um Gottes willen unterlassen kann –
die soll sich einen solchen Mann (als Liebhaber) wählen,
der die Liebe einer Dame zu schätzen weiß.
Legt er sich liebevoll zu ihr,
so wird sie ihre ganze Traurigkeit los
und sie wird frohgemut.
Lasse sie ihren Mann unglücklich bleiben
und schenke dem Liebe, der Liebe schenkt
und gerne liebevoll mit ihr lebt –
so wird sie glücklich.
Wenn er sie herzlich liebt,
wie er sie lieben soll,
dann geht es ihr gut und geht es ihm gut.
Solche Liebe kann
kein Mann einer Dame vorwerfen.

Unbekannter Verfasser
13. Jh.

Wäre die ganze Welt mein

Wäre die ganze Welt mein
vom Meer bis an den Rhein,
das gäb ich dafür hin,
daß der König von England
in meinem Arm läge.

Unbekannter Verfasser
erste Hälfte 13. Jh.

Lancelot im Dilemma (aus: Lancelot und der Gral)

An diesem Tage fügte es sich, daß Lancelot und die junge Frau nach dem Abendessen allein im Zelt blieben. Er setzte sich auf sein Bett und betrachtete sie. Sie gefiel ihm so sehr, daß er ihr gern zu Willen gewesen wäre, wenn er die Königin nicht so grenzenlos geliebt hätte; die hatte er aber so lieb, daß er ihr auf keinen Fall untreu werden wollte. Die junge Frau, die ihn gern zum Geliebten gehabt hätte, sagte: »Ich habe Euch mit Gottes Beistand geholfen, deshalb fordere ich nun von Euch, was Ihr mir versprochen habt.« Er fragte sie, was er ihr denn versprochen habe. »Das will ich Euch sagen«, sagte sie. »Es ist so, daß ich Euch, seit ich Euch zum erstenmal gesehen habe, mehr geliebt habe, als je eine Frau einen Ritter geliebt hat, und das liegt klar zutage, denn ich bin durch meine grenzenlose Liebe an den Rand des Todes geraten und wäre gewiß gestorben, wenn Ihr mir nicht hättet sagen lassen, daß Ihr mein Ritter und mein Freund sein wolltet, solange Ihr lebt, falls ich Euch heilen könne. Diese Nachricht hat mich augenblicklich froh und gesund werden lassen, und ich bin sofort zu Euch geeilt. Ich habe mich so um Euch gemüht, daß Ihr nun dank Gottes Hilfe genesen seid. Deshalb erinnere ich Euch an Euer Versprechen, und es ist mein Wunsch, daß Ihr mir jetzt gelobt, künftig mein treuer Freund und Ritter zu sein, solange Ihr auch mich treu findet.«

Als Lancelot diese Worte hörte, besann er sich ein wenig und sagte: »Es ist gewiß wahr, edles Fräulein, Ihr habt für mich so viel getan, daß ich mit Fug und Recht Euer Ritter und Freund werden muß, und das will ich auch gerne sein. Denn wenn ich das nicht wollte, hättet Ihr Eure Mühe und Eure Treue schlecht angelegt. Ich verspreche Euch mit meinem Ehrenwort, daß ich kein Fräulein auf der Welt mehr liebe als Euch, und ich werde auch nie eines mehr lieben. Aber daß ich mit keiner anderen Frau Gemeinschaft haben darf, scheint mir zu schwer, und ich will Euch sagen warum. Es ist so, daß ich mein Herz an einen Ort gegeben habe, an dem ich niemals Untreue begehen werde, sondern, solange ich lebe, treu bleiben muß; das kann sich weder um Sterbens noch um Genesens willen ändern. Selbst wenn ich mich darüber hinwegsetzen wollte, läge das doch nicht in meiner Macht, denn mein Herz ist immer dort, ob ich schlafe oder wache, und strebt nirgendwo anders hin, und meine Ohren vermögen keine andere Botschaft zu hören als die ihre. Was soll ich Euch noch sagen? Meine Seele, mein Leib und all meine Sinne können nicht anders handeln, als sie es befiehlt. Deshalb weiß ich Euch mehr nicht zu sagen, wenn Ihr mir nicht zuerst etwas vorschlagt.«

»Ihr sprecht, wie es von einem edlen Manne und trefflichen Ritter zu erwarten ist«, sagte sie, »und ich weiß wohl, daß Ihr mich nicht täuschen wollt. Dafür danke ich Euch. Aber eben weil Ihr der beste Ritter auf Erden seid, habe ich nicht vor, so leicht auf Euch zu verzichten, sondern möchte die Versprechen, die Ihr mir gegeben habt, erfüllt sehen, und zwar so, wie ich es Euch jetzt sagen werde. Ich weiß, daß Ihr Euch einer so vollkommenen Frau ergeben habt, daß Ihr sie nicht leichthin gegen ein so einfaches Fräulein eintauschen dürft, wie ich es bin. Und ich werfe Euch das gewiß nicht vor, denn ich bin der Meinung, daß es überhaupt keine Frau gibt, die beanspruchen dürfte, Euch an sich zu fesseln. Deshalb ist es auch nicht mein Ziel, daß Ihr mich gezwungenermaßen lieben sollt. Ich will Euch sagen, was ich vorhabe. Ich weiß, daß Ihr eine Frau von hoher Herkunft liebt, und es wäre nicht recht, wolltet Ihr Euer Herz anderswohin, an andere Frauen geben. Ich meine aber, daß Euch niemand Vorwürfe machen dürfte, wenn Ihr Euer Herz einem Fräulein zuwenden würdet, ohne der Liebe zu schaden, die Eure Dame zu Euch hat.« »Ich glaube, das könnte niemand tun«, erwiderte er ihr. Sie sagte, doch, es sei möglich, und erklärte ihm, in welcher Weise. »Ich sage Euch«, sagte sie, »daß ich Euch auf andere Weise liebe, als Frauen Männer zu lieben pflegen. Denn gemeinhin entspringt die Liebe zwischen Frauen und Männern dem Begehren des Fleisches und zerstört die Jungfräulichkeit. Darauf bin ich nicht aus, sondern ich will Euch in der Weise lieben, daß ich um Euretwillen meine Jungfräulichkeit bewahre, solange ich lebe, und zwar so, wie ich es Euch jetzt sage. Ihr sollt mir geloben, mich unbeschadet der Liebe zu Eurer Dame als Eure Geliebte anzusehen, wo immer Ihr mich antreffen werdet. Ich will Euch geloben, keinen Mann außer Euch zu lieben, solange ich lebe, und mich niemals mit einem einzulassen, sondern mich so mit Euch zu verbinden, daß ich Euch zu meinem Allerliebsten nehme. Damit werdet Ihr Eurer Dame nicht untreu, denn Ihr könnt mich als Jungfrau lieben und Eure Dame als Frau, und so erfüllt Ihr die Wünsche von uns beiden.« »Wie wäre es möglich«, sagte er, »daß eine so schöne junge Frau wie Ihr, die viele ausgezeichnete Männer finden kann, welche Euch zur Frau nehmen möchten, ohne Mann bleiben sollte?« Sie antwortete: »Ich werde mich vor mir selbst viel höher achten und stolzer sein, wenn ich Euch zuliebe meine Jungfräulichkeit bewahre, als wenn ich die vornehmste Frau dieser Welt wäre und doch niemanden gewänne, der Euch gleichkäme. Ihr dürft sicher sein, daß ich tun werde, was ich Euch gesagt habe.« Dafür dankte er ihr.

Ulrich von Singenberg
um 1209–um 1224

In welcher Hochstimmung ist ein Mann

In welcher Hochstimmung ist ein Mann, der mit einer liebenswerten schönen Geliebten geschlafen hat. Es gibt nichts, das ich mit diesem Glück vergleichen kann. Jedes andere Vergnügen erscheint mir, verglichen mit diesem, völlig unbedeutend, was immer mir auch jemand erzählen mag.

Wer solch herrliches Glück von ganzem Herzen genießen kann, der hat während der Nacht nur die eine Sorge: daß ihn der Tag vertreiben wird.

Eine liebevolle Umarmung mit nackten Armen macht ein sehnsuchtsvolles Herz zweifellos glücklich. Wo bereits allein ein Kuß aus innigster Liebe so liebevolle Zärtlichkeit schenkt, da verfliegt alle Niedergeschlagenheit.

Wer solch herrliches Glück von ganzem Herzen genießen kann, der hat während der Nacht nur die eine Sorge: daß ihn der Tag vertreiben wird.

Das zärtliche Geben und Nehmen zwischen zwei Menschen, das wahre Liebe bewirken kann, wie leicht versetzt das ein Herz in den siebten Himmel. Die beiden sind in ihrem Herzen ganz eins. Ich kann mir auf dieser Welt kein Glück vorstellen, das vollkommener wäre.

Wer solch herrliches Glück von ganzem Herzen genießen kann, der hat während der Nacht nur die eine Sorge: daß ihn der Tag vertreiben wird.

Konrad von Würzburg
1220–1287

Engeltrud und Engelhard im Lustgarten (aus: Engelhard)

Sanften Schrittes näherte sich nun Engeltrud
über Gräser und Kräuter schreitend
Engelhard.
Er wurde dort von ihr
zärtlich empfangen.
Sie öffnete ihren Umhang
und drückte Engelhard darunter an sich.

Dann führte sie ihn
etwas abseits
zu einem weichen Ruhebett.
Darauf war ihnen ein Lager hergerichtet worden.
Selbst wenn ich um alles,
was ich je sah, gewettet hätte –
ihre Seligkeit und ihr Wohlbehagen
könnte ich nicht zur Hälfte beschreiben.
Ich bin mir jedoch sicher,
daß sie sich von Herzen wohlfühlten.
Die zärtliche Liebe
konnte ihnen wohl Freuden spenden.
Sie lagen im Schatten,
und gaben sich zärtlich
ihrem reinen Liebesspiel hin.
Sie hatten ein Versteck aus Blättern,
das ihnen der Frühling bereitet hatte.
Deshalb waren sie ohne Furcht
und beaufsichtigte sie niemand –
nur die liebe Nachtigall:
die war ihre Wächterin,
und ihre Stimme sang ihnen
Lieder von der Liebe.

Frauenlob (Heinrich von Meissen)
1250–1318

Das Lob der Frau

Wie tötet man die Sorgen?
Wie wird verwunden alles Leid?
Wie leichtert man die Schwere
Und lindert große Mühsamkeit?
Wie löscht man grimmen Zornes Glut?
Wie wird verwehrt, daß Treue herb muß klagen?
Wie kann man Tröstung bringen?
Wie wird verjagt der böse Neid?

Wie salbt man bittre Wunden?
Wie gibt man Herzen Sänftigkeit,
Die Liebessehnen heilen tut?
Wer mich drum fleht, dem will ich alles sagen.
Seht, wie die Sonn erleuchtet
Die Luft und alle Finsternis,
So dürren Sinn befeuchtet
Ein reines Angesichte.
Das taut und regnet süße Lust
In Mannes Herz, in Mannes Brust:
Ja, Weibes Nam strahlt über allem Lichte.

Steinmar von Klingenau
1251–1293

Ein Knecht lag heimlich

Ein Knecht lag heimlich bei einer Magd und schlief bei ihr bis in den hellen Morgen. Da rief der Hirte laut: »Auf, laß die Herde hinaus!« Darüber erschraken die Magd und ihr Liebster.

Er mußte das Stroh verlassen und sich von seiner Liebsten trennen. Er traute sich nicht, länger zu bleiben. Er nahm sie in seine Arme. Das Heu, das auf ihm lag, sah die Schöne in den Tag auffliegen.

Darüber mußte sie lachen. Vergnügt schloß sie die Augen, so zärtlich konnte er an diesem frühen Morgen mit ihr das Liebensspiel spielen. Wer hat je größeres Glück gesehen, so ohne jeden Aufwand.

Meister Eckhart
1260–1328

Der Ursprung des Einen

Die Minne hat das von Natur, daß sie ausfließt von Zweien zu einem einzig Einen. Als Zwei besteht Minne nicht. Zweie als Eines, das gibt notwendig und naturgemäß Liebe voller Drang und Glut. Aber: »Alle Gewässer, ja alle Wesen eilen und fließen zurück in ihren Ursprung.« Darum ist es so, wie ich zuvor gesagt habe: Ebenbildlichkeit und Minne drängt die Seele zurück zum Ursprung des Einen, zu unserem Vater Himmels und der Erde.

Johannes Hadlaub
Ende 13. Jh.–1340

Nächtliches Stelldichein

Es freut sich auf die auserwählte Nacht
von Herzen ein stattlicher Liebhaber,
den seine Dame erhören will.

Wenn der Tag sein Licht verliert,
seht, dann geht sie an ihren Ausguck,
wie sie ihre Abmachung getroffen haben.

Dann kommt er heimlich angeschlichen
und berührt darauf das Tor ganz leise.
Sobald sie das hört, die Liebliche,
spricht sie: ›Mein Herr, bist du da?‹
Er spricht: ›Ja, edle Herrin!
Mach mir auf, mein Freudenquell,
damit ich dich umarmen kann!‹

Eine unbändige Freude überfällt ihn,
wenn sie das Tor aufschließt
und der ehrbare Mann das hört

und sie für ihn dann öffnet:
Das ist ein Glücksmoment, der die
zwei so sympathischen Menschen gewiß nicht langweilt!

Sie führt ihn mit ihrer weißleuchtenden Hand
vor ihr Bett, unter Umgehung der Aufpasser,
so leise, damit es niemand verhindert.
Wie schnell sie sich dann entkleidet haben!
Sie fügen sich zueinander, liebe Mittel
werden da zu liebem Zwecke eingesetzt:
Sie beide erleben die Liebe!

Wer könnte größeres Glück empfinden –
ich kann es nicht ermessen –
als sie die Nacht lang erleben?

Da wird es zu zahllosen Umarmungen kommen,
zärtlich und lang, da dürfte sich
mancher Kuß ganz ohne Falsch ergeben.

Da wird so passend Brust an Brust gedrückt,
daß da nichts von Sorgen übrigbleiben kann,
und werden beide Körper eng aneinander geschmiegt,
so daß da Allerliebstes geschehen mag!
Allerdings wissen sie schon jetzt,
daß ihnen ihr Glück entrissen wird,
wenn der Wächter den Tag verkündet ...

Unbekannter Verfasser
Wende 13. und 14. Jh.

Ruhmreicher Sieg

Wo Liebende einander nahekommen,
sehnt sich das Herz aus Liebe schnell
nach der Glut inniger Umarmung.
O, wie gut tut dem Herzen

das Wünschen, bis es besser wird –
dann, wenn das Wünschen Früchte trägt,
so, wie die verwundete Brust es will.
O, die Freuden der Liebe!
Wie herzlich wird in diesem Kampf gesiegt!
Liebe und Minne sind hinzugetreten
und wollen Schiedsrichter sein.
Einer rief: »Ich überlebe das nicht!
Liebe, ich strecke die Waffen
vor den rosenfarbenen Wangen.«
Sei gepriesen, ruhmreicher Sieg!

Unbekannter Verfasser
13. oder 14. Jh.

Die Nachtigall (aus: Das deutsche Dekameron)

Wenn ein welterfahrener, gebildeter Mann ungewöhnliche und vergnügliche Geschichten zu erzählen weiß, dann soll er sie beileibe nicht für sich behalten. Sollte die eine oder andere auch wegen ihrer ausgefallenen und ungewöhnlichen Handlung dem einen Hörer nicht gefallen, so behagt sie vielleicht dem anderen um so mehr. Daher soll man sie ruhig an den Tag bringen. Aus diesem Grund will ich meine Zurückhaltung aufgeben, denn es drängt mich danach, euch eine Geschichte vorzutragen.

Wie es heißt, lebte einst auf dem Land ein tapferer Rittersmann. Er wohnte in einer hochragenden, trutzigen Burg, in der es an nichts mangelte, denn er war ein recht wohlhabender Mann. Dieser Ritter hatte als einziges Kind eine wunderschöne Tochter. Sie war von solchem Liebreiz und von solcher körperlichen Vollkommenheit, daß sie im ganzen Land und über seine Grenzen hinaus alle anderen Mädchen und Frauen an Schönheit weit übertraf.

Ganz in der Nähe wohnte ein anderer Ritter, der gleichfalls sehr tapfer, sehr reich und sehr mächtig war. Auch er hatte eine stattliche Burg, und er besaß als einziges Kind einen prächtigen Sohn, dem er eine sorgfältige Erziehung angedeihen ließ, bis der Jüngling so weit herangewachsen war, daß er nach einer Gattin Ausschau hielt. Er war rank und schlank, gebildet, begabt und hübsch, nicht älter als zwanzig Jahre. Beide jungen Leute waren also eine wahre Augenweide, und unser Junker warb leidenschaftlich um die Liebe der schönen Jungfrau. Er verwandte all sein Sinnen und Trachten darauf, ihre Liebe zu gewinnen, wie es jeder tut, der das Ziel seiner Wünsche gefunden glaubt. Er umwarb also das Mädchen unermüdlich bei jeder sich nur bietenden Gelegenheit. Auch das Mädchen hatte sich heftig in den Jüngling verliebt, so daß sie alles Silber und Gold der Welt nicht eingetauscht hätte für eine einzige Gelegenheit, mit ihm allein zu sein. Doch wurde sie im Hause ihres Vaters so sorgfältig bewacht, daß sie weder bei Tag noch bei Nacht unbeobachtet mit einem anderen Menschen zusammentreffen konnte. Dieser Zustand bedrückte die beiden Liebenden sehr.

Nun befand sich vor dem Wohnhaus ein Baumgarten, der von einer dichten Hecke umschlossen war. In diesem Garten wuchsen saftiges Gras und bunte Blumen, die von einem weiten Laubdach schlank gewachsener Bäume überschattet wurden. Überdies hatte der Ritter in diesem Garten vielerlei Gewürzpflanzen und Kräuter angebaut, so daß – wie man versichert – die Luft dort besonders angenehm und wohlduftend war. Aus dem Wohngebäude führte eine schmale Pforte in den Garten. Außerdem hatte der Hausherr darin eine hochgewölbte Laube errichten lassen, um dort zur Sommerszeit die Mahlzeiten einnehmen zu können, denn er meinte, daß ihm dann die Speisen besser bekämen.

Eines Tages wählte das Mädchen einen verläßlichen Boten aus, schickte ihn zum Junker und ließ ihm sagen, er solle sich diese Nacht bereithalten und heimlich in den Baumgarten kommen. Wenn es sich irgendwie einrichten ließe, wolle sie ihn dort erwarten und dann alle seine Wünsche erfüllen. Als der Jüngling die Botschaft der Jungfrau gehört hatte, willigte er vergnügt ein. Überglücklich ließ er ihr seinen Dank dafür sagen, daß sie ihm die Freude eines Stelldicheins schenken wolle.

Sobald die Jungfrau diese Nachricht vernommen hatte, legte sie sich zu Bett und begann laut zu stöhnen, als ob sie fürchterliche und unerträgliche Schmerzen litte. Als ihre Mutter dies hörte, eilte sie zu ihr und fragte ängstlich: »Aber mein Töchterchen! Was fehlt dir denn? Wo tut's denn weh?«

Die Tochter erwiderte kläglich: »Mein Kopf schmerzt so arg, daß ich schon völlig schwach und hilflos bin!«

Als ihr Vater von der Sache hörte, kam er ebenfalls herbeigeeilt und fragte seine Tochter: »Wo schmerzt es denn am meisten?«

»Ach, am Herzen und überall!«

»Man wird dich mit einer Heilsalbe einreiben, dann werden Krankheit und Schmerz verfliegen!«

Die Jungfrau aber flüsterte mit brechender Stimme: »Väterchen, ich habe einen guten Einfall! Ich glaube, es wird mir besser gehen, wenn wir ihn verwirklichen. Falls mir überhaupt etwas helfen kann, dann dies allein!«

»So sprich, mein Kind! Ich will dir jeden Wunsch erfüllen!«

»Ach, ich möchte in der Gartenlaube liegen! Von den angenehmen Düften, die den Garten durchströmen, vom würzigen Geruch der Heilkräuter und von der ganzen lauschigen Umgebung wird mit bestimmt besser werden. Auch möchte ich gern aufpassen, ob sich nicht ein Vöglein naht. Wenn ich es fangen kann, ist es sicher vorbei mit all meinem Leid!«

»Gott möge es dir senden!« rief die gutgläubige Mutter eifrig. Ohne Zögern ließ sie prächtiges, frisch gewaschenes und gestärktes Bettzeug hinabbringen und ein weiches Lager bereiten. Nachdem man noch Speisen und Getränke bereitgestellt hatte, wurde allgemeine Bettruhe geboten und dem Hausgesinde jegliches Lärmen verboten, damit das Kind nicht beunruhigt oder gar aus dem Schlaf geschreckt würde. Bevor die Nacht hereinbrach, erschien noch einmal die Mutter und fragte, ob ihre Tochter irgendwelche Wünsche habe.

»Doch, liebe Mutter, ich hätte gern ein Glas voll des besten Weines. Es soll vor meinem Bett stehen, damit ich mich ein wenig stärke, sobald es mir besser gehen sollte.«

Bald war der Wein zur Stelle. Die Mutter ging ins Haus, verschloß hinter sich die Tür und ließ die Tochter allein im Garten. Die aber fühlte sich dort weit besser, als sie sich je zuvor an einem anderen Ort gefühlt hatte.

Sobald sich der Tag geneigt hatte, kam der junge Edelmann herbeigeschlichen, und da er einen anschlägigen Kopf besaß, überwand er geschickt die dichte Hecke. Er hatte nämlich eine lange Sprungstange mitgebracht und schwang sich mit ihrer Hilfe in den Baumgarten, wo er die Jungfrau fand. Sie begrüßten einander voller Zärtlichkeit, begaben sich sogleich zu Bett und begannen ungesäumt mit dem erquicklichen Liebesspiel. Sie unterhielten sich so gut dabei, daß sie selbst dem Gesang der Vögel nicht die geringste Beachtung schenkten und ihnen die Nacht wie im Fluge verging. Als – wie ich hörte – der Tag anbrechen wollte, lagen sie aneinandergeschmiegt und hielten sich mit weißen Armen fest umklammert. Die junge Frau flüsterte: »Ich kann mir kein größeres Glück denken, als dich, du mein Geliebter, die ganze Nacht in meinen Armen zu halten!« Dann versanken beide selig und erschöpft in einen tiefen Schlaf und merkten gar nicht, daß sie bereits von den Strahlen der aufgehenden Sonne gestreichelt wurden.

Die Mutter war am Morgen voll Unruhe und Ungewißheit, und sie sprach zum Hausherrn: »Mir ist recht unwohl, daß ich die Nacht über nicht nach dem Kind gesehen habe. Möge Gott uns das Glück schenken, daß sie noch am Leben ist!«

»Bleibt hier, ich will selber hingehen und nachsehen!« erwiderte der Hausherr. Er erhob sich, warf sein Gewand über und ging dann zu einem schmalen Erkerfenster. Er wollte nachschauen, ob seine Tochter die Krankheit überwunden und Ruhe vor den Schmerzen gefunden hätte. Da sah er durch das Fenster, daß seine Tochter und der Jüngling in tiefem, erquickendem Schlaf beieinander lagen. Wie er so dastand und hinabsah, erschien ihm das Bild, das sich ihm bot, schön und ergötzlich zugleich. Beide waren von tiefem Schlummer umfangen, Bettdecke und Kleider waren hinabgeglitten, und das Mädchen hielt in ihrer Hand das Glied des Jünglings, das kraftvoll und stattlich wie eine Lanze vor ihr aufragte.

Der Ritter vermied es, hinauszugehen. Er ließ die beiden schlafen, tappte zurück zu seinem Bett und sagte schmunzelnd: »Liebste Frau, steh auf und sieh dir selber an, wie gut es deiner Tochter geht. Sie hat das Glück gehabt, einen Vogel zu erhaschen, wie sie es dir gestern abend angekündigt hat. Sie hält ihn fest beim Kragen.«

»Du treibst deinen Spaß mit mir!«

»Aber nein! So wahr mir Gott helfe! Ihr könnt es mir schon glauben, sein Köpfchen ist so leuchtend rot, daß man sich nichts Hübscheres vorstellen kann!«

»Welch ein Jammer! Das arme Vögelchen!« barmte die Hausfrau. »Nun will ich doch selbst einmal hingehen und nachsehen, ob du wirklich die Wahrheit sprichst.« Sie begab sich zu dem Fensterchen und entdeckte nun ihrerseits, wie der Jüngling und das Mädchen eng aneinandergeschmiegt in seliger Ruhe dalagen. Als sie dies sah, raufte sie sich vor Verzweiflung die Haare und rief: »Ach, daß ich je das Licht der Welt erblickte!« Vor Kummer schlug sie ihre Hände über dem Kopf zusammen.

Dies ließ den Jüngling aus dem Schlaf schrecken, und als er den ganzen Garten von der Sonne überstrahlt sah, klagte er: »Ach du lieber Gott! Wir haben zu lange geschlafen auf diesem Lager!«

Da trat auch schon der Ritter durch die Pforte in den Garten, begab sich zu der Laube und sprach zu dem Mädchen: »Nun, meine Tochter, hast du das Vögelchen erhascht? Bist du nun wieder gesund? Das ist recht von dir! Deine Vogeljagd können deine Eltern allerdings nicht leichtnehmen. Nun hüte das Vögelein, so gut du nur kannst, damit es dir nicht entwischt!«

Der Jüngling flehte: »Lieber Herr, laßt mir das Leben!«

»Euch wird kein Haar gekrümmt. Aber Ihr müßt sie jetzt schon zur Frau nehmen. Wenn Ihr nun einmal mit ihr geschlafen habt, so zeigt jetzt, daß es Euch ernst ist mit Eurer Liebe!«

Da rief der Jüngling rasch und erleichtert: »Ich will sie ja nur gar zu gern!«

So wurden die zwei zusammengegeben. Beide Väter statteten sie reichlich aus, waren sie doch wohlhabende Männer. So konnten die jungen Eheleute ihr gemeinsames Leben in Glück und Freude genießen, und sie erlangten dabei Ruhm und hohes Ansehen. Damit ist die Geschichte von der Nachtigall aus.

Unbekannter Verfasser
14. Jh.

Das reine Hemd (aus: Gesta Romanorum)

Einst herrschte der weise Gallus, der wollte einen Palast erbauen; nun lebte aber in seinem Reiche ein gar scharfsinniger Baumeister, mit welchem der Kaiser hinsichtlich dieses Baues abschloß. Es war aber zu derselben Zeit in jenem Reiche ein Ritter, der eine schöne Tochter hatte. Wie der die Klugheit des Baumeisters bemerkt hatte, dachte er bei sich: ›Dem will ich doch meine Tochter zur Frau geben, er wird sie gewiß durch seine Klugheit und Kunstfertigkeit in eine glänzende Lage versetzen.‹ Er berief ihn also zu sich und sprach zu ihm: »Mein Lieber, verlange von mir, was du willst, und ich will es dir geben, wenn es mir nur möglich ist, damit du nur meine Tochter zur Frau nimmst.« Jener aber entgegnete: »Das ist mir ganz recht.« Sie vereinigten sich bald miteinander, und der Baumeister heiratete sie. Hierauf rief die Mutter des Mädchens ihren Schwiegersohn zu sich hinein und sprach also zu ihm: »Mein Sohn, jetzt hast du meine Tochter zum Weibe genommen. Hier ist ein Hemd, welches, wie du siehst, sehr schön ist; das will ich dir geben.« Sie fuhr also fort: »Dieses Hemd besitzt die Tugend, daß es dein ganzes Leben hindurch nicht gewaschen zu werden braucht, nicht zerreißt, nicht zerfällt, noch seine Farbe verändert, solange zwischen dir und meiner Tochter treue Liebe herrscht. So aber, was fern sein möge, einer von euch sein eheliches Gelübde verletzt, wird das Hemd alsbald alle seine Vorzüge verlieren.« Wie das der Baumeister hörte, freute er sich sehr, nahm das Hemd in Empfang und sprach: »O Mutter, was für ein spaßhaftes Schutzmittel hast du mir gegeben! Keiner von uns beiden wird nunmehr die Ehe brechen können, ohne daß davon durch dieses Hemd die vollständigste Kunde herauskäme.« Wenige Tage nachher wurde der Baumeister zum Palast des Königs berufen, um den neuen Palast zu erbauen; er nahm das Hemd mit sich, ließ aber seine Frau zu Hause, und blieb so lange bei dem König, bis der Palast vollendet war. Während er aber mit seiner Arbeit beschäftigt war, wunderten sich viele, daß das Hemd immer rein und weiß blieb, und der König selbst sprach zu ihm: »Meister, ich bitte dich, daß du mir sagst, wie es möglich ist, daß, während du in fortwährender Arbeit beschäftigt bist, dein Hemd, ohne gewaschen zu werden, in seiner Reinheit und Weiße verbleibt.« Jener aber versetzte: »Wisse, teuerster Herr, daß, solange wir, ich und meine Frau, uns treu in unsrer Liebe bleiben, mein Hemd nicht gewaschen zu werden braucht; allein wenn unser eheliches Gelübde verletzt worden wäre, würde es gerade wie alle andere Leinwand der Wäsche bedürfen.« Als dies ein Ritter gehört hatte, dachte er bei sich nach: ›Wie wäre es, wenn ich machen könnte, daß dein Hemd gewaschen werden müßte?‹ Er machte sich also nach dem Hause des Baumeisters ohne Wissen desselben auf den Weg, um dessen Frau zur Sünde zu reizen. Diese nun nahm ihn freundlich auf, und er klopfte bei ihr wegen eines ungesetzmäßigen Liebesverhältnisses mit ihr an. Darauf versetzte sie: »Solcherlei Liebe verlangt, daß wir allein sind, komm mit mir!« und damit führte sie ihn in ihr Kämmerlein. Kaum hatte sie ihn aber hineingeführt, so ging sie hinaus, schloß die Türe ab und sprach: »Hier mußt du warten, bis ich Zeit habe, dich loszulassen.« Jeden Tag besuchte ihn nun die Dame und beköstigte ihn mit Wasser und Brot. Er aber ließ es nicht an Bitten fehlen, sie solle ihn doch gehen lassen, allein sie gestattete es nicht. Nachher kamen bald noch zwei andere Ritter vom Hofe des Königs zu ihr, einer nach dem andern, um sie zu verführen; allein es gelang ihnen nicht, sondern sie sperrte dieselben in dasselbe Gemach ein und erhielt sie mit Wasser und Brot. Dort blieben sie nun viele Tage, und es entstand wegen dieser drei Ritter ein Gefrage und eine Bewegung am Hofe des Königs, wo sie hingekommen seien. Als nun der Palast vollendet war, kam der Baumeister, nachdem er seinen Lohn empfangen hatte, nach Hause, und seine Frau, die sich nicht wenig freute, nahm ihn mit großen Ehren auf und erkundigte sich fleißig, wie er sich befinde. Er aber beantwortete ihr alles gar wohl, und sie sah sich nun sein Hemd an, und wie sie dasselbe ganz rein fand, sprach sie: »Gesegnet sei unser Gott, an dem Hemd erkenne ich, daß zwischen uns noch eine wahrhafte Liebe besteht.« Darauf sprach er zu ihr: »Meine Liebe, als ich noch mit dem Bau des Palastes beschäftigt war, kamen drei Ritter, einer nach dem andern, zu mir und fragten mich wegen des Hemdes, wie es so, ohne gewaschen zu werden, in seiner ganzen glänzenden Weiße bleiben könne, und ich habe ihnen die Wahrheit gesagt. Was aber nachher aus ihnen geworden ist, weiß ich durchaus nicht, obwohl wegen ihrer Entfernung am Hofe des Königs viel Nachforschungen angestellt worden sind.« Da sprach sie: »Herr, jene drei Ritter, von denen die Rede ist, sind zu mir gekommen und haben mir vieles versprochen, wenn ich ihnen zu Willen sein wollte; aber auf keine Weise war ich willens, so etwas zu begehen, sondern habe sie in meinem geheimen Kämmerlein eingeschlossen und bis jetzt mit Brot und Wasser genährt.« Wie das der Baumeister hörte, freute er sich über die Treue seine Gattin, rettete diese Ritter vom Tode und ließ sie frei ihre Straße ziehen; sie aber verharrten bis an das Ende ihres Lebens in wahrer Liebe.

Unbekannter Verfasser
14. Jh.

Ach reines Weib von guter Art

»Ach reines Weib von guter Art
Trag Sorge immer doch dafür,
Daß Niemand etwas sagt von Dir,
Was edlen Frauen nicht zur Zier.
Daran sollst Du gedenken
Und mir Dein Herze schenken,
Solange ich das Leben hab.
Noch zwingt zu klagen mich die Not
Ueber die liebste Fraue mein,
Daß ihr zartes Mündlein rot
Will mir nimmer gnädig sein,
Sie will mich zu Grunde richten,
Trost gewährt sie mir mit nichten,
Ich weiß mir nicht mehr zu helfen.«

Unbekannter Verfasser
14. Jh.

Die Vertreibung des Teufels (aus: Das deutsche Dekameron)

In weit zurückliegenden Zeiten lebten Frau und Mann noch in schönster Eintracht, ohne sich mit irgendwelcher Heimtücke das Leben zu vergällen. Nun ist uns überliefert, daß es in jenen goldenen Zeiten eine wunderschöne Jungfrau gab, von der die nachfolgende Erzählung handelt.

Bis zu ihrem zwanzigsten Lebensjahr wurde sie von ihrer Mutter mit großer Sorgfalt aufgezogen, so daß sie frei war von allen schlechten Eigenschaften. Nie hatte sie daran gedacht, sich einem Manne zu vermählen, doch nun faßten ihre Verwandten – wie das so üblich ist – den Beschluß, daß sie verheiratet werden sollte. Ihre Mutter war einverstanden und meinte: »Es ist an der Zeit, daß man sie einem Manne anvermählt.«

Als dies bekannt wurde, erschien gar bald ein passender Freier, dem sie auch gern ihr Jawort gab. Nach der Eheschließung, als sich der Tag neigte, schickte man die Jungvermählten zum Brautlager. Die Mutter nahm ihre Tochter beiseite und raunte ihr zu: »Tochter, höre auf meinen Rat. Ich weiß gar wohl, was dir nun widerfährt. Was immer dein Ehemann mit dir anstellt, nimm es geduldig und mit guter Miene hin, lasse es ohne Widerstreben über dich ergehen. Du wirst dabei am Ende selbst Lust und Wonne empfinden. Ganz gleich, was er tut, nimm alles hin, oder ich wasche dir morgen den Kopf!«

Nachdem sie ihre Tochter zu Bett gebracht hatte, ging die Brautmutter zu dem jungen, stattlichen Ehemann und schickte auch ihn zum Brautlager. Der machte sich über seine hübsche junge Frau her und begann mit ihr jenes Spiel, das den Bestand der Welt sichert. Als er ihr dieses Spiel beibrachte und fleißig bei der Arbeit war, kam ihr die Sache ein wenig komisch vor, und sie fragte sanftmütig: »Sagt doch, was ist das nur, was wir hier miteinander treiben? Ich kann nicht sagen, daß es mir unangenehm ist, hier bei Euch zu liegen, doch es kommt mir alles ein wenig merkwürdig vor.«

Der verdutzte Ehemann faßte sich rasch und meinte im Scherz: »Auf diese Weise schickt man den Teufel in die Hölle, dem diese Strafe Leid und Qualen bereitet.« So wurde die hübsche junge Frau von ihrem Mann zum Narren gehalten. Sie hatte nämlich keine Ahnung vom Liebesspiel, das ihr im übrigen ausgezeichnet bekam. Ihr jungvermählter Mann war ein wackerer Bursche, welterfahren und gutherzig, so daß er mit ihr nach allen Regeln der Kunst verfuhr und ihr in liebevoller Geschäftigkeit Lust und Freude schenkte. Da meinte sie in naivem Erstaunen: »Wenn dies dem Teufel übel bekommt und man ihn auf diese Weise zur Hölle schicken kann, so will ich mich nicht schonen.« Und weiter sprach die reizende Schöne: »So gut ich es nur vermag, will ich Euch helfen, den Satan in den Höllenschlund zu treiben! Ich bin überzeugt, daß wir den verräterischen Bösewicht heute noch ganz und gar zuschanden machen! Komm nur und mach mit mir, was du willst. Ich will alles gern tun, da es dem Teufel an den Kragen geht. Los, schicken wir ihn zur Hölle!«

Mit heiligem Feuer setzte die liebenswerte Kleine die Vertreibung des Teufels fort und war mit allen Kräften bemüht, dem üblen Höllenhund die größten Qualen zuzufügen. Bei diesem frommen Werk genossen die zwei überdies noch mancherlei Freude, und sie vollzogen die Teufelsvertreibung mit letztem Einsatz. Schließlich aber waren sie völlig erschöpft und blieben atemlos liegen. Als das eifrige Tun unterbrochen werden mußte, fühlte sich die junge Frau so wohl wie nie zuvor, und sie sprach dankbaren Herzens: »Noch nie hat mir eine Teufelsvertreibung so ausnehmend gut gefallen. Nun höre und erzittere, du böser Geist: Nachdem mir bekannt ist, wie man dich bekämpft, werde ich dich schon in deinen Höllenpfuhl zu senden wissen!« Da drängte es den jungen Ehemann erneut zu ihr. Er umarmte sein liebreizendes Frauchen, schmiegte seine Wange an ihr blühendes Wänglein und küßte ihre roten Lippen ohne Unterlaß wohl dreißigmal. Danach bat sie, ihr doch zu erklären, was das bedeute: »Sag mir doch, warum hast du deine Lippen so oft auf die meinen gedrückt? Was soll das bedeuten? Ich weiß keine Erklärung dafür!«

»Das nennt man lieben. Nun sage aber du, was dir besser gefällt, das Lieben oder das Teufelsvertreiben?«

Die hübsche Frau überlegte und meinte dann: »Das erste wollen wir lieber lassen, das zweite aber um so eifriger betreiben. Auf diese Weise können wir uns voll auf das fromme Werk der Teufelsvertreibung konzentrieren und unser Seelenheil erringen. Meine Mutter und der Pfarrer haben mir schreckliche Dinge von dem grauenhaften Höllenpfuhl erzählt, so daß wir auf das Lieben verzichten und uns ganz der Bekämpfung des verruchten Geistes weihen wollen.« Sie drängte sich mit ihren gutgewachsenen, elastischen, schneeweißen Schenkeln an ihren Eheliebsten und bat: »Nun, mein Held, frisch in den Kampf, treib ihn in die Hölle! Es war gewiß ein heiliger Mann, der diese Art der Seelenrettung ersonnen hat. Sie geht mir noch über die Lektüre des Psalter. Los, gönn ihm keine Atempause! Der Liebe will ich mich entschlagen als Buße für meine Sünden. Der Teufel aber soll wieder hinab in den Abgrund der Hölle! Nein doch, Liebster, komm näher heran, vertreibe ihn nur frisch und unverdrossen!« Bei diesem Teufelsvertreiben verstrickten sie Arme, Beine, Füße und Hände derart ineinander, daß man nicht hätte sagen können, ob dies oder jenes Glied der Frau oder dem Mann gehörte. Dies trieben sie so lange, bis ihnen beiden die Sinne vergingen, sie sich mit Armen und beinen umklammerten und die Süßigkeit der Vertreibung kosteten. Nachdem sie eine Weile geruht hatten, drückten die Frau ihre Sünden, und sie sprach: »Wahrlich, ich habe viel gesündigt, und ich will dir nun alles beichten. Nichts soll verschwiegen bleiben! Oft habe ich meine Mutter bestohlen, um mir Haarbänder, Anstecknadeln oder Ringe zu kaufen. O wehe, dafür muß ich ewiglich in der Hölle brennen! Nein doch, mein Liebster, steh mir bei, daß ich rechte Buße leisten kann! Gott wird es dir lohnen. Gepriesen sei, der diese Buße erfand. Voran, vertreiben wir ihn zum dritten Mal. Ewig will ich mich dieser frommen Tat erfreuen!«

Zum dritten Mal begannen sie mit der Teufelsvertreibung. Sie rief dabei: »Wer dies Vertreiben hindern wollte, sei für immer verwünscht. Luzifer, du schlimmer Gauch, jetzt kommen Schmach und Schmerzen über dich! In Zukunft bin ich Tag und Nacht bereit, dich zu bekämpfen. Ich will dich verfolgen, wann immer ich kann!«

Die Teufelsvertreibung verlief in voller Eintracht, sie hielten einander eng umschlungen und versanken schließlich in einen erquickenden Schlummer, bis sie die helle Morgensonne überstrahlte. Die junge Frau schreckte auf, denn vor der Tür ertönte eine weibliche Stimme. Sie rüttelte ihren Mann, der noch im tiefen Schlafe lag. Vor der Tür aber stand voller Ungeduld die Brautmutter, und da die beiden drinnen sich nicht rührten, schlug sie an die Tür, bis man ihr öffnete. Dann sprach sie freundlich: »Gott grüß euch, meine Kinder! Pferde, Rinder, Korn und Wein schenke euch unser Herrgott. Glückseligkeit und Wohlstand möge er euch jetzt und immerdar bescheren, dazu am Ende einen Platz im Himmelreich.« Rücksichtsvoll zog sie sich zurück, bis die zwei sich angekleidet hatten. Danach trat sie fürsorglich wieder ein, glättete die völlig zerwühlten Betten, öffnete eine Truhe und entnahm ihr – wie es Brauch ist – ein Gewand aus schmiegsamer Leinwand, das sie in einen weißen Pelzrock einschlug.

Außerdem holte sie einen prächtigen roten Wollmantel hervor, den ihre Tochter mitsamt den anderen Kleidungsstücken anlegen mußte. Dies ist die Tracht der jungen Frau am Morgen nach der Hochzeitsnacht. Dann – zum jungen Ehemann gewandt – sprach sie geschäftig: »Nun setzt euch nieder, liebe Kinder! Ich hole die Nachbarn herbei, denn es gehört sich, daß man am nächsten Morgen mit den Jungvermählten tafelt. Ich habe für alles gesorgt!«

Die jungen Leute sagten: »Wir sind einverstanden!« Nun trug man Brot, Wein und – da es im Haus der Brauteltern an nichts mangelte – reichlich gekochtes und gebratenes Fleisch auf. Man sprach dem Essen wacker zu und war guter Dinge. Die Mutter blickte auf ihre jungvermählte Tochter und fragte: »Nun, wie ist es dir ergangen?«

»Ach, Mutter, ich und mein Liebster haben heute nacht den Teufel gleich dreimal in die Hölle getrieben!« Und sie verbreitete sich über alle Leiden, die sie nächtens durchlitten hatte. Da konnten sich die Gäste das Lachen nicht verbeißen, und man blinkerte sich vergnügt und ausgelassen zu. Der junge Ehemann aber wurde vor Scham ganz rot. Die Mutter fuhr die Tochter an, sofort stillzuschweigen, denn solche Geschichten gehörten nicht in den Mund einer jungen Frau.

Die aber sagte erstaunt: »Aber Mutter, was heute nacht und heute früh passiert ist, hast du doch selbst verschuldet. Ich bin völlig schuldlos. Laß dir sagen, Schwesterchen«, wandte sie sich an die Schwester ihres Mannes, »daß mir meine Mutter gestern abend dringlich eingeschärft hat, deinem Bruder in jeder Hinsicht zu Willen zu sein. Nach dieser Belehrung brachte man mich zu Bett. Ich kann versichern, daß ich mich nicht gesträubt habe und alles tat, was er nur wollte. Wie er es wünschte, habe ich mich hingelegt. Dies alles tat ich wahr und wahrhaftig! Und ich will den Teufel auch gern endgültig in die Hölle treiben, wenn ich es erst richtig gelernt habe.«

Da mußte auch ihre Mutter lachen und sprach zu ihr: »Sei still, meine Tochter. Doch du hast schon recht, die Schuld trage ich.« Damit hörte der Wortwechsel auf. Nun drängten aber die Frauen alle Mannsleute aus der Stube, bis sie unter sich waren, dann aber brach ein Sturm von Fragen los, was es denn mit dem Teufelsvertreiben auf sich habe. Sie drangen in die junge Frau, sie solle doch erzählen, wie tüchtig sie beide dem Teufel eingeheizt hätten. Die erzählte ganz treuherzig: »Erst packte er mich mit beiden Händen an den Beinen und drückte mir die Knie hoch bis ans Herz. Dann schmerzte es ein wenig. Laßt euch sagen, das Teufelsvertreiben tut erst etwas weh, dann aber wird es immer angenehmer. Wenn eine von euch Buße leisten will für ihre Sünden und Übeltaten, so rat ich ihr dringlich, sich der Teufelsjagd zu verschreiben.

Dem Seelenheil dient man ja auf mancherlei Art. Viele Menschen wallfahrten nach Rom oder fahren gar übers Meer ins Heilige Land. Jawohl, man muß sich des Satans eben mit allen Mitteln erwehren. Manche büßen für ihre Freveltaten, indem sie fasten, andere beten auch noch inbrünstig. Meine Sünden büße ich fortan auf andere Art. Wenn mir nur mein Mann den nötigen Beistand leistet, so jage ich den Satanas, rette auf diese Weise meine Seele vor den Gefahren der Hölle und sichere ihr die Wonnen des Paradieses. Ich bin geradezu begierig, den Teufel zu verjagen, und ich ruhe danach glückselig in den Armen meines Mannes. Keinerlei Mitleid habe ich mit dem Höllenfürsten, und ich traktiere ihn, so gut ich kann. Den verwünschten Höllenhunden, die Gott in Bande geschlagen hat, will ich stets Haß und Abneigung entgegenbringen. Glaubt mir, ihr Frauen, ich will bis an mein Lebensende den Teufel in die Hölle treiben!«

Und als ein Bote eintrat, der die Frauen zur Frühmesse holen wollte, erklärte die junge Frau fest und entschlossen: »Ich und mein Ehemann bleiben daheim. Wir müssen unsere Zeit anderen frommen Werken widmen!« Seitdem treiben sie als Buße für ihre Sünden unverdrossen und eifrig den Teufel in die Hölle. Damit ist unsere Geschichte aus.

Oswald von Wolkenstein
1376–1445

Regina Margarita

Ein Mägdlein, achtzehn Jahr und klug,
Benahm mir all mein Glück dahin.
Nie kann ich ihr entrinnen gnug,
Seit sie vor meinem Blick erschien.
All meine Ruhe ist verdorrt,
Ihr Mündlein zwingt mich fort und fort,
Das sie mit wundersüßem Wort
So lieblich weiß zu lenken.

Bin ich auch fern, so nahet mir
Ihr reines Bild durch alle Land,
Ihr zarter Blick umfanget schier
Mein Herz, zu wahrer Lieb entbrannt.
Ach, wüßte sie nur meinen Sinn,

Wie ich so krank von Sehnsucht bin!
Versteinert tret ich vor sie hin
Und weiß mich nicht zu renken.

Weiblicher sah man nie ein Weib,
Untadelig in ihrer Wahl.
Es peinigt mich ihr schöner Leib
Vom Scheitel bis hinab zum Tal.
Wenn ich bedenk ihr Ebenmaß,
Kurz, lang, schmal, breit, ihr dies und das:
Wer trüge dieser Lieben Haß?
Oh, wollt sie mein gedenken!

Viel Glück und Heil

Viel Glück und Heil in großer Schar
Wünsch ich dir, Frau, zum neuen Jahr!
Daß ich dir rechte Treue wahr
Und nie in deinen Diensten spar,
Daran soll es nicht fehlen.
Das macht dein rotes Mündlein gar
Und deiner Wänglein liebes Paar,
Umglänzt von lichten Äuglein klar,
Die Öhrlein klein und drob das Haar
In wollig weichen Wellen,
Goldkraus und gelb durchflecket.

Nas, Kinn und Kehl, der Hals zu Tal
Neigt wohlgemessen seinen Fall
Bis an der weißen Brüstlein Saal.
Das Tal dort preis ich laut mit Schall:
Wie bist du wohlbemessen!
Die Finger lang, die Händlein schmal,
Das Bäuchlein schimmert überall;
Schön ist das Pelzchen ohne Zahl,
Fest wölbt sich auch der Sitz zumal,
Die Stärke nicht vergessen!
Und Füßlein, klein gestrecket.

An ihrem Leib ist keine Pein,
An Zucht und Tugend ist sie rein,
Jung, edel, adelig im Schein;
Ihr Wandel fügt sich auch darein
Nach meisterlicher Sitte.
Sie ist untadelig und fein.
Mein trauter Schatz, vergiß nicht mein!
Und bin ich denn geheißen dein,
So laß mich, Lieb, noch einmal frein,
Worum ich lange bitte,
Und was mein Sehnen wecket!

Ich hör, wie mancher Freude hat

Ich hör, wie mancher Freude hat,
Wenn seine Frau von Adel stammt.
Woher sie kommt, ob Schloß, ob Stadt,
Ich weise sie doch allesamt
Zurück aus meines Herzens Grund.
Sind mir auch viele Länder kund,
Mich lockt allein ein roter Mund
Aus Schwaben zart, auch Sinn und Art,
Person, Gestalt ganz allgemein.

Die stolze Schwäbin ist bewährt,
An der ich keinen Tadel fand,
Die ich im Herzen mehr begehrt
Als alle Frauen rings im Land.
Die Augen, Nase, Mund und Kehl,
So schön geformt, ihr zartes Fell,
Rot, weiß und zierlich, blaß und hell,
Der Arm, die Händ, Brust, Lust ohn' End,
Hart, weiß gemalt, und wunderfein.

Die Taille schmal, ein dicker Sitz,
Fest, rund gewölbt und schön gespreizt,
Zwei Schenkel voller Glut und Hitz,
Ein Bein, das nicht mit Reizen geizt,
Dazu ein Füßchen, schmal und klein,

Zart aufgesetzt, im Wandel rein
Und züchtig ohne allen Schein:
Gar wohl bewahrt ist ihre Art –
Sie hat Gewalt bei mir allein.

Hermann von Salzburg
Ende 14. Jh.

Wach voller Liebe auf!

Wach voller Liebe auf! Reck deine kleinen Arme, streck deine kleinen Füße. Ich wecke dich, indem ich dir die Decke wegziehe. Entblöße dein Herz und deine schönen Brüste, die mich Armen nachts um den Verstand bringen. Heb den Kopf und hör die seltsame Musik, mit der dein Freund dich wecken will. Liebste, ich denke Tag und Nacht an den Anfang unserer Liebe und daran, wie das zärtliche Liebesspiel mein Herz gefangennahm, als wir voller Liebe unsere Herzen tauschten, so daß mein Herz bei dir blieb. Im Gegenzug erhielt ich deines von dir, liebste Freundin, und trage dich auf diese Weise überall tief im Innersten bei mir.

Heinrich Wittenwiler
Ende 14. Jh.

Nabelreibers Minnelehre (aus: Der Ring)

»Ein Furz soll da dreinfahren!« sprach Triefnas sogleich, als ihm die Nachrichten zu Ohren kamen. »Je länger das geht, desto lieber wird sie mir«, sprach er weiter, »so ist das. Ich hab's geschworen: mein wird sie, wäre sie auch in die Erde eingegraben.« Das bereitete ihm Zorn und Ungemach. Wie oft sah er zu dem Speicher hin und dachte bei sich: »Heiliger Christ! Verschlossenes Brot, wie süß bist du!« Triefnas liebte Mätzlein so heftig, daß ihm war, als ob das Herz im Leib ihm um dieser Frau willen bersten wollte.

(...)

Bertschi hatte indes süßen Met, Bier und Wein getrunken, so daß er doch noch bei Kräften blieb. Er dachte bei sich: »Ist sie so gut behütet, daß ich es nicht wage, mit ihr zu reden, so will ich doch ein Brieflein dorthin senden.« Das war Triefnasens Entschluß. Auf der Stelle sandte er nach dem Dorfschreiber, der Henritze Nabelreiber hieß. Mein Dekanatssekretär kam sogleich in Bertschis Haus gerannt. Triefnas lag auf der Bank, sein Gesänglein war: »Ach und weh.« Als Nabelreiber das sah, dauerte er ihn, denn Bertschi war mit ihm verwandt. »Hat dir jemand was getan?« sprach er zu dem Armen, »das muß er mir bezahlen!«

»Nein, mein Lieber!« antwortete Berchtold, »das Mätzlein liebe ich so sehr, daß ich um ihretwillen verderben und sterben will. Willst du mich aber retten, so schreibe mir ein Briefchen heimlich an meine Dame – andernfalls muß ich mich quälen.« Darauf antwortete ihm der Schreiber: »So ist es nicht, wie du denkst, mein lieber Freund. Wenn einer richtig den Hof machen will, muß er ein junger, frischer und sauberer Bursch sein, und er muß sich aus der Schar der Damen jene eine erwählen, die ihm am besten gefällt, die mit niemand sonst etwas zu schaffen hat und die an Jugend und Herkunft seinesgleichen ist. Denn wer zu hoch hinaus will, der fällt am Ende in den Graben. Auch sollst du wirklich sie allein in allen deinen Sinnen haben, denn die rechte Liebschaft besteht nur zwischen zweien und will ihrer auch nicht mehr haben. Soviel kann ich dir sagen: willst du dir deine Liebste als Ehefrau in rechtem Verlangen erwerben, dann finde eine, die in der Liebe unerfahren ist – wenn du nicht willst, daß es dich reut! Denn die Witwen und die alten Frauen sind von wahrer Liebe geschieden: sie denken an die ersten Männer, die neuen Bräutigamer werden heruntergemacht.

Wohlauf denn, hast du dir dann eine Geliebte erwählt – zu deinem Glück geboren –, so erzeige dich recht munter, fröhlich und allerorts geschäftig! Wo sie sitzt oder steht, sollst du stets schon vorher sein und dein Netz auswerfen: das heißt, du sollst, meiner Meinung nach, sie immer wieder anlächeln aus blitzenden Augen hin und her, damit sie, die Gute, versteht, was dir im Sinn schwebt. Denn das erste Anblicken ist der Anfang des Romans. Du sollst auch viel tanzen, Saitenspiel erklingen lassen, singen und springen, Geschichten erzählen usw. Doch bleibe dabei im Haus und auf der Straße stets maßvoll und wahre das Geheimnis durch Verstellung, damit es nicht allzu bekannt wird. Denn allein der Mann erwirbt die Gunst der Damen, der sich auf die heimliche Liebschaft versteht.

Suche dir deshalb ganz im Geheimen ein kluges Kuppelweib, dem du ganz trauen kannst, schenke ihr etwas, wie's der Brauch ist, damit sie hingeht zu der Reinen und zu ihr sagt: ›Gott grüße dich, blühende Rose zart! Seit langer Zeit wurde keine Jungfrau so glückselig wie du, denn dich hat jetzt der schönste Jüngling auf Erden zu seiner Liebsten erwählt. Er ist so höfisch und klug, daß keine Mutter je seinesgleichen geboren hat. Um die Wahrheit zu sagen: keine Frau kann je seiner wert sein. Er entbietet dir aus großer Ergebenheit seinen bereitwilligen Dienst und bittet dich von ganzem Herzen, du mögest ihm durch mich Antwort geben, ob es je sein könne, daß er deine Gunst gewinne, und dazu, daß du ihm erlaubst, dir sein ganzes Gemüt in einer freudvollen Stunde durch seinen eigenen Mund zu offenbaren. Er wird dafür ewig in deiner Schuld stehen, glaub mir das.‹ Und falls die Reine zuerst spricht: ›Deine Rede mißfällt mir, unterlaß dein Geschwätz auf der Stelle! Daß der böse Geist über ihn komme! Glaubst du, ich bin ein leichtes Mädchen? In deinen Gedanken bist du selbst eines. Verschwinde und laß dich nicht mehr blicken, sonst kannst du was erleben!‹ Oder ob sie anders daherredet aus Scham und wegen der Reputation, die Beste, so laß deswegen nicht nach, geh die Gasse auf und ab und singe dabei deiner Liebsten zur Freude dieses höfische Lied:

›Zu dienen ihr, das hab ich geschworen,
Wenn sie auch droht, daß niemals sie mich nimmt.
Mißlingt mir's heut – bin morgen ich erkoren,
Des freu ich herzlich mich in meinem Sinn.
Ich harre stets, einst wird sie mich umfassen,
Zu dienen ihr, das habe ich geschworen,
Wenn sie auch droht, daß niemals sie mich nimmt.
Ich will doch nie und nimmer von ihr lassen.‹

Sende ihr immer wieder flinke Boten. Hat man sie vorher schon sehr dringlich gebeten, so flehe man sie nun dreifach so inständig an, bis sie dir die Ehre erweist. Denn kein Herz wurde je so hart, daß man es nicht erweichen könnte durch beständiges Bitten: das weiß jedes Kind.

Nun denn, widerfährt dir endlich die Gnade, daß du zu ihr kommen sollst, so säume nicht und mache dich auf – heimlich, ohne daß die Neider es merken –, verneige dich vor ihr und grüße sie: ›Gott erheitere Eure Sinne und schenke Euch viel Glück und Heil! Nichts anderes erbitte ich.‹ Dann kannst du alsbald sprechen: ›Höchster Hort, o Maienzier, sei mir gnädig, gnadenreichstes Lieb, und höre mich, du Tugendreiche!‹ Dann bitte sie, sich zu setzen, setze dich zu ihr (das ist der Zweck des Ganzen) und hebe an, deine Botschaft züchtig (wie's der Brauch ist) vorzubringen. Sanft und leise sprich: ›O holdes Lieb, mein Paradies, daß ich nun schon seit so vielen Tagen heimliche Liebe zu Euch trage – in unerschütterlicher Treue meinen Kummer mit Freude ertragend –, laßt mich das heute entgelten und verheißt mir nun zärtlich Eure beständige Liebe! Das, o edle Herrin, ist mir die höchste Gabe, das größte Glück, die vollste Gnade; denn nichts Besseres gibt es, als wenn zwei Herzen eines Sinnes und mit vollkommener Beständigkeit verbunden in treuer Liebe ganz füreinander da sind.‹

Darauf spricht sie vielleicht: ›Das wisse Gott, wer mich getreulich liebt, den kann ich auch nicht hassen!‹ Dafür sollt Ihr sogleich danken und sprechen: ›Ach wie gut, wie gut, wie fröhlich war Gott gesinnt, als er sich das Menschengeschlecht erschuf, sonderlich aber Euch, so zart, nach rechtem Muster und Maß, weder zu klein noch zu groß! Aus Eurem Mündlein brennt ein Rubin – selig, dem ihr einen Kuß gönnen wolltet! Darum dünkt mich, tausend Mark und mehr hätte ich gewonnen, könnte ich zu diesem Glück gelangen.‹ Vielleicht ist sie so klug und weiß es dir zu versagen: der Reputierlichkeit wegen will sie dir nicht bekennen, daß sie wünschte, es wäre schon geschehen. Mein Freund, mach dir nichts draus, fasse sie behutsam am Kleid, seufze und sprich: ›O weh, mein Schatz, tötest du mich, so ist es Mord: du weißt ja jetzt genau, daß ich unter diesen Umständen verderben muß und sterben.‹ Dann laß das Reden sein und beginne das Werk der Minne mit süßen Taten (die Zeit dafür ist jetzt da), mit Küssen – merk dir's – und mit anderem Geplänkel, bis die Reine erwärmt ist! Dann kannst du ohne Sorge die Heirat begehren, wenn ihrer dein Herz begehrt: du erhältst ganz sicher ihre Zustimmung. Danach tu wie andere Leute! Mehr will ich dir jetzt nicht sagen.«

Hans Rosenplüt
um 1400–um 1470

Der Wettstreit der drei Liebhaber (aus: Das deutsche Dekameron)

In irgendeinem Dorfe lebte einst ein Bauer, der hatte eine so bezaubernde Frau, daß ihn jeder andere Mann um diesen Schatz beneiden konnte. Freilich hielt sie sich neben ihrem Manne eine stattliche Anzahl von Liebhabern. Eines Tages hatte sie in wohlüberlegter Reihenfolge gleich drei von ihnen eingeladen, ohne daß der eine vom anderen wußte.

Der erste war – ihr könnt's glauben – ein stattlicher Diener Gottes. Er schlich zur Haustür, lugte durch einen Türspalt, und als er sie neben ihrem Mann am Küchenherd sitzen sah, dachte er: Warten wir halt, bis es soweit ist! Damit ging er um die Hausecke und setzte sich auf eine Bank an der Hauswand.

Es dauerte nicht lange, da kam der zweite, und zwar ein Edelmann. Auch er schlich zur Tür, legte sein Ohr an das Holz und lauschte, was darin vorging, ob ihm nicht eine Falle gestellt würde. Als er sie mit ihrem Ehetrottel schwatzen hörte, dachte er: Hilft nichts, wir müssen ein Weilchen warten! Auch er tappte um die Hausecke, und als er dort den Pfaffen sitzen sah, fragte er verdutzt: »Nanu, wer seid denn Ihr?«

»Ein treuer Diener des Herrn!« erwiderte der Priester sanft und freundlich. »Doch was sucht Ihr hier, lieber Herr?«

»Ich glaub, wir suchen das gleiche«, sprach verschmitzt der Edelmann. »Doch ich fürchte, wir sind heute beide vergeblich gekommen.«

Da kam auch schon der dritte, ein Mordskerl von Bauernknecht. Auch er trat leise an die Tür und spitzte, ob es soweit sei. Als er die beiden Ehegatten drinnen plaudern hörte, murmelte er vor sich hin: »Also warten wir ein wenig!« Damit ging auch er um die Hausecke herum und stieß zu seiner Verblüffung auf die beiden Wartenden. Der Pfaffe redete ihn an: »Los, bekennt Farbe! Woher kommt Ihr und was wollt Ihr hier?«

»Man hat mich herbestellt, hier gäb's angeblich ein Wildbret zu jagen, doch mir will's scheinen, hier sind schon andere Jäger auf dem Anstand. Ich kann nicht sagen, daß ich begeistert davon bin.«

Da sprach der Pfaffe schmunzelnd zu den beiden Mitleidenden: »Paßt auf, denn ihr scheint mir zwei Weltkinder zu sein, die nicht auf den Kopf gefallen sind. Strengt euch daher an und laßt uns überlegen, wie wir zu unserem Spaß kommen können, ohne daß ihr Mann etwas merkt. Wer den besten Einfall hat, bekommt von den andern zwei ein Fäßchen Wein. Seid ihr einverstanden?«

»Mit Vergnügen!« erwiderte der Edelmann leise.

Auch der Knecht war einverstanden und sprach: »Immer zu, ich bin dabei! Doch ich habe eine Bedingung, Knecht Gottes: Macht Ihr den Anfang und bahnt uns armen Weltkindern den Weg!«

Der Pfaffe tat's. Er ging zur Tür, klopfte an und wurde vom Hausherrn eingelassen. »Was habt Ihr auf dem Herzen, Herr Pfarrer?«

»Ach, ich komm geradewegs von daheim, mir sind unvermutet Gäste ins Haus gefallen. Als sich nun meine Haushälterin daran machen will, das Essen zu bereiten, ist kein Körnchen Salz und kein Blättchen Küchenkraut im Haus zu finden. Nun wollte ich deine liebe Frau darum bitten, mir ein wenig zu borgen. Sie bekommt's natürlich zurück.«

Die Hausfrau sprach bereitwillig: »Aber selbstverständlich, wenn ich Euch damit einen Gefallen tun kann. Was hättet Ihr denn gern?«

»Laßt sehen, was Ihr im Haus habt!« Und er folgte ihr in die Speisekammer. Kaum waren sie beide allein, wurde er handgreiflich, grapschte nach all den lockenden Früchten und fand schließlich das begehrte Sträußlein zwischen ihren Schenkeln. Nun ging ein eifriges Mahlen an, bis alle Gewürzpflänzchen fein zerschroten waren. Nachdem er seine Begierde gestillt hatte, nahm er Abschied, doch bevor er durch die Tür trat, suchte er nach einem Tütchen. Das wies er dem Bauern vor und sagte, er habe die gewünschten Gewürze erhalten und sei voll und ganz zufriedengestellt. Als er wieder bei seinen Kumpanen auftauchte, wurde er mit großer Heiterkeit begrüßt: »Ei, Ihr geistlicher Trost! Eure unvermuteten Gäste aus fernen Landen sind Euch ja trefflich zupaß gekommen!«

Nun wollte der Edelmann sein Glück versuchen. Er klopfte an die Tür, der Bauer ließ ihn ein, hieß ihn herzlich willkommen und fragte: »Was wünscht Ihr, edler Junker? Es muß schon wichtig sein, da Ihr zu so später Stunde zu uns kommt.«

»Ja, weißt du, wir waren gerade fröhlich beim Bechern. Und wie's so geht, wird allerlei geschwatzt. Nun wurde erzählt, du seist so schwer wie ein Ochse, und da habe ich mit den anderen gewettet, ich könnte dich samt deiner Frau Huckepack nehmen. Wenn du einverstanden und mir behilflich bist, lasse ich ein Fäßchen Wein springen.«

Der Bauer versicherte eilfertig: »Aber mit Freuden! Ich will Euch gerne helfen, lieber Junker. Sagt nur, was soll ich tun!«

»Alsdann, du legst dich auf den Bauch, und deine Frau legt sich auf dich, Rücken an Rücken. Dann tu ich euch nicht weh beim Zupacken und Hochreißen. Und spreizt die Beine, damit ich dazwischen treten kann, dann ist mir um meine Wette nicht bange!«

Nachdem sich Bauer und Bauersfrau nach Wunsch niedergelegt hatten, zückte der Junker seine Lanze und attackierte ihren haarigen Schild. Als er seiner Gier freien Lauf ließ, bekam auch der Bauer einiges zu spüren. Da schlang der Junker beide Hände um seinen Leib, zerrte an ihm und stöhnte: »Ihr seid ja ungeheuer schwer! Ich fürchte, ich muß aufgeben!«

Die Bäuerin aber eiferte: »Nein doch! Packt's noch einmal an, lieber Herr! Wir liegen doch hier fein trocken und bekommen keine nassen Kleider.«

Der Bauer unten aber ächzte: »Lägst du hier an meiner Stelle, hättest du ihn nicht zu einem zweiten Versuch ermuntert. Hätte man dich so breit gequetscht wie mich, wär dir die Sache sicher nicht kurzweilig erschienen.« Und zum Junker keuchte er mit erstickter Stimme: »Macht Schluß, Junker! Ich halt's nicht länger aus. Hätte ich vorher gewußt, was mich erwartet, nie wäre ich Euer Untermann geworden. Ihr quetscht mich ja so sehr, daß ich keine Luft mehr bekomme.«

Da ließ es der Junker genug sein. Er verabschiedete sich und ging hinaus zu seinen Kumpanen. Den Schweiß von der Stirn wischend, lachte er und sprach: »He, meine Freunde, ich bring mein Fohlen zurück von der Weide. Dort hat es sich toll und voll gefressen! Ich denk, das Fäßchen Wein gehört mir.«

Nun war der Knecht an der Reihe. Paßt auf, was der anstellte! Er hatte nämlich einen ganz besonderen Plan ausgeheckt. Auch er klopfte an und fand Einlaß. Der Bauer fragte: »Woher des Wegs so spät am Tag?«

»Hilf mir, ich bin in größter Gefahr! Wir saßen in der Schenke, und sitzen wir erst, dann fließt der Wein in Strömen! Da bin ich mit einem zusamengeraten. Es ging auf Hauen und Stechen, und dabei hab ich ihm den Schädel eingeschlagen. Kannst du mich nicht ein Weilchen verbergen?«

Der Bauer sprach kopfschüttelnd: »Na schön! Kriech auf den Ofen rauf! Oben hab ich Birnen gedörrt. Dort bist du ungestört und sicher!«

Der Knecht kletterte hinauf, hockte sich nieder und schwieg eine Weile still. Plötzlich sprach er zum Bauern: »Pfui Teufel, was bist du doch für ein schamloser Patron! Nimmst einfach deine Frau auf der Ofenbank. Kannst du nicht warten, bis ihr im Bett seid?«

Der Bauer knurrte aufgebracht: »Was fällt dir ein? Ich halte es doch nicht so wie du! Du siehst wohl Gespenster?«

Der Knecht aber sprach unbeirrt: »Warum streitest du's ab? Ich seh's doch deutlich mit beiden Augen, so wahr ich hier oben hocke. Von deiner Frau sind nur die beiden Knie zu sehen.«

Der Bauer stritt es erregt ab: »Was soll denn das? Ich sitze doch hier neben ihr, kann ich dir versichern. Wie kommst du dazu, mir so eine Schamlosigkeit vorzuwerfen? Dich juckt wohl das Fell?«

»Bei meinem Leben und bei allem, was mir teuer ist! Ich beschreibe doch nur, was du tust. Es nützt dir gar nichts, wenn du's abstreitest. Komm rauf und laß mich runter, dann wirst du sehen, ob ich recht habe oder ob mir der Wein die Sinne verwirrt hat!«

Das geschah. Der Bauer stieg hinauf, der Knecht hinunter. Unten machte sich der listige Schelm sofort über die Bäuerin her und fand, was er suchte und was auch der Schönen nicht zuwider war. Da schrie der Bauer oben erstaunt: »Du hast wahrhaftig recht! Ich seh nur ihre Knie, wie sie auf und nieder schwingen. Ich hätte es nie für möglich gehalten, wäre ich nicht deinem Rat gefolgt.«

Nachdem er herabgestiegen war, schärfte ihm der Knecht ein: »Halt den Mund und sage keinem Menschen, daß ich bei dir war. Und jetzt laß mich hinaus, denn ich will erkunden, wie's draußen steht, ob sich der Tumult gelegt hat.«

Der Bauer ließ ihn hinaus und stieß den Riegel vor die Tür. Als der Knecht zu seinen Kumpanen kam, hieß man ihn willkommen und erkannte ihm den Preis zu. Er hatte es schließlich so raffiniert eingerichtet, daß ihm der Bauer beim Grasen auf fremder Weide zusehen mußte, ohne ihm einen Vorwurf machen zu können.

Damit ist unsere Geschichte aus. Jeder, der einen anschlägigen Kopf hat, mag nun brüten, wie er's wohl angefangen hätte, sagt Hans Rosenplüt.

Unbekannter Verfasser
15. Jh.

Die Königskinder

Es waren zwei Königskinder,
Die hatten einander so lieb,
Sie konnten zusammen nicht kommen,
Das Wasser war viel zu tief.

»Ach Liebster, kannst du schwimmen,
So schwimm doch herüber zu mir,
Drei Kerzchen will ich anzünden,
Die sollen auch leuchten dir.«

Das hört' ein falsches Nönnchen,
Das tät', als wenn es schlief,
Es tat die Kerzlein ausblasen,
Der Jüngling ertrank so tief.

Und als der Jüngling zugrunde ging,
Sie schrie und weinte so sehr,
Sie ging mit weinenden Augen
Wohl vor der Mutter Tür.

»Ach Mutter, herzliebste Mutter,
Mein Kopf tut mir so weh,
Laß mich ein wenig spazieren
Wohl an die tiefe See.«

»Ach Tochter, herzliebste Tochter,
Allein sollst du nicht gehn,
Ruf deinen jüngsten Bruder,
Und der soll mit dir gehn.«

»Ach Mutter, herzliebste Mutter,
Mein Bruder ist noch ein Kind,
Er schießt ja all' die Vögelein,
Die auf grüner Heide sind.«

»Ach Tochter, herzliebste Tochter,
Allein sollst du nicht gehn,
Weck deine jüngste Schwester,
Und sie soll mit dir gehn.«

»Ach Mutter, herzliebste Mutter,
Meine Schwester ist noch ein Kind,
Sie pflückt ja all' die Blümelein,
Die auf grüner Heide sind.«

Die Mutter ging zur Kirche,
Die Tochter ging ihren Gang,
Sie ging so lang spazieren,
Bis sie einen Fischer fand.

»Ach Fischer, liebster Fischer,
Willst du verdienen Lohn,
So senk dein Netz ins Wasser,
Fisch mir den Königssohn.«

Er senkte sein Netz ins Wasser
Und nahm sie in den Kahn,
Er fischt' und fischte so lange,
Bis sie den Königssohn sahn.

Was nahm sie von ihrem Haupte?
Eine goldne Königskron':
»Sieh da, viel edler Fischer,
Das ist dein verdienter Lohn.«

Was zog sie von ihrem Finger?
Ein Ringlein von Gold so rot:
»Sieh da, du armer Fischer,
Kauf deinen Kindern Brot.«

Sie schloß ihn in die Arme,
Küßt' ihm den bleichen Mund:
»Ach, Mündlein, könntest du sprechen,
So wär mein Herz gesund.«

Sie schloß ihn an ihr Herze
Und sprang mit ihm ins Meer:
»Gute Nacht, mein Vater und Mutter,
Ihr seht mich nimmermehr.«

Da hörte man Glöcklein läuten,
Da hörte man Jammer und Not.
Hier liegen zwei Königskinder,
Die sind alle beide tot.

Unbekannter Verfasser
erste Hälfte 15. Jh.

Brief eines zweifelnden Liebhabers

Meinen freundlichen Gruß und stete Treue, meine allerliebste Freundin! Wißt, daß der Überbringer dieser Botschaft in Eurem Namen zu mir gekommen ist und mich in Eurem Auftrag gebeten und gedrängt hat, zu Euch zu kommen und noch viel mehr Worte an mich gerichtet hat. Wie es aber nun derzeit zwischen uns steht, weiß ich nicht recht, wie ich dies verstehen und ob ich dem Boten Glauben schenken soll. Es könnte doch sein, daß Ihr noch mehr falsches Spiel mit mir spielen wollt, wie es, wie ich fürchte, bereits geschehen ist – und wie ich dies bald und auch genauer erfahren werde – und mich Euch gegenüber gleichwohl nicht mißtrauisch erzeigt habe. Da Ihr Euch mit ganzem Willen mir und sonst niemandem versprochen habt und mir danach – wie ich dankbar erinnere – einige Male zu willen wart und mir auch Euer freundliches Wort gegeben habt, Euch keinem anderen zuzuwenden und mich nie zu verlassen, daher weiß ich nicht, wie ich mich Euch gegenüber nun weiter verhalten soll. Gleichviel: Wenn Ihr mir den – Euch wohlbekannten – Ring und dazu dieses Brieflein, das Euch sehr schaden könnte, wieder zurücksendet, so werde ich weiter auf Eure Treue hoffen und dem Boten, so er künftighin für Euch sprechen wird, meinen Glauben schenken und Euch durch ihn bitten, daß ich zu Euch kommen darf.

So wird sich Treue oder Untreue bald herausstellen,
und ich werde wissen, woran ich bin.

Sebastian Brant
1458–1521

Von Buhlschaft (aus: Das Narrenschiff)

Ich, Venus mit dem strohernen Steiß,
Bin nicht die letzte des Narrenbreis;
Ich locke zu mir der Narren viel
Und mach zum Gauche, wen ich will,
Meine Kunden niemand nennet all.
Wer je gehört von Circes Stall,
Kalypso, der Sirenen Joch,
Bedenk, welch Macht ich habe noch.
Wer meint, daß klug und schlau er sei,
Den tauch ich tief in Narrenbrei,
Und wer einmal von mir wird wund,
Den macht kein kräftig Kraut gesund.

(...)

Es käme zur Weisheit mancher noch,
verlangte er nicht nach der Buhlschaft Joch.
Wer viel mit Frauen hat Credenz[1]
Dem wird verbrannt sein Conscienz[2];
Es dienet Gott nicht früh noch spat,
Wer viel mit ihnen zu schaffen hat,
Die Buhlschaft dient einem jeden Stande
Zu Spott und Narrheit und zur Schande;
Noch schändlicher ist sie alsdann,
Wenn buhlt im *Alter* Weib und Mann.
Der ist ein Narr, der buhlen will
Und meint zu halten Maß und Ziel;
Denn daß man Weisheit pfleg' – und buhle,
Verträgt sich nicht auf *einem* Stuhle.
Ein Buhler wird verblendet gar:
Er meint, es nähm ihn niemand wahr.
Dies ist das kräftigste Narrenkraut,
Die Kappe klebt lang an der Haut.

[1] Vertrauten Umgang.
[2] Gewissen (lat. conscientia).

Konrad Celtis (Konrad Bickel)
1459–1508

Über die Nacht und Hasilinas Kuß

Wie glücklich war ich in jener Stunde unter Küssen und Herzen, als ich Hasas zarte Äpfelchen umfaßte, mich bald in ihren lieblichen Schoß versenkte, bald ihre Brust mit zärtlichen Armen umfing, seufzend in ermatteter Liebe, weil sie mich mit erwiderndem Liebesfeuer erregte und mich dann dazu brachte, in ihre Umarmung zu kommen, bis so unseren Lebenshauch, der sich von Mund zu Mund vermischte, mit ehernen Banden fesselte die aus dem blauen Meere geborene Göttin. O Nacht, geziert durch immerglänzende Sterne, die du die leuchtenden Gestalten der Himmlischen heraufführst und den Erschöpften heilsame Ruhe wiederbringst, bleibe jetzt stehen wie bei der Zeugung des Herkules oder wie gewöhnlich an Schwedens Gestaden, wenn Phöbus den regenreichen Auster wieder aufsucht, zwei Monate lang kein Licht spendet und immerwährende Dunkelheit verbreitet. So wird meine glühende Begierde gesättigt werden.

Erasmus von Rotterdam
1469–1536

Der Liebesbrief (aus: Anleitung zum Briefschreiben)

Liebesbriefe gehören nicht alle ein und derselben Gattung an. Denn die einen enthalten Bitten, andere aber Forderungen, wieder andere Klagen oder schmeichelnde Worte und eine weitere Gruppe Entschuldigungen. Deshalb ließen sich für sie keine bequemen technischen Vorschriften geben. Wie ich sehe, haben manche diese Gattung in zwei Arten eingeteilt, in die anständige und die verderbte. Wir nennen die anständige »werbenden Brief«, die andere »Liebesbrief«. Der werbende Brief ist ein solcher, mit dessen Hilfe man sich das Wohlwollen eines Menschen zu gewinnen trachtet, den man vorher nicht kannte. Dazu werden wir folgende Anweisungen erteilen. Zuerst wird man die Gründe glaubhaft darlegen, die den Wunsch aufkommen ließen, sich um des Adressaten Freundschaft zu bemühen. Obwohl dies kaum ohne Schmeichelei möglich ist, wird man dennoch den Verdacht der Schmeichelei tunlich von sich fernhalten. Dann wird man, wenn eine Eigenschaft des Schreibers den Adressaten zur Gegenliebe anregt, auf diese ohne Anmaßung hinweisen.

(...)

Wenn man aber in einem Mädchen Gegenliebe erwecken will, wird man vornehmlich zwei Angriffswaffen benutzen, Lob und Mitgefühl. Über Lob freuen sich nämlich alle Menschen, besonders aber Mädchen, vor allem, wenn es die Schönheit betrifft, die für sie das höchste Gut bedeutet, aber auch wenn es sich auf ihre Jugend, ihren Charakter, ihre Abkunft, ihre Gepflegtheit und ähnliche Dinge bezieht. Ferner wird man, da dieses Geschlecht ja weichherzig ist und sich leicht zu Mitgefühl rühren läßt, sich bemühen, den Eindruck eines möglichst armen Bittstellers zu erwecken. Die Vorzüge des Mädchens wird man groß herausstellen, die eigenen abschwächen oder wenigstens mit größter Bescheidenheit vortragen. Man wird die größte Liebe in Verbindung mit der größten Verzweiflung darstellen. Bald wird man wehklagen, bald wieder schmeicheln, gleich darauf in Verzweiflung sinken, dann wieder geschickt ein Eigenlob anbringen und Versprechungen machen. Man wird Beispiele von berühmten, anständigen Frauen gebrauchen, die sich einer ehrenhaften Liebschaft nicht verschlossen, und von Jünglingen, die an Rang weit hinter jenen zurückstanden. Man wird versuchen, die eigene Liebe als möglichst ehrenhaft hinzustellen. Schließlich wird man so zurückhaltend wie möglich bitten, daß die Adressatin, wenn sie es nicht ganz und gar verschmähe, die Liebe des Liebenden zu erwidern, es wenigstens, ohne sich belästigt zu fühlen, hinnehme, daß er sie liebt. Sollte man das nicht erreichen, steht der Entschluß fest, auf irgendeine Weise das grausame Leben zu beenden. Ein Beispiel zu dieser Vorschrift wird, wer sich dafür interessiert, aus Ovid und den übrigen Dichtern nehmen können.

Jodocus Wind
geschrieben 1482

Ein Pater schreibt an eine Nonne

Einen guten, seligen Tag und eine fröhliche Woche und alles, was Dich, meine Herzallerliebste, erfreuen kann und mich damit desgleichen, wünsche ich Dir aus dem Grund und dem Inneren meines Dir treuen Herzens.

Meine freundliche und heißbegehrte Liebe! Daß Dich mein Brief gefreut hat, ist mir wahrhaft gleichfalls eine Freude und ein Trost. Und glaube mir: Was ich Dir heuer an Jakobi (25. Juli) versprochen habe, will ich – und sollte ich hundert Weihnachten erleben – mit ganzer Treue halten. Verzeihe mir allein mein Erstaunen; es wird mir noch vergehen, wenn es soweit sein wird. Du sagst immer, meine Herzallerliebste und Süßeste, ich solle Dir treu sein, Du seiest noch im besten Alter. Das ist sicher wahr, und ich wollte gern, daß ich Dich allezeit nach Herzenslust besitzen könnte und man mir, wenn ich Dich verlassen sollte, sogleich das Haupt abschlüge.

Wenn ich Dich jedoch schon nicht besitzen kann, so rede mir wenigstens nichts Übles nach. Ich will mich nicht immer wieder loben, aber es ist wirklich nicht wahr, wie dieser rechte Hurensohn von Stainlin über mich ausstreut, daß ich etwas mit einem anderen Mädchen hätte. Verdammt soll ich sein, wenn ich je eine Beziehung zu einer anderen Frau gehabt oder jemand geliebt hätte außer Dir, und ich werde es auch in Zukunft nicht tun. Ist diese auch für eine andere zu mir gekommen, so ist sie doch nicht die meine! Sie hat sich auch noch niemandem verwehrt, der sie begehrt hat: Weshalb sollte sie mich da anklagen? Ich vertraue auf Gott, daß er mich gegenüber allen meinen Verleumdern rächen wird!

Liebste, ich hoffe doch sehr, daß der Provinzial einen anderen (nach Rom) schikken wird; ist es doch mein Herzenswunsch, bei meiner Liebe zu bleiben. Denn es wäre sicher ein schwerer Ritt, und insbesondere zu dieser Jahreszeit. Sobald ich eine Nachricht erhalte, werde ich es Dich wissen lassen.

Damit, meine einzige Liebe, empfehle ich mich Deiner Treue und Deinem freundlichen Herzen, wie auch Du mir stets befohlen und ergeben sein sollst. Ich sende Dir auch von meinen Rosen; setze sie im Sand ein, damit Du sie immer vor Dir siehst. Gott danke Dir aufrichtig für Deinen guten Lebkuchen und für alle Zeichen der Zuneigung.

Leb wohl, meine Allerliebste.

Jo(s) de S(untheim),

D(ein) a(ller)l(iebster) und herzenstreuer Vater.

Martin Luther
1483–1546

Das Hohelied Salomos (aus: Die Bibel)

Er küsse mich mit dem Kusse seines Mundes; denn deine Liebe ist lieblicher als Wein. Es riechen deine Salben köstlich; dein Name ist eine ausgeschüttete Salbe, darum lieben dich die Mädchen. Zieh mich dir nach, so wollen wir laufen. Der König führte mich in seine Kammern. Wir wollen uns freuen und fröhlich sein über dich; wir preisen deine Liebe mehr als den Wein. Herzlich lieben sie dich.

Ich bin braun, aber gar lieblich, ihr Töchter Jerusalems, wie die Zelte Kedars, wie die Teppiche Salomos. Seht mich nicht an, daß ich so braun bin; denn die Sonne hat mich so verbrannt. Meiner Mutter Söhne zürnten mit mir. Sie haben mich zur Hüterin der Weinberge gesetzt; aber meinen eigenen Weinberg habe ich nicht behütet.

Sage mir an, du, den meine Seele liebt, wo du weidest, wo du ruhst am Mittag, damit ich nicht herumlaufen muß bei den Herden deiner Gesellen. Weißt du es nicht, du Schönste unter den Frauen, so geh hinaus auf die Spuren der Schafe und weide deine Zicklein bei den Zelten der Hirten.

Ich vergleiche dich, meine Freundin, einer Stute an den Wagen des Pharao. Deine Wangen sind lieblich mit den Kettchen und dein Hals mit den Perlenschnüren. Wir wollen dir goldene Kettchen machen mit kleinen silbernen Kugeln.

Als der König sich herwandte, gab meine Narde ihren Duft. Mein Freund ist mir ein Büschel Myrrhen, das zwischen meinen Brüsten hängt. Mein Freund ist mir eine Traube von Zyperblumen in den Weingärten von En-Gedi. Siehe, meine Freundin, du bist schön; schön bist du, deine Augen sind wie Taubenaugen. Siehe, mein Freund, du bist schön und lieblich. Unser Lager ist grün. Die Balken unserer Häuser sind Zedern, unsere Täfelung Zypressen.

Ich bin eine Blume in Scharon und eine Lilie im Tal. Wie eine Lilie unter den Dornen, so ist meine Freundin unter den Mädchen. Wie ein Apfelbaum unter den wilden Bäumen, so ist mein Freund unter den Jünglingen. Unter seinem Schatten zu sitzen, begehre ich, und seine Frucht ist meinem Gaumen süß. Er führt mich in den Weinkeller, und die Liebe ist sein Zeichen über mir. Er erquickt mich mit Traubenkuchen und labt mich mit Äpfeln; denn ich bin krank vor Liebe. Seine Linke liegt unter meinem Haupte, und seine Rechte herzt mich. – Ich beschwöre euch, ihr Töchter Jerusalems, bei den Gazellen oder bei den Hinden auf dem Felde, daß ihr die Liebe nicht aufweckt und nicht stört, bis es ihr selbst gefällt.

Da ist die Stimme meines Freundes! Siehe, er kommt und hüpft über die Berge und springt über die Hügel. Mein Freund gleicht einer Gazelle oder einem jungen Hirsch. Siehe, er steht hinter unsrer Wand und sieht durchs Fenster und blickt durchs Gitter. Mein Freund antwortet und spricht zu mir: Steh auf, meine Freundin, meine Schöne, und komm her! Denn siehe, der Winter ist vergangen, der Regen ist vorbei und dahin. Die Blumen sind aufgegangen im Lande, der Lenz ist herbeigekommen, und die Turteltaube läßt sich hören in unserm Lande. Der Feigenbaum hat Knoten gewonnen, und die Reben duften mit ihren Blüten. Steh auf, meine Freundin, und komm, meine Schöne, komm her! Meine Taube ist in den Felsklüften, im Versteck der Felswand, zeige mir deine Gestalt, laß mich hören deine Stimme; denn deine Stimme ist süß, und deine Gestalt ist lieblich.

Fangt uns die Füchse, die kleinen Füchse, die die Weinberge verderben; denn unsere Weinberge haben Blüten bekommen.

Mein Freund ist mein, und ich bin sein, der unter den Lilien weidet. Bis der Tag kühl wird und die Schatten schwinden, wende dich her gleich einer Gazelle, mein Freund, oder gleich einem jungen Hirsch auf den Balsambergen.

Des Nachts auf meinem Lager suchte ich, den meine Seele liebt. Ich suchte; aber ich fand ihn nicht. Ich will aufstehen und in der Stadt umhergehen auf den Gassen und Straßen und suchen, den meine Seele liebt. Ich suchte; aber ich fand ihn nicht. Es fanden mich die Wächter, die in de Stadt umhergehen: »Habt ihr nicht gesehen, den meine Seele liebt?« Als ich ein wenig an ihnen vorüber war, da fand ich, den meine Seele liebt. Ich hielt ihn und ließ ihn nicht los, bis ich ihn brachte in meiner Mutter Haus, in die Kammer derer, die mich geboren hat. – Ich beschwöre euch, ihr Töchter Jerusalems, bei den Gazellen oder bei den Hinden auf dem Felde, daß ihr die Liebe nicht aufweckt und nicht stört, bis es ihr selbst gefällt.

Was steigt da herauf aus der Wüste wie ein gerader Rauch, wie ein Duft von Myrrhe, Weihrauch und allerlei Gewürz des Krämers? Siehe, es ist die Sänfte Salomos; sechzig Starke sind um sie her von den Starken in Israel. Alle halten sie Schwerter und sind geübt im Kampf; ein jeder hat sein Schwert an der Hüfte gegen die Schrekken der Nacht. Der König Salomo ließ sich eine Sänfte machen aus Holz vom Libanon. Ihre Säulen machte er aus Silber, ihre Lehnen aus Gold, ihren Sitz mit Purpur bezogen, ihr Inneres mit Ebenholz eingelegt. – Ihr Töchter Jerusalems, kommt heraus und sehet, ihr Töchter Zions, den König Salomo mit der Krone, mit der ihn seine Mutter gekrönt hat am Tage seiner Hochzeit, am Tage der Freude seines Herzens.

Siehe, meine Freundin, du bist schön! Siehe, schön bist du! Deine Augen sind wie Taubenaugen hinter deinem Schleier. Dein Haar ist wie eine Herde Ziegen, die herabsteigen vom Gebirge Gilead. Deine Zähne sind wie eine Herde geschorener Schafe, die aus der Schwemme kommen; alle haben sie Zwillinge, und keines unter ihnen ist unfruchtbar. Deine Lippen sind wie eine scharlachfarbene Schnur, und dein Mund ist lieblich. Deine Schläfen sind hinter deinem Schleier wie eine Scheibe vom Granatapfel. Dein Hals ist wie der Turm Davids, mit Brustwehr gebaut, an der tausend Schilde hangen, lauter Schilde der Starken. Deine beiden Brüste sind wie junge Zwillinge von Gazellen, die unter den Lilien weiden. Bis der Tag kühl wird und die Schatten schwinden, will ich zum Myrrhenberge gehen und zum Weihrauchhügel. Du bist wunderbar schön, meine Freundin, und kein Makel ist an dir.

Komm mit mir, meine Braut, vom Libanon, komm mit mir vom Libanon, steig herab von der Höhe des Amana, von der Höhe des Senir und Hermon, von den Wohnungen der Löwen, von den Bergen der Leoparden!

Du hast mir das Herz genommen, meine Schwester, liebe Braut, du hast mir das Herz genommen mit einem einzigen Blick deiner Augen, mit einer einzigen Kette an deinem Hals. Wie schön ist die Liebe, meine Schwester, liebe Braut! Deine Liebe ist lieblicher als Wein, und der Geruch deiner Salben übertrifft alle Gewürze. Von deinen Lippen, meine Braut, träufelt Honigseim. Honig und Milch sind unter deiner Zunge, und der Duft deiner Kleider ist wie der Duft des Libanon.

Meine Schwester, liebe Braut, du bist ein verschlossener Garten, eine verschlossene Quelle, ein versiegelter Born. Du bist gewachsen wie ein Lustgarten von Granatäpfeln mit edlen Früchten, Zyperblumen mit Narden, Narde und Safran, Kalmus und Zimt, mit allerlei Weihrauchsträuchern, Myrrhe und Aloe, mit allen feinen Gewürzen. Ein Gartenbrunnen bist du, ein Born lebendigen Wassers, das vom Libanon fließt. Steh auf, Nordwind, und komm, Südwind, und wehe durch meinen Garten, daß der Duft seiner Gewürze ströme! Mein Freund komme in seinen Garten und esse von seinen edlen Früchten. –

Ich bin gekommen, meine Schwester, liebe Braut, in meinen Garten. Ich habe meine Myrrhe samt meinen Gewürzen gepflückt; ich habe meine Wabe samt meinem Honig gegessen; ich habe meinen Wein samt meiner Milch getrunken. Eßt, meine Freunde, und trinkt und werdet trunken vor Liebe! Ich schlief, aber mein Herz war wach. Da ist die Stimme meines Freundes, der anklopft: »Tu mir auf, liebe Freundin, meine Schwester, meine Taube, meine Reine! Denn mein Haupt ist voll Tau und meine Locken voll Nachttropfen.« »Ich habe mein Kleid ausgezogen, – wie soll ich es wieder anziehen? Ich habe meine Füße gewaschen, – wie soll ich sie wieder schmutzig machen?« Mein Freund steckte seine Hand durchs Riegelloch, und mein Innerstes wallte ihm entgegen. Da stand ich auf, daß ich meinem Freunde auftäte; meine Hände troffen von Myrrhe und meine Finger von fließender Myrrhe am Griff des Riegels. Aber als ich meinem Freund aufgetan hatte, war er weg und fortgegangen. Meine Seele war außer sich, daß er sich abgewandt hatte. Ich suchte ihn, aber ich fand ihn nicht; ich rief, aber er antwortete nicht. Es fanden mich die Wächter, die in der Stadt umhergehen; die schlugen mich wund. Die Wächter auf der Mauer nahmen mir meinen Überwurf. – Ich beschwöre euch, ihr Töchter Jerusalems, findet ihr meinen Freund, so sagt ihm, daß ich vor Liebe krank bin.

Was hat dein Freund vor andern Freunden voraus, o du Schönste unter den Frauen? Was hat dein Freund vor andern Freunden voraus, daß du uns so beschwörst? Mein Freund ist weiß und rot, auserkoren unter vielen Tausenden. Sein Haupt ist das feinste Gold. Seine Locken sind kraus, schwarz wie ein Rabe. Seine Augen sind wie Tauben an den Wasserbächen, sie baden in Milch und sitzen an reichen Wassern. Seine Wangen sind wie Balsambeete, in denen Gewürzkräuter wachsen. Seine Lippen sind wie Lilien, die von fließender Myrrhe triefen. Seine Finger sind wie goldene Stäbe, voller Türkise. Sein Leib ist wie reines Elfenbein, mit Saphiren geschmückt. Seine Beine sind wie Marmorsäulen, gegründet auf goldenen Füßen. Seine Gestalt ist wie der Libanon, auserwählt wie Zedern. Sein Mund ist süß, und alles an ihm ist lieblich. – So ist mein Freund; ja mein Freund ist so, ihr Töchter Jerusalems! –

»Wo ist denn dein Freund hingegangen, o du Schönste unter den Frauen? Wo hat sich dein Freund hingewandt? So wollen wir ihn mit dir suchen.« Mein Freund ist hinabgegangen in seinen Garten, zu den Balsambeeten, daß er weide in den Gärten und Lilien pflücke. Mein Freund ist mein, und ich bin sein, der unter den Lilien weidet.

Du bist schön, meine Freundin, wie Tirza, lieblich wie Jerusalem, gewaltig wie ein Heer. Wende deine Augen von mir; denn sie verwirren mich. Deine Haare sind wie eine Herde Ziegen, die herabsteigen vom Gebirge Gilead. Deine Zähne sind wie eine Herde Schafe, die aus der Schwemme kommen; alle haben sie Zwillinge, und keines unter ihnen ist unfruchtbar. Deine Schläfen sind hinter deinem Schleier wie eine Scheibe vom Granatapfel. – Sechzig Königinnen sind es und achtzig Nebenfrauen und Jungfrauen ohne Zahl. Aber *eine* ist meine Taube, meine Reine; die Einzige ist sie für ihre Mutter, das Liebste für die, die sie geboren hat. Als die Töchter sie sahen, priesen sie sie glücklich; die Königinnen und Nebenfrauen rühmten sie.

Wer ist sie, die hervorbricht wie die Morgenröte, schön wie der Mond, klar wie die Sonne, gewaltig wie ein Heer? Ich bin hinabgegangen in den Nußgarten, zu schauen die Knospen im Tal, zu schauen, ob der Weinstock sproßt, ob die Granatbäume blühen. Ohne daß ich's merkte, trieb mich mein Verlangen zu der Tochter eines Fürsten.

Wende dich hin, wende dich her, o Sulamith! Wende dich hin, wende dich her, daß wir dich schauen! Was seht ihr an Sulamith beim Reigen im Lager? – Wie schön ist dein Gang in den Schuhen, du Fürstentochter! Die Rundung deiner Hüfte ist wie ein Halsgeschmeide, das des Meisters Hand gemacht hat. Dein Schoß ist wie ein runder Becher, dem nimmer Getränk mangelt. Dein Leib ist wie ein Weizenhaufen, umsteckt mit Lilien. Deine beiden Brüste sind wie junge Zwillinge von Gazellen. Dein Hals ist wie ein Turm von Elfenbein. Deine Augen sind wie die Teiche von Heschbon am Tor Bat-Rabbim. Deine Nase ist wie der Turm auf dem Libanon, der nach Damaskus sieht. Dein Haupt auf dir ist wie der Karmel. Das Haar auf deinem Haupt ist wie Purpur; ein König liegt in deinen Locken gefangen. – Wie schön und wie lieblich bist du, du Liebe voller Wonne! Dein Wuchs ist hoch wie ein Palmbaum, deine Brüste gleichen den Weintrauben. Ich sprach: Ich will auf den Palmbaum steigen und seine Zweige ergreifen. Laß deine Brüste sein wie Trauben am Weinstock und den Duft deines Atems wie Äpfel; laß deinen Mund sein wie guten Wein, der meinem Gaumen glatt eingeht und Lippen und Zähne mir netzt.

Meinem Freund gehöre ich, und nach mir steht sein Verlangen. Komm, mein Freund, laß uns aufs Feld hinausgehen und unter Zyperblumen die Nacht verbringen, daß wir früh aufbrechen zu den Weinbergen und sehen, ob der Weinstock sproßt und seine Blüten aufgehen, ob die Granatbäume blühen. Da will ich dir meine Liebe schenken. Die Liebesäpfel geben den Duft, und an unsrer Tür sind lauter edle Früchte, heurige und auch vorjährige: mein Freund, für dich hab ich sie aufbewahrt.

O daß du mein Bruder wärst, der meiner Mutter Brüste gesogen! Fände ich dich draußen, so wollte ich dich küssen, und niemand dürfte mich schelten! Ich wollte dich führen und in meiner Mutter Haus bringen, in die Kammer derer, die mich gebar. Da wollte ich dich tränken mit gewürztem Wein und mit dem Most meiner Granatäpfel. – Seine Linke liegt unter meinem Haupt, und seine Rechte herzt mich. – Ich beschwöre euch, ihr Töchter Jerusalems, daß ihr die Liebe nicht aufweckt und nicht stört, bis es ihr selbst gefällt.

Wer ist sie, die heraufsteigt von der Wüste und lehnt sich auf ihren Freund? Unter dem Apfelbaum weckte ich dich, wo deine Mutter mit dir in Wehen kam, wo in Wehen kam, die dich gebar. Lege mich wie ein Siegel auf dein Herz, wie ein Siegel auf deinen Arm. Denn Liebe ist stark wie der Tod und Leidenschaft unwiderstehlich wie das Totenreich. Ihre Glut ist feurig und eine Flamme des HERRN, so daß auch viele Wasser die Liebe nicht auslöschen und Ströme sie nicht ertränken können. Wenn einer alles Gut in seinem Hause um die Liebe geben wollte, so könnte das alles nicht genügen. Unsre Schwester ist klein und hat keine Brüste. Was sollen wir mit unsrer Schwester tun, wenn man um sie werben wird? Ist sie eine Mauer, so wollen wir ein silbernes Bollwerk darauf bauen. Ist sie eine Tür, so wollen wir sie sichern mit Zedernbohlen. – Ich bin eine Mauer, und meine Brüste sind wie Türme. Da bin ich geworden in seinen Augen wie eine, die Frieden findet.

Salomo hat einen Weinberg in Baal-Hamon. Er gab den Weinberg den Wächtern, daß jeder für seine Früchte brächte tausend Silberstücke. Mein Weinberg gehört mir. Die Tausend lasse ich dir, Salomo, und zweihundert den Wächtern seiner Früchte.

Die du wohnst in den Gärten, laß mich deine Stimme hören; die Gefährten lauschen dir. Flieh, mein Freund! Sei wie eine Gazelle oder wie ein junger Hirsch auf den Balsambergen!

Das Hohelied der Liebe (aus: Die Bibel)

Wenn ich mit Menschen- und mit Engelszungen redete und hätte die Liebe nicht, so wäre ich ein tönendes Erz oder eine klingende Schelle. Und wenn ich prophetisch reden könnte und wüßte alle Geheimnisse und alle Erkenntnisse und hätte allen Glauben, so daß ich Berge versetzen könnte, und hätte die Liebe nicht, so wäre ich nichts.

Und wenn ich alle meine Habe den Armen gäbe und ließe meinen Leib verbrennen, und hätte die Liebe nicht, so wäre mir's nichts nütze.

Die Liebe ist langmütig und freundlich, die Liebe eifert nicht, die Liebe treibt nicht Mutwillen, sie bläht sich nicht auf, sie verhält sich nicht ungehörig, sie sucht nicht das Ihre, sie läßt sich nicht erbittern, sie rechnet das Böse nicht zu,

sie freut sich nicht über die Ungerechtigkeit, sie freut sich aber an der Wahrheit;

sie erträgt alles, sie glaubt alles, sie hofft alles, sie duldet alles.

Die Liebe hört niemals auf, wo doch das prophetische Reden aufhören wird und das Zungenreden aufhören wird und die Erkenntnis aufhören wird. Denn unser Wissen ist Stückwerk, und unser prophetisches Reden ist Stückwerk. Wenn aber kommen wird das Vollkommene, so wird das Stückwerk aufhören. Als ich ein Kind war, da redete ich wie ein Kind und dachte wie ein Kind und war klug wie ein Kind; als ich aber ein Mann wurde, tat ich ab, was kindlich war. Wir sehen jetzt durch einen

Spiegel ein dunkles Bild; dann aber von Angesicht zu Angesicht. Jetzt erkenne ich stückweise; dann aber werde ich erkennen, wie ich erkannt bin.

Nun aber bleiben Glaube, Hoffnung, Liebe, diese drei; aber die Liebe ist die größte unter ihnen.

Der eheliche Stand

Aber davon wollen wir am meisten reden, daß der eheliche Stand einen so jämmerlichen Ruf bei jedermann hat. Es sind viele heidnische Bücher, die nichts als der Weiber Laster und des ehelichen Standes Widerwärtigkeiten beschreiben, so daß etliche gemeint haben, wenn die Weisheit selbst ein Weib wäre, sollte man dennoch nicht freien. Es sollte einmal ein römischer Ratsherr den jungen Männern einen Anreiz geben, Weiber zu nehmen, denn die Stadt brauchte viel Volks um des täglichen Kriegs willen; da sprach er unter anderen Worten: Liebe junge Männer, wenn wir ohne Weiber leben könnten, so wären wir ja großer Widerwärtigkeiten enthoben. Aber weil sich's ohne sie nicht leben läßt, so nehmt Weiber usw. Solche Rede wurde von etlichen getadelt als nicht kunstgemäß und die jungen Männer eher abschreckend. Aber die andern sprachen: Weil Metellus ein tapferer Mann sei, habe er recht geredet; denn ein redlicher Mann soll die Wahrheit sagen ohne Scheu und Heuchelei.

So haben sie beschlossen, daß ein Weib sei ein nötiges Übel und kein Haus ohne solches Übel. Das sind nun blinder Heiden Worte, die nicht wissen, daß Mann und Weib Gottes Schöpfung ist, und lästern ihm sein Werk, gerade, als kämen Mann und Weib unversehens daher. Ich halte auch dafür, wenn die Weiber würden Bücher schreiben, so würden sie von den Männern auch dergleichen schreiben. Was sie aber nicht geschrieben haben, das erledigen sie doch mit Klagen und Kläffen, wenn sie beieinander sind. Man findet auch noch täglich Eltern, die ihre Bedürftigkeit vergessen – wie die satten Mäuse das Mehl – und ihre Kinder vom ehelichen Stand zur Pfafferei und Nonnerei anhalten und anreizen. Sie heben hervor die Mühe und bösen Tage im ehelichen Leben und bringen so ihre eigenen Kinder dem Teufel ins Haus, wie wir täglich sehen. Sie schaffen ihnen gute Tage am Leib und die Hölle an der Seele.

Weil Gott solche Lästerung seines Werks von den Heiden erleiden mußte, gab er ihnen auch ihren Lohn, wovon Paulus schreibt Röm. 1,24 ff. Er ließ sie fahren in Hurerei und Geschlechtskrankheit, bis dahin, daß sie nicht mehr Weiber, sondern Knaben und unvernünftige Tiere schändeten. Ebenso schändeten auch die Weiber sich selbst und eine die andere. Und wie sie Gottes Werk verlästerten, gab er sie dahin in verkehrten Sinn, wovon auch die heidnischen Bücher voll, voll sind aufs allerschamloseste.

Damit wir nun nicht so blind leben, sondern christlich wandeln, so halte aufs erste fest, daß Mann und Weib Gottes Werk sind. Halte dein Herz und Mund zu und schelte ihm sein Werk nicht und heiße nicht böse, was er selbst gut heißt. Er weiß besser als du selbst, was gut ist und dir nütze, wie er spricht I. Mose 2,18: »Es ist nicht gut, daß der Mensch allein sei; ich will ihm einen Gehilfen machen neben ihm.« Da siehest du, daß er das Weib gut und einen Gehilfen nennet. Findest du es aber anders, so ist's gewiß deine Schuld, daß du Gottes Wort und Werk nicht verstehest noch glaubest. Siehe, mit diesem Spruch Gottes stopfet man das Maul allen, die über die Ehe klagen und schelten.

Darum die jungen Männer sich vorsehen sollen, wenn sie die heidnischen Bücher lesen und die allgemeine Klage hören, damit sie nicht Gift schöpfen. Dem Teufel ist's nämlich nicht wohl beim ehelichen Leben; denn es ist Gottes Werk und guter Wille. Darum hat er in der Welt so viel dawider schreien und schreiben lassen, damit er die Leute von dem gottgefälligen Leben abschrecke und in den Stricken der Hurerei und Selbstbefriedigung behalte, so daß mich dünkt, auch Salomo, wiewohl er böse Weiber schilt, habe doch wider solche Gotteslästerer gesagt Spr. 18,22: »Wer ein Weib findet, der findet etwas Gutes und wird Wohlgefallen von Gott schöpfen.« Was ist das Gute und das Wohlgefallen? Das wollen wir sehen.

Die Welt spricht von der Ehe: kurze Freud und langes Leid. Aber laß sie sprechen, was sie will! Was Gott schafft und haben will, das muß ihr ein Spott sein. Was sie auch für Lust und Freude hat außer der Ehe, denke ich, werde sie am besten gewahr im Gewissen. Es ist gar sehr ein ander Ding, ehelich sein und das eheliche Leben erkennen. Wer ehelich ist und das eheliche Leben nicht erkennet, der kann nimmermehr ohne Unlust, Mühe und Jammer drinnen leben. Er muß klagen und lästern wie die Heiden und die unvernünftigen, blinden Menschen. Wer es aber erkennet, der hat Lust, Liebe und Freude drinnen ohn' Unterlaß, wie Salomo sagt: »Wer ein Weib findet, der findet etwas Gutes.«

Hans Sachs
1494–1576

Ein schons Buhllied einer ehrlichen Frauen mit eim Namen in den Anfängen

Mir liebt in grünem Maien
Die fröhlich Summerzeit,
In der sich tut erfreien
Mit ganzer Stetigkeit
Die Allerliebst auf Erden,
Die mir im Herzen leit.

Ach Mai, du edler Maien,
Der du den grünen Wald
Gar herrlich tust erfreien
Mit Blümlein mannigfalt,
Darinnen tut spazieren
Mein Feinslieb wohlgestalt.

Gott du wöllest mir geben
In diesem Maien grün
Ein frohlich, gsundes Leben,
Darzu die Zart und Schün,
Die du mir hast erkoren,
Die mir ihr Lieb vergünn.

Darum du grüner Maien,
Wann ich an die gedenk,
Die mein Herz tut erfreien,
Der ich viel Seufzen senk,
Dieweil ich leb auf Erden,
Mein Herz nit von ihr wänk.

Ach, halt an Treu und Ehren,
Mein allerhochster Schatz,
Und laß dich nit abkehren
Des schnöden Klaffers Schwatz,
Gib ihren falschen Zungen
In deim Herzen kein Platz.

Lieb, ach wollt Gott, mein Herze
Künnst sehen in dem Grund,
Wie das in Liebesschmerze
Von dir ist worden wund!
Tu das mit eim Wort trosten!
So wird mein Herz gesund.

Ewig wollt ich mich freuen,
Wenn ich dein eigen wär,
Und dir dienen in Treuen.
Derhalb furcht kein Gefähr!
Nichs ich, denn Ehr und Glücke,
Von Gott und dir begehr.

Nach Silber und nach Golde
Tu ich nit sehnen mich
Als der, die ich herzholde
Hab, zu der mich versich
Aller Lieb, Treu und Ehre,
Weil ich leb auf Erdrich.

Ach, tu von mir nit kehren
In Liebesanefang!
Hoffnung tut mich ernähren
Forthin mein Lebenlang.
Viel tausend guter Nachte
Wünsch ich dir mit Gesang.

Philipp Melanchthon
1497–1560

An einen Verteidiger des Zölibats

Der du die Keuschheit so mit höchstem Lob belegst
und gegen heilig Band der Ehe disputierst,
wer du auch bist, der so bewundert Zölibat:
laß ab schon von der überschlauen Tüftelei,
womit du gegen Ehe ausspielst Zölibat.
Auf dich und deine Zölibatsgesellen schau,
wie keusch und rein wohl euer Lebenswandel sei.
Siehst du ihn dann, durchaus befleckt mit Hurerei,
gebrandmarkt ihn mit allen Arten schmutziger Lust,
hör auf, verruchten Lastern neue Schminke auf-
zutragen: eure Lügenpredigt widerlegt
die Unmoral, der du und deine Herde frönt.
Bei Gott – wie wagst du's, du und Menschen deiner Art –
pervers und weibisch, wie der Phrygerpriesterschar,
die auf des Ida Hängen rannten hinterher
dem Wagen Cybeles zu Tamburinenschall –,
wie wagst du's, über Keuschheit und Enthaltsamkeit
scheinheilig Phrasendreschen vorzulügen uns?
Wahrhaftig, Keuschheit ist das letzte, was ihr sucht:
hingeben euch, von Risiko und Strafe frei,
als Sklaven jeder Unzucht allerschlimmster Art.

Johannes Secundus
1511–1536

Welch Rasen

Welch Rasen hat, Neaera,
du Törin, dir geboten
so anzufallen, so zu
verletzen meine Zunge
mit grausam-wildem Bisse?
Genügt's nicht, daß im Herzen
so viele deiner Pfeile,
die es durchbohrten, ich nun
allein muß tragen? Mußt du,
mit dreisten Zähnen frevelnd,
vergehen dich an *dem* Gliede,
womit ich oft frühmorgens,
womit ich oft spätabends,
womit ich lang am Tage,
in bittersüßen Nächten,
dein Lob zu singen pflegte?
Dies ist (weiß du's nicht?), Böse,
dies ist dieselbe Zunge,
die deine Ringellocken,
die dein verschwimmend Auge,
die deine weißen Brüste,
die auch den zarten nacken
der reizenden Neaera
in weichem Vers erhoben
zu Sternen, höher noch als
zum sonnenwarmen Himmel,
der diesen Ruhm dir neidet;
die dich, mein Heil und Leben,
die dich, mein ganzes Dasein,
du Blume meiner Seele,
und dich, du meine Liebe,
und dich, du mein Entzücken,
und dich, du meine Venus,
und dich, du meine Taube,
mein weißes Turteltäubchen,
zu Venus' Neid besungen.
Vielleicht ist's grade dieses,
was, Stolze, dich erfreuet:
die Zunge zu verwunden,
die (wie du weißt, du Schöne)
du nie so kränken konntest
noch so in Zorn versetzen,
daß nicht sie diese Äuglein,
daß nicht sie diese Lippen
und selbst die geilen Zähne,
die ihr so Böses taten,
in eignem Blut gebadet
selbst stammelnd noch besänge?
O stolze Macht der Schönheit!

Eine Art von Küssen

Es erregt mich zutiefst nicht *eine* Art nur von Küssen.
Feuchte Lippen drückst auf feuchte du? Feuchte entzückt.
Aber auch trockene Küsse entbehren nicht jeglichen Reizes,
oft floß von diesen mir auch Hitze ins innerste Mark.
Süß auch ist's, im Halbschlafe sich nur küssen zu lassen

und die, die dich so überfiel, fest zu umschlingen sodann,
auf ihre Wangen sich ganz, ihren Hals sich rächend zu stürzen,
schneeweißen Schultern sich dann, schneeweißen Brüsten zu nahn,
ihr die Wangen, den Hals, mit Kußmälern ganz zu beflecken,
schneeweise Schultern und auch schneeweiße Brüste dazu;
auch mit gurrender Lippe bewegliche Zunge zu saugen:
Mund an Mund werden zwei Seelen zu einer vereint.
So ergießen wir beide uns in des anderen Körper,
wenn die Liebe, dem Tod nahe, in Wollust erstirbt.
Ob die Küsse kurz oder lang, ob lässig, ob drängend,
ob du sie gibst oder ich, Liebste, sie reißen mich hin.
Doch so wie ich dich küsse, sollst niemals zurück du mich küssen:
andersgeartet soll uns beiden das Liebesspiel sein.
Und wer als erster von uns nicht neue Methoden erfindet,
höre gesenkten Blicks diese Bestimmung sich an:
So viele Küsse, wie beide zuerst gewechselt, so viele
gebe er dem Sieger zurück und auf so vielfält'ge Art.

Simon Lemnius (Simon Lemm-Margadant) 1511–1550

An Flavia

Flavia, du Schönste unter den deutschen Mädchen, lies die zärtlichen Worte deines zärtlichen Freundes! Ich bitte dich, komme gleich selbst, wenn du sie gelesen hast! Wenn du meine Zeilen liest, wirst du nicht abweisend bleiben. Du wirst dieses Siegel und die Handschrift, in der der Brief geschrieben ist, erkennen, die Empfindungen meines Herzens und seine spontane Sprache. Halte nur ja nicht für unernst, was dir dein Liebhaber schreibt! Was du glaubst, gaukelt dir vielleicht die Liebe zu Unrecht vor. Wer liebt, versteht nicht zu täuschen, und nur selten hat ein Liebender eine Liebende getäuscht. Jeder, der liebt, wird, wenn er redet, sein Herz entblößen, und je mehr man Feuer geheimzuhalten sucht, um so heller brennt es und tritt aus dem heißen Innern hervor. Vielleicht tritt meine Liebe sogleich als unzweifelhaft hervor, wenn du meinen Worten etwa wirst Glauben schenken können. Ich bitte dich auch um meiner Liebe willen, so du an sie glaubst, und weil du mein Herz auch dein nennst, komm zu mir, wenn es geht – während ich in Muße Gedichte schreibe und Zeit habe, mir um dich verliebte Sorgen zu machen. Als ich die Musen und den Quell Hippokrene besang, die Wasser, welche der medusaeische Huf entspringen ließ, standest du, Flavia, öfters mit in der Reihe; Flavia, mein Mädchen, war mir zugleich Muse. Und die Muse hat, als sie von ungefähr die Büchlein las, sie gleich zerrissen: Die Liebe, freundlicher gesinnt, hieß sie aufs neue mich schreiben. Während jene aber von ungefähr meiner Arbeit so mit Mißgunst begegnete, spornte mich dann doch Venus irgendwie an. So wenig sind sich Venus und die Musen hold! Was die Musen verbieten, das befiehlt Venus gerade. Schmeichelhaftes für Venus allein schreibt jetzt mein Griffel: wie oft ich dich neulich küßte, welch wohlgeformte Mädchenglieder ich damals berührte, als du, Flavia, mit mir nackt zu Bette lagst; welche Mädchenschenkel und -brüste ich da erblickte; was für ein Bauch das war, welch ein Busen gar; wie das Haupthaar des liegenden Mädchens, wie ihr Antlitz war! – So wie jene von der Hand des Apelles gewesen sein soll! Wie weich lag ich in deine Arme geschmiegt! Wie preßte ich immerfort meine Brust gegen die deine, bis wir beide in dem tiefen Bett ermattet dalagen wie von der Macht der Venus überwältigt. Ah, wie oft haben wir Zungenküsse getauscht, wie oft konnte ich meinen Leib mit dem deinen vereinigen. Ah, wie oft bereitete die Lust, aus innerstem Mark heraufgeholt, tausend Wonnen im warmen Schoß! So viel Hitze geht dabei in die willkommene Lust ein, daß sie die Brust mit Schweißtropfen feuchtet. Ziemlich fröstelig war mir zumute: Als Flavia kam, sich zu mir legte und ihren Leib mit dem meinen verband, floh aller Frost, der mich eben noch heimgesucht hatte, aus meiner Brust. Jene Vereinigung vertrieb mein Fieber! Welche Zärtlichkeit entfloß deinen Lippen, welcher Nektar war in deinem Rosenmund, als ich von deiner keuschen Zunge widerstrebende Küsse raubte und, mich verströmend in Liebe zu dir, in deinem Schoße lag. Als ich dann stillelag, waren meine Glieder wie gerädert vom Liebesakt – bis wir das süße Werk der Venus noch zweimal wiederholten. Welche Kräfte brachen mir aus der starken Brust hervor, sobald der Saft in meine Glieder strömte! Ich gebe mich dem Liebesgenuß hin und löse mich, von maßloser Wollust besiegt, gleichsam selbst in alphaeisches Wasser auf. Der süße Drang der Liebe im Schoß hatte mir meine Kräfte und die in Wollust ermatteten Sinne geraubt. Das erste Mal hast du mich – freudig bewegt – gesehen, als ich aus dem Fenster schaute, und du warst erstaunt über die Pracht des Hauses. Du trittst ein und bewunderst immerfort den glänzenden Wohnsitz, und immerfort beschaust du das verzierte Gebäude. Hierauf betrachten wir zugleich das von Gold erstrahlende Haus – das einzige Bett war behaglich gerichtet! Da legst du deine prangenden Kleider ab und entblößt die Brüste, enthüllst hier die Fesseln, dort die Schenkel. Auch deinen Bauch bietest du dar und zeigst mir einen Leib, der weißer ist als schneeweiße Rosen. Säuberlich war deine Muschel, eben schon von Lust geschwellt – so standst du da vor meinen Blicken, herrlich anzuschauen. Ich war von Sinnen vor Zärtlichkeit und Liebesverlangen, und kürzer ging mir der Atem im schmachtenden Mund. Fester als ein Baum stand mir der Schwanz in den Lenden, und nach dem Schoße hingestreckt schleuderte er Blitze von seinem Haupt. Niedergedrückt erhob er sich darauf nur um so stärker – gleichwie eine Saite mit Macht zurückschnellt. Als erste bestiegst du den weichen Pfühl, als erste das Lager, alsbald auch gabst du mir zuerst Küsse. Als du mein Verlangen und meinen steifen Schwanz bemerktest, legtest du dich, völlig hingestreckt, an meinen Schoß. Ich selbst, nicht faul, schmiegte meinen Leib an deinen und Schenkel an Schenkel und nützte die volle Kraft meiner Lenden. Das Herz geriet da in Siedehitze, es tobte von jähem Verlangen; der liebkosende Griffel trieb das Liebesspiel in höchste Höhen. Als es dann in vollem Gang war, erfolgte hernach der volle Genuß der Wollust – und erschöpft lagen wir beide auf dem weichen Pfühl. Hierauf verlangte es uns nach einem behaglichen Mahl an heiterer Tafel, und gemeinsam brachen wir mit den Fingern Stücke von den Speisen. Nach dem Schmaus und deinem weinseligen Geplauder eilten wir beide aufs neue zum Liebesspiel und zum weichen Pfühl. In drei- und vierfacher Wiederholung überkam uns die Wollust der Liebe, und in einem fort vollbrachte Venus das süße Werk. Überall auf dem Gesicht quollen warme Schweißtropfen hervor, und dann mischte sich Blässe mit blutroter Farbe. Ruhe überkam die wollustmatten Glieder; Schlummer folgte dem süßen Liebeswerk. Liebevoll ließest du mich, den Erschöpften, in deinem Schoße ruhen, und ich hielt dich gleichfalls in meinem Arm. *So* schlummerte Jupiter mit seiner geliebten Juno, als sie beieinanderlagen in deinem Tal, o Ida! Vom Ida aus schaute Jupiter auf die Kämpfe um Troja, als Juno, ausgestattet mit der Macht des Venusgürtels, hinzukam. Sie war mit Perlen geschmückt und prangte von Kopf bis Fuß von Edelsteinen. Blond war ihr Haar, weiß aber ihr Busen, und wie sich Auroras Antlitz rötet, wenn sie sich des Morgens naht, so war ihr Antlitz und ihre purpurne Farbe. Wie der Morgenstern, wenn er von Osten her glänzt, so war ihr Gewand, wie die Sage verkündet. Von Liebe zu Juno ergriffen, begehrte Jupiter nach der Umarmung und drängte seine Brust an ihren Busen. Da streuten nun die Dryaden und Oreaden des Ida-Gebirges ringsumher purpurne Rosen ohne Ende. Da spendeten ihnen nun Veilchen, milder Majoran und alle Arten von Kräutern, die der Ida wachsen ließ, zu gleicher Zeit ihren Duft. So vollzog Jupiter die Vereinigung, inmitten von Düften und so vielen Blumen zugleich auf deinen Höhen, o Ida. Mit ermatteten Gliedern genossen beide auf Rosen der friedsamen Ruhe, und jene erquickte sich in Jupiters Armen.

Petrus Lotichius Secundus
1528–1560

Über das unglückliche Mädchen

Verborgen zwischen Bäumen, war ich neulich im einsamen Garten allein, als ein liebendes Mädchen zu klagen begann. Während sie hier Veilchen pflückte und sie mit Tränen netzte, vernahm ich mit meinen Ohren diese traurigen Worte: »Ach, wie über die Maßen untreu und grausam ist das Geschlecht der Männer! Habe ich Mädchen es denn verdient, so getäuscht zu werden? Wehe, Mutter, wenn du nach deiner letzten Stunde noch irgendetwas fühlst: Welches Leid muß ich tragen, verwaist zurückgelassen nach deinem Tode? Ich Unglückliche werde verlassen, um anderen Mädchen eine Warnung zu sein, daß den Worten der Jünglinge nie Ehrlichkeit innewohnt. Für wen denn nun diese Veilchen? Für wen, armes Mädchen, die Kränze? Ob du sie jenem zum Geschenk machen wirst? Ob du sie selbst tragen wirst? Nimm an, sie würden ihm gegeben; er lehnt sie ab: ›Es steht mir übel an, mich mit Blumen zu schmücken.‹ So schnell also werde ich derart verschmäht, wo ich doch lange Zeit geliebt wurde. – Bald erfindet er Gründe zu hassen, bald werde ich die Ungetreue genannt; nun rufen alle: ›Die Schuld, Mädchen, liegt bei dir.‹ Ich schwöre dir, mein Licht, nichts ist mir süßer als du einziger, auch jetzt noch, obgleich ich dir nichts mehr wert bin.« Sprach's, und wieder in Schluchzen ausbrechend, wischte sie sich die Augen. Oh, niemals hat ein sorgloses Herz, wer da liebt.

Jacob Regnart
1540–1599

Venus du und dein Kind

Venus du und dein Kind /
Seyt alle beyde blind /
Und pflegt auch zu verblenden /
Wer sich zu euch thut wenden /
Wie ichs wol hab erfahren /
In meinen jungen Jahren.

Amor du Kindlein bloß /
Wem dein vergiftes Gschoß /
Das Herz einmal berühret /
Der wird alsbald verführet /
Wie ich wol hab erfahren /
In meinen jungen Jahren.

Für nur ein Frewd allein /
Gibstu vil tausend Peyn /
Für nur ein freundlichs scherzen /
Gibstu vil tausend schmerzen /
Wie ich wol hab erfahren /
In meinen jungen Jahren.

Drumb rath ich jedermann:
Von Lieb bald abzustahn /
Dann nichts ist zu erjagen /
In lieb / dann wehh und klagen /
Das hab ich wol erfahren /
In meinen jungen Jahren.

Ich bin gen Baden zogen

Ich bin gen Baden zogen / Zu leschen ab mein Brunst /
So find ich mich betrogen / Dann es ist gar vmb sonst /
Ich kan das Fewr nit kennen / Daß mir mein Herz thut brennen.

Ich thu mich vilmals wäschen / Mit Wasser kalt und heiß /
Und kan doch nichts erlöschen / Ja mein kein Raht nit weiß /
Ich kan das Fewr nit kennen / Daß mir mein Herz thut brennen.

An solchem meinen Schaden / Kein lindrung ich empfind' /
Je öffter ich thu baden / je mehr ich mich entzünd /
Ich kan das Fewr nit kennen / Daß mir mein Herz thut brennen.

Weil dann gegn disem Fewre / deß Wassers Eigenschafft /
Nit kommen mag zu stewre / Und hat so gar kein krafft /
Werd ihr mich nit entheben / so komb ich gwiß vmbs Leben.

Johann Fischart
1546–1590

Zu beyden theylen (aus: Ehezuchtbüchlein)

Ehleut sollen einander sanftmütig vbersehen, gedulden, und je eines des andern bürde, fäl und mängel gütig tragen, vnd thun wie die Hirten, welche, auf das sie samtlich vber das Mör schwimmen, leget je einen seinen kopf dem andern auf seinen Rukken, wechsselen auch zu zeiten ab, das der förderst zum hindersten schwimmet, und also je einer nach dem andern fortan ruhet, biß sie samtlich mit solcher hülf vber das Mör kommen. Gleiche geschicklichkeyt sagt man auch von den Böcken, Widern und Gaisen, vnter welchen, wann zwey einander auf eim schmalen steg bekommen, und keins meh hindersich kan, so leget sich das ein nider, das das ander vber es hinaus springe.

Dann allzeit mus eines das best sein und weichen, darumb wann man die Milterung vnd Mäsigung inn Ehlicher pflicht hat wöllen anzeygen, hat man ein par Ehleut, die einander halfen, gemahlet, deren der Man ein zaum und gebiß inn der einen faust halt, anzuzeygen, das er mit bescheydenheit sein Weib bändigen vnd regiren solle: das Weib aber helt den apfel der Holdseligkeyt, oder eine süse Kütten inn der einen hand: anzudeiten, das sie lieblich, scherzlich vnd freundlich, gelinder, geschlachter weis, süser reden und gefolgiger art sein solle. Und doch greift der Man zugleich auch an den Apfel, vnd die Frau zugleich an den Zaum, anzuweisen, das es zu beyden theylen gutwillig soll zugehn.

Ägidius Albertinus
1560–1620

Von unsinnigen jungen Liebnarren

Wie der Mensch anfangs von Gott aus lauter Lieb ist erschaffen worden, also kann er ohne Lieb nicht leben, er muß etwas zu lieben haben, es sey was es wölle, gut oder böß, nützlich oder schädlich. Gemainigklich aber liebet der Mensch das jenig, was ihm am besten gefelt, vnd dasselbe ist entweder in seiner Macht, vnd bringt ihm sorg, eyfer, forcht, vnd kümmernuß, auff daß ers nicht verliere: Oder es ist nicht in seiner macht, vnd verursachet ihm ein grosse begierd, vnd er setzet sein ganzes Gemüt, Hertz, Sinn vnd Verlangen dahin, auff daß ers vberkomme. Weil dann das lieben ein liebliches Ding ist, die Jugent aber der liebligkeit insonderheit ergeben ist, seytemal sie selbst lieblich ist, so folgt, daß die Jugendt der Lieb am allermaisten vnderworffen ist. Nun liebt man das jenig am maisten, was am allerschönsten vnnd lieblichsten ist, Gott aber ist der allerschönst vnd lieblichst, derwegen were billich, daß der Mensch, vnd sonderlich die junge Leut, Gott den herrn vor allen dingen liebten, seytemal auß einer solchen Lieb Gottes die allergröste und bestendigste Lieb herfleust, derowegen spricht Sr. Bernardus.

(…)

Aber die andere Lieb, ist je nichts anders, als eitel Angst, Mühe und Trübsal: Ist sie den Augen süß, so ist sie den Ohren bitter: Ist sie lieblich im reden, so ist sie rauch im Herzen: gibts einmal ein gelächter ab, so folgen drauff tausent Seufftzer. Mit eben diser närrischen Lieb gehen am maisten die närrische junge Leut vmb, vnd dise Lieb ist jnen zum höchsten schädlich, am Leben vnd an der Seel, O wie vil junge Lieblappen ersauffen in diser Thorheit, fallen in Kranckheiten, Schandt, Laster, Kummernuß vnd Hertzlaidt, vnnd werden dermassen Freuelhafft vnnd vermessen, daß sie ihre Ehr, Guet und das Leben in eusserste Gefahr setzen, vnd sich selbst schändtlich entleiben, Inmassen zu sehen ist an *Calliroë* eines Königs Tochter, welche, weil ihr der Diomedes nit mochte zu theil werden, hat sie sich selbst mit dem Strang hingericht: *Bisaltia* eines andern Königs Tochter erstach sich selbst, als sie ihren Liebhaber *Calphurnium Crassum* sahe von ihr hinweg ziehen *Geleatius* ein Hertzog von Mantua, sprang seiner Liebhaberin zugefallen von einer Brucken, sambt seinem Roß in einen tiefen fliessenden Bach, und kam kaum mit dem Leben daruon.

Wie die schöne *Medusa* ihre liebhaber theils in harte Felsen, theils in vnuernünfftige wilde Thier verwandelte, also sehen wir, daß die jenigen, so mit der närrischen Lieb behafft seynd, entweder zu lauter Stocknarren, oder in ihrer verrichtungen, wie die Stein, vnbeweglich, oder wie die wilde Thier vnsinnig werden, vnd, wie die Hirschen in der Brunft herumb lauffen.

Noch andere Liebnarren find ich, die ersten seynd die jenigen, welche ein person gleichwol mit ernst lieben, aber von wegen etwan einer schlechten widerwertigkeit oder bösen zungen nachlassen, vnd sich wie das Glück wenden: Die Jungfrawen aber solten sich vnd solche Fantasten nicht fast kümmeren noch grawen, dann dieselbigen gehen dardurch zuuerstehen, wie getrew sie ihren Eheweibern im fall der noth sein würden: das weichen stehet den Weibern besser an, als den Mannspersonen.

Die andere Liebnarren seind auß Flandern, geben die eine vmb die ander, vnnd wechßlen jmmerdar ab. Wann solche Lappen eine ersehen, die jhnen ins Hirn schlegt, so fahen sie an zu wüten, vnd müssens im huy, auffs aller bäldist zur Ehe haben: Von keiner andern mögen sie nichts hören, aber wann sie vber 6. oder 8. tag hernacher etwann ein andere ersehen, die jnen etwas besser gefelt, alsdann ists vmb die erste Lieb auß. Etliche solche sinnlose Lappen vnd Narren verführen manches ehrliches Mägdlein, versprechen nit einer, sonder zweyen vnd dreyen die Ehe, vnd verursachen dadurch grosse weitleufftigkeit vnder den Eltern, derowegen gehört auff solche Rotzleffel vnd leichtsinnige Vögel, daß man jnen die Federn stutze, vnd sie ein zeitlang mit Wasser vnd Brot abbüssen liesse.

Die dritte Liebnarren seind die jenige, welche aller orten vmd ein jegliche Jungfraw buelen, den einfeltigen Mägdlein locken, anlassen, in jr Netz bringen, auff sie, wie der Jäger auffs Wildt lausteren vnd lauren, vnd sie lestlichen schenden und sitzen lassen. Wie die Katzen jmmerdar vorm Maußloch sitzen vnd auff die Mäuß warten, vnd wann sie dieselbige gefangen haben, alsdann ein zeitlang mit jr spielen, aber lestlichen jr einen truck geben, vnd sie fressen, also besetzen die Leftnarren die Thür eines Mägdleins beim Tag, hofieren jr bey der nacht, aber so bald sie es ertapt und zu jhrem willen gebracht haben, alsdann verlachen sie sie bey jhren guten Gesellen: O Mägdlein hütte dich vor solchen Katzen, die euch nur begeren zu betriegen.

Die vierte Liebnarren seind die jenigen, welche jmmerdar ohne jemandts schaden buelen, vnd doch niemaln recht oder mit ernst darzu thuen, dann die Wahl thut jhnen wehe, können sich nicht entschliessen, wohin sie sich naigen oder kehren sollen: Dann nirgentz finden sie es alles beysamen: An der einen mangelt jhnen die Reichthumb, an der andern der Adel, an der dritten die Schönheit, an der vierten die frombkeit, an der fünfften die heußligkeit: Lestlichen aber tappen sie vnuersehens in etwan einen haissen Brey vnd verbrennen das Maul sehr scheutzlich.

Die fünffte Liebnarren seynd die jenigen Hofirer, Jünckerlein oder Schreiberlein oder armselige Herrnknechtl vnd Maulaffen, so da vermainen, daß sie alles befugt seyen, vnd daß jnen alles wol anstehe, was sie thun vnd ansahen, In der Statt lauffen sie hin vnd wider, lauffen alle Gassen auff vnd ab, störtzen herumb, wie die Rappen ums Aaß, rennen mit der Leimstangen vmb, wüten vnd toben, arbeiten vnd zablen mit den Augen und Kopff, mit Händen vnd Füssen, den Mantel schwingen sie hin vnnd wider, schlagen jhne bald vnder die Yxen, baldt vmbs Maul, lassen jhne bald auff der einen seiten hinab hengen oder winden jhne, wie einen Gürtel vmb die Lenden, damit man ihre schöne Kleider sehen solle. Sie beschauen sich selbst auf der Seiten vnd vmb die Fueß, ob nemblich sie zierlich hereintretten vnd ob ihre langfetzende Hosenbender vnd Flencken recht hin und her klengeln, vnnd ob sich das Rappier recht schwinge. Bißweilen spreutzen sie sich, gehen wie die närrische Gänß, mit auffgerecktem Grindt ind die höhe, halten den Kopff steiff, als were er gegossen, vnnd dörffen den Halß nicht bewegen, damit sie das grosse Affen vnd Narren Wappen, nemblich den gesterckten vnd gespitzlten Kragen nicht etwann verwirren oder verrucken. Bißweilen haben sie auch dermassen vil zuthun, so vil zuuerrichten, vnnd so vil Hosen zuwaschen, daß sie selbst nicht wissen, wo jhnen der Kopff stehe, dermassen seind sie in der Lieb verhaspelt, verzuckt vnd verwirrt, daß sie niemandte kein audientz, gehör oder guts wort geben, sondern nur jhrer liebsten vnd holdtschafften auff den dienst warten, jhr hofieren vnd cortisieren, vnangesehen man nun das gelächter vnd gespött auß ihnen treibt, vnd jhnen das Gelt abnarret.

Sechstens, find man Liebnarren, welche gar zu sorgfeltig sein wöllen, vnd ein ehrliche wolbedächtliche Lieb ansahen, vil darüber gehen lassen, mit solchem ihrem lieben vnd löflen ihre kurtzweil haben, vnd niemaln recht anbeissen, noch auch mit ernst darzu thun wöllen, sondern sich allzeit bedencken, vnd alles aigentlich vnd wol außecklen, aber vnuersehens kompt ein Schnopfetzer vnd Raubvogel, führet das gute Bißl daruon, vnd verursachet dem andern ein grosse Rew und Trawrigkeit.

Die siebenden seind die jenigen, welche hohe Hertzen haben, hoch hinauß wöllen, vnd jhre Sinn vnd Gedancken an solche ort vnd end setzen vnd schiessen lassen, dahin sie gar schwerlich geraichen mögen, müssen derowegen mit der langen Nasen spöttlich abziehen, gerathen auch bißweilen in grosses Laid vnd Kümmernuß: Vnd dises geschicht, wann nemblich die hohe Standts Personen, sich in die nidern Standts, oder die gar edle oder reiche Personen in ein arme vnd vnedle verlieben. Oder wann arme vnd geringe Personen sich gelusten lassen, nach denen dingen zutrachten, so jhnen nit gebühren, vnd die jhnen ohne grosse Gefahr nicht zu theil werden können.

Johann Hermann Schein
1586–1630

Mit Freuden, mit scherzen

Mit Frewden / mit schertzen /
Mit küssen / mit hertzen /
Mit klingen / mit singen /
Mit tantzen / mit springen
Wil ich den Tag zu bringen:
Weil Filli mich liebet /
Sich hertzlich ergiebet /
In Ehren z'erfüllen
Mein sehnlichen Willen /
Thut all mein trawren stillen.

Fraw Venere lachet /
Ihr Söhnelein machet
Mir liebliche Possen
Mit seinen Geschossen /
Heut bin ich vnverdrossen /
Zu fechten / zu ringen /
Die Piquen zu schwingen /
Der Filli zu Ehren /
Nach jhren begehren /
Wil ich mein Fleiß ankehren.

Was wolt ich lang sorgen /
Was heute / was morgen?
Gott wird vns bescheren /
Was dienet zu Ehren /
Ja was wir nu begehren.
O Filli mit schertzen /
Mit küssen / mit hertzen /
Mit klingen / mit singen /
Mit tantzen / mit springen /
Laß vns den Tag zubringen.

Caspar von Barth
1587–1658

Der Kuß auf die Brust

Meine kleine Neaera, deine runden, süßen Brüstlein, die da schwesterlich heranschwellen, möchte der Liebling des mutwilligen Amor küssen: Ach, überlaß sie mir, versteck sie nicht! Weh mir, meine kleine Neaera verbirgt ihre Äpfel vor mir! Ach, gönne sie wieder, deine runden, süßen Brüstlein, die schwesterlich heranschwellen, Neaera, gönne sie dem Liebling des mutwilligen Amor. Die eine Brust ist mein Herzallerliebstes, die andere mein Augapfel, Neaera! Welche Schuld habe ich auf mich geladen, daß ich Aug' und Herz einbüßen soll? Die runden, süßen Brüstlein, deine milchweißen Äpfel, jene duftenden Früchte, die Eilein, so weiß wie Elfenbein und mit Zwillingserdbeeren so reizend geschmückt: Für einen süßen Kuß und ein ganz zärtliches Drücken, Neaera, versteck' sie nicht, laß sie sehen! Vor meinen Zwillingsäuglein und meinem einen Herzen breitet sich schwarz die Nacht aus, solange Neaera ihre süßen Brüstlein versteckt hält. Meine kleine Neaera, ich will deine runden Brüstlein mit hundert Küssen begrüßen und mit tausend Mäulchen und hundert Schnäbeleien und mit tausendfachem Streicheln: Zeig sie vor, süße Neaera, zeig sie vor!

Hans Deisinger
1596–1617

Eine Beichte

Ein junge magdt die beichtett einem pfaffen,
Wie sie bey einem man gelegen wer.
Der pfaff war zornig, tedt sie darum straffen:
›Du hast begangen ein grosse sindt schwer.
Lagestu nackett bey im?‹ tedt er fragen.
Sie antwordt: ›Nein,
ich hette ein
Hauben auf,‹ tedt sie sagen.
Er lachett, vergab ir die sindt mitt gfer.

Martin Opitz
1597–1639

Wol dem

Wol dem der weit von hohen dingen
Den Fuß stellt auff der Einfalt Bahn;
Wer seinen Muth zu hoch wil schwingen /
der stöst gar leichtlich oben an.
Ein jeder lobe seinen Sinn /
Ich liebe meine Schäfferinn.
Ein hohes Schloß wird von den Schlägen
Deß starcken Donners mehr berührt;
Wer weit wil fellt offt auß den Wegen /
Vnd wird durch seinen Stoltz verführt.
Ein jeder lobe seinen Sinn /
Ich liebe meine Schäfferinn.
Auff grosser See sind grosse Wellen /
Viel Klippen / Sturm vnd harter Wind:
Wer klug ist bleibet bey den Quellen /
Die in den grünen Wäldern sind.
Ein jeder lobe seinen Sinn /
Ich liebe meine Schäfferinn.
Hat Phyllis gleich nicht Gold vnd Schätze /
So hat sie doch was mir gefellt:
Wormit ich mein Gemüt' ergetze /
Wird nicht erkaufft vmb Gut vnd Geldt.
Ein jeder lobe seinen Sinn /
Ich liebe meine Schäfferinn.
Man steht bey reicher Leute Pforte
Sehr offt / vnd kömpt doch selten ein:
Bey jhr bedarff es nicht der Worte;
Was jhr ist / ist nicht minder mein.
Ein jeder lobe seinen Sinn /
Ich liebe meine Schäfferinn.
Glentzt sie gleich nicht mit thewren Sachen /
So gläntzt doch jhrer Augen Liecht:
Gar viel muß Hoffart schöne machen /
Jhr schlechter Schein betreugt mich nicht.

Ein jeder lobe seinen Sinn /
Ich liebe meine Schäfferinn.
Ist sie gleich nicht von hohem Stande /
So ist sie dennoch auß der Welt:
Hat sie gleich keinen Sitz im Lande /
Sie selbst ist mir ein weites Feldt.
Ein jeder lobe seinen Sinn /
Ich liebe meine Schäfferinn.
Wer wil mag in die Lüfften fliegen /
Mein Ziel erstreckt sich nicht so weit:
Ich lasse mich an dem begnügen
Was nicht bemüht vnd doch erfrewt /
Vnd lobe blillich meinen Sinn /
Vnd meine schöne Schäfferinn.

Ach liebste laß uns eilen

Ach liebste laß vns eilen /
Wir haben Zeit /
Es schadet das verweilen
Vns beyderseit.
Der Edlen schönheit Gaben
Fliehn fuß für fuß:
Daß alles was wir haben
Verschwinden muß.
Der Wangen Ziehr verbleichet
Das Haar wird greiß /
Der Augen Fewer weichet /
Die Brunst wird Eiß.

Das Mündlein von Corallen
Wird vngestalt /
Die Händ' als Schnee verfallen /
Vnd du wirst alt.
Drumb laß vns jetzt genießen
Der Jugend Frucht /
Eh' als wir folgen müssen
Der Jahre Flucht,
Wo du dich selber liebest /
So liebe mich /
Gieb mir das wann du giebest
Verlier auch ich.

Johann Michael Moscherosch
1601–1669

Das Schlaraffenland der Liebesnarren

Es stunden aber die Gebäue dieses Schlauraffenlandes kunstreich und prächtig auff der Höhe und den Berg herab anzusehen, mit Griechischer und Wälscher Arbeit zierlich auffgeführet, mit herrlichen Capitalen, Säulen, Läuffen, Laubwerck, Schweb und Triumph-Bögen meisterlichen vmbgeben, mit erhobener Arbeit von Bildern, Grotten, Labyrinthen, Gemälden, Geschichten künstlich gezieret. Eingangs des Gartens folgende Reymen mit Güldinen Buchstaben in schwartzem Marmor zu lesen:

Hie ist das berühmte Hauß,
Da die Venus-Narren schweben.
Thorheit ein! Die Witz hinauß!
Reu hernach; halb-todt im Leben!

Die Steine der Gebäue von allerley farben gaben einen sonderbaren Lust, dieselbige zu beschauen. Das Thorgestell war nicht sonders weit, doch waren hie vnd da noch vil kleine thürlein und Schlupfflöcher, da eine mänge Volcks nach einander ein- vnd außschliche wie die Mäuse in die Löcher. Ein Weibsbild, von gestalt vnd wesen einer Nymphen gleich, versahe das Ampt des Thorwarters; diese war mit einem Güldinen stück, so mit Perlen vnd Edelgestein kostbarlichen versetzet, bekleidet. Von lieb und Gestalt war sie die dapfferste, so ich je gesehen hatte. Von Gesicht war sie Engelisch anzuschauen. In Summa, wer sie nur ansahe, der wünschte, wie *Pythagoras* geglaubet, daß seine Seele in ein so Edles Geschöpf fahren möchte. Sie hatte den Schlüssel zu dem Thor in der Hand und schrye mir zu, Ich solte einsprechen! Ich fragte den Waldengel, wer doch dieses vortreffliche Bild wäre? und was sie vor einen Namen hätte? Der sagte mir, das sie Frau Schönetta heiße. Jedermann ward von ihr williglichen eingelassen.

(…)

Im Garten gab es Gesellschaften allerhand:

die Jungfrauen luffen den Männern nach,
die Weiber den Junggesellen,
die Männer den Jungfrauen,
die Junggesellen den Weibern,
die Herren den Mägden, die Frauen den Knechten,
die Mägde den Herren, die Knechte den Frauen;
hie Spieleute, dort Däntze,

hie Fischen, dort Voglen,
hie Hätzen, dort Jagen,
hie Spielen, dort Baden,
hie Küssen, dort Lecken,

und waren die kleine Wald-Engelein mit Potschaft tragen so geschäfftig wie die Braut, wann sie will ins Bad gehen.

(...)

Das Erste Zimmer darin ich kam, war der Jungfrauen. Dieses, viel mehr als andere mit hohen Mauren vnd eisern gegittern verwahret, als welche Leutlein wegen an- und eingebohrnem Vorwitz für allen andern Mänschen zu hüten am gefährlichsten und mühesamsten; dannenhero auch an dieser Kranckheit sie am häfftigsten und hitzigsten darnider ligen. So bald ich hinein kam, war gleich ein Vnderhändler da, der fragte, Ob ich zu kauffen käme? vnd ehe ich antworten konte, war ein schöne Jungfrau bei ihm, deren er das Hembd abzoge, sie mir zu beschauen beyführte, vnd Ein Weibsbild mit einer Krone auff dem Haupt fragte mich, Ob ich nit lust hätte? dieweil diese Jungfrau mit den vier Leibszierden vor andern begabet wäre. Ich sahe bald vnder sich, legte die Finger auff die Nase und schämte mich wie ein armer hund; doch endlich fieng ich an, ein wenig zu gücklen vnd fragen, welche dann die vier Leibszierden einer Jungfrauen wären? die antwortete mir: Mit der Schönheit Ein lieblich Gesicht, Starckhe Arme, harte Brüste, Gerade Schenckel. Ich aber verdeckte das Antlitz noch mehr vnd sahe durch die finger, deßwegen sie mich einen Schmäcker hiesse, der nicht das Hertz habe, daß er eine Jungfrau recht angreiffen dörffte. Eine sasse da vnd weinnte bitterlich, wie ich vernahm, auß eitelem eyffer, den sie gegen eine Junge Wittfrau kurtzlich bekommen hatte. Eine andere war tag vnd nacht in stetiger vnruhe, ohne Schlaffen, ohne trincken, dieweil sie einen lieb hatte, dem sie es doch (ach a lader) nicht dorffte offenbahren. Eine andere thate nichts als Brieffe schreiben, welche ihr doch nimmer recht gefielen, sondern eben so viel außstrieche, als einschriebe. Eine andere stunde vor dem Spiegel und sahe, wie sie lachen, vnd im lachen mit zierlichen Geberden ihren Liebsten einnehmen möchte.

Eine andere deßgleichen, wie sie ihre Augen könnte regieren, bald hien vnd her kehren, funcklend vnd brennend machen, als ob Feuer im Ofen wäre, ihren Liebsten damit anzuzünden oder gar zu verbrennen. Eine andere sasse vnd asse Kohlen, Kreiden, Pflaster, Spannisch-wachs U. d. g damit sie die Lebhafte Farbe vertreiben und hingegen ein bleiches Angesicht bekommen möchte, vnd diese war von Adelichem hohem Geschlecht vnd stammen. Eine andere, richt gegen dieser über, hatte rothe lederne Nestel, mit denen sie die Backen ohne vnderlaß anstriche, vermeynend dadurch eine schöne Lebhaffte farb im Angesicht zukriegen; vnd diese war eines Bürgers Tochter. Eine andere hate ihren Buhlen, daß er ihr Abends zu gefallen gehen vnd Spielleute für die Fenster bringen wolte; dann sprach sie, ihn zubereden, wer recht liebet der liebet offentlich, daß es jederman erfahren mag; falsche gefährliche Liebe scheuet das Liecht und die Mänschen. Eine andre sprach zu ihrem *Serviteur*, (dann wer Liebet, der ist ein Diener, Ein Knecht, Ein Schlave) daß sie ihn lieben wolle mit dem beding, wan er sich mit keiner andern in ein gespräch einliesse, dann das könte sie nith leiden; vnd der thörichte Gesell sprach, Ja, er wolte es thun; vnd die närrische Jungfrau glaubte, er wirde es thun. Andere giengen, ob sie tieffgrüblichten sachen nachzusinnen hätten, vnder andern diese Wort darunder redend: ich möcht doch wissen, ich möcht doch wissen; vnd diese nennet man die Vorwitzige, welche den meisten schaden vnd theurung under den Jungfrauen verursachen. Andere wolten sich verheyrathen, damit sie der Liebe desto freyer pflegen möchten. Andere wolten sich verheyrathen, aber mit einem Jungen Witman, als welcher schon abgericht und abgeführet, und mit ihm besser auszukommen wäre dann mit den hartnäckigen Jungen Gesellen. Andere warffen ihre Buhlenbriefflein zum Fenster hinab, ihrem Buhlen durch die bestelte Leuthe zu vberlifferen. Andere hatten ihre Brieffe vnder der Thüre heimlich durchgestossen.

Und diese alle waren schier vnheylsam, theils auch so häfftig angefochten, daß man sie für gantz unvernünftig vnd bestien halten muste.

In betrachtung dessen allen dachte ich, zeit zu sein, mich von dannen zu begeben, weil mir der Alte im vorübergehen in ein Ohr sagte, daß manchmahlen ein gut Gesell bey solchem Völcklein viel zu kurtz käme; und wann es offt am besten gerathe, er dannoch sein Lebtag ein Leibeigner schlave seyn vnd deßwegen mit ewiger reue, ohne Hoffnung einiger Erlösung als allein durch den Todt, also gemartert bleiben müsse. Dann unmüglich wäre es, einen Mänschen auß den banden deß Ehestands zu erlösen, daß ers muß lassen anstehen ewiglich; seye also ein böser Heyrath ärger als der Türck selbsten, von dem man doch endtlich erlöst zu werden noch könne hoffnung haben. Zu verhütung nun, daß nicht irgend eine von mir ursach nehmen möchte, Ihro einzubilden, als ob ich in sie verliebet, wie offt laider geschicht, gienge ich auß diesem Zimmer hinweg.

Nicht lieben, ist nicht Leben

Ein schönes Junges Weib ohne Lieb,
Ein großer Jahrmarck ohne Dieb,
Ein alter Wuchrer ohne Guth,
Ein Junger Mann ohn freud vnd muth,
Ein alte scheuer ohne mäus,
Ein alter Beltz ohn Flöh und Läus,
Ein alter Geisbock ohne Bart
Ist alles wider seine art.

Simon Dach
1605–1659

Annchen von Tharau

Annchen von Tharau ist, die mir gefällt;
Sie ist mein leben, mein Gut und mein Geld.

Annchen von Tharau hat wieder ihr Herz
Auf mich gerichtet in Lieb' und in Schmerz.

Annchen von Tharau, mein Reichthum, mein Gut,
Du meine Seele, mein Fleisch und mein Blut!

Käm' alles Wetter gleich auf uns zu schlahn,
Wir sind gesinnet bei einander zu stahn.

Krankheit, Verfolgung, Betrübniß und Pein
Soll unsrer Liebe Verknotigung seyn.

Recht als ein Palmenbaum über sich steigt,
Je mehr ihn Hagel und Regen anficht;

So wird die Lieb' in uns mächtig und groß
Durch Kreuz, durch Leiden, durch allerlei Noth.

Würdest du gleich einmal von mir getrennt,
Lebtest, da wo man die Sonne kaum kennt;

Ich will dir folgen durch Wälder, durch Meer,
Durch Eis, durch Eisen, durch feindliches Heer.

Annchen von Tharau, mein Licht, meine Sonn,
Mein Leben schließ' ich um deines herum.

Was ich gebiete, wird von dir gethan,
Was ich verbiete, das läst du mir stahn.

Was hat die Liebe doch für ein Bestand,
Wo nicht Ein Herz ist, Ein Mund, Eine Hand?

Wo man sich peiniget, zanket und schlägt,
Und gleich den Hunden und Kazen beträgt?

Annchen von Tharau, das woll'n wir nicht thun;
Du bist mein Täubchen, mein Schäfchen, mein Huhn.

Was ich begehre, ist lieb dir und gut;
Ich laß den Rock dir, du läßt mir den Hut!

Dies ist uns Annchen die süsseste Ruh,
Ein Leib und Seele wird aus Ich und Du.

Dies macht das Leben zum himmlischen Reich,
Durch Zanken wird es der Hölle gleich.

Daniel von Czepko
1605–1660

Lieber eher ohne Liebe, als ohne Genuß

Im Leben must du stets auf deinen Nutzen sehn,
Da Mast und Seegel hin nach Lust und Kurtzweil drehn:
Geh ihnen fleissig nach, sie sind zum ersten scheu,
Die Mägdlein fänget nichts als vorgegebne Treu.
Wo aber kein Genus bey deinem Lieben ist,
Hast du vor Honig Gall und Gifft vor Heil erkiest.

Johann Rist
1607–1667

Über die Freiheit der Weiber (aus: Der Adeliche Hausvater)

Betreffend die Freiheit / derer unser Adelicher Hausvatter in dieser Vierten Abtheilung auch Meldung thut / wie weit man dieselbe einem Eheweibe solle zulassen / so ist nicht ohne / das dieses falles bald zu viel / auch bald zu weinig könne geschehen. Jn Frankreich / Teütschland und Engelland ist den Weibern ins gemein eine gahr grosse Freiheit erlaubet / angesehen diese Völker nicht so eifersüchtig noch argwöhnisch als Jhre Nachbaren die Jtaliäner und Hispanier zu sein pflegen / welche Jhre Weiber gleichsahm versperren und Jhnen kaum vergünnen / daß sie die Gottes-Häuser mügen besuchen / ja dergestalt mit Jhren Weiberen eiferen / das auch Ein hochgelahrter Mann von den Jtaliänern und Spaniern schertzweise schreibet / daß / wen Sie Eine Mükken oder Fliegen von Jhrer Weiber Wangen oder Händen sehen fligen / Sie alsobald wollen wissen / ob dasselbe auch etwan Ein Mänlein sei gewesen? Ob eß nun besser gethan sei / daß man Ein Eheweib dermahssen strenge und hart / ja gleichsahm verriegelt und verschlossen halte / oder Jhnen Eine mässige Freiheit vergünne / davon sind bei vielen gelehrten und weltweisen Leüten unterschiedliche Meinunge zu finden. Es hat neülich ein vortrefflicher gelehrter Edelman geschrieben / daß die den Weiberen zugelassene grosse Freiheit deroselben Keüschheit ja so bald in Gefahr setze / als der übermässige Zwang / darinnen Sie enthalten werden.

Jch kan Mir aber diese Meinung / wiewol Jch Jhren Uhrheber oder Verfasser seiner herlichen und ungemeinen Geschikligkeit halber sonst hoch schätze / gahr nicht gefallen lassen / zweifele auch nicht / das Mir verständige Leüte hierin guthen Beifall werden geben. Den / einmahl ist es gewisse / daß der Argwohn ein sehr grosses Laster sei an einem jedweden Menschen / daß auch daher der weltkluge Spruch ist erwachsen / Nullus suspicax est Vir bonus. An Einem argwöhnischen Menschen ist nichtes guhtes / wie es den auch ja viel sicherer ist / mit Türken und Tartaren als mit argwöhnischen Leüten ümzugehen. Daher der scharffsinnige Verfasser das sehr nachdenkliche Rätzelgedichtes von der Dianea in Seiner Jtaliänischen Sprache gahr ahrtig schreibet: J sospetti non si nodri scono, che ne i petti infedeli; come la saette non si generano, che nelle più frede regioni dell'aria. Das ist: Argwohn findet seine Nahrung in ungetreüen Hertzen / gleich wie die Donnerkeile nirgends als in der kältesten Gegend der Lufft geschmiedet und gebohren werden. Sonderlich aber ist der Argwohn und die Eifersucht bei den Eheleüten ein recht tödliches Gift / also auch / daß die jenige / welche damit behafftet sind / Jhnen selber Gesundheit und Leben gleichsahm abfressen / Jhr eigenes Hertz gnagen / ja Jhren Tod frühzeitig beforderen

/ wie Jch den wol Männer gekennet habe / die sich aus Argwohn welche Sie gegen Jhre / und vieleicht wol unschüldige Weiber hatten gefasset / verzweifelter weise zu Tode gesoffen. Da bedenke nun Einer / waß für eine teüflische Marter die Eifersucht sein müsse / welche auch den Menschen dahin bringet / daß Er auch Sein eigen Leben / daß edelste unter allen zeitlichen Gühteren hasset und den Tod suchet: Solte man nicht tausendmal lieber den Argwohn verfluchen und Seinem Ehegatten viel ehender alles guhtes zutrauen?

(...)

Wen den nun mancher argwöhnischer Mann nicht ablässet mit Seinem redlichen Weibe zu eiferen und zu zanken / so zwinget und nöhtiget Er Sie bisweilen gleichsahm mit Gewalt dazu / daß Sie endlich Jhrer Treüe vergisset und das jenige begehet / welches Er Jhr schon längst / wiewol unschüldiger weise hat zugemessen / dahero jenner gelehrter Spanier nicht übel schliesset / daß viele Weiber Huhren werden / nicht allezeit aus Leichtfertigkeit / sondern vielmehr Jhren eifersüchtigen Männern zum Trotz / alß welche die arme unschüldige Weiber so übel halten und Jhnen fast nimmermehr recht wollen trauen.

Jn Summa / wer mit Seinem Weibe eifert / Sie sei gleich schüldig oder nicht / der ist und bleibet doch ein Gek / ja ein solcher arbeitseliger Fantast / der Sich selber das Leben saur machet / und Sich benebenst jederman zum Gespötte darstellet / da im gegentheile / wen Er Seiner Ehefrauen kühnlich trauete / Sie Jhn dessen auch würde entgelten lassen und das Amt oder die Gebühr eines Tugendliebenden Weibes nicht überschreiten / sonsten pfleget nach dem alten Sprüchwort Einem das jenige / waß Er glaübet / zu wiederfahren / wiewol es nicht allemahl eintrifft.

Paul Fleming
1609–1640

Auf die Italiänische Weise: O fronte serena

O liebliche Wangen,
ihr macht mir Verlangen,
diß Rote, diß Weiße
zu schauen mit Fleiße!
Und diß nur alleine
ists nicht, das ich meine
zu schauen, zu grüßen,
zu rühren, zu küssen.

Ihr macht mir Verlangen.
o liebliche Wangen!
O Sonne der Wonne,
o Wonne der Sonne!
O Augen, sie saugen
das Licht meiner Augen!
O englische Sinnen,
o himmlisch Beginnen,
o Himmel auf Erden,
magst du mir nicht werden?
O Wonne der Sonne,
o Sonne der Wonne!
O Schönste der Schönen,
benimm mir diß Sehnen!
Komm, eile, komm, komme,
du Süße, du Fromme!
Ach, Schwester, ich sterbe,
ich sterb', ich verderbe.
Komm, komme, komm, eile,
komm, tröste, komm, heile!
Benimm mir diß Sehnen,
o Schönste der Schönen!

Pein der Liebe

Ist dieses nun das süße Wesen,
nach dem mich so verlanget hat?
Ist dieses der gesunde Rat,
ohn' den ich kunte nicht genesen?
Und ist diß meines Wehmuts Frucht,
die ich so emsig aufgesucht?
O Feind, o Falscher, o Tyranne,
Kupido, das ist deine List!
Der bist du, der du allzeit bist,
Du hast mich nun in deinem Banne.
Der Dienst der falschen Ledigkeit
hat meiner Freiheit mich entfreit.
Wie unverwirrt ist doch ein Herze,
das nicht mehr als sich selbsten kennt,

von keiner fremden Flamme brennt,
selbst seine Lust und selbst sein Schmerze!
Seit daß ich nicht mehr meine bin,
so ist mein ganzes Glücke hin.

Sie, diß Mensch, diese Halbgöttinne,
sie, die ists, mein erfreutes Leid,
die Kraft der starken Trefligkeit,
treibt mich aus mir und meinem Sinne,
so daß ich sonst nichts um und an
als sie nur achten muß und kan.

Ich schlaf', ich träume bei dem Wachen,
ich ruh' und habe keine Ruh',
ich tu' und weiß nicht, was ich tu',
ich weine mitten in dem Lachen,
ich denk', ich mache diß und das,
ich schweig', ich red' und weiß nicht was.

Die Sonne scheint für mich nicht helle,
mich kühlt die Glut, mich brennt das Eis,
ich weiß und weiß nicht, was ich weiß.
Die Nacht tritt an des Tages Stelle.
Itzt bin ich dort, itzt da, itzt hier,
ich folg' und fliehe selbst für mir.

Bald billig' ich mir meinen Handel,
bald drauf verklag' ich mich bei mir.
Ich bin verändert für und für
und standhaft nur in stetem Wandel.
Ich selbst bin mit mir selbst nicht eins.
Bald will ich alles, bald gar keins.

Wie wird mirs doch noch endlich gehen?
Ich wohne nunmehr nicht in mir.
Mein Schein nur ist es, den ihr hier
in meinem Bilde sehet stehen.
Ich bin nun nicht mehr selber Ich.
Ach Liebe, worzu bringst du mich!

Andreas Gryphius
1616–1664

An Lucinden

Was ist der zarte mund? ein köcher voller pfeile,
  Durch die ein weiches hertz bis in den tod verletzt.
  Recht wird der augen glantz irrlichtern gleich geschätzt,
Die manchen geist verführt in nicht zu langer weile.
Die wunder-schönen haar sind feste liebes-seile.
  Wer durch der sternen glantz nicht wird in euch verhetzt,
  Wer sich der lilien der wangen widersetzt,
Muss doch gewertig seyn, dass ihn die brust ereile.
  So sprecht ihr und ist wahr; wer voll von zunder steckt,
Wird leicht zu böser lust und eurer lieb erweckt.
Man kan zu glut und stro leicht holtz und schwefel finden.
  Wer aber bey sich selbst, was ihr für löblich acht,
  Eu'r mehr denn falsches hertz und schwartz gemüth betracht,
Den, glaubt mir, werdet ihr Lucinde nicht enzünden.

Auff seine und seiner ehegeliebten vermählung

Reine lieb' ists, die nichts zwinget,
Ob der erden abgrund kracht,
Ob durch schwartze lüffte dringet
Der entbrandten strahlen-macht.
Keiner thaten wunder-wercke
Dämpffen treuer liebe stärcke.
  Spannt der tod schon seinen bogen,
Steckt er trauer-fackeln an,
Sie hat ihre sehn gezogen,
Der nichts widerstehen kan.
Ihre gluth brennt, wenn wir erden
Und zur handvoll aschen werden.
  Wenn die hölle sich erschüttert
Und mit ach und folter schreckt,
Und der ängsten angst sich wüttert,
Wird ihr eyver mehr entsteckt.

Lieb ist nichts denn glut und flammen,
Wie Gott licht und feur zusammen.
  Lasst die stoltzen wellen toben!
Schäumt ihr meere! braust und schmeißt!
Wenn der strenge nord von oben
In des saltzes täuff einreißt!
Wird doch wind und wassers kämpffen
Nicht den brand der liebe dämpffen.
  Lieb ist, der nichts gleich zu schätzen,
Wenn man alles gold der welt
Gleich wollt' auf die wage setzen.
Lieb ist, die den ausschlag hält;
Lieb ist trotz der silber-hauffen
Nur durch liebe zuerkauffen.

Johann Klaj
1616–1656

Die Liebe (aus: Castell des Unfriedens)

Die Liebe, die Liebe, geflügelt, gewindet,
Die rennet, die brennet, die Säulen entzündet,
Drauf schwärmet, drauf lärmet das glänzende Heiße,
Es hitzet, es schwitzet das Feuergegleiße,
Es lauffen, es schnaufen die Räder mit Schlägen,
Ohn Wehen, ohn Drehen der Winde sich wägen.

Christian Hoffmann von Hoffmannswaldau
1617–1679

Liebe zwischen Graf Holdenreich und Adelinden

Adelinde ward mit belieben der ihrigen in zarter Jugend Graf Fridebald einem alten / wie es schien / etwas verdrieslichen / und so viel es die verlebten Kräfften verliehen / der Jagt sehr ergebener Herren vemählet. Die Gemüther wollten wegen ungleicher Beschaffenheit nicht wohl zusammen stimmen / und ihre Liebe war so laulicht / daß man nicht viel Eiß bedurffte / sie ganz kalt zu machen. Bey zufälliger Gelegenheit gerieth die hurtige Adelinde mit Graf Holdenreich / einem tapfern jungen Herren in Kundschafft / und ihre Vertrauligkeit veränderte sich endlich in eine tadelhaffte Liebes Brunst. Der Zucker / den dieses geile Weib zu unterschiedenen mahlen / unter den kräftigen Armen gemeldten Liebhabers genossen / hatte ihr den Geschmack dergestalt verderbet / das sie es numehr vor unmöglich hielt / den Wermuthsafft ihres alten Herren ferner zuertragen / und weil sie auf nichts mehr dachte / als sich / wo möglich / dieser beschwerlichen Last zuentledigen / so forderte sie endlich zum Zeichen einer ungefälschten Liebe von dem Grafen ihren Alten auf der Jagt zuermorden / und schlug ihm dieses grausame Mittel für. Sie beniehmete einen Tag / da sich oftgedachter Grafe bey Weissenburg / wo der alte Grafe Hof hilt / jagende hören lassen solte / sie ihres theils wollte ihren Alten leicht dahin bewegen / daß er ihm solches zuverwehren sich aufmachte / da er dann wie es die Gelegenheit weisen würde seinen Streich wohl verbringen könte. Der Grafe / dem albereit die Liebe den Zügel der Vernunft entwendet / billiget als ein muthiger Herr diesen Anschlag / reitet auff bestimten Tag / gepflogener Abrede noch in das Holtz nechst dem Schlosse / und läßt sich mit Horn und Hunden weidlich hören. Die listige Adelinde hatte gleich auf selbige Zeit ihrem Gemahl ein kostbar Wannenbad zugerichtet / und ließ seiner / dem schein nach / wohl darinnen pflegen. So bald nu obgedachtes Jagezeichen erschollen / läufft sie eyfrig in das Bad / mit vermelden / das andere ihm in sein Gehäge kämen / er müste solche Frevel zur Erhaltung seiner Würde bald abstrafen; Liß sich auch benebenst verlaute / es würde zweifels ohne Graf Holdenreich seyn / deme er sonderlich / weil es nicht das erstemahl wehre / solches nicht gestatten sollte. Der Graf Friedebald läst sich diese Worte schleunig bereden / fähret damit auf / wirfft eilends einen Mandel über das Bade Hembde / sitzt ungewapfnet zu Pferde / diesen kühnen Jäger entgegen. So bald er des Grafen ansichtig wird / straf er ihn mit Worte etwas harte / dieser aber schreitet weiter / un schiebet dem alten Grafen einen Schweinspieß durch den Leib / das er zu Boden fället / und seinen Gesit aufgiebet. Weil sich Graf Holdenreich auf die Seiten machet / wird des entleibten Leiche nach dem Schlosse geführet / und von der Gemahlin / daß Ehebruch und Mord durch Betrug / (drey schöne Tugenden) versiegelt sein möchte / bitterlich beweinet. Wenig Monathe hernach verrieth sich die Unthat selber / denn ehe ein Jahr verbey / werden Holdenreich und Adelheide mit einander vermählet. Wiewohl nun nach angestrengter Klage für dem damahls regierenden Keyser der Graf im Stift Magdeburg gefangen genomen / un auf einem festen Schlosse länger als zwey Jahr in Verhafftung gehalten worden ist / so hat er doch endlich / als er ihm durch gewisse vertraute Personen etliche flüchtige Pferde an einem Ufer bestellet / durch kühnen Sprung von einem hohen Gebäude in den verüberflüssenden Strom sich des Gefängnüsses entledigt. Es hat nachmals vielgedachter Frage dieser Ursachen halber den Zunahmen des Springers überkommen / die Sache ist durch Vergleich hingeleget worden / und auß der so übel angefangenen Ehe sind unterschiedene große Leute entsprossen. Also sind die Gerichte Gottes unerforschlich / und nicht selten wird ein glückseeliges Laster / den Tugenden an die Seite gelegt / und Gifft wird vielmahl uns zu Artzneyen.

Abriß eines Verliebten

Er ist ein krancker / den ein stündlich fieber plaget /
Ein jäger / so allzeit nach einem hirsche jaget /
Ein wetterhan der stets nach einem winde steht /
Ein schif / so ungehemmt nach Cypris hafen geht.
Ein märterer der brunst / den freund und feind belachet /
Ein Morpheus / der ihm selbst bey tage träume machet /
Ein arm gefangener / der seine fessel liebt /
Und seinen hencker ehrt / wenn er ihm streiche giebt.
Ein Aetna / der voll glut / läst flut und ströme fließen /
Ein hungriger / der bloß will rohes fleisch genießen /
Ein welt-Sebastian / der Venus schütze trifft /
Ein rechter Adams-sohn / den frauen-hand vergift.
Er wird ein ander kind / läst ernste sachen fahren /
Ein haar / ein altes band / sind seine besten wahren /
Itzt baut er etwas auf / itzt reist ers wieder ein.
Itzt muß Democritus der sitten meister seyn /
Itzt ist es Heraclyt. Das hertze / so er führet /
Vergleicht sich dem metall / das ein magnet gerühret.
Sein Himmel ist ihr haupt / die erd ist ihre schoos.
Hier anckert seine lust / es wird der erden kloß /
Der überweißte koth / dem himmel vorgesetzet /
Und ist ihr auge mehr als Venus selbst geschätzet,
So wundre ich mich nicht / daß man das weib veracht /

Weil sie die erste pein zu erst hat aufgebracht.
Sein essen ist ein kuß / sein tranck sind heiße thränen /
Die zeit verjaget er mit seuffzen und mit stehnen.
Und wann ihm etwan träumt / wie er die liebste find /
So hat er nichts als luft / und küsset nichts als wind.
Denn träume / buler / wind sind gleiches thuns gesellen;
Sein schlafen darf er nicht nach einem wecker stellen;
Indem die weckerin / so in dem hertzen steckt /
Ihn besser als er wünscht aus seinem schlaff erweckt /
Und seinen schmertzen rührt. Zu dornen wird das bette /
Mit denen wachet er im Lager in die wette /
Und führt den thränen strom um seine wangen her /
Bald will er aus der welt / bald will er über meer /
Und muß doch wie zuvor in seinem hause bleiben /
Muß lernen / wie sein rath nicht stetig will bekleiben /
Wie erstlich bulerey und die gewölckte nacht
Auf anschlag / aber nicht auf ausschlag ist bedacht:
So läst er ohne ruh sich fremde sachen lencken /
Läst in gesunder haut sich seine schwachheit kräncken /
Liebe nacht und finsterniß bey sonne und bey licht;
Ist wie ein schweres schiff / dem der compas gebricht.
Und daß ich nicht zu viel von einer sache sage /
Die allen ist bekandt als allgemeine plage /
So muß der vorhang weg: das mahlwerck ist vollbracht /
Hier hat der mahler selbst sein ebenbild gemacht.

Er schauet der Lesbie durch ein Loch zu

Es dachte Lesbie / sie sässe gantz allein /
Indem sie wohl verwahrt die fenster und die thüren;
Doch ließ sich Sylvius den geilen fürwitz führen /
  Und schaute durch ein loch in ihr gemach hinein.
  Auff ihrem linken knie lag ihr das rechte bein /
Die hand war höchst bemüht / den schuch ihr zuzuschnüren /
Er schaute / wie der moß zinnober weiß zu zieren /
  Und wo Cupido will mit lust gewieget seyn.
Es ruffte Sylvius: wie zierlich sind die waden
Mit warmem schnee bedeckt / mit helffenbein beladen!
  Er sahe selbst den ort! / wo seine hoffnung stund.

Es lachte Sylvius / sie sprach: du bist verlohren /
Zum schmertzen bist du dir / und mir zur pein erkohren:
Denn deine hoffnung hat ja gar zu schlechten grund.

Albanie gebrauche deiner zeit

Albanie / gebrauche deiner zeit /
Und laß den liebes-lüsten freyen zügel /
Wenn uns der schnee der jahre hat beschneyt /
So schmeckt kein kuß / der liebe wahres siegel /
Im grünen may grünt nur der bunte klee.
Albanie.

Albanie / der schönen augen licht /
Der leib / und was auff den beliebten wangen /
Ist nicht vor dich / vor uns nur zugericht /
Die äpffel / so auff deinen brüsten prangen /
Sind unsre lust / und süsse anmuths-see.
Albanie.

Albanie / was quälen wir uns viel /
Und züchtigen die nieren und die lenden?
Nur frisch gewagt das angenehme spiel /
Jedwedes glied ist ja gemacht zum wenden /
Und wendet doch die sonn sich in die höh.
Albanie.

Albanie / soll denn dein warmer schooß
So öd und wüst / und unbebauet liegen?
Im paradieß da gieng man nackt und bloß /
Und durffte frey die liebes-äcker pflügen /
Welch menschen-satz macht uns diß neue weh?
Albanie.

Albanie / wer kan die süßigkeit
Der zwey vermischten geister recht entdecken?
Wenn lieb und lust ein essen uns bereit /
Das wiederholt am besten pflegt zu schmecken /
Wünscht nicht ein hertz / daß es dabey vergeh?
Albanie.

Albanie / weil noch der wollust-thau
Die glieder netzt / und das geblüte springet /
So laß doch zu / daß auff der Venus-au
Ein brünstger geist dir kniend opffer bringet /
Daß er vor dir in voller Andacht steh.
Albanie.

Philipp von Zesen
1619–1989

An die lieb- und freundselige schöne Adelmund

Wie ist es, hat Liebe mein Leben besessen,
wie, oder befindt sie sich leiblich in mir?
O liebliches Leben, wem soll ichs zumessen,
daß meine Gebeine so zittern vor Ihr?
Ich gehe verirret, verwirret und trübe
und stehe vertiefet in lieblicher Liebe.

Die ächzenden Lüfte, die seufzenden Winde,
die lechzende Zunge, der Augen Gewirr,
das Beben der Glieder macht, daß ich verschwinde,
daß ich mich in meinen Gedanken verirr.
Ach Schöne, Sie schone der schwächlichen Seelen,
wenn Sie das gebrechliche Herze will quälen!

Ihr übliches Lieblen, o liebliches Leben,
der lieblenden Äugelein fröhlicher Blitz
macht, daß ich verzücket herumher muß schweben,
ja daß ich verliere Gedanken und Witz.
Das liebliche Singen der zitternden Zungen,
das hat mir das Herze durchdrungen, bezwungen.

Sie lieb ich, Sie lob ich, Ihr leb ich zu liebe,
Sie ehr ich, Sie hör ich, Ihr kehr ich mich zu.
Sie machet es, daß ich im Lieben mich übe
und daß ich verscherze die herzliche Ruh.
Sie schreib ich, mich treib ich, Ihr bleib ich ergeben,
Sie denk ich, mich kränk ich, Ihr schenk ich mein Leben.

Georg Greiflinger
um 1620–1677

Ehehasser (aus: Seladons beständige Liebe)

Schweiget mir vom Frauwen nehmen /
Es ist lauter Vngemach /
Geld ausgeben / wiegen / grämen /
Einmal Juch und dreymal ach /
Jst sie reich so will sie rechten
Jst sie arm wer schaffet Brodt
Jst sie jung so will sie fechten
Jst sie alt so ists der Todt.
Ich will drum nicht das man sage /
Daß ich nicht recht Männlich bin
Weil ich mich deß Weibs entschlage /
Buhlen / Buhlen ist mein Sinn /
Heute die / die ander morgen /
Das ist eine Lust vor mich /
So darff ich für keine sorgen /
Jeder sorget selbst für sich.
Denckt was auff die Hochzeit lauffet /
Was die Braut zur Kleydung frißt /
Wann man vns ein Kindlein tauffet /
Das der nechste Hauskrach ist /
Was die Amme / die es säuget /
Was das Mägdlein / das es stillt /
Daß es mir zu nachtes schweiget /
Mich nicht wecket / wann es brillt.
Vnd was kosten Kasten / Kisten /

Schlüssel / Schüssel / Teller / Rost /
Mägde / die vns kochen / misten /
Dencket was der Haußzins kost /
Was die Kannen / Tische / Bäncke /
Handvaß / Handtuch / Tischtuch / Licht /
Stüle / küchen / Küchen-Schräncke /
Vnd was kost die Kleydung nicht?
So viel Mäuler abzuspeisen
Vnd was frißt der Hund / die Katz /
Vnd wann sich die Freunde wersen /
Was für Geld bleibt auff dem Platz
Vber Fische / Fleisch vnd Gritze
Bier vnd Wein / vnd liebes Brodt /
Vnd wann erst die Fraw nichts nütze /
Scheyde Gott die liebe Noth.
Wann die Fraw will Hosen tragen /
Vnd dem Mann widerspricht /
Dann so geht es an das jagen /
Ein solche taugt mir nicht /
Dann so kommen ihre Freunde /
Rechten / schreyen wider mich /
Dann so werden Freunde Feinde /
Dann geht alles hinter sich.
Dann so geht der Mann vom Hause /
Suchet ihm was ihm geliebt /
Lebet Tag vnd Nacht im sause /
Ob sich schon die Fraw betrübt /
Sitzt zu Hause mit den Kleinen
Hat noch Bier noch Brodt / noch Geld
Er ist lustig mit den Seinen
Vnd fürwar ein freyer Held.
Ich will keine so betrüben
Ich will bleiben wer ich bin /
Ich will keine hertzlich lieben /
Buhlen Buhlen ist mein Sinn /
Buhlen ist mir Honig süsse /
Buhlen ist es was ich thue /
Vnd verbuhl ich schon die Füsse /
So behalt' ich doch die Schue.

Hans Jacob Christoffel von Grimmelshausen
um 1622–1676

Simplicissimus im Venus-Berg
(aus: Der abenteuerliche Simplicissimus)

Einstmals kam ein Lakai, der sprach meinen Monsig. Canard an, und bracht ihm meinetwegen ein Brieflein, eben als ich bei ihm in seinem Laboratorio saß, und reverberierte (denn ich hatte aus Lust bei meinem Doktor schon perlutiern, resolviern, sublimiern, coaguliern, digeriern, calciniern, filtriern, und dergleichen unzählig viel alkühmistische Arbeit gelernet, dadurch er seine Arzneien zuzurichten pflegte). »Monsieur Beau Alman«, sagte er zu mir, »dies Schreiben betrifft Euch: Es schicket ein vornehmer Herr nach Euch, der begehrt, Ihr wollet gleich zu ihm kommen, er wolle Euch ansprechen, und vernehmen, ob euch nicht beliebe, seinen Sohn auf der Lauten zu informieren? Er bitt mich, Euch zuzusprechen, daß Ihr ihm diesen Gang nit abschlagen wollet, mit sehr courtoisem Versprechen, Euch diese Mühe mit freundlicher Dankbarkeit zu belohnen.« Ich antwortet, wenn ich seinet (verstehe Mons. Canards) wegen jemand dienen könne, so würde ich meinen Fleiß nit sparen. Darauf sagte er, ich sollte mich nur anders anziehen, mit diesem Lakaien zu gehen, indessen bis ich fertig, wollte er mir etwas zu essen fertig machen lassen, denn ich hätte ein ziemlich weiten Weg zu gehen, daß ich kaum vor Abend an den bestimmten Ort kommen würde: Also putzte ich mich ziemlich und verschluckte in Eil etwas von der Kollation, sonderlich aber ein paar kleiner delikater Würstlein, welche, als mich deuchte, ziemlich stark apothekerten; ging demnach mit gedachtem Lakaien durch seltsame Umweg einer Stund lang, bis wir gegen Abend vor eine Gartentür kamen, die nur zugelehnt war, dieselbe stieß der Lakai vollends auf, und demnach ich hinter ihm hineingetreten, schlug er selbige wieder zu, führte mich nachgehends in das Lusthaus, so in einem Eck des Gartens stund, und demnach wir einen ziemlich langen Gang passierten, klopfte er vor einer Tür, so von einer alten adeligen Dame stracks aufgemacht wurde; diese hieß mich in teutscher Sprach sehr höflich willkomm sein und zu ihr vollends hineintreten, der Lakai aber, so kein Teutsch konnte, nahm mit tiefer Reverenz seinen Abschied. Die Alte nahm mich bei der Hand und führte mich vollend ins Zimmer, das rund umher mit den köstlichsten Tapeten behängt, zumal sonsten auch schön geziert war; sie hieß mich niedersitzen, damit ich verschnauben und zugleich vernehmen könnte, aus was Ursachen ich an diesen Ort geholet; Ich folgte gern und setzte mich auf einen Sessel, den sie mir zu einem Feuer stellte, so in demselben Saal wegen ziemlicher Kält brannte; sie aber setzte sich neben mich auf einen andern, und sagte: »Monsieur, wenn Er etwas von den Kräften der Liebe weiß, daß nämlich solche die allertapfersten, stärksten und klügsten Männer überwältige und zu beherrschen pflege, so wird Er sich um so viel desto weniger verwundern, wenn dieselbe auch ein schwaches Weibsbild meistert; Er ist nicht seiner Lauten halber, wie man Ihn und Mons. Canard überredt gehabt, von einem Herrn, aber wohl seiner übertrefflichen Schönheit halber von der allervortrefflichsten Dame in Paris hieher berufen worden, die sich allbereit des Tods versiehet, da sie nit bald des Herrn überirdische Gestalt zu beschauen und sich damit zu erquicken das Glück haben sollte: Derowegen hat sie mit befohlen, dem Herrn, als meinem Landsmann, solches anzuzeigen, und ihn höher zu bitten als Venus ihren Adonidem, daß Er diesen Abend sich bei ihr einfinden und seine Schönheit genugsam von ihr betrachten lasse, welches Er ihr verhoffentlich als einer vornehmen Dame nit abschlagen wird.« Ich antwortet: »Madame, ich weiß nicht was ich gedenken, viel weniger hierauf sagen solle! Ich erkenne mich nicht danach beschaffen zu sein, daß eine Dame von so hoher Qualität nach meiner Wenigkeit verlangen sollte; überdas kommt mir in Sinn, wenn die Dam, so mich zu sehen begehrt, so vortrefflich und vornehm sei, als mir mein hochgeehrte Frau Landsmännin verbracht, daß sie wohl bei früherer Tagszeit nach mir schicken dürfen und mich nicht erst hieher an diesen einsamen Ort, bei so spätem Abend, hätte berufen lassen; warum hat sie nicht befohlen, ich solle stracks Wegs zu ihr kommen? Was hab ich in diesem Garten zu tun? Mein hochg. Frau Landsmännin vergebe mir, wenn ich als ein verlassener Fremder in die Furcht gerate, man wolle mich sonst hintergehen, sintemal man mir gesagt, ich sollte zu einem Herrn kommen, so sich schon im Werk anders befindet; sollte ich aber merken, daß man mir so verräterisch mit bösen Tücken an Leib wollte kommen, würde ich vor meinem Tod meinen Degen noch zu gebrauchen wissen!« »Sachte, sachte, mein hochgeehrter Herr Landsmann, Er lasse diese unnötigen Gedanken aus dem Sinn« (antwortet' sie mir), »die Weibsbilder sind seltsam und vorsichtig in ihren Anschlägen, daß man sich nit gleich anfangs so leicht darein schicken kann; wenn diejenige, die Ihn über alles liebet, gern hätte, daß Er Wissenschaft von ihrer Person haben sollte, so hätte sie Ihn freilich nit erst hieher, sondern den geraden Weg zu sich kommen lassen; dort liegt eine Kappe (wies damit auf den Tisch) die muß der Herr ohnedas aufsetzen, wenn Er von hier aus zu ihr geführt wird, weil sie auch so gar nit will, daß Er den Ort, geschweig bei wem Er gesteckt, wissen solle; bitte und ermahne demnach den Herrn so hoch als ich immer kann, Er erzeige sich gegen diese Dame sowohl wie es ihre Hoheit als ihre gegen Ihn tragende unaussprechliche Liebe meritiert, da Er anders gewärtig sein will zu erfahren, daß sie mächtig genug sei, seinen Hochmut und Verachtung, auch in diesem Augenblick, zu strafen: Wird Er sich aber der Gebühr nach gegen sie einstellen, so sei Er versichert, daß Ihm auch der geringste Tritt, den Er ihretwegen getan, nicht ohnbelohnt verbleiben wird.«

Es wurde allgemach finster, und ich hatte allerhand Sorgen und furchtsame Gedanken, also daß ich da saß wie ein geschnitzt Bild, konnte mir auch wohl einbilden, daß ich von diesem Ort so leicht nicht wieder entrinnen könnte, ich willigte denn in alles, so man mir zumutete; sagte derhalben zu der Alten: »Nun denn, mein hochgeehrte Frau Landsmännin, wenn ihm denn so ist, wie Sie mir vorgebracht, so vertraue ich meine Person Ihrer angebornen teutschen Redlichkeit, der Hoffnung, Sie werde nicht zulassen, viel weniger selbst vermittlen, daß einem unschuldigen Teutschen eine Untreu widerfahre, Sie vollbringe, was Ihr meinetwegen befohlen ist, die Dame, von der Sie mir gesagt, wird verhoffentlich keine Basilisken-Augen haben, mir den Hals abzusehen.« »Ei behüt Gott«, sagte sie, »es wäre schad, wenn ein solcher Leib, mit welchem unsere ganze Nation prangen kann, jetzt schon sterben sollte, Er wird mehr Ergötzung finden, als Er sich sein Tag niemals einbilden dürfen.« Wie sie meine Einwilligung hatte, rief sie Jean und Pierre, diese traten alsobald, jeder in vollem blanken Küraß, von dem Scheitel bis auf die Fußsohlen gewaffnet, mit einer Hellebarden und Pistol in der Hand hinter einer Tapezerei hervor, davon ich dergestalt erschrack, daß ich mich ganz entfärbte; die Alte nahm solches wahr und sagte lächelnd: »Man muß sich so nit fürchten, wenn man zum Frauenzimmer gehet«, befahl darauf ihnen beiden, sie sollten ihren Harnisch ablegen, die Latern nehmen und nur mit ihren Pistolen mitgehen; demnach streifte sie mir die Kappe, die von schwarzem Sammet war, übern Kopf, trug meinen Hut unterm Arm und führet' mich durch seltsame Weg an der Hand: Ich spürte wohl, daß ich durch viel Türen und auch über einen gepflasterten Weg passierte, endlich mußte ich etwa nach einer halben Viertelstund eine kleine steinerne Stiegen steigen, da tat sich ein klein Türlein auf, von dannen kam ich über einen besetzten Gang und mußte eine Windelstiegen hinauf, folgends etliche Staffeln wieder hinab, allda sich etwa sechs Schritt weiters eine Tür öffnet', als ich endlich durch solche kam, zog mir die Alte die Kappe wieder herunter, da befand ich mich in einem Saal, der da überaus zierlich aufgeputzet war, die Wände waren mit schönen Gemälden, das Tresor mit Silbergeschirr, und das Bett so darinnen stand, mit Umhängen von güldenen Stücken geziert; in der Mitten stand der Tisch prächtig gedeckt, und bei dem Feur befand sich eine Badwanne, die wohl hübsch war, aber meinem Bedünken nach schändet' sie den ganzen Saal; die Alte sagte zu mir: »Nun willkomm Herr Landsmann, kann Er noch sagen, daß man Ihn mit Verräterei hintergehe? Er lege nur allen Unmut ab und erzeige sich wie neulich auf dem Theatro, da Er seine Eurydiken wieder vom Plutone erhielt, ich versichere Ihn, Er wird hier eine schönere antreffen, als Er dort eine verloren.«

Ich hörte schon an diesen Worten, daß ich mich nicht nur an diesem Ort beschauen lassen, sondern noch gar was anders tun sollte; sagte derowegen zu meiner alten Landsmännin: Es wäre einem Durstigen wenig damit geholfen, wenn er bei einem verbotenen Brunnen säße; sie aber sagte, man sei in Frankreich nit so mißgünstig, daß man einem das Wasser verbiete, sonderlich wo dessen ein Überfluß sei. »Ja« sagte ich, »Madame, Sie sagt mir wohl davon, wenn ich nicht schon verheiratet wäre!« »Das sind Possen« (antwortet' das gottlose Weib), »man wird Euch solches heut nacht nit glauben, denn die verehelichten Kavalier ziehen selten nach Frankreich, und ob gleich dem so wäre, kann ich doch nit glauben, daß der Herr so albern sei, eher Durst zu sterben, als aus einem fremden Brunnen zu trinken, sonderlich wenn er vielleicht lustiger ist, und besser Wasser hat als sein eigener.« Dies war unser Diskurs, dieweil mir eine adelige Jungfer, so dem Feuer pflegte, Schuh und Strümpf auszog, die ich überall im Finstern besudelt hatte, wie denn Paris ohnedas eine sehr kotige Stadt ist. Gleich hierauf kam Befehl, daß man mich noch vor dem Essen baden sollte, denn bemeldtes Jungfräulein gang ab und zu und brachte das Badgezeug, so alles nach Bisam und wohlriechender Seifen roch, das Leinengerät war vom reinesten Cammertuch und mit teuren holländischen Spitzen besetzt; ich wollte mich schämen und vor der Alten nicht nackend sehen lassen, aber es half nichts, ich mußte dran, und mich von ihr ausreiben lassen, das Jungferchen aber mußte ein Weil abtreten; Nach dem Bad wurde mir ein zartes Hemd gegeben und ein köstlicher Schlafpelz von veielblauem Taffet angelegt, samt einem Paar seidener Strümpfe von gleicher Farb, so war die Schlafhaub samt den Pantoffeln mit Gold und Perlen gestickt, also daß ich nach dem Bad dort saß zu protzen wie der Herz-König. Indessen mir nun meine Alte das Haar trocknet' und kämpelt', denn sie pflegte meiner, wie einem Fürsten oder kleinen Kinde, trug mehrgemeldtes Jungfräulein die Speisen auf, und nachdem der Tisch überstellt war, traten drei heroische junge Damen in den Saal, welche ihre alabasterweißen Brüste zwar ziemlich weit entblößt trugen, vor den Angesichtern aber ganz vermaskiert; Sie dünkten mich alle drei vortrefflich schön zu sein, aber doch war eine viel schöner als die andern; ich machte ihnen ganz stillschweigend einen tiefen Bückling, und sie bedankten sich gegen mich mit gleichen Zeremonien, welches natürlich sah, als ob etliche Stummen beieinander gewesen, so die Redenden agiert hätten, sie setzten sich alle drei zugleich nieder, daß ich also nit erraten konnte, welche die vornehmste unter ihnen gewesen, viel weniger welcher ich zu dienen da war; Die erste Red war, ob ich nit französisch könnte? Meine Landsmännin sagte: »Nein.« Hierauf versetzte die ander, sie sollte mir sagen, ich wollte belieben niederzusitzen, als solches geschehen, befahl die dritte meiner Dolmetschin, sie sollte sich auch setzen: Woraus ich abermal nicht abnehmen mögen, welche die vornehmste unter ihnen war. Ich saß neben der Alten gerad gegen diesen dreien Damen über, und ist demnach meine Schönheit ohn Zweifel neben einem so alten Geripp desto besser hervorgeschienen. Sie blickten mich alle drei sehr andächtig an, und ich dürfte schwören, daß sie viel hundert Seufzer gehen ließen: Ihre Augen konnte ich nit sehen funkeln wegen der Masken, die sie vor sich hatten. Meine Alte fragte mich (sonst konnte niemand mit mir reden), welche ich unter diesen dreien für die schönste hielte? Ich antwortet, daß ich keine Wahl darunter sehen könnte. Hierüber fing sie an zu lachen, daß man ihr alle vier Zähn sah, die sie noch im Maul hatte, und fragte, warum das? Ich antwortet, weil ich sie nit recht sehen könnte, doch so viel ich sähe, wären sie alle drei nit häßlich. Dieses, was die Alte gefragt, und ich geantwort, wollten die Damen wissen; mein Alte verdolmetschte es und log noch dazu, ich hätte gesagt, einer jeden Mund wäre hunderttausendmal Küssens wert! denn ich konnte ihnen die Mäuler unter den Masken wohl sehen, sonderlich deren, so gerad mir gegenüber saß. Mit diesem Fuchsschwanz machte die Alte, daß ich dieselbe für die vornehmste hielt, und sie auch desto eiferiger betrachtete. Dies war all unser Diskurs über Tisch, und ich stellte mich, als ob ich kein französisch Wort verstünde. Weil es denn so still herging, machten wir desto ehe Feirabend: Darauf wünschten mir die Damen eine gute Nacht und gingen ihres Wegs, denen ich das Geleite nit weiter als bis an die Tür geben durfte, so die Alte gleich nach ihnen zuriegelte. Da ich das sah, fragte ich, wo ich denn schlafen müßte? Sie antwortet', ich müßte bei ihr in gegenwärtigem Bett vorlieb nehmen; Ich sagte, das Bett wäre gut genug, wenn nur auch eine von jenen dreien darin läge! »Ja«, sagte die Alte, »es wird Euch fürwahr heunt keine von ihnen zuteil.« Indem wir so plauderten, zog eine schöne Dam, die im Bett lag, den Umhang etwas zurück und sagte zu der Alten, sie sollte aufhören zu schwätzen und schlafengehen! Darauf nahm ich ihr das Licht, und wollte sehen, wer im Bett läge? Sie aber löschte solches aus und sagte: »Herr, wenn Ihm Sein Kopf lieb ist, so unterstehe Er sich dessen nit, was Er im Sinn hat; Er lege sich und sei versichert, da Er mit Ernst sich bemühen wird, diese Dame wider ihren Willen zu sehen, daß Er nimmermehr lebendig von hinnen kommt!« Damit ging sie durch, und beschloß die Tür, die Jungfer aber, so dem Feur gewartet, löscht' das auch vollends aus und ging hinter einer Tapezerei durch ein verborgene Tür, auch hinweg. Hierauf sagte die Dame, so im Bett lag: »Allez Mons. Beau Alman, gee schlaff mein Herz, gom, rick su mir!« So viel hatte sie die Alte Teutsch gelernet; ich begab mich zum Bett zu sehen, wie denn dem Ding zu tun sein möchte? und sobald ich hinzukam, fiel sie mir um den Hals, bewillkommte mich mit vielem Küssen, und biß mir vor hitziger Begierde schier die unter Lefzen herab; ja sie fing an, meinen Schlafpelz aufzuknöpfeln und das Hemd gleichsam zu zerreißen, zog mich also zu sich und stellte sich vor unsinniger Liebe also an, daß nicht auszusagen. Sie konnte nichts anders Teutsch, als ›Rick su mir mein Herz!‹ das übrige gab sie sonst mit Gebärden zu verstehen. Ich gedachte zwar heim an meine Liebste, aber was halfs, ich war leider ein Mensch und fand ein solche wohlproportionierte Kreatur und zwar von solcher Lieblichkeit, daß ich wohl ein Block hätte sein müssen, wenn ich keusch hätte davonkommen sollen.

Dergestalt bracht ich acht Tag und soviel Nächt an diesem Ort zu, und ich glaube, daß die andern drei auch bei mir gelegen sind, denn sie redeten nicht alle wie die erste, und stellten sich auch nicht so närrisch. Wiewohl ich nun acht ganzer Tage bei diesen vier Damen war, so kann ich doch nit sagen, daß mir zugelassen worden, eine einzige anders als durch eine Florhauben, oder es sei denn finster gewesen, im bloßen Angesicht zu beschauen. Nach geendigter Zeit der acht Tag setzt' man mich im Hof, mit verbundenen Augen, in eine zugemachte Kutsche, zu meiner Alten, die mir unterwegs die Augen wieder aufband, und führte mich in meines Herrn Hof, alsdann fuhr die Kutsche wieder schnell hinweg. Meine Verehrung war zweihundert Pistolet, und da ich die Alte fragte, ob ich niemand kein Trinkgeld davon geben sollte? sagte sie: »Beileib nicht! denn wenn Ihr solches tätet, so würde es die Dames verdrießen; ja sie würden gedenken, Ihr bildet Euch ein, Ihr wäret in einem Hurenhaus gewesen, da man alles belohnen muß.« Nachgehends bekam ich noch mehr dergleichen Kunden, welche mirs so grob machten, daß ich endlich aus Unvermögen der Narrenpossen ganz überdrüssig wurde.

Johann Georg Schoch
1627–1695

Ein Liebesbrief (aus: Comoedia vom Studenten-Leben)

Allerliebster getreuester Schatz! Nach dem es nicht genug ist was die Glückseligkeit einer treuen Liebhaberin belanget ihren Liebsten noch am Leben zu wissen / sie wisse denn auch / ob auch sie noch in dessen Gedächtnüß lebe; Dahero ich die Feder ergriffen / meinen Liebsten zu versichern / daß / leb' ich in dessen Gewogenheit / so leb ich in solcher Zufriedenheit /darinen ich nichts mehr wündschen könte / als die Beharrligkeit in so vergnüglichem Zustande. Ich will nicht vermeynen (ich sage) ich will nicht vermeyne /dz er das Feuer / welches mein Herr allhier vor langer Zeit angezündet / in ihm so bald werde haben erleschen lassen? Mein Herr vergebe mir / daß ich also rede / die Liebe macht mich also zu reden. Er wähne nicht / daß eintzige Abwesenheit meine Liebe vertilgen könte / sie ist ein wenig zu feste gegründet. Were seine vergnügliche Gegenwart mit nicht so erfreulich gewesen / so were mir dessen Abwesenheit nicht so unerträglich worden. Wie lieb es mir demnach gewesen / nach dem es sich bey Anwesenheit seiner angelassen / als hette das wiederwertige Glück nun noch einmal Stillestand mit mir getroffen / kann ich nicht sagen / und wiewohl es uns noch inständig anfeindet / so wird doch die Liebligkeit der Liebe / dessen Grausamkeit überwinden und dahin zwingen / das es uns endlichen noch die Zufriedenheit vergönstigen müsse. Wie? zweiffelt mein Hertzallerliebster / als ob ich umb desto weniger beständig liebe? ob gleich das Feuer brünstiger Begierden eine Zeitlang von nichts anders als den Winden gänzlicher Verzweifelung angeblasen worden / so wird es doch noch auff gutem Grund gewünschter Glückseligkeit zu anckern kommen. So vergewissere mich denn nun / mein Besitzer / seiner völligen Gunst umb meine Befriedenheit zu befriedigen. Er soll erfahren / daß seine Liebe nicht schlechtlich angewendet / viel weniger meine Hoffnung übel gegründet gewesen. Er soll erfahren / was das Hertz einer *Damen* vermag / die ihre Liebe auf so was rechtschaffenes / wie er ist / geworffen. Ey! so füge er mir denn nun zu wissen / dasjenige / was ich von solcher seiner Lieb erwarten soll / (wenn er noch allezeit der vorige *Floretto* were / wie ich die vorige Emerenze bin / so hette ich mich gantz keiner Wanckelmühtigkeit (welche sich bey jungen *Cavalliern* gemeiniglich zu ereignen pflegt) zu befahren. Ich lebe zwar der Hoffnung / seine Liebe werde standhaffter seyn; und im fall sie es nicht were / im fall ich nicht leben könte / in der Zufriedenheit selner / begehre ich auch nicht zu leben in der Vergnüglichkeit eines andern. Er sol es seyn / der mich entweder verdammen oder glückselig machen soll. So vergewissere mich denn nun / mein Hertz-Allerliebster noch einmal / entweder seiner gewissen Treue / oder meines endlichen Vntergangs / eines erwarte ich / wie wol ich nicht zweiffele / er werde der allerbeständigste / so zu finden / seyn / und empfinden / daß seiner Gegenliebe / so ein standhafftes Hertz / wie das meine / wol würdig / und daß einig Jch und keine andere verbleiben soll

Meines aller-getreuesten und beständigsten
Floretto biß in Todt
getreueste und beständigste
Emerenze

Jesaias Rompler von Löwenhalt
1628–1658

Die Lieb ist stärcker dan der Tod

Was immer lebt und schwebt / das ist dem Tod verbunden:
Es werden durch den Tod die vögel überwunden;
Das wild- und zahme vieh wird durch den Tod gefällt;
Der Tod nimt / waß das mer in seinen armen hältt;
Ein iedes mänschenkind mus endlich leib und leben /
Wie starck es sich auch wert / dem grimmen Tod ergeben.
Nur ein ding / ein ding nur erwert sich solcher noth /
Der Tod zwingt alles sonst / die Lieb bezwingt den Tod.

Kaspar Stieler
1632–1707

Frisch bey der Liebe! (aus: Die geharnschte Venus)

Die Liebe lehrt im finstern gehen /
sie lehret an der Tühr uns stehen /
  sie lehrt uns geben manche Zeichen
  ihr süß Vergnügen zu erreichen.

Sie lehrt auff Kunst-gemachten Lettern
zur Liebsten Fenster ein zu klettern /
  die Liebe weiß ein Loch zu zeigen
  in ein verriegelt Hauß zu steigen.

Sie kan uns unvermerket führen
durch so viel wolverwahrte Tühren
  den Tritt kan sie so leise lehren /
  die Mutter solt' auff Kazzen schweeren.

Die Liebe lehrt den Atem hemmen /
sie lehrt den Husten uns beklemmen /
  sie lehrt das Bette sacht auffheben /
  sie lehrt uns stille Küßgen geben.

Diß lehrt und sonst vielmehr das Lieben.
Doch willstu dich im Lieben üben:
  so muß die Faulheit stehn bey seite /
  die Lieb' erfordert frische Leute.

Wer lieben wil und nichts nicht wagen /
wer bey dem Lieben wil verzagen:
  der lasse Lieben unterwegen.
  Der Brate fleugt uns nicht entgegen.

Der beste Sinn / das Fühlen (aus: Die geharnschte Venus)

Du bist es / edles Fühlen /
du schönster Sinn allein /
dehm aller Tichter Kielen
zu Dienste sollen sein /
und ihm ein Lobmahl sezzen
das nicht Gewalt noch Zeit /
noch Unfall kan verlezzen /
biß nach der Ewigkeit.

Kommt her / ihr Weißheit-Gründer /
ihr Priester der Natur /
kommt aller Föbus-Kinder /
wofern ihr nur der Spur
der Wahrheit / nachzugehen
ein wenig seid gesinnt:
so sollt ihr mir gestehen
daß fühlen überwindt.

Gesicht / die Götter-Gabe /
so zwar unschäzbar ist /
bringt manchen zu dem Grabe /
der sich zusehr vergist
in einer Schönen blikken /
was ich nicht sehen kan /
das kan mich nicht bestrikken
noch sträfflich reizen an.

Das hören bringt offt Schrekken
und schafft Uneinigkeit.
Was Musik kan erwekken
währt eine kurze Zeit.
Ach! manche wird bethöret /
wenn sie der Rede Tohn
der Junggesellen höret /
und kömmt in Spott und Hohn.

Geruch ist kaum zunennen /
sein Tuhn hat schlechten Dank.
Die Rosen-wind nicht kennen /
veriaget kein Gestank.
Ein Mensche kan wol leben /
und hätt' ihm nimmermehr
das Riechen Lust gegeben.
Bleibt Schmekken denn die Ehr.

Dem Wollust-vollem Schmekken /
dem Lufft / Fluht / Erde dient /
dem Vogel junge hekken /
dem Wald und Wiese grünt /
umb den der Fischer leget
die falschen Reusen ein /
ists nicht / der Beutel feget /
und heißt uns kranke sein.

In Fühlen nur alleine
besteht der Sinnen Grund /
ohn diesen Leben keine.
Aug / Ohren / Nase / Mund /
ergreiffen keine Sachen
die ihnen gegen stehn.
Was alle Sinnen machen /
muß erst durch den geschehn.

Du aller Sinnen König
nimst gar die Seel' auch ein
der Leib ist dir zu wenig.
bedenkt den Kuß' allein /
da das besüßte Rühren
der Lippen mehr ergezzt /
als keiner von den vieren
uns in Vergnügung sezzt.

Der Hände drukk / das Reiben
an unsrer Liebsten Brust /
und was man nicht darff schreiben /
die wohlbekannte Lust /
darum wir alle lieben /
Guht / Leben wagen hin
in Kunst und Krieg' uns üben /
ist mehr als aller Sinn.

Diß ist es / Schaz Rosille /
daß ich so gern an dir
des Fühlens Werk erfülle.
Vergönn mir für und für
nur diß bei dir zu üben /
so wil ich nimmermehr
Geruch / Schmakk / Sehen / lieben /
und hassen das Gehör.

Daniel Casper von Lohenstein
1635–1683

Der geistige Gebrauch der Wollüste
(aus: Arminius und Thußnelda)

Es war in der Königin Frauen-Zimmer eine edle Albanierin / welche ihrer Schönheit halber gleichsam ein Begrif aller Vollkommenheiten genennet werden konte. Denn sie hatte schneeweisse Haut / Zähne und Nägel / schwartz-braune Augen und Augenbrauen / rothe Lippen / Wangen und Haut unter den Nägeln / lange krause Haare / Hände und einen gestreckten Leib / einen kurzen Bauch / erhobene Backen / niedrige Zähne und Ohren; eine breite Stirne und Schultern; einen engen Mund / und aufgelauffene Lefzen / die Augenbrauen von einander unterschieden; länglicht rundte Finger / eine dünne Nase / einen kleinen Kopf / Füsse / und kleine rundte Brüste. Dieser seltzamen Gestalt halber war sie am ganzen Hofe hoch gesehen; insonderheit aber hatte sie das Hertze der Königin Parysatis gewonnen: daß sie nichts ohne sie thät / sondern alle ihre Geheimnüsse gleichsam in Verwahrung hatte. Weil nun der Priesterin Ada zu ihrem Anschlage an derselben Wissenschafft nicht wenig gelegen war / und sie durch keinen geschicktern Werckzeug / als Eriphylen die Königin zu leiten getraute / bewarb sie sich durch Geschencke und Liebkosungen aufs eyfrigste umb Eriphylens Freundschafft; nam sie dardurch auch so ein: daß sie von Hofe täglich in Tempel / und daraus zur Ada kam. Beyder Verträuligkeit ward mit der Zeit so groß / als sie kaum zwischen Schwestern hätte seyn können. Bey dieser Gelegenheit warf Rhascuporis auf Eriphylen ein Auge / und Ada selbst / welche ihre Schönheit und Gemüths-Gaben nie genug gegen ihrem Gemahl herauszustreichen wuste / trug selbst embsigst Holtz zu diesem Feuer; welches endlich so sehr zu Schwunge kam: daß Rhascuporis unterschiedene Mal mit allen Versuchungen / damit ein Weiblich Hertze überwunden werden kan / an sie setzte; welche aber entweder aus Furcht für seine Gemahlin Ada / oder weil sie ihre Wolthäterin durch diese Untreue zu beleidigen für ein zu grosses Laster hielt / auf solch Eis nicht trauen wolte / sondern bis Anmuthen endlich der Ada selbst entdeckte / und umb Erlaubnüs sich ihres Hofes zu entschlagen anhielt. Eriphyle / an statt / daß sie von der Ada einen grossen Danck und Ruhm erwartete / ward von ihr mit einem Gelächter bewillkommt. Sie schalt ihre Bedencken eine Alberheit / und ihre Weigerung eine Hochmuth / weil sie nicht nur sich der Süßigkeiten der Liebe beraubte / sondern auch einem zu gebieten Macht habenden Fürsten so billiges Verlangen abschlüge. Ohne den Geschmack der Wollust wäre alle Empfindligkeit des Menschen stumpf / im Frauen-Zimmer aber gar todt; welche in allem andern den Männern nachgäben / in dieser Ergötzligkeit aber alleine überlegen wären. Diesemnach wäre die nicht recht bey Sinnen / die der Zeit / der Gelegenheit / und dieses Vortheils sich nicht bediente. Wenn aber ja die Beliebung der Liebe eine Thorheit seyn solte / wäre es die geringste. Denn man wäre darmit nur ihm selbst nicht klug / gleichwohl aber nicht gram / worinnen die gröste Thorheit bestünde; Andern aber klug seyn / wäre schon eine auskommentliche Weißheit. Uberdis verhinge das Glücke über uns auch in der Liebe so seltsame Tage und Zufälle / aus denen die Tugend sich selbst nicht auszuflüchten wüste. Unter diesen aber wären dis die wichtigsten: wenn Fürsten über uns was gebäthen. Denn weil diese über unsere Güter / Ehre und Leben / Gewalt / und aller Dinge oberstes Eigenthum hätten / gehörete ihnen auch der Gebrauch unsers Leibes. Königlich Geblüte hätte Verwand- und Eigenschaft mit dem der Purpur-Schnecken / welche wol färbten / aber nicht fleckten. Westwegen ihnen was versagen keine Keuschheit / sondern ein Frost der Seele / ja gar ein Laster wäre. Daher / im Fall Eriphyle sie liebte / und ihre gegen sie Zeither betheuerte Neigung nicht das Ansehen einer Heucheley bekommen / sondern den Strich der Treue und die Farbe unverfälschter Freundschaft halber halten solte / müste sie dem Rhascuporis keinmal mehr ungehorsam seyn; hierdurch aber ihre gegen Eriphylen tragende Gewogenheit nicht für geringer schätzen / als welche Cato dem Hortensius durch Abtretung seiner Martia bezeuget hätte. Eryphile hörte dieser Fürstin mit so grosser Befremdung zu: daß sie für Verwunderung hätte zum Steine werden mögen. Sie sahe sie mit einem langen Stillschweigen starr an / umb aus ihren Gebehrden die Auslegung ihrer unbegreiflichen Worte zu nehmen. Denn sie könte ihr nichts weniger einbilden; als daß sie nicht nur zu ihres Gemahls frembder Liebe ein Auge zudrücken / sondern seine selbst-eigene Kuplerin seyn solte. Daher bildete sie ihr festiglich ein: Ada wolte nur ihr Gemüthe ausholen / und ihre Treue prüfen; antwortete sie ihr also: Sie möchte ihr nicht zumuthen / wordurch sie zugleich ihre Keuschheit als Wolthäterin beleidigte. Je höher der Stand und die Sterne / je sichtbarer wären die Laster und Flecken. Ja kein Gestirne schwärtzte mehr / als die Sonne / das wahre Ebenbild der Fürsten. Daher sänckten die vom Thaue trächtigen Muscheln nach ihrer Empfängnüs sich in die Tieffe des Meeres bis auf den Grund / womit ihre Perlen nicht von den

Sonnen-Strahlen fleckicht würden. Diese keusche Muscheln wären die edelsten Lehrmeisterinnen keuscher Seelen / wie sie für den Sonnen dieser Welt sich anstellen / und sich die ins gemein in bittern Haß ausschlagende Hold auf keinen Irrweg solten verleiten lassen. Alleine Ada wuste Eriphylen die Wollust so zu verzuckern: daß sie ihr selbte für das Saltz des Lebens / und für eine solche Süßigkeit einredete / ohne welcher Genüß jeder vergehender Tag dem Leben abgestohlen würde. Die von ihr besorgte Eyversucht redete sie durch viel Betheuerungen und vorgebildete Schuldigkeit der Ehfrauen aus / welche ihre Männer nicht nur mit ihrem eigenen Leibe / sondern auch mit frembden Schönheiten zu vergnügen; ja ihnen zu Liebe alle Verdrüßligkeit gefallen zu lassen / und aus dem selbst-ständigen Eckel wie die Bienen aus herben Kräutern süssen Honig saugen solten. Denn ein Weib solte von keiner andern Wollust wissen / als die ihr Mann genüsse. Daher müste sie dem Fürsten Rhascuporis / oder vielmehr ihr selbst die Ergötzligkeit nicht entziehen / welche ihr durch das Röhr ihres Gemahls in das empfindlichste ihrer Seele flössen würde; wo sie nicht anders durch thörichte Hartneckigkeit das Glücke mit Füssen von sich stossen / des Fürsten Rache / und ihre Ungenade mit den Haaren zu sich ziehen wolte. Mit einem Worte: Eriphyle ward überredet oder gezwungen in des Rhascuporis Willen zu kommen; Und weil die Wollüste denen am süssesten schmecken / denen zum ersten am meisten dafür geekkelt hat; ja frembdes Wasser meist besser / als eigener Wein schmeckt; verknüpfte die Liebe beyde so feste zusammen: daß eines ohne das ander nicht länger zu leben getraute. Weil nun die anfangs behutsamen Laster endlich sicher / und da mit unvorsichtig werden / merckte der ganze Hof dieses Geheimnüs / nur allein Ada war mit sehenden Augen blind. Sie liebkosete den Rhascuporis mehr als jemals vorher / und wormit sie gleichwol seine anderwerts hin gewiedmete Kräften nicht auf ihren Acker leitete / nam sie sich eines Gelübdes an / ein ganz Jahr lang des Thesmophorischen Gottesdienstes abzuwarten; welche Andacht nur von Frauen / die sich ihrer Männer enteuserten / wie die Elevsinische von derogestalt lebenden Männern vollzogen werden konte. Sie schlief desthalben auch mehrentheils im Tempel der Ceres auf gewissen Kräutern / welche der Geilheit widerstehen / und zur Keuschheit dienlich seyn sollen. Hingegen ließ sie bey allen Mahlzeiten dem Rhascuporis und Eriphylen in Pasteten Fleisch von denen Egyptischen und dem Crocodil ähnlichen Heydechsen mit unterhacken / und die daraus gezogene Krafft mit dem schmeckenden Weine aus Chius vermischen / welche allen andern Zunder der Geilheit übertreffen soll. Wenn auch Eriphyle ihre Begierden mit dem Rhascuporis abgekühlet hatte / empfieng sie Ada mit höchster Freude und Freundligkeit / umbarmete / halsete und küßte sie; und danckte ihr für die ihrem Gemahl geschaffte Vergnügung. Sie nöthigte Eriphylen in ihr Bette / nennte sie ihre Buhlschafft / und brache sie durch ihre Liebkosungen so weit: daß sie ihr allemal die gepflogenen Geilheiten umbständlich erzehlen muste. Darüber schöpfte Ada / ihrem Vorgehen nach / mehr Ergötzlichkeit / als Eriphyle in der eigenen Wollust. Denn sagte sie: dein Leib alleine hat des Rhascuporis genossen

/ ich aber genüsse sein in der Seele durch eine kräftige Einbildung; und du selbst wirst empfinden: daß die Wollust ein flüchtiger Schatten sey / wenn sie nicht vorher durch den Vorschmack des Verlangens / hernach durch süsses Andencken des genossenen tauerhafft gemacht; und ihr empfangenes Himmelbrod nach dem Genüsse durch Einbildung gleichsam gekäuet / und in Safft und Blut des Gemüthes verwandelt wird. Die Natur lehret uns selbst diesen geistigen Gebrauch der Wollüste / wenn sie sie uns in Träumen oft kräftiger eindrucket / und mit häuffigerm Uberflusse überschüttet / als wenn wir uns wesentlich mit ihr begatten. Derogestalt brachten Ada und Eriphyle mit ihren unkeuschen Erzehlungen manche gantze Nächte und halbe Tage zu; und ihre geile Betastungen waren gleichsam die Nachgemählde oder der Widerschall der vorher begangenen Ehbrüche; nur daß Eriphyle beym Rhascuporis sich selbst / bei der Ada den Rhascuporis fürstellte; welche jener noch täglich neu ausgedachte Arten der Geilheiten an die Hand zu geben sich befließ.

Heinrich Mühlpfort
1639-1681

Auff die Brüste seiner Liebsten (aus: Teutsche Gedichte)

Welch warmer Schnee deckt diese Freuden-Hügel /
Du Marmel-Rund / der Venus glatter Spiegel /
Kan hier mein Geist / mein schwacher Geist bestehn?
Ach! nein / ich muß in heisser Glut vergehn.
Die Circkel hat die Anmuth selbst geschlossen.
Hier quillt der Strohm der Wollust ausgegossen/
Jsts möglich auch daß man Granaten-Blüth
auf solchen Schnee so hochgespitzet sieht?
O schönes Eiß! O Zunderreiche Funcken!
Ist wo die Hand gar allzufrech gesuncken /
Verzeih / verzeih / o Göttin! denn ich weiß /
Vor deinem Strahl zerschmiltzet hartes Eiß.
Jst das das Bett wo Lilgen und Narcissen /
Aus Nachbarschafft / sich Hertzverbündlich küssen /
So wünsch ich nur ein Gärtner bloß zu seyn /
Der es verwahrt für allen bösen Schein.
Schwellt Circkel schwellt in angenehmer Runde /

Und seyd beküst von meinem blassen Munde /
Glaubt / hat die Hand verwegen was gethan /
Daß bey der Kost kein Mensch sich halten kan.

Christian Weise
1642–1708

Der betrogene Liebhaber

Kommt ihr Leute kommt und schauet
Mein betrübt Exempel an,
Seht wie einer fallen kan
Welcher auff die Liebe bauet,
Vnd sein Leben auff das Spiel
Eitler Wollust gründen wil.
Wär ich vor so klug gewesen
Als ich itzo worden bin,
Hätte mein betrogner Sinn
Wol was bessers auserlesen,
Aber ach ich armes Kind
War an beyden Augen blind!
Die beliebten Purpur-Wangen
Nahmen mir das Leben ein,
Und erregten durch den Schein
Alles Hoffen und Verlangen,
Biß ich alles was ich fand
Ihr und ihrer Gunst verband.
Was ich dichte, was ich machte,
War auff sie allein gericht,
Sie, mein Engel, war mein Liecht,
Und wann ich an sie gedachte,
Lieff das Blut in einem nu
Dem verliebten Hertzen zu.
Wann ich gleich in einem Tag
Kaum ein halbes Blickgen sah,
Gieng mir doch der Strahl so nah,
Daß ich ausser aller Klage,

Gleichsam als zu grossem Danck
Manch erfreutes Lust-Lied sang.
  Aber nun bin ich verdorben,
Seit mir die Gelegenheit
Zu der gleichen Freundlichkeit
Unverhofft ist abgestorben,
Und mein Hertze keine Statt
Mehr in ihrem Hertzen hat.
  Alle Lust ist mir zuwider,
Was ich sehn und hören muß,
Bringt mir lauter Uberdruß,
Und die allerschönsten Lieder
Von der Liebe kommen mir
Abgeschmackt und alber für.
  Wann ich ja bißweilen schertze,
Und mein altes Freuden-Spiel
Wiederum verneuen will,
Ach so rufft mein schwaches Hertze
Mitten in der süssen Ruh
Meinem Schmertzen wieder zu.
  Zwar ich sehe schon von weiten
Daß die Zeit mich trösten kan,
Doch wiewohl ist der daran,
Welcher solchen Eitelkeiten
Seine Seele nicht ergiebt,
Oder doch gelücklich liebt.

Pindarische Traur-Ode eines verzweiffelten; aber beständigen Verliebten

1. Satz.

Die Kuh wird auff dem Seile tantzen,
Der Ochse wird Latein verstehn,
Der Bock wird junge Bäumgen pflantzen,
Die Sau zur Juden-Hochzeit gehn,
Der Kater wird die Messe singen,
Die Henne wird den Fuchs verschlingen.
  Der Esel wird die Laute schlagen,

Die Schafe werden Feuer sprühn,
Der Beer wird Sammt und Seide tragen,
Der Wolff wird an dem Karne ziehn,
Das Pferd wird Muß und Suppe lecken,
Dem Hunde wird der Haber schmecken.
Der Hase wird Calender machen,
Der Wiedehopff wird Geld verstreun,
Die Katze wird am Thore wachen,
Der Affe wird ein Doctor seyn,
Das Eichhorn wird die Frösche fangen,
Der Storch wird Haselnüsse langen.
Der Guggug wird *Sonaten* spielen,
Das Murmelthier wird freundlich thun,
Die Taube wird im Miste wühlen,
Die Wachtel wird im Wasser ruhn,
So fern ich mich so hoch vermesse,
Das ich der Rosilis vergesse.

2. Gegensatz.
Das Wasser wird Berg-anspatzieren,
Die Erde wird in Monden gehn,
Die Sonne wird am Himmel frieren,
Die Berge werde niedrig stehn,
Die Tische werden unter Bäncken,
Die Pfützen übern Weiden hencken.
Man wird das Weinfaß auff dem Dache,
Das Storchs-Nest in dem Keller baun,
Man wird *Rosacer* in der Lache,
Citrone auff der Fichte schaun,
Man wird mit alten Scheiden handeln,
Und sie vor in Kameel verwandeln.
Man wird das Maul mit Peche schmincken,
Man wird Speck auff die Werthe streün,
Man wird auß leeren Kannen trincken,
Bey faulen Eyern lustig seyn,
Man wird das Bier mit Ellen messen,
Und Heckerling vor Spargen fressen.
Der wird sich auff ein Pflugrad sehnen
Der gerne weiche Pretzeln frist,
Ein ander gar nach Hobelspänen

Der dem Salate günstig ist,
Wann ich mein Liebgen werde kennen,
Daß sie mich wird ihr Liebgen nennen.

3. Nachsatz.
Die Ascher-Mittwoch sol auff einen Freytag fallen,
Man sol die Martins=Gans zum Oster-Häßgen stallen,
Die Mägden sollen Lux, die Büsgen Lutze heissen,
Der Besen-Binder sol die Kupferstücke reissen,
Der Stunden-Ruffer sol *Concerten* musiciren,
Und der gemeine Lauff sol sich durchauß verlieren,
Wo ich der stoltzen Seel in dem beliebten Leibe
Nicht auch biß an den Todt getreu und günstig bleibe.

Magnus Daniel Omeis
1646–1708

Die in Eginhard verliebte Emma

Emma brachte den kurzen Tages-Uberrest und die lange Winter-Nacht mit tausend untereinander gemengten Seufzen / Hoffnungen und Bestürzungen zu. Sie wünschte / nur bald des folgenden Tages Morgen Sonne / und noch viel lieber die / so ihr zu Abends würde aufgehen / anzuschauen. Den meinsten Theil der Nacht vollbrachte sie schlaflos. Jhre Gedanken waren die Räthe / mit denen sie alle Mittel und Wege überschlug / wie sie morgen gewiß Eginhards Liebes-Geniessung ins Werk setzen mögte. Sie dachte / der Anfang sey gemacht; langer Verzug könne hier nicht Statt finden. Die Gelegenheit / wann sie uns ein- oder zweymal den Haarschopf gebotten / und wir nicht darnach gegriffen / könne uns bald das kahle Hintertheil zeigen; auch lange uns Glück und Zeit oftmal die Handhabe der Kanne erstlich dar / nachmals aber den Bauch / welcher viel schwehrer zu fassen. Endlich gegen anbrechenden Tag ließ sie sich von einem Schlaf übergehen / dessen sie sich in etlich Stunden nicht entbrechen kunte; und als ihr solcher die Augen zugedrucket / traumete ihr / als sehete sie die großmächtige Statt Troja / nach lang-außgestandner Belägerung / in vollen Flammen stehen; aus welcher der junge und fromme Eneas seinen alten Vatter Anchisen / dem so großen Jammer zu entziehen / auf den Achseln heraus-getragen; allen gehorsam- und Eltern liebenden Kindern zu einem fürtrefflichen Beispiel. Der rasenden Flammen wüten und toben / die hohe Rauch- und Dampf-Berge / welche selbst die Wolken überstiege / verursachten der Prinzessin im Schlaf eine große Schwehrmütigkeit / die sie auch so lang und so sehr geängstiget / biß Sie durch einen tiefhervorgebrochenen Seufzer erwecket / die Augen öffnete / und die liebe Morgen-Sonne durch die Fenster allgemach hereinschimmern sahe. Sie gedachte:

Der Tag ist schon am Tag. Willkomen / Morgen-Sonne!
Du bringst mir grosse Freud durch deinen Purpur-Schein.
Jedoch mein Abend-Stern / der heut zur Thür herein
und mir aufgehen wird / wird bringen größere Wonne.

Sprang darauf aus den Federn hervor / ruffte der Aufwarterin / mit dem Befehl / sie solte sich fertig machen / deß Aufbutzes köstlichste Gepränge zu weg zurichten; nemlich die Eisen / damit die Haare zu krümmen / und krause Zöttlein über die Stirne und Schläfe herabzuschlängeln; die Kleinodien / die Locken damit zu beblümen / die lieblichst-riechende Wasser / die Wangen abzuwischen. Doch im besten zubereiten und gerechteln / entschloß sie sich eines andern / indem sie nicht vor rathsam hielte / siech also auszuzieren / daß der Schmuck ein Fleiß eines verliebten Herzens schiene; und gleichwol vor eben so wenig tauglich / sich also zu verunachtsamen / daß ihre Gestalt schleiderisch ausehe. Ließ derowegen alles wiederum abtragen / grief die Sach allein an / und butzte sich also heraus / daß sie den Schmuck mit der Unachtsamkeit vergesellte / die Künstleren mit der Fahrläßigkeit vermischte / das fröliche Ansehen mit einer Schwehrmütigkeit mäßigt; und verfuhr in allem also / daß sie ohne sonderbaren Lust und Mitleiden mögte angesehen werden. Und nach dem sie sich vor das niemand-schmeichlende Spiegelglas gesetzet / bemühete sie sich ihren Blicken allerley Gesetze zu geben / durch welche sie dem Gegentheil bald liebreich / bald verlangbar / nun liebreizend / nun stolz vorkommen mögte. Und weil sie ihr wege wenigen Schlafs in voriger Nacht ihre Gestalt etwas mager vorbildete /samlete sie alle Frölichkeits-farben in das Antliz / unterrichtete das lachen in allerhand Gestalt-Geschicklichkeiten / und lehrete die Augäpfel mancher Art hin- und wieder-schießende Bewegungen. Nennte auch zuweilen mit einem / aus ihrem von Gemüths-Bewegungen hart bedrangten Busen / tief-geholten Seufzer / seinen guldnen Namen / und machte ihr nicht ohne Furcht und erblassen tausend Gedanken / wann ihr einfiel / was Jammer und Schmerzen sie sehen und empfinden würde / wann sich Eginhard verzagt oder widerspenstig erzeigen solte. Zehlte inzwischen die Augenblicke / nicht wissend / wie sie die Länge annahenden Mittags noch zubringen möchte; und ließ / ohngeachtet solche in drey- oder vier-stündige Kürze eingeschränkt / ihr doch jede Viertelstund ein Jahrhundert bedunken.

Eginharden / welcher nicht minder nach der bestimten Stund seufzete / die ihm die glückseeligste Zeit seines Lebens vorstellen solte / wolte nun auch die Schreibstube zu eng werden. Er gerechtelte sich allgemach bey eingetrettenen Mittag zu den

Feder-schneiden / nichts mehrers wünschend / als die zierlichste Schwahnen-Kiele zu überkommen / oder jenen Tauben / welche von den Dichtern / dem Venuswagen vorgespannet werden / etliche Federlein auszurauffen / daraus er seiner so grossen Schülerin eine desto gelind- und zärter-gespaltene Schreib-Feder künsteln mögte. Vielleicht / gedachte er dabey / wird mich das Glück so lieb haben / daß ich nicht allein innen werde / was für Süssigkeit seye / eine so theure und Wollen-weiße Hand zu führen; sondern auch / wie die Wollust einer Hochfürstlichen Schos möge beschaffen seyn.

Die abgeredte Stund kam nun herbei / in welcher die Sonne in Züge ligend / ihre Stralen schmerz-erblaßet zeigete. Die herzueilende Nachtforirer / die Abendlüffte / beseufzeten mit stillen un wehmütigen sausen den sterbenden Tag / als Eginhard / der Emmen Sonne / ihr nunmehr aufzugehen begunte / und die biß in den Tod verliebte zu beleben sich aufmachte. Er öffnete also zu rechter Zeit mit dem überreichte Schlüßel die Garten-Thür / und verhüllete zu allem Glück die jeh-eingefallene Dunkle (indem der Himmel sich mit dicken Schneewolken überzogen hatte) so wol seinen Eintritt / als die mit der Bleichheit abwechslende Schamröthe im Angesicht.

(...)

Emma hinter dem Fenster-Laden schon aufwartend / sah nun den Gegenstand ihrer Augen und Herzens daher kommen: und indem ihr allerlei Gedanken einfielen / was wol aus dieser Schreiberei heut noch entstehen dörfte / fühlete sie Glut und Eiß / und wurde von dem Schauer hunderterley süßer Aengsten geschüttelt. Jedoch / nach dem Eginhard nunmehr tiefgebücket in das Zimmer eingetretten / und die so in Worten / so in Geberden gebührende Höflichkeiten abgeleget / ließ sie sich im dahergehen und reden desto kecker sehen / alldieweil zu guten Anfang und scheinbaren Vorwand die Seßel / Tisch / Dinten und Papir / ordentlicher Weis schon da zusammen gerichtet stunden. Setzet euch / Lehrer / sprach sie mit einem bezaubrenden Lächler / und greiffet samt mir das Werk mit Freuden an! Dieser nam die Rede vor eine Versuchung auf / mit welcher sie seine Grob- und Höflichkeit auf die Prob setzen wolte. Bat sie derowegen / in willens stehend zu bleiben / sie wolte geruhen / sich zu erinnern / daß eine solche Göttin eher auf Knien in äußerster Ergebungs-Andacht anzubeten sei / als mit so ungleichem Neben-Sitz zu belästigen. Doch nach der Prinzeßin steten anhalten / bediente sich der sonst in der Buhlerey nicht-ungeübte / des so offt wiederholten Befehls.

Hier / liebster Leser / wolte ich mir nichts mehrers / als einen zu dichten tüchtigen Schwahnen-Kiel / oder künstlichen Apell-Pinsel / anwünschen / damit ich dieses lehren / lernen / schreiben / recht zu beschreiben und abzumahlen / genugsames Vermögen hätte. Es brachte der Künstler die schönste Züge und Buchstaben mit solcher Behändigkeit zu Papir / daß die verliebte nicht Wort genug / sie heraus zu streichen / finden kunte; durch derer Ausgießung sie nur mehr Flammen / so wohl in sich / als Eginharden / entzündete. Er erkühnte sich auch zuweilen / etlich verliebte Reim-

Zeilen und lustige Räzeln auf das artligste einzumengen / also / daß kein Wunder wäre gewesen / diese vermeßene und aus des jungen Jcarus Flügeln genommene Feder wäre von einer so strahlend- und brennenden Sonne zerschmolzen. Emma / derer Augen- und Herzens-Zeiger zwar mehr auf den Schreiber / als auf die Schrifft gerichtet stunde / unterfieng sich etliche Zeilen nachzumahlen / bittend / er wolle ihr ohnbeschwer die Hand führen. Beeder Hände / indem sie einander berühreten und führeten / wandeten und zitterten also / daß fast kein steter Buchstab kunte gezogen werden. Emma irrte desto öfter / nur daß sie öfter Ursach hätte zu fragen. Eginhard lobte den guten Anfang je mehr und mehr / und kunte die glückselige Fähigkeit mit genugsamen Worten nicht aussprechen. Jene / wann sie ein A schriebe / bildete sie ihren benachbarten Aufenthalt ein / das B bedeutete ihr den nechsten Besitzer ihres Herzens / C den Cupido / D die Dione / das E / durch sonderbares Geheimniß / Emmen und Eginharden zugleich. Dieser von dem Schnee der jenigen Alabaster-Hand / welche außer der Weiße nichts gefrornes an sich hatte / und die seinige bisweilen unter dem schreiben zärtlich druckte / Flammen und Feuer empfindend / war wol mit den Augen und Fingern auf dem Papir / mit dem Gemüth aber außer sich selbst. Jene kehrte die Augen anderwerts hin / und stellte sich / so sie wargenommen worden / als hätte sie diesen nur zufälliger Weise angesehen; wann sie dann von neuen ihn wieder anblickte / schlug sie die Augen unter; und indem ihre Wangen nun errötheten / nun erblaßeten / gaben sie zu verstehen / daß ihr Gemüth in dem hefftigsten Neigungs-Irrgarten verwirret herum walle.

Eginhard fieng an die List nun gar zu deutlich zu beobachten / und kunten so süßvergifft Blicke / gnugsame Dolmetscher eines gegen ihn brennenden Herzens seyn; iedoch verernstete er sein Gesicht / so viel er kunte / und rümpfete die Stirne / unter der Stellung / als gebe er auf der Prinzeßin Bewegung nicht sonderlich acht. Endlich aber blitzeten der Prinzeßin Blicke und Winker Creutzweiß durcheinander / welche / vermittels der stürmischen Seufzer-Winde / einen auf das Papir fallenden Regen von etlichen Threnen-Tropfen / und einen Gewalt solcher Bewegungen nach sich zogen / welche auch die Keuschheit selbst könten zu Boden donnern. Die Gegeneinstimmung Eginhards / der gleichwol kein Herz von Kieselsteinen hatte / brenneten nun auch / und schlugen endlich solche Flammen auß in ein sachtes krachen der Wechsel-Küße. Dinten und Papir musten nun beiseit rucken. Es folgten immer Reizungen zu näherer Vertreulichkeit; und indem sie einander umarmeten / musten sie selber lachen / dieweil es nun keine Schreib- sondern eine Liebs-Schul wäre. Eginhard / nun nicht mehr ein geringer Lehrmeister / ließ sich bedunken in der Götter-Schos / als des Glückes erstgeborner Sohn / zu sitzen; und er wartete / biß auch die durchleuchtigste Schos den Lauf seiner Liebs-Neigungen tädten und beruhigen mögte. Und als Emma in seinen Armen ohnmächtig / und von einem kalten Schweiß überfallen sich wiese / saß er darob erstlich zwar bestürzet und erstaunet / merkte aber doch bald darauf / daß eine tödlich-verliebte in seinen Armen ruhete. Zeigete also nach zarten rütteln und balsamieren sein Beileid mit ihrer Krankheit / und erbot sich auf das fleißigste / allein dem jenigen nachzukommen / was von dero Durchleucht ihme auferlegt würde. Die schwache / nach dem sie wieder zu ihr selbst gekommen / sahe ihren Helfer / als eine kaum aus dem Schlaf erwachte / starr an / sich unter diesem Schein an seiner Gestalt verstolener Weise ergetzend / und sprach mit einem von innerster Seelen abgeschnittenen Seufzer: Eginhard ihr könnet mein Arzt seyn! Und nachdem sie noch eine gute Weil miteinander gesproche / folgte / nach frey-entdeckter Liebes-Wunden / die völlige Hülfe.

Wer jemals geliebet / und die äußerste Liebes-Stuffe erreicht hat / mag ihm einbilden / was ihr Gespräch und die erfolgte Arzeney gewesen seyen. Es sey genug / wann ich sage / daß beede ihre Flammen gekühlet / und Eginhard sich nun nicht mehr unter den geringen Pösel gezehlet / sondern (laut des obigen Briefes Ende) nach Vermischung der Stralen / von dieser Sonne sich durchleuchtig gesehen / und mit dem Schreib-Lohn aufs beste zufrieden gewesen. Sie genoßen darauf auch etliche Stunden der sanften Feder-Ruhe / doch also / daß sie sich vor Tags derselben entbrachen / und Eginhard noch bey finsterer Nacht solte durch den Garten ausgelassen werden / damit nicht des Tages Liecht der Sache Verräther seyn mögte.

Liselotte von der Pfalz
1652–1722

Maximen

An die Kurfürstin Sophie
Versailles, den 13. Februar 1695

Wie kann die Herzogin von Celle glauben, dass ihre Tochter nicht unglücklich werden würde, mit solchen *maximen*, wie sie sie erzogen hat, denn welchen Herren findt man in der Welt, so allein seine Gemahlin liebt und nicht was anderst, es sein *maîtressen* oder Buben, dabei hat? Sollten deswegen ihre Gemahlinnen auch so übel leben, könnte, wie Pate gar wohl sagt, niemand sicher sein, dass die Kinder im Haus die rechten Erben wären. Weiß diese Herzogin nicht, dass der Weiber Ehre daran liegt, mit niemandes als ihren Männern zu tun zu haben, und dass den Männern keine Schande ist, *maîtressen* zu haben, aber wohl, Hahnreie zu sein? Dass sie es also wenig leiden und die Weiber sich derowegen nur tausend Unglück am Hals ziehen, wenn sie solches unterfangen? Ihrer Tochter Unglück wird ihr diese Wahrheiten nur gar zu viel lernen.

Des Bischofs Weinberg

An die Kurfürstin Sophie
Versailles, den 19. Oktober 1705

Das Jahr ist noch nicht um bei den neuen und jungen Eheleuten; wir müssen sehen, ob sie hier des Bischofs von Paris »Weingarten« gewinnen werden. Bisher ist er noch nicht gefordert worden. Ich weiß nicht, ob E. L. wissen, dass man zu Paris sagt, dass, wenn zwei neue Eheleute das ganze Jahr, seider sie geheirat sein, zubringen können, ohne dass es einen von beiden einen Augenblick gereuet, geheirat zu sein, und dass sie nicht ein Augenblick aufhören, sich zu lieben, so können sie des Erzbischofs von Paris Weingarten fordern und solle ihnen gegeben werden. Aber bisher hat sichs noch nicht gefunden. Gott gebe, daß E. L. Enkel es verdienen möge und dass es noch lange Jahre bei ihnen dauern mag.

Johann Beer
1655–1700

Wie der Medicus den Mann und die Frau heilte (aus: Der verliebte Europäer)

»Zu Messina war vor zwey Jahren eine Person / welche die Natur mit so guter Leibes-Gestalt begabet / daß sie deßwegen sehr viel Freyer hatte / welche aber denen Eltern nicht allerdings anständig. Unter diesen Freyern aber war einer / der diesem Frauenzimmer sehr wohl gefiele / doch sichs gegen denen Eltern nicht durffte merkken lassen / weil selbige ihre Tochter an einen alten Witwer verheyrathen wolten / so endlich auch geschach.

Kaum waren vier Wochen vorbey gegangen / als der Alte (weil denen bejahrten Manns-Personen die Geniessung der Liebe höchst schädlich / und eine geschwinde Beförderung zum Grabe ist) in eine Kranckheit fiel / welche zwar nicht eben so gefährlich, aber doch eine Verhinderung war / seiner keuschen Penelope gebührend an die Hand zugehen.

Diese war nur zum Schein vor denen Leuten bemüht / ihren Ehmann durch Artzney-Mittel zu voriger Gesundheit zu bringen.

Nun war in dieser Stadt eben der jenige / welchen sie in ihrem ledigen Jungferstande mit gnädigen Augen angesehen / ein Doctor Medicinae, zu diesem schickte sie mit Bitte zu ihr zu kommen. Wie solches geschehen / bekam sie ihn auf die Seite und sagte öffentlich / weil ihr Mann ohne dem itzund unbaß / solt er seine Stelle vertreten.

Dieser MEDICUS war ein guter PHYSICUS, und hatte sich vordem in ANATOMICIS als er zu Paris in Franckreich gewesen / zimlich geübet / wolte derowegen diese erwündschte Gelegenheit bey seiner vormal verlangten Liebste nicht aus denen Händen lassen / sondern gab so wol dem Mann als der Frauen zu ihrem Zustand gar dienliche Artzneyen.

Bothe sich bey CORNATO (denn so hieß der krancke) zum öfftern an / daß er bey ihm wachen wolte / welches jener ohne Vermerckung eines Argwohns gar gerne zugab.

Der Herr MEDICUS that es aber um gantz andere Ursachen / weil er also den Mann bey Tage und des Nachtes die Frau CURIRTE / denn diese hatte ein klein Fiebergen / welches aber der sorgfältige MEDICUS durch gute Artzneyen / so er / als erfahrener CHYMICUS, selbsten machte / so weit brachte / daß an bösen Tage an statt des Frostes sich allezeit Hitze einfande / und zwar mehrentheils zur Nacht / weil solche Fieber in Sicilien insgemein bey denen Patienten sich zu solcher Zeit einfinden.

Die Cur gieng sehr wol von statten / also das Herr CORNATUS innerhalb 3. Wochen wiederumb seine vorige Gesundheit erlangete / und dem fleißigen Herrn MEDICO mit einen dutzend Thaler unter Arme grieff. Dieser war das GRATIAL, die andern ACCIDENTIA belieffen sich noch höher.«

CHRISTIAN THOMASIUS
1655–1728

Der Mensch ist zur Liebe geschaffen
(aus: Einleitung zur Sittenlehre)

Es möge dannenhero der Mensch sich betrachten auff was für weise er wolle / so wird er befinden / daß ihn Gott zu einen geselligen Thier geschaffen habe / und zwar daß er in einer friedfertigen Gesellschafft mit andern leben solle. Ohne Friede ist keine Gesellschefft / weil Zwiespalt und Wiederwillen alle Gesellschafft zerreisset und auffhebet. Und ohne Gesellschafft kan kein Friede seyn / weil der Friede in der Vereinigung menschlicher Gemüther bestehet. Ohne Friede ist dem Menschen weder Vernunfft noch Rede nütze / weil man zum Krieg nichts als Gewalt vonnöthen hat / auch die tapfferen Helden ihr Schwerd nicht im Munde / sondern in der Faust führen.

So ist demnach der Mensch zur Liebe anderer Menschen geschaffen / weil er zum Friede geschaffen ist. Denn die Liebe und der Friede gründen sich in der Vereinigung menschlicher Gemüther. Ja er ist zur Liebe ruhiger Gemüther geschaffen / theils weil er selber nach der Gemüths-Ruhe als nach seinem höchsten Gute trachten soll / alle

Liebe aber sich auff eine Gleichheit mit der geliebten Person gründet / theils auch weil er sonst nicht würde in Frieden leben können / wenn er unruhige Gemüther liebet / denn wie wollen diejenigen die innerlich mit sich selbst keinen Frieden haben mit anderen Leuten und äusserlich friedlich leben können.

Es folget hieraus / daß des Menschen höchstes Gut darinnen bestehet wenn es dem andern Menschen / den er liebet / wohl gehet / und daß ihm desselben Elend mehr *afficiret* als sein eigenes / weil darinnen das Wesen aller vernünftigen und menschlichen Liebe / so ferne sie der bestialischen entgegengesetzet wird / bestehet / und ohne diesen Merckmahl man nicht sagen kan / daß sich die Seelen zweyer Leiber mit einander vereinigt haben.

Und also liebet ein vernünfftiger Mensch allerdings andere Menschen mehr als sich selbst; und hat also gantz nicht zum Grunde seines Thuns und Lassens eine vernünftige Selbst-Liebe (wie man sonsten in Schulen lehret) man wolte denn etwa dieses also auslegen und benehmen / weil der Mensch durch die Liebe anderer Menschen / in denen er mehr als in sich selbst lebet / allezeit seine eigene Gemüths-Ruhe zubefördern und zu erhalten bemühet ist.

Benjamin Neukirch
1665–1720

Die schöne Lesbia

Die schöne Lesbia saß mit geschränkten Füßen,
Ihr netter Finger war um Schuh und Strumpf bemüht,
Ich konnte, was sie sonst noch jedem Aug entzieht,
Durch einen kühnen Blick in stiller Lust genießen.

Die Seide hatte kaum dem Marmor weichen müssen,
Als sich der leichte Rock von ihrem Leibe schied;
Doch als die sichre Hand die weiße Brust verriet,
Da ward ich unvermerkt in Ohnmacht hingerissen:

Die Augen sanken hin, die Beine wurden matt.
Die nackte Sylvia stieg sicher in das Bad,
Eh ich mein Auge konnt aus der Verwirrung führen.

Und also ward sie mir kein ganz entdecktes Land;
Doch hatt die bloße Brust mir soviel Kraft entwandt –
Was würde Sylvius erst in der Schoß verlieren!

Gottlieb Stolle
1673–1744

Die verliebte Verwandelung

Du hast, o Liebe! mich erst in ein reh verkehrt,
Das seines jägers pfeil in zarter brust getragen:
Hernach in einen schwan, der sich zu tode singt:
Und dann in eine blum', in die die flamme dringt,
So von der sonne kommt, und allen fasst verzehrt:
Hierauf verlohr ich mich in einen thränen-regen:
Und itzund muß ich, mir zur pein,
Ein salamander seyn,
Der in der strahlen glut, so Daphnens augen hegen,
Verschmachtet, und doch auch sein schmachtend hertze nährt.
Jedennoch wolt' ich mich im minsten nicht beklagen,
Wenn deine wundermacht,
Die mir bisher nichts süsses zugedacht,
Mir endlich noch die gunst gewährte,
Und mich vor meinem tod in Daphnens schatz verkehrte.

Als er sie vergebens suchte

Wo bist du denn, mein holdes Licht?
So frag' ich; aber ach! weßwegen frag' ich nicht,
Wo ich mich selbst befinde?
Leb ich in dir,
Und du in mir?
So bin ich ja bey meinem liebsten Kinde.
Indessen such' ich, wo ich kan,
Und treffe dich doch nirgends an.
Ja was unglaublich scheint, mein angenehmstes Licht!
Ich weiß es, wo ich bin, und weiß es doch auch nicht.

Christian Hölmann
1677–1744

Über ihr himmel-bette (aus: Galante Gedichte)

Hier hat die Delie den himmel auff der erden,
Hier ruhet die, die mir viel unruh macht,
Hier schläffet die, um die mein geist stets wacht,
Und träumet, unbesorgt, daß ich zum schatten werde,
Hier lieget die, vor der mein herzte liegt,
Und athmet, daß sie in ein hauffen seuffzer fliegt,
Ach athmete sie doch davon die meinen ein!
So könt ich sehr beglückt durch diesen himmel seyn.
Ach wer doch nur, du leichtes decke-bette,
Ein eintzigmahl dein amt hier zu verwalten hätte!
Es möchte zwar in diesem himmel ein finsterniß davon entstehn,
Wenn ich, als mond, o sonne, dir das mittel gantz bedeckte,
Hingegen würd es mir weit besser als tausend andern buhlern gehn,
Weil ich alsdann im himmel-bette, und auch zugleich im himmel steckte.

Christian Friedrich Hunold (Menantes)
1681–1721

Ein Liebhaber verschafft sich Gewißheit (aus: Die verliebte und galante Welt)

Ich weiß nicht / ob es zu meinem Schmertzen oder Vergnüge / daß mich ein paar sehr gute Freunde warneten / auf des Printzens Gänge so wohl bey Tage als bey Nacht ein scharffsichtiges Auge zu haben. Dann meine Gedanken giengen damahls so wunderlich untereinander / daß ich sie bald unschuldig und bald / weil sie mir schon zu viel Argwohn erweckt / recht straffbahr *attrapiren* möchte. Es wäre aber vor einen gescheuten Menschen zu unverantwortlich gewesen / diese Warnungen nicht zu einer klugen Vorschrift dienen zu lassen / was nunmehr zu thun.

Denn wer im Ehestande auf Blumen einer unschätzbaren Lust sich zu betten gedenckt / muß vorhero die Nesseln der Eyfersucht wohl ausgäten / oder dieses Unkraut wird hernach alle andere Süßigkeit durch seinen Brand im Hertzen ruiniren.

Mein erster Gang war zu *Arianen*, allwo ich einige nothwendige *Affairen* erdichtete / die mich unverzüglich nach meinen Gütern rufften / also würde noch heute mich ihrer allerliebsten Gegenwart auf ein paar Tage berauben müssen. Sie stellte sich etwas mißvergnügt / mich nur einen Tag / wie sie sagte / von sich zu wissen; allein meine Augen sahen gedoppelt / und / weil sie Spiegel des Hertzens / erforschten sie in den Jhrigen die innerliche Lust über meine Reise / und unterscheideten allzu wohl / was eine gezwungene oder natürliche Traurigkeit. Und gleichwohl war sie so blind / meine erbitterte Eyfersucht nicht gleichfals aus meinem Gesichte zu lesen / welches mich in meinem Verdacht stärckte / denn wenn sie alle ihre Sinnen auf mich gerichtet / würde es ihr ein leichtes gewesen seyn / so aber waren sie halb bey dem Printzen / halb bey mir und also zu verwirrt / als daß sie ihre Krafft recht gebrauchen können.

Ich ritte des Tages so geschwind zum Thor hinaus / als des Abends wieder herein / und verfügte mich unter Bedeckung der Schatten und einen draussen umgenommenen andern Mantel zu meinen zween Freunden / die ich wuste / daß sie es desto aufrichtiger hierinnen mit mir meinten / weil sie mir vorhero zu diesem Bündniß gerathen. Es schlug also nicht so bald eilf Uhr / als mich mit gutem Seiten-Gewehr versehn fort schliche und ohn weit von *Arianes* Hause hinter einem Brunnen stellte / daß mich niemand im vorbey gehen gewar werden konte.

Ich wartete bey nahe zwey Stunden / und ob gleich die Nächte bey herannahender Winters=Zeit schon ziemlich kalt wurden / schwitzte mich doch unaufhörlich / daß ich fast den Mantel / welchen zu Sicherheit und vor den Frost mitgenommen / von mir werffen muste. So seltene Würckungen kan die Liebe verursachen / die in einem Hertzen die gewaltsamsten *Affecten* wie ein starcker Wirbel das Wasser in seinem Bußen herum treibet / und gleichsam wie ein zum Sturm sich bereitendes Meer die Wellen zu kochen anfänget / als ob Feuer darunter. Ohnegefehr um ein Uhr erschien derjenige / dessen Schwager ich am Tage zu werden nicht würdig / in der Nacht aber nicht verlangte; es begleitete ihn ein *Page*, den ich kennte / und er hatte kaum die Thür angerühret / so gieng sie auf / und er hinein.

Wenn damahls der Brunnen das wüste *Arabien* können werden und ich mitten drinnen unter den wildesten Thieren gesessen / würde es daselbst besser als hier in meinem Hertzen zu gangen seyn. denn da ward ich wieder mich selbst zum rasenden Unthier / und wie sehr ich sonst in widerwärtigen Zufällen standhaft bin / lag doch damahl alle Großmuth im Brunnen / und die Verzweifelung schwebte oben. Diese verleitete mich etliche mahl zu dem strafbaren Vorsatz / dem das Leben zu nehmen der meine Ehre zu ruinire trachtete Allein die mir angebohrene Ehrfurcht vor den *Caracter* so hoher Persohnen und vor der *Distinction*, welche der Himmel durch die Geburth zwischen sie und andern Menschen gemacht / besänfftigten meine Wuht / daß ich / so viel als in solchen Gelegenheiten die Gedancken zusammen zu bringen / den Entschluß faßte: Die empfindlichste / aber doch kluge

Rache an *Arianen* aus zu üben / weil sie mir / und nicht der Printz / die Treue gebrochen.

Es war glücklich / daß ich meine Sinnen so weit wieder gesammlet / indem / da der Printz nach zweien Stunden gantz still zur Thür heraus kam / es nicht anders war / als ob mir was die Hand mit Gewalt an den Degen legte / daß sie also schwerlich / als ein so wohlgefaßter Vorsatz und ein Zug meiner sonst guten Vernunfft / würde zurückgehalten haben.

Jnzwischen hatte in dem gantzen Hause kein Licht wahrgenommen / sondern eine Stille biß itzo verspüret; und weil die innere Beschaffenheit vornehmlich *Arianens* Schlaff Zimmer (zu meinem Verdruß nunmehro) mir allzuwohl bekandt / rechnete ich ohngefehr aus / wie es würde hergangen seyn / daß sonst niemand als das Mädgen von ihrem Durchlauchtigen Beylager würden wissen. Denn eine neue *Marque* ihrer Redlichkeit nicht zu vergessen / so hatte sie / das mir sehr getreue Mädgen vor ein acht Tagen aus diesen Ursachen ohnfehlbar abgeschafft / und ein anders angenommen / dadurch sie allein und bey Zeiten möchte abgerichtet werden / mich ins künfftige krönen zu heissen.

Mein Weg nach meiner Freunde *Quartier* war viel langsamer als zum Brunnen / denn die Gedancken spatziereten in aller Welt herum / und liessen den Leib gehen / wie er wollte. Sie hatten beyde mit höchster Sehnsucht auf mich gewartet / und da sie mich kaum erblickten / lasen sie schon aus meinen Augen / wie viel zu wissen nöthig. Sie fielen mir um den Halß / und baten mich um des Himmels Willen / mir ein sothanes Unglück nicht so sehr zu Hertzen zu ziehen / sondern mir zu *gratuliren* / daß noch vor geschehener Vermählung ein so lasterhafftes Gemüthe kennen lernen: Mein Vergnügen werde an andern Orten nach meinen *meriten* vollkommener blühen. Ich leugnete / daß mir diese Begebenheit sehr zusetzte; und dachte, wenn mich durch die eusserste Kräffte gezwungen / meinen Kummer nicht mit Worten heraus zu stossen / so wären meine Minen im Gesicht davon auch keine Verräther; Allein der Gram mochte allzudeutlich aus meinen Geberden gesehen haben / daß sie fortfuhren / mir durch vernünfftige Gründe zuzusprechen.

Jch ärgerte mich / daß nicht mehr Gewalt über meine *Affecten* sollte haben / oder daß mein beleidigter Geist sich nicht mit genugsamer Verachtung dawieder waffnen können: Doch da mir meine Freunde zuredeten / warum ich mich durch die Verstellung noch mehr marterte und gleichsam ein Mißtrauen vor ihre Auffrichtigkeit bezeugte / ließ ich meinem Schmertzen Raum / erzehlte alles / und wurde dadurch so abgemattet / daß ich auf dem Ruh-Bette / worauf ich lag / unversehens einschlief.

So gar die Träume waren so grausam / daß ich unterschiedliche mahl in die Höhe fuhr / als ob mich etwas Böses erschreckte; Und da es schon hoch am Tage / als ich erwachte / machte ich mich geschwind zu rechte / um in der That nach meinen Gütern zu reisen / und eine so schändliche Liebe auf Lebenslang zu *quitiren.*

Die Schoß

Ich bin das Paradies, vor dem die Keuschheit wachet,
In dessen Gegenden die Lebensfrüchte blühn,
Wo unser Leben wird wie Feuer angefachet,
Dabei die Söhne sich, wie Adam, gerne mühn;
Ein gutes Feld, das nur geratne Früchte bringet,
Ein Garten, den der Tau der Wollust überfließt,
Ja, der die Anmut hat, die alle Welt bezwinget,
Und dessen Blumenfeld sein eigner Fluß begießt;
Ein Meer, wo Ebb und Flut dem Mondenlaufe gleichet;
Ein spiegelglattes Eis, wo auch ein Riese fällt;
Ein Hafen, den vergnügt die Zuckerflott erreichet;
Die Schule, die man nur für junge Männer hält;
Der Liebe Musterplatz, die Mannschaft auszuüben;
Ein Zwinger, welcher zu, doch nicht verschlossen ist;
Die Walstatt, wo wohl auch ein Simson ist geblieben;
Das Schützenhaus, in dem ein jeder gerne schießt,
Ein Bergwerk, welches Gold und Silberadern heget
(Die Wünschelrute schlägt oft allzu heftig an);
Ein Land, das unbesät auch keine Früchte träget;
Ein Abgrund, wo die Welt die Perlen fischen kann;
Der Männer größter Schatz liegt oft in meinem Fache,
Denn das Behältnis bin ich eigentlich dazu,
Drum hält die Eifersucht bei mir so scharfe Wache,
Damit demselbigen kein Fremder Eingriff tu.
Der Liebe Ruhestatt, die liegt auf meinem Grunde,
Ihr Forst, in welchem sie die schönsten Zobel jagt,
Die Männer sind dabei die besten Jägerhunde,
Denn ihr verwegner Geist ist immer unverzagt.
Wenn ich verschlossen bin, so geht die Lust im Leide,
Oft werden gar darum die Länder ruiniert
Und spinnen Trauerflor anstatt der weißen Seide,
Weil meine Muschel nicht den Thron mit Perlen ziert.
Nur eines ärgert mich, daß auch die Kinder wissen,
Was die Erwachsenen in meinem Garten tun,
Wie sie durch ihren Tau mein Blumenfeld begießen
Und mit der größten Lust auf diesem Bette ruhn.
Ach könnt ich dieser Brust unnütze Reden stillen!
Ein Vorschlag fällt mir ein: ich will demnächst einmal

Ihr ungewaschnes Maul mit meinem Wasser füllen,
Wer weiß, befrei ich mich dadurch von meiner Qual.
Doch meine Blöße heißet jetzt mich stille schweigen,
Drum hüll ich wieder mich in meine Decken ein
Und will nur noch mein Tun dadurch gebilligt zeigen:
Wo Blumen sollen blühn, muß Tau und Regen sein.

Johann Gottfried Schnabel
1692–um 1750

Eine verpatzte Liebesnacht
(aus: Der im Irrgarten der Liebe herumtaumelnde Kavalier)

»Als ich vor etlichen Jahren noch in Padua studierte, trug sichs zu, daß einer meiner besten Freunde, ein Edelmann, von Lucca gebürtig, in einen Kaufmannsladen ging, um sich Scharlach zu einem Mantel zu kaufen. Bei dieser Gelegenheit mochte des Kaufmanns Tochter, die sich allein im Laden befand, den jungen Kavalier etwas allzugenau in die Augen fassen, wodurch sie dergestalt in Liebe gegen denselben entzündet ward, daß sie seinen Lakai mit Darreichung etlicher Zecchinen dahin beredete, einen Ruffiano oder Kuppler abzugeben.

Dieser nun rühmte gegen seinen Herrn allezeit die Schönheit der Kaufmannstochter, und sobald er bemerkte, daß sein Herr gern von dergleichen Sachen reden hörte, brach er los und versicherte demselben, daß diese Schöne sich sterblich in ihn verliebt hätte und nichts mehr wünschte, als eine vertraute Zusammenkunft mit ihm zu haben. Signor Balestrieri empfand alsbald eine brennende Begierde bei sich, mit dieser schönen Kaufmannstochter in nähere Bekanntschaft zu geraten, befahl deswegen seinem Diener, allen Fleiß anzuwenden, daß er dazu gelangen könnte, versprach ihm auch, wenn er die Sache gut spielte und bewerkstelligte, zum Rekompenz drei Zecchinen.

Dieser schlaue Vogel, als er bemerkte, wie er von beiden Parteien Geld schneiden könne, säumte sich nicht, Fiorinen, so hieß des Kaufmanns Tochter, seines Herrn verliebte Sehnsucht mit lebendigen Farben abzumalen, diese aber, ungeachtet sie von ihren Eltern sehr genau in Acht genommen ward, erfand endlich dennoch ein Mittel, dieselben zu hintergehen, denn sie praktizierte heimlich soviel Seide aus dem Gewölbe, als zu Verfertigung einer Strickleiter nötig war, gab selbige des Balestrieri Diener nebst einer Handvoll Geld, um das übrige zu besorgen, denn die dritte Nacht danach wollte sie an einem Bindfaden ein weißes Papier herunterlassen, an welchen

Faden sodann Balestrieri die Strickleiter anbinden könnte, die sie alsdann hinaufziehen und oben befestigen wollte.

Der Anschlag schien nicht uneben zu sein, die Strickleiter wurde binnen vierundzwanzig Stunden fertig, Balestrieri wartete mit Schmerzen auf die bestimmte Stunde der dritten Nacht, und als diese endlich erschienen, fand er sich unter der Fiorine Fenster ein, fand auch bereits das Papier an dem Faden heruntergelassen, weswegen er in aller Eile die Strickleiter daranband und nach einem gegebenen Zeichen mit Husten bemerkte, wie dieselbe hinaufgezogen, ihm auch bald hernach ein Gegenzeichen zur frischen Auffahrt gegeben wurde.

Ungeachtet es nun ungemein stark regnete und dabei stockfinster war, so ließ sich dieser verliebte Steiger doch nicht hindern hinaufzuklettern, war aber auch bereits bis an die andere Etage gelangt, als ihm leise zugerufen wurde, sich ein wenig aufzuhalten. Er gehorsamte eine ziemliche Weile, als ihn aber der grausame Regen gar heftig inkommodierte, konnte er es fast nicht mehr ausstehen, weswegen er sich resolvierte, wieder herunterzusteigen, um vorher noch eine Weile unter denen Portichi oder Schwibbögen im Trocknen zu stehen.

Allein da er kaum bis an das erste Stockwerk zurückgelangt, ereignete sich plötzlich ein Zufall, der seinen Staffiero oder Bedienten nötigte, in geschwinder Eile fortzulaufen; Signor Balestrieri hielt fürs ratsamste zu bleiben, wo er war, und sich nicht zu regen, ungeachtet es immer heftiger zu regnen anfing. Denn es ist zu wissen, daß zu den damaligen Zeiten in Padua alle Nächte das sogenannte chivàla geschah und mancher dadurch ums Leben gebracht wurde; deswegen waren eben zu der Zeit, als Balestrieri seine verliebte Visite angetreten, ungefähr sechzig Schritte von Fiorinens Behausung zwei Parteien zusammengeraten, welche hinter den dicken Pilaren aufeinander Feuer gaben.

Solchergestalt war es nun allerdings besser, daß er sein Verhängnis an der Strickleiter mit Geduld ertrug und zwischen Himmel und Erde schwebte, als daß er sich in eine noch größere Lebensgefahr stürzte. Als er nun über eine Stunde diese Angst ausgestanden, kam endlich die Scharwache, welche die streitigen Parteien auseinanderjagte und verfolgte; mittlerweile bekam Balestrieri ein abermaliges Zeichen, sich hinauf zu begeben, welches er denn tat und glücklich bei Fiorinen anlangte. Diese empfing ihn mit offenen Armen und vielen Küssen, bat ihn auf eine recht demütige Art um Verzeihung, daß sie ihn so lange hätte müssen zappeln lassen; allein der arme Balestrieri, welcher wie eine gebadete Maus aussah, war nicht anders als ein Mensch, der den stärksten Paroxismus vom kalten Fieber hatte, konnte also ihre heißen Küsse nicht anders als sehr kaltsinnig vergelten, zumal weder das Kaminfeuer noch der köstliche Wein seinem erfrorenen Körper einige Wärme einflößen wollten. Endlich, da Fiorine sah, daß nichts helfen wollte, fing sie an, ihm hier und da an den Puls zu greifen, um mit ihren warmen Händen die zurückgewichenen Geister wieder herbeizubringen; allein es halb alles nichts, Signor Balestrieri blieb bei allen diesen Karessen wider seinen Willen kraftlos, und die arme Fiorine mußte endlich mit größtem Unwillen und ohne den vollkommenen Liebesgenuß erhalten zu haben, geschehen lassen, daß ihr kalter und schwacher Amant die Strickleiter wieder herunterstieg, welche sie, sobald er auf der Erden war, recht grimmig und in größter Geschwindigkeit hinaufzog.

Der gute Balestrieri dankte zwar dem Himmel, als er ohne weitere Gefahr glücklich in seinem Quartier und warmem Bett angelangt war. Nachdem er aber vermerkte, daß sich nach einer kurz genossenen Ruhe seine entwichenen Kräfte wieder eingestellt hatten, betrübte er sich ungemein über die ihm zugestoßene Fatalität, zumal wenn er sich die besondere Schönheit der Fiorine nebst den ihm angetanen Karessen, nunmehr erst recht, jedoch nur in unruhigem Geist, vorstellte. Gleich morgens früh setzte er sich hin und verfertigte ein Schreiben an Fiorinen, worin er sein gestern gehabtes unglückliches Schicksal beklagte, sich ihrer fernerweitigen Gewogenheit bestens rekommandierte und dieselbe zu persuadieren suchte, ihm eine anderweitige Nachtvisite zu vergönnen, da er denn seinen begangenen Fehler verbessern wollte; allein diese schrieb ihm einen verzweifelten, höhnischen Brief zurück, dessen Hauptinhalt dieser war, daß sie mit einem ohnmächtigen Menschen, der noch weit miserabler beschaffen sei als ein Kastrat, nichts weiter zu schaffen haben wollte, wie sie sich denn alle Einbildung von seiner schönen Person und galanten Wesen bereits gänzlich aus dem Sinn geschlagen, er aber möchte sich ja nicht unterstehen, von dieser Begebenheit etwas gegen jemanden zu gedenken, widrigenfalls sie auf die allergrausamste Rache bedacht sein würde.

Balestrieri versuchte noch verschiedene Male, sie mit den beweglichsten Briefen und Versen zur Raison zu bringen; allein diese Schöne blieb nicht allein unempfindlich, sondern ließ ihm noch dazu jederzeit bloß mündlich eine spöttische Antwort zurücksagen und zuletzt befehlen, er sollte sie nur nicht mehr mit seinen Briefen inkommodieren, weil sie seine Peson ganz und gar nicht mehr ästimierte. Diesen verdroß zwar der Schimpf nicht wenig, und es stiegen zum öfteren die Gedanken bei ihm auf, sich an Fiorinen zu rächen; wenn er aber bedachte, an was für einem gefährlichen Ort er sich befände und daß die Wut einer erzürnten italienischen Dame ihren Beleidiger zum öfteren in weitabgelegene Städte, ja Länder verfolgte, schlug er sich endlich alle diese Gedanken, ja Fiorinen selbst aus dem Sinne und wählte sich eine sehr wohlgebildete Dame de Fortun, bei welcher er, wenn er Appetit bekam, für zwei venezianische Dukaten jede Nacht soviel Wein und Konfekt, als er genießen mochte, auch sonst allen übrigen angenehmen Zeitvertreib ohne die geringste Leib- und Lebensgefahr haben konnte.

Dieses trieb er, und zwar ganz moderat, so lange, bis er seine Studia absolviert hatte und von seinen Eltern nach Hause gerufen wurde.«

Johann Christian Günther
1695–1723

Auf die ihm so beliebte Abwechslung im Lieben

Verflucht nicht, ihr Mägdgen, mein flüchtiges Lieben!
Es kauft ja ein jeder am liebsten frisch Gut,
Drum laß ich mich niemals den Vorwurf betrüben,
Ich wäre von Flandern und striche herum;
Das tu ich und denke: Wer schiert sich was rum!

Wir sind doch nicht alle vor eine geboren
Und haben nicht alle solch Fleisch und solch Bein,
Der Ersten, der Besten beständig zu sein.
Der Lobspruch der Treue verführt nur die Toren;
Was schadet's der Liebsten, die unser begehrt,
Wenn man gleich zuweilen den Nebenweg fährt?

Der Wechsel vergnüget die menschlichen Sinnen,
Dies lehrt uns der Umgang und auch die Natur;
Das Weltlicht verändert fast stündlich die Spur,
Und einerlei Farbe wird selten gewinnen;
Auch Zucker bringt Ekel durch steten Genuß,
Und Fleisch alle Tage nährt bloß den Verdruß.

Im Geigen entzückt uns ein künstliches Greifen,
Das vielerlei Stimmen und Takte vermengt;
Denn daß oft der Bogen die Quinte zersprengt,
Macht, weil die Finger so lange drauf schleifen;
Und daß auch der Ehstand die Liebe vergällt,
Macht, weil er die Freiheit im Kerker behält.

Bedenkt euch, ihr Mägdgen, was wollt ihr viel sagen?
Ihr ändert ja jährlich Schmuck, Spitzen und Kleid;
Und wen ihr jetzt selber durch Kuppler gefreit,
Dem gebt ihr das Jawort im Korbe zu tragen;
Das mancher den Proteus nur Fabelwerk nennt,
Macht, weil er die Farben der Schönheit nicht kennt.

Die Eifersucht haß ich noch ärger als Schlangen;
Und hätt ich ein Mägdgen von englischer Pracht,
Und würd ich auch stündlich zum Schwager gemacht,
Ich wollte sie wohl nicht gerichtlich belangen;
Ich spräche: Mein Engel, ach zürne nur nicht!
Dies sind ja die Besten, wo jedermann bricht.

Nur kommt mir nicht etwan mit albernen Possen
Und rückt mir die starken Versprechungen vor!
Im Lieben hat wahrlich die Rache kein Ohr.
Ich schwöre verbindlich, bis daß ich's genossen;
Und bin ich dann fertig, so schwenk ich den Hut
Und gehe zur andern, die eben das tut.

Ich habe, das glaubt nur, ein ziemlich Gewissen,
Worein schon mein Scherzen manch Dutzend begräbt,
Die, wo ich auf Erden gewohnt und gelebt,
Mein zärtliches Leiden befriedigen müssen.
Kommt, artige Kinder, kommt häufig heran,
Dieweil ich noch manche beherbergen kann.

Mein Eigensinn legt sich auch hier auf das Wählen;
Versteht sich ein Mägdgen auf Küssen und Scherz
Und hat sie kein geizig noch murrisches Herz,
So wird sie mein Abschlag wahrhaftig nicht quälen;
Ja, will sie es anfangs auch gleich nicht verstehn,
So tröst ich mich immer: Es wird schon noch gehn.

Bald locken mich schwarze, bald feurige Kohlen,
Bald ziehn mich die Blonden, bald reizt mich die Brust;
Die Tänzerin scheint mit geschickter zur Lust,
Ich weiß auch bei Lahmen mein Glücke zu holen.
Klug, töricht, frei, furchtsam, stark, lang oder klein,
Sie sein, wie sie wollen, ich finde mich drein.

Ich gönne ja jedem sein eigen Ergötzen,
Drum laßt mich zufrieden und gönnt es auch mir.
Denkt jemand zu lieben, der tu es noch hier,
Eh Zeit und Verhängnüs den Scheidebrief setzen.
Die Welt hat nichts Süßers als dies, was man liebt,
Drum leb ich und liebe, so lang es was gibt.

An die Phillis

Ich verschmachte vor Verlangen,
Meine Phillis zu umfangen.
Harter Himmel, zürnst du noch?
Faule Stunden, eilet doch!
Eilet doch, ihr faulen Stunden,
Und erbarmt euch meiner Not!
Wird der Riß nicht bald verbunden,
Blutet sich mein Herze tot.

Liebste Seele, laß dich finden!
Ich spaziere durch die Linden,
Durch die Täler, durch den Hain
In Begleitung süßer Pein;
Ich durchkrieche Strauch und Höhlen,
Such in Wäldern weit und nah
Die Vertraute meiner Seelen,
Dennoch ist sie nirgends da.

Ich beschwöre selbst die Hirten
Bei den Herden, bei den Myrten,
Die vielleicht der Liebe Pflicht
Um die bunten Stöcke flicht:
Wißt ihr nicht der Phillis Spuren?
Habt ihr nicht mein Kind erblickt?
Kommt sie nicht mehr auf die Fluren,
Wo wir manchen Strauß gepflückt?

Die ihr alles hört und saget,
Luft und Forst und Meer durchjaget,
Echo, Sonne, Mond und Wind,
Sagt mir doch, wo steckt mein Kind?
Soll sie schon vergöttert werden,
Bet ich sie vielleicht herab,
Oder ziert sie noch die Erden,
O so reis ich bis ans Grab.

Sage selbst, entrißne Seele,
Welcher Weinberg, welche Höhle,
Welcher unbekannte Wald
Ist anjetzt dein Aufenthalt?
Sage mir, damit ich folge,
Wär es auch des Nilus Strand,
Wär es auch die kalte Wolge,
Zög ich gern durch Eis und Sand.

Weiß mir nichts Bericht zu geben?
O was ist das vor ein Leben,
Daß ich jetzo ohne sie
Als mein Joch zur Bahre zieh!
Himmel, laß dir nicht erst fluchen,
Ich begehre sie von dir –
Bin ich nicht ein Tor im Suchen?
Phillis lebt ja selbst in mir.

Als ein Paar Eleonoren einander küßten

Ihr schönen Kinder, sagt, wo kommt die Sehnsucht her,
Euch, die ihr Jungfern seid, einander selbst zu küssen?
Ja, wenn halb Frau, halb Mann an euren Gliedern wär,
So tätet ihr noch recht, die seltne Lust zu büßen.
Allein bedenkt es doch, das ist nur Brot zu Brot;
Kein Frauenzimmer kann bei seinesgleichen fühlen,
(Ich bitte, werdet nicht bei dieser Zeile rot!)
Wie zärtlich und entzückt verliebte Seelen spielen.
Begehrt ihr rechten Scherz, so hört den guten Rat
Und laßt mich zwischen euch und eure Küsse liegen;
So wahr ich ehrlich bin, ich will auf frischer Tat
Mit Nachdruck euren Geist viel zärtlicher vergnügen.
Nur fraget nicht voraus, wer diesen Reim gesetzt;
Es ist zum wenigsten ein Mensch, der euch verehret
Und der euch, wo ihr ihn des Umgangs würdig schätzt,
Vielleicht manch schöner Ding als ihr einander lehret.

Johann Jakob Bodmer und Johann Jakob Breitinger
1698–1783 1701–1776

Socrates rettet eine Ehe (aus: Der Mahler der Sitten)

Es waren noch kaum zwey gantze Jahre verflossen, daß Glaucon mit der schönen Theodoreta sich verehlicht hatte, da sie schon im Unfrieden mit einander lebten; und sie zerfielen endlich über einem gewissen Begegniß so sehr, daß sie ihre Ehe wollten aufheben lassen. Socrates ein guter Freund dieses unglückseligen Ehemanns kriegte so gleich Wind davon / und suchte durch seine Vermittelung das zerbrochene Bündniß wieder aufzurichten, und ein gutes Vernehmen zwischen diesen beyden Ehegenossen zu stiften. Es fügte es auch das Geschicke so gelegen, daß diese beyden Freunde einander gleich an dem Tage begegneten, welcher von den Richtern zu der Untersuchung und Entscheidung dieses Ehestreites angesetzet war. Socrates redte darum den Glaucon folgendergestalt an:

Mein Freund! ich bedaure, daß der ehliche Stand dich unglückselig machen soll, welcher an sich selbst eine Quelle der Freude und des Ergetzens ist, eine kostbare Arzney wider das Elend und den Jammer, dem das menschliche Leben unterworfen ist. Erinnerst du dich, wie oft du gesagt hast, es mangle dir deine Glückseligkeit vollkommen zu machen nichts mehr als eine Frau. Ich weiß die liebe Zeit noch wohl, da du sangest:

Recht so: wer nicht standhaft liebt,
Und der Ehe sich ergiebt,
Pflegt nur gleichsam halb zu leben;
Halb zu leben pflegt ein Mann
Dem kein Weib gefallen kan.

Mein lieber Socrates, antwortete Glaucon, es gehet den verliebten Gecken eben wie den Fischen, welche vermittelst eines schmackhaften Aasses leicht können gefangen werden; so wenn die Menschen in der Wahl einer Liebsten von den feinen Schönheiten einer Person sich nicht anziehen liessen, und mehr ihrer Vernunft als dem ungestümen Triebe ihres eiteln Herzens folgen würden, so würde mancher ein ruhigeres Leben führen können. Ich bin der Stifter meines eigenen Unglückes gewesen, ich muß mich selbst anklagen.

Hast du denn gar alle Hoffnung verlohren, fragte Socrates, das Hertze deiner Frau zu gewinnen, daß du es auf eine rechtliche Ehescheidung willst ankommen lassen? Ach ja, widerredete Glaucon, ich kan nicht hoffen, daß ich jemahls einige vergnügte Stunden bey ihr haben werde; sie ist nicht geschickt eine rechte Freundschaft zu unterhalten. Wir wollen schauen, fuhr Socrates gegen ihn fort, sage mir, kan sich deine

Frau mit andern Leuten eben so wenig vertragen, als mit dir? oder ist sie tüchtig derselben Liebe und Gewogenheit sich zu versichern? Mich dünckt daß sie es sey. Eben dieses erwecket mir den meisten Verdruß, versetzete Glaucon, daß sie sich bey andern Leuten so geschickt einzuschmeicheln weiß; und hingegen, wann sie bey mir allein ist, nichts anders blicken läßt, als ob sie sich verredet habe, mich zu beleidigen. Wie, fragte Socrates ferner, weist auch du mit andern Leuten umzugehen und ihnen gefällig zu seyn? Ich bin kein Menschenfeind, war Glaucons Antwort, ich habe viele Freunde, und ich darf ohne Ruhmräthigkeit sagen, daß sie oft bezeugen, sie schöpfen aus meinem Umgange das beste Vergnügen. So seyd ihr hiermit, schloß Socrates, beyde fähig in enger Freundschaft und Vertraulichkeit mit einander zu leben, es mangelt also nicht an der Geschicklichkeit, sondern nur an dem Willen. Aber sage mir inzwischen, wie machest du es, daß du andrer Leute Freundschaft erwerbest? Glaucon versetzte, ich erweise mich gegen ihnen gefällig, ich leiste ihnen alle mögliche Dienste, und gehe mit ihnen freundlich um. Hast du dich auch so gegen deiner Frau aufgeführet; fragte Socrates. Und Glaucon gab zur Antwort: So wenig als dieselbe gegen mir. Vielleicht, verfolgte Socrates, wäre dir deine Frau liebreicher begegnet, wenn du sie auch so tractirt hättest, wie du deine Freunde zu tractiren pflegest. Aber ich bin begierig zu wissen, was dich bewege, daß du dich um anderer Leute Freundschaft so sehr bemühest? Dieses ist eine einfältige Frage, erwiederte Glaucon, für einen so klugen Mann, wie du bist. Weissest du denn nicht, daß eine Hand die andre waschen muß; daß vier Augen mehr sehen, als nur zwey; daß vier Arme stärcker sind, als allein zween. Meine Freunde machen mir manche fröhliche Stunde, sie rathen mir, sie stehen mir bey, sie trösten mich. Gut, gab Socrates darauf, du bemühest dich hiermit, deinen Freunden zu gefallen, weil sie dir nützlich sind: Aber du hast wohl noch niemahls daran gedacht, daß dir deine Frau noch weit mehr Nutzen schaffen könnte, als alle deine Freunde, wenn sie gegen dir ein gutes Hertz hätte. Du gemahnest mich eben an einen Tyrann, der durch seine ungerechte Regierung seinen Unterthanen die Waffen gegen ihn gleichsam in die Hände liefert; und indessen alle Mittel angewendet mit fremden Fürsten Bündnisse aufzurichten. Hast du noch niemahls von dem klugen Ehemann Thereon reden gehöret? Wird er nicht von jedermann für den glückseligsten Bürger von Athen gehalten? Wie vergnügt lebt er nicht mit seiner Frau, ohne sich um die Freundschaft andrer allzusehr zu bekümmern? Ich habe niemahls anders als mit Ruhme von ihm reden gehöret, antwortete Glaucon. Und Socrates versetzte gleich: Wenn denn die eheliche Freundschaft vor der gemeinen Freundschaft so viele Vortheile hat, wie kömnmt es, daß du dich lieber um fremder Leute, als um die Gewogenheit deiner Frau bemühen willst? Sage mir wenn du zween Knechte hättest, der eine verdiente dir durch seine Unverdrossenheit in einer Woche sechs Kronen, der andere aber nur drei, gegen welchem würdest du dich am freundlichsten bezeigen, und welchen würdest du dem andern vorziehen? Dieses ist leicht zu errathen, antwortete Glaucon. Und wenn du zween Freunde hättest, deren einer dir zwar niemahlen keinen Dienst abschlagen würde, wenn du ihn darum anlangetest; der andere aber für dein Wolseyn so sorgfältig wachen würde, als für sein eigenes; welchem würdest du am meisten liebkosen? Auch dieses hat kein Bedencken; versetzte Glaucon. Nun denn, erwiederte Socrates, weil du selbst erkennest, daß die Freundschaft deiner Frau dir weit erspießlicher seyn kan, als keines andern Menschen; was ist billicher, als daß du dich zuförderst um derselben Gewogenheit bekümmerst? Ich kan nichts dawider einwenden, antwortete Glaucon; und ich bezeuge dir aufrichtig, daß ich meiner Frau in allem meinem Thun und Reden an Freundlichkeit und Höflichkeit eben so wenig wollte schuldig bleiben, als meinen Freunden, wenn sie sich gleich also gegen mir erwiese. Dieses liegt nur an einer geschickten Art die Sache anzugreifen, erwiederte Socrates. Wenn sie sehen wird, daß du ihr freundlich entgegen gehest, so wird sie dir auch freundlich begegnen.

Glaucon bat darauf den Socrates inständig, daß er ihn diese Kunstgriffe, wodurch ein Ehemann das Hertz seiner Frau sich gewogen machen kan, lehren möchte; und Socrates sagte dagegen, dies kan leichte geschehen. Du weissest, daß einer, der ein muntres Pferd, das Geist und Feuer bläst, nicht regieren kan, davon nichts als Verdruß hat, die Kunst aber ein solches zu regieren, bestehet darinn, daß man seinen Kopf kenne, seine Tücke und Sprünge wohl in Wissen habe; und daß man sich darnach schicke. Von dieser Art ist auch die Kunst mit einer Frau wohl umzugehen; sie will daß man sich nach ihrem Sinne richte, daß man sie mit Sanftmuth und Bescheidenheit leite. Glaucon: Du willst damit sagen, ich müsse meiner Frau nachgeben, und meine Aufführung nach ihrem Kopf einrichten, d. i. ich müsse mich von ihr regieren lassen, dieses wäre eine schändliche Blödigkeit für einen Mann. Uebereile dich nicht, mein Freund, antwortete Socrates, dieses ist vielmehr eine Blödigkeit, wenn man wegen einer jeden Bagatelle in den Harnisch kriecht, und sich anstellet, als ob man so gleich zum Dach hinaus fahren wollte; erst der ist dapfer, der viel ertragen kan und seinen Zorn zu hinterhalten weiß. Ein Reuter würde thöricht handeln, wenn er sich über die muntern Sprünge seines erhitzten Pferdes erzörnen wollte; oder meinest du, daß es der Ehre eines solchen nachtheilig sey, daß er sich nach dem Muthe seines Pferdes richtet? Auf diese Antwort des Socrates erklärte sich endlich Glaucon also: Ich würde mich schämen, dir noch länger zu widersprechen, und ich gelobe dir an, daß Theodoreta für das künftige einen getreuen und liebreichen Ehemann an Glaucon haben soll, wenn du sie zu einem gleichen Entschluß bewegen kanst. Das wird vielleicht nicht viel Mühe brauchen, widerredete Socrates, laß es nur an mich.

Er verfügte sich darauf auf die Gerichtsstätte, woselbst er sich mit Theodoreta fast in ein gleiches Gespräche einließ, und nachdem er sie durch seine Fragen so sehr in die Enge getrieben, daß sie die Erklärung von sich gegeben, sie habe den besten Willen dem Glaucon zu Gefallen zu leben, wenn nur derselbe eine gleiche Neigung gegen sie spüren ließ, beschied Socrates den Glaucon an den Ort, da er mit seiner Frau sich unterredet hatte; und forderte von beyden daß sie ihren Entschluß gegen einander mündlich eröffneten; worüber sie einander um den Hals fielen, und unter tausend verliebten Küssen weineten. Glaucon und Theodoreta lebten von der Zeit an mit einander in zärtlicher Liebe, und ehelicher Anmuth. Den Socrates nenneten sie ihren Schutz-Gott, sein Bildniß verehrten sie neben ihren übrigen Hausgöttern, und hielten ihm alle Jahre ein feyerliches Fest, an welchem sie das Andencken dieser Vereinigung erneuerten.

Johann Christoph Gottsched
1700–1766

Eines andern Vollkommenheit

Die Bereitwilligkeit, sich an eines andern Vollkommenheit zu vergnügen, heißt die *Liebe*; so wie im Gegentheile die Bereitwilligkeit, sich an jemands Unvollkommenheit zu vergnügen, der *Haß* genannt wird. Dieß sind Worterklärungen; es entsteht aber die Liebe, wenn wir an einem andern etwas, das uns ein Vergnügen giebt, wahrnehmen, und solches nach dem Urtheile der Sinne für gut halten. Der Haß hergegen entsteht, wenn wir etwas verdrüßliches an einem Dinge wahrgenommen, und es also sinnlich für böse erkläret haben. Man kann also auch leblose Dinge lieben oder hassen.

Madrigal

Man fragt mich, ob ich liebe?
Ja; ich bekenne meine Triebe.
Ich liebe Doris,
Ich liebe Chloris,
Ich liebe Flavien,
Ich liebe Aspasien,
Ich liebe Cölestinen,
Ich liebe Carolinen,
Louischen, Lottchen, Hannchen,
Sophiechen und Susannchen,
Und hundert andre mehr.
Heißt das nicht recht geliebt? O nein! Woran gebrichts?
Ich liebe gar zu viel, das heißt, ich liebe nichts.

Friedrich von Hagedorn
1708–1754

Der Wettstreit

Mein Mädchen und mein Wein,
Die wollen sich entzwein.
Ob ich den Zwist entscheide,
Wird noch die Frage sein.
Ich suche mich durch Beide
Im Stillen zu erfreun.
Sie gibt mit größre Freude:
Doch öftre gibt der Wein.

Christian Fürchtegott Gellert
1715–1769

Ein Liebesbrief
*(aus: Leben der schwedischen Gräfin von G**)*

»*Mein Fräulein!*

Ich liebe Sie. Erschrecken Sie nicht über dieses Bekenntnis, oder wenn Sie ja über die Dreistigkeit, mit der ich's Ihnen tue, erschrecken müssen: so bedenken Sie, ob dieser Fehler nicht eine Wirkung meiner Aufrichtigkeit sein kann. Lassen Sie mich ausreden, liebstes Fräulein. Doch was soll ich sagen? Ich liebe Sie; dies ist es alles. Und ich habe Sie von dem ersten Augenblicke an geliebet, da ich Sie vor einem Jahre gesehen und gesprochen habe. Ich gestehe ihnen aufrichtig, daß ich mich bemüht habe, Sie zu vergessen, weil es die Umstände in meinem Vaterlande verlangten; aber alle meine Mühe ist vergebens gewesen und hat zu nichts gedienet, als mich von der Gewißheit meiner Liebe und von Ihren Verdiensten vollkommen zu überzeugen. Ist es möglich, werden Sie durch meine Zärtlichkeit beleidiget? Nein, warum sollte Ihnen die Liebe eines Menschen zuwider sein, dessen Freundschaft Sie sich haben gefallen lassen. Aber werden Sie es auch gelassen anhören, wenn ich Ihnen mein Herz noch deutlicher entdecke? Darf ich wohl fragen, ob Sie mir Ihre Liebe schenken, ob Sie mir als meine Gemahlin nach Schweden folgen wollen? Sie sind zu großmütig, als daß Sie eine Frage unbeantwortet lassen sollten, von deren Entscheidung meine ganze

Zufriedenheit abhängt. Ach, liebste Freundin, warum kann ich nicht den Augenblick erfahren, ob ich Ihrer Gewogenheit würdig bin, ob ich hoffen darf? Überlegen Sie, was Sie, ohne den geringsten Zwang sich anzutun, einem Liebhaber antworten können, der in der Zärtlichkeit und Hochachtung gegen Sie seine größten Verdienste sucht. Ich will Ihr Herz nicht übereilen. Ich lasse Ihnen zu Ihrem Entschlusse soviel Zeit, als Sie verlangen. Doch sage ich Ihnen zugleich, daß mir jeder Augenblick zu lang werden wird, bis ich mein Schicksal erfahre. Wie inständig müßte ich Sie nicht um Ihre Liebe bitten, wenn ich bloß meiner Empfindung und meinen Wünschen folgen wollte! Aber nein, es liegt mir gar zuviel an Ihrer Liebe, als daß ich sie einem andern Bewegungsgrunde als Ihrer freien Einwilligung zu danken haben wollte. So entsetzlich mir eine unglückliche Nachricht sein wird, so wenig wird sie doch meine Hochachtung und Liebe gegen Sie verringern. Sollte ich deswegen ein liebenswürdiges Fräulein hassen können, weil sie nicht Ursachen genug findet, mir ihr Herz auf ewig zu schenken? Nein, ich werde nichts tun, als fortfahren, Sie, meine Freundin, hochzuschätzen, und mich über mich selbst beklagen. Wie sauer wird es mir, diesen Brief zu schließen! Wie gern sagte ich Ihnen noch hundertmal, daß ich Sie liebe, daß ich Sie unaufhörlich liebe, daß ich in Gedanken auf Ihre geringste Miene bei meinem Bekenntnisse Achtung gebe, aus Begierde, etwas Vorteilhaftes für mich darinnen zu finden! Leben Sie wohl! Ach, liebstes Fräulein, wenn wollen Sie mir antworten?«

Der gute Rat

Ein junger Mensch, der sich vermählen wollte,
Und dem man manchen Vorschlag that,
Bat einen Greis um einen guten Rat,
Was für ein Weib er nehmen sollte?

»Freund«, sprach der Greis, »das weiß ich nicht.
So gut man wählt, kann man sich doch betrügen.
Sucht Ihr ein Weib bloß zum Vergnügen:
So wählet Euch ein schön Gesicht;
Doch liegt Euch mehr an Renten und am Staate
Als am verliebten Zeitvertreib:
So dien' ich Euch mit einem andern Rate,
Bemüht Euch um ein reiches Weib;
Doch strebt Ihr durch die Frau nach einem hohen Range:
Nun, so vergeßt, daß bessre Mädchen sind,
Wählt eines großen Mannes Kind

Und untersucht die Wahl nicht lange;
Doch wollt Ihr mehr für Eure Seele wählen
Als für die Sinnen und den Leib:
So wagt's, um Euch nach Wunsche zu vermählen,
Und wählt Euch ein gelehrtes Weib.«
Hier schwieg der Alte lachend still.

»Ach!« sprach der junge Mensch, »das will ich ja nicht wissen;
Ich frage, welches Weib ich werde wählen müssen,
Wenn ich zufrieden leben will,
Und wenn ich, ohne mich zu grämen –«

»O!« fiel der Greis ihm ein, »da müßt Ihr keine nehmen.«

Das Glück und die Liebe

Einst wollten Lieb' und Glück sich sichtbar überführen,
Wer stärker sei, des Menschen Herz zu rühren;
Und Semnon, wie die Sag' erzählt,
Ein Mann, der oft das Glück um seine Gunst gequält,
Ein Mann in seinen besten Jahren,
Ward, um an ihm es zu erfahren,
Vom Glück und von der Lieb' erwählt.

Das Glück bot alles auf, was je der Mensch geschätzt.
Was seine Sinne rührt, was je sein Herz ergetzt,
Wodurch der Stolz sich hebt und zur Bewundrung eilet,
Ward von der Hand des Glücks dem Semnon itzt erteilet.
Er sah sich reich, und Marmor schloß ihn ein.
Sein Zimmer schien der Freuden Thron zu sein;
Und täglich wuchs die Pracht der schon geschmückten Wände
Noch durch der Künstler kluge Hände;
Und täglich wuchs im Speisesaal
Der Schüsseln und der Diener Zahl,
Mit ihnen der Bewundrer Menge
Und der Klienten Lobgesänge.
Bald fiel ein reiches Erb' an ihn,
An das er nicht gedacht; kaum war ihm dies verliehn:

So zog das Glück durch seine Künste
Schon in den reichsten Lotterien
Für seinen Freund die Hauptgewinnste.

So ward ein neuer Schatz ihm täglich kund gemacht,
Bald was sein Kux, bald was sein Schiff gebracht;
Und so viel Gunst aus seines Glückes Händen
Blieb alle Pracht zu wenig zu verschwenden.
Er schlief, berauscht von Freuden, ein,
Stund auf, den Freuden sich zu weihn.
Sein Wink war der Verehrer Wille
Und jeder Tag ein Fest des Glückes und der Fülle.

»Wer zweifelt«, sprach das Glück, »daß mir der Ruhm gebührt?
Ist Semnon nicht unendlich sehr gerührt?«
»Vielleicht«, versetzt darauf die Liebe,
»Rühr' ich sein Herz durch stärkre Triebe;
Er soll Serinen sehn. Ihr unschuldsvoller Blick
Besiegt vielleicht dich, mächtig's Glück!«
Er sah nunmehr die göttliche Serine.
Ihn rührt der Reiz der edlen Miene;
Doch mehr als ihr beredt Gesicht
Das Herz, das aus Serinen spricht.
Schon scheint der Glanz von seinen Schätzen,
Schon sein Palast, schon Freund und Wein,
Schon die Musik ihn minder zu ergetzen.
»Wie glücklich, wär' ihr Herz erst mein,
Wie glücklich würd' ich dann nicht sein!
O Liebe! lehre mich, dies Herz mir zu verdienen,
Und sprich: wodurch besieg' ich einst Serinen?« –
»Sei«, spricht sie, »kein Verschwender mehr,
Gieb Schmeichlern weiter kein Gehör.«
Schon ist er kein Verschwender mehr,
Schon giebt er Schmeichlern kein Gehör.
»Such' deine Lust in stillern Freuden;
Sei gütig, liebreich und bescheiden;
Und liebe nicht dein Glück zu sehr.«
Schon suchte Semnon stillre Freuden;
Schon ward er liebreich und bescheiden;
Serine floh ihn schon nicht mehr,

Serine gab ihm schon Gehör
Und ward die Seele seiner Freuden.

»Die Liebe«, sprach das Glück, »scheint Semnon vorzuziehn;
Allein mehr als zu bald soll er Serinen fliehn.
So viel ich ihm geschenkt, so viel sei ihm entrissen!
Wird ihm die Liebe wohl der Armut Qual versüßen?«
Das Glück verließ ihn drauf, und Semnons Gut verschwand.
Kein Bergwerk half ihm mehr, kein Schiff kam mehr an Land;
Sein Reichtum ward der List und der Gewalt zur Beute,
Und nichts blieb ihm von dem, was sonst sein Herz erfreute,
Nichts als sein treues Weib, im widrigsten Geschick
Sein Beistand und auf stets sein Glück.
Durch Fleiß entrissen sie sich der Gefahr zu darben;
Und froh genossen sie, was sie durch Fleiß erwarben.
Umsonst versprach das Glück, ihn doppelt zu erfreun,
Wenn er der Lieb' entsagen wollte.
»Nein«, rief er, »wenn ich auch ein Krösus werden sollte,
ging ich doch nie dein Anerbieten ein.
Die Liebe läßt mich weiser sein,
Als daß ich dich mir wieder wünschen wollte.
Serine, komm'! Mein Herz bleibt dein;
Viel besser, ohne Glück als ohne Liebe sein.«
»Ja, Semnon, ja, mein Herz ist dein;
Viel besser, ohne Glück als ohne Liebe sein.«

Johann Wilhelm Ludwig Gleim
1719–1803

Die geheime Sprache

Wenn ich mich und meine Schöne
Mit der gelben Nelke kröne,
Wenn ich ihr mit Efeu winke,
Und ihr zeige, wie ich trinke,
Wenn ich lustig guter Dinge
Ihr vergnügt entgegen springe,
Wenn ich, da ich sie begegne
Ihren vollen Busen seegne,
Wenn ich ruf: ich will im Garten
Bei der Sonnenblume warten,
Wenn ich sie ins Thal begleite;
Weiß sie schon, was das bedeute;
Und weil wir uns fürchten müssen
Muß sie's nur alleine wissen.

Johann Elias Schlegel
1719–1749

Die kurze Schöne

Keine Schöne kann ich loben,
Deren Länge, hoch von oben,
Ihre stolzen Blicke zeigt.
Bäume, welche Früchte tragen,
Pflegen nicht so hoch zu ragen,
Als die leere Fichte steigt.
Du ergötzest mich Asträe,
Wenn ich dir zur Seite stehe;
Du bist klein, und so, wie ich.
Dein Geliebter wird dich küssen,
Und zuvor nicht sagen müssen;
Meine Schöne, bücke dich.

Die lange Schöne

Als die braune Galathee
Von des Leibes schöner Höhe
Ihrer Augen Feuer wies;
Sah ich der Verehrer Menge,
Die des Leibes stolze Länge,
An ihr mit Entzücken pries.
Mich gereute nun der Lieder,
Wo die Pracht erhabner Glieder
Euch, ihr kurzen Schönen, wich.
Und ich wünschte sie zu küßen,
Hätt ich auch schon sagen müßen:
Lange Schöne, bücke dich!

Johann Peter Uz
1720–1796

Die Liebe

Liebet, weil ihr lieben sollet!
Fliehet Platons Unterricht!
Wenn ihr niemals küssen wollet,
O so liebet lieber nicht.
Weg mit Liebe, die nur denket,
Und, voll Schul-Gelehrsamkeit,
Stets im kalten Ernst versenket,
Auch Begierden sich verbeut!

Justus Möser
1720–1794

Mir Vernunft und Zärtlichkeit

Die Liebe ist wegen der vielen Ausschweifungen, welche sie in der Welt unschuldig verursachet hat, so verächtlich worden, daß sie von den meisten Menschen als eine Torheit betrachtet wird. Unser Herz fänget nicht so bald an, ein wenig von der berühmten Unruhe zu empfinden: so suchet es schon, sich heimlich gegen den Verstand zu verstellen, gleich als wenn lieben eine Sache wäre, deren es sich schämen müßte.

Wenn man es aber doch mit Vernunft und Zärtlichkeit überleget: so äußert es sich gar bald, daß die Natur uns deswegen diese süßen Triebe eingepflanzet habe, damit sie uns wegen des Ungemaches, welches uns in der Tugend und im Alter drücket, auf einmal schadlos halten mögte. Wir sollten demnach die Liebe zu einer der wichtigsten und vernünftigsten Handlungen machen, damit wir das uns so sehr anbefohlene Vergnügen mit Überlegung und langen Zügen genießen könnten.

Friedrich Gottlieb Klopstock
1724–1803

Die künftige Geliebte

Dir nur, liebendes Herz, euch, meine vertraulichsten Thränen,
Sing' ich traurig allein dieß wehmüthige Lied.
Nur mein Auge soll's mit schmachtendem Feuer durchirren,
Und, an Klagen verwöhnt, hör' es mein leiseres Ohr.
Ach, warum, o Natur, warum, unzärtliche Mutter,
gabest du zum Gefühl mir ein zu biegsames Herz
Und in das biegsame Herz die unbezwingliche Liebe,
Dauernd Verlangen und, ach, keine Geliebte dazu?
Die du künftig mich liebst (wenn anders zu meinen Thränen
Einst das Schicksal erweicht eine Geliebte mir gibt),
Die du künftig mich liebst, o, du aus Allen erkohren,
Sag' wo dein fliehender Fuß ohne mich einsam jetzt irrt?
Nur mit *einem* verrathenen Laut, mit *einem* der Töne,
Die der Frohen entfliehn, sag' es, einst Glückliche, mir!
Fühlst du, wie ich, der Liebe Gewalt, verlangst du nach mir hin,
Ohne daß du mich kennst: o, so verhehl' es mir nicht!

Das Rosenband

Im Frühlingsschatten fand ich Sie,
Da band ich Sie mit Rosenbändern:
Sie fühlt' es nicht und schlummerte.

Ich sah Sie an; mein Leben hing
Mit diesem Blick an ihrem Leben:
Ich fühlt' es wohl und wußt' es nicht.

Doch lispelt' ich Ihr sprachlos zu
Und rauschte mit den Rosenbändern:
Da wachte sie vom Schlummer auf.
Sie sah mich an; Ihr Leben hing
Mit diesem Blick an meinem Leben,
Und um uns ward's Elysium.

Gegenwart der Abwesenden

Der Liebe Schmerzen, nicht der erwartenden
Noch ungeliebten, die Schmerzen nicht –
Denn ich liebe, so liebte
Keiner! so werd' ich geliebt! –

Die sanftern Schmerzen, welche zum Wiedersehn
Hinblicken, welche zum Wiedersehn
Tief aufathmen – doch lispelt
Stammelnde Freude mit auf –

Die Schmerzen wollt' ich singen. Ich hörte schon
Des Abschieds Thränen am Rosenbusch
Weinen, weinen der Thränen
Stimme die Saiten herab!

Doch schnell verbot ich meinem zu leisen Ohr
Zurück zu horchen. Die Zähre schwieg,
Und schon waren die Saiten
Klage zu singen verstummt.

Denn, ach, ich sah dich, trank die Vergessenheit
Der süßen Täuschung mit feurigem
Durste! Cidli, ich sahe
Dich, du Geliebte, dich selbst!

Wie standst du vor mit, Cidli, wie hing mein Herz
An deinem Herzen, Geliebtere,
Als die Liebenden lieben,
O, die ich suchet' und fand!

Freundschaft und Liebe

Die Freundschaft und die Liebe sind zwo Pflanzen aus einer Wurzel. Die letztere hat nur einige Blumen mehr.

Christian Felix Weisse
1726–1804

Die stumme Schöne

Als ich die junge Clitia
Schön, wie ein Tag im Frühling, sah,
Rief ich: welch reizendes Gesicht!
O Schade! daß sie doch nicht spricht!

Sie sprach, und nun war ich ganz Ohr,
kaum stammelt sie zwey Worte vor;
So rief ich: welch ein schön Gesicht!
Nur ewig Schade! daß sie spricht.

Die Wahl

Mein Nachbar will, ich soll einmal
Von seinen Töchtern eine wählen,
So sehr kann keine Kayserwahl
Des Reichs erlauchte Fürsten quälen:
Die ein ist blond, die andre braun,
Und beyde reizend anzuschaun;
Wie soll ich wählen?

Wär nur der gute Mann gescheut,
So könnten wir dies Glück erleben;
Er dürfte mir auf einge Zeit
Die artgen Kinder beyde geben:
Ich schwör bey meiner Ehrlichkeit,
Ich wollt ihm eine, mit der Zeit
Wohl beyde wiedergeben.

Meta Klopstock
1728–1758

Klopstock! . . mein Klopstock . . .

Hamburg, d. 7ten Jan: 1752.

Klopstock! . . mein Klopstock . . . ach, wenn es wirklich wahr ist, daß Sie mir so gut sind als Sie sagen u: als ich nachgerade bisweilen mir einbilde, was bin ich dann für ein Mädchen, daß ich Ihnen so einen Brief habe schreiben können! Einen Brief, der Sie betrübt hat! Das ist meine Absicht nicht gewesen mein liebster Klopstock. Ich war durch Ihren Brief ein wenig aufgebracht, das ist wahr. Aber woher war ich das? Weil ich daraus zu sehen glaubte, daß Sie mich nun nicht so lieb hatten, als ich es mir wünschte u: als ich es auch dann u wann geglaubt hatte. Wie ich Ihren andern Brief bekam, da hätte ich den meinen gerne wieder zurück gehabt. – – – – Ach Klopstock wie lieb habe ich Sie! So lieb habe ich Sie noch niemals gehabt, als ich Sie nach Ihren beiden letzten Briefen habe! Vor allen der letzte, der liebe, zärtliche Brief! Er ward mir auch aufs Bette gebracht. Wir sehr schlug mir das Herz, da ich ihn aufmachte! Ich wuste daß es eine Antwort auf meinen bösen Brief wäre. Aber wie viel stärker schlug es unterdeß ich ihn las. *So einen* Brief vermuthete ich nicht. Sie hatten alle Ursache in dem Ton zu antworten, als ich geschrieben hatte, u: Sie antworteten so gut, so sehr gut! Mein bester Klopstock! Was haben Sie für ein Herz! O hätten Sie in meinem Zimmer mir zusehen können, wie ich Ihren Brief las! Gesehen hätten Sie zwar nicht viel, aber auch das wenige, was Sie gesehen hätten, würde Sie überzeugt haben, ob ich nur die Gelegenheit ergriffen hatte, um Ihnen zu sagen, daß ich Sie nicht so lieb hätte, als sie mich haben. Klopstock! – – – alles, was ich kann, ist wol, daß ich einige Gelegenheiten vorbey lasse um Ihnen nicht das Gegentheil zu sagen . . . Sie sagen, es wird mir *vielleicht* noch einmal nahe gehen, daß ich den Brief geschrieben habe. O mein Freund Sie hätten dieses nur mit mehrerer Gewißheit sagen können! Nahe, nahe genung gehts mir! Ich bin Mitwoch, den ganzen Tag sehr, sehr betrübt darüber gewesen u: ich bins noch. Wenn Sie sich vorstellen könnten, was ich alles empfand, als ich nach Ihrem Briefe noch ein Paar Stunden im Bette blieb. Ich hielte Ihren lieben Brief lange, lange auf meinen nassen Augen, u: dieses war mir sehr süß. Denn ich muß es Ihnen doch nur sagen, daß ich geweint habe, ich wollte es erst nicht thun. Ja, Klopstock, ich habe geweint. Ich ließ nicht nur einige wenige zärtliche Thränen fallen, wie ich wol eher gethan habe, nein, mein lieber Freund, ich weinte recht viel. Daß Sie Ihren Brief damit schließen, ich sollte meine Briefe wieder haben, wenn Sie *sterben*, o daß ist mir jetzt ganz unerträglich! Nein, ich will meine Briefe nicht. Wenn *Sie sterben* was frage ich dann nach allem noch . . . Nein, das läßt Gott mich nicht erleben! . . Hätten Sie diesen Brief doch erst! Hätten Sie ihn doch erst wieder beantwortet! Ich werde gewiß nicht ehe fröhlich, bis Sie mir sagen, daß Sie nun völlig mit mir zufrieden sind. Sie können dieses nur dreist thun Klopstock, Sie haben alle Ursache von der Welt dazu. . . . Wenn Sie mir doch auch nur *jetzt* schon wieder gut wären! Ich weis nicht ob Sie es einigermaassen durch meinen letzten Brief schon geworden sind. Der Brief muß doch ein Bischen gut seyn, ob ich gleich wol weis, daß, wenn ich ihn heute geschrieben hätte, er unendlich besser geworden wäre. . . .

Man läßt mir nicht Zeit dieses Papier ganz voll zu schreiben, denn Materie, mein lieber Klopstock, Materie hab ich in meinem Herzen genung. Niemals, niemals habe ich es mit so vieler Ueberzeugung gesagt, daß ich ganz

Ihre Moller bin.

Gotthold Ephraim Lessing
1729–1781

Die schlafende Laura

Nachlässig hingestreckt,
Die Brust mit Flor bedeckt,
Der jedem Lüftchen wich,
Das säuselnd ihn durchstrich,
Ließ unter jenen Linden
Mein Glück mich Lauren finden.
Sie schlief, und weit und breit
Schlug jede Blum' ihr Haupt zur Erden,
Aus mißvergnügter Traurigkeit,
Von Lauren nicht gesehn zu werden.
Sie schlief, und weit und breit
Erschallten keine Nachtigallen,
Aus weiser Furchtsamkeit,
Ihr minder zu gefallen,
Als ihr der Schlaf gefiel,
Als ihr der Traum gefiel,
Den sie vielleicht jetzt träumte,
Von dem, ich hoff' es, träumte,
Der staunend bei ihr stand,
Und viel zu viel empfand,
Um deutlich zu empfinden,
Um noch es zu empfinden,
Wie viel er da empfand.
Ich ließ mich sanfte nieder,
Ich segnete, ich küßte sie,
Ich segnete, und küßte wieder:
Und schnell erwachte sie.
Schnell taten sich die Augen auf.
Die Augen? – nein, der Himmel tat sich auf.

Der schwörende Liebhaber

Ich schwör' es dir, o Laura, dich zu hassen;
Gerechten Haß schwör' ich dir zu.
Ich schwör' es allen Schönen, sie zu hassen;
Weil alle treulos sind, wie du.
Ich schwör' es dir, vor Amors Ohren,
Daß ich – – ach! daß ich falsch geschworen.

Lied aus dem Spanischen

Gestern liebt' ich,
Heute leid' ich,
Morgen sterb' ich:
Dennoch denk' ich
Heut und morgen
Gern an gestern.

Salomon Gessner
1730–1788

Milon – Eine Idylle

O Du! die du lieblicher bist, als der thauende Morgen, du mit den grossen schwarzen Augen; schön wallt dein dunkles Haar unter dem Blumenkranz weg, und spielt mit den Winden. Lieblich ists, wenn deine rothen Lippen zum Lachen sich öfnen, lieblicher noch, wenn sie zum Singen sich öfnen. Ich habe dich behorcht, Chloe! o ich habe dich behorcht! da du an jenem Morgen beym Brunnen sangest, den die zwo Eichen beschatten; böse daß die Vögel nicht schwiegen, böse daß die Quelle rauschte hab ich dich behorcht. Izt hab ich neunzehn Ernden gesehen, und ich bin schön und braun von Gesicht; oft hab ich bemerkt daß die Hirten aufhörten zu singen und horchten, wenn mein Gesang durchs Thal hintönte, und deinen Gesang würde keine Flöte besser begleiten als meine. O schöne Chloe, liebe mich! Siehe, wie lieblich es ist, auf diesem Hügel in meinem Felsen zu wohnen! sieh wie das kriechende Epheu ein grünes Nez anmuthig um den Felsen herwebt, und wie sein Haupt der Dornstrauch beschattet. Meine Höle ist bequem, und ihre Wände sind mit weichen Fellen behangen, und vor den Eingang hab' ich Kürbisse gepflanzet, sie kriechen hoch empor und werden zum dämmernden Dach; sieh wie lieblich die Quell' aus meinem Felsen schäumt, und hell über die Wasserkresse hin durch hohes Gras und Blumen quillt! unten am Hügel sammelt er sich zur kleinen See, mit Schilf-Rohr und Weiden umkränzt, wo die Nymphen bey stillem Mondschein oft nach meiner Flöte tanzen; wenn die hüpfenden Faunen mit ihren Crotalen mir nachklappern. Sieh wie auf dem Hügel die Haselstaude zu grünen Grotten sich wölbt, und wie die Brombeer-Staude mit schwarzer Frucht um mich her kriecht, und wie der Hambutten-Strauch die rothen Beeren empor trägt, und wie die Apfelbäume voll Früchte stehn, von der kriechenden Reb' umschlungen. O Chloe! diß alles ist mein! wer wünschet sich mehr? Aber ach! wenn du mich nicht liebest, dann umhüllt ein dichter Nebel die ganze Gegend. O Chloe, liebe mich! Hier wollen wir dann ins weiche Gras uns lagern, wenn Ziegen an der felsichten Seite klettern, und die Schafe und die Rinder um uns her im hohen Grase watten; dann wollen wir über das weit ausgebreitete Thal hinsehn, ins glänzende Meer, wo die Tritonen hüpfen und wo Phöbus von seinem Wagen steigt, und singen, daß es weit umher in den Felsen wiedertönt, daß Nymphen still stehn und horchen, und die Ziegenfüssigten Wald-Götter.

So sang Milon der Hirt auf dem Felsen, als Chloe in dem Gebüsch ihn behorchte; lächelnd trat sie hervor, und faßte dem Hirten die Hand; Milon, du Hirt auf dem Felsen, so sprach sie, ich liebe dich mehr als die Schafe den Klee, mehr als die Vögel den Gesang; führe mich in deine Höle; süsser ist mir dein Kuß als Honig, so lieblich rauscht mir nicht der Bach.

Sophie von La Roche
1731–1807

Brief eines Casanova an einen Freund (aus: Geschichte des Fräuleins von Sternheim)

Du weißt, daß ich der Liebe niemals keine andere Gewalt als über meine Sinnen gelassen habe, deren feinstes und lebhaftestes Vergnügen sie ist. Daher war die Wahl meiner Augen immer fein, daher meine Gegenstände immer abgewechselt. Alle Klassen von Schönheiten haben mir gefrönet; ich wurde ihrer satt und suchte nun auch die Häßlichkeit zu meiner Sklavin zu machen; nach dieser mußten mir Talente und Charakter unterwürfig werden. Wieviel Anmerkungen könnten nicht die Philosophen und Moralisten über die feinen Netze und Schlingen machen, in denen ich die Tugend oder den Stolz, die Weisheit oder den Kaltsinn, die Koketterie und selbst die

Frömmigkeit der ganzen weiblichen Welt gefangen habe. Ich dachte schon mit Salomo, daß für mich nichts Neues mehr unter der Sonne wäre. Aber Amor lachte meiner Eitelkeit. Er führte aus einem elenden Landwinkel die Tochter eines Obersten herbei, deren Figur, Geist und Charakter so neu und reizend ist, daß meinen vorigen Unternehmungen die Krone fehlte, wenn sie mir entwischen sollte. Wachsam muß ich sein; Seymour liebt sie; läßt sich aber durch Mylord G. leiten, weil diese Rose für den Fürsten bestimmt ist, bei dem sie einen Prozeß für ihren Oheim gewinnen soll. Der Sohn des Grafen F. bietet sich zur Vermählung mit ihr an, um den Mantel zu machen; wenn sie ihn aber liebt, so will er die Anschläge des Grafen Löbau und seines Vaters zunichte machen; der schlechte Pinsel! er soll sie nicht haben. Seymour mit seiner schwermütigen Zärtlichkeit, die auf den Triumph ihrer Tugend wartet, auch nicht; und der Fürst – der ist sie nicht wert! Für mich soll sie geblühet haben, das ist festgesetzt; allem meinem Verstand ist aufgeboten, ihre schwache Seite zu finden. *Empfindlich* ist sie; ich hab' es ihren Blicken angesehen, die sie manchmal auf Seymouren wirft, wenn es gleich ich bin, der mit ihr redet. *Freimütig* ist sie auch; dann sie sagte mir, es dünkte sie, daß es meinem Herzen an Güte fehle. »Halten Sie Mylord Seymour für besser als mich?« fragte ich sie. Sie errötete und sagte, er wäre es. Damit hat sie mir eine wütende Eifersucht gegeben, aber zugleich den Weg zu ihrem Herzen gezeigt. Ich bin zu einer beschwerlichen Verstellung gezwungen, da ich meinen Charakter zu einer Harmonie mit dem ihrigen stimmen muß. Aber es wird eine Zeit kommen, wo ich sie nach dem meinigen bilden werde. Dann mit ihr werd' ich diese Mühe nehmen, und gewiß, sie soll neue Entdeckungen in dem Lande des Vergnügens machen, wenn ihr aufgeklärter und feiner Geist alle seine Fähigkeiten dazu anwenden wird. Aber das Lob ihrer Annehmlichkeiten und Talenten rührt sie nicht; die allgemeinen Kennzeichen einer eingeflößten Leidenschaft sind ihr auch gleichgültig. Hoheit des Geistes und Güte der Seele scheinen in einem seltenen Grad in ihr verbunden zu sein; so wie in ihrer Person alle Reize der vortrefflichsten Bildung mit dem ernsthaften Wesen, welches große Grundsätze geben, vereinigt sind. Jede Bewegung, die sie macht, der bloße Ton ihrer Stimme, lockt die Liebe zu ihr; und ein Blick, ein einziger ungekünstelter Blick ihrer Augen, scheint sie zu verscheuchen; so eine reine unbefleckte Seele wird man in ihr gewahr. – Halt einmal: wie komme ich zu diesem Geschwätz? – So lauteten die Briefe des armen Seymour, da er in die schöne Y** verliebt war: sollte mich diese Landjungfer auch zum Schwärmer machen? Soweit es zu meinen Absichten dient, mag es sein; aber, beim Jupiter, sie soll mich schadlos halten!

Christoph Martin Wieland
1733–1813

Die Quelle der Liebe (aus: Geschichte des Agathon)

»Die Quelle der Liebe«, sagte Zoroaster, oder hätte es doch sagen können, »ist das Anschauen eines Gegenstandes, der unsre Einbildungskraft bezaubert.« Der Wunsch diesen Gegenstand immer anzuschauen, ist der erste Grad derselben. Je bezaubernder dieses Anschauen ist, und je mehr die an dieses Bild der Vollkommenheit angeheftete Seele daran zu entdecken und zu bewundern findet, desto länger bleibt sie in den Grenzen dieses ersten Grades der Liebe stehen. Dasjenige was sie hierbei erfährt, kommt anfangs demjenigen außerordentlichen Zustande ganz nahe, den man Verzükkung nennt; alle andere Sinnen, alle würksamen Kräfte der Seele scheinen stille zu stehen, und in einen einzigen Blick, worin man keiner Zeitfolge gewahr wird, verschlungen zu sein. Dieser Zustand ist zugewaltsam, als daß er lange dauern könnte; langsamer oder schneller macht er der Empfindung eines unaussprechlichen Vergnügens Platz, welches die natürliche Folge jenes ekstatischen Anschauens ist, und wovon, wie einige Adepten uns versichert haben, keine andre Art von Vergnügen oder Wollust uns einen bessern Begriff geben kann, als der unreine und düstre Schein einer Pechfackel von der Klarheit des unkörperlichen Lichts, worin, nach der Meinung der Morgenländischen Weisen, die Geister als in ihrem Elemente leben. Dieses innerliche Vergnügen äußert sich bald durch die Veränderungen, die es in dem mechanischen Teil unsers Wesens hervorbringt; es wallt mit hüpfender Munterkeit in unsern Adern, es schimmert aus unsern Augen, es gießt eine lächelnde Heiterkeit über unser Gesicht, und gibt allen unsern Bewegungen eine neue Lebhaftigkeit und Anmut: es stimmt und erhöhet alle Kräfte unserer Seele, belebt das Spiel der Phantasie und des Witzes, und kleidet, so zu sagen, alle unsre Ideen in den Schimmer und die Farbe der Liebe. Ein Liebhaber ist in diesem Augenblick mehr als ein gewöhnlicher Mensch; er ist (wie Plato sagt) von einer Gottheit voll, die aus ihm redet und würket; und es ist keine Vollkommenheit, keine Tugend, keine Heldentat so groß, wozu er in diesem Stande der Begeistrung und unter den Augen des geliebten Gegenstands nicht fähig wäre. Dieser Zustand dauert noch fort, wenn er gleich von demselben entfernt wird, und das Bild desselben, das seine ganze Seele auszufüllen scheint, ist so lebhaft, daß es einige Zeit braucht, bis er der Abwesenheit des Urbildes gewahr wird. Aber kaum empfindet die Seele diese Abwesenheit, so verschwindet jenes Vergnügen mit seinem ganzen bezauberten Gefolge; man erfährt in immer zunehmenden Graden das Gegenteil von allen Würkungen jener Begeisterung, wovon wir geredet haben; und derjenige der vor kurzem mehr als ein Mensch schien, scheint nun nichts als der Schatten von sich selbst, ohne Leben, ohne Geist, zu nichts geschickt als in einöden

Wildnissen wie ein Gespenst herumzuirren, den Namen seiner Göttin in Felsen einzugraben, und den tauben Bäumen seine Schmerzen vorzuseufzen; ein kläglicher Zustand, in Wahrheit, wenn nicht ein einziger Blick des Gegenstands, von dem diese seltsame Bezauberung herrührt, hinlänglich wäre, in einem Wink diesem Schatten wieder einen Leib, eine Seele, und der Seele diese Begeisterung wieder zu geben, durch welche sie ohne Beobachtung einiger Gradation von der Verzweiflung zu unermeßlicher Wonne übergeht.

Der gute Genius (aus: Geschichte des Danischmend)

Der gute Filosof, der (wie wir schon wissen) einer von den empfindsamen war, hatte sich schon lange eine sehr einladende Vorstellung von einem in der großen Welt wenig bekannten Zustande gemacht, den er *häusliche Glückseligkeit* nannte. Um sich in seinem vorerwähnten Mittelpunkt in das gehörige Gleichgewicht zu setzen, schien ihm eine Gesellin, an deren Busen er ruhen könnte, unentbehrlich zu seyn. Was ihm, da er noch in der Welt lebte, höchstens – und nur in gewissen Augenblicken – eine ganz behägliche Sache schien, ward in seiner jetzigen Lage zum Bedürfniss. Er dachte Anfangs alle Tage beym Erwachen und alle Nächte beym Einschlafen daran. Bald darauf dacht' er des Tages etlichemahl und des Nachts auf seiner Matratze ganze Stunden lang daran, bis er zuletzt gar nicht mehr davor schlafen konnte; oder wenn er ja einschlief, so träumte ihm von nichts als Hochzeiten und Wochenstuben, Puppen und Steckenpferden, und wenn er des Morgens vor Sonnen-Aufgang ans Fenster ging frische Luft zu schöpfen, sah er aus den Wölkchen, die wie kleine Inseln im Morgenhimmel herum schwammen, lauter gelblockige und schwarzlockige, blauaugige und braunaugige Mädchenköpfe heraus gucken. Je mehr er über die Sache filosofierte, je völliger überzeugte sich der gute Mann, der schönste und beste aller Geschöpfe, der Auszug und Inbegriff alles dessen was in der Natur Reitzendes ist, das lieblichste, begehrenswürdigste und unentbehrlichste aller Dinge sey – ein *Weib*. Kurz, er hörte nicht auf darüber zu filosofieren, bis ers endlich so weit brachte, mit ich weiss nicht welchem alten Weisen, sich selbst für die blosse *Hälfte eines Menschen* zu halten, die unmöglich anders als unvollkommen, dürftig, kröpelhaft und höchst unglückselig seyn könne, bis sie *ihre andre Hälfte* gefunden, und mit ihr in Einen wahren, ganzen, vollständigen Menschen zusammen gewachsen sey. Man sieht dass es nun hohe Zeit mit ihm war.

Zwar hätte er, als ein Musulmann, sich wenigstens zwey bis drey Weiber, und allenfalls, nach alter morgenländischer Sitte, noch eben so viel Kebsweiber zulegen mögen, ohne dass weder der Iman von Mekka, noch der grosse Lama in Tibet, noch der Bramine der Sultanin Nurmabal sich sehr daran geärgert hätten. Denn jeder dieser würdigen Herren hatte ihrer noch viel mehr in seinem *Weiberstalle.*

Aber Danischmenden war es nicht um Weiber, sondern um *seine Hälfte* zu thun: und da zwey Hälften nach dem allgemeinen Geständniss aller Menschen hinlänglich sind ein Ganzes zu machen; so wäre die dritte, vierte, fünfte u.s.w. wie liebenswürdig sie an sich selbst hätte seyn mögen, im Grunde doch nichts anders als ein Anwuchs, eine Art von Höker, Kropf oder Überbein gewesen, der, anstatt die Vollkommenheit des ganzen zu befördern, demselben nun überlästig gefallen wäre, und die schöne Eintracht beider Hälften gestört hätte. Vernünftiger Weise blieb ihm also nichts übrig, als diese nehmliche gleichartige, genau einpassende, und, mit Einem Worte, geflissentlich für ihn allein gemachte Hälfte seines Ichs je eher je lieber ausfündig zu machen.

Wer ernstlich sucht, findet immer etwas das des Auflesens werth ist; entweder das Gesuchte, oder auch wohl zuweilen etwas Besseres. Danischmend, den das edelste unter allen menschlichen Bedürfnissen – *zu lieben* und *geliebt zu werden* – plagte, suchte sich ein Weib für sein Herz und nach seinem Herzen, und fand sie, wie man einen Schatz findet, oder den Schnupfen aufliest, unversehens und ohne zu wissen wie.

Unsere ehrlichen Altvordern mögen wohl nicht so Unrecht gehabt haben, wenn sie glaubten, dass *ein guter Genius* (ob sie ihn so oder so mahlten thut nichts zur Sache) sich damit abgebe, einem ehrlichen Kerl in Danischmends Umständen auf die Spur zu helfen. Es ist wenigstens ein so tröstlicher und harmloser Glaube, dass ich dem Manne nicht gut seyn könnte, der mir ihn abräsonnieren wollte.

Eines Morgens früh, als Danischmend ausging, seine Träumereyen auszulüften, begegnete ihm, auf dem Wege zu seiner Grotte, ein Mädchen, das mit einem grossen Wasserkrug auf dem Kopf in der Einfalt und Unschuld seines Herzens daher schritt.

Ob es eine Grille oder was es war, weiss ich nicht; aber alle Weisen aus Morgenland und Abendland hätten unserm Manne nicht aus dem Kopfe gebracht, dass er seinen *Genius* habe, so gut als Sokrates der Athener. Alles was ich vor andern Leuten voraus habe, pflegte er zu sagen, ist lediglich, dass ich mir angewöhnt habe, bey allen Gelegenheiten auf die Stimme meines Genius zu lauschen, und dass mich die Natur dazu mit einem Seelenohre von der feinsten Art begabt hat.

Rede sie an, rief ihm der Genius in seinem ihm allein vernehmlichen Rothwälsch zu. – Danischmend gehorchte.

Woher so früh, schönes Mädchen? sagte er mit einer so sanften Stimme, dass es unmöglich war, seine Frage übel zu nehmen.

»Von jener Grotte,« antwortete das Mädchen, indem sie mit dem Zeigefinger der linken Hand nach dem Orte wies. Danischmend bemerkte, wiewohl nur obenhin, dass es eine kleine niedliche Hand war.

»Ich hohle dort alle Morgen Wasser in diesem Kruge, fuhr das Mädchen fort, denn es soll das beste in der ganzen Gegend seyn.«

Und wozu brauchst du das Wasser? fragte Danischmend. Es war eine alberne

Frage, aber er wollte und musste nun einmahl etwas fragen, und in der Eile fiel ihm nichts klügeres ein.

»Ich begiesse Morgens und Abends einen Rosenstock damit, den ich auf das Grab meiner Mutter gepflanzt habe«, antwortete das Mädchen, mit einem Ton in der Stimme, der alle empfindsame Saiten in seinem Herzen mitertönen machte.

Er sah ihr ins Auge, oder, welches einerley war, er sah in den Grund ihrer Seele; und in dem nehmlichen Nu fühlt' er mit Gewissheit, dass diess Mädchen die Hälfte sei, die er suchte.

Sie ists, rief im nehmlichen Nu sein Genius.

Das Mädchen war von feiner Gestalt. Alle Züge ihres Gesichts drückten die Unschuld, das zarte Gefühl und die Ruhe ihrer Seele aus. Ihr Herz war in ihren Augen und auf ihren Lippen. Man sah ihr ins Gesicht, und von Stund an war man ihr Freund, Vater, Bruder und Oheim, vertraute ihr alle seine Geheimnisse, sein Leben, seine Ehre, seine Seele und Seligkeit, wünschte sich keine andre Frau, Tochter, Enkelin, Schwester, Nichte u.s.w. und würde lieber zehntausendmahl den Tod gelitten als zugegeben haben, dass ihr ein Leid widerführe. – Übrigens eine blosse Tochter der Natur; ohne Verzierung, ohne Ansprüche, ohne List, und so unwissend, dass sie von Danischmenden sogar küssen lernen musste.

Diess werden wenig Mädchen glauben wollen; aber wir können sie mit Gewissheit versichern, dass es wahr ist.

Sie ists, sie ists, flüsterte der Genius noch einmal.

Beym Himmel, ist sies! antwortete Danischmend.

Acht Tage darauf – Die ganze Geschichte ihrer Liebe in diesen acht Tagen erlass' ich euch; sie beträgt sieben starke Oktavbände, und würde für Liebende, wie Amandus und Amanda, Herkules und Valiska, Seladon und Asträa, Aruns und Klelia, u.s.f. höchst unterhaltend seyn, wenn Liebende – Zeit zum Lesen hätten.

Acht Tage darauf vermählte sich Danischmend mit ihr, führte sie in sein Haus, und zeugte mit ihr Söhne und Töchter.

Weil diess jedermann kann – die Ausnahmen sind zu selten um in Anschlag zu kommen – so haben sich die Leute angewöhnt, es für eine gemeine, alltägliche, verächtliche Sache zu halten, die man, ohne lächerlich zu werden, niemanden zum Verdienst anrechnen könne. Viele gehen so weit, dass sie uns gar bereden wollen, man könne mit Anständigkeit nicht einmahl davon sprechen.

Man sieht wohl, dass solche Leute nie bedacht haben müssen, welch ein herrliches Geschöpf der Mensch ist! – Ja, solche Karikaturen und Grotesten zu machen, wie man sie alle Werkeltage in Menge sieht, – dabey ist freylich wenig Verdienst. Aber diess war Danischmends Sache nicht. Seine Söhne und Töchter waren die wohlgestaltesten, artigsten, seelenvollsten kleinen Geschöpfe, die man mit Augen sehen konnte. Alle Mädchen in der Gegend verliebten sich in seine Buben, alle kleine Jungen waren in seine Mädchen vernarrt; und wer zu alt zum Verlieben und Vernarren war, hatte die Kinder kaum etliche Stunden um sich, so wars ihm schon als ob er ihnen Vater und Mutter sey.

Diess mochte wohl Ausnahmen leiden; denn es giebt (wie ihr wisst) Leute, die nichts lieben können als sich selbst und was sie selbst gemacht haben. Allein von solchen *Selbstlern* ist auch hier die Rede nicht.

Viele Leute, die nicht begreifen konnten, warum Danischmends Kinder alle so liebenswürdig waren, bildeten sich ein, er müsse ein besonderes Geheimniss besitzen.

Es ist etwas an der Sache, sprach er: ich wollt' es euch wohl sagen, aber unter zwanzigen würde vielleicht kaum einer seyn, dem es nützen könnte.

Seys darum, sagten sie, und wenn unter hunderten nur Einer ware.

Gut, sagte Danischmend: so findet mir erst einen Mann und ein Weib, deren Liebe mit jedem Jahr ihrer Verbindung wächst, immer herzlicher und zärtlicher wird, dergestalt, dass es zuweilen ein Wunder in ihren eigenen Augen ist, wie es zugehe, dass sie sich nach einer Reihe zusammen gelebter Jahre oft verliebter in einander fühlen als an ihrem Hochzeittage. Wer die Probe machen will, dem wollt' ich wohl rathen, (fuhr er fort) sich von *seinem Genius* eine Frau wählen zu lassen: es möchte nicht bey allen angehen. Oft sind unser *Herz* und unser *Genius* verschiedener Meinung, und seit die Welt steht ist noch nichts gut gegangen, was ein Mann wider den Willen seines Genius gethan hat. Ich, meine Orts, hörte den meinigen drey- oder viermahl so deutlich sagen, *sie ists*, dass ich meiner Sache gewiss war.

Die erste Liebe

Die erste Liebe wirkt diess alles und noch mehr.
Mit ihrem ersten süssen Beben
Beginnt für uns ein neues bess'res Leben.
So sehen wir im Lenz der Sommervögel Heer
Auf jungen Flügeln sich erheben;
Gleich ihnen, sind wir nun nicht mehr
Die Erdenkinder von vorher;
Wir athmen Himmelslüfte, schweben
Wie Geister, ohne Leib, einher
In einem Ocean von Wonne.
Bestrahlt von einer schönern Sonne
Blüht eine schönere Natur
Rings um uns auf; der Wald, die Flur,
So däucht uns, theilen unsre Triebe,
Und alles haucht den Geist der Liebe.

Ulrich Bräker
1735–1798

Wie? Schon Grillen im Kopf?
(aus: Der arme Mann im Tockenburg)

Und warum nicht? Wenn einer in sein zwanzigstes geht, darf er schon ahnden, es gäbe zweierlei Leute. Der Weibel hatte ein bluthübsches Töchterchen, aber scheu wie ein Hase. Es war mir eine Freud, wenn ich sie sah, ohne zu wissen warum. Nach etlichen Jahren heuratete sie einen Schlingel, der ihr ein Häufchen Jungens auflud und sich endlich als ein Schelm aus dem Land machte. Das gute Kind!

Dann hat unser Nachbar Uli eine Stieftochter, Ännchen; die konnt ich alle Sonntage sehn. Allemal winselt' es mir ein wenig ums Herzgrübchen. Ich wußte wieder nicht warum, denk aber wohl, weil's mich so hübsch dünkte; einmal an etwas anderes kam mir gewiß nicht der Sinn. An den gedachten Sonntagen zu Abend machten wir – denn es gab da junger Bursche genug – miteinander Buntreihen, Kettenschleufen, Habersieden, Schühle verbergen usf. Ich war wie in einer neuen Welt, nicht mehr ein Eremit wie im Dreyschlatt. Nun merkt ich zwar, daß mich Ännchen wohl leiden mocht, dacht indessen, sie würd sonst schon ihre Liebsten haben. Einst aber hatte meine Mutter die Schwachheit, mir, und zwar als wenn sie stolz drauf wäre, zu sagen, Ännchen sähe mich gern. Dieser Bericht rannte mir wie ein Feuer durch alle Glieder. Bisher hielt ich dafür, meine Eltern würden's nicht zugeben, daß ich noch so jung nur die geringste Bekanntschaft mit einem fremden Mädchen hätte. Itzt aber (so wichtig ist es, die Menschen in nützlichen Meinungen auch nur durch kein unvorsichtiges Wort irre zu machen!) merkt ich's meiner Mutter deutlich an, daß ich so etwas schon wagen dürfte. Indessen tat ich wohl nicht dergleichen; aber meine innere Freud war nur desto größer, daß man mir itzt selbst die Tür aufgetan, unter das junge lustige Volk zu wandeln. Von der Zeit an, versteht sich's, schnitt ich bei allen Anlässen Ännchen ein entschieden freundlich Gesichtchen; aber daß ich ihr mit Worten etwas von Liebe sagen durfte – o um aller Welt Gut willen hätt ich dazu nicht Herz gehabt. Einst erhielt ich Erlaubnis, auf den Pfingst-Jahrmarkt zu gehn. Da sann ich lang hin und her, ob ich sie aufs Rathaus zum Wein führen dürfe. Aber das schien mir schon zuviel gewagt. Dort sah ich sie eins herumschlängeln. Herodes mag das Herz nicht so gepocht haben, als er Herodias Tochter tänzeln sah! Ach! So ein schönes, schlankes, nettes Kind in der allerliebsten Zürchbietler-Tracht! Wie ihm die goldfarbnen Zöpf so fein herunterhingen! Ich stellte mich in einen Winkel, um meine Augen im verborgnen an ihr weiden zu können. Da sagt ich zu mir selbst: Ah! in deinem Leben wirst du Lümmel nie das Glück haben, ein solch Kind zu bekommen! Sie ist viel, viel zu gut für dich! Hundert andre, weit bessre Kerls werden sie lang, lang vor dir erhaschen. So dacht ich, als Ännchen, die mich und meine Schüchternheit schon eine geraume Zeit mochte bemerkt haben, auf mich zukam, mich freundlich bei der Hand nahm und sagte: »Uli! führ du mich auch eins herum!« Ich feuerrot erwiderte: »Ich kann's nicht, Ännchen! Gwiß, ich kann's nicht!« – »So zahl mir dann eine Halbe«, versetzte sie, ich wußt nicht recht, ob im Schimpf oder Ernst. »Es ist dir nicht ernst, Schleppsack«, erwidert ich darum. Und sie: »Mi See, 's ist mir ernst!« Ich totblaß: »Mi See, Ännchen, ich darf heut nicht! Ein andermal. Gwiß, ich möcht gern, aber ich darf nicht!« Das mocht ihr ein wenig in den Kopf steigen, sie ließ sich's aber nicht merken, trat mir nix dir nix rückwärts und machte ihre Sachen wie zuvor. So auch ich – stolperte noch eine Weile von eine Ecke in die andre und machte mich endlich wie alle übrigen auf den Heimweg. Ohne Zweifel, daß Ännchen auf mich acht gegeben. Einmal nahe beim Dorf kam sie hinter mir drein: »Uli! Uli! Jetzt sind wir allein. Komm noch mit mir zu des Seppen und zahl mir eine Halbe!« »Wo du willst«, sagt ich, und damit setzten wir ein paar Minuten stillschweigend unsre Straße fort. »Ännchen! Ännchen!« hob ich dann wieder an, »ich muß dir's nur grad sagen, ich hab kein Geld. Der Äti gibt mir keins in Sack als etwa zu einem Schöpplein, und das hab ich schon im Städtlin verputzt. Glaub mir's, ich wollt herzlich gern – und dich dann heim geleiten! Oh! Aber da müßt ich dann wieder meinen Vater fürchten. Gwiß, Ännchen! 's wär das erstemal. Noch nie hätt ich mich unterstanden, ein Mädle zum Wein zu führen, und jetzt, wie gern ich's möcht und auf Gotes Welt keine lieber als dich, bitte, bitte, glaub mir's, kann und darf ich's nicht. Gwiß ein andermal, wenn du mir nur wartst, bis ich darf und Geld hab.« – »Ei, Possen, Närrlin!« versetzte Ännchen, »dein Vater sagt nichts, und bei der Mutter will ich's verantworten, weiß schon, wo der Has lauft. Geld? Mitsamt dem Geld! 's ist mir nicht ums Trinken und nicht ums Geld. Da« (und griff ins Säcklin) »hier hast du, glaub ich, gnug zu zahlen, wie's der Brauch ist. Mir wär's ein Ding, ich wollt lieber für dich zahlen, wenn's so Mode wär.« Paff! Itzt stand ich da wie der Butter an der Sonne, gab endlich Ännchen mit Zittern und Beben die Hand, und so ging's vollends ins Dorf hinein, zum Engel. Mir ward's blau und schwarz vor den Augen, als ich mit ihr in die Stube trat, und da alles von Tischen voll Leuten wimmelte, die einen Augenblick wenigstens auf uns ihre Blicke richteten; indessen deucht es mich dann auch wieder, Himmel und Erde müß einem gut sein, der ein so holdes Mädchen zur Seite hat. Wir tranken unsre Maß aus, so weder zu langsam noch zu geschwind; zu schwatzen gab's – ich denk durch meine Schuld – eben nicht viel. Entzückt und ganz durchglüht von Wein und Liebe, aber immer voll Furcht, führt ich nun das herrliche Kind nach Haus bis an die Türe. – Keinen Kuß? Keinen Fuß über ihre Schwelle? – Ich schwör es: Nein! Auch ich lief nun schnurstracks heim, ging mausstill zu Bett und dachte: Heut wirst du bald und süßer entschlummern als sonst noch nie in deinem Leben! Aber wie ich mich betrog! Da war von Schlaf nur keine Rede. Tausend wunderbare Grillen gingen mir im Kopf herum und wälzten mich auf meinem Lager hin und her. Hauptsächlich aber, wie verwünscht ich jetzt meine kindische Blödigkeit und Furcht. O das himmliche süße Mädchen! dacht ich jetzt, konnt es wohl mehr tun – und ich weniger? Ach! Es weiß nicht, wie's in meinem Busen brennt – und nur durch meine Schuld. O ich Hasenherz! Solch ein Liebchen nicht küssen, nicht halb zerdrücken? Kann Ännchen so einen Narren, so einen Lümmel lieben? Nein! Nein! – Warum spring ich nicht auf und davon zu ihrem Haus, klopf an ihrer Tür und rufe: Ännchen, Ännchen, liebstes Ännchen! Steh auf, ich will abbitten! O ich war ein Ochs, ein Esel! Verzeih mir's doch! Ich will's könftig besser machen und dir gewiß zeigen, wie lieb mir bist! Herziger Schatz! Ich bitt dich drum, sei mir doch weiter gut und gib mich nicht auf, ich will mich bekehren, bin noch jung, und was ich nicht kann, will ich lernen usf. So machte mich, gleich vielen andern, die erste Liebe zum Narren.

Gottlieb Konrad Pfeffel
1736–1809

Die Brautwahl

Ein junger, weiser Pavian,
Er war Dynast in seinem Lande,
Verspührte Lust zum Ehestande
Und zeigte seinen Nachbarn an,
Er wolle gnädigst sich vermählen
Und von den Dirnen in dem Gau
zur Landesmutter und zur Frau
Die schönste, klügste, frömmste wählen.
Kaum wurde diese Botschaft laut,
So hatte schon der Liebesritter
Ein halbes dutzend Schwiegermütter.
Schön soll sie seyn, so sprach vertraut
Zu ihrem Fräulein die Gazelle;
Du Kind, du wirst die Fürstenbraut;
Wer streitigt dir die Oberstelle?
Die frömmste kriegt den Bräutigam,
So sprach das Schaf zu seinem Lamm;
Du bist das beste Kind auf Erden
Und überdies erhebt die Tracht
Der Unschuld deiner Reize Macht.

Talente, Schönheit, fromme Treue
Verlangt er, sprach zum Töchterlein
Die Hündin; nun ich prophezeye,
Mein Trautchen, dir den Preis allein.
An Reiz muß dir der Tieger weichen;
Wer darf an Kunsterfahrenheit
Im Jagen sich mit dir vergleichen?
Und in der treuen Wachsamkeit
Erregst du selbst des Hahnes Neid.
Nun kam der Tag der großen Feyer.
Man stellte dem gekrönten Freyer
Zugleich das holde Kleeblatt vor,
Und er, der mit dem Reiz der Jugend
Und mit Talenten feste Tugend
Bey seiner Braut gesucht, erkohr
Zu seinem Schätzchen sich sein Bäschen,
Ein Meerkätzlein, mit blauem Näschen.

Christian Friedrich Daniel Schubart
1739–1791

An Lischen

Ein Baurenlied.

Liebes Lischen, laß mich doch
Nur ein wenig klagen!
Eile nicht, ich habe noch
Vieles dir zu sagen.

Seit der Ernde bin ich dir
Täglich nachgeschlichen;
Aber listig bist du mir
Immer ausgewichen.

Sieh, ich bin dir gut, und du
Hältst mich immer schlechter;
Ja, ich werde noch darzu
Allen zum Gelächter.

Weißt du noch? Am Erndetanz
Sprangest du so munter;
Und da fiel der Blumenkranz
Dir vom Kopf herunter.

Husch! da griff ich eilends zu,
Dachte voll Entzücken,
Für die Mühe würdest du
Dankbarlich mir nicken.

Losgegangen war ein Band,
Das ergrief ich sachte,
Bis ichs langsam mit der Hand
Auf die Seite brachte.

Holla! dacht' ich, meinem Hut
Soll es treflich stehen;
Doch du hattest gar zu gut,
Was ich that, gesehen.

Das ist schön! so fiengst du an,
Willst du mich bestehlen?
Seht den feinen Dieb! Er kann
Seinen Raub nicht hehlen.

Feuerroth ward mein Gesicht;
Wie vom Blitz geschlagen
Stand ich da, und konnte nicht
Eine Sylbe sagen.

Alle Bauren stellten sich
Um mich her, und machten
Mich zu Schanden, nannten mich
Einen Dieb und lachten.

Lischen, sieh, das war nicht fein,
Meiner so zu lachen,
Und mich vor dem ganzen Reihn
Zum Gespött zu machen.

Sage; hast du denn bey dir
Solche Lust empfunden,
Als die hellen Zähren mir
In den Augen stunden?

Sieh, ich bin dir doch so gut!
Sey mirs auch ein Bißchen!
Mehr noch, als mein eigen Blut,
Lieb ich dich, mein Lischen.

Matthias Claudius
1740–1815

Der wohltätige Amor

Ich war in Paphos, und lernte mit den andern Jünglingen die Liebe. Täglich gingen wir Jünglinge ins Tal hinab, da waren Mädchen, schöne süße Mädchen, die so freundlich lächeln konnten. Sie hatten kleine Körbchen, die nahmen wir, und brachten sie voll Blumen zurück; dann setzten sich die Mädchen ins Gras, und flochten Kränze, und wir standen um sie her, und sahen sie flechten. Sie gaben uns die Kränze, die geflochten waren, und wir freuten uns, und küßten die Kränze, die geflochten waren, und drückten sie sanft an uns, und wenn der Abend kam, gingen wir fröhlich mit unsern Kränzen davon, und sahen noch immer nach den Mädchen zurück. Einst kamen wir das Tal herauf, und sangen dem Amor zu Ehren, das kam Amor, »ein jeder«, sprach er, »bitte etwas von mir für sein Mädchen.«

Und einer bat mehr Neigung für die Musen,
Der andre bat um mehr Geschmack im Scherz,
Der dritte um ein besser Herz,
Der vierte gar um einen bessern Busen.

Amor lächelte, als er die Jünglinge bitten hörte, »und welche schöne Gaben«, sprach er darauf zu mir, »soll ich deinem Mädchen geben?«

»Gar keine«, fing ich an, »mein Mädchen hat sie alle,
Oh, mach nur, daß ich ihr gefalle!«

Die süßen Lippen der Mädchen

Vor der Geburt des Amors wußte man nichts von Küssen, und der liebende Jüngling kannte die unaussprechliche Wollust nicht, die ich empfinde, wenn ich meine Lippen sanft auf die Lippen meiner Chloe drücke.

Die Mädchenlippen waren schön, doch waren sie nicht süß,
Bis Venus Göttertrank auf sie durch Amors träufeln ließ.

Als Amor geboren wurde, hielten die Götter ein Fest, und waren alle so vergnügt, als sie noch nie gewesen waren. Selbst aus dem Gesichte des Mavors hatten die goldenen Schüssel den Krieg verscheucht. »Laßt uns«, fing er gefällig an, »den Menschen heute eine Wohltat erweisen«, »und zwar diese«, sprach die schöne Königin von Cypern, die in den halb ausgeleerten Becher freundlich hineinsah, »sie sollen unsern Nektar kosten.« Venus fand Beifall, und gab den Liebesgöttern den Nektar, mit dem Befehl, ihn auf die Lippen der Mädchen zu träufeln.

»Ich schmeck ihn, wenn ich Chloe küsse,
Wie sanft, wie angenehm, wie süß?
O Chloe, Chloe gib mir Küsse,
Der Gottestrank ist gar zu süß.«

Fritze

Nun mag ich auch nicht länger leben,
Verhaßt ist mir des Tages Licht;
Denn sie hat Franze Kuchen gegeben,
Mir aber nicht.

Georg Christoph Lichtenberg
1742–1799

Im Rausch geschrieben (aus: Sudelbücher)

Mein lieber Freund, mehr habe ich wohl noch nie an einen Freund geschrieben als ich jetzo an dich schreibe. Und was denn? Die Beschreibung einer der schönsten Kreaturen, die für uns vielleicht gelebt hat. Bedenke der schönsten! das ist viel gesagt, aber ich kenne dich, und das macht mich so zuverlässig. Stelle dir ein Mädchen vor, nicht sehr reich, aber doch für ihren Stand wohlhabend, gutherzig und die jedermanns Vergnügen wünscht und vielleicht (ich getraue kaum diese Zeile zu schreiben) auch gern *befördert* und es zuverlässig befördern *kann*. Nicht sehr groß, mehr fleischigt als fett, gewachsen wie, wie – – – wie das schönste Mädgen gewachsen sein muß, wie ein Bogen, wo aber die konvexe Seite Brust, Bauch und Schenkel werden. Zart, Bescheidenheit und alle Tugenden in dem feinen Gesicht, Gutherzigkeit, Geschmack, Schätzerin von Munterkeit und liebenswürdigem Leichtsinn. Ihr Busen – O! Ljungberg, Ljungberg, wie viel, wie viel war da. Menschliche Wollust, das höchste Werk des Vollkommenheit suchenden Himmels. Wollust, du kennst dieses Wort in unserer Bedeutung, in unserer gefühlvollen Bedeutung, diese wohnte auf ihr. Verständlich sind diese Zeilen für uns, Nonsense vielleicht für alles Übrige was lebt. Ihre Sprache! Engel, sprecht so, ich bin fromm, ich bin gottselig, ich bin Engel. Ihr Kuß, zu hoch sind meine Empfindungen nun gestimmt als daß irdische Worte – – – Nonsense der Entzückung, Nonsense, Nonsense. Gedacht, gefühlt ist besser als gesprochen, Himmel gefühlt ist ausgedruckt Nonsense. Nonsense. Schweigt oder lernt besser Deutsch. Kein Deutsch für diese Empfindungen, kein Deutsch. Gottsched, was bist du, Riedel, Kästner, Wieland, Rosenfarb und Silber, Amen!*

* gerast gegen Ende des Februars 1769 da der Saft anfing in die Bäume zu steigen. Viel Nonsense was im Rausch Vernunft zu sein schien.

Friedrich Heinrich Jacobi
1743–1819

Vernunft und Liebe

Unding ist eine Liebe unter der Herrschaft der Vernunft, und die dem Menschen seine Freiheit ließe, so daß er nach seinem Gutfinden sie einrichten, schwächen und verstärken, sie hierhin oder dorthin leiten möchte, ist Unding. Unding wäre aber ebenso auch die Vernunft, wenn sie, wie man wohl unverständig sich ausdrückt, von der Liebe unterjocht, verblendet, verführt, bethört, in Fesseln gelegt werden könnte.

(…)

Wollte man aber die Liebe als das Erste, Oberste, Ursprüngliche setzen, so daß Vernunft und Freiheit *unter ihr* begriffen wären als ein Zweites und Drittes, dergestalt, daß diese zu ihrem Wesen zwar gehörten, aber keineswegs über sie erhaben wären, sondern abhängig von ihr, so hieße das ja offenbar über die Vernunft den Wahnsinn erheben. Denn daß die Liebe aus dem Geschlecht des Wahnsinns sey, hat noch nie ein Mensch geleugnet.

Johann Gottfried Herder
1744–1803

Lieben ist das edelste Erkennen

Liebe ist das edelste Erkennen, wie die edelste Empfindung. Den großen Urheber in sich, sich in andre hinein zu lieben und denn diesem sichern Zuge zu folgen: das ist moralisches Gefühl, das ist Gewissen. Nur der leeren Spekulation, nicht aber dem Erkennen stehets entgegen, denn das wahre Erkennen ist *lieben*, ist menschlich *fühlen*.

Siehe die ganze Natur, betrachte die große Analogie der Schöpfung. Alles fühlt sich und Seinesgleichen, Leben wallet zu Leben. Jede Saite bebt ihrem Ton, jede Fiber verwebt sich mit ihrer Gespielin, Thier fühlt mit Thier; warum sollte nicht Mensch mit Menschen fühlen? Nur er ist *Bild Gottes*, ein Auszug und Verwalter der Schöpfung: also schlafen in ihm *tausend* Kräfte, Reize und Gefühle; es muß also in ihnen *Ordnung* herrschen, daß *Alle* aufwachen und angewandt werden können, daß er Sensorium seines Gottes *in allem Lebenden* der Schöpfung, *nach dem Maasse* es ihm verwandt ist, werde. Dies edle *allgemeine* Gefühl wird also eben durch das, was es ist, *Erkenntniß*, die edelste Känntniß Gottes und seiner Nebengeschöpfe durch *Würksamkeit* und *Liebe*. Selbstgefühl soll nur die *conditio sine qua non*, der Klumpe bleiben, der uns auf unsrer Stelle festhält, nicht Zweck, sondern Mittel. Aber nothwendiges Mittel: denn es ist und bleibt wahr, daß wir unsern Nächsten nur wie uns selbst lieben. Sind wir uns untreu, wie werden wir andern treu seyn? Im Grad der Tiefe unseres Selbstgefühls liegt auch der Grad des Mitgefühls mit andern: denn nur uns selbst können wir in andre gleichsam hinein fühlen.

Unbekannter Verfasser
18. Jh.

Wenn ich ein Vöglein wär (aus: Des Knaben Wunderhorn)

Wenn ich ein Vöglein wär,
Und auch zwei Flüglein hätt,
Flög ich zu dir;
Weils aber nicht kann seyn,
Bleib ich allhier.

Bin ich gleich weit von dir,
Bin ich doch im Schlaf bei dir,
Und red mit dir;
Wenn ich erwachen thu,
Bin ich allein.

Es vergeht keine Stund in der Nacht,
Da mein Herze nicht gewacht,
Und an dich gedenkt,
Daß du mir viel tausendmal
Dein Herze geschenkt.

Gottfried August Bürger
1747–1794

Die Weiber von Weinsberg

Wer sagt mir an, wo Weinsberg liegt?
Soll sein ein wackres Städtchen;
Soll haben, fromm und klug gewiegt,
Viel Weiberchen und Mädchen.
Kömmt mir einmal das Freien ein,
So werd' ich eins aus Weinsberg frein.

Einsmals der Kaiser Konrad war
Dem guten Städtlein böse
Und rückt' heran mit Kriegesschar
Und Reisigengetöse;
Umlagert' es mit Roß und Mann
Und schoß und rannte drauf und dran.

Und als das Städtlein widerstand
Trutz allen seinen Nöten,
Da hieß er, hoch von Grimm entbrannt,
Den Herold 'nein trompeten:
»Ihr Schurken! komm' ich 'nein, so wißt,
Soll hängen, was die Wand bepißt.«

Drob, als er den Avis also
Hinein trompeten lassen,
Gab's euch ein Zetermordio
Zu Haus und auf den Gassen.
Das Brot war teuer in der Stadt,
Doch teurer noch war guter Rat.

»O weh mir armen Korydon!
O weh mir!« – Die Pastores
Schrien: »Kyrie Eleison!
Wir gehn, wir gehn kapores!
O weh mir armen Korydon!
Es juckt mir an der Kehle schon.«

Doch wenn's Matthä am letzten ist
Trotz Raten, Thun und Beten,
So rettet oft noch Weiberlist
Aus Ängsten und aus Nöten.
Denn Pfaffentrug und Weiberlist
Gehn über alles, wie ihr wißt.

Ein junges Weibchen lobesan,
Seit gestern erst getrauet,
Gab einen klugen Einfall an,
Der alles Volk erbauet,
Den ihr, sofern ihr anders wollt,
Belachen und beklatschen sollt.

Zur Zeit der stillen Mitternacht
Die schönste Ambassade
Von Weibern sich ins Lager macht
Und bettelt dort um Gnade.
Sie bettelt sanft, sie bettelt süß,
Erhält doch aber nichts, als dies:

»Die Weiber sollten Abzug han
Mit ihren besten Schätzen,
Was übrig bliebe, wollte man
Zerhauen und zerfetzen.«
Mit der Kapitulation
Schlich die Gesandtschaft trüb' davon.

Drauf, als der Morgen bricht hervor,
Gebt Achtung! Was geschiehet?
Es öffnet sich das nächste Thor,
Und jedes Weibchen ziehet
Mit ihrem Männchen schwer im Sack
So wahr ich lebe! huckepack.

Manch Hofschranz suchte zwar sofort
Das Kniffchen zu vereiteln;
Doch Konrad sprach: »Ein Kaiserwort
Soll man nicht drehn noch deuteln!
Ha, bravo, rief er, bravo so!
Meint' unsre Frau es auch nur so!«

Er gab Pardon und ein Bankett,
Den Weibern zu gefallen.
Da ward gegeigt, da ward trompet't
Und durchgetanzt mit allen,
Wie mit der Burgermeisterin
So mit der Besenbinderin. –

Ei! sagt mir doch, wo Weinsberg liegt?
Ist gar ein wackres Städtchen,
Hat, treu und fromm und klug gewiegt,
Viel Weiberchen und Mädchen.
Ich muß, kömmt mir das Freien ein,
Fürwahr! muß eins aus Weinsberg frein!

Ludwig Christoph Heinrich Hölty
1748–1776

Die Liebe

Eine Schale des Harms, eine der Freuden wog
Gott dem Menschengeschlecht; aber der lastende
Kummer senket die Schale,
Jmmer hebet die andre sich.

Jrren, traurigen Tritts wanken wir unsern Weg
Durch das Leben hinab, bis sich die Liebe naht,
Eine Fülle der Freuden
Jn die steigende Schale streut.

Wie dem Pilger der Quell silbern entgegenrinnt,
Wie der Regen des Mays über die Blüthen träuft,
Naht die Liebe; des Jünglings
Seele zittert, und huldigt ihr!

Nähm' er Kronen und Gold, mißte der Liebe? Gold
Jst ihm fliegende Spreu; Kronen ein Flittertand;
Alle Hoheit der Erde,
Sonder herzliche Liebe, Staub.

Loos der Engel! Kein Sturm düstert die Seelenruh
Des Beglückten! Der Tag hüllt sich in lichters Blau,
Kuß, und Flüstern und Lächeln
Flügelt Stunden an Stunden fort.

Herrscher neideten ihn, kosteten sie des Glücks,
Das dem liebenden ward; würfen den Königsstab
Aus den Händen, und suchten
Sich ein friedliches Hüttendach.

Unter Rosengesträuch spielet ein Quell, und mischt
Dem begegnenden Bach Silber. So strömen flugs
Seel' und Seele zusammen,
Wenn allmächtige Liebe naht.

An einen Freund, der sich in ein schönes Dienstmädchen verliebte

Was schämst du dich, daß du die Hanne liebest,
Die dir dein Genius beschert?
Sie ist es werth, daß du ihr Küße giebest,
Das schlanke Mädchen ist es werth!

Sie hat kein Gold, womit das Fräulein pralet,
Und keine lange Ahnenschaft;
Doch ist sie schön, wie man die Engel malet,
Bescheiden, edel, tugendhaft.

Sie ist nicht stolz, wie die nach Standsgebühren
Geehrten Fräulein, oder Fraun,
Die auf uns Sünder, die das von nicht führen,
Mit hoher Nase niederschaun;

Verläumdet nicht, und spielt nicht die Kokette,
Wird durch kein leer Gewäsch entzückt;
Schläft ruhig ein, und springt aus ihrem Bette,
Sobald die Sonn ins Fenster blickt.

Ihr Aug ist blau, durchstralt die ganze Seele,
Prägt selbst dem Schurken Ehrfurcht ein;
Sie singt so hell, so süß, wie Philomele,
Und tanzt mit Anstand ihren Reihn.

Die Dame selbst würd, aus dem goldnen Wagen,
  Nach deiner lieben Hanne sehn,
Und knirschend sich den platten Busen schlagen,
  Und seufzen: Sie ist wahrlich schön!

Ja sie ist schön! Der ganze Himmel schwebet
  Um Hannens lächelndes Gesicht;
Ihr Busen bebt, wie eine Blume bebet,
  Die eben aus der Knospe bricht.

Die Sittsamkeit flieht goldne Fürstensäle,
  Und liebt die niedern Hütten nur;
Ich selber, wenn ich mir ein Mädchen wähle,
  Ich such es auf der Schäferflur.

Leopold Friedrich Günther Goeckingk
1748–1828

An Amarant – Krank für Liebe

Meine Mutter fragt mich immer:
»Trinkst du auch den Mandeltrank?
Trink ihn! Täglich wirst du schlimmer!« –
  Ach! die Liebe macht mich krank!

»Nimm doch«, spricht sie oft bei Tische,
»Wirst so mager und so matt,
Nimm ein Stückchen von dem Fische!«
  Ach! die Liebe macht mich satt!

»Siehst du nicht die Schere liegen?
Liegt ja grade vor dir, Kind!
Kann dich so das Auge trügen?« –
  Ach! die Liebe macht mich blind!

»Bist so still? Was mag dir fehlen?
Geht dir was im Kopf herum?

Weißt du gar nichts zu erzählen?« –
 Ach! die Liebe macht mich stumm!

»Ei! ich möchte fast dich schlagen;
Zieh den Schlepp auf! Was für Staub?
Soll ich's dir noch zehnmal sagen?« –
 Ach! die Liebe macht mich taub!

»Oh! die liebe Langeweile!
Wäre Amarant doch hier!« –
Hörst du, Liebster? Eile! eile!
 Leben bringst du ihr und mir!

An Nantchen – Dank für das Glück ihrer Liebe

Daß mir diese Welt mit allen
Ihren Narren, wohlgefällt;
Daß, vom Dummkopf angefallen,
Von dem Neider angebellt,
Rach und Spott zurücke prallen:
Dafür nimm, du Zauberin!
Diesen Kuß zum Danke hin!

Daß ich keine Sorgen nähre,
Titel nicht erschmeicheln mag,
Bunt Gepränge gern entbehre,
Kurz, daß mir ein froher Tag
Mehr ist, als ein Jahr voll Ehre:
Dafür, holde Schmeichlerin!
Nimm dies Lied zum Danke hin!

Daß in zärtlichen Gesängen
Deine Liebe sanften Schmerz
Mit der Freude weiß zu mengen,
So daß Schauer in mein Herz
Sich wie Meereswogen drängen:
Dafür nimm, du Sängerin,
Tränen statt des Dankes hin!

Daß ich oft zur Sternenhöhe
Bald mit heiterm Angesicht,
Bald mit stillen Tränen sehe;
Daß ich dann um Güter nicht,
Nur um dich und Weisheit flehe:
Dafür, du Bekehrerin!
Nimm mein Herz zum Danke hin!

Johann Wolfgang Goethe
1749–1832

Gretchen am Spinnrade allein (aus: Faust)

Meine Ruh' ist hin,
Mein Herz ist schwer,
Ich finde sie nimmer
Und nimmermehr.

Wo ich ihn nicht hab'
Ist mir das Grab,
Die ganze Welt
Ist mir vergällt.

Mein armer Kopf
Ist mir verückt,
Mein armer Sinn
Ist mir zerstückt.

Meine Ruh' ist hin,
Mein Herz ist schwer;
Ich finde sie nimmer
Und nimmermehr.

Nach ihm nur schau' ich
Zum Fenster hinaus,
Nach ihm nur geh ich
Aus dem Haus.

Sein hoher Gang,
Sein' edle Gestalt,
Seines Mundes Lächeln,
Seiner Augen Gewalt,

Und seiner Rede
Zauberfluß,
Sein Händedruck,
Und ach sein Kuß!

Meine Ruh' ist hin,
Mein Herz ist schwer;
Ich finde sie nimmer
Und nimmermehr.

Mein Busen drängt
Sich nach ihm hin.
Ach dürft' ich fassen
Und halten ihn,

Und küssen ihn,
So wie ich wollt',
An seinen Küssen
Vergehen sollt'!

Werthers Freud und Leid
(aus: Die Leiden des jungen Werther)

Am 13. Julius.

Nein, ich betriege mich nicht! Ich lese in ihren schwarzen Augen wahre Teilnehmung an mir und meinem Schicksal. Ja ich fühle, und darin darf ich meinem Herzen trauen, daß sie – o darf ich, kann ich den Himmel in diesen Worten aussprechen? – daß sie mich liebt!

Mich liebt! – Und wie wert ich mir selbst werde, wie ich – dir darf ich's wohl sagen, du hast Sinn für so etwas – wie ich mich selbst anbete, seitdem sie mich liebt!

Ob das Vermessenheit ist oder Gefühl des wahren Verhältnisses? – Ich kenne den Menschen nicht, von dem ich etwas in Lottens Herzen fürchtete. Und doch – wenn sie von ihrem Bräutigam spricht, mit solcher Wärme, solcher Liebe von ihm spricht – da ist mir's wie einem, der aller seiner Ehren und Würden entsetzt und dem der Degen genommen wird.

Am 16. Julius.

Ach wie mir das durch alle Adern läuft, wenn mein Finger unversehens den ihrigen berührt, wenn unsere Füße sich unter dem Tische begegnen! Ich ziehe zurück wie vom Feuer, und eine geheime Kraft zieht mich wieder vorwärts – mir wird's so schwindelig vor allen Sinnen. – O! und ihre Unschuld, ihre unbefangne Seele fühlt nicht, wie sehr mich die kleinen Vertraulichkeiten peinigen. Wenn sie gar im Gespräch ihre Hand auf die meinige legt und im Interesse der Unterredung näher zu mir rückt, daß der himmlische Atem ihres Mundes meine Lippen erreichen kann: – ich glaube zu versinken, wie vom Wetter gerührt. – Und, Wilhelm! wenn ich mich jemals unterstehe, diesen Himmel, dieses Vertrauen – ! Du verstehst mich. Nein, mein Herz ist so verderbt nicht! Schwach! schwach genug! – Und ist das nicht Verderben? –

Sie ist mir heilig. Alle Begier schweigt in ihrer Gegenwart. Ich weiß nie, wie mir ist, wenn ich bei ihr bin; es ist, als wenn die Seele sich mir in allen Nerven umkehrte. – Sie hat eine Melodie, die sie auf dem Klaviere spielet mit der Kraft eines Engels, so simpel und so geistvoll! Es ist ihr Leiblied, und mich stellt es von aller Pein, Verwirrung und Grillen her, wenn sie nur die erste Note davon greift.

Kein Wort von der Zauberkraft der alten Musik ist mir unwahrscheinlich. Wie mich der einfache Gesang angreift! Und wie sie ihn anzubringen weiß, oft zur Zeit, wo ich mir eine Kugel vor den Kopf schießen möchte! Die Irrung und Finsternis meiner Seele zerstreut sich, und ich atme wieder freier.

Am 18. Julius.

Wilhelm, was ist unserem Herzen die Welt ohne Liebe! Was eine Zauberlaterne ist ohne Licht! Kaum bringst du das Lämpchen hinein, so scheinen dir die buntesten Bilder an deine weiße Wand! Und wenn's nichts wäre als das, als vorübergehende Phantome, so macht's doch immer unser Glück, wenn wir wie frische Jungen davor stehen und uns über die Wundererscheinungen entzücken. Heute konnte ich nicht zu Lotten, eine unvermeidliche Gesellschaft hielt mich ab. Was war zu tun? Ich schickte meinen Diener hinaus, nur um einen Menschen um mich zu haben, der ihr heute nahe gekommen wäre. Mit welcher Ungeduld ich ihn erwartete, mit welcher Freude ich ihn wiedersah! Ich hätte ihn gern beim Schopfe genommen und geküßt, wenn ich mich nicht geschämt hätte.

Man erzählt von dem Bononischen Steine, daß er, wenn man ihn in die Sonne legt, ihre Strahlen anzieht und eine Weile bei Nacht leuchtet. So war mir's mit dem Burschen. Das Gefühl, daß ihre Augen auf seinem Gesichte, seinen Backen, seinen Rockknöpfen und dem Kragen am Surtout geruht hatten, machte mir das alles so heilig, so wert! Ich hätte in dem Augenblick den Jungen nicht um tausend Taler gegeben. Es war mir so wohl in seiner Gegenwart. – Bewahre dich Gott, daß du darüber lachest. Wilhelm, sind das Phantome, wenn es uns wohl ist?

Den 19. Julius.

»Ich werde sie sehen!« ruf' ich morgens aus, wenn ich mich ermuntere und mit aller Heiterkeit der schönen Sonne entgegenblicke; »ich werde sie sehen!« Und da habe ich für den ganzen Tag keinen Wunsch weiter. Alles, alles verschlingt sich in dieser Aussicht.

(...)

Am 26. Julius.

Ich habe mir schon manchmal vorgenommen, sie nicht so oft zu sehn. Ja wer das halten könnte! Alle Tage unterlieg' ich der Versuchung und verspreche mir heilig: morgen willst du einmal wegbleiben. Und wenn der Morgen kommt, finde ich doch wieder eine unwiderstehliche Ursache, und ehe ich mich's versehe, bin ich bei ihr. Entweder sie hat des Abends gesagt: »Sie kommen doch morgen?« – Wer könnte da wegbleiben? Oder sie gibt mir einen Auftrag, und ich finde schicklich, ihr selbst die Antwort zu bringen; oder der Tag ist gar zu schön, ich gehe nach Wahlheim, und wenn ich nun da bin, ist's nur noch eine halbe Stunde zu ihr! – Ich bin zu nah in der Atmosphäre – Zuck! so bin ich dort. Meine Großmutter hatte ein Märchen vom Magnetenberg: die Schiffe, die zu nahe kamen, wurden auf einmal alles Eisenwerks beraubt, die Nägel flogen dem Berge zu, und die armen Elenden scheiterten zwischen den übereinanderstürzenden Brettern.

Am 30. Julius.

Albert ist angekommen, und ich werde gehen; und wenn er der beste, der edelste Mensch wäre, unter den ich mich in jeder Betrachtung zu stellen bereit wäre, so wär's unerträglich, ihn vor meinem Angesicht im Besitz so vieler Vollkommenheiten zu sehen. – Besitz! – Genug, Wilhelm, der Bräutigam ist da! Ein braver, lieber Mann, dem man gut sein muß. Glücklicherweise war ich nicht beim Empfange! Das hätte mir das Herz zerrissen. Auch ist er so ehrlich und hat Lotten in meiner Gegenwart noch nicht ein einzigmal geküßt. Das lohn' ihm Gott! Um des Respekts willen, den er vor dem Mädchen hat, muß ich ihn lieben. Er will mir wohl, und ich vermute, das ist Lottens Werk mehr als seiner eigenen Empfindung; denn darin sind die Weiber fein und haben recht; wenn sie zwei Verehrer in gutem Vernehmen mit einander erhalten können, ist der Vorteil immer ihr, so selten es auch angeht.

Indes kann ich Alberten meine Achtung nicht versagen. Seine gelassene Außenseite sticht gegen die Unruhe meines Charakters sehr lebhaft ab, die sich nicht verbergen läßt. Er hat viel Gefühl und weiß, was er an Lotten hat. Er schein wenig üble Laune zu haben, und du weißt, das ist die Sünde, die ich ärger hasse am Menschen als alle andre.

Er hält mich für einen Menschen von Sinn; und meine Anhänglichkeit an Lotten, meine warme Freude, die ich an allen ihren Handlungen habe, vermehrt seinen Triumph, und er liebt sie nur desto mehr. Ob er sie nicht manchmal mit kleiner Eifersüchtelei peinigt, das lasse ich dahingestellt sein, wenigstens würd' ich an seinem Platze nicht ganz sicher vor diesem Teufel bleiben.

Dem sei nun wie ihm wolle, meine Freude, bei Lotten zu sein, ist hin. Soll ich das Torheit nennen oder Verblendung? – Was braucht's Namen! erzählt die Sache an sich! – Ich wußte alles, was ich jetzt weiß, ehe Albert kam; ich wußte, daß ich keine Prätension an sie zu machen hatte, machte auch keine – das heißt, insofern es möglich ist, bei so viel Liebenswürdigkeit nicht zu begehren – Und jetzt macht die Fratze große Augen, da der andere nun wirklich kommt und ihm das Mädchen wegnimmt.

Ich beiße die Zähne auf einander und spotte über mein Elend, und spottete derer doppelt und dreifach, die sagen könnten, ich sollte mich resignieren, und weil es nun einmal nicht anders sein könnte. – Schafft mir diese Strohmänner vom Halse! – Ich laufe in den Wäldern herum, und wenn ich zu Lotten komme, und Albert bei ihr sitzt im Gärtchen unter der Laube, und ich nicht weiter kann, so bin ich ausgelassen närrisch und fange viel Possen, viel verwirrtes Zeug an. – »Um Gottes willen«, sagte mir Lotte heute, »ich bitte Sie, keine Szene wie die von gestern abend! Sie sind fürchterlich, wenn Sie so lustig sind.« – Unter uns, ich passe die Zeit ab, wenn er zu tun hat; wutsch! bin ich drauß, und da ist mir's immer wohl, wenn ich sie allein finde.

Am 8. August.

Ich bitte dich, lieber Wilhelm, es war gewiß nicht auf dich geredet, wenn ich die Menschen unerträglich schalt, die von uns Ergebung in unvermeidliche Schicksale fordern. Ich dachte wahrlich nicht daran, daß du von ähnlicher Meinung sein könntest. Und im Grunde hast du recht. Nur eins, mein Bester! In der Welt ist es sehr selten mit dem *Entweder-Oder* getan; die Empfindungen und Handlungsweisen schattieren sich so mannigfaltig, als Abfälle zwischen einer Habichts- und Stumpfnase sind.

Du wirst mir also nicht übelnehmen, wenn ich dir dein ganzes Argument einräume und mich doch zwischen dem *Entweder-Oder* durchzustehlen suche.

Entweder, sagst du, hast du Hoffnung auf Lotten, oder du hast keine. Gut, im ersten Fall suche sie durchzutreiben, suche die Erfüllung deiner Wünsche zu umfassen: im anderen Fall ermanne dich und suche einer elenden Empfindung los zu werden, die alle deine Kräfte verzehren muß. – Bester! das ist wohl gesagt, und – bald gesagt.

Und kannst du von dem Unglücklichen, dessen Leben unter einer schleichenden Krankheit unaufhaltsam allmählich abstirbt, kannst du von ihm verlangen, er solle durch einen Dolchstoß der Qual auf einmal ein Ende machen? Und raubt das Übel, das ihm die Kräfte verzehrt, ihm nicht auch zugleich den Mut, sich davon zu befreien?

Zwar könntest du mir mit einem verwandten Gleichnisse antworten: Wer ließe sich nicht lieber den Arm abnehmen, als daß er durch Zaudern und Zagen sein Leben aufs Spiel setzte? – Ich weiß nicht! – und wir wollen uns nicht in Gleichnissen herumbeißen. Genug – Ja, Wilhelm, ich habe manchmal so einen Augenblick aufspringenden, abschüttelnden Muts, und da – wenn ich nur wüßte wohin, ich ginge wohl.

Willkommen und Abschied

Es schlug mein Herz, geschwind zu Pferde!
Es war getan fast eh gedacht.
Der Abend wiegte schon die Erde,
Und an den Bergen hing die Nacht:
Schon stand im Nebelkleid die Eiche,
Ein aufgetürmter Riese, da,
Wo Finsternis aus dem Gesträuche
Mit hundert schwarzen Augen sah.

Der Mond von einem Wolkenhügel
Sah kläglich aus dem Duft hervor,
Die Winde schwangen leise Flügel,
Umsausten schauerlich mein Ohr;
Die Nacht schuf tausend Ungeheuer,
Doch frisch und fröhlich war mein Mut:
In meinen Adern welches Feuer!
In meinem Herzen welche Glut!

Dich sah ich, und die milde Freude
Floß von dem süßen Blick auf mich;
Ganz war mein Herz an deiner Seite
Und jeder Atemzug für dich.
Ein rosenfarbnes Frühlingswetter
Umgab das liebliche Gesicht,
Und Zärtlichkeit für mich – ihr Götter!
Ich hofft es, ich verdient es nicht!

Doch ach, schon mit der Morgensonne
Verengt der Abschied mir das Herz:
In deinen Küssen welche Wonne!
In deinem Auge welcher Schmerz!
Ich ging, du standst und sahst zur Erden,
Und sahst mir nach mit nassem Blick:
Und doch, welch Glück, geliebt zu werden!
Und lieben, Götter, welch ein Glück!

Neue Liebe neues Leben

Herz, mein Herz, was soll das geben?
Was bedränget dich so sehr?
Welch ein fremdes, neues Leben!
Ich erkenne dich nicht mehr.
Weg ist alles, was du liebtest,
Weg, warum du dich betrübtest,
Weg dein Fleiß und deine Ruh –
Ach, wie kamst du nur dazu!

Fesselt nicht die Jugendblüte,
diese liebliche Gestalt,
Dieser Blick voll Treu und Güte
Mit unendlicher Gewalt?
Will ich rasch mich ihr entziehen,
Mich ermannen, ihr entfliehen,
Führet mich im Augenblick,
Ach, mein Weg zu ihr zurück.

Und an diesem Zauberfädchen,
Das sich nicht zerreißen läßt,
Hält das liebe, lose Mädchen
Mich so wider Willen fest;
Muß in ihrem Zauberkreise
Leben nun auf ihre Weise.
Die Verändrung, ach, wie groß!
Liebe, Liebe! laß mich los!

Zeitmaß

Eros, wie seh ich dich hier! In jeglichem Händchen die Sanduhr!
Wie? Leichtsinniger Gott, missest du doppelt die Zeit?
»Langsam rinnen aus einer die Stunden entfernter Geliebten;
Gegenwärtigen fließt eilig die zweite herab.«

Mignon

Nur wer die Sehnsucht kennt,
Weiß, was ich leide!
Allein und abgetrennt
Von aller Freude,
Seh ich ans Firmament
Nach jener Seite.
Ach! der mich liebt und kennt,
Ist in der Weite.
Es schwindelt mir, es brennt
Mein Eingeweide.
Nur wer die Sehnsucht kennt,
Weiß, was ich leide!

Laß dich, Geliebte, nicht reun

Laß dich, Geliebte, nicht reun, daß du mir so schnell dich ergeben!
Glaub es, ich denke nicht frech, denke nicht niedrig von dir.
Vielfach wirken die Pfeile des Amor: einige ritzen,
Und vom schleichenden Gift kranket auf Jahre das Herz.
Aber mächtig befiedert, mit frisch geschliffener Schärfe
Dringen die andern ins Mark, zünden behende das Blut.
In der heroischen Zeit, da Götter und Göttinnen liebten,
Folgte Begierde dem Blick, folgte Genuß der Begier.
Glaubst du, es habe sich lange die Göttin der Liebe besonnen,
Als im Idäischen Hain einst ihr Anchises gefiel?
Hätte Luna gesäumt, den schönen Schläfer zu küssen,
O, so hätt ihn geschwind, neidend, Aurora geweckt.
Hero erblickte Leandern am lauten Fest, und behende
Stürzte der Liebende sich heiß in die nächtliche Flut.
Rhea Sylvia wandelt, die fürstliche Jungfrau, der Tiber
Wasser zu schöpfen, hinab, und sie ergreifet der Gott.
So erzeugte die Söhne sich Mars! – Die Zwillinge tränket
Eine Wölfin, und Rom nennt sich die Fürstin der Welt.

Froh empfind ich mich nun

Froh empfind ich mich nun auf klassischem Boden begeistert;
Vor- und Mitwelt spricht lauter und reizender mir.
Hier befolg ich den Rat, durchblättre die Werke der Alten
Mit geschäftiger Hand, täglich mit neuem Genuß.
Aber die Nächte hindurch hält Amor mich anders beschäftigt;
Werd ich auch halb nur gelehrt, bin ich doch doppelt beglückt.
Und belehr ich mich nicht, indem ich des lieblichen Busens
Formen spähe, die Hand leite die Hüften hinab?
Dann versteh ich den Marmor erst recht; ich denk und vergleiche,
Sehe mit fühlendem Aug, fühle mit sehender Hand.
Raubt die Liebste denn gleich mir einige Stunden des Tages,
Gibt sie Stunden der Nacht mir zur Entschädigung hin.
Wird doch nicht immer geküßt, es wird vernünftig gesprochen;
Überfällt sie der Schlaf, lieg ich und denke mir viel.
Oftmals hab ich auch schon in ihren Armen gedichtet
Und des Hexameters Maß leise mit fingernder Hand
Ihr auf den Rücken gezählt. Sie atmet in lieblichem Schlummer,
Und es durchglühet ihr Hauch mir bis ins Tiefste die Brust.
Amor schüret die Lamp indes und denket der Zeiten,
Da er den nämlichen Dienst seinen Triumvirn getan.

Eines ist mir verdrießlich

Eines ist mir verdrießlich vor allen Dingen, ein andres
Bleibt mir abscheulich, empört jegliche Faser in mir,
Nur der bloße Gedanke. Ich will es euch, Freunde, gestehen:
Gar verdrießlich ist mir einsam das Lager zur Nacht.
Aber ganz abscheulich ists, auf dem Wege der Liebe
Schlangen zu fürchten und Gift unter den Rosen der Lust,
Wenn im schönsten Moment der hin sich gebenden Freude
Deinem sinkenden Haupt lispelnde Sorge sich naht.
Darum macht Faustine mein Glück; sie teilet das Lager
Gerne mit mir und bewahrt Treue dem Treuen genau.
Reizendes Hindernis will die rasche Jugend; ich liebe,
Mich des versicherten Guts lange bequem zu erfreun.
Welche Seligkeit ists! wir wechseln sichere Küsse,
Atem und Leben getrost saugen und flößen wir ein.

So erfreuen wir uns der langen Nächte, wir lauschen,
 Busen an Busen gedrängt, Stürmen und Regen und Guß.
Und so dämmert der Morgen heran; es bringen die Stunden
 Neue Blumen herbei, schmücken uns festlich den Tag.
Gönnet mir, o Quiriten! das Glück, und jedem gewähre
 Aller Güter der Welt erstes und letztes der Gott!

Friedrich Müller (Maler Müller)
1749–1825

Adams erstes Erwachen (aus: Idyllen)

Der Herr der Schöpfung trauert, ihm fliessen heisse Zähren, ach Adam ist allein.

So stand ich, heiße Thränen weinend, über mich brach jetzt zum erstenmal der stille Mond auf, wie deine weisse Taube von deinem Schose aufsteigt; Melboe du Liebe, so stieg aus Gottes Schose jetzt freundlich der Mond und säuselt in der Nacht auf – O! liebreich ist sein Kommen, seelentröstend sein Blick! Ihm jubeln die Thiere nicht nach; aber das kummervolle gedrückte Herz fühlt wohl sein Ergehen, findet lindernden Trost und Ruhe in seinem Blicke, zu leisen zärtlichen Klagen mildert er tiefen unergründlichen Jammer hin.

Ach! ich fühle ihn auch ganz, ganz sein seegnend Wandeln über meinem gedämpften Busen; fühlte sein Kommen durch alle klopfende sich zur Ruhe legenden Adern – Ja, du bists – du, du bists; spät ist dein Kommen, o Mond! aber ein liebreicher Zeuge, Hofnung und Ruhe bringst du dem Herzen mit – was ists, das unergründlich tief in mich hinabsinkt, lindernd wie die Erscheinung eines Engels, seeliger Trost wehet um ihn – ich wills nicht ergründen, wohl mir, es stärkt – du bist gekommen liebreicher Mond, Engel sangen von dir, du bist gekommen, dem Menschen ein seeliger Trost.

(…)

Erquickender Hofnung sank ich jetzt im Mondglanz zur Ruhe; kaum aber schloß Schlummer meine Augenlieder, da umfaßt auch gleich heiliger Traum wieder meine Seele – Siehe Gott stand über mir in erhabener menschlicher Gestalt, in Gestalt eines herrlichen Mannes stand er mir jetzt nah, ewige Kraft gieng von ihm aus; Schöpfung wehete in seinem allmächtigen Barthe, der Tag fuhr von seiner Stirne und in der Schwere seiner Locken lag die Nacht, aber in seinem Gewande braußten die Elementen das Meer; jetzt hub er mich auf von der Erde und führt mich. Ewige Liebe redet aus seinen Augen, aber die zwey starke Braunen der Stirne, richteten Sonn und Mond in ihrem Laufe, und bevestigten die Erde – jetzt giengen wir über Pisons goldenen

Eingang, auf die anmuthige Insel hinüber, wo der Baum des Lebens blüht, da ließ mich Gott – aber eine Stimme rief über mir, schau um dich, ich schaute und siehe Menschen wandelten im Garten vor mir, Menschen an Bildung mir gleich, da gieng ich unter ihnen frölich, ich führte sie zu den Bäumen, woran die edelste Früchte reiften; zweimal genoß ich nun Edens Lust, da ich jetzt geben konnte, zeigen konnte all meinen Reichthum, der von Gott mir bescheret war.

In des Baumes Schatten aber nahe bei Gott, sahe ich jetzt ein Gebild stehen, das war kein Engel, obgleich himmlisch gestaltet, voll klarer lauterer Unschuld; wie eine schöne Hiacinte; der lieblichste Frühlingsmorgen hat sie der Erde entlocket; lieblend hängt über ihr der laue Mittag, haucht jetzt ihre süße Blüthen sanft auseinander; überlassend sich der Wonne schließt sie jetzt auf, ziehet mit ihrem reinen Athem jedes Herz an. So stand das schöne Bild! o meine ganze Seele floh ihr entgegen, sie stand wie eine die freudig zum Himmel betet, verwundernd die Hände zusammendrückt und über sich schauet, ein frommes Lächeln hieng an ihrem Munde; die grause Haare liefen ihr schimmernd am Rücken herunter und liessen von der Luft sich treiben; wie ein edler Brunnen im Grunde oder am Felsen. Vater und Kind schöpfen aus ihm, aber je mehr man schöpfet, je mehr quillt nach – Also das schöne Bild – Tausend Seeligkeiten zog ich aus ihrem Anblick aus ihrer Freude herüber, tausend Seeligkeiten quollen von neuem über ihr – O ewiger Gott! ich ließ alle andere Gestalten, vergaß alle andere Gestalten, noch einmal ward ich geschaffen, fühlte mich erst jetzt vollendet, vollendet ganz in ihren Armen, an ihrem Busen ganz Mann zu seyn – Ich sprang hin zu dem Bilde unter dem Baume, ich sah sie von neuem; es war das Bild nach dem ich mich so lange gesehnet, zu dem mein Inneres geschrien, sie wars, die ich in meinem Herzen gefühlt, in meinem Herzen getragen und doch mir nicht hervorbilden konnte. –

Gott stund in all seiner Pracht – sichtbare Klarheit sprang vor ihm, als stünd er vor der sieben Sonnen; da neigt ich mich, da rief ich: Herr sie ists, dis ist das Bild, das du in mein Herz erschaffen; zu zogst's aus meinem Busen hervor. Ach mein ist es, mein, ich habe lange geseufzet darnach, ich habe sie lange gewünscht, diese, diese lange getragen unter Schmerzen an meinem Herzen – O Mutter Eva! dein Bild war es, du standst da, dein Reiz entfaltet im schönsten himmlischen Flore, so schön als Gott nachmals dich mir gegeben, standst du jetzt vor mir da – O! wie sehr sehnt ich mich an dich hin; alles fand ich nun, was bisher mir ermangelt, wie fühlt ich jetzt daß du so lange, so lange mir ermangelt, daß du für mich allein, für mich allein geschaffen warst.

Jakob Michael Reinhold Lenz
1751–1792

Wo bist du itzt, mein unvergeßlich Mädchen

Wo bist du itzt, mein unvergeßlich Mädchen,
Wo singst du itzt?
Wo lacht die Flur? wo triumphiert das Städtchen
Das dich besitzt?

Seit du entfernt, will keine Sonne scheinen
Und es vereint
Der Himmel sich, dir zärtlich nachzuweinen
Mit deinem Freund

All unsre Lust ist fort mit dir gezogen
Still überall
Ist Stadt und Feld – Dir nach ist sie geflogen
Die Nachtigall

O komm zurück! Schon rufen Hirt und Herden
Dich bang herbei.
Komm bald zurück! sonst wird es Winter werden
Im Monat Mai.

Fühl alle Lust fühl alle Pein

Fühl alle Lust fühl alle Pein
Zu lieben und geliebt zu sein
So kannst du hier auf Erden
Schon ewig selig werden.

Adolf Franz Friedrich von Knigge
1752–1796

Über den Umgang mit und unter Verliebten

1

Mit Verliebten ist vernünftigerweise gar nicht umzugehen; sie sind, so wenig wie andere Betrunkene, zur Geselligkeit geschickt; außer ihrem Abgotte ist die ganze Welt tot für sie. Man mag übrigens leicht mit ihnen fertig werden, wenn man nur Geduld genug hat, sie von dem Gegenstande ihrer Zärtlichkeit reden zu hören, ohne zu gähnen, wenn man im Gegenteil dabei einiges Interesse zeigt, sich über ihre Torheiten und Launen nicht zu ärgern, und im Fall die Liebe heimlich gehalten sein soll, sie nicht zu beobachten, nichts zu merken scheint, wüßte auch die ganze Stadt das Geheimnis; (wie es denn meistenteils geschieht) endlich wenn man ihre Eifersucht nicht erregt.

Und so hätt' ich über diesen Gegenstand weiter nichts zu reden – doch noch ein paar Bemerkungen! Suchet ihr einen verständigen Freund, der euch mit weisem Rate, oder mit festem Mute, mit Fleiß und dauernder Arbeit dienen soll! so wählet keinen Verliebten dazu! Ist es euch aber darum zu tun, eine teilnehmende, empfindsame Seele zu finden, die mit euch klage, winsle, oder euch ohne Sicherheit Geld borge, auf etwas subskribiere, ein reiches Almosen gebe, ein armes Mädchen ausstatte, einen beleidigten Vater besänftigen helfe, oder mit euch Ritterstreiche mache, Kindereien treibe, oder eure Verse, eure Liederchen und Sonaten lobe; so wendet euch nach den Umständen an einen glücklichen oder leidenden Liebhaber!

2

Den Verliebten selbst Regeln über ihren Umgang miteinander zu geben, das würde verlorene Mühe sein; denn da diese Menschen selten bei gesunder Vernunft sind, so wäre es ebenso unsinnig, zu verlangen, daß sie sich dabei gewissen Vorschriften unterwerfen sollten, wie wenn man einem Rasenden zumuten wollte, in Versen zu phantasieren, oder einem, der die Kolik hat, nach Noten zu schreien. Doch ließe sich einiges sagen, das gut zu beobachten wäre, wenn man hoffen dürfte, daß solche Menschen der Vernunft Gehör geben.

3

Die erste Liebe bewirkt ungeheure Revolutionen in der ganzen Sinnesart und dem Wesen eines Menschen. Wer nie geliebt hat, kann keinen Begriff haben von den seligen Freuden, die der Umgang unter Verliebten gewährt; wer zu oft mit seinem Herzen Tausch und Handel getrieben hat, verliert den Sinn dafür. Ich habe einst ein Bild davon entworfen, und da ich jetzt nichts Besseres darüber zu sagen weiß, will ich diese Stelle hier abschreiben.

»Es ist eine gar sonderbare Sache um die ersten Liebeserklärungen. Wer mit seinem Herzen schon oft Spielwerk getrieben, seine zärtlichsten Seufzer vor manchen Schönen schon ausgeblasen hat, dem wird es eben nicht schwer, wenn er einmal wieder sich die Lust macht, verliebt zu werden, seine Empfindungen bei einer schicklichen Gelegenheit an den Tag zu legen; auch weiß dann die Kokette schon, was sie bei solchen Vorfällen zu antworten hat; sie glaubt das Ding nicht sogleich, meint, der Herr wolle sie zum Besten haben, er spiele den Romanhelden, oder, wenn er dringend wird, und sie glaubt nach und nach überzeugt werden zu müssen, so kommt zuerst eine Bitte, ihrer Schwachheit zu schonen, ihr nicht ein Geständnis abzunötigen, wobei sie erröten müßte; und dann will der entzückte Liebhaber dem holden Engel um den Hals fallen, und in Wonne dahinschmelzen; aber die Schöne protestiert feierlich gegen alle solche Freiheiten, verläßt sich überhaupt auf seine Ehre und Rechtschaffenheit, reicht ihm höchstens die Backe dar, teil ihre Gunstverwilligungen in unendlich kleine Parzellen, um täglich nur um ein Haar breit dem Ziele näher rücken zu dürfen, damit der schöne Roman desto länger dauern möge, und wenn auf andere Art keine Zeit mehr zu gewinnen ist, muß ein kleiner Zwist dazwischen kommen, die völlige Entwickelung aufhalten und die Uhr für die Schäferstunde zurückstellen. Bei allen diesen konventionellen Gaukeleien aber empfinden dergleichen Leute gar nichts, lachen, wenn sie allein sind, des Possenspiels, das sie miteinander treiben, können voraus kalkulieren, wie weit sie morgen und übermorgen mit ihrem Geschäfte kommen müssen, und werden dick und fett bei ihrer Liebespein.«

»Ganz anders aber ist es mit einem Paar unschuldigen Herzen, die, zum erstenmal vom wohltätigen Feuer der Liebe erwärmt, so gern ihren süßen, schuldlosen Gefühlen Luft machen möchten, und immer nicht Mut fassen können, mit Worten zu sagen, was Augen und Gebärden oft schon deutlich gesagt und beantwortet haben. Der Jüngling sieht die Geliebte zärtlich an: sie errötet, ihr Blick wird unruhig, unstet, wenn er mit einem andern Mädchen zu viel und zu freundlich redet; sein Auge möchte zürnen, er möchte gleichgültig vor ihr vorbeiblicken, wenn sie einem andern vertraulich etwas in das Ohr gesagt hat; man fühlt den Vorwurf, gibt augenblickliche Genugtuung, bricht plötzlich und fast unhöflich das Gespräch ab, welches den Argwohn erweckt hat; der Versöhnte dankt durch das zärtlichste Lächeln und durch die fröhlichste, plötzlich aufwachende Laune; man nimmt mit den Augen Verabredungen auf morgen, entschuldigt sich, warnt vor Beobachtern, erkennt sich gegenseitige Rechte aufeinander an, und hat sich doch mit keinem Wörtchen gesagt, was man für einander fühlt. Allein man sucht von beiden Seiten ernstlich die Gelegenheit dazu; sie kommt, kommt oft, und man läßt sie ungenützt vorbeistreichen, drückt sich höchstens einmal leise die Hand, und doch auch das nie ohne irgendeinen schicklichen Vorwand, sagt sich aber kein Wort, ist mißmutig, zweifelt an Gegenliebe, und hat sich oft noch nicht gegeneinander erklärt, wenn man schon die Fabel der ganzen Stadt und der Gegenstand der schändlichsten Verleumdung ist. Ist endlich das längst im Busen pochende Bekenntnis den furchtsamen Lippen stotternd entflohen, und mit gebrochenen, halb erstickten Worten, von einem bis in das Innerste dringenden Händedruck begleitet, beantwortet worden, dann lebt man vollends erst ganz für einander, ist so wenig um die übrige Welt bekümmert, sieht und hört nichts um sich her, ist in keiner Gesellschaft verlegen mit seiner Person, wenn nur der teure Gegenstand uns freundlich anlächelt, findet alles Ungemach des Lebens leicht zu ertragen an der Seite der Geliebten, glaubt nicht, daß es Krankheit, Armut, Druck und Not in der schönen Welt geben könne, lebt mit aller Kreatur in Frieden, verachtet Gemächlichkeit, köstliche Speise, Schlaf – O ihr! wenn ihr je so wonnevolle Zeiten verlebt habt, sprechet! ist auch ein süßerer Traum zu träumen möglich? Ist unter allen phantastischen Freuden des Lebens eine, die so unschuldig, so natürlich, so unschädlich wäre? Eine, die so überschwenglich glücklich, fröhlich, so friedenvoll machte? – Ach! daß dieser selige Zustand der Bezauberung nicht ewig dauern kann, daß man oft nur gar zu unsanft aufgeschreckt wird aus diesem elysischen Schlummer!«

Friedrich Schiller
1759–1805

Das Mädchen aus der Fremde

In einem Tal bei armen Hirten
Erschien mit jedem jungen Jahr,
Sobald die ersten Lerchen schwirrten,
Ein Mädchen, schön und wunderbar.

Sie war nicht in dem Tal geboren,
Man wußte nicht, woher sie kam,
Und schnell war ihre Spur verloren,
Sobald das Mädchen Abschied nahm.

Beseligend war ihre Nähe,
Und alle Herzen wurden weit,
Doch eine Würde, eine Höhe
Entfernte die Vertraulichkeit.

Sie brachte Blumen mit und Früchte,
Gereift auf einer andern Flur,
In einem andern Sonnenlichte,
In einer glücklichern Natur.

Und teilte jedem eine Gabe,
Dem Früchte, jenem Blumen aus,
Der Jüngling und der Greis am Stabe,
Ein jeder ging beschenkt nach Haus.

Willkommen waren alle Gäste,
Doch nahte sich ein liebend Paar,
Dem reichte sie der Gaben beste,
Der Blumen allerschönste dar.

Eine großmütige Handlung aus der neusten Geschichte

Schauspiele und Romanen eröffnen uns die glänzendsten Züge des menschlichen Herzens; unsre Phantasie wird entzündet; unser Herz bleibt kalt; wenigstens ist die Glut, worein es auf diese Weise versetzt wird, nur augenblicklich und erfriert fürs praktische Leben. In dem nämlichen Augenblick, da uns die schmucklose Gutherzigkeit des ehrlichen Puffs bis beinahe zu Tränen rührt, zanken wir vielleicht einen anklopfenden Bettler mit Ungestüm ab. Wer weiß, ob nicht eben diese gekünstelte Existenz in einer idealischen Welt unsre Existenz in der wirklichen untergräbt? Wir schweben hier gleichsam um die zwei äußersten Enden der Moralität, Engel und Teufel, und die Mitte – den Menschen – lassen wir liegen.

Gegenwärtige Anekdote von zween Teutschen – mit stolzer Freude schreib ich das nieder – hat ein unabstreitbares Verdienst: sie ist *wahr*. Ich hoffe, daß sie meine Leser wärmer zurücklassen werde als alle Bände des Grandison und der Pamela.

Zwei Brüder, Baronen von Wrmb., hatten sich beide in ein junges vortreffliches Fräulein von Wrthr. verliebt, ohne daß der eine um des andern wußte. Beider Liebe war zärtlich und stark, weil sie die erste war. Das Fräulein war schön und zur Empfindung geschaffen. Beide ließen ihre Neigung zur ganzen Leidenschaft aufwachsen, weil keiner die Gefahr kannte, die für sein Herz die schröcklichste war – seinen Bruder zum Nebenbuhler zu haben. Beide verschonten das Mädchen mit einem frühen Geständnis, und so hintergingen sich beide, bis ein unerwartetes Begegnis ihrer Empfindungen das ganze Geheimnis entdeckte.

Schon war die Liebe eines jeden auf den höchsten Grad gestiegen; der unglückseligste Affekt, der im Geschlechte der Menschen beinah so grausame Verwüstungen angerichtet hat als sein abscheuliches Gegenteil, hatte schon die ganze Fläche ihres Herzens eingenommen, daß wohl von keiner Seite eine Aufopferung möglich war. Das Fräulein, voll Gefühl für die traurige Lage dieser beiden Unglücklichen, wagte es nicht, ausschließend für einen zu entscheiden, und unterwarf ihre Neigung dem Urteil der brüderlichen Liebe.

Sieger in diesem zweifelhaften Kampf der Pflicht und Empfindung, den unsre Philosophen so allzeit fertig entscheiden und der praktische Mensch so langsam unternimmt, sagte der ältere Bruder zum jüngern: »Ich weiß, daß du mein Mädchen liebst, feurig wie ich. Ich will nicht fragen, für wen ein älteres Recht entscheidet. – Bleibe du hier, ich suche die weite Welt, ich will streben, daß ich sie vergesse. Kann ich das – Bruder! dann ist sie dein, und der Himmel segne deine Liebe! – Kann ich es nicht – nun dann, so geh auch du hin – und tu ein gleiches.«

Er verließ gählins Teutschland und eilte nach Holland – aber das Bild seines Mädchens eilte ihm nach. Fern von dem Himmelstrich seiner Liebe, aus einer Gegend verbannt, die seines Herzens ganze Seligkeit einschloß, in der er allein zu leben vermochte, erkrankte der Unglückliche, wie die Pflanze dahinschwindet, die der gewalttätige Europäer aus dem mütterlichen Asien entführt und fern von der milderen Sonne in rauhere Beete zwingt. Er erreichte verzweifelnd Amsterdam, dort warf ihn ein hitziges Fieber auf ein gefährliches Lager. Das Bild seiner Einzigen herrschte in seinen wahnsinnigen Träumen, seine Genesung hing an ihrem Besitze. Die Ärzte zweifelten für sein Leben; nur die Versicherung, ihn seiner Geliebten wieder zu geben, riß ihn mühsam aus den Armen des Todes. Halbverwest, ein wandelndes Gerippe, das erschröcklichste Bild des zehrenden Kummers, kam er in seiner Vaterstadt an – schwindelte er über die Treppe seiner Geliebten, seines Bruders. »Bruder, hier bin ich wieder. Was ich meinem Herzen zumutete, weiß *der* im Himmel. – Mehr kann ich nicht.« Ohnmächtig sank er in die Arme des Fräuleins.

Der jüngere Bruder war nicht minder entschlossen. In wenigen Wochen stand er reisefertig da: »Bruder, du trugst deinen Schmerz bis nach Holland. – Ich will versuchen, ihn weiter zu tragen. Führe sie nicht zum Altar, bis ich dir weiter schreibe. *Nur diese* Bedingung erlaubt sich die brüderliche Liebe. Bin ich glücklicher als du – in Gottes Namen, so sei sie dein, und der Himmel segne eure Liebe. Bin ich es nicht – nun dann, so möge der Himmel weiter über uns richten! Lebe wohl. Behalte dies versiegelte Päckchen, erbrich es nicht, bis ich von hinnen bin. – Ich geh nach Batavia.« Hier sprang er in den Wagen.

Halb entseelt starrten ihm die Hinterbliebenen nach. Er hatte den Bruder an Edelmut übertroffen. Am Herzen dieses zerrten beide, Liebe und Verlust des edelsten Manns. Das Geräusch des fliehenden Wagens durchdonnerte sein Herz. Man besorgte für sein Leben. Das Fräulein – doch nein! Davon wird das Ende reden.

Man erbrach das Paket. Es war eine vollgültige Verschreibung aller seiner teutschen Besitzungen, die der Bruder erheben sollte, wenn es dem Fliehenden in Batavia glückte.

Der Überwinder seiner selbst ging mit holländischen Kauffahrern unter Segel und kam glücklich in Batavia an. Wenige Wochen, so übersandte er dem Bruder folgende Zeilen: »Hier, wo ich Gott dem Allmächtigen danke, hier auf der neuen Erde denk ich *deiner* und unsrer Lieben mit aller Wonne eines Märtyrers. Die neue Szenen und Schicksale haben meine Seele erweitert; Gott hat mir Kraft geschenkt, der Freundschaft das höchste Opfer zu bringen: *Dein* ist – Gott! hier fiel eine Träne – die letzte – Ich hab überwunden – *Dein ist das Fräulein.* Bruder, ich habe sie nicht besitzen sollen, daß heißt, sie wäre mit mir nicht glücklich gewesen. Wenn ihr je der Gedanke käme – sie wäre es mit mir gewesen – Bruder! Bruder! schwer wälze ich sie auf deine Seele. Vergiß nicht, wie schwer sie dir erworben werden mußte. – Behandle den Engel immer, wie es itzt deine junge Liebe dich lehrt. – Behandle sie als ein teures Vermächtnis eines Bruders, den deine Arme nimmer umstricken werden. Lebe wohl. Schreibe mir nicht, wenn du deine Brautnacht feierst. Meine Wunde blutet noch immer. Schreibe mir, wie glücklich du bist. Meine Tat ist mir Bürge, daß auch mich Gott in der fremden Welt nicht verlassen wird.«

Die Vermählung wurde vollzogen. *Ein Jahr* dauerte die seligste der Ehen. – Dann starb die Frau. Sterbend erst bekannte sie ihrer Vertrautesten das unglückseligste Geheimnis ihres Busens: sie hatte den Entflohenen stärker geliebt.

Beide Brüder leben noch wirklich. Der ältere auf seinen Gütern in Teutschland, aufs neue vermählt. Der jüngere blieb in Batavia und gediehe zum glücklichen glänzenden Mann. Er tat ein Gelübde, niemals zu heiraten, und hat es gehalten.

Johann Peter Hebel
1760–1826

Unverhofftes Wiedersehen

In Falun in Schweden küßte vor gut fünfzig Jahren und mehr ein junger Bergmann seine junge, hübsche Braut und sagte zu ihr: »Auf Sankt Luciä wird unsere Liebe von des Priesters Hand gesegnet. Dann sind wir Mann und Weib und bauen uns ein eigenes Nestlein.« – »Und Friede und Liebe soll darin wohnen«, sagte die schöne Braut mit holdem Lächeln, »denn du bist mein einziges und alles, und ohne dich möchte ich lieber im Grab sein als an einem andern Ort.« Als sie aber vor Sankt Luciä der Pfarrer zum zweiten Male in der Kirche ausgerufen hatte: »So nun jemand Hindernis wüßte anzuzeigen, warum diese Personen nicht möchten ehelich zusammenkommen«, da meldete sich der Tod. Denn als der Jüngling den andern Morgen in seiner schwarzen Bergmannskleidung an ihrem Haus vorbeiging, der Bergmann hat sein Totenkleid immer an, da klopfte er zwar noch einmal an ihrem Fenster und sagte ihr guten Morgen, aber keinen guten Abend mehr. Er kam nimmer aus dem Bergwerk zurück, und sie saumte vergeblich selbigen Morgen ein schwarzes Halstuch mit rotem Rand für ihn zum Hochzeitstag, sondern als er nimmer kam, legte sie es weg und weinte um ihn und vergaß ihn nie. Unterdessen wurde die Stadt Lissabon in Portugal durch ein Erdbeben zerstört, und der Siebenjährige Krieg ging vorüber, und Kaiser Franz der Erste starb, und der Jesuitenorden wurde aufgehoben und Polen geteilt, und die Kaiserin Maria Theresia starb, und der Struensee wurde hingerichtet, Amerika wurde frei, und die vereinigte französische und spanische Macht konnte Gibraltar nicht erobern. Die Türken schlossen den General Stein in der Veteraner Höhle in Ungarn ein, und der Kaiser Joseph starb auch. Der König Gustav von Schweden eroberte Russisch-Finnland, und die Französische Revolution und der lange Krieg fing an, und der Kaiser Leopold der Zweite ging auch ins Grab. Napoleon eroberte Preußen, und die Engländer bombardierten Kopenhagen, und die Ackerleute säeten und schnitten. Der Müller mahlte, und die Schmiede hämmerten, und die Bergleute gruben nach den Metalladern in ihrer unterirdischen Werkstatt. Als aber die Bergleute in Falun im Jahr 1809 etwas vor oder nach Johannis zwischen zwei Schachten eine Öffnung durchgraben wollten, gut dreihundert Ellen tief unter dem Boden, gruben sie aus dem Schutt und Vitriolwasser den Leichnam eines Jünglings heraus, der ganz mit Eisenvitriol durchdrungen, sonst aber unverwest und unverändert war, also daß man seine Gesichtszüge und sein Alter noch völlig erkennen konnte, als wenn er erst vor einer Stunde gestorben oder ein wenig eingeschlafen wäre an der Arbeit. Als man ihn aber zu Tag ausgefördert hatte, Vater und Mutter, Gefreundte und Bekannte waren schon lange tot, kein Mensch wollte den schlafenden Jüngling kennen oder etwas von seinem Unglück wissen, bis die ehemalige Verlobte des Bergmanns kam, der eines Tages auf die Schicht gegangen war und nimmer zurückkehrte. Grau und zusammengeschrumpft kam sie an einer Krücke an den Platz und erkannte ihren Bräutigam; und mehr mit freudigem Entzücken als mit Schmerz sank sie auf die geliebte Leiche nieder, und erst als sie sich von einer langen heftigen Bewegung des Gemüts erholt hatte, »es ist mein Verlobter«, sagte sie endlich, »um den ich fünfzig Jahre lang getrauert hatte und den mich Gott noch einmal sehen läßt vor meinem Ende. Acht Tage vor der Hochzeit ist er auf die Grube gegangen und nimmer gekommen.« Da wurden die Gemüter aller Umstehenden von Wehmut und Tränen ergriffen, als sie sahen die ehemalige Braut jetzt in der Gestalt des hingewelkten kraftlosen Alters und den Bräutigam noch in seiner jugendlichen Schöne, und wie in ihrer Brust nach fünfzig Jahren die Flamme der jugendlichen Liebe noch einmal erwachte; aber er öffnete den Mund nimmer zum Lächeln oder die Augen zum Wiedererkennen; und wie sie ihn endlich von den Bergleuten in ihr Stübchen tragen ließ, als die einzige, die ihm angehöre und ein Recht an ihn habe, bis sein Grab gerüstet sei auf dem Kirchhof. Den andern Tag, als das Grab gerüstet war auf dem Kirchhof und ihn die Bergleute holten, schloß sie ein Kästlein auf, legte ihm das schwarzseidene Halstuch mit roten Streifen um und begleitete ihn in ihrem Sonntagsgewand, als wenn es ihr Hochzeittag und nicht der Tag seiner Beerdigung wäre. Dann als man ihn auf dem Kirchhof ins Grab legte, sagte sie: »Schlafe nun wohl, noch einen Tag oder zehn im kühlen Hochzeitbett, und laß dir die Zeit nicht lang werden. Ich hab nur noch wenig zu tun und komme bald, und bald wirds wieder Tag. Was die Erde einmal wiedergegeben hat, wird sie zum zweiten Male auch nicht behalten«, sagte sie, als sie fortging und noch einmal umschaute.

Johann Christoph Sachse
1761–1822

Hochzeit mit Hindernissen
(aus: Der deutsche Gil Blas)

Das Herzogliche Oberkonsistorium in Weimar, bei welchem ich um Erlaubnis zur Kopulation mit meinem Mädchen nachgesucht hatte, weil der Herr Pastor Pflug zu Ottmannshausen sich weigerte, ohne dessen Einwilligung die Kopulation vorzunehmen, verlangte, nebst der fehlenden Einwilligung meiner Eltern, auch gerichtliche und geistliche Zeugnisse, weshalb ich zu einer Nachhausereise genötigt wurde.

Da mein Vater, folglich auch seine Familie, gewissermaßen leibeigen war, so hielt es bei meiner Ankunft schwer, mir die verlangten Attestate zu verschaffen, um so mehr, da meine beiderseitigen Eltern wünschten, mich lieber in ihrer Nähe verheiratet zu sehen; endlich gelang es meinem Bruder, welcher unterdessen Schulmeister in Kuhlrade geworden war, den Herrn Magister Schuricht zur Ausstellung folgenden geistlichen Zeugnisses zu vermögen:

Im Namen Jesu Christi

Es wird hiermit unter zuverlässiger Pastoraltreue und Glauben versichert, daß Vorzeiger dieses, Johann Christoph Sachse, des Johann Georg Sachse, Deputatistens auf dem adelichen Hofe Niendorf am Schallsee, ehelicher zweiter Sohn, zweiter Ehe, sich zur evangelisch-lutherischen Religion bekennet, in welcher er am 13ten November 1761 geboren und am 14ten April 1776 hieselbst öffentlich eingesegnet worden, und sich verpflichtet hat, nach dem göttlichen Inhalte ihrer Lehren zu wandeln und fromm zu sein, weshalb wir ihm die Gnade und den kräftigen Beistand Gottes und seines Geistes zu seiner vorhabenden Verehelichung, welcher bei uns nichts im Wege stehet, von Herzen erbitten und anwünschen.

Urkundlich meiner eigenhändigen Namensunterschrift und beigedruckten Pastoralinsiegel.

Gegeben, Seedorf den 20. April 1784.

(L. S.)

Gottlieb Lebrecht Schuricht
Pastor zu Seedorf bei Ratzeburg im
Herzogtum Sachsen-Lauenburg

Mit diesem Zeugnisse trat ich die 46 Meilen weite Rückreise an, in dem Glauben, daß ich nun ohne weiteres damit meinen Zweck erreicht würde. Sooft ich ausruhete, las ich es durch, und brachte mir den Inhalt dadurch so in das Gedächtnis, daß ich es dem Herrn Generalsuperintendenten Herder auswendig hersagen konnte, als ich es ihm überreichte. Und doch sollt ich so geschwinde nicht zu meinem Ziele kommen, denn, da ich zu meinen künftigen Schwiegereltern nach Weimar gezogen war, hatte der hochedle Stadtrat daselbst meinen Aufenthalt erfahren, und nahm daher keinen Anstand, mich und meine Braut vor die Schranken zu fordern, worin Herr Bürgermeister Schmidt mir ohngefähr folgendes Verhör anstellte:

»Wie heißt Er?«

»Wie alt ist Er?«

»Was ist Sein Stand und Gewerbe?«

»Wo und wie lange hat Er gedient?«

»Wer war Sein letzter Dienstherr?«

»Warum ist Er aus dessen Dienst gegangen?«

ANTWORT.

»Aus Heuratslust!« –

HERR BURGERMEISTER.

»So, so! – Hat Er noch Eltern?«

ANTWORT.

»Ja.«

HERR B.

»Wo leben sie?«

»Was ist Sein Vater?«

»Hat derselbe Vermögen?«

»Hat er Ihm seine Einwilligung zur Verheuratung gegeben?«

ANTWORT.

»Ja!«

HERR B.

»So zeige Er den Konsens seiner Eltern!«

ANTWORT.

»Ich habe weiter nichts aufzuweisen als meinen Abschied vom Herrn Rittmeister von Seebach, und mein Geburtstzeugnis, das ich, auf Befehl des Herrn Generalsuperintendenten, auf das Oberkonsistorium habe tragen müssen.«

HERR B.

»Gut, das eben ist es, was wir wissen wollen! Jetzt kann er abtreten!«

Nachdem man auch meine Braut zu Protokoll vernommen hatte, wurd ich wieder in die Ratsstube gerufen, und mir folgende Geldbuße zuerkannt:

5 Rtlr. – – – – ohne Anmeldung meine Sachen in die Residenz geschafft zu haben;

8 Rtlr. 18 Gr. 6 Pf. für eingestandene zu frühzeitige Bekanntschaft und unerlaubte Vergehung.

Überdies 14 Tage Gefängnis.

Bei Anhörung solcher Sentenz macht ich große Augen, und wäre für Schrecken fast unter den Tisch gefallen; endlich faßte ich mich und sagte: ersteres wollt ich mir gefallen lassen, aber letzteres müßt ich mir verbitten, das wäre zu hart. Alle lachten laut auf, dennoch sagte der Herr Bürgermeister, er könne an der Strafe nichts erlassen: und frug mich: ob ich die Kosten gleich erlegen könne? Auf meine Verneinung wurde der Ratsdiener in meine Wohnung abgefertigt, um Arrest an meine Sachen zu legen, und mir angedeutet, daß ich nun gehen könne. Nach meinem Abtritt wurde meine Frau vorgenommen, und ihr die Bezahlung auferlegt, im Fall ich sie nicht leisten könne: ich fügte mich daher, und leistete noch an demselben Tage Zahlung, worüber mir mit dem Bedeuten Quittung erteilt wurde, daß ich 300 Taler müsse herwenden können, wenn ich mich in der Residenz niederlassen wolle. Ganz offenherzig gestand ich, daß ich so viel nicht besäß; man entließ mich, und bis jetzt hat mir der hochedle Stadtrat in der Art nichts weiter abgefordert.

Da das Oberkonsistorium darauf bestand, daß ich die Einwilligung meiner Eltern schriftlich beibringen müsse, sah ich mich genötigt, deshalb wieder nach Hause zu schreiben: unterdessen brachte es der Advokat Lindener dahin, daß ich vor Eingang der fraglichen Einwilligung mit meiner damals weder mehr jungen, noch vermögenden Geliebten kopuliert wurde.

Johann Gaudenz von Salis-Seewis
1762–1834

Adelaide

Einsam wandelt dein Freund im Frühlingsgarten,
Mild vom lieblichen Zauberlicht umflossen,
Das durch wankende Blüthenzweige zittert,
Adelaide!

Jn der spiegelnden Fluth, im Schnee der Alpen,
Jn des sinkenden Tages Goldgewölken,
Jm Gefilde der Sterne strahlt dein Bildnis,
Adelaide!

Abendlüftchen im zarten Laube flüstern,
Silberglöckchen des Mays im Grase säuseln,

Wellen rauschen und Nachtigallen flöten,
Adelaide!

Einst, o Wunder! entblüht, auf meinem Grabe,
Eine Blume der Asche meines Herzens;
Deutlich schimmert auf jedem Purpurblättchen:
Adelaide!

Jean Paul (Johann Paul Friedrich Richter)
1763–1825

Über die Liebe

Wenn alles die Grösse des Menschen beweist, so scheinen seine meisten Freuden seine Kleinheit zu beweisen. Die meisten sind Torheiten; allein ihr Genus verbirgt ihre Gestalt. Wir wandern von einem Spielzeug zum andern und der Mann und der Knabe reiten beide auf Stekkenpferden, nur nicht auf *denselben*. Wir urteilen alzeit weise über das Vergangene, und alzeit schlecht über das Gegenwärtige; eben so hält ieder mit Recht seine vergangnen Freuden für Torheiten, und mit Unrecht seine gegenwärtigen für vernünftig. Es komt nur darauf an, uns unsre Freuden in einer gewissen Entfernung der Zeit zu zeigen – wir werden sie dan übersehen, und ihre ware Gestalt fassen können, wenn sie uns der Abstand der Zeit kleiner vorstelt. – Entfernt die Freuden vorher von unsrer Zunge, und dan wird sie unser Auge sehen. Wozu dieses alles? um zu beweisen, daß es sich mit der Liebe vielleicht eben so verhalte – diese Liebe, die über unsre Leidenschaften eine grössere Gewalt als die Vernunft ausübt, die die ganze Welt zu ihrem Tempel, und ieden Menschen zu ihrem Anbeter macht, die dem Weisen seinen Verstand raubt, und dem Feigen seinen Mut wiedergiebt, die gefält, wenn man sie verflucht, und deren Leiden so süs sind, wie ihre Freuden, die die Tugend in ein wollüstigeres Gewand kleidet und das rauhe Laster mit mer Menschlichkeit umgiebt, die die Freuden des niedern Standes von dem Mangel, und die Vergnügungen des höhern von der Langweile befreit, und die den Menschen zum Engel, und die Welt zum Paradies verwandelt. Ja! meine Freunde! diese Liebe scheint auch eine Torheit zu sein – Aber fragt nicht den glühenden Jüngling, was sie ist? Man kan über das nicht urteilen, was man geniest – der Jüngling hat seine Vernunft auf ihrem Posten eingeschläfert, um freier herumgehen, und ungehinderter die Blümgen der Freude auch im Lande der Torheit pflükken zu dürfen. Fragt auch nicht den Greisen, dessen Empfindungen mit seinem Blute gefroren sind und dessen Wärme sich zu seinem Ich auf einen Punkt zusammengezogen hat, um nicht, wie Feuer, den andern sanft zu wärmen, sondern wie ein glühender Funke, blos die Hand des andern zu verbrennen. Dieser kan nicht sagen, was die Liebe ist; er hat es lange vergessen, was sie war; er begreift ihre Möglichkeit nicht mer; er hält sie für ein Laster, oder für eine Dumheit. Aber fragt den Weisen, der glüklich genug war, sie zu empfinden, und weise genug, sie zu denken; der ihre gute Seite in ihrem Genus, und ihre schlechte nach demselben kennen lernte; der seine Vernunft in der Jugend, und in dem Alter seine Wärme behielte – was wird der von der Liebe sagen? Dieses: *sie ist eine Torheit; aber sie macht glüklich – o! schöne Zeit, wo der Arm der Liebe noch die Vernunft zu angenemen Träumen einwiegte!* – – Und ist dieses nicht genug für dieses Leben, wo der Mensch ein Kind ist, und seine Beschäftigung spielen? Last uns daher nicht durch Untersuchungen über die Freude ihren Genus verabsäumen, noch durch das Mikroskop der Vernunft an iedem schönen Gegenstande die unsichtbare Häslichkeit entdekken – aber last uns auch denken, wenn wir nicht mehr geniessen können, und die Torheiten untersuchen, die für uns ihren Reiz verloren haben.* Und du, Jüngling, liebe, wenn dein Herz zur Liebe gebildet ist, und sei eine Zeitlang ein Tor, um glüklich zu sein. Freue dich so lange, als du die Beschaffenheit deiner Freude nicht kenst – heg' einen Irtum, der dich beglükt, und flieh' eine Warheit, deren Entdekkung der Verlust eines Gutes ist. Allein hüte dich, die Lebhaftigkeit deiner Liebe für ein Zeichen ihrer Dauer zu halten. Ach! dieses Feuer verlischt mit der Röte auf den Wangen – die Liebe wird alt wie der Körper, grau wie das Haupt – das Herz, welches mat für dein Leben schlagen wird, wird noch matter für deine Geliebte schlagen – deine Neigungen werden die Kälte annemen, die dein blut übereist, du wirst auf den andern die Häslichkeit übertragen, die deine eigne Gestalt verunziert, und mit dem lezten Funken Liebe nur noch dein eigen Ich erwärmen, bis auch ihn die kalte Erde auslöscht und Liebe und Gegenliebe von dem Sarge verschlossen wird, der uns unsern Freunden entreist. – Denk' an dies, so wirst du weniger töricht sein, und nie das ewig machen, was eher als dein Körper aufhört. – Wenn du liebst, so erinnere dich, daß du einmal nicht mer lieben wirst – alsdan wirst du am andern die Torheiten nicht darum verspotten, weil sie nicht die deinigen sind, noch ihn einen Kalten schelten, weil er für keine Geliebte brent – alsdan wird deine Liebe eifrig sein one Ungestüm, und nur die Opfer fordern, die ihr [die] Vernunft nicht versagt. Tränen werden ihre Glut in sanfte Wärme verwandeln, eine süsse Schwermut wird ihre Entzükkungen umschleiern, und eine heilige Freundschaft endlich ihre Stelle einnemen. – Und dan wird nach diesem Leben deine Geliebte deine Freundin sein, und ihre schöne Sele auch one den schönen Körper geliebt werden. – –

* Es ist unnötig zu sagen, daß man dieienigen Freuden für keine Torheiten halten kan, die aus Tugend und warer Weisheit quellen.

Franz von Baader
1765–1841

Lieben heißt Dienen
(aus: Sätze aus der erotischen Philosophie)

Lieben ist so sehr Dienen dem Geliebten, daß umgekehrt der Dienst leicht Liebe hervorbringt. Lieben ist Gernetun, Leiden und Entbehren für den Geliebten, und wer nichts mehr für ihn zu tun, zu entbehren und zu leiden hätte oder wüßte, der hörte auf zu lieben.

Susette Gontard
1769–1802

Mein Brief hat dich betrübt

Abends

Mein Brief hat Dich betrübt, Du Lieber! und Dein Brief hat mich so unaussprechlich gefreut, mich so glücklich gemacht, er zeigte so viel Liebe! O! wie erwiderte sie mein Herz in allen Tönen, wie ich ihn las, wie warm schloß mein Gemüt an Deines sich an. Und Du! solltest Du vielleicht an meiner Liebe zweifeln? sollte mein kalter trockner Brief Dich bekümmert haben, wie hättest Du Unrecht! Könntest Du meinen Schmerz und meine Tränen sehen bei diesem Gedanken, Du würdest das nicht denken, doch das ist es auch wohl nicht was Dich gequält hat, Dir ist wohl bange daß mein Herz mir stirbt, und ich Dich dann auch nicht mehr lieben könnte. Ich kann mir keinen Begriff machen welchen Eindruck meine Worte auf Dich machten, ich sah aber Deine Tränen fließen, sie fielen brennend auf mein Herz, ich konnte sie nicht trocknen! – – – Betäubt und stumm saß ich den ganzen Abend, und fand diesen Augenblick mein geklemmtes Herz zu erleichtern weil ich allein blieb. Ach könnte ich hin zu Dir und Dir Trost geben! Ich habe kein Geheimnis vor Dir, meine Seele! auch ist meine Liebe zu voll, um daß mein Herz mir sterbe; wenn ich still und trocken bin, so zweifle nur nicht an mir, dann brennt es in der Tiefe und ich muß wie Du mich vor Leidenschaft bewahren, der Gram zehrt wohl ein wenig, doch die süße heilende Schwermut kömmt immer vom Himmel zur rechten Zeit, und gießt ihren Segen ins Herz, und verzweiflen werde ich nie an der Natur; auch wenn ich den Tod schon im Inneren fühlte, würde ich sagen, sie weckt mich wieder, sie gibt mir alle meine Gefühle wieder, die ich treu bewahrte und die mein sind, die nur der Druck des Schicksals mir nahm, aber sie siegt, sie bereitet aus Tod mir neues schöneres Leben, denn der Keim der Liebe liegt tief und unaustilgbar in meinem Wesen, ich sage das aus *Erfahrung*; denn ich weiß wie immer lebendiger sich mein Herz aus allem Druck hervor gehoben hat. Ach ich weiß nicht Teurer ob ich den rechten Ton treffe, ich hatte Dir gewiß nichts zu *erzählen*, wohl viel zu sagen, aber was mich drückt, ist nichts anders als daß ich nicht bei Dir sein kann. Könnte ich Dir nur die Gewißheit geben, aber ich bin bange, meine leidenschaftliche Sprache wird Dich nicht überzeugen, o laß es! und sei wieder glücklich in Deiner Liebe! Mich freut noch heute Abend der Gedanke, daß ich Dich doch noch gesehen, Gott! wenn Du in dieser Stimmung gegangen wärest, sieh! ich könnte dankend beten daß der Genius der Liebe mich so unsichtbar leitete! und in diesen Betrachtungen will ich einschlafen und Segen Dir wünschen. – – –

Friedrich Hölderlin
1770–1843

Lied der Liebe (Erste Fassung)

Engelfreuden ahndend wallen
Wir hinaus auf Gottes Flur
Wo die Jubel widerhallen
In dem Tempel der Natur;
Heute soll kein Auge trübe,
Sorge nicht hienieden sein,
Jedes Wesen soll der Liebe
Wonniglich, wie wir, sich freu'n.

Singt den Jubel, Schwestern! Brüder!
Festgeschlungen! Hand in Hand!
Singt das heiligste der Lieder
Von dem hohen Wesenband!
Steigt hinauf am Rebenhügel,
Blickt hinab ins Schattental!
Überall der Liebe Flügel,
Wonnerauschend überall!

Liebe lehrt das Lüftchen kosen
Mit den Blumen auf der Au,
Lockt zu jungen Frühlingsrosen
Aus der Wolke Morgentau
Liebe ziehet Well' an Welle
Freundlichmurmelnd näher hin,
Leitet aus der Kluft die Quelle
Sanft hinab in Wiesengrün.

Berge knüpft mit eh'rner Kette
Liebe an das Firmament,
Donner ruft sie an die Stätte
Wo der Sand die Pflanze brennt,
Um die hehre Sonne leitet
Sie die treuen Sterne her,
Folgsam ihrem Winke gleitet
Jeder Strom ins weite Meer.

Liebe wallt in Wüsteneien,
Höhnt des Dursts im dürren Sand,
Sieget, wo Tyrannen dräuen,
Steigt hinab ins Totenland;
Liebe trümmert Felsen nieder
Zaubert Paradiese hin,
Schaffet Erd und Himmel wieder
Göttlich, wie im Anbeginn.

Liebe schwingt den Seraphsflügel
Wo der Gott der Götter wohnt
Lohnt den Schweiß am Felsenhügel
Wann der Richter einst belohnt,
Wann die Königsstühle trümmern,
Hin ist jede Scheidewand
Adeltaten heller schimmern
Reiner, denn der Krone Tand.

Mag uns jetzt die Stunde schlagen
Jetzt der letzte Othem weh'n!
Brüder! drüben wird es tagen,
Schwestern! dort ist Wiedersehn;
Jauchzt dem heiligsten der Triebe,
Die der Gott der Götter gab,
Brüder! Schwestern! jauchzt der Liebe!
Sie besieget Zeit und Grab!

Diotima (Jüngere Fassung)

Leuchtest du wie vormals nieder,
Goldner Tag! und sprossen mir
Des Gesanges Blumen wieder
Lebenatmend auf zu dir?
Wie so anders ist's geworden!
Manches, was ich trauernd mied,
Stimmt in freundlichen Akkorden
Nun in meiner Freude Lied.
Und mit jedem Stundenschlage
Werd' ich wunderbar gemahnt
An der Kindheit stille Tage,
Seit ich Sie, die Eine, fand.

Diotima! edles Leben!
Schwester, heilig mir verwandt!
Eh' ich dir die Hand gegeben,
Hab' ich ferne dich gekannt.
Damals schon, da ich in Träumen,
Mir entlockt vom heitern Tag,
Unter meines Gartens Bäumen,
Ein zufriedner Knabe lag,
Da in leiser Lust und Schöne
Meiner Seele Mai begann,
Säuselte, wie Zephirstöne,
Göttliche! dein Geist mich an.

Ach! und da, wie eine Sage,
Jeder frohe Gott mir schwand,
Da ich vor des Himmels Tage
Darbend, wie ein Blinder, stand,
Da die Last der Zeit mich beugte,
Und mein Leben, kalt und bleich,
Sehnend schon hinab sich neigte
In der Toten stummes Reich:
Wünscht' ich öfters noch, dem blinden
Wanderer, dies Eine mir,
Meines Herzens Bild zu finden
Bei den Schatten oder hier.

Nun! ich habe dich gefunden!
Schöner, als ich ahndend sah,
Hoffend in den Feierstunden,
Holde Muse! bist du da;
Von den Himmlischen dort oben,
Wo hinauf die Freude flieht,
Wo des Alterns überhoben,
Immerheitre Schöne blüht,
Scheinst du mir herabgestiegen,
Götterbotin! weiltest du
Nun in gütigem Genügen
Bei dem Sänger immerzu.

Sommerglut und Frühlingsmilde,
Streit und Frieden wechselt hier
Vor dem stillen Götterbilde
Wunderbar im Busen mir;
Zürnend unter Huldigungen
Hab' ich oft, beschämt, besiegt,
Sie zu fassen, schon gerungen,
Die mein Kühnstes überfliegt;
Unzufrieden im Gewinne,
Hab' ich stolz darob geweint,
Daß zu herrlich meinem Sinne
Und zu mächtig sie erscheint.

Ach! an deine stille Schöne,
Selig holdes Angesicht!
Herz! an deine Himmelstöne
Ist gewohnt das meine nicht;
Aber deine Melodien
Heitern mählig mir den Sinn,
Daß die trüben Träume fliehen,
Und ich selbst ein andrer bin;
Bin ich dazu denn erkoren?
Ich zu deiner hohen Ruh,
So zu Licht und Lust geboren,
Göttlichglückliche! wie du? –

Wie dein Vater und der meine,
Der in heitrer Majestät
Über seinem Eichenhaine
Dort in lichter Höhe geht,
Wie er in die Meereswogen,
Wo die kühle Tiefe blaut,
Steigend von des Himmels Bogen,
Klar und still herunterschaut:
So will ich aus Götterhöhen,
Neu geweiht in schön'rem Glück,
Froh zu singen und zu sehen,
Nun zu Sterblichen zurück.

Hyperions Seligkeit

Ich will dir immer mehr von meiner Seligkeit erzählen.

Ich will die Brust an den Freuden der Vergangenheit versuchen, bis sie, wie Stahl, wird, ich will mich üben an ihnen, bis ich unüberwindlich bin.

Ha! fallen sie doch, wie ein Schwertschlag, oft mir auf die Seele, aber ich spiele mit dem Schwerte, bis ich es gewohnt bin, ich halte die Hand ins Feuer, bis ich es ertrage, wie Wasser.

Ich will nicht zagen; ja! ich will stark sein! ich will mir nichts verhehlen, will von allen Seligkeiten mir die seligste aus dem Grabe beschwören.

Es ist unglaublich, daß der Mensch sich vor dem Schönsten fürchten soll; aber es ist so.

O bin ich doch hundertmal vor diesen Augenblicken, dieser tötenden Wonne meiner Erinnerungen geflohen und habe mein Auge hinweggewandt, wie ein Kind vor Blitzen! und dennoch wächst im üppigen Garten der Welt nichts Lieblicheres, wie meine Freuden, dennoch gedeiht im Himmel und auf Erden nichts Edleres, wie meine Freuden.

Aber nur dir, mein Bellarmin, nur einer reinen freien Seele, wie die deine ist, erzähl ichs. So freigebig, wie die Sonne mit ihren Strahlen, will ich nicht sein; meine Perlen will ich vor die alberne Menge nicht werfen.

Ich kannte, seit dem letzten Seelengespräch, mit jedem Tage mich weniger. Ich fühlt, es war ein heilig Geheimnis zwischen mir und Diotima.

Ich staunte, träumte. Als wär um Mitternacht ein seliger Geist mir erschienen und hätte mich erkoren, mit ihm umzugehn, so war es mir in der Seele.

O es ist ein seltsames Gemische von Seligkeit und Schwermut, wenn es so sich offenbart, daß wir auf immer heraus sind aus dem gewöhnlichen Dasein.

Es war mir seitdem nimmer gelungen, Diotima allein zu sehn. Immer mußt ein Dritter uns stören, trennen, und die Welt lag zwischen ihr und mir, wie eine unendliche Leere. Sechs todesbange Tage gingen so vorüber, ohne daß ich etwas wußte von Diotima. Es war, als lähmten die andern, die um uns waren, mir die Sinne, als töteten sie mein ganzes äußeres Leben, damit auf keinem Wege die verschlossene Seele sich hinüber helfen möchte zu ihr.

Wollt ich mit dem Auge sie suchen, so wurd es Nacht vor mir, wollt ich mich mit einem Wörtchen an sie wenden, so erstickt' es in der Kehle.

Ach! mir wollte das heilige namenlose Verlangen oft die Brust zerreißen, und die mächtige Liebe zürnt' oft, wie ein gefangener Titan, in mir. So tief, so innigst unversöhnlich hatte mein Geist noch nie sich gegen die Ketten gesträubt, die das Schicksal ihm schmiedet, gegen das eiserne unerbittliche Gesetz, geschieden zu sein, nicht Eine Seele zu sein mit seiner liebenswürdigen Hälfte.

Die sternenhelle Nacht war nun mein Element geworden. Dann, wann es stille war, wie in den Tiefen der Erde, wo geheimnisvoll das Gold wächst, dann hob das schönere Leben meiner Liebe sich an.

Da übte das Herz sein Recht, zu dichten, aus. Da sagt' es mir, wie Hyperions Geist im Vorelysium mit seiner holden Diotima gespielt, eh er herabgekommen zur Erde, in göttlicher Kindheit bei dem Wohlgetöne des Quells, und unter Zweigen, wie wir die Zweige der Erde sehn, wenn sie verschönert aus dem güldenen Strome blinken.

Und, wie die Vergangenheit, öffnete sich die Pforte der Zukunft in mir.

Da flogen wir, Diotima und ich, da wanderten wir, wie Schwalben, von einem Frühling der Welt zum andern, durch der Sonne weites Gebiet und drüber hinaus, zu den andern Inseln des Himmels, an des Sirius goldne Küsten, in die Geistertale des Arcturs –

O es ist doch wohl wünschenswert, so aus Einem Kelche mit der Geliebten die Wonne der Liebe zu trinken!

Berauscht vom seligen Wiegenliede, das ich mir sang, schlief ich ein, mitten unter den herrlichen Phantomen. Wie aber am Strahle des Morgenlichts das Leben der Erde sich wieder entzündete, sah ich empor und suchte die Träume der Nacht. Sie waren, wie die schönen Sterne, verschwunden, und nur die Wonne der Wehmut zeugt' in meiner Seele von ihnen.

Ich trauerte; aber ich glaube, daß man unter den Seligen auch so trauert. Sie war die Botin der Freude, diese Trauer, sie war die grauende Dämmerung, woran die unzähligen Rosen des Morgenrots sprossen. –

Der glühende Sommertag hatte jetzt alles in die dunklen Schatten gescheucht. Auch um Diotimas Haus war alles still und leer, und die neidischen Vorhänge standen mir an allen Fenstern im Wege.

Ich lebt in Gedanken an sie. Wo bist du, dacht ich, wo findet mein einsamer Geist dich, süßes Mädchen? Siehest du vor dich hin und sinnest? Hast du die Arbeit auf die Seite gelegt und stützest den Arm aufs Knie und auf das Händchen das Haupt und gibst den lieblichen Gedanken dich hin?

Daß ja nichts meine Friedliche störe, wenn sie mit süßen Phantasien ihr Herz erfrischt, daß ja nichts diese Traube betaste und den erquickenden Tau von den zarten Beeren ihr streife!

So träumt ich. Aber indes die Gedanken zwischen den Wänden des Hauses nach ihr spähten, suchten die Füße sie anderswo, und eh ich es gewahr ward, ging ich unter den Bogengängen des heiligen Walds, hinter Diotimas Garten, wo ich sie zum ersten Male hatte gesehen. Was war das? Ich war ja indessen so oft mit diesen Bäumen umgegangen, war vertrauter mit ihnen, ruhiger unter ihnen geworden; jetzt ergriff mich eine Gewalt, als trät ich in Dianens Schatten, um zu sterben vor der gegenwärtigen Gottheit.

Indessen ging ich weiter. Mit jedem Schritte wurde es wunderbarer in mir. Ich hätte fliegen mögen, so trieb mein Herz mich vorwärts; aber es war, als hätt ich Blei an den Sohlen. Die Seele war vorausgeeilt, und hatte die irdischen Glieder verlassen. Ich hörte nicht mehr und vor dem Auge dämmerten und schwankten alle Gestalten. Der Geist war schon bei Diotima; im Morgenlichte spielte der Gipfel des Baums, indes die untern Zweige noch die kalte Dämmerung fühlten.

Ach! mein Hyperion! rief jetzt mir eine Stimme entgegen; ich stürzt hinzu; ›meine Diotima! o meine Diotima!‹ weiter hatt ich kein Wort und keinen Othem, kein Bewußtsein.

Schwinde, schwinde, sterbliches Leben, dürftig Geschäft, wo der einsame Geist die Pfennige, die er gesammelt, hin und her betrachtet und zählt! wir sind zur Freude der Gottheit aller berufen!

Es ist hier eine Lücke in meinem Dasein. Ich starb, und wie ich erwachte, lag ich am Herzen des himmlischen Mädchens.

O Leben der Liebe! wie warst du an ihr aufgegangen in voller holdseliger Blüte!

wie in leichten Schlummer gesungen von seligen Genien, lag das reizende Köpfchen mir auf der Schulter, lächelte süßen Frieden, und schlug sein ätherisch Auge nach mir auf in fröhlichem unerfahrenem Staunen, als blickt' es eben jetzt zum ersten Male in die Welt.

Lange standen wir so in holder selbstvergessener Betrachtung, und keines wußte, wie ihm geschah, bis endlich der Freude zu viel in mir sich häufte und in Tränen und Lauten des Entzückens auch meine verlorne Sprache wieder begann, und meine stille Begeisterte vollends wieder ins Dasein weckte.

Endlich sahn wir uns auch wieder um.

O meine alten freundlichen Bäume! rief Diotima, als hätte sie sie in langer Zeit nicht gesehn, und das Andenken an ihre vorigen einsamen Tage spielt' um ihre Freuden, lieblich, wie die Schatten um den jungfräulichen Schnee, wenn er errötet und glüht im freudigen Abendglanze.

Engel des Himmels! rief ich, wer kann dich fassen? wer kann sagen, er habe dich ganz begriffen?

Wunderst du dich, erwiderte sie, daß ich so sehr dir gut bin? Lieber! stolzer Bescheidner! Bin ich denn auch von denen, die nicht glauben können an dich, hab ich denn nicht dich ergründet, hab ich den Genius nicht in seinen Wolken erkannt? Verhülle dich nur und siehe dich selbst nicht; ich will dich hervorbeschwören, ich will –

Aber er ist ja da, er ist hervorgegangen, wie ein Stern; er hat die Hülse durchbrochen und steht, wie ein Frühling, da; wie ein Kristallquell aus der düstern Grotte, ist er hervorgegangen; das ist der finstre Hyperion nicht, das ist die wilde Trauer nicht mehr – o mein, mein herrlicher Junge!

Das alles war mir, wie ein Traum. Konnt ich glauben an dies Wunder der Liebe? konnt ich? mich hätte die Freude getötet.

Göttliche! rief ich, sprichst du mit mir? kannst du so dich verleugnen, selige Selbstgenügsame! kannst du so dich freuen an mir? O ich seh es nun, ich weiß nun, was ich oft geahnet, der Mensch ist ein Gewand, das oft ein Gott sich umwirft, ein Kelch, in dem der Himmel seinen Nektar gießt, um seinen Kindern vom Besten zu kosten zu geben. –

Ja, ja! fiel sie schwärmerisch lächelnd mir ein, dein Namensbruder, der herrliche Hyperion des Himmels ist in dir.

Laß mich, rief ich, laß mich dein sein, laß mich mein vergessen, laß alles Leben in mir und allen Geist nur dir zufliegen; nur dir, in seliger endeloser Betrachtung! O Diotima! so stand ich sonst auch vor dem dämmernden Götterbilde, das meine Liebe sich schuf, vor dem Idole meiner einsamen Träume; ich nährt es traulich; mit meinem Leben belebt ich es, mit den Hoffnungen meines Herzens erfrischt', erwärmt ich es, aber es gab mir nichts, als was ich gegeben, und wenn ich verarmt war, ließ es mich arm, und nun! nun hab ich im Arme dich, und fühle den Othem deiner Brust, und fühle dein Aug in meinem Auge, die schöne Gegenwart rinnt mir in alle Sinnen herein, und ich halt es aus, ich habe das Herrlichste so und bebe nicht mehr – ja! ich bin wirklich nicht, der ich sonst war, Diotima! ich bin deines gleichen geworden, und Göttliches spielt mit Göttlichem jetzt, wie Kinder unter sich spielen. –

Aber etwas stiller mußt du mir werden, sagte sie.

Du hast auch recht, du Liebenswürdige! rief ich freudig, sonst erscheinen mir ja die Grazien nicht; sonst seh ich ja im Meere der Schönheit seine leisen lieblichen Bewegungen nicht. O ich will es noch lernen, nichts an dir zu übersehen. Gib mir nur Zeit!

Schmeichler! rief sie, aber für heute sind wir zu Ende, lieber Schmeichler! die goldne Abendwolke hat mich gemahnt. O traure nicht! Erhalte dir und mir die reine Freude! Laß sie nachtönen in dir, bis morgen, und töte sie nicht durch Mißmut! – die Blumen des Herzens wollen freundliche Pflege. Ihre Wurzel ist überall, aber sie selbst gedeihn in heitrer Witterung nur. Leb wohl, Hyperion!

Sie machte sich los. Mein ganzes Wesen flammt' in mir auf, wie sie so vor mir hinwegschwand in ihrer glühenden Schönheit.

O du! – rief ich und stürzt ihr nach, und gab meine Seele in ihre Hand in unendlichen Küssen.

Gott! rief sie, wie wird das künftig werden!

Das traf mich. Verzeih, Himmlische! sagt ich; ich gehe. Gute Nacht, Diotima! denke noch mein ein wenig!

Das will ich, rief sie, gute Nacht!

Und nun kein Wort mehr, Bellarmin! Es wäre zuviel für mein geduldiges Herz. Ich bin erschüttert, wie ich fühle. Aber ich will hinausgehn unter die Pflanzen und Bäume, und unter sie hin mich legen und beten, daß die Natur zu solcher Ruhe mich bringe.

Novalis (Georg Philipp Friedrich von Hardenberg) 1772–1801

Bei der Wiederkunft einer geliebten Freundin gesungen

Sei gegrüßt mit Jubel froher Lieder,
Tag, der mir die Freundin wieder gibt.
Bald umarmen kann ich dich nun wieder,
Sagen, wie dich meine Seele liebt.

Nun entfliehn in deinem Arm mir Stunden
  Mit des Sturmwinds schneller Eile hin,
Denn vor dir ist jeder Gram verschwunden,
Und der Kummer sinkt zu Staube hin.

Holde Freundin, nur an deiner Seite
  Wird mir jede schwere Bürde leicht,
Süßer schwebt mir jede Lebensfreude,
  Die des Schicksals Hand durch dich mir reicht.

Letzte Liebe

Also noch ein freundlicher Blick am Ende der Wallfahrt,
  Ehe die Pforte des Hains leise sich hinter mir schließt.
Dankbar nehm ich das Zeichen der treuen Begleiterin Liebe
  Fröhlichen Mutes an, öffne das Herz ihr mit Lust.
Sie hat mich durch das Leben allein ratgebend geleitet,
  Ihr ist das ganze Verdienst, wenn ich dem Guten gefolgt,
Wenn manch zärtliches Herz dem Frühgeschiedenen nachweint
  Und dem erfahrenen Mann Hoffnungen welken mit mir.
Noch als das Kind, im süßen Gefühl sich entfaltender Kräfte,
  Wahrlich als Sonntagskind trat in den siebenten Lenz,
Rührte mit leiser Hand den jungen Busen die Liebe,
  Weibliche Anmut schmückt jede Vergangenheit reich.
Wie aus dem Schlummer die Mutter den Liebling weckt mit dem Kusse,
  Wie er zuerst sie sieht und sich verständigt an ihr:
Also die Liebe mit mir – durch sie erfuhr ich die Welt erst,
  Fand mich selber und ward, was man als Liebender wird.
Was bisher nur ein Spiel der Jugend war, das verkehrte
  Nun sich in ernstes Geschäft, dennoch verließ sie mich nicht –
Zweifel und Unruh suchten mich oft von ihr zu entfernen.
  Endlich erschien der Tag, der die Erziehung vollzog,
Welcher mein Schicksal mir zur Geliebten gab und auf ewig
  Frei mich gemacht und gewiß eines unendlichen Glücks.

Es färbte sich die Wiese grün

Es färbte sich die Wiese grün
Und um die Hecken sah ich blühn,
Tagtäglich sah ich neue Kräuter,
Mild war die Luft, der Himmel heiter.
Ich wußte nicht, wie mir geschah,
Und wie das wurde, was ich sah.

Und immer dunkler ward der Wald,
Auch bunter Sänger Aufenthalt,
Es drang mir bald auf allen Wegen
Ihr Klang in süßem Duft entgegen.
Ich wußte nicht, wie mir geschah,
Und wie das wurde, was ich sah.

Es quoll und trieb nun überall
Mit Leben, Farben, Duft und Schall,
Sie schienen gern sich zu vereinen,
Daß alles möchte lieblich scheinen.
Ich wußte nicht, wie mir geschah,
Und wie das wurde, was ich sah.

So dacht ich: ist ein Geist erwacht,
Der alles so lebendig macht
Und der mit tausend schönen Waren
Und Blüten sich will offenbaren?
Ich wußte nicht, wie mir geschah,
Und wie das wurde, was ich sah.

Vielleicht beginnt ein neues Reich –
Der lockre Staub wird zum Gesträuch,
Der Baum nimmt tierische Gebärden,
Das Tier soll gar zum Menschen werden.
Ich wußte nicht, wie mir geschah,
Und wie das wurde, was ich sah.

Wie ich so stand und bei mir sann,
Ein mächtger Trieb in mir begann.
Ein freundlich Mädchen kam gegangen

Und nahm mir jeden Sinn gefangen.
Ich wußte nicht, wie mir geschah,
Und wie das wurde, was ich sah.

Sie ging vorbei, ich grüßte sie,
Sie dankte, das vergeß ich nie –
Ich mußte ihre Hand erfassen
Und Sie schien gern sie mir zu lassen.
Ich wußte nicht, wie mir geschah,
Und wie das wurde, was ich sah.

Uns barg der Wald vor Sonnenschein.
Das war der Frühling, fiel mir ein.
Kurz um, ich sah, daß jetzt auf Erden
Die Menschen sollten Götter werden.
Nun wußt ich wohl, wie mir geschah,
Und wie das wurde, was ich sah.

Friedrich Schlegel
1772–1829

Der Hang zum Romantischen (aus: Lucinde)

Lucinde hatte einen entschiednen Hang zum Romantischen, er fühlte sich betroffen über die neue Ähnlichkeit und er entdeckte immer mehrere. Auch sie war von denen, die nicht in der gemeinen Welt leben, sondern in einer eignen selbstgedachten und selbstgebildeten. Nur was sie von Herzen liebte und ehrte, war in der Tat wirklich für sie, alles andre nichts; und sie wußte was Wert hat. Auch sie hatte mit kühner Entschlossenheit alle Rücksichten und alle Bande zerrissen und lebte völlig frei und unabhängig.

Die wunderbare Gleichheit zog den Jüngling bald in ihre Nähe, er bemerkte, daß auch sie diese Gleichheit fühle, und beide nahmen es gewahr, daß sie sich nicht gleichgültig wären. Es war noch nicht lange, daß sie sich sahen und Julius wagte nur einzelne abgerißne Worte, die bedeutend aber nicht deutlich waren. Er sehnte sich mehr von ihren Schicksalen und ihrem ehemaligen Leben zu wissen, worüber sie gegen andre sehr geheimnisvoll war. Ihm gestand sie nicht ohne gewaltsame Erschütterung, sie sei schon Mutter gewesen von einem schönen starken Knaben, den ihr der Tod bald wieder entrissen. Auch er erinnerte sich an die Vergangenheit und sein Leben ward ihm, indem er es ihr erzählte, zum erstenmal zu einer gebildeten Geschichte. Wie freute sich Julius, da er mit ihr über Musik sprach, und seine innersten und eigensten Gedanken über den heiligen Zauber dieser romantischen Kunst aus ihrem Munde hörte! Da er ihren Gesang vernahm, der sich rein und stark gebildet aus tiefer weicher Seele hob, da er ihn mit dem seinigen begleitete, und ihre Stimmen bald in Eins flossen, bald Fragen und Antworten der zartesten Empfindung wechselten, für die es keine Sprache gibt! Er konnte nicht widerstehn, er drückte einen schüchternen Kuß auf die frischen Lippen und feurigen Augen. Mit ewigem Entzücken fühlte er das göttliche Haupt der hohen Gestalt auf seine Schulter sinken, die schwarzen Locken flossen über den Schnee des vollen Busens und des schönen Rückens, leise sagte er *herrliche Frau!* als die fatale Gesellschaft unerwartet hereintrat.

Nun hatte sie ihm nach seinen Begriffen eigentlich schon alles gewährt; es war ihm nicht möglich zu künsteln an einem Verhältnis, das er sich so rein und groß dachte, und doch war ihm jede Zögerung unerträglich. Von einer Gottheit, dachte er, begehrt man nicht erst das, was man nur als Übergang und Mittel denkt, sondern man bekennet sogleich mit Offenheit und Zuversicht das Ziel aller Wünsche. So bat auch er sie mit der unschuldigsten Unbefangenheit um alles, was man eine Geliebte bitten kann, und stellte ihr in einem Strome von Beredsamkeit dar, wie seine Leidenschaftlichkeit ihn zerstören würde, wenn sie zu weiblich sein wollte. Sie war nicht wenig überrascht, aber sie ahndete wohl, daß er nach der Hingebung liebender und treuer sein würde wie vorher. Sie konnte keinen Entschluß fassen, und überließ es nur den Umständen, die es so fügten, wie es gut war. Sie waren nur wenige Tage allein, als sie sich ihm auf ewig ergab und ihm die Tiefe ihrer großen Seele öffnete, und alle Kraft, Natur und Heiligkeit, die in ihr war. Auch sie lebte lange in gewaltsamer Verschlossenheit, und nun brachen zwischen den Umarmungen in Strömen der Rede das zurückgedrängte Zutrauen und die Mitteilung mit einemmale hervor aus dem innersten Gemüt. In einer Nacht wechselten sie mehr als einmal heftig zu weinen und laut zu lachen. Sie waren ganz hingegeben und eins und doch war jeder ganz er selbst, mehr als sie es noch je gewesen waren, und jede Äußerung war voll vom tiefsten Gefühl und eigensten Wesen. Bald ergriff sie eine unendliche Begeisterung, bald tändelten und scherzten sie mutwillig und Amor war hier wirklich, was er so selten ist, ein fröhliches Kind.

Durch das, was seine Freundin ihm offenbart hatte, ward es dem Jünglinge klar, daß nur ein Weib recht unglücklich sein kann und recht glücklich, und daß die Frauen allein, die mitten im Schoß der menschlichen Gesellschaft Naturmenschen geblieben sind, den kindlichen Sinn haben, mit dem man die Gunst und Gabe der Götter annehmen muß. Er lernte das schöne Glück ehren, was er gefunden hatte, und wenn er es mit dem häßlichen unechten Glück verglich, was er ehedem vom Eigensinn des Zufalls künstlich erzwingen wollte, so erschien es ihm wie eine natürliche Rose am lebendigen Stamm gegen eine nachgemachte. Aber weder im Taumel der Nächte noch in der Freude der Tage wollte er es Liebe nennen. So sehr hatte er sich beredet, daß diese gar nicht für ihn sei und er nicht für sie! Es fand sich leicht ein Unterschied, um diese Selbsttäuschung zu bestätigen. Er hege, so war sein Urteil, eine heftige Leidenschaft für sie und werde ewig ihr Freund sein. Was sie ihm gab und für ihn fühlte, nannte er Zärtlichkeit, Erinnerung, Hingabe und Hoffnung.

Indessen floß die Zeit und die Freude wuchs. Julius fand in Lucindens Armen seine Jugend wieder. Die üppige Ausbildung ihres schönen Wuchses war für die Wut seiner Liebe und seiner Sinne reizender, wie der frische Reiz der Brüste und der Spiegel eines jungfräulichen Leibes. Die hinreißende Kraft und Wärme ihrer Umschließung war mehr als mädchenhaft; sie hatte einen Anhauch von Begeisterung und Tiefe, den nur eine Mutter haben kann. Wenn er sie im Zauberschein einer milden Dämmerung hingegossen sah, konnte er nicht aufhören, die schwellenden Umrisse schmeichelnd zu berühren, und durch die zarte Hülle der ebnen Haut die warmen Ströme des feinsten Lebens zu fühlen. Sein Auge indessen berauschte sich an der Farbe die sich durch die Wirkung der Schatten vielfach zu verändern schien und doch immer eine und dieselbe blieb. Eine reine Mischung, wo nirgends Weiß oder Braun oder Rot allein abstach oder sich roh zeigte. Das alles war verschleiert und verschmolzen zu einem einzigen harmonischen Glanz von sanftem Leben. – Auch Julius war männlich schön, aber die Männlichkeit seiner Gestalt offenbarte sich nicht in der hervorgedrängten Kraft der Muskeln. Vielmehr waren die Umrisse sanft, die Glieder voll und rund, doch war nirgends ein Überfluß. In hellem Licht bildete die Oberfläche überall breite Massen und der glatte Körper schien dicht und fest wie Marmor, und in den Kämpfen der Liebe entwickelte sich mit einemmale der ganze Reichtum seiner kräftigen Bildung.

Sie erfreuten sich des jugendlichen Lebens, Monate vergingen wie Tage und mehr als zwei Jahre waren vorüber. Nun ward Julius erst allmählich inne, wie groß seine Ungeschicklichkeit sei und sein Mangel an Verstand. Er hatte die Liebe und das Glück überall gesucht, wo sie nicht zu finden waren, und nun da er das Höchste besaß, hatte er nicht einmal gewußt oder gewagt, ihm den rechten Namen zu geben. Er erkannte nun wohl, daß die Liebe, die für die weibliche Seele ein unteilbares durchaus einfaches Gefühl ist, für den Mann nur ein Wechsel und eine Mischung von Leidenschaft, von Freundschaft und von Sinnlichkeit sein kann; und er sah mit frohem Erstaunen, daß er eben so unendlich geliebt werde wie er liebe.

Überhaupt schien es vorherbestimmt, daß jede Begebenheit seines Lebens ihn durch ein sonderbares Ende überraschen solle. Nichts zog ihn anfangs so sehr an, und hatte ihn so mächtig getroffen, als die Wahrnehmung, daß Lucinde von ähnlichem ja gleichem Sinn und Geist mit ihm selbst war, und nun mußte er von Tage zu Tage neue Verschiedenheiten entdecken. Zwar gründeten sich selbst diese nur auf eine tiefere Gleichheit, und je reicher ihr Wesen sich entwickelte, je vielseitiger und inniger ward ihre Verbindung. Er hatte es nicht geahndet, daß ihre Originalität so unerschöpflich war wie ihre Liebe. Ihr Aussehn sogar schien jugendlicher und blühender in seiner Gegenwart; und so blühte auch ihr Geist durch die Berührung des seinigen auf und bildete sich in neue Gestalten und in neue Welten. Er glaubte alles in ihr vereinigt zu besitzen, was er sonst einzeln geliebt hatte: die schöne Neuheit des Sinnes, die hinreißende Leidenschaftlichkeit, die bescheidne Tätigkeit und Bildsamkeit und den großen Charakter. Jedes neue Verhältnis, jede neue Ansicht war für sie ein neues Organ der Mitteilung und Harmonie. Wie der Sinn für einander, wuchs auch der Glauben an einander, und mit dem Glauben stieg der Mut und die Kraft.

Sie teilten ihre Neigung zur Kunst und Julius vollendete einiges. Seine Gemälde belebten sich, ein Strom von beseelendem Licht schien sich darüber zu ergießen und in frischer Farbe blühte das wahre Fleisch. Badende Mädchen, ein Jüngling der mit geheimer Lust sein Ebenbild im Wasser anschaut, oder eine holdselig lächelnde Mutter mit dem geliebten Kinde im Arm waren beinah die höchsten Gegenstände seines Pinsels. Die Formen selbst entsprachen vielleicht nicht immer den angenommenen Gesetzen einer künstlichen Schönheit. Was sie dem Auge empfahl, war eine gewisse stille Anmut, ein tiefer Ausdruck von ruhigem heitern Dasein und von Genuß dieses Daseins. Es schienen beseelte Pflanzen in der gottähnlichen Gestalt des Menschen. Eben diesen liebenswürdigen Charakter hatten auch seine Umarmungen, in deren Verschiedenheit er unerschöpflich war. Die malte er am liebsten, weil der Reiz seines Pinsels sich hier am schönsten zeigen konnte. In ihnen schien wirklich der flüchtige und geheimnisvolle Augenblick des höchsten Lebens durch einen stillen Zauber überrascht und für die Ewigkeit angehalten. Je entfernter von bacchantischer Wut, je bescheidner und lieblicher die Behandlung war, je verführerischer war der Anblick, bei dem Jünglinge und Frauen ein süßes Feuer durchströmte.

Wie seine Kunst sich vollendete und ihm von selbst in ihr gelang, was er zuvor durch kein Streben und Arbeiten erringen konnte: so ward ihm auch sein Leben zum Kunstwerk, ohne daß er eigentlich wahrnahm, wie es geschah. Es ward Licht in seinem Innern, er sah und übersah alle Massen seines Lebens und den Gliederbau des Ganzen klar und richtig, weil er in der Mitte stand. Er fühlte, daß er diese Einheit nie verlieren könne, das Rätsel seines Daseins war gelöst, er hatte das Wort gefunden, und alles schien ihm dazu vorherbestimmt und von den frühsten Zeiten darauf angelegt, daß er es in der Liebe finden sollte, zu der er sich aus jugendlichem Unverstand ganz ungeschickt geglaubt hatte.

Leicht und melodisch flossen ihnen die Jahre vorüber, wie ein schöner Gesang, sie lebten ein gebildetes Leben, auch ihre Umgebung ward harmonisch und ihr einfaches Glück schien mehr ein seltnes Talent als eine sonderbare Gabe des Zufalls.

Ludwig Tieck
1773–1853

Der Pokal

Vom großen Dom erscholl das vormittägige Geläute. Über den weiten Platz wandelten in verschiedenen Richtungen Männer und Weiber, Wagen fuhren vorüber und Priester gingen nach ihren Kirchen. Ferdinand stand auf der breiten Treppe, den Wandelnden nachsehend und diejenigen betrachtend, welche heraufstiegen, um dem Hochamte beizuwohnen. Der Sonnenschein glänzte auf den weißen Steinen, alles suchte den Schatten gegen die Hitze; nur er stand schon seit lange sinnend an einen Pfeiler gelehnt, in den brennenden Strahlen, ohne sie zu fühlen, denn er verlor sich in den Erinnerungen, die in seinem Gedächtnisse aufstiegen. Er dachte seinem Leben nach, und begeisterte sich an dem Gefühl, welches sein Leben durchdrungen und alle andern Wünsche in ihm ausgelöscht hatte. In derselben Stunde stand er hier im vorigen Jahr, um Frauen und Mädchen zur Messe kommen zu sehn; mit gleichgültigem Herzen und lächelndem Auge hatte er die mannigfaltigen Gestalten betrachtet, mancher holde Blick war ihm schalkhaft begegnet und manche jungfräuliche Wange war errötet; sein spähendes Auge sah den niedlichen Füßchen nach, wie sie die Stufen heraufschritten, und wie sich das schwebende Gewand mehr oder weniger verschob, um die feinen Knöchel zu enthüllen. Da kam über den Markt eine jugendliche Gestalt, in Schwarz, schlank und edel, die Augen sittsam vor sich hingeheftet, unbefangen schwebte sie die Erhöhung hinauf mit lieblicher Anmut, das seidene Gewand legte sich um den schönsten Körper und wiegte sich wie in Musik um die bewegten Glieder; jetzt wollte sie den letzten Schritt tun, und von ohngefähr erhob sie das Auge und traf mit dem blauesten Strahle in seinen Blick. Er ward wie von einem Blitz durchdrungen. Sie strauchelte, und so schnell er auch hinzusprang, konnte er doch nicht verhindern, daß sie nicht kurze Zeit in der reizendsten Stellung knieend vor seinen Füßen lag. Er hob sie auf, sie sah ihn nicht an, sondern war ganz Röte, antwortete auch nicht auf seine Frage, ob sie sich beschädiget habe. Er folgte ihr in die Kirche und sah nur das Bildnis, wie sie vor ihm gekniet, und der schönste Busen ihm entgegengewogt. Am folgenden Tage besuchte er die Schwelle des Tempels wieder; die Stätte war ihm geweiht. Er hatte abreisen wollen, seine Freunde erwarteten ihn ungeduldig in seiner Heimat; aber von nun an war hier sein Vaterland, sein Herz war umgewendet. Er sah sie öfter, sie vermied ihn nicht, doch waren es nur einzelne und gestohlene Augenblicke; denn ihre reiche Familie bewachte sie genau, noch mehr ein angesehener eifersüchtiger Bräutigam. Sie gestanden sich ihre Liebe, wußten aber keinen Rat in ihrer Lage; denn er war fremd und konnte seiner Geliebten kein so großes Glück anbieten, als sie zu erwarten berechtigt war. Da fühlte er seine Armut; doch wenn er an seine vorige Lebensweise dachte, dünkte er sich überschwenglich reich, denn sein Dasein war geheiligt, sein Herz schwebte immerdar in der schönsten Rührung; jetzt war ihm die Natur befreundet und ihre Schönheit seinen Sinnen offenbar, er fühlte sich der Andacht und Religion nicht mehr fremd, und betrat dieselbe Schwelle, das geheimnisvolle Dunkel des Tempels jetzt mit ganz andern Gefühlen, als in jenen Tagen des Leichtsinns. Er zog sich von seinen Bekanntschaften zurück und lebte nur der Liebe. Wenn er durch ihre Straße ging und sie nur am Fenster sah, war er für diesen Tag glücklich; er hatte sie in der Dämmerung des Abends oftmals gesprochen, ihr Garten stieß an den eines Freundes, der aber sein Geheimnis nicht wußte. So war ein Jahr vorübergegangen.

Alle diese Szenen seines neuen Lebens zogen wieder durch sein Gedächtnis. Er erhob seinen Blick, da schwebte die edle Gestalt schon über den Platz, sie leuchtete ihm wie eine Sonne aus der verworrenen Menge hervor. Ein lieblicher Gesang ertönte in seinem sehnsüchtigen Herzen, und er trat, wie sie sich annäherte, in die Kirche zurück. Er hielt ihr das geweihte Wasser entgegen, ihre weißen Finger zitterten, als sie die seinigen berührte, sie neigte sich holdselig. Er folgte ihr nach, und kniete in ihrer Nähe. Sein ganzes Herz zerschmolz in Wehmut und Liebe, es dünkte ihm, als wenn aus den Wunden der Sehnsucht sein Wesen in andächtigen Gebeten dahinblutete; jedes Wort des Priesters durchschauerte ihn, jeder Ton der Musik goß Andacht in seinen Busen; seine Lippen bebten, als die Schöne das Kruzifix ihres Rosenkranzes an den brünstigen roten Mund drückte. Wie hatte er ehemals diesen Glauben und diese Liebe so gar nicht begreifen können. Da erhob der Priester die Hostie und die Glocke schallte, sie neigte sich demütiger und bekreuzte ihre Brust; und wie ein Blitz schlug es durch alle seine Kräfte und Gefühle, und das Altarbild dünkte ihm lebendig und die farbige Dämmerung der Fenster wie ein Licht des Paradieses; Tränen strömten reichlich aus seinen Augen und linderten die verzehrende Inbrunst seines Herzens.

Der Gottesdienst war geendigt. Er bot ihr wieder den Weihbrunnen, sie sprachen einige Worte und sie entfernte sich. Er blieb zurück, um keine Aufmerksamkeit zu erregen; er sah ihr nach, bis der Saum ihres Kleides um die Ecke verschwand. Da war ihm wie dem müden verirrten Wanderer, dem im dichten Walde der letzte Schein der untergehenden Sonne erlischt. Er erwachte aus seiner Träumerei, als ihm eine alte dürre Hand auf die Schulter schlug, und ihn jemand bei Namen nannte.

Er fuhr zurück, und erkannte seinen Freund, den mürrischen Albert, der von allen Menschen sich zurückzog, und dessen einsames Haus nur dem jungen Ferdinand geöffnet war. »Seid Ihr unsrer Abrede noch eingedenk?« fragte die heisere Stimme. »O ja«, antwortete Ferdinand, »und werdet Ihr Euer Versprechen heut noch halten?« »Noch in dieser Stunde«, antwortete jener, »wenn Ihr mir folgen wollt.«

Sie gingen durch die Stadt und in einer abgelegenen Straße in ein großes Gebäude. »Heute«, sagte der Alte, »müßt Ihr Euch schon mit mir in das Hinterhaus bemühn, in mein einsamstes Zimmer, damit wir nicht etwa gestört werden.« Sie gingen durch viele Gemächer, dann über einige Treppen; Gänge empfingen sie, und Ferdinand, der das Haus zu kennen glaubte, mußte sich über die Menge der Zimmer, so wie über die seltsame Einrichtung des weitläufigen Gebäudes verwundern, noch mehr aber darüber, daß der Alte, welcher unverheiratet war, der auch keine Familie hatte, es allein mit einem einzigen Bedienten bewohne, und niemals an Fremde von dem überflüssigen Raume hatte vermieten wollen. Albert schloß endlich auf und sagte: »Nun sind wir zur Stelle.« Ein großes hohes Zimmer empfing sie, das mit rotem Damast ausgeschlagen war, den goldene Leisten einfaßten, die Sessel waren von dem nämlichen Zeuge, und durch rote schwerseidne Vorhänge, welche niedergelassen waren, schimmerte ein purpurnes Licht. »Verweilt einen Augenblick«, sagte der Alte, indem er in ein anderes Gemach ging. Ferdinand betrachtete indes einige Bücher, in welchen er fremde unverständliche Charaktere, Kreise und Linien, nebst vielen wunderlichen Zeichnungen fand, und nach dem wenigen, was er lesen konnte, schienen es alchemistische Schriften; er wußte auch, daß der Alte im Rufe eines Goldmachers stand. Eine Laute lag auf dem Tische, welche seltsam mit Perlmutter und farbigen Hölzern ausgelegt war und in glänzenden Gestalten Vögel und Blumen darstellte, der Stern in der Mitte war ein großes Stück Perlmutter, auf das kunstreichste in vielen durchbrochenen Zirkelfiguren, fast wie die Fensterrose einer gotischen Kirche, ausgearbeitet. »Ihr betrachtet da mein Instrument«, sagte Albert, welcher zurückkehrte, »es ist schon zweihundert Jahr alt, und ich habe es als Andenken meiner Reise aus Spanien mitgebracht. Doch laßt das alles, und setzt Euch jetzt.«

Sie setzten sich an den Tisch, der ebenfalls mit einem roten Teppiche bedeckt war, und der Alte stellte etwas Verhülltes auf die Tafel. »Aus Mitleid gegen Eure Jugend«, fing er an, »habe ich Euch neulich versprochen, Euch zu wahrsagen, ob Ihr glücklich werden könnt oder nicht, und dieses Versprechen will ich in gegenwärtiger Stunde lösen, ob Ihr gleich die Sache neulich nur für einen Scherz halten wolltet. Ihr dürft Euch nicht entsetzen, denn, was ich vorhabe, kann ohne Gefahr geschehn, und weder furchtbare Zitationen sollen von mir vorgenommen werden, noch soll Euch eine gräßliche Erscheinung erschrecken. Die Sache, die ich versuchen will, kann in zweien Fällen mißlingen: wenn Ihr nämlich nicht so wahrhaft liebt, als Ihr mich habt wollen glauben machen, denn alsdann ist meine Bemühung umsonst und es zeigt sich gar nichts; oder daß Ihr das Orakel stört und durch eine unnütze Frage oder ein hastiges Auffahren vernichtet, indem Ihr Euren Sitz verlaßt und das Bild zertrümmert; Ihr müßt mir also versprechen, Euch ganz ruhig zu verhalten.«

Ferdinand gab das Wort, und der Alte wickelte aus den Tüchern das, was er mitgebracht hatte. Es war ein goldener Pokal von sehr künstlicher und schöner Arbeit. Um den breiten Fuß lief ein Blumenkranz mit Myrten und verschiedenem Laub und Früchten gemischt, erhaben ausgeführt mit mattem oder klarem Golde. Ein ähnliches Band, aber reicher, mit kleinen Figuren und fliehenden wilden Tierchen, die sich vor den Kindern fürchteten oder mit ihnen spielten, zog sich um die Mitte des Bechers. Der Kelch war schön gewunden, er bog sich oben zurück, den Lippen entgegen, und inwendig funkelte das Gold mit roter Glut. Der Alte stellte den Becher zwischen sich und den Jüngling, und winkte ihn näher. »Fühlt Ihr nicht etwas«, sprach er, »wenn Euer Auge sich in diesem Glanz verliert?« »Ja«, sagte Ferdinand, »dieser Schein spiegelt in mein Innres hinein, ich möchte sagen, ich fühle ihn wie einen Kuß in meinem sehnsüchtigen Busen.« »So ist es recht!« sagte der Alte; »nun laßt Eure Augen nicht mehr herumschweifen, sondern haltet sie fest auf den Glanz dieses Goldes, und denkt so lebhaft wie möglich an Eure Geliebte.«

Beide saßen eine Weile ruhig, und schauten vertieft den leuchtenden Becher an. Bald aber fuhr der Alte mit stummer Gebärde, erst langsam, dann schneller, endlich in eilender Bewegung mit streichendem Finger um die Glut des Pokals in ebenmäßigen Kreisen hin. Dann hielt er wieder inne und legte die Kreise von der andern Seite. Als er eine Weile dies Beginnen fortgesetzt hatte, glaubte Ferdinand Musik zu hören, aber es klang wie draußen, in einer fernen Gasse; doch bald kamen die Töne näher, sie schlugen lauter und lauter an, sie zitterten bestimmter durch die Luft, und es blieb ihm endlich kein Zweifel, daß sie aus dem Innern des Bechers hervorquollen. Immer stärker ward die Musik, und von so durchdringender Kraft, daß des Jünglings Herz erzitterte und ihm die Tränen in die Augen stiegen. Eifrig fuhr die Hand des Alten in verschiedene Richtungen über die Mündung des Bechers, und es schien, als wenn Funken aus seinen Fingern fuhren und zuckend gegen das Gold leuchtend und klingend zersprangen. Bald mehrten sich die glänzenden Punkte und folgten, wie auf einen Faden gereiht, der Bewegung seines Fingers hin und wider; sie glänzten von verschiedenen Farben, und drängten sich allgemach dichter und dichter aneinander, bis sie in Linien zusammenschossen. Nun schien es, als wenn der Alte in der roten Dämmerung ein wundersames Netz über das leuchtende Gold legte, denn er zog nach Willkür die Strahlen hin und wider, und verwebte mit ihnen die Öffnung des Pokales; sie gehorchten ihm und blieben, einer Bedeckung ähnlich, liegen, indem sie hin und wider webten und in sich selber schwankten. Als sie so gefesselt waren, beschrieb er wieder die Kreise um den Rand, die Musik sank wieder zurück und wurde leiser und leiser, bis sie nicht mehr zu vernehmen war, das leuchtende Netz zitterte wie beängstiget. Es brach im zunehmenden Schwanken, und die Strahlen regneten tropfend in den Kelch, doch aus den niedertropfenden erhob sich wie eine rötliche Wolke, die sich in sich selbst in vielfachen Kreisen bewegte, und wie Schaum über die Mündung schwebte. Ein hellerer Punkt schwang sich mit der größten Schnelligkeit durch die wolkigen Kreise. Da stand das Gebild, und wie ein Auge schaute es plötzlich aus dem Duft, wie goldene Locken floß und ringelte es oben, und alsbald ging ein sanftes Erröten in dem schwankenden Schatten auf und ab, und Ferdinand erkannte das lächelnde Angesicht seiner Geliebten, die blauen Augen, die zarten Wangen, den lieblich roten Mund. Das Haupt schwankte hin und her, hob sich deutlicher und sichtbarer auf dem schlanken weißen Halse hervor und neigte sich zu dem entzückten Jünglinge hin. Der Alte beschrieb immer noch die Kreise um den Becher, und heraus traten die glänzenden Schultern, und so wie sich die liebliche Bildung aus dem goldenen Bett mehr hervordrängte und holdselig hin und wider wiegte, so erschienen nun die beiden zarten, gewölbten und getrennten Brüste, auf deren Spitze die feinste Rosenknospe mit süß verhüllter Röte schimmerte. Ferdinand glaubte den Atem zu fühlen, indem das geliebte Bild wogend zu ihm neigte, und ihn fast mit den brennenden Lippen berührte; er konnte sich im Taumel nicht mehr bewältigen, sondern drängte sich mit einem Kusse an den Mund, und wähnte, die schönen Arme zu fassen, um die nackte Gestalt ganz aus dem goldenen Gefängnis zu heben. Alsbald durchfuhr ein starkes Zittern das liebliche Bild, wie in tausend Linien brach das Haupt und der Leib zusammen, und eine Rose lag am Fuß des Pokales, aus deren Röte noch das süße Lächeln schien. Sehnsüchtig ergriff sie Ferdinand, drückte sie an seinen Mund, und an seinem brennenden Verlangen verwelkte sie, und war in Luft zerflossen.

»Du hast schlecht dein Wort gehalten«, sagte der Alte verdrüßlich, »du kannst dir nur selber die Schuld beimessen.« Er verhüllte seinen Pokal wieder, zog die Vorhänge auf und eröffnete ein Fenster; das helle Tageslicht brach herein, und Ferdinand verließ wehmütig und mit vielen Entschuldigungen den murrenden Alten.

Er eilte bewegt durch die Straßen der Stadt. Vor dem Tore setzte er sich unter den Bäumen nieder. Sie hatte ihm am Morgen gesagt, daß sie mit einigen Verwandten abends über Land fahren müsse. Bald saß, bald wanderte er liebetrunken im Walde; immer sah er das holdselige Bild, wie es mehr und mehr aus dem glühenden Golde quoll; jetzt erwartete er, sie herausschreiten zu sehn im Glanze ihrer Schönheit, und dann zerbrach die schönste Form vor seinen Augen, und er zürnte mit sich, daß er durch seine rastlose Liebe und die Verwirrung seiner Sinne das Bildnis und vielleicht sein Glück zerstört habe.

Als nach der Mittagsstunde der Spaziergang sich allgemach mit Menschen füllte, zog er sich tiefer in das Gebüsch zurück; spähend behielt er aber die ferne Landstraße im Auge, und jeder Wagen, der durch das Tor kam, wurde aufmerksam von ihm geprüft.

Es näherte sich dem Abende. Rote Schimmer warf die untergehende Sonne, da flog aus dem Tor der reiche vergoldete Wagen, der feurig im Abendglanze leuchtete. Er eilte hinzu. Ihr Auge hatte das seinige schon gesucht. Freundlich und lächelnd lehnte sie den glänzenden Busen aus dem Schlage, er fing ihren liebevollen Gruß und Wink auf; jetzt stand er neben dem Wagen, ihr voller Blick fiel auf ihn, und indem sie sich weiterfahrend wieder zurückzog, flog die Rose, welche ihren Busen zierte, heraus, und lag zu seinen Füßen. Er hob sie auf und küßte sie, und ihm war, als weissage sie ihm, daß er seine Geliebte nicht wiedersehn würde, daß nun sein Glück auf immer zerbrochen sei.

Auf und ab lief man die Treppen, das ganze Haus war in Bewegung, alles machte Geschrei und Lärmen zum morgenden großen Feste. Die Mutter war am tätigsten so wie am freudigsten; die Braut ließ alles geschehn, und zog sich, ihrem Schicksal nachsinnend, in ihr Zimmer zurück. Man erwartete noch den Sohn, den Hauptmann mit seiner Frau und zwei ältere Töchter mit ihren Männern; Leopold, ein jüngerer Sohn, war mutwillig beschäftigt, die Unordnung zu vermehren, den Lärmen zu vergrößern, und alles zu verwirren, indem er alles zu betreiben schien. Agathe, seine noch unverheiratete Schwester, wollte ihn zur Vernunft bringen und dahin bewegen, daß er sich um nichts kümmere, und nur die andern in Ruhe lasse; aber die Mutter sagte: »Störe ihn nicht in seiner Torheit, denn heute kommt es auf etwas mehr oder weniger nicht an; nur darum bitte ich euch alle, da ich schon auf so viel zu denken habe, daß ihr mich nicht mit irgend etwas behelligt, was ich nicht höchst nötig erfahren muß; ob sie Porzellan zerbrechen, ob einige silberne Löffel fehlen, ob das Gesinde der Fremden Scheiben entzweischlägt, mit solchen Possen ärgert mich nicht, daß ihr sie mir wiedererzählt. Sind diese Tage der Unruhe vorüber, dann wollen wir Rechnung halten.«

»Recht so, Mutter!« sagte Leopold, »das sind Gesinnungen eines Regenten würdig! Wenn auch einige Mägde den Hals brechen, der Koch sich betrinkt und den Schornstein anzündet, der Kellermeister vor Freude den Malvasier auslaufen oder aussaufen läßt, Sie sollen von dergleichen Kindereien nichts erfahren. Es müßte denn sein, daß ein Erdbeben das Haus umwürfe; Liebste, das ließe sich unmöglich verhehlen.«

»Wann wird er doch einmal klüger werden!« sagte die Mutter; »was werden nur deine Geschwister denken, wenn sie dich ebenso unklug wiederfinden, als sie dich vor zwei Jahren verlassen haben.«

»Sie müssen meinem Charakter Gerechtigkeit widerfahren lassen«, antwortete der lebhafte Jüngling, »daß ich nicht so wandelbar bin wie sie oder ihre Männer, die sich in wenigen Jahren so sehr, und zwar nicht zu ihrem Vorteile verändert haben.«

Jetzt trat der Bräutigam zu ihnen, und fragte nacht der Braut. Die Kammerjungfer ward geschickt, sie zu rufen. »Hat Leopold Ihnen, liebe Mutter, meine Bitte vorgetragen?« fragte der Verlobte.

»Daß ich nicht wüßte«, sagte diese; »in der Unordnung hier im Hause kann man keinen vernünftigen Gedanken fassen.«

Die Braut trat herzu, und die jungen Leute begrüßten sich mit Freuden. »Die Bitte, deren ich erwähnte«, fuhr dann der Bräutigam fort, »ist, daß Sie es nicht übel deuten mögen, wenn ich Ihnen noch einen Gast in Ihr Haus führe, das für diese Tage nur schon zu sehr besetzt ist.«

»Sie wissen es selbst«, sagte die Mutter, »daß, so geräumig es auch ist, sich schwerlich noch Zimmer einrichten lassen.«

»Doch«, rief Leopold, »ich habe schon zum Teil dafür gesorgt, ich habe die große Stube im Hinterhause aufräumen lassen.«

»Ei, die ist nicht anständig genug«, sagte die Mutter, »seit Jahren ist sie ja fast nur zur Polterkammer gebraucht.«

»Prächtig ist sie hergestellt«, sagte Leopold, »und der Freund, für den sie bestimmt ist, sieht auch auf dergleichen nicht, dem ist es nur um unsre Liebe zu tun; auch hat er keine Frau und befindet sich gern in der Einsamkeit, so daß sie ihm gerade recht sein wird. Wir haben Mühe genug gehabt, ihm zuzureden und ihn wieder unter Menschen zu bringen.«

»Doch wohl nicht euer trauriger Goldmacher und Geisterbanner?« fragte Agathe.

»Kein andrer als der«, erwiderte der Bräutigam, »wenn Sie ihn einmal so nennen wollen.«

»Dann erlauben Sie es nur nicht, liebe Mutter«, fuhr die Schwester fort; »was soll ein solcher Mann in unserm Hause? Ich habe ihn einigemal mit Leopold über die Straße gehen sehn, und mir ist vor seinem Gesicht bange geworden; auch besucht der alte Sünder fast niemals die Kirche, er liebt weder Gott noch Menschen, und es bringt keinen Segen, dergleichen Ungläubige bei so feierlicher Gelegenheit unter das Dach einzuführen. Wer weiß, was daraus entstehen kann!«

»Wie du nun sprichst!« sagte Leopold erzürnt, »weil du ihn nicht kennst, so verurteilst du ihn, und weil dir seine Nase nicht gefällt, und er auch nicht mehr jung und reizend ist, so muß er, deinem Sinne nach, ein Geisterbanner und verruchter Mensch sein.«

»Gewähren Sie, teure Mutter«, sagte der Bräutigam, »unserm alten Freunde ein Plätzchen in Ihrem Hause, und lassen Sie ihn an unserer allgemeinen Freude teilnehmen. Er scheint, liebe Schwester Agathe, viel Unglück erlebt zu haben, welches ihn mißtrauisch und menschenfeindlich gemacht hat, er vermeidet alle Gesellschaft, und macht nur eine Ausnahme mit mir und Leopold; ich habe ihm viel zu danken; er hat zuerst meinem Geiste eine bessere Richtung gegeben, ja ich kann sagen, er allein hat mich vielleicht der Liebe meiner Julie würdig gemacht.«

»Mir borgt er alle Bücher«, fuhr Leopold fort, »und, was mehr sagen will, alte Manuskripte, und, was noch mehr sagen will, Geld, auf mein bloßes Wort; er hat die christlichste Gesinnung, Schwesterchen, und wer weiß, wenn du ihn näher kennenlernst, ob du nicht deine Sprödigkeit fahrenlässest, und dich in ihn verliebst, so häßlich er dir auch jetzt vorkommt.«

»Nun so bringen Sie ihn uns«, sagte die Mutter, »ich habe schon sonst so viel aus Leopolds Munde von ihm hören müssen, daß ich neugierig bin, seine Bekanntschaft zu machen. Nur müssen Sie es verantworten, daß wir ihm keine bessere Wohnung geben können.«

Indem kamen Reisende an. Es waren die Mitglieder der Familie; die verheirateten Töchter, so wie der Offizier, brachten ihre Kinder mit. Die gute Alte freute sich, ihre Enkel zu sehn; alles war Bewillkommnung und frohes Gespräch, und als der Bräutigam und Leopold auch ihre Grüße empfangen und abgelegt hatten, entfernten sie sich, um ihren alten mürrischen Freund aufzusuchen.

Dieser wohnte die meiste Zeit des Jahres auf dem Lande, eine Meile von der Stadt, aber eine kleine Wohnung behielt er sich auch in einem Garten vor dem Tore. Hier hatten ihn zufälligerweise die beiden jungen Leute kennengelernt. Sie trafen ihn jetzt auf einem Kaffeehause, wohin sie sich bestellt hatten. Da es schon Abend geworden war, begaben sie sich nach einigen Gesprächen in das Haus zurück.

Die Mutter nahm den Fremden sehr freundschaftlich auf; die Töchter hielten sich etwas entfernt, besonders war Agathe schüchtern und vermied seine Blicke sorgfältig. Nach den ersten allgemeinen Gesprächen war das Auge des Alten aber unverwandt auf die Braut gerichtet, welche später zur Gesellschaft getreten war; er schien entzückt und man bemerkte, daß er eine Träne heimlich abzutrocknen suchte. Der Bräutigam freute sich an seiner Freude, und als sie nach einiger Zeit abseits am Fenster standen, nahm er die Hand des Alten und fragte ihn: »Was sagen Sie von meiner geliebten Julie? Ist sie nicht ein Engel?« – »O mein Freund«, erwiderte der Alte gerührt, »eine solche Schönheit und Anmut habe ich noch niemals gesehn; oder ich sollte vielmehr sagen, (denn dieser Ausdruck ist unrichtig) sie ist so schön, so bezaubernd, so himmlisch, daß mir ist, als hätte ich sie längst gekannt, als wäre sie, so fremd sie mir ist, das vertrauteste Bild meiner Imagination, das meinem Herzen stets einheimisch gewesen.«

»Ich verstehe Sie«, sagte der Jüngling; »ja das wahrhaft Schöne, Große und Erhabene, so wie es uns in Erstaunen und Verwunderung setzt, überrascht uns doch nicht als etwas Fremdes, Unerhörtes und Niegesehenes, sondern unser eigenstes Wesen wird uns in solchen Augenblicken klar, unsre tiefsten Erinnerungen werden erweckt, und unsre nächsten Empfindungen lebendig gemacht.«

Beim Abendessen nahm der Fremde an den Gesprächen nur wenig Anteil; sein Blick war unverwandt auf die Braut geheftet, so daß diese endlich verlegen und ängstlich wurde. Der Offizier erzählte von einem Feldzuge, dem er beigewohnt hatte, der reiche Kaufmann sprach von seinen Geschäften und der schlechten Zeit, und der Gutsbesitzer von den Verbesserungen, welche er in seiner Landwirtschaft angefangen hatte.

Nach Tische empfahl sich der Bräutigam, um zum letztenmal in seine einsame Wohnung zurückzukehren; denn künftig sollte er mit seiner jungen Frau im Hause der Mutter wohnen, ihre Zimmer waren schon eingerichtet. Die Gesellschaft zerstreute sich, und Leopold führte den Fremden nach seinem Gemach. »Ihr entschuldigt es wohl«, fing er auf dem Gange an, »daß Ihr etwas entfernt hausen müßt, und nicht so bequem, als die Mutter wünscht; aber Ihr seht selbst, wie zahlreich unsre Familie ist, und morgen kommen noch andre Verwandte. Wenigstens werdet Ihr uns nicht entlaufen können, denn Ihr findet Euch gewiß nicht aus dem weitläufigen Gebäude heraus.«

Sie gingen noch durch einige Gänge; endlich entfernte sich Leopold und wünschte gute Nacht. Der Bediente stellte zwei Wachskerzen hin, fragte, ob er den Fremden entkleiden solle, und da dieser jede Bedienung verbat, zog sich jener zurück, und er befand sich allein. »Wie muß es mir denn begegnen«, sagte er, indem er auf und nieder ging, »daß jenes Bildnis so lebhaft heut aus meinem Herzen quillt? Ich vergaß die ganze Vergangenheit und glaubte sie selbst zu sehn. Ich war wieder jung und ihr Ton erklang wie damals; mir dünkte, ich sei aus einem schweren Traum erwacht; aber nein, jetzt bin ich erwacht, und die holde Täuschung war nur ein süßer Traum.«

Er war zu unruhig, um zu schlafen, er betrachtete einige Zeichnungen an den Wänden und dann das Zimmer. »Heute ist mir alles so bekannt«, rief er aus, »könnt ich mich doch fast so täuschen, daß ich mir einbildete, dieses Haus und dieses Gemach seien mir nicht fremd.« Er suchte seine Erinnerungen anzuknüpfen, und hob einige große Bücher auf, welche in der Ecke standen. Als er sie durchblättert hatte, schüttelte er mit dem Kopfe. Ein Lautenfutteral lehnte an der Mauer; er eröffnete es und nahm ein altes seltsames Instrument heraus, das beschädigt war und dem die Saiten fehlten. »Nein, ich irre mich nicht«, rief er bestürzt: »diese Laute ist zu kenntlich, es ist die spanische meines längst verstorbenen Freundes Albert; dort stehn seine magischen Bücher, dies ist das Zimmer, in welchem er mir jenes holdselige Orakel erwecken wollte; verblichen ist die Röte des Teppichs, die goldene Einfassung ermattet, aber wundersam lebhaft ist alles, alles aus jenen Stunden in meinem Gemüt; darum schauerte mir, als ich hierherging, auf jenen langen verwickelten Gängen, welche mich Leopold führte; o Himmel, hier auf diesem Tische stieg das Bildnis quellend hervor, und wuchs auf wie von der Röte des Goldes getränkt und erfrischt; dasselbe Bild lachte hier mich an, welches mich heut abend dorten im Saale fast wahnsinnig gemacht hat, in jenem Saale, in welchem ich so oft mit Albert in vertrauten Gesprächen auf und nieder wandelte.«

Er entkleidete sich, schlief aber nur wenig. Am Morgen stand er früh wieder auf, und betrachtete das Zimmer von neuem; er eröffnete das Fenster, und sah dieselben Gärten und Gebäude vor sich, wie damals, nur waren indes viele neue Häuser hinzugebaut worden. »Vierzig Jahre sind seitdem verschwunden«, seufzte er, »und jeder Tag von damals enthielt längeres Leben als der ganze übrige Zeitraum.«

Er ward wieder zur Gesellschaft gerufen. Der Morgen verging unter mannigfaltigen Gesprächen, endlich trat die Braut in ihrem Schmucke herein. Sowie der Alte ihrer ansichtig wurde, geriet er wie außer sich, so daß keinem in der Gesellschaft seine Bewegung entging. Man begab sich zur Kirche und die Trauung wurde vollzogen. Als sich alle wieder im Hause befanden, fragte Leopold seine Mutter: »Nun, wie gefällt Ihnen unser Freund, der gute mürrische Alte?«

»Ich habe ihn mir«, antwortete diese, »nach euren Beschreibungen viel abschrekkender gedacht, er ist ja mild und teilnehmend, man könnte ein rechtes Zutrauen zu ihm gewinnen.«

»Zutrauen?« rief Agathe aus, »zu diesen fürchterlich brennenden Augen, diesen tausendfachen Runzeln, dem blassen eingekniffenen Mund, und diesem seltsamen Lachen, das so höhnisch klingt und aussieht? Nein, Gott bewahr mich vor solchem

Freunde! Wenn böse Geister sich in Menschen verkleiden wollen, müssen sie eine solche Gestalt annehmen.«

»Wahrscheinlich doch eine jüngere und reizendere«, antwortete die Mutter; »aber ich kenne auch diesen guten Alten in deiner Beschreibung nicht wieder. Man sieht, daß er von heftigem Temperament ist, und sich gewöhnt hat alle seine Empfindungen in sich zu verschließen; er mag, wie Leopold sagt, viel Unglück erlebt haben, daher ist er mißtrauisch geworden, und hat jene einfache Offenheit verloren, die hauptsächlich nur den Glücklichen eigen ist.«

Ihr Gespräch wurde unterbrochen, weil die übrige Gesellschaft hinzutrat. Man ging zur Tafel, und der Fremde saß neben Agathe und dem reichen Kaufmanne. Als man anfing die Gesundheiten zu trinken, rief Leopold: »Haltet noch inne, meine werten Freunde, dazu müssen wir unsern Festpokal hier haben, der dann rundum gehen soll!« Er wollte aufstehen, aber die Mutter winkte ihm, sitzen zu bleiben; »du findest ihn doch nicht«, sagte sie, »denn ich habe alles Silberzeug anders gepackt.« Sie ging schnell hinaus, um ihn selber zu suchen. »Was unsre Alte heut geschäftig und munter ist«, sagte der Kaufmann, »so dick und breit sie ist, so behende kann sie sich doch noch bewegen, obgleich sie schon sechzig zählt; ihr Gesicht sieht immer heiter und freudig aus, und heut ist sie besonders glücklich, weil sie sich in der Schönheit ihrer Tochter wieder verjüngt.« Der Fremde gab ihm Beifall, und die Mutter kam mit dem Pokal zurück. Man schenkte ihn voll Weins, und oben vom Tisch fing er an herumzugehn, indem jeder die Gesundheit dessen ausbrachte, was ihm das Liebste und Erwünschteste war. Die Braut trank das Wohlsein ihres Gatten, dieser die Liebe seiner schönen Julie, und so tat jeder nach der Reihe. Die Mutter zögerte, als der Becher zu ihr kam. »Nun dreist!« sagte der Offizier etwas rauh und voreilig, »wir wissen ja doch, daß Sie alle Männer für ungetreu und keinen einzigen der Liebe einer Frau würdig halten; was ist Ihnen also das Liebste?« Die Mutter sah ihn an, indem sich über die Milde ihres Antlitzes plötzlich ein zürnender Ernst verbreitete. »Da mein Sohn«, sagte sie, »mich so genau kennt, und so strenge meine Gemütsart tadelt, so sei es mir auch erlaubt, nicht auszusprechen, was ich jetzt eben dachte, und suche er nur dasjenige, was er als meine Überzeugung kennen will, durch seine ungefälschte Liebe unwahr zu machen.« Sie gab den Becher, ohne zu trinken, weiter, und die Gesellschaft war auf einige Zeit verstimmt.

»Man erzählt sich«, sagte der Kaufmann leise, indem er sich zum Fremden neigte, »daß sie ihren Mann nicht geliebt habe, sondern einen andern, der ihr aber untreu geworden ist; damals soll sie das schönste Mädchen in der Stadt gewesen sein.«

Als der Becher zu Ferdinand kam, betrachtete ihn dieser mit Erstaunen, denn es war derselbe, aus welchem ihm Albert ehemals das schöne Bildnis hervorgerufen hatte. Er schaute in das Gold hinein und in die Welle des Weines, seine Hand zitterte; es würde ihn nicht verwundert haben, wenn aus dem leuchtenden Zaubergefäße jetzt wieder jene Gestalt hervorgeblüht wäre und mit ihr seine entschwundene

Jugend. »Nein«, sagte er nach einiger Zeit halblaut, »es ist Wein, was hier glüht!« »Was soll es anders sein?« sagte der Kaufmann lachend, »trinken Sie getrost!« Ein Zucken des Schrecks durchfuhr den Alten, er sprach den Namen Franziska heftig aus, und setzte den Pokal an die brünstigen Lippen. Die Mutter warf einen fragenden und verwundernden Blick hinüber. »Woher dieser schöne Becher?« sagte Ferdinand, der sich seiner Zerstreuung schämte. »Vor vielen Jahren schon«, antwortete Leopold, »noch ehe ich geboren war, hat ihn mein Vater zugleich mit diesem Hause und allen Mobilien von einem alten einsamen Hagestolz gekauft, einem stillen Menschen, den die Nachbarschaft umher für einen Zauberer hielt.« Ferdinand mochte nicht sagen, daß er jenen gekannt hatte, denn sein Dasein war ihm zu sehr zum seltsamen Traum verwirrt, um auch nur aus der Ferne die übrigen in sein Gemüt schauen zu lassen.

Nach aufgehobener Tafel war er mit der Mutter allein, weil die jungen Leute sich zurückgezogen hatten, um Anstalten zum Balle zu treffen. »Setzen Sie sich neben mich«, sagte die Mutter, »wir wollen ausruhen, denn wir sind über die Jahre des Tanzes hinweg, und wenn es nicht unbescheiden ist zu fragen, so sagen Sie mir doch, ob Sie unsern Pokal schon sonstwo gesehn haben, oder was es war, was Sie so innerlichst bewegte.«

»O gnädige Frau«, sagte der Alte, »verzeihen Sie meiner törichten Heftigkeit und Rührung; aber seit ich in Ihrem Hause bin, ist es, als gehöre ich mir nicht mehr an, denn in jedem Augenblicke vergesse ich, daß mein Haar grau ist, daß meine Geliebten gestorben sind. Ihre schöne Tochter, die heute den frohesten Tag ihres Lebens feiert, ist einem Mädchen, das ich in meiner Jugend kannte und anbetete, so ähnlich, daß ich es für ein Wunder halten muß; nicht ähnlich, nein, der Ausdruck sagt zu wenig, sie ist es selbst! Auch hier im Hause bin ich viel gewesen, und einmal mit diesem Pokal auf die seltsamste Weise bekannt geworden.« Er erzählte ihr hierauf sein Abenteuer. »An dem Abend dieses Tages«, so beschloß er, »sah ich draußen im Park meine Geliebte zum letztenmal, indem sie über Land fuhr. Eine Rose entfiel ihr, diese habe ich aufbewahrt; sie selbst ging mir verloren, denn sie ward mir ungetreu und bald darauf vermählt.«

»Gott im Himmel!« rief die Alte und sprang heftig bewegt auf, »du bist doch nicht Ferdinand?«

»So ist mein Name«, sagte jener.

»Ich bin Franziska«, antwortete die Mutter.

Sie wollten sich umarmen, und fuhren schnell zurück. Beide betrachteten sich mit prüfenden Blicken, beide suchten aus dem Ruin der Zeit jene Lineamente wieder zu entwickeln, die sie ehemals aneinander gekannt und geliebt hatten, und wie in dunklen Gewitternächten unter dem Fluge schwarzer Wolken einzeln in flüchtigen Momenten die Sterne rätselhaft schimmern, um schnell wieder zu erlöschen, so schien ihnen aus den Augen, von Stirn und Mund jezuweilen der wohlbekannte Zug vorüberblitzend, und es war, als wenn ihre Jugend in der Ferne lächelnd weinte. Er bog sich nieder und küßte ihre Hand, indem zwei große Tränen herabstürzten, dann umarmten sie sich herzlich.

»Ist deine Frau gestorben?« fragte die Mutter.

»Ich war nie verheiratet«, schluchzte Ferdinand.

»Himmel!« sagte die Alte, die Hände ringend, »so bin ich die Ungetreue gewesen! Doch nein, nicht ungetreu. Als ich vom Lande zurückkam, wo ich zwei Monden gewesen war, hörte ich von allen Menschen, auch von deinen Freunden, nicht bloß den meinigen, du seist längst abgereist und in deinem Vaterlande verheiratet, man zeigte mir die glaubwürdigsten Briefe, man drang heftig in mich, man benutzte meine Trostlosigkeit, meinen Zorn, und so geschah es, daß ich meine Hand dem verdienstvollen Manne gab; mein Herz, meine Gedanken blieben dir immer gewidmet.«

»Ich habe mich nicht von hier entfernt«, sagte Ferdinand, »aber nach einiger Zeit vernahm ich deine Vermählung. Man wollte uns trennen, und es ist ihnen gelungen. Du bist glückliche Mutter, ich lebe in der Vergangenheit, und alle deine Kinder will ich wie die meinigen lieben. Aber wie wunderbar, daß wir uns seitdem nie wiedergesehen haben.«

»Ich ging wenig aus«, sagte die Mutter, »und mein Mann, der bald darauf einer Erbschaft wegen einen andern Namen annahm, hat dir auch jeden Verdacht dadurch entfernt, daß wir in derselben Stadt wohnen könnten.«

»Ich vermied die Menschen«, sagte Ferdinand, »und lebte nur der Einsamkeit; Leopold ist beinah der einzige, der mich wieder anzog und unter Menschen führte. O geliebte Freundin, es ist wie eine schauerliche Geistergeschichte, wie wir uns verloren und wiedergefunden haben.«

Die jungen Leute fanden die Alten in Tränen aufgelöst und in tiefster Bewegung. Keines sagte, was vorgefallen war, das Geheimnis schien ihnen zu heilig. Aber seitdem war der Greis der Freund des Hauses, und der Tod nur schied die beiden Wesen, die sich so sonderbar wiedergefunden hatten, um sie kurze Zeit nachher wieder zu vereinigen.

Erwartung

Wie soll ich die Freude,
Die Wonne denn tragen?
Daß unter dem Schlagen
Des Herzens die Seele nicht scheide?

Und wenn nun die Stunden
Der Liebe verschwunden,
Wozu das Gelüste,

In trauriger Wüste
Noch weiter ein lustleeres Leben zu ziehn,
Wenn nirgend dem Ufer mehr Blumen entblühn?

Wie geht mit bleibehangnen Füßen
Die Zeit bedächtig Schritt vor Schritt!
Und wenn ich werde scheiden müssen,
Wie federleicht fliegt dann ihr Tritt!

Schlage, sehnsüchtige Gewalt,
In tiefer treuer Brust!
Wie Lautenton vorüber hallt,
Entflieht des Lebens schöne Lust.
Ach! wie bald
Bin ich der Wonne mir kaum noch bewußt.

Rausche, rausche weiter fort,
Tiefer Strom der Zeit,
Wandelst bald aus Morgen Heut,
Gehst von Ort zu Ort;
Hast du mich bisher getragen,
Lustig bald, dann still,
Will es nun auch weiter wagen,
Wie es werden will.

Darf mich doch nicht elend achten,
Da die Einz'ge winkt,
Liebe läßt mich nicht verschmachten,
Bis dies Leben sinkt;
Nein, der Strom wird immer breiter,
Himmel bleibt mir ewig heiter,
Fröhlichen Ruderschlags fahr ich hinab,
Bring' Liebe und Leben zugleich an das Grab.

Die Liebende

Wie die Schatten gehn und kommen
Und die Sonne wechselnd blicket,
Ist die trunkne Flur entzücket,
Doch von Schatten überschwommen
Ist der Glanz hinweggenommen
Und es bleibt ein erstes Grün:
Also auch mein Herz und Sinn,
Freude bald und stille Schmerzen
Wechseln im verborgnen Herzen,
Wandeln her und wandeln hin.
Ist es Trauer? ist es Freude?
Nein, es ist ein süß Ermatten,
Wie das Kühl' im Waldesschatten,
Wie die Blumen auf der Heide,
Wenn sie mit beglänztem Kleide
Ungewiß im Strome spiegeln:
Wie von waldumwachs'nen Hügeln
Heimlich eine Quelle springt,
Ungesehn durch Büsche dringt
Mit krystallnen weichen Flügeln.
Seht! wie süß der Frühling pranget,
Wie die lauen Lüfte spielen
In bewegten Blumen wühlen,
Wie der Baum voll Blüten hanget,
Und den Schmetterling verlanget
Und die Biene nach dem Glanze,
Und die Wiese wächst zum Kranze,
Und die kleinen blauen Quellen
Rennen mit den lust'gen Wellen
Eilig, eilig, wie zum Tanze.
Und die Waldung rauschet süße,
Alle grünen Blätter regen
Zur Umarmung sich entgegen,
Tönen nur und flüstern Küsse,
Laut verkünden die Genüsse
Alle Vögel aus dem Wald,
Und das grüne Dickicht schallt
Von den Nachtigallgesängen,
Daß den wollustvollen Klängen
Rings das Echo widerhallt.
Sind die Blumen nicht wie Sterne
In das grüne Gras gesunken?
Locken sie den Blick nicht trunken
Nach dem lichten Brande gerne?
Alles ist so nah und ferne;
Möcht ich nicht, mich zu beglücken,
An die Brust den Frühling drücken?
Und ihm sagen, wie ich fühle,
Daß er diese Sehnsucht kühle,
Oder ende dies Entzücken.

Ernst Theodor Amadeus Hoffmann
1776–1822

Der verliebte Kater
(aus: Lebensansichten des Katers Murr)

Des Märzen Idus war angebrochen, die schönen milden Strahlen der Frühlingssonne fielen auf das Dach, und ein sanftes Feuer durchglühte mein Inneres. Schon seit ein paar Tagen hatte mich eine unbeschreibliche Unruhe, eine unbekannte wunderbare Sehnsucht geplagt, – jetzt wurde ich ruhiger, doch nur um bald in einen Zustand zu geraten, den ich niemals geahnt! –

Aus einer Dachluke, unfern von mir, stieg leis und linde ein Geschöpf heraus, – o, daß ich es vermöchte, die Holdeste zu malen! – Sie war ganz weiß gekleidet, nur ein kleines schwarzes Samtkäppchen bedeckte die niedliche Stirn, sowie sie auch schwarze Strümpfchen an den zarten Beinen trug. Aus dem lieblichsten Grasgrün der schönsten Augen funkelte ein süßes Feuer, die sanften Bewegungen der feingespitzten Ohren ließen ahnen, daß Tugend in ihr wohne und Verstand, sowie das wellenförmige Ringeln des Schweifs hohe Anmut aussprach und weiblichen Zartsinn! –

Das holde Kind schien mich nicht zu erschauen, es blickte in die Sonne, blinzelte und nieste. – O, der Ton durchbebte mein Innerstes mit süßen Schauern, meine Pulse schlugen – mein Blut wallte siedend durch alle Adern, – mein Herz wollte zerspringen, – alles unnennbar schmerzliche Entzücken, das mich außer mir selbst setzte, strömte heraus in dem lang gehaltenen Miau! das ich ausstieß. – Schnell wandte die Kleine den Kopf nach mir, blickte mich an, Schreck, kindliche süße Scheu in den Augen. – Unsichtbare Pfoten rissen mich hin zu ihr mit unwiderstehlicher Gewalt – aber sowie ich auf die Holde lossprang, um sie zu erfassen, war sie schnell wie der Gedanke hinter dem Schornstein verschwunden! – Ganz Wut und Verzweiflung, rannte ich auf dem Dache umher und stieß die kläglichsten Töne aus, alles umsonst – sie kam nicht wieder! – Ha, welcher Zustand! – mir schmeckte kein Bissen, die Wissenschaften ekelten mich an, ich mochte weder lesen noch schreiben. – »Himmel!« rief ich andern Tages aus, als ich die Holde überall gesucht auf dem Dache, auf dem Boden, in dem Keller, in allen Gängen des Hauses, und nun trostlos heimkehrte, als, da ich die Kleine beständig in Gedanken, mich nun selbst der Bratfisch, den mir der Meister hingesetzt, aus der Schüssel anstarrte mit ihren Augen, so daß ich laut rief im Wahnsinn des Entzückens: »Bist du es, Langersehnte?« und ihn auffraß mit einem Schluck: ja, da rief ich: »Himmel, o Himmel! Sollte das Liebe sein?« ich wurde ruhiger, ich beschloß als ein Jüngling von Erudition, mich über meinen Zustand ganz ins klare zu setzen, und begann sogleich, wiewohl mit Anstrengung, den Ovid »de arte amandi« durchzustudieren sowie Mansos »Kunst zu lieben«, aber keines von den Kennzeichen eines Liebenden, wie es in diesen Werken angegeben, wollte recht auf mich passen. Endlich fuhr es mir plötzlich durch den Sinn, daß ich in irgendeinem Schauspiel* gelesen, ein gleichgültiger Sinn und ein verwilderter Bart seien sichere Kennzeichen eines Verliebten! – Ich schaute in einen Spiegel, Himmel, mein Bart war verwildert! – Himmel, mein Sinn war gleichgültig!

Da ich nun wußte, daß es seine Richtigkeit hatte mit meinem Verliebtsein, kam Trost in meine Seele. Ich beschloß mich gehörig mit Speis' und Trank zu stärken und

* Der Kater meint Shakespeares »Wie es euch gefällt«, dritter Aufzug, zweite Szene. A. d. H.

dann die Kleine aufzusuchen, der ich mein ganzes Herz zugewandt. Eine süße Ahnung sagte mir, daß sie vor der Türe des Hauses sitze, ich stieg die Treppe hinab und fand sie wirklich! – O welch ein Wiedersehen! – wie wallte in meiner Brust das Entzücken, die unnennbare Wonne des Liebesgefühls. – Miesmies, so wurde die Kleine geheißen, wie ich von ihr später erfuhr, Miesmies saß da in zierlicher Stellung auf den Hinterfüßen und putzte sich, indem sie mit den Pfötchen mehrmals über die Wangen, über die Ohren fuhr. Mit welcher unbeschreiblichen Anmut besorgte sie vor meinen Augen das, was Reinlichkeit und Eleganz erfordern, sie bedurfte nicht schnöder Toilettenkünste, um die Reize, die ihr die Natur verliehen, zu erhöhen! Bescheidner als das erste Mal nahte ich mich ihr, setzte mich zu ihr hin! – Sie floh nicht, sie sah mich an mit forschendem Blick und schlug dann die Augen nieder. – »Holdeste«, begann ich leise, »sei mein!« – »Kühner Kater«, erwiderte sie verwirrt, »kühner Kater, wer bist du? Kennst du mich denn? – Wenn du aufrichtig bist so wie ich und wahr, so sage und schwöre mir, daß du mich wirklich liebst.« – »O«, rief ich begeistert, »ja bei den Schrecken des Orkus, bei dem heiligen Mond, bei allen sonstigen Sternen und Planeten, die künftige Nacht scheinen werden, wenn der Himmel heiter, schwöre ich dir's, daß ich dich liebe!« – »Ich dich auch«, lispelte die Kleine und neigte in süßer Verschämtheit das Haupt mir zu. Ich wollte sie voll Inbrunst umpfoten, da sprangen aber mit teuflischem Geknurre zwei riesige Kater auf mich los, zerbissen, zerkratzten mich kläglich und wälzten mich zum Überfluß noch in die Gosse, so daß das schmutzige Spülwasser über mich zusammenschlug. Kaum konnt' ich mich aus den Krallen der mordlustigen Bestien retten, die meinen Stand nicht achteten, mit vollem Angstgeschrei lief ich die Treppe herauf. Als der Meister mich erblickte, rief er, laut lachend: »Murr, Murr, wie siehst du aus? Ha, ha! ich merke schon, was geschehen, du hast Streiche machen wollen, wie der im Irrgarten der Liebe herumtaumelnde Kavalier, und dabei ist's dir übel ergangen!« – Und dabei brach der Meister zu meinem nicht geringen Verdruß aufs neue aus in ein schallendes Gelächter. Der Meister hatte ein Gefäß mit lauwarmem Wasser füllen lassen, darein stülpte er mich ohne Umstände einigemal ein, so daß mir vor Niesen und Prusten Hören und Sehen verging, wickelte mich dann fest in Flanell ein und legte mich in meinen Korb. Ich war beinahe besinnungslos vor Wut und Schmerz, ich vermochte kein Glied zu rühren. Endlich wirkte die Wärme wohltätig auf mich, ich fühlte meine Gedanken sich ordnen. »Ha«, klagte ich, »welch neue bittere Täuschung des Lebens! – Das ist also die Liebe, die ich schon so herrlich besungen, die das Höchste sein, die uns mit namenloser Wonne erfüllen, die uns in den Himmel tragen soll! – Ha! – mich hat sie in die Gosse geworfen! – ich entsage einem Gefühl, das mir nichts eingebracht als Bisse, ein abscheuliches Bad und niederträchtige Einmummung in schnöden Flanell!« – Aber kaum war ich wieder in Freiheit und genesen, als aufs neue Miesmies mir unaufhörlich vor Augen stand und ich, jener ausgestandenen Schmach wohl eingedenk, zu meinem Entsetzen gewahrte, daß ich noch in Liebe. Mit Gewalt nahm ich mich zusammen und las als ein vernünftiger gelehrter Kater den Ovid nach, da ich mich wohl erinnerte, in der »Ars amandi« auch auf Rezepte gegen die Liebe gestoßen zu sein. – Ich las die Verse:

»Venus otia amat. Qui finem quaeris amoris,
Cedit amor rebus, res age, tutus eris!«

Mit neuem Eifer wollt' ich mich dieser Vorschrift gemäß in die Wissenschaften vertiefen, aber Miesmies hüpfte auf jedem Blatte mir vor den Augen, Miesmies dachte – las – schrieb ich! – Der Autor, dacht' ich, muß andere Arbeit meinen, und da ich von andern Katern gehört, daß die Mäusejagd ein ungemein angenehmes zerstreuendes Vergnügen sein solle, war es ja möglich, daß unter dem rebus auch die Mäusejagd begriffen sein konnte. Ich begab mich daher, sowie es finster worden, in den Keller und durchstrich die düstern Gänge, indem ich sang: »Im Walde schlich ich still und wild, gespannt mein Feuerrohr –«

Ha! – statt des Wildes, das ich zu jagen trachtete, schaute ich aber wirklich ihr holdes Bild, aus den tiefen Gründen trat es wirklich überall hervor! Und dabei zerschnitt der herbe Liebesschmerz mein nur zu leicht verwundbar Herz! Und ich sprach: »Lenk' auf mich die holden Blicke, jungfräulichen Morgenschein, und als Braut und Bräut'gam wandeln Murr und Miesmies selig heim.« Also sprach ich, freud'ger Kater, hoffend auf des Sieges Preis. – Armer! Mit verhüllten Augen floh sie, scheue Katz' dachein! – So geriet ich Bedauernswürdiger immer mehr und mehr in Liebe, die ein feindlicher Stern mir zum Verderben in meiner Brust entzündet zu haben schien. Wütend, mich auflehnend gegen mein Schicksal, fiel ich aufs neue her über den Ovid und las die Verse:

»Exige, quod cantet, si qua est sine voce puella,
Non didicit chordas tangere, posce lyram.«

»Ha, rief ich, zu ihr hinauf aufs Dach! – Ha, ich werde sie wiederfinden, die süße Huldin, da, wo ich sie zum ersten Mal erblickte, aber singen soll sie, ja singen, und bringt sie nur eine einzige falsche Note heraus, dann ist's vorbei, dann bin ich geheilt, gerettet.« Der Himmel war heiter, und der Mond, bei dem ich der holden Miesmies Liebe zugeschworen, schien wirklich, als ich auf das Dach stieg, um sie zu erlauern. Lange gewahrte ich sie nicht, und meine Seufzer wurden laute Liebesklagen.

Ich stimmte endlich ein Liedlein an im wehmütigsten Ton, ungefähr folgendermaßen:

»Rauschende Wälder, flüsternde Quellen,
Strömender Ahnung spielende Wellen,
Mit mir o klaget!
Saget, o saget!
Miesmies, die Holde, wo ist sie gegangen,
Jüngling in Liebe, Jüngling, wo hat er
Miesmies, die süße Huldin, umfangen?
Tröstet den Bangen.

Tröstet den gramverwilderten Kater!
Mondschein, o Mondschein,
Sag' mir, wo thront mein
Artiges Kindlein, liebliches Wesen!
Wütender Schmerz kann niemals genesen!
Trostloser Liebender kluger Berater,
Eil' ihn zu retten
Von Liebesketten,
Hilf ihm, o hilf dem verzweifelnden Kater.«

Seht ein, geliebte Leser, daß ein wackerer Dichter weder sich im rauschendem Walde befinden, noch an einer flüsternden Quelle sitzen darf, ihm strömen der Ahnung spielende Wellen doch zu, und in diesen Wellen erschaut er doch alles, *was* er will, und kann davon singen, *wie* er will. Sollte jemand über die hohe Vortrefflichkeit obiger Verse zu sehr in Erstaunen geraten, so will ich bescheiden ihn darauf aufmerksam machen, daß ich mich in der Ekstase befand, in verliebter Begeisterung, und nun weiß jeder, daß jedem, der von dem Liebesfieber ergriffen, konnt' er auch sonst kaum Wonne auf Sonne und Triebe auf Liebe reimen, konnt' er, sag' ich, auf diese nicht ganz ungewöhnlichen Reime trotz aller Anstrengung sich durchaus nicht besinnen, plötzlich das Dichten ankommt und er die vortrefflichsten Verse heraussprudeln muß; wie einer, der vom Schnupfen befallen, unwiderstehlich ausbricht in schreckliches Niesen. Wir haben dieser Ekstase prosaischer Naturen schon viel Vortreffliches zu verdanken, und schön ist es, daß oft dadurch menschliche Miesmiese von nicht sonderlicher Beauté auf einige Zeit einen herrlichen Ruf erhielten. Geschieht das nun am dürren Holz, was muß sich am grünen begeben? – Ich meine, werden schon hündische Prosaiker bloß durch die Liebe umgesetzt in Dichter, was muß erst wirklichen Dichtern geschehen in diesem Stadium des Lebens? – Nun! weder im rauschenden Walde saß ich, noch an flüsternder Quelle, ich saß auf einem kahlen hohen Dache, das bißchen Mondschein war kaum zu rechnen, und doch flehte ich in jenen meisterhaften Versen Wälder und Quellen und Wellen und zuletzt meinen Freund Ovid an, mir zu helfen, mir beizustehen in der Liebesnot. Etwas schwer wurde es mir, Reime zu den Namen meines Geschlechts zu finden, den gewöhnlichen, Vater, wußte ich selbst in der Begeisterung nicht anzubringen. Daß ich aber wirklich Reime fand, bewies mir aufs neue den Vorzug meines Geschlechts vor dem menschlichen, da auf das Wort Mensch sich bekanntlich nichts reimt, weshalb, wie schon irgendein Witzbold von Theaterdichter bemerkt hat, der Mensch ein ungereimtes Tier ist. Ich hin dagegen ein gereimtes. – Nicht vergebens hatte ich die Töne der schmerzhaften Sehnsucht angeschlagen, nicht vergebens Wälder, Quellen, den Mondschein beschworen, mir die Dame meiner Gedanken zuzuführen, hinter dem Schornstein kam die Holde daherspaziert mit leichten anmutigen Schritten. »Bist du es, lieber Murr, der so schön singt?« So rief mir Miesmies entgegen. »Wie«, erwiderte ich mit freudigem Erstaunen, »wie, du kennst mich, süßes Wesen?« – »Ach«, sprach sie, »ach, ja wohl, du gefielst mir gleich beim ersten Blick, und es hat mir in der Seele weh getan, daß meine beiden unartigen Vettern dich so unbarmherzig in die Gosse« – »Schweigen wir«, unterbrach ich sie, »schweigen wir von der Gosse, bestes Kind – o sage mir, sage mir, ob du mich liebst?« – »Ich habe mich«, sprach Miesmies weiter, »nach deinen Verhältnissen erkundigt und erfahren, daß du Murr hießest und bei einem sehr gütigen Mann nicht allein dein reichliches Auskommen hättest, sondern auch alle Bequemlichkeiten des Lebens genössest, ja, diese wohl mit einer zärtlichen Gattin teilen könntest! – o, ich liebe dich sehr, guter Murr!« – »Himmel«, rief ich im höchsten Entzücken, »Himmel, ist es möglich, ist es Traum, ist es Wahrheit? – O halte dich – halte dich, Verstand, schnappe nicht über! – Ha! bin ich noch auf der Erde! – Sitze ich noch auf dem Dache? – Schwebe ich nicht in den Wolken? Bin ich noch der Kater Murr? Bin ich nicht der Mann im Monde? – Komm an meinen Busen, Geliebte – doch sage mir erst deinen Namen, Schönste.« – »Ich heiße Miesmies«, erwiderte die Kleine süß lispelnd in holder Verschämtheit und setzte sich traulich neben mir hin. Wie schön sie war! Silbern glänzte ihr weißer Pelz im Mondschein, in sanftem schmachtendem Feuer funkelten die grünen Äuglein. »Du – (Mak. Bl.) – hättest, geliebter Leser, das freilich schon etwas früher erfahren können, aber der Himmel gebe, daß ich nicht noch mehr querfeldein springen muß, als es bis jetzt schon geschehen.

Heinrich von Kleist
1777–1811

Der verliebte Ritter
(aus: Das Käthchen von Heilbronn)

Nun will ich hier, wie ein Schäfer liegen und klagen. Die Sonne scheint noch rötlich durch die Stämme, auf welchen die Wipfel des Waldes ruhn; und wenn ich, nach einer kurzen Viertelstunde, sobald sie hinter den Hügel gesunken ist, aufsitze, und mich im Blachfelde, wo der Weg eben ist, ein wenig daran halte, so komme ich noch nach Schloß Wetterstrahl, ehe die Lichter darin erloschen sind. Ich will mir einbilden, meine Pferde dort unten, wo die Quelle rieselt, wären Schafe und Ziegen, die an dem Felsen kletterten, und an Gräsern und bittern Gesträuchen rissen; ein leichtes weißes linnenes Zeug bedeckte mich, mit roten Bändern zusammengebunden, und um mich her flatterte eine Schar muntrer Winde, um die Seufzer, die meiner, von Gram sehr gepreßten, Brust entquillen, gradaus zu der guten Götter Ohr empor zu tragen. Wirklich und wahrhaftig! Ich will meine Muttersprache durchblättern, und das ganze, reiche Kapitel, das diese Überschrift führt: Empfindung, dergestalt plündern, daß kein Reimschmied mehr, auf eine neue Art, soll sagen können: ich bin betrübt. Alles, was die Wehmut Rührendes hat, will ich aufbieten, Lust und in den Tod gehende Betrübnis sollen sich abwechseln, und meine Stimme, wie einen schönen Tänzer, durch alle Beugungen hindurch führen, die die Seele bezaubern; und wenn die Bäume nicht in der Tat bewegt werden, und ihren milden Tau, als ob es geregnet hätte, herabträufeln lassen, so sind sie von Holz, und alles, was uns die Dichter von ihnen sagen, ein bloßes liebliches Märchen. O du – – – wie nenn ich dich? Käthchen! Warum kann ich dich nicht mein nennen? Käthchen, Mädchen, Käthchen! Warum kann ich dich nicht mein nennen? Warum kann ich dich nicht aufheben, und in das duftende Himmelbett tragen, das mir die Mutter, daheim im Prunkgemach, aufgerichtet hat? Käthchen, Käthchen, Käthchen! Du, deren junge Seele, als sie heut nackt vor mir stand, von wollüstiger Schönheit gänzlich triefte, wie die mit Ölen gesalbte Braut eines Perserkönigs, wenn sie, auf alle Teppiche niederregnend, in sein Gemach geführt wird! Käthchen, Mädchen, Käthchen! Warum kann ich es nicht? Du Schönere, als ich singen kann, ich will eine eigene Kunst erfinden, und dich weinen. Alle Phiolen der Empfindung, himmlische und irdische, will ich eröffnen, und eine solche Mischung von Tränen, einen Erguß so eigentümlicher Art, so heilig zugleich und üppig, zusammenschütten, daß jeder Mensch gleich, an dessen Hals ich sie weine, sagen soll: sie fließen dem Käthchen von Heilbronn! – – – Ihr grauen, bärtigen Alten, was wollt ihr? Warum verlaßt ihr eure goldnen Rahmen, ihr Bilder meiner geharnischten Väter, die meinen Rüstsaal bevölkern, und tretet, in unruhiger Versammlung, hier um mich herum, eure ehrwürdigen Locken schüttelnd? Nein, nein, nein! Zum Weibe, wenn ich sie gleich liebe, begehr ich sie nicht; eurem stolzen Reigen will ich mich anschließen: das war beschloßne Sache, noch ehe ihr kamt. Dich aber, Winfried, der ihn führt, du Erster meines Namens, Göttlicher mit der Scheitel des Zeus, dich frag ich, ob die Mutter meines Geschlechts war, wie diese: von jeder frommen Tugend strahlender, makelloser an Leib und Seele, mit jedem Liebreiz geschmückter, als sie? O Winfried! Grauer Alter! Ich küsse dir die Hand, und danke dir, daß ich bin; doch hättest du *sie* an die stählerne Brust gedrückt, du hättest ein Geschlecht von Königen erzeugt, und Wetter vom Strahl hieße jedes Gebot auf Erden! Ich weiß, daß ich mich fassen und diese Wunde vernarben werde: denn welche Wunde vernarbte nicht der Mensch? Doch wenn ich jemals ein Weib finde, Käthchen, dir gleich: so will ich die Länder durchreisen, und die Sprachen der Welt lernen, und Gott preisen in jeder Zunge, die geredet wird.

Clemens Brentano
1778–1842

Herzeleid

Wer nie sein Brot in Tränen aß,
Wer nie die kummervollen Nächte
Weinend auf seinem Bette saß,
Der kennt euch nicht, ihr himml'schen Mächte!

Wer einsam nie am Strome ging,
Wer nie wie die trauernde Weide
Sein Haupt zum Spiegel niederhing,
Der weiß noch nichts vom schweren Herzenleide.

An Bettine

Liebes Mädchen! Hier ohne dich zu wohnen, wenn ich das aushalte, so darf ich mich meiner Stärke rühmen. – Ach, wo ist's in der Welt wieder so schön als hier in diesem Frühling hoch in den Lüften zu schweben, dem Himmel so nah, daß jedes der sechs Fenster meiner Stube eine prächtige Landschaft unter Rahm und Glas bringt. Nur das Große der Stadt berührt mich; die Türme sehen mir in die Fenster, und die Stadtuhren sind meine Wanduhren, ich kann nichts tun als an Dich denken, Dein Bild hinhalten. Der Frühling sieht von meilenweiten Bergen über die blühenden Felder und den sanften Strom und die klingenden, singenden, schwingenden Wälder her zu mir; und bringt Blumendüfte, Farben und Klänge mit, all herein zu den sechs Fenstern, und da halte ich Dein Bild in die Mitte, daß es der Reichtum der Jugend umwalle. Ach, warum bist Du nicht da? – Ich bin entsetzlich ungeduldig um Dich! – Überall entbehre ich Dich, und selbst an Dich zu schreiben macht mir Schmerz, weil Du mir auch *dazu* fehlst! Ja, zu den Gedanken an Dich, zu Dir selbst fehlst Du mir. Und wenn Du dawärst, so wärst Du überall in der Herrlichkeit. – Und alles Sprechen ist nicht wert, ein Wort darüber zu verlieren, so wie alles Schießen keinen Schuß Pulver wert ist. – Wenn ich Dir sagen soll, wie es hier ist, wie es mir ist, wahrhaftig ganz anders als bei *de Gabrielli*, der Sonn' und Mond, Wald und Tal und Ferne und Sturm auf ölgetränktem Papier uns so deutlich vormalte, und wir uns beide freuten so herzlich darüber. Nein, es ist auf dem Papier nicht zu erschwingen, was ich brauchte, Dir zu sagen, was man hier in einer Minute empfinden kann, ich müßte in einer Minute wahnsinnig und gescheut, dichtend und liebend und spottend und lebend und sterbend sein, um Dir dies Leben recht wieder zuzuströmen. Das Haus mitten in den Berg gebaut, aus allen Stockwerken in den Garten, selbst aus dem Keller. Wenige Schritte oben das prächtige Schloß und Eichen und alles. O ich möchte noch einmal närrisch werden, da ich's einmal schon bin. Daneben steht am Garten ein hoher, alter Turm, da lassen wir nun eine Treppe hinaufführen, ich bin schon mit einer Leiter hinaufgestiegen; oben wird ein Zelt aufgeschlagen, und da hängt man wie ein Luftschiffer über Berg und Tal. – Ach ich langweile mich tot, daß Du nicht da bist, *Bettine*, daß Du nicht da bist all du Frühling, den ich soeben erzählt hab', daß Du alles nicht da bist, was da ist, weil Du mir fehlst, lieb Mädchen. Gott weiß, ich sehe nur alles im Auge, im Genuß derer, die ich liebe, und ohne sie ist die Welt mir eine ausgebrannte Kohle. Aber ich liebe auch Gott und sein Werk und am meisten Dich, Du bist mir sein Absteigquartier. Die Vögel philosophieren in den Lüften, die Frösche weissagen in den Teichen, und ich versuche ihnen nachzusingen und zu quaken, derweile sie ihre Studia absolvieren. – Ach helf' mit – wirke auf Deinem Fleckchen, der Welt den Frühling in seiner Fülle in den Schoß zu ergießen, damit das Leben überall sich regt; sonst kommen Vögel und Frösche bei Euch zu kurz vor lauter Amtsgeschäften. – – –

Sieh aber nur, so sind die Menschen, so bin ich auch. Gestern und vorgestern hab' ich das Vorhergehende geschrieben, da war alles das noch neu und wünschenswert, ich konnte noch nach Dir und nach der Natur begehren. Heute ist es schon ganz anders, ich begehre nur nach Dir, es ist mir, als hätt' ich Dich in ewiger Zeit nicht gesehen, und ich empfinde recht deutlich, wie Erinnerung und Sehnsucht einander so ähnlich sind, daß sie sich sogar ergänzen. Und was die Erinnerung nie gewußt hat, das kann die Sehnsucht in Erfahrung bringen und es der Erinnerung überliefern. Daß ich Dich so lebhaft vor mir sehe und in jeder Minute Deiner gedenke, ist doch nur eine Folge davon, daß Dein Bild erst so kurze Zeit deutlich in mir aufgeregt ist durch Deinen Brief, und hätte ich nur seit längerer Zeit nichts von Dir erfahren, so würde mein Sehnen danach der Erinnerung die Rolle abnehmen. Die Nähe hinter und vor uns regt uns gleich stark an. Was wir vergessen, töten wir, wessen wir gedenken, das beleben wir. Was uns vergißt, das tötet uns. Jede Sehnsucht ist Begierde, zu bilden, zu gebären, jede Erinnerung ist eine Wiedergeburt. Wahrhaftig, liebes Kind, ich liebe den Frühling nur, weil ich mit innigerer Rührung Deiner drinnen gedenken mag, weil er das einzige ist, das mir in Momenten Dich würdig ersetzen kann, und er versteht und reflektiert mich doch noch nicht wie Du und kann mich nicht so belehren und erquicken. Aus einer recht herzlichen offenherzigen Liebe kann doch nur allein in der Welt etwas werden, und wenn der Menschen Geist sich nicht recht gewaltig durchdringt und nicht recht muß, so bleibt es eine ewige Lumpenkrämerei und gibt immer Plattheiten. So wie die Elemente sich durchdringen und die Welt bilden und der Geist und die Welt sich durchdringen und den Menschen bilden und der Mensch diese Liebe mit einem freien Blick ansieht, und indem er ihre Notwendigkeit und seine Freiheit in dieser Notwendigkeit betrachtet, den Gott erkennt und anbetet – alles das ist nur eine herzliche Liebe, wo diese Liebe nicht ist, da ist die Dummheit und alles Böse, das uns empört. – Ich kann mich oft recht an dem Gedanken entzücken, daß mir in Dir die Welt, die mir gegenübersteht, die Welt, die ich gern ansehen und lieben mag, ja alles, was des Meinigen auf Erden werden sollte, zum Menschen erschaffen worden ist, der mich wieder aufnimmt in seine Gedanken und sich an meinen Freuden ergötzt; seitdem kommen alle freundlichen Ideen, die ich denke, zu mir zurück und denken mich wieder; und was ich anschaue mit Liebe, das schaut mich wieder so an; seitdem bin ich zur Welt geworden und lebe das Leben, das man mein Leben nennt, das aber des Lebens Leben selber ist. – Ich habe mich oft unterfangen, meine Liebe zu Dir zu meinem eignen Werk zu machen, aber es war ein verkehrter Streich, ich bin das Werk meiner Liebe zu Dir, und nicht diese Liebe mein Werk. – Meine unglückliche frühere Neigung preise ich jetzt hoch, denn ich habe mich dadurch erkennen gelernt, und so kann ich Dich in jeder Minute recht verstehen, und Du brauchst keinen Blick unerwidert in die Welt zu tun; und alles, was von Dir laut wird, findet einen freundlichen Richter in mir. – Gott will's so haben, daß wir uns lieben und einander belehren sollen, ich sehe es in allen Dingen und gebe mich dem offen hin, denn ich will nicht mit der Wahrheit streiten, denn es ist nicht möglich, sich zu trennen von dem, in dem man sich begriffen fühlt; es ist undenkbar wie alles Resignieren, was immer nur auf sich selbst verzichten heißt. –

(...)

Doch ich kehr' zu Dir zurück, liebes geliebtes Kind, ist doch diese Reflexion schon eine Sünde gegen Dich, ich habe in Dir meine Ewigkeit so schön gefangen, daß ich nicht länger grammatisieren darf; da das Leben der Sprache ein Gedicht mit mir lebt, das Du bist, Du Lied vom Weibe, von Liebe und von Gott. – Daß ich Dich so liebe, dafür danke Gott, wenn es Dich glücklich machen kann, ich danke ihm auch um Deiner Liebe willen. Es ist ein großes Erbarmen von ihm, daß er uns alles in einander gegeben hat, und wir dürfen nicht stolz darauf sein, denn es ist nur Gott, den man liebt, den Gott im Menschen, und je schärfer und tiefer wir blicken, je mehr erkennen wir ihn, und je ruhiger und einfacher wird die Liebe. – Etwas Rührendes liegt in unserer Liebe; wenn ich Dir ernst über lebendige Stellen meines Lebens spreche, die nun gestorben sind, und wenn ich Deiner gedenke! – Aller Lärm wird dann stumm, alle Menschen werden mir steinern neben Dir, und dies Stille erwacht in eine Musik, ich möchte Sie eine innere Musik nennen, die sich selbst hört. Wenn ich aufrichtig sein soll, spreche ich mich gegen niemand gern aus als gegen Dich, denn Du verstehst mich und freust dich meiner. Mit den andern Menschen verbindet mich nichts als ihre Seltenheit. – Gute Nacht bis morgen! –

Karoline von Günderrode
1780–1806

Liebe

O reiche Armuth! Gebend seliges Empfangen!
In Zagheit Muth! in Freiheit doch gefangen.
  In Stummheit Sprache,
  Schüchtern bei Tage,
  Siegend mit zaghaftem Bangen.

Lebendiger Tod, im Einen sel'ges Leben
Schwelgend in Noth, im Widerstand ergeben,
  Genießend schmachten,
  Nie satt betrachten
Leben im Traum und doppelt Leben.

Die eine Klage

Wer die tiefste aller Wunden
Hat in Geist und Sinn empfunden
Bitter Trennung Schmerz;
Wer geliebt was er verlohren,
Lassen muß was er erkohren,
Das geliebte Herz,

Der versteht in Lust die Thränen
Und der Liebe ewig Sehnen
Eins in Zwei zu sein,
Eins im Andern sich zu finden,
Daß der Zweiheit Gränzen schwinden
Und des Daseins Pein.

Wer so ganz in Herz und Sinnen
Konnt' ein Wesen liebgewinnen
O! den tröstet's nicht
Daß für Freuden, die verlohren,
Neue werden neu gebohren:
Jene sind's doch nicht.

Das geliebte, süße Leben,
Dieses Nehmen und dies Geben,
Wort und Sinn und Blick,
Dieses Suchen und dies Finden,
Dieses Denken und Empfinden
Giebt kein Gott zurück.

Achim von Arnim
1781–1831

Alles in Eins und Eins in Allem

Blankenburg den 21. April.

Es bleibt dabei, die Nacht ist keines Menschen Freund. Ich muß noch froh sein, daß ich aus dieser Nachtreise von der Bielshöhe hierher mit abgerissenen Kleidern und verwundeten Füßen und zerschellten Armen angekommen, daß die halsbrechende Arbeit, das Organ der Lebenskraft aufzusuchen, dem bösen Feinde nicht gelungen. Der hatte den Sinn meines guten Führers also verwirrt, daß er durch den dichten Wald mit mir hinstrauchelte, über die Baumstämme fiel, und in den Ästen sich verwickelte, entweder weil überhaupt kein Fußsteig vorhanden, oder weil der Versucher ihn genug versteckt hatte, um bei dem bezogenen Himmel ihn bald zu verlieren. Da stolperten wir ohne Kompaß, ohne einen Stern am Himmel, ohne einer bestimmten Richtung zu folgen über Tiefen und Höhen fort, und kamen doch aus einer natürlichen Witterung, aus einer Art Schwalbeninstinkt, oder unter Geleit meines Schutzengels auf den rechten Weg. Ist es Dir wohl schon Nachts im Bette vorgekommen, als lägest Du gerade umgekehrt, daß alles was im Zimmer jenseits des Kopfs liegen sollte, Du jenseits der Füße wähntest, alles, was rechts Dir ist, Du links glaubtest? Woher das, da alles finster um Dir ist? – Warum mußte ich meinem Reiseplane gerade entgegengesetzt, gerade an dem Tage nach Goslar gelockt werden, als Maria eingezogen? – Jedes Wesen hat seine sympathetische Richtung, eine freischwebende Erscheinung in der Außenwelt, sie ist der geheime Zug nach dem der glückliche Spieler die Karte aus dem Haufen zieht, die Täuschung, die uns warnt nicht aus dem Bette zu fallen, die besonders das Kind, den Trunkenen, den Wahnsinnigen gegen Gefahren schützt, und die Liebe ist ihre eigentliche Erscheinung, von der wir nicht wissen von wannen sie kam. Der schirmende Geist kehrt dann mit der Geliebten zu uns zurück, darum haben auch glücklich Liebende kein Glück im Spiele. Wer ihm ganz hingegeben folgt, strauchelt nicht, fällt nicht und braucht keinen Führer. Es war alles wohlverdiente Strafe meines Ungehorsams gegen diesen himmlischen Zug, Strafe der falschen Höflichkeit, des Rats Anerbieten im Rübelande nicht angenommen zu haben, als Fünfter in seinem Wagen mitzureisen. – Drei schöne Stunden habe ich aus meinem Leben verloren, die Züchtigung ist mir ganz recht, – wenn in dem Gedränge beim Schwanken des Wagens ihre Fußspitze elektrische Funken den meinen entlockt hätte, wenn ich zur Entschuldigung die Hände mit ergriffen, wenn der Mond durch die Tannen hindurchgeblickt hätte auf sie: – Wo einem der Menschenverstand in der Liebe bleiben mag. Seit der Bielshöhe sah ich sie nicht, da schwebte sie beim Einsteigen in den Wagen in meiner Hand, ich glaubte, sie verweilte gern darin; dabei hatte ich aber den Ärger, daß sie mit Lenardo den Rücksitz einnehmen mußte, weil der Vater und Mutter ohne Umstände den Vorsitz eingenommen hatten, und darüber bin ich noch jetzt böse, daß Alter und Verwandtschaft einen Wert geben kann. – Die Bielshöhe ist wirklich nicht ohne mancherlei Sonderbarkeit, ich habe freilich nicht alles gesehen, aber Marie machte mich aufmerksam auf das einstrahlende Licht, auf den klingenden Tropfstein. Ich sorgte nur für ihr Leben und sah ängstlich zu ihr hinauf; und bei dem ewigen Auf- und Niedersteigen ging es endlich so mit mir um, daß ich wohl mehr übersehen und überhört hätte, als der alte ehrliche Steiger erklärte. Es ist doch etwas Unsinniges mit dem Weiberanzuge, sie selbst sind immer in der Gefahr zu fallen, oder etwas abzureißen, müssen allen lebhaften Sprüngen, allen Luftfahrten entsagen, damit das leichte Zeug nicht überfliegt, – und wir Männer sind wie der Ring des Saturns bei aller Umkreisung in steter Entfernung wegen der Schleppen-Atmosphäre und müssen ewig sinnen und raten, ob denn an dem kleinen Fuß ein Bein sitze, oder ob das auch nur so ein leichter Modezierat sei. –

Mit den großen ungeheuern Wirkungen in der toten Natur ist es aus, das Leben dringt überall hindurch. Was ist der Tropfstein in seinen abenteuerlichen Verschlingungen gegen den Berg, in dem er gewonnen, wie bedeutsam gebildet, bald als die Mutter Maria mit dem kleinen Strahlenkinde, bald als Kruzifix! Was sind die kleinen Wassertropfen die im Herunterfallen verdunsten, gegen den Strom, der im Kampfe mit dem hemmenden Gebirge, die Höhle auswühlte. Maria glaubte mir durch das Bild der Altensteiner Höhle ein Beispiel des Gegenteils, als Beispiel einer großen, dauernden Naturwirkung zu geben; ich ward ungeduldig neugierig, sie zu sehen. Das Rauschen des Wasserstroms zwischen den finstern Wänden, der rinnende Lichterschein im Wellenschaum, der Widerhall der wechselnden Musikchöre, der Rausch des frohen Tanzes in der Kühlung der Erdkluft beim bunten Lampenschimmer; – ich sah das alles, wie sie es erzählte, so lebhaft und warm, wie meine Worte kalt und tot Dir sein müssen. Der Vater war in eine Seitenhöhle gestiegen, alles berauschte mich, ich ergriff sie, wir walzten unwillkürlich in dem dunklen Gewölbe und wie sie zwischen meinen Händen wogte und mein Fuß verächtlich die niedre Erde von sich stieß, wie harmlos war mir, wie leicht in der drückenden Tiefe, wie licht in dem Dunkel; – Es sollte nie nach der Musik getanzt werden. Wer in der innern Freudigkeit tanzt wird nicht den Takt verlieren, und mehr nützt doch nicht die Dienstbarkeit der Musik, die tausendfach wiedertönende Melodie unsrer Tänze, von der die Menschen hingetrieben, wie von Furien in dem ungestörten Gefühle ihrer Ermattung gegeißelt, bis zum letzten durchreißenden Geigenstriche das schlagende Herzblut, den perlenden Schweiß, die geregelten Sprünge nach Herkommen und Zeitgeschmack auspressen, in dem Anblicke der bleichen, lauernden Schwindsucht alles Schöne des Mädchens, allen Reiz der Bewegung übersehen, die Hände beschuhen um nicht in dem Gefühle des weichen umschließenden Fleisches die Berührung der nahenden Ohnmacht, das Brennen der Füße zu verstecken, – und nun niedersinken ohne reden, ohne atmen zu können, und das Hüonshorn des Händeklatschens verfluchen, das sie zu dem erneuten Veitstanze aufruft. Sieh, so war ich vor ein paar Jahren bei einem alten Vetter zum Tanze geladen, der seine jungen Kinder hetzte, vor allen Leuten in dem raschen Schritte der Erwachsenen ihre Probe- und Kunststücke mit abzulegen. Ich konnte den Anblick nicht ertragen der mordenden Freude, ich schlich mich mit einigen Frauen in ein Seitenzimmer, wir erzählten uns munter; da kommt der alte Vetter, der uns vermißt hatte, hastig gelaufen und spricht ganz keck zu den Mädchen: Tanzt doch, denkt ihr denn, daß ihr hier seid, euch zu amüsieren? Wie doch die Menschen sich die Welt verstümpern, das fröhlichste Spiel, Scherz und Mutwillen in schwerfällige Arbeit sich umwandeln! – Wie ich mich verloren habe, – wie ich gallsüchtig werde gegen meine alten abgestorbenen Freuden im Genusse des höheren Glücks, wie einem seligen Geiste scheint mir alles Erdenglück leer und sinnlos – ich muß Sie mir denken, die Erinnerung rufen, als ich sie in meinen Armen fühlte, ihre Blicke küßte – wie mich das Bild so ganz erfüllt, – jeder Buchstab, auf den ich schreibend niedersehe stört es, ich muß schließen.

Hollin

Aus der Schreibtasche

Roßtrappe den 23. April.

Die Wolken sind entschwunden, ich wohne im Lichte, wohl im eignen Licht entzündet, heilig und geweiht durch ihre Liebe.

Roßtrappe den 28. April.

Auch die Freundschaft hat ihre Geheimnisse, es ist das erste zwischen mir und Dir mein Odoardo, mit einem frohen Gefühle sage ich es mir, ich selbst will mich in keinem dunkel in keinem Geheimnis bergen. So wie Du nun in mir lebst guter biedrer Odoardo, so sei auch in mir der ernste Richter meines Lebens, Dir selbst sei diese Erzählung zur Erinnerung geweiht, wenn einst alles Geheimnis schwinden darf.

Maria, welch ein seliger Weg an Deiner Seite war es, der uns hierher führte, wie unzählige neue keimende Gedanken in den neuen Gefühlen, die uns herrlich umrankten und immer enger mit einander verschlungen. Doch fühlt sich meine ganze Erinnerung gewaltsam hingezogen zu jenen herrlichen Augenblicken der ersten ganz erkennenden, ganz hingebenden Liebe. Was ist mein ganzes Leben gegen diese Augenblicke, wie öde, unbeseelt und traurig! Wir gingen allein durch das dichte Buchengebüsch, die übrige Gesellschaft war ermattet in Q. geblieben, sie gestützt auf mich, ich umschlungen von ihr. Kein einzelnes Zeichen, kein Wort, kein Händedruck war mehr nötig, ganz hingegeben dem sinnenden Gefühle gingen wir froh wie Kinder neben einander einher, da wurde es hell über uns, Maria rief laut im entzückenden Anblicke und sank in meine Arme. Wir standen vor der Roßtrappe auf der jähen Granitwand zwischen dem Toben freier Natur im Tale, und dem gesetzten Wirken der Menschen von dem uns das dumpfe gleiche Stoßen des Eisenhammers entgegenschallte. Dieses traurige Leben des Menschen in den festen Schranken der eignen sinnlosen Qual der Gesetze hatte die schönen Jugendjahre uns schmerzhaft aufgezehrt, Maria sollte bald in seine Fesseln zurückkehren; zu uns! deutete das Rauschen der Bude unter uns, die tiefe Klarheit des Tals, das dichte Grün der Wiese, die Stimmen der Vögel in ihrer Sicherheit lockten uns, ganz der Natur mit aller ihrer Schönheit in allen ihren Schrecken uns hinzugeben. Der Weg hinab ins Tal schien leichter als ich ihn fand, wir stiegen herab, oft ward mir bange für Mariens Leben, sie fürchtete nichts. Wir hatten das Ufer der Bude erreicht, alle Wunder der Natur umfingen uns, alles Heilige, die Schranken des Lebens öffneten sich, unser ewiger Bund wurde geschlossen. – Ich vermag es nicht auszusprechen, alle Herrlichkeit alle Seligkeit: sei Dir mein Wort das Schönste. Heiligste Deiner Gefühle und dieses nur Symbol des Höchsten, was Du ahndest, und so in unendlicher Reihe fort alles nur Symbol, Andeutung des Höhern, vielleicht geläng es Dir, den Himmel ihrer Liebe unkräftig so Dir vorzubilden, doch daß des Bildes Geist sich mit Dir eint, Du ganz in ihm er ganz in Dir wird neugeboren, vermagst Du nur im Doppelleben ihrer Liebe, wenn alle Einheit schwindet, zu erringen.

Alles in Eins und Eins in Allem.

Spinoza

Der Abend trennte uns, ich geleitete sie bis an die Grenze ihres Guts ihres Anverwandten, bei dem sie mit ihren Eltern zwei Wochen bleiben sollte. Eine Träne trat ihr ins Auge bei diesem ersten Abschiede, ewig unverändert, sagte sie mit erstickter Stimme. Der Liebe Leben währt ewig, rief ich freudig. Ich sah ihr lange nach, als die schöne Gestalt über die Ebene hinschwebte, sie verlor sich in den Gebüschen, ich sah ihr immer noch nach. Ich werde unter dem Namen des Maler Zeleuco in einer Waldhütte wohnen; den Tag beschäftigt Arbeit für die künftige Sicherheit unsrer Liebe, die Nacht schützt unsre Liebe.

Lieben und geliebt zu werden

Lieben und geliebt zu werden
Ist das Einzige auf Erden,
Was ich könnte, was ich möchte,
Was ich dächte,
Daß es mir noch könnte werden,
Lieben und geliebt zu werden.

Ludwig Aurbacher
1784–1847

Warum heiraten?
(aus: Die Abenteuer der sieben Schwaben)

Einer heiratet darum, und der andere darum; und ein Dritter weiß gar nicht warum – wie jener Dummrian, welcher sagte: er heirate, damit er's halt auch so mache, wie andere Leute. Jener Tagwerker wußte es aber, warum er heirate; denn obwohl er selbst nicht viel mehr erübrigen konnte, die ganze lange Woche hindurch, als daß er am Sonntag ein wenig Fleisch in der Schüssel hatte und eine halbe Maß Bier in dem Krug, so wollte er doch fast lieber selbander hungern, als allein reichlich satt zu werden. Ich muß eine haben – sagte er zu denen, die ihm das Heiraten aus dem Kopf reden wollten – ich muß eine haben, zu der ich sagen kann: Frau, ich bring es dir, und sie: Mann, Gott gesegne es dir. – Das sind einfältige Worte, die aber viel Meinung haben; und wer eine liebe Hausfrau hat, der wird's verstehen.

Bettina von Arnim
1785–1859

Gestern war ich tief bewegt (aus: Goethes Briefwechsel mit einem Kinde)

Liebster! Gestern war ich tief bewegt und war sehnsüchtig, weil man viel über Dich gesprochen hat, was nicht wahr ist, da ich Dich besser kenne. Durch das Gewebe Deiner Tage zieht sich ein Faden, der sie mit dem Überirdischen verbindet. Nicht durch jedes Dasein schlingt sich ein solcher Faden, und jedes Dasein zerfällt ohne diesen.

Daß Dein Dasein nicht zerfalle, sondern daß alles ewige Wirklichkeit sei, das ist, wonach ich verlange; Du, der Du schön bist, und dessen Gebärden gleichfalls schön sind, weil sie Geist ausdrücken: Schönheit begreifen, heißt das nicht Dich lieben? – Und hat die Liebe nicht die Sehnsucht, daß Du ewig sein mögest? – Was kann ich vor Dir, als nur Dein geistig Bild in mich aufnehmen! – Ja sieh, das ist mein Tagwerk, und was ich anders noch beginne – es muß alles vor Dir weichen. Dir im Verborgnen dienen in meinem Denken, in meinem Treiben, Dir leben, mitten im Gewühl der Menschen oder in der Einsamkeit Dir gleich nahe stehen; eine heilige Richtung zu Dir haben, ungestört, ob Du mich aufnimmst oder verleugnest.

Die ganze Natur ist nur Symbol des Geistes; sie ist heilig, weil sie ihn ausspricht; der Mensch lernt durch sie den eignen Geist kennen, daß der auch der Liebe bedarf; daß er sich ansaugen will an den Geist, wie seine Lippe an den Mund des Geliebten. Wenn ich Dich auch hätte, und ich hätte Deinen Geist nicht, daß *der* mich empfände, gewiß das würde mich nie zu dem ersehnten Ziel meines Verlangens bringen.

Wie weit geht Liebe? Sie entfaltet ihre Fahnen, sie erobert ihre Reiche im Freudejauchzen, im Siegestoben eilt sie ihrem ewigen Erzeuger zu. – So weit geht Liebe, daß sie eingeht, von wo sie ausgegangen ist.

Und wo zwei ineinander übergehen, da hebt sich die Grenze des Endlichen zwischen ihnen auf. Aber soll ich klagen, wenn Du nicht wieder liebst? – Ist dies Feuer nicht in mir und wärmt mich? – Und ist sie nicht allumfassende Seligkeit, diese innere Glut? –

Und Wald, Gebirg und Strand am Fluß, sonnebeglänzt, lächeln mir entgegen, weil mein Herz, weil mein Geist ewigen Frühling ihnen entgegenhaucht.

Ludwig Börne
1786–1837

Fastenpredigt über die Eifersucht

Das *Scharlachfieber* füllt im Conversations-Lexicon mehr als sechs Seiten an, die Eifersucht kaum eine halbe Seite. Wunderliches Größenverhältniß! Jenes Uebel, das nur die Oberfläche des menschlichen Lebens berührt, findet ärztliche Sorgfalt, freundliche Wärter, baldige Heilung und den sanften Kindertod, wenn die Natur unversöhnlich ist. Die Eifersucht aber, welche alle die großen Lebensräume des ausgebildeten Mannes und Weibes anfüllt, ihr Inneres zerreißt, versengt, vergiftet, sie grausam verfolgt und die geängstigte flüchtige Empfindung aus dem verborgensten, dunkelsten Winkel hervorholt, sucht vergebens Trost und Beistand, sie findet nur Spott und Verachtung; der friedebringende Tod und selbst der eigene Wunsch zu genesen, bleibt ihr versagt. Prometheus, weil er das Feuer des Himmels entwendet und es dem feuchten Menschen eingehaucht, ward an einen Felsen geschmiedet, wo ein schrecklicher Geier an seinem Herzen nagte, ohne es je zu zernagen. Die Liebe ist jene Flamme, welche die Götter den Sterblichen mißgönnen, und die Eifersucht ist der fressende Geier, der den Diebstahl furchtbar rächt.

Die Eifersucht der Männer muß von der Eifersucht der Frauen gesondert werden, sie haben eine gemeinschaftliche Quelle, aber ihr Lauf und, um das Bild zu vollenden, die Ufer, die sie bespülen, sind so unendlich verschieden, als es ihr Ausfluß ist, wenn sie diesen erreichen und sich nicht in der Tiefe verlieren. Der Mann haßt seine Nebenbuhler nicht, das Weib verabscheut seine Nebenbuhlerinnen. Die Eifersucht des Mannes ist ein stürmisches Meer, das Alles überschwemmt, Alles, was fest an ihm ist, niederreißet und verschlingt, das alle seine Tiefen ausfüllt, alle Ströme seiner Empfindung aufnimmt und seinen Geist zerstört. Die Eifersucht des Weibes ist ein schmaler, reißender, tückischer Strom, der seine Tiefe verbirgt und an dem die stillen Ufer um so schärfer und höher hervorragen; sie erhöht seine Empfindungen und stärkt seinen Geist. Der eifersüchtige Mann ist ein zorniger Löwe; er ist edel und nur der Hunger zwingt ihn seine Beute zu zerreißen. Das eifersüchtige Weib ist eine erboste Schlange, sie ist eitel, und die Lüsternheit allein verführt sie zum Stechen. Die Erbitterung des eifersüchtigen Mannes ist gegen den geliebten Gegenstand gerichtet, und sie unterbricht seine Liebe; die des eifersüchtigen Weibes wendet sich der Nebenbuhlerin zu, und ihre Liebe wird dadurch erhöht. Die Eifersucht macht den Mann dumm, lächerlich und setzt ihn in der Liebe und Achtung des Weibes herab; das Weib macht sie geistreicher, liebenswürdiger, und sie steigert die Empfindung des Mannes. Die Eifersucht ist ein furchtbares, blutiges Werkzeug, das ein Weib leichtsinnig gebraucht, ihrer Eitelkeit ein wenig Zuckerwerk vorzuschneiden; es verletzt oft damit selbst einen geliebten Mann, um sich an seinen Schmerzen zu ergötzen. Der Mann verschmäht dieses grausame Mittel, ob es zwar selten seinen Zweck verfehlte, würde es angewendet, die schlummernde Liebe eines Weibes aufzuwecken, die verheimlichte zum Geständnisse zu bringen, oder selbst die nicht bestehende zu schaffen.

Die Freude ist gleichförmig, weil sie den ganzen Menschen ausfüllt. Denn jede Luft, durch welchen Sinn, durch welche Seite des Lebens sie auch einkehrt, ist nur der rohe Stoff, der wohl an der Eintrittspforte einen geringen Zoll erlegt, aber dann sich weiter führt, um im menschlichen Herzen, dieser großen gemeinschaftlichen Werkstätte, nach gleichen und unwandelbaren Regeln zubereitet zu werden. Alle Genüsse, so verschieden auch ihre Bestandtheile sind, werden, wenn sie durch das Herz gehen, in Blut verwandelt. Darum ist die Freude so einfach und ohne Wechsel, und daher ist Entbehren die große Bedingung unseres Glückes, weil man das gesättigte Herz nüchtern machen muß, um seine Empfänglichkeit zu erneuern. Aber der Schmerz ist tausendfältig, denn das auflösende Herz weist ihn zurück, er darf die Glieder nicht verlassen, die er peinigt, und wird in jedem derselben besonders empfunden. Doch einen Schmerz gibt es, der mit der Freude die schreckliche Gemeinschaft hat, daß auch er den ganzen Menschen ausfüllt und in's Blut des Lebens verwandelt wird – es ist die Eifersucht. Wie Musik eine überirdische Lust ist, und der Mensch, der sie empfindet, alle Freuden aller Welten genießt, so ist die Eifersucht ein unmenschlicher Schmerz, und die Brust, die sie erfüllt, fühlt die Leiden aller erschaffenen Dinge. Verschmähte Liebe ist Tod. Eifersucht ist mehr, sie ist die Furcht des Todes.

Ludwig Uhland
1787–1862

Die schöne Meerfei

Es war eine wunderschöne Meerfei, Thetis genannt, welche oft auf der Oberfläche des Meeres erschien und da mit Schwimmen, auch lieblichem Gesang und andrer Kurzweil sich vergnügte. Als nun einsmals der edle Ritter Peleus dieselbe gesehn, so ward er von heftiger Liebe zu ihr entzündet. Die schöne Jungfrau aber wollte sich keinem irdischen Manne zu eigen geben, und wenn sie je, so sie an Land gestiegen, von einem erhascht worden, so verwandelte sie sich durch seltsame Zauberei entweder in einen Vogel und entflatterte oder in einen Tiger, eine Schlange, daß der kühne Liebhaber sie vor Schrecken fahren ließ, oder gar, wenn sie fühlte, daß es ein starker Held war, entrann sie ihm, in Luft, Wasser oder Feuer verkehrt. Als nun darüber Peleus gar traurig war und eines Tags in großem Leid am Gestade des Meeres hinging, so sah ihn der alte Zauberer Proteus, welcher, des Jünglings sich erbarmend, zu ihm sprach:

»Peleus! warum bist du so bleich und niedergeschlagen?«

»Wie sollt ich nicht trauern, der ich die schönste Jungfrau des Meeres liebe, welche kein Mann der Erde je gewinnen wird. Ach, wenn meine Liebste sich verteidigte in einem Bergschloß, dasselbe wollt ich erstürmen, und so sie bewacht würde von einem wilden Drachen, den wollt ich zerschlagen; die aber, die ich liebe, hat nicht einmal der, so sie in den Armen hält, was doch sonst des Habens sicherstes Zeichen ist, sondern er gleicht einem Träumenden, der die Arm ausbreitet, damit er sein Liebchen zu umfassen meint, wie er aber erwacht, ist alles verschwunden. Und es sollte mich nicht schröcken, so sie sich verwandelte in eine Schlang oder einen Tiger, denn meine mächtigen Arme sollten sie dennoch überwinden; wenn sie sich aber verwandelt in Luft, so ist es nicht anders, als wie ich auch jetzt schon tausendmal die Arme sehnlich in die leere Luft ausgestreckt; und wenn sie sich umwandelt in Wasser, ach! so strömen mir ja schon täglich die Augen von unzähligen Tränen; und wenn sie sich in Feuer verkehrt, so bin ich ja bereits von Flammen der Liebe halb verzehrt.«

»Klage nicht so sehr, lieber Jüngling!« versetzte der Greis, »ich will dir das sichere Mittel sagen, wie du deiner Holden kannst mächtig werden. Dort in der schattigen Bucht steigt sie jeden Abend ans Ufer und legt sich in der kühlen Felsgrotte nieder, kurze Zeit zu schlafen. Dort mußt du dich verbergen und, wann sie nun in den Schlummer versunken ist, sie schnell umfassen. Beginnt sie aber ihre Verwandlungen, wie seltsam sie auch seien, so halte nur stets die Arme fest zusammen; es sind eitel Schröckbilder, die dir nicht schaden können; halte sie nur fest, und sie ist dein!«

So sprach der Alte. Damit aber Euch, mein lieber Ritter, die Zeit nicht so lange werde, als sie dem Peleus ward, bis der ersehnte Abend kam, so eil ich gleich zur Sache. Schon schlummert die schöne Thetis in der Felsgrotte. Peleus betrachtet lange das süße Bild. Als aber das aufglühende Morgenrot ihrer Wangen den baldigen Sonnenaufgang der Augen verkündet, da faßt er sie schnell in die Arme. Sie erwacht, sie fühlt die Stärke des Jünglings, sie beginnt ihre trüglichsten Verwandlungen. Denn wie Peleus ihr in die aufgeschlagenen Augen blickt, da wird sie plötzlich zur Luft, und es ist dem Ritter, als schaut' er in einen fernen dunkelblauen Äther, daraus zwei lichte Sterne niederstrahlten. Peleus aber schließt die Arme stets fester, da steigt aus dem Äther wieder das Frauenbild herab. Doch kaum glaubt er sie gewonnen zu haben, als plötzlich ihre reichen Locken als grüne Wellen um seine Schultern hinrollen, ihre Brust in heftigen Wallungen aufwogt, ihre runden, silbernen Arme um ihn zusammenschlagen. Da meint er aus einem ungestümen Meere sich retten zu müssen; allein, dennoch hält er fest, und die Jungfrau erscheint wieder aus der zaubrischen Flut. Der Ritter aber, der ihr nicht mehr traut, will sie noch immer inniger umschließen und drückt noch seine Lippen auf ihren blühenden Mund. Da beginnt erst die gefährlichste Probe. Feuer sprüht des Fräuleins Mund, sie verschwindet in Flammen; Flammen durchdringen den Jüngling. Allein, er dauert aus wie ein Salamander. Seine Arme stählen sich in dieser Glut zu mächtigen Fesseln. Da geht die Jungfrau mild aus den Flammen hervor, doch lange noch glosten ihr Mund und Wangen. Aber nimmer kehrt sie zum Meere zurück. –

Seliger Tod

Gestorben war ich
Vor Liebeswonne:
Begraben lag ich
In ihren Armen;
Erwecket ward ich
Von ihren Küssen;
Den Himmel sah ich
In ihren Augen.

Liebeserklärung

O wär' ich Sturm, wär' ich Orkan!
Wie schlüg' ich an dein Haus hinan!
Die Mauern müßten schüttern,
Dein Herz im Busen zittern,
So fühltest du meine Liebe!

Joseph von Eichendorff
1788–1857

Der verliebte Taugenichts

Es wird keinem an der Wiege gesungen, was künftig aus ihm wird, eine blinde Henne findet manchmal auch ein Korn, wer zuletzt lacht, lacht am besten, unverhofft kommt oft, der Mensch denkt und Gott lenkt, so meditiert ich, als ich am folgenden Tage wieder mit meiner Pfeife im Garten saß und es mir dabei, da ich so aufmerksam an mir heruntersah, fast vorkommen wollte, als wäre ich doch eigentlich ein rechter

Lump. – Ich stand nunmehr, ganz wider meine sonstige Gewohnheit, alle Tage sehr zeitig auf, eh sich noch der Gärtner und die andern Arbeiter rührten. Da war es so wunderschön draußen im Garten. Die Blumen, die Springbrunnen, die Rosenbüsche und der ganze Garten funkelten von der Morgensonne wie lauter Gold und Edelstein. Und in den hohen Buchenalleen, da war es noch so still, kühl und andächtig wie in einer Kirche, nur die Vögel flatterten und pickten auf dem Sande. Gleich vor dem Schlosse, gerade unter den Fenstern, wo die schöne Frau wohnte, war ein blühender Strauch. Dorthin ging ich dann immer am frühesten Morgen und duckte mich hinter die Äste, um so nach den Fenstern zu sehen, denn mich im Freien zu produzieren hatt ich keine Courage. Da sah ich nun allemal die allerschönste Dame noch heiß und halb verschlafen im schneeweißen Kleide an das offne Fenster hervortreten. Bald flocht sie sich die dunkelbraunen Haare und ließ dabei die anmutig spielenden Augen über Busch und Garten ergehen, bald bog und band sie die Blumen, die vor ihrem Fenster standen, oder sie nahm auch die Gitarre in den weißen Arm und sang dazu so wundersam über den Garten hinaus, daß sich mir noch das Herz umwenden will vor Wehmut, wenn mir eins von den Liedern bisweilen einfällt – und ach, das alles ist schon lange her!

So dauerte das wohl über eine Woche. Aber das eine Mal, sie stand gerade wieder am Fenster und alles war stille ringsumher, fliegt mir eine fatale Fliege in die Nase und ich gebe mich an ein erschreckliches Niesen, das gar nicht enden will. Sie legt sich weit zum Fenster hinaus und sieht mich Ärmsten hinter dem Strauche lauschen. – Nun schämte ich mich und kam viele Tage nicht hin.

Endlich wagte ich es wieder, aber das Fenster blieb diesmal zu, ich saß vier, fünf, sechs Morgen hinter dem Strauche, aber sie kam nicht wieder ans Fenster. Da wurde mir die Zeit lang, ich faßte ein Herz und ging nun alle Morgen frank und frei längs dem Schlosse unter allen Fenstern hin. Aber die liebe schöne Frau blieb immer und immer aus. Eine Strecke weiter sah ich dann immer die andere Dame am Fenster stehn. Ich hatte sie sonst so genau noch niemals gesehen. Sie war wahrhaftig recht schön rot und dick und gar prächtig und hoffärtig anzusehn, wie eine Tulipane. Ich machte ihr immer ein tiefes Kompliment, und, ich kann nicht anders sagen, sie dankte mir jedesmal und nickte und blinzelte mit den Augen dazu ganz außerordentlich höflich. – Nur ein einziges Mal glaub ich gesehn zu haben, daß auch die Schöne an ihrem Fenster hinter der Gardine stand und versteckt hervorguckte. –

Viele Tage gingen jedoch ins Land, ohne daß ich sie sah. Sie kam nicht mehr in den Garten, sie kam nicht mehr ans Fenster. Der Gärtner schalt mich einen faulen Bengel, ich war verdrüßlich, meine eigne Nasenspitze war mir im Wege, wenn ich in Gottes freie Welt hinaussah.

So lag ich eines Sonntags nachmittag im Garten und ärgerte mich, wie ich so in die blauen Wolken meiner Tabakspfeife hinaussah, daß ich mich nicht auf ein anderes Handwerk gelegt, und mich also morgen nicht auch wenigstens auf einen blauen

Montag zu freuen hätte. Die andern Bursche waren indes alle wohlausstaffiert nach den Tanzböden in der nahen Vorstadt hinausgezogen. Da wallte und wogte alles im Sonntagsputze in der warmen Luft zwischen den lichten Häusern und wandernden Leierkasten schwärmend hin und zurück. Ich aber saß wie eine Rohrdommel im Schilfe eines einsamen Weihers im Garten und schaukelte mich auf dem Kahne, der dort angebunden war, während die Vesperglocken aus der Stadt über den Garten herüberschallten und die Schwäne auf dem Wasser langsam neben mir hin und her zogen. Mir war zum Sterben bange. –

Währenddes hörte ich von weitem allerlei Stimmen, lustiges Durcheinandersprechen und Lachen, immer näher und näher, dann schimmerten rot' und weiße Tücher, Hüte und Federn durchs Grüne, auf einmal kommt ein heller lichter Haufen von jungen Herren und Damen vom Schlosse über die Wiese auf mich los, meine beiden Damen mitten unter ihnen. Ich stand auf und wollte weggehen, da erblickte mich die ältere von den schönen Damen. »Ei, das ist ja wie gerufen«, rief sie mir mit lachendem Munde zu, »fahr Er uns doch an das jenseitige Ufer über den Teich!« Die Damen stiegen nun eine nach der andern vorsichtig und furchtsam in den Kahn, die Herren halfen ihnen dabei und machten sich ein wenig groß mit ihrer Kühnheit auf dem Wasser. Als sich darauf die Frauen alle auf die Seitenbänke gelagert hatten, stieß ich vom Ufer. Einer von den jungen Herren, der ganz vorn stand, fing unmerklich an zu schaukeln. Da wandten sich die Damen furchtsam hin und her, einige schrien gar. Die schöne Frau welche eine Lilie in der Hand hielt, saß dicht am Bord des Schiffleins und sah still lächelnd in die klaren Wellen hinunter, die sie mit der Lilie berührte, so daß ihr ganzes Bild zwischen den widerscheinenden Wolken und Bäumen im Wasser noch einmal zu sehen war, wie ein Engel, der leise durch den tiefen blauen Himmelsgrund zieht.

Wie ich noch so auf sie hinsehe, fällt's auf einmal der andern lustigen Dicken von meinen zwei Damen ein, ich sollte ihr während der Fahrt eins singen. Geschwind dreht sich ein sehr zierlicher junger Herr mit einer Brille auf der Nase, der neben ihr saß, zu ihr herum, küßt ihr sanft die Hand und sagt: »Ich danke Ihnen für den sinnigen Einfall! ein Volkslied, *gesungen* vom Volk in freiem Feld und Wald, ist ein Alpenröslein auf der Alpe selbst – die ›Wunderhörnery‹ sind nur Herbarien – ist die Seele der Nationalseele.« Ich aber sagte, ich wisse nichts zu singen, was für solche Herrschaften schön genug wäre. Da sagte die schnippische Kammerjungfer, die mit einem Korbe voll Tassen und Flaschen hart neben mir stand und die ich bis jetzt noch gar nicht bemerkt hatte: »Weiß Er doch ein recht hübsches Liedchen von einer vielschönen Fraue.« – »Ja, ja, das sing Er nur recht dreist weg«, rief darauf sogleich die Dame wieder. Ich wurde über und über rot. – Indem blickte auch die schöne Frau auf einmal vom Wasser auf, und sah mich an, daß es mir durch Leib und Seele ging. Da besann ich mich nicht lange, faßt ein Herz, und sang so recht aus voller Brust und Lust:

»Wohin ich geh und schaue,
In Feld und Wald und Tal
Vom Berg hinab in die Aue:
Viel schöne, hohe Fraue,
Grüß ich dich tausendmal.

In meinem Garten find ich
Viel Blumen, schön und fein,
Viel Kränze wohl draus wind ich,
Und tausend Gedanken bind ich
Und Grüße mit darein.

Ihr darf ich keinen reichen,
Sie ist zu hoch und schön,
Die müssen alle verbleichen,
Die Liebe nur ohnegleichen
Bleibt ewig im Herzen stehn.

Ich schein wohl froher Dinge
Und schaffe auf und ab,
Und ob das Herz zerspringe,
Ich grabe fort und singe
Und grab mir bald mein Grab.«

Wir stießen ans Land, die Herrschaften stiegen alle aus, viele von den jungen Herren hatten mich, ich bemerkt es wohl, während ich sang, mit listigen Mienen und Flüstern verspottet vor den Damen. Der Herr mit der Brille faßte mich im Weggehen bei der Hand und sagte mir, ich weiß selbst nicht mehr was, die ältere von meinen Damen sah mich sehr freundlich an. Die schöne Frau hatte während meines ganzen Liedes die Augen niedergeschlagen und ging nun auch fort und sagte gar nichts. – Mir aber standen die Tränen in den Augen schon wie ich noch sang, das Herz wollte mir zerspringen von dem Liede vor Scham und vor Schmerz, es fiel mir jetzt auf einmal alles recht ein, wie *sie* so schön ist und ich so arm bin und verspottet und verlassen von der Welt – und als sie alle hinter den Büschen verschwunden waren, da konnt ich mich nicht länger halten, ich warf mich in das Gras hin und weinte bitterlich.

Neue Liebe

Herz, mein Herz, warum so fröhlich,
So voll Unruh und zerstreut,
Als käm über Berge selig
Schon die schöne Frühlingszeit?

Weil ein liebes Mädchen wieder
Herzlich an dein Herz sich drückt,
Schaust du fröhlich auf und nieder,
Erd und Himmel dich erquickt.

Und ich hab die Fenster offen,
Neu zieh in die Welt hinein
Altes Bangen, altes Hoffen!
Frühling, Frühling soll es sein!

Still kann ich hier nicht mehr bleiben,
Durch die Brust ein Singen irrt,
Doch zu licht ist's mir zum Schreiben,
Und ich bin so froh verwirrt.

Also schlendr ich durch die Gassen,
Menschen gehen her und hin,
Weiß nicht, was ich tu und lasse,
Nur, daß ich so glücklich bin.

Friedrich Rückert
1788–1866

Wissen möcht' ich nur, wie lange

Wissen möcht' ich nur, wie lange
Ich dir spielen könnt' im Haar,
Oder streicheln an der Wange,
Oder sehn ins Augenpaar;
Wissen möcht' ich, ob auf Erden
Noch ein solches Spiel es gibt,
Das man, ohne müde werden,
Treiben kann, als wie man liebt.

Darf ich meinen Blicken traun?

Darf ich meinen Blicken traun?
Sie ist nah dran, aufzutaun.
Milder seh' ich die Gebärden,
Schmelzender die Stimme werden,
Und aus ihrem Auge bricht
Es wie Frühlingsonnenlicht.
Ja so zärtlich wird ihr Kuß,
Daß ich schon befürchten muß,
Nächstens, will ich sie umschließen,
Wird sie mir im Arm zerfließen.

Eins, nur eines möcht' ich wissen

Eins, nur eines möcht' ich wissen
Ob es gibt kein Band so fest,
Womit Liebe, die zerrissen,
Wieder sich verbinden läßt.
Und noch eines möcht' ich wissen,
Wie der Liebe Band so fest,
Daß es, wenn es schon zerrissen,
Doch das Herz noch frei nicht läßt.

Unbegreiflich wunderbar
Ist und bleibt es, wie ein Paar,
Zwei, die erst so fremd sich sind,
Werden so bekannt geschwind.
Unbegreiflich noch viel mehr,
Wie ein Paar, bekannt so sehr,
Dann so fremd einander grüßt,
Als ob es sich nie geküßt.

Mein schöner Stern

Mein schöner Stern!
Ich bitte dich,
O lasse du
Dein heitres Licht
Nicht trüben durch
Den Dampf in mir,
Vielmehr den Dampf
In mir zu Licht,
Mein schöner Stern,
Verklären hilf!
Mein schöner Stern!
Ich bitte dich,
Nicht senk' herab
Zur Erde dich,
Weil du mich noch
Hier unten siehst,
Heb' auf vielmehr
Zum Himmel mich,
Mein schöner Stern,
Wo du schon bist!

Kehr' ein bei mir

Du bist die Ruh,
Der Friede mild,
Die Sehnsucht du,
Und was sie stillt.
Ich weihe dir
Voll Lust und Schmerz
Zur Wohnung hier
Mein Aug' und Herz.
Kehr' ein bei mir,
Und schließe du
Still hinter dir
Die Pforten zu.
Treib andern Schmerz
Aus dieser Brust!
Voll sei dies Herz
Von deiner Lust.
Dies Augenzelt
Von deinem Glanz
Allein erhellt,
O füll' es ganz.

Franz Grillparzer
1791–1872

Liebe und Wollust (an Molly)

Schwestern sind sie, doch sie meiden
ewig sich ohn Unterlaß;
wählst du eine von den beiden,
mußt du von der andern scheiden,
schwörest du der andern Haß!

Schwestern sind sie, ähnlich scheinen
sie beim ersten Blicke, doch

wer sie suchet zu vereinen,
wird den Irrtum bald beweinen,
denn er nimmt der Wollust Joch.

Unter mancherlei Gestalten
schleichet sich die Listge ein,
läßt du einmal sie obwalten,
weiß sie schlau dich festzuhalten,
mußt du stets ihr Sklave sein!

Ihren schimmernden Altären
nahet sich die halbe Welt;
ihre süße Macht verehren
die selbst unter Schmerzenszähren,
die ihr Stachel teuflisch quält.

Schön ist ihre Außenseite,
lieblich lacht ihr Rosenmund,
aber lockend lacht sie heute
und stößt morgen ihre Beute
wild in der Verzweiflung Schlund;

in der hocherhabnen Linken
hält sie schmeichelnd den Pokal,
aber folgst du ihren Winken,
willst den süßen Nektar trinken,
mordet dich ihr scharfer Stahl.

Ruhig, mit bescheidnen Mienen
naht die zweite, sanft und mild;
und wohl denen, die ihr dienen
rein und makellos; wohl ihnen,
all ihr Sehnen wird erfüllt.

Zwar lockt nicht mit frechen Blicken
sie dich an die keusche Brust,
doch wen ihre Gaben schmücken,
füllt das reine Herz Entzücken,
Seligkeit und Himmelslust!

Wohl dem edlen Erdensohne,
der ihr ewge Treue schwor,
denn der reinen Liebe Krone
reicht sie ihm zum schönen Lohne,
hebt zu Göttern ihn empor!

Ich auch habe sie gefunden,
mich auch schmückt ihr Rosenband,
meine Stirn hat sie umwunden
in der seligsten der Stunden,
als ich meine Molly fand!

Mich reizt nicht das Glück der Toren,
nicht der Wollust Vollgenuß,
Liebe, dich hab ich erkoren,
als ich Molly Treu geschworen,
bei der Holden ersten Kuß!

Weg da mit dem eitlen Ruhme,
feiler Wollust Knecht zu sein!
in der Liebe Heiligtume
blüht mir eine schönre Blume,
Molly, Molly, du bist mein!

den 19ten Juli 1808

Gustav Schwab
1792–1850

Philemon und Baucis

Auf einem Hügel im Lande Phrygien steht eine tausendjährige Eiche und dicht neben ihr eine Linde von gleichem Alter, beide von einer niedrigen Mauer umgeben. Mancher Kranz ist an den Ästen des nachbarlichen Paares aufgehängt. Nicht weit davon breitet ein sumpfiger See die seichte Flut; wo vordem bewohntes Erdreich war, da flattern jetzt nur Taucher und Fischreiher umher. Einst kam in diese Gegend Vater Zeus mit seinem Sohne Hermes, der nur den Stab, nicht aber den Flügelhut trug. In menschlicher Gestalt wollten sie die Gastlichkeit der Menschen versuchen; darum klopften sie an tausend Türen, um ein Obdach für die Nacht bittend. Aber hart und selbstsüchtig war der Sinn der Bewohner, so daß die Himmlischen nirgends Einlaß fanden. Siehe, da stand ein Hüttchen am Ende des Dorfes, niedrig und klein nur, mit Stroh und Sumpfrohr gedeckt; aber im ärmlichen Hause wohnte ein glückliches Paar, der biedre Philemon und Baucis, sein gleichaltriges Weib. Dort hatten sie zusammen die frohe Jugend durchlebt, dort waren sie zu weißhaarigen Alten geworden. Sie machten keinen Hehl aus ihrer Armut, aber leicht ertrugen sie ihr dürftiges Los, heiter und freundlich, in herzlicher Liebe, wenn auch kinderlos, schalteten sie in dem niedrigen Häuschen, das sie allein miteinander bewohnten.

Als nun die hohen Gestalten der beiden Götter diesem ärmlichen Dache sich nahten und die niedere Pforte mit gebücktem Haupte durchschritten, kam ihnen das wackre Paar mit herzlichem Gruße entgegen, der Greis stellte die Sessel zurecht, die Baucis mit grobem Gewebe bedeckte, und bat die Gäste, sich auszuruhen. Das Mütterchen eilte geschäftig zum Herde, stöberte in der lauen Asche nach einem glimmenden Funken, häufte trocknes Holz und Reisig und blies aus dem Qualm mit schwachem Atem die Flamme an. Drauf trug sie gespaltenes Holz herzu und schob es unter den kleinen Kessel, der über dem Feuer hing. Unterdessen hatte Philemon Kohl aus dem wohlbewässerten Gärtchen geholt, den die Alte eifrig entblätterte, hob mit der zweizinkigen Gabel einen geräucherten Schweinsrücken von der rußigen Decke des Gemaches (lange hatten sie ihn zu festlicher Gelegenheit aufgespart) und schnitt ein mäßiges Stück von der Schulter, um es ins siedende Wasser zu werfen. Damit nun aber den Fremdlingen die Weile nicht lang werde, bemühten sie sich, durch harmloses Gespräch sie zu unterhalten. Auch gossen sie Wasser in die hölzerne Wanne, auf daß jene am Fußbad sich erquickten. Freundlich lächelnd nahmen die Götter das liebreich Gebotene an, und während sie die Füße behaglich ins Wasser streckten, richteten die guten Wirte das Ruhebett. Dieses stand inmitten der Stube, mit Teichschilf waren die Polster gestopft, von Weidengeflecht die Füße und das Gestell; aber Philemon brachte Teppiche geschleppt, die sonst nur an festlichen Tagen hervorgeholt wurden – ach, auch sie waren alt und schlecht, und dennoch legten die göttlichen Gäste sich gern darauf, um nun das fertige Mahl zu genießen. Denn jetzt stellte das Mütterchen, geschürzt und mit zitternden Händen, den dreibeinigen Tisch vor das Lager, und da er nicht fest stehen wollte, schob sie dem zu kurzen Fuß eine Scherbe unter; darauf rieb sie die Platte mit frischer Krauseminze und trug die Speisen auf. Da waren Oliven, herbstliche Kornelkirschen, eingemacht in klarem, dicklichtem Safte, auch Rettich, Endivien und trefflicher Käse und Eier, in warmer Asche gesotten. Alles das brachte Baucis auf irdenem Geschirr, und dabei prangte der bunte tönerne Mischkrug und zierliche Becher aus Buchenholz, innen mit gelbem Wachs geglättet. Weder von hohem Alter noch gar zu süß war der Wein, den der redliche Wirt einschenkte. Jetzt aber sandte der Herd die warmen Gerichte, und die Becher wurden zur Seite geschoben, damit es an Platz nicht mangle für den Nachtisch. Nüsse, Feigen und runzlichte Datteln wurden herbeigetragen, auch zwei Körbchen mit Pflaumen und duftenden Äpfeln; selbst Trauben vom purpurnen Weinstock fehlten nicht, und in der Mitte der Tafel prangte eine weißliche Honigscheibe. Die schönste Würze des Mahles aber waren die guten freundlichen Gesichter der wackern Alten, aus denen Freigebigkeit und treuherziger Sinn sprachen.

Während nun alle an Speise und Trank sich labten, bemerkte Philemon, daß der Mischkrug trotz der immer von neuem gefüllten Becher sich nicht leeren wollte und stets der Wein wieder bis zum Rande emporwuchs. Da erkannte er mit Staunen und Furcht, wen er beherbergte; ängstlich flehte er samt seiner greisen Genossin mit emporgehobenen Armen und demütig gesenkten Augen, daß sie gnädig auf das dürftige Mahl schauten und ob der schlechten Bewirtung nicht zürnten. Ach, was sollen sie nur den himmlischen Gästen bieten? Richtig, da fällt ihnen ein: draußen im Ställchen ist ja die einzige Gans, die wollen sie sogleich opfern! Beide eilen hinaus, aber die Gans ist schneller als sie; mit Geschrei und flatternden Flügeln entwischt sie den keuchenden Alten und lockt sie bald hier-, bald dorthin. Zuletzt gar rannte sie ins Haus hinein und verkroch sich hinter den Gästen, als ob sie die Unsterblichen um Schutz flehte. Und er ward ihr gewährt; die Gäste wehrten dem Eifer der beiden Alten und sprachen mild lächelnden Mundes also: »Wir sind Götter! Der Menschen Gastlichkeit zu erforschen, stiegen wir nieder zur Erde. Eure Nachbarn fanden wir ruchlos, und sie sollen der Strafe nicht entrinnen. Ihr aber verlaßt dieses Haus und folget uns hinauf auf die Höhe des Berges, damit ihr nicht unschuldig mit den Schuldigen leidet.« Die beiden gehorchten; auf Stäbe gestützt, strebten sie mühsam den steilen Berg hinan. Noch einen Pfeilschuß waren sie vom höchsten Gipfel entfernt, da wandten sie ängstlich den Blick und sahen die ganze Flur in einen wogenden See verwandelt, nur einzig ihr Häuschen war von allen Gebäuden noch übrig. Während sie noch staunten und das Schicksal der andern beweinten, siehe, da ward die alte ärmliche Hütte zum ragenden Tempel; von Säulen getragen, schimmerte das goldne Dach, Marmor deckte den Boden. Und jetzt wandte sich Zeus mit gütigem Antlitz zu den zitternden Alten und sprach: »Saget mir, du redlicher Greis und du, des Redlichen würdige Gattin, was wünschet ihr euch?« Nur wenige Worte wechselte Philemon mit seinem Weibe, dann sprach er: »Eure Priester möchten wir sein! Vergönnet uns, jenes Tempels zu pflegen. Und weil wir so lange in Eintracht miteinander gelebt haben, o so lasset uns beide in *einer* Stunde dahinsterben; dann schau ich niemals das Grab des lieben Weibes, noch muß mich jene bestatten.« Ihr Wunsch ward erfüllt. Sie hüteten beide des Tempels, solange ihnen das Leben gegönnt ward. Und als sie einst, von Alter und Jahren aufgelöst, zusammen vor den heiligen Stufen standen, des wundervollen Geschickes gedenkend, da sah Baucis ihren Philemon und Philemon seine Baucis in grünem Laube verschwinden; schon wuchsen um beider Antlitz schattige Wipfel in die Höhe. »Leb wohl, du Trauter!« »Leb wohl, du Liebe!«

so sprachen sie beide wechselnd, solang sie noch zu reden vermochten. So endigte das ehrwürdige Paar; er ward zur Eiche, sie zur Linde, und noch im Tode stehen sie traulich zusammen, wie sie im Leben unzertrennlich waren. Fromme sind den Göttern wert; Ehre wird denen zuteil, die Ehre erweisen.

Wilhelm Müller
1794–1827

Der neue Dädalus

In dem goldnen Labyrinthe deiner Locken eingefangen,
Hab ich meine müde Freiheit in den Schlingen aufgehangen.
Denn wie soll ich es versuchen, aus den holden Irrgewinden,
Die sich um mein Herz geringelt, wieder mich herauszufinden?
Könnt ich auch aus Wachs mir Flügel, wie ein Dädalus, bereiten,
Ach, ich würde doch sie beide nur nach deiner Sonne breiten,
Bis die Federn mir zerschmölzen an der Glut der nahen Strahlen
Und ich sänk aus meinem Himmel in das schwarze Meer der Qualen.

O und J

Schön sind die Ringel deiner Haare,
Doch ach, sooft ich sie gewahre,
Les ich in ihnen nur ein O!
Nach einem J steht mein Verlangen,
Ein süßes Jawort anzufangen,
Das nach dem O mich mache froh.
Laß mich vor deiner Kammer stehen
Und durch des Schlüssels Fenster sehen,
Wann sich entrollt das krause O.
Es löst' sich auf in langen Strahlen,
Die mir das J der Liebe malen,
Dann les ich morgen A für O.

Karl Immermann
1796–1840

Wenn ich dies und das wäre

Wenn ich der König wär',
Spräch' ich: »Sei Königin!«
Und reichte dir die goldne Binde hin.

Wenn ich ein Krieger wär',
Rief' ich vor jedem Strauß
Erst deinen Namen in die Welt hinaus.

Wenn ich ein Kaufmann wär',
Führ' ich nach Morgenland
Und brächte dir ein güldenes Gewand.

Wenn ich ein Vogler wär',
Fing' ich dir einen Star,
Der sagte dir, daß ich so treu dir war.

Wenn ich ein Klausner wär',
Wollt' beten anders nie:
»Herr, wie du willst mit mir! Nur schütze *sie*!«

Weil ich ein Garnichts bin,
Geb' ich mich selber her,
O nimm die Gab', als ob sie etwas wär'!

Die Geschichte von Emerentia

Unser alter Baron hatte in seinen jungen Tagen von dem Herrn Vater nur das Schloß Schnick-Schnack-Schnurr ererbt, welches früherhin ein Pachthof gewesen, und erst späterhin zu seinem Ehrentitel gediehen war. Es warf jährlich etwa zweitausend Gulden ab, oder höchstens zweitausendfünfhundert. Der selige Vater hatte das Wohnhaus wohl in Fach und unter Dach erhalten, die Wappenlöwen standen recht majestätisch auf den beiden Pfeilern, zwischen denen sich eine eiserne Pforte befand, wie sie nur sein mußte, der Hof war damals auch noch gepflastert, und in den Zimmern hingen schöne bunte Familienbilder, standen rötlich lackierte Stühle und Kommoden mit goldnen Leisten. Hinter dem Schlosse aber hatte der Vater einen Garten in streng französischem Geschmack anlegen und Schäfer und Liebesgötter von Sandstein hineinsetzen lassen.

Zweitausend oder zweitausendfünfhundert Gulden jährlich sind zwar nur ein schmales Einkommen für einen Edelmann, allein unser alter Baron hätte sich damit in seiner ländlichen Abgeschiedenheit doch wohl aufrechtzuerhalten vermocht, wenn er nur nicht mit dem Gedanken aufgewachsen wäre, er sei geborner Geheimer Rat im höchsten Kollegio. Aber seit seinem vierzehnten Jahre legte er sich mit dieser Vorstellung nieder, und stand mit derselben morgens wieder auf; sie gab ihm eine Sicherheit des Bewußtseins, welche nichts zu erschüttern vermochte. Gelernt hatte er, die Wahrheit zu sagen, wenig oder nichts, sein Herr Vater war dagegen, und der Meinung gewesen, viel wissen sei für einen Kavalier unanständig.

Er hatte eine freie, sorglose und gutmütige Sinnesart; es vergnügte ihn, andern mitzuteilen, und sein eignes Vergnügen liebte er nicht minder. Er gab gern Gastereien, ging gern mit einem Dutzend guter Freunde auf die Rehjagd, und hielt nach dieser Anstrengung ein, womöglich hohes Spielchen mit seinen Weidgenossen für die beste Erholung. Auch wenn er allein war, speiste er nicht gern unter sechs Schüsseln, wozu, wie sich von selbst versteht, alter Rheinwein vom besten gehörte. In Kleidern hielt er sich sauber, Diener unterhielt er nicht übermäßig viele, etwa fünf oder sechs für sich und seine Gemahlin, die aus der älteren, oder graumelierten Linie, aus der Linie Schnuck-Muckelig-Pumpel entsprossen war; nebst einer Kammerjungfer und einer Garderobiere für diese seine Gemahlin. Letztere hatte nun wieder ihr hauptsächliches Vergnügen an Brillanten, Perlen, Roben und Spitzen, und ihr Gemahl versagte ihr in Beziehung auf solche Gegenstände keinen ihrer Wünsche; denn, sagte er, wenn das Zeug auch viel kostet, so gehört es einmal zu unserm Stande, und was standesmäßig ist, kostet nie zuviel.

Ermüdete unsern alten Baron die häusliche Einförmigkeit, so machte er mit Gemahlin, Kammerjungfer, Garderobiere, mit den fünf oder sechs Dienern und diesem oder jenem Hausfreunde, welcher auch der Erholung bedürftig war, und ihn um Mitnahme ansprach, interessante Reisen in die benachbarten fremden Länder, von denen er dann neugestärkt zu seinen Gastereien, Jagden und Spielen zurückkehrte. Diese stillen Familienfreuden mundeten ihm nach solchen Ausflügen immer doppelt wohl.

Der Himmel hatte seine Ehe mit einer einzigen Tochter gesegnet, welche in der heiligen Taufe den Namen: Emerentia erhielt. Dieses Kind war von jeher ausnehmend schwärmerischer Art, es verdrehte schon als Säugling die Augen auf eine wunderbare Weise. Als die kleine Emerentia größer wurde, hörte sie ihre Mutter fast von nichts andrem erzählen, als von den Damen der Linien Schnuck-Muckelig und Schnuck-Puckelig, welche die Geliebten der Fürsten von Hechelkram gewesen waren. Die

Mutter zeigte auch dem Kinde diese Damen unter den Familienbildnissen; lauter schöne Frauenzimmer mit hohen Frisuren, gelben, grünen oder roten Adriennen, großen Blumensträußen und entblößten Schultern! Da sie nun immerfort von den Geliebten hörte, und die Frauenzimmerbildnisse ihr gar zu wohl gefielen, so setzte sie sich in den Kopf, daß sie ebenfalls zu einem solchen Berufe ausersehen sei, ein Gedanke, der noch mehr befestigt wurde, als der Fürst Xaverius Nicodemus der Zweiundzwanzigste von Hechelkram das Schloß besuchte. Er nahm die damals dreizehnjährige Emerentia auf den Schoß, liebkoste ihr zärtlich, und fragte sie: »Willst du mein Bräutchen werden?« Sie bedachte sich nicht lange, sondern versetzte rasch: »Ja, wie alle die Damen, die da hangen.« Der Fürst hob die Kleine vom Schoße und sagte lächelnd zu ihrer Mutter: »Ah, la petite ingénue!«

Die Zeit verwischte zwar den Fürsten Xaverius Nicodemus den Zweiundzwanzigsten, da sie ihn nicht wiedersah, allgemach aus ihrem Herzen, dagegen setzte sich in ihr die Standesvorstellung, die Vorstellung an sich, daß sie bestimmt sei, mit einem Hechelkramischen Fürsten in zärtliche Verhältnisse zu treten, immer fester in ihr, wobei sie sich durchaus nichts Arges dachte, woran sie aber mit solcher Innigkeit hing, wie ihr Vater an seinen Geheimenratsgedanken. Weil nun das Herz nicht in das Leere seinen Drang versenden mag, sondern gern an liebevoll-gediegner Wirklichkeit ausruht, so hatte ihre schwärmende Phantasie nach einigem Umherschweifen im leeren Raume auch bald den sichtbaren Gegenstand gefunden, der ihr den künftigen Liebhaber unter den Fürsten von Hechelkram vorbilden mußte. In der Tat war dieser Gegenstand ganz geeignet, die Einbildungskraft eines fühlenden Mädchens zu entzünden. Von schöner, gedrungner, proportionierlicher Gestalt, sprach sich in allen seinen Gliedern männliche Kraft aus, aus seinem glänzenden, hellroten Gesichte mit breiten, festen Kinnbacken leuchtete der Entschluß, auch die härteste, vom Geschick ihm vorgelegte Nuß zu knacken, der Mund wollte zwar seines Berufes wegen für die Gesetze reiner Verhältnisse etwas zu groß erscheinen, aber ein schwarzer Schnurrbart von wunderbarer Fülle, welcher über den Lippen hing, machte diesen Übelstand wieder gut. Die großen, grellen, himmelblauen Augen blickten sanft und grade vor sich hin, und ließen auf eine Seele vermuten, in welcher die Milde bei der Stärke wohnte.

Bekleidet war dieser idealisch-schöne Nußknacker mit einer rotlackierten Uniform und weißem Unterzeuge; auf dem Haupte aber trug er einen imponierenden Federhut. Emerentia hatte ihn zu ihrem Namenstage geschenkt bekommen. Sobald sie seiner ansichtig wurde, erzitterte sie, erseufzte sie, errötete sie. Niemand verstand ihre Regung. Sie aber trug den Nußknacker auf ihr einsames Zimmer, stellte ihn auf den Kamin, blickte ihn lange glühend und weinend an, und rief endlich: »Ja, so muß der Mann aussehen, dem sich dieses volle Herz zu eigen ergeben soll!« Von der Zeit an war der Nußknacker ihr vorläufiger Geliebter. Sie hielt mit ihm die zärtlichsten Zwiegespräche, sie küßte seinen schwarzen Schnurrbart, sie hatte dem ganzen Verhältnisse eine so tiefe Beseelung gegeben, daß sie jederzeit des Abends, wenn sie sich zum

Schlafengehen entkleiden wollte, schamhaft zuvor ihrem Freunde auf dem Kamin das Haupt mit einem Tuche verhüllte. Nußknacker ließ sich das alles gefallen, stand zuversichtlich auf seinen Füßen, und blickte mit den großen, blaugemalten Augen mildkräftig vor sich hin.

Emerentien hatte diese schöne Liebe rasch gereift. Von der Natur war sie, wenn auch nicht mit Reizen, doch mit blühenden Gesichtsfarben und runden Armen ausgestattet worden; es konnte ihr daher an Verehrern unter den benachbarten Landjunkern nicht fehlen. Aber sie schlug alle Bewerbungen von der Hand und sagte, sie folge ihrem Ideal und gehöre der Zukunft an. Unter dem Ideal verstand sie den auf dem Kamin und unter der Zukunft einen Hechelkramischen Fürsten.

Ihre Eltern ließen ihr ganz freie Hand. Sie sagten, in den Linien Schnuck-Mukkelig und Schnuck-Puckelig seien alle Gefühle seit Jahrhunderten der heraldischrichtigen Bahn gefolgt. Es lasse sich also nichts daran ändern und modeln, was ihre Tochter empfinde.

Um die Zeit der vielfältigsten und heißesten Bewerbungen machte ihr Vater mit den Seinigen eine der obengedachten Erholungsreisen zur Stärkung auf die Beschwerden der Jagd und des Spiels. Der Ausflug war diesmal in die Bäder von Nizza gerichtet. Die Familie reiste unter fremdem Namen, denn sechs feurige Landjunker hatten geschworen, dem Fräulein nachzueilen bis an das Ende der Welt, und sie wollte allein sein, allein mit ihrem Nußknacker, dem heiligen Meer und den ewigen Alpen gegenüber.

Die Familie hieß in Nizza die von Schnurrenburg-Mixpickelsche. Eines Tages gehen Schnurrenburg-Mixpickels am Strande spazieren; das Fräulein geht etwas voran, den Freund im Ridicüle. Plötzlich sehen die Eltern sie wanken; der Vater springt zu, und empfängt die Tochter in seinen Armen. Bleich ist ihr Antlitz, aber von Entzücken strahlen ihre Augen, sie liegt wie eine Selige am Busen des Vaters. Ihre Blicke dringen schüchtern in die Ferne, und kehren dann wie mit goldnen Schätzen der Wonne beladen, in sich zurück. Auch die Eltern erstaunen, als sie den Blicken der Tochter in die Ferne folgen. Denn von der andern Seite des Strandes schreitet ihnen eine Gestalt entgegen, Nußknacker im großen, weiße Unterkleider, rote Uniform, Federhut, grellblaue, und doch milde Augen, hellrotglänzendes Gesicht, wie lackiert, breiter Mund, verborgen von der wunderbaren Fülle des schwarzen Schnurrbarts, eine schöne gedrungne Gestalt, Kraft in allen Gliedern, kurz Nußknacker in jeder Miene, Form, Falte.

Besorgt tritt er hinzu und fragt, was der Dame fehle? Der Vater fragt ihn seinerseits: Mit wem er die Ehre habe …? »Ich bin«, versetzt der Fremde, indem er die Nasenflügel zitternd bewegt, und mit den Augen zwinkert, »Signor Rucciopuccio, von Geburt ein Senese, in Kriegsdiensten Seiner Majestät, des Kaisers aller Birmanen, bei den Truppen auf europäische Art, Kommandeur der sechsten Elefantenkompanie.«

»Ei der tausend, da sind Sie wohl verteufelt weit her?« fragte der alte Baron. »Es geht noch«, erwiderte der Fremde, indem er sich in den Hüften zurechtrückte, daß die Gelenke knackten.

Der Alte fragte ihn über die Birmanen aus, die Mutter musterte die Stickerei an seinem Kragen, Emerentia flüsterte, in einem Abgrund von Glück verloren, nichts als: »O Rucciopuccio! ...« So kamen sie in das Hotel der Familie, wo sich der Fremde nach kurzem Verweilen beurlaubte mit der Bitte, seine Besuche wiederholen zu dürfen, und nachdem er die Augen nochmals bedeutend-zwinkernd auf Emerentia geworfen hatte.

Laßt mich von ihr schweigen! Der Traum ist Wahrheit geworden, das Herz hat sich seinen Wunsch verkörpert, und in die Sichtbarkeit ausgeschaffen! Am andern Tage läßt sich der Kommandeur der sechsten birmanischen Elefantenkompanie wieder anmelden. Wo das Schicksal gesprochen hat, sind die Menschen über Worte hinweggehoben. Er tritt in die eine Türe, sie tritt in die andre; er zupft am Schnurrbart, sie zupft am Schnupftuch; heut wird er blaß, und sie wird rot, er breitet die Arme aus, sie breitet die Arme aus, er neigt sich zu ihr, sie neigt sich zu ihm, und: »Füreinander geschaffen!« ist der erste Laut, den ihre glühenden Lippen nach der Wonne des ersten Kusses finden. »Füreinander geschaffen!« wiederholt Rucciopuccio beteuernd, indem er abermals mit den Augen zwinkert und die Nasenflügel zitternd bewegt.

Aber diesem rascherblühten Lenze der Liebe folgte ein verheerender Sturm, der alle Rosen jählings zu knicken drohte. In Emerentien erwachte nämlich die ganze Dialektik feinfühlender weiblicher Herzen, wenn sie nicht wissen, was sie wollen. Die Arme fühlte sich durch einen scharfen Konflikt der Gefühle zerspalten. Der Nußknacker war ihr Ideal, ein Fürst von Hechelkram ihre Zukunft, der Birmane Rucciopuccio aus Siena die Gegenwart und Wirklichkeit. Sollte sie dem Ideale und der Zukunft untreu werden um Gegenwart und Wirklichkeit? Sollte sie Wirklichkeit und Gegenwart opfern und bei Ideal und Zukunft vielleicht eine alte Jungfer werden? Böse Wahl, schreckliche Kämpfe, die alle Götter und Dämonen ihres Busens aus dem Schlummer weckten! ... Eine weibliche Feder wird in einem Anhange zu den gegenwärtigen Erzählungen diesen Teil von Emerentias Geschichte ausmalen. Nur eine Schriftstellerin versteht sich auf die Entzaserung aller der geheimen Fasern und Zasern, welche das Gewebe solcher Nöte bilden.

Endlich siegten Gegenwart und Wirklichkeit über Zukunft und Ideal. Das Schicksal räumte nämlich zuvörderst das Ideal hinweg, indem es die Hand der Mutter leitete. Diese ergriff, als sie einmal sich von der Tochter unbemerkt wußte, den Nußknacker, und ließ ihn auf den Kehricht hinter dem Hotel werfen. Dahin gehörte er auch, nachdem er seine Mission erfüllt, und die Idee, deren hölzerner Träger er gewesen war, volles geschichtliches Leben in Rucciopuccio gewonnen hatte. Rucciopuccio aber schwor, als er bei seiner Geliebten auf den Grund des Kummers gedrungen war, ihr mit heiligen Eiden bei dem Affen Hannemann: er sei eigentlich ein

Hechelkramischer Fürst, ein vertauschter Knabe, durch teuflische Kabale nach Siena gebracht, und von dort zu den Birmanen verschlagen. Bald werde er nach Hechelkram zurückkehren, sein väterliches Reich unter Vorlegung authentischer Urkunden in Anspruch zu nehmen.

Emerentias Liebe glaubte, was Rucciopuccios Liebe beschworen hatte, besonders da der Eid auf den Affen Hannemann abgelegt worden war, der in Hindostan eines noch größeren Ansehens genießt, als je einem Affen in Europa, wo sie doch auch viel gelten, zuteil geworden ist. Alles hatte sich nun in den schönsten Einklang gesetzt; die Bestimmung der Tochter aus dem Gesamthause Schnuck, das Nußknacker-Ideal und der Fürst von Hechelkram unter der Hülle des kaiserlich birmanischen Kriegsbeamten aus Siena. Man konnte in diesem Falle sagen, die Erfüllung habe die Erwartung überflügelt.

War Emerentia in das tiefste Geheimnis ihres Rucciopuccio eingedrungen, so konnte sie sich dagegen nicht entschließen, ihm ihren wahren Namen zu entdecken. Der Geliebte war arglos und schwatzhaft; das merkte sie nach kurzer Bekanntschaft. Wie leicht war es möglich, daß er das Geheimnis ausplauderte, daß es über die Alpen zu den sechs feurigen Landjunkern drang, daß diese ihr Wort lösten, und nachgesprengt kamen, und dann – ade, du stilles Himmelsglück in Nizza! Für Rucciopuccio blieb Emerentia daher die Freiin von Schnurrenburg-Mixpickel, und hieß Marcebille, weil ihr dieser Taufname besonders süß und romantisch klang.

Es waren nun für beide Liebende die herrlichen Tage angebrochen, in welchen die Leute einander beständig beim Kopfe haben, Lippen auf Lippen pressen, in welchen, wenn die Geliebte nieset, der Liebende Äolsharfen und Engelsgesang zu vernehmen meint, und wenn der Geliebte ein Gähnen verbirgt, die Liebende einen neuen himmlischen Ausdruck in seinen teuren Zügen entdeckt, in welchen, lustwandeln sie miteinander, Sonne, Mond und Sterne beschworen werden, auf ihr Glück herabzuschauen, wenn sie sonst nichts zu sprechen wissen. Rucciopuccio und Emerentia machten alle diese Krisen der Liebe gründlich durch; besonders gingen sie viel miteinander spazieren. Er führte sie an das Meer, er führte sie auf die Alpen, er führte sie in Gärten, er führte sie in Olivenwäldchen, er führte sie bei Tage, er führte sie bei Nacht, und zärtlich rief sie oft, noch nie sei sie so anmutig geführt worden.

Ein leichtes Wölkchen am Horizonte ihrer Freuden war es, daß der Prätendent von Hechelkram nie Geld hatte. Er versicherte sie, er habe so und so viel tausend Lak Rupien vom Birmanenkaiser an rückständigem Solde zu beziehen, die jeden Posttag eintreffen könnten; indessen bis zum Eingange dieser Zahlung mußte sie ihm freilich mit ihrer Sparbüchse aushelfen. Als diese erschöpft war, sagte er, es müsse nun durchaus ein Wechsel des Schicksals vor der Tür stehen, und um diesem gleichsam symbolisch vorzuarbeiten, wolle er kleine Papierstreifen beschreiben, die in der Welt auch Wechsel genannt würden, weil sie die wunderlichsten Abwechselungen von Freiheit und Notwendigkeit hervorzubringen pflegten.

So flossen abermals einige Wochen in Liebesglück und Wechselverfertigung hin. Eines Abends gingen sie wieder in einer paradiesischen Gegend spazieren, angeweht von jenen Lüften dort, welche in die Brust des Kranken wie Balsam dringen, und der Wange des Gesunden gleich seidnen Händchen schmeicheln. Sie hatten sich ganz in hohe Ahnungen über Gott und Unsterblichkeit verloren, sie sprachen, daß es gleich in den »Stunden der Andacht« hätte abgedruckt werden können, da standen plötzlich acht Juden und sechzehn Häscher, denn jeder Jude hatte sich zwei Häscher auf den Leib gemietet, vor dem seligen Paare. Die Juden hielten Rucciopuccio ganze Hände voll symbolischer Papierstreifen unter die Augen, und die Häscher riefen auf italienisch: »Marsch!« indem sie ihre Spieße wie wegweisend ausstreckten.

»Um alle Heiligen, Geliebter!« rief Emerentia, »was ist dieses?« – »Nichts, meine Teuergeschätzte, als eine höllische Kabale, Wechselarrest geheißen«, versetzte Rucciopuccio, der keinen Augenblick seine Fassung verlor. »Der Kaiser aller Birmanen ist ein Tyrann. Ein Tyrann, sage ich; ein schmählicher Tyrann! Er kann mich nicht entbehren, er reklamiert mich; ich soll ihm auch die siebente, achte und neunte Elefantenkompanie, die er inzwischen gebildet hat, organisieren helfen. Auf gradem Wege setzt er es nicht durch, da spielt er denn mit den ruppigen Juden unter einer Decke (o wie klein für einen Kaiser!), die müssen mich hier in Wechselarrest setzen, und von da komme ich auf den Schub von Gefängnis zu Gefängnis, bis nach Hinterindien; ich sehe es voraus. O Fürstendienst! Fürstendienst! **********

Verlasset Euch nicht **** auf die Kinder der Menschen, weil bei ihnen kein Heil zu hoffen ist!«

Rucciopuccio hob bei diesen Worten die Augen gen Himmel und legte die Hand auf sein Herz, wie der Graf von Strafford, als man ihm ankündigte, daß Karl Stuart es sich gefallen lassen wolle, daß er, Strafford, sich für den König köpfen lassen wolle.

Emerentia aber näherte sich ihm zitternd, und rief: »Du verlässest mich, da – – « Sie flüsterte ihm etwas in das Ohr. Über das hellrotglänzende Antlitz Rucciopuccios legte sich eine Totenblässe, worauf ein Farbenspiel in demselben sichtbar ward, welches von allen sonst in menschlichen Gesichtern vorkommenden Färbungen so sehr abwich, daß selbst die Juden und Häscher erstaunt zurücktraten, und Emerentia außer sich hätte geraten müssen, wäre sie nicht mit sich und ihrem Geschick zu sehr beschäftigt gewesen.

Rucciopuccio erholte sich aber bald wieder, und sagte zu Emerentien mit ruhiger Freundlichkeit: »Dieses sind natürliche Folgen natürlicher Ursachen, die kein weiser Mann bestaunt. Verlasse dich auf mich, Marcebille, ich sprenge die Ketten des Tyrannen, ich komme wieder als Hechelkramischer Fürst, und hole dich ab von dem Schlosse deiner Väter zu Schnurrenburg. Der Geist legt mir ein Trostlied auf die Lippen, bewahre es im tiefsten Schrein des Herzens als heiliges Gemütsgeheimnis; daran wollen wir uns einst wiedererkennen:

Einst liebtest du den Nußknacker,
Nach dem Nußknacker liebtest du mich;
Nun holet das Schicksal, der Racker,
Erst den Nußknacker, dann holt es mich!
Der Nußknacker sank auf den Kehrich,
Und mich rauben die wilden Birmanen;
Nußknacker kehrt nicht, aber kehr' ich,
Hol' ich ab dich vom Schloß deiner Ahnen!«

Die Häscher verhinderten die Fortsetzung dieser Ode, indem sie ihn abführten. Emerentia sank in Ohnmacht. Zwei Juden brachten sie ihren bestürzten Eltern.

Annette von Droste-Hülshoff
1797–1848

Verliebt

Mutter, löse die Spangen mir!
Mich hat ein Fieber befallen.
Denn das Fenster ließest du auf,
Das immer sorglich verhängte;
Und im Garten ich Mädchen sah,
Die warfen Ringe im Kreise,
Flatternd selber, ein Blütenschnee,
Vom leichten Winde getragen.
Immer flöten nun Stimmen mir,
Und immer Spiegel mir flirren;
Blind geworden bin ich schon ganz,
Taub werd ich nächstens werden.
Mutter, löse die Spangen mir!
Mich hat ein Fieber befallen.

Heinrich Heine
1797–1856

Ein Jüngling liebt ein Mädchen

Ein Jüngling liebt ein Mädchen,
Die hat einen andern erwählt;
Der andre liebt eine andre,
Und hat sich mit dieser vermählt.

Das Mädchen heiratet aus Ärger
Den ersten besten Mann,
Der ihr in den Weg gelaufen;
Der Jüngling ist übel dran.

Es ist eine alte Geschichte,
Doch bleibt sie immer neu;
Und wem sie just passieret,
Dem bricht das Herz entzwei.

Sie saßen und tranken am Teetisch

Sie saßen und tranken am Teetisch,
Und sprachen von Liebe viel.
Die Herren waren ästhetisch,
Die Damen von zartem Gefühl.

Die Liebe muß sein platonisch,
Der dürre Hofrat sprach,
Die Hofrätin lächelt ironisch,
Und dennoch seufzet sie: Ach!

Der Domherr öffnet den Mund weit:
Die Liebe sei nicht so roh,
Sie schadet sonst der Gesundheit.
Das Fräulein lispelt: Wie so?

Die Gräfin spricht wehmütig:
Die Liebe ist eine Passion!
Und präsentieret gütig
Die Tasse dem Herren Baron.

Am Tische war noch ein Plätzchen;
Mein Liebchen, da hast du gefehlt.
Du hättest so hübsch, mein Schätzchen,
Von deiner Liebe erzählt.

Sei mir gegrüßt, du große

Sei mir gegrüßt, du große,
Geheimnisvolle Stadt,
Die einst in ihrem Schoße
Mein Liebchen umschlossen hat.

Sagt an, ihr Türme und Tore,
Wo ist die Liebste mein?

Euch hab ich sie anvertrauet,
Ihr solltet mir Bürge sein.

Unschuldig sind die Türme,
Sie konnten nicht von der Stell,
Als Liebchen mit Koffern und Schachteln
Die Stadt verlassen so schnell.

Die Tore jedoch, die ließen
Mein Liebchen entwischen gar still;
Ein Tor ist immer willig,
Wenn eine Törin will.

Teurer Freund, du bist verliebt

Teurer Freund, du bist verliebt,
Und dich quälen neue Schmerzen;
Dunkler wird es dir im Kopf,
Heller wird es dir im Herzen.

Teurer Freund, du bist verliebt,
Und du willst es nicht bekennen,
Und ich seh des Herzens Glut
Schon durch deine Weste brennen.

Schaff mich nicht ab

Schaff mich nicht ab, wenn auch den Durst
Gelöscht der holde Trunk;
Behalt mich noch ein Vierteljahr,
Dann hab auch ich genung.

Kannst du nicht mehr Geliebte sein,
Sei Freundin mir sodann;
Hat man die Liebe durchgeliebt,
Fängt man die Freundschaft an.

Du liegst mir so gern im Arme

Du liegst mir so gern im Arme,
Du liegst mir am Herzen so gern!
Ich bin dein ganzer Himmel,
Du bist mein liebster Stern.

Tief unter uns da wimmelt
Das närrische Menschengeschlecht;
Sie schreien und wüten und schelten,
Und haben Alle Recht.

Sie klingeln mit ihren Kappen
Und zanken ohne Grund;
Mit ihren Kolben schlagen
Sie sich die Köpfe wund.

Wie glücklich sind wir beide
Daß wir von ihnen so fern –
Du birgst in deinem Himmel
Das Haupt, mein liebster Stern!

Der Fliegende Holländer

Die Fabel von dem Fliegenden Holländer ist euch gewiß bekannt. Es ist die Geschichte von dem verwünschten Schiffe, das nie in den Hafen gelangen kann, und jetzt schon seit undenklicher Zeit auf dem Meere herumfährt. Begegnet es einem anderen Fahrzeuge, so kommen einige von der unheimlichen Mannschaft, in einem Boote, herangefahren, und bitten ein Paket Briefe gefälligst mitzunehmen. Diese Briefe muß man an den Mastbaum festnageln, sonst widerfährt dem Schiffe ein Unglück, besonders wenn keine Bibel an Bord oder kein Hufeisen am Fockmaste befindlich ist. Die Briefe sind immer an Menschen adressiert, die man gar nicht kennt, oder die längst verstorben, so daß zuweilen der späte Enkel einen Liebesbrief in Empfang nimmt, der an seine Urgroßmutter gerichtet ist, die schon seit hundert Jahr im Grabe liegt. Jenes hölzerne Gespenst, jenes grauenhafte Schiff, führt seinen Namen von seinem Kapitän, einem Holländer, der einst bei allen Teufeln geschworen, daß er irgendein Vorgebirge, dessen Namen mir entfallen, trotz des heftigsten Sturms, der eben wehte, umschiffen wolle, und sollte er auch bis zum jüngsten Tage segeln müssen. Der

Teufel hat ihn beim Wort gefaßt, er muß bis zum jüngsten Tage auf dem Meere herumirren, es sei denn, daß er durch die Treue eines Weibes erlöst werde. Der Teufel, dumm wie er ist, glaubt nicht an Weibertreue, und erlaubte daher dem verwünschten Kapitän alle sieben Jahr einmal ans Land zu steigen, und zu heuraten, und bei dieser Gelegenheit seine Erlösung zu betreiben. Armer Holländer! Er ist oft froh genug von der Ehe selbst wieder erlöst und seine Erlöserin loszuwerden, und er begibt sich dann wieder an Bord.

Auf diese Fabel gründete sich das Stück, das ich im Theater zu Amsterdam gesehen. Es sind wieder sieben Jahr verflossen, der arme Holländer ist des endlosen Umherirrens müder als jemals, steigt ans Land, schließt Freundschaft mit einem schottischen Kaufmann, dem er begegnet, verkauft ihm Diamanten zu spottwohlfeilem Preise, und wie er hört, daß sein Kunde eine schöne Tochter besitzt, verlangt er sie zur Gemahlin. Auch dieser Handel wird abgeschlossen. Nun sehen wir das Haus des Schotten, das Mädchen erwartet den Bräutigam, zagen Herzens. Sie schaut oft mit Wehmut nach einem großen verwitterten Gemälde, welches in der Stube hängt und einen schönen Mann in spanisch niederländischer Tracht darstellt; es ist ein altes Erbstück und nach der Aussage der Großmutter ist es ein getreues Konterfei des Fliegenden Holländers, wie man ihn vor hundert Jahr in Schottland gesehen, zur Zeit König Wilhelms von Oranien. Auch ist mit diesem Gemälde eine überlieferte Warnung verknüpft, daß die Frauen der Familie sich vor dem Originale hüten sollten. Eben deshalb hat das Mädchen, von Kind auf, sich die Züge des gefährlichen Mannes ins Herz geprägt. Wenn nun der wirkliche Fliegende Holländer leibhaftig hereintritt, erschrickt das Mädchen; aber nicht aus Furcht. Auch jener ist betroffen bei dem Anblick des Porträts. Als man ihm bedeutet, wen es vorstelle, weiß er jedoch jeden Argwohn von sich fernzuhalten; er lacht über den Aberglauben, er spöttelt selber über den Fliegenden Holländer den ewigen Juden des Ozeans; jedoch unwillkürlich in einen wehmütigen Ton übergehend, schildert er, wie Mynheer auf der unermeßlichen Wasserwüste die unerhörtesten Leiden erdulden müsse, wie sein Leib nichts anders sei als ein Sarg von Fleisch, worin seine Seele sich langweilt, wie das Leben ihn von sich stößt und auch der Tod ihn abweist: gleich einer leeren Tonne, die sich die Wellen einander zuwerfen und sich spottend einander zurückwerfen, so werde der arme Holländer zwischen Tod und Leben hin und her geschleudert, keins von beiden wolle ihn behalten; sein Schmerz sei tief wie das Meer, worauf er herumschwimmt, sein Schiff sei ohne Anker und sein Herz ohne Hoffnung.

Ich glaube dieses waren ungefähr die Worte womit der Bräutigam schließt. Die Braut betrachtet ihn ernsthaft und wirft manchmal Seitenblicke nach seinem Konterfei. Es ist als ob sie sein Geheimnis erraten habe, und wenn er nachher fragt: Katharina, willst du mir treu sein? antwortet sie entschlossen: Treu bis in den Tod.

Bei dieser Stelle, erinnere ich mich, hörte ich lachen, und dieses Lachen kam nicht von unten, aus der Hölle, sondern von oben, vom Paradiese. Als ich hinausschaute, erblickte ich eine wunderschöne Eva, die mich mit ihren großen blauen Augen verführerisch ansah. Ihr Arm hing über der Galerie herab, und in der Hand hielt sie einen Apfel, oder vielmehr eine Apfelsine. Statt mir aber symbolisch die Hälfte anzubieten, warf sie mir bloß metaphorisch die Schalen auf den Kopf. War es Absicht oder Zufall? Das wollte ich wissen. Ich war aber als ich ins Paradies hinaufstieg, um die Bekanntschaft fortzusetzen, nicht wenig befremdet, ein weißes sanftes Mädchen zu finden, eine überaus weiblich weiche Gestalt, nicht schmächtig aber doch kristallig zart, ein Bild häuslicher Zucht und beglückender Holdseligkeit. Nur um die linke Oberlippe zog sich etwas, oder vielmehr ringelte sich etwas, wie das Schwänzchen einer fortschlüpfenden Eidechse. Es war ein geheimnisvoller Zug, wie man ihn just nicht bei den reinen Engeln, aber auch nicht bei häßlichen Teufeln zu finden pflegt. Dieser Zug bedeutete weder das Gute noch das Böse, sondern bloß ein schlimmes Wissen; es ist ein Lächeln welches vergiftet worden von jenem Apfel der Erkenntnis, den der Mund genossen. Wenn ich diesen Zug auf weichen vollrosigen Mädchenlippen sehe, dann fühl ich in den eigenen Lippen ein krampfhaftes Zucken, ein zuckendes Verlangen jene Lippen zu küssen; es ist Wahlverwandtschaft.

Ich flüsterte daher dem schönen Mädchen ins Ohr: Juffrow! ich will deinen Mund küssen.

Bei Gott, Mynheer, das ist ein guter Gedanke! war die Antwort, die hastig und mit entzückendem Wohllaut aus dem Herzen hervorklang.

Aber nein – die ganze Geschichte, die ich hier zu erzählen dachte, und wozu der Fliegende Holländer nur als Rahmen dienen sollte, will ich jetzt unterdrücken. Ich räche mich dadurch an die Prüden, die dergleichen Geschichten mit Wonne einschlürfen, und bis an den Nabel, ja noch tiefer, davon entzückt sind, und nachher den Erzähler schelten, und in Gesellschaft über ihn die Nase rümpfen, und ihn als unmoralisch verschreien. Es ist eine gute Geschichte, köstlich wie eingemachte Ananas, oder wie frischer Kaviar, oder wie Trüffel in Burgunder, und wäre eine angenehme Lektüre nach der Betstunde; aber aus Rankünе, zur Strafe für frühere Unbill, will ich sie unterdrücken. Ich mache daher hier einen langen Gedankenstrich –

Dieser Strich bedeutet ein schwarzes Sofa, und darauf passierte die Geschichte, die ich nicht erzähle. Der Unschuldige muß mit dem Schuldigen leiden, und manche gute Seele schaut mich jetzt an mit einem bittenden Blick. Je nun, diesen Besseren will ich im Vertrauen gestehn, daß ich noch nie so wild geküßt worden, wie von jener holländischen Blondine, und daß diese das Vorurteil, welches ich bisher gegen blonde Haare und blaue Augen hegte, aufs siegreichste zerstört hat. Jetzt erst begriff ich, warum ein englischer Dichter solche Damen mit gefrorenem Champagner verglichen hat. In der eisigen Hülle lauert der heißeste Extrakt. Es gibt nichts Pikanteres als der Kontrast jener äußeren Kälte und der inneren Glut, die bacchantisch emporlodert und den glücklichen Zecher unwiderstehlich berauscht. Ja, weit mehr als in Brünetten, zehrt der Sinnenbrand in manchen scheinstillen Heiligenbildern, mit goldenem Glorienhaar und blauen Himmelsaugen und frommen Lilienhänden. Ich weiß eine Blondine aus einem der besten niederländischen Häuser, die zuweilen ihr schönes Schloß am Zuidersee verließ, und inkognito nach Amsterdam und dort ins Theater ging, jedem der ihr gefiel Apfelsinenschalen auf den Kopf warf, zuweilen gar in Matrosenherbergen die wüsten Nächte zubrachte, eine holländische Messaline.

– – Als ich ins Theater noch einmal zurückkehrte, kam ich eben zur letzten Szene des Stücks, wo auf einer hohen Meerklippe das Weib des Fliegenden Holländers, die Frau Fliegende Holländerin, verzweiflungsvoll die Hände ringt, während auf dem Meere, auf dem Verdeck seines unheimlichen Schiffes, ihr unglücklicher Gemahl zu schauen ist. Er liebt sie und will sie verlassen, um sie nicht ins Verderben zu ziehen, und er gesteht ihr sein grauenhaftes Schicksal, und den schrecklichen Fluch, der auf ihm lastet. Sie aber ruft mit lauter Stimme: Ich war dir treu bis zu dieser Stunde, und ich weiß ein sicheres Mittel wodurch ich dir meine Treue erhalte bis in den Tod!

Bei diesen Worten stürzt sich das treue Weib ins Meer, und nun ist auch die Verwünschung des Fliegenden Holländers zu Ende, er ist erlöst, und wir sehen wie das gespenstische Schiff in den Abgrund des Meeres versinkt.

Die Moral des Stückes ist für die Frauen, daß sie sich in acht nehmen müssen, keinen Fliegenden Holländer zu heuraten; und wir Männer ersehen aus diesem Stücke, wie wir durch die Weiber, im günstigsten Falle, zugrunde gehn.

August Heinrich Hoffmann von Fallersleben
1798–1874

Liebliche Rose

Sprichst du auch nein, du bleibst mir unverloren,
  Liebliche Rose!
Du wirst in jedem Frühling mir geboren,
  Liebliche Rose!
Der Frühling heißt die Vögel fröhlich singen
  Immer dasselbe,
Und immer, immer klingt in meinen Ohren:
  Liebliche Rose!
Und unter allen seinen Blumen hab' ich
  Dich zur Geliebten,
Dich nur, die eine einz'ge auserkoren,
  Liebliche Rose!

Und unter allen seinen Blumen hab' ich
  Dir nur alleine
Von allen andern Treue zugeschworen,
  Liebliche Rose!
Du bleibst mir nahe, nahe meinem Herzen,
  Bist du auch ferne!
Sprich immer nein! dich hab' ich nie verloren,
  Liebliche Rose!

Du wirst der Liebe nicht entgehen

So lange Schönheit wird bestehn,
So lang auf Erden Augen sehn,
Wirst du der Liebe nicht entgehn.

Johann Nepomuk Nestroy
1801–1862

Der betrogene Liebhaber
(aus: Die verhängnisvolle Faschingsnacht)

Ich zürn' mich nicht, ich kränk' mich nicht, ich gift' mich nicht, ich lach' nur alleweil – (*lacht mit verbissenem Ingrimm*) ich begreif' nur nicht, warum der Lacher so einen desperaten Anklang hat. Ich bin ruhig in meinem Innern, recht fidel! Ich hab's eigentlich gar nicht nötig, daß ich herumgeh' d' halbe Nacht als wie ein Wahnsinniger. Ein Mädel hat ihren Liebhaber papierlt, dieser Fall hat sich schon vor Erfindung des Papiers millionenmal ereignet, um so mehr jetzt in dieser papiernen Zeit! Der Fall is alltäglich. Nur daß das Mädel grad mein Mädel is und daß ich grad der Liebhaber bin, der dem Mädel sein Liebhaber war, das ist das einzige Neue und Verdrießliche in der Sach'. Was tut man in so einer Lage? – Kleine Seelen lamentieren, hochherzige Männer nehmen sich eine andere, und die ganz großen Geister haben schon immer eine im Vorrat, so wie es jetzt bei mir der Fall ist.

Wilhelm Hauff
1802–1827

Ihr Auge

Ich weiß wo einen Bronnen
Voll hellem Himmelstau,
Es glänzt der Strahl der Sonnen
Aus seines Spiegels Blau;
Er ladet klar und helle
Zu süßer Wonne ein,
Es winkt aus seiner Quelle
Der Sonne milder Schein.

Mir war als sollte drunten
In seiner klaren Flut
Das arme Herz gesunden
Von seinem bangen Mut.

Ich tauchte freudig nieder,
Ins klare Blau hinab,
Mein Herz das kam nicht wieder,
Fand in dem Quell sein Grab.

Kennst du den süßen Bronnen,
So klar und silberhell?
Kennst du den Strahl der Sonnen
Aus seinem blauen Quell?
Das ist des Liebchens Auge,
Ihr süßer Silberblick –
Aus seiner Tiefe tauche
Ich nie zum Licht zurück.

Serenade

Wenn vom Berg mit leisem Tritte
Luna wandelt durch die Nacht,
Eil ich zu des Liebchens Hütte,
Lausche ob die Holde wacht.
Seh ich dort die Lampe glühen,
In dem stillen Kämmerlein,
Möcht ich wie der Lampe milder Schein
Spielend um die zarten Wangen sein.

Mit des Lichtes schönen Strahlen
Zög ich um mein liebes Kind,
Farben wollt ich um sie malen,
Wie sie nur am Himmel sind;
Sände Schlummer ihr aufs Auge,
Löschte sie des Lämpchens Schein,
War ihr letzter, süßer Blick noch mein,
Und ich stürbe sanft an ihrem Hauche.

Nimmer darf ich um sie weben,
 Wie der Lampe milder Schein,
Doch mein Lied darf zu ihr schweben,
 Darf der Liebe Bote sein.
Schwebt denn Töne meiner Laute
 Zu des Liebchens Kämmerlein,
 wieget sie in süße Träume ein,
Und dann flüstert: »Denk mein du Traute.«

Unbekannter Verfasser
1802 gedruckt

Die Greuelhochzeit (aus: Des Knaben Wunderhorn)

In Frauenstadt ein harter Mann,
Es war ein reicher Bürgerssohn,
Der hat sich ausersehen
Ein reiches Mädchen hübsch und fein,
Er dacht, die sollt sein eigen seyn;
Der Handschlag war geschehen.

Als man bei etlich Wochen Zeit,
Oeffentlich die zwey junge Leut
Dreymal verkündigt hatte,
Das Mädchen war betrübet sehr,
Wollt ihren Bräutigam nicht mehr,
Doch kam die Reu zu späte.

Ein Schuhknecht that ihr gehen nach,
Welchem sie auch die Eh versprach,
Und liebet ihn dermassen,
Hat ihm versprochen vielmal schon:
Eh sie behielt den Bürgerssohn,
Wollt sie das Leben lassen.

Zur Hochzeit war nun alles bereit't,
Da man die zwey verlobte Leut

Wollte zur Kirche führen,
Die Braut zu ihrem Bräutgam spricht:
»Du weißt ich will dich haben nicht.«
Da war groß Lamentiren.

Der Bräutigam wohl zu ihr sprach:
»Mein liebes Kind! bedenk die Sach,
Was du mir hast versprochen.
Schick dich mein Schatz, thu mit mir gehn,
Läßt du mich hier in Schaden stehn,
So bleibts nicht ungerochen.«

Allein sie wollt nicht folgen ihm,
Der Bräutigam voll Zorn und Grimm,
Thät in die Kammer gehen;
Alsbald er thäte ein Pistol
Mit zweyen Kugeln laden wohl,
Das niemand thäte sehen.

Indem so ging der Kirchgang an,
Es freute sich ein Jedermann,
Und wollte gerne sehen,
Daß alles möchte werden gut,
Machten der Braut ein'n guten Muth,
Sie thät zur Kirche gehen.

Als nun die Braut und Bräutigam,
Und alles Volk zur Kirche kam,
Der Priester thäte gehen,
Wie sonst gebräuchlich, zum Altar,
Darauf kam das verlobte Paar,
Und thäten vor ihm stehen.

Als er die Braut gefraget nun,
Ob sie den Junggesellen schön,
Zu ihrem Mann wollt haben?
Darauf die Braut antwortet bald:
»Eh ich zum Mann ihn haben wollt,
Eh geb ich auf mein Leben.«

Kaum sie das Wort geredet wohl,
Der Bräutigam nahm das Pistol,
Es thät ihn so verdrießen,
Daß er die Braut vor dem Altar,
Da alles Volk zugegen war,
Thäte darnieder schießen.

Drauf war der Braut ihr Bruder da,
Als er die Schwester erschossen sah,
Zog aus der Scheide sein Messer,
Stach mit großem Schmerz
Dem Bräutigam auch durch das Herz,
Da lagen alle beyde.

Da ward ein großes Mordgeschrey,
Das Volk lief eilend alles herbey,
Es waren zwey Partheyen.
Die eine hielt zum Bräutigam,
Die Andere sich der Braut annahm,
Da war ein kläglich Schreyen.

Man schlug, man haut, man stach darein,
Man schonte weder Groß noch Klein,
Mit Messer, Säbel und Degen,
Oft manches trug ein'n Fetz davon,
Sieben Personen Weib und Mann,
Todt in der Kirchen lagen.

Als nun der Hader hätt' ein End,
Ein Jedes hebet auf die Händ,
Und that nach Hause gehen.
Jedermann führte große Klag,
Und sprach: Ich hab mein Lebetag
Kein solche Hochzeit gesehen.

Eduard Mörike
1804–1875

Das Geheimnis in der Grotte

In den folgenden Tagen erging vom Grafen eine Einladung an Theobald, gemeinschaftlich das unfern der Stadt gelegene Lustschloß des Königs, Wetterswyl, zu besuchen, wo man eben im Begriff war, mehrere kürzlich vom Ausland angekommene Statuen aufzustellen. Der italienische Künstler mußte selbst dabei zugegen sein, und sowohl die Persönlichkeit des letzteren als jene Werke lockten manchen Gebildeten und manchen Neugierigen heraus. Unserem Freunde war die Gelegenheit nicht minder erwünscht, doch zog er es vor, den angenehmen, auch zur Winterszeit immer noch gar mannigfaltigen Weg dahin allein zu Pferde zu machen, währen der Graf im Schlitten fuhr. Der heiterste Januarmorgen begünstigte den Ausflug; die Sonne war kaum aufgegangen, als Theobald schon, in lebhaftem Trabe sich erwärmend, von der Straße ab, den schönen einsamen Gründen zustrich, welche, größtenteils von Fichten und Niederwald besetzt, allmählich der Höhe des königlichen Parks zuführten. Rings gewährte die Landschaft, in dichter Schneehülle und nur von dunklen Waldstrecken durchbrochen, ein vollständiges Wintergemälde, und die Gemütsstimmung Noltens nahm diese stillen Eindrücke heute ganz besonders willig auf. Eine unbestimmte Mischung von Lebenslust und Wehmut lag allein seinen Betrachtungen zugrunde, wobei er anfangs deutlich zu fühlen glaubte, daß die Neigung zu Constanzen keinen oder doch nur einen sehr entfernten Anteil daran habe, bis ihm mitten unter seinen Träumereien ein längst vergessenes Lied von Larkens wieder vor der Seele aufging, welches ihm seinen gegenwärtigen Zustand wunderbar zu erklären schien. Er wiederholte sich die Verse seines Freundes, und konnte zuletzt nicht umhin, sie laut für sich zu singen.

In dieser Winterfrühe,
Wie ist mir doch zumut?
O Morgenrot! ich glühe
Von deinem Jugendblut.

Es glüht der alte Felsen,
Die Wälder Funken sprühn;
Berauschte Nebel wälzen
Sich in dem Tale hin.

Wie von der Höhe nieder
Der reinste Himmel flimmt,
Der nun um Rosenglieder
Entzückter Engel schwimmt!

Und Wunderkräfte spielen
Mir fröhlich durch die Brust,
In taumelnden Gefühlen
Kaum bin ich mir bewußt.

Mit tatenlustger Eile
Erhebt sich Geist und Sinn,
Und flügelt goldne Pfeile
Durch alle Ferne hin.

Wo denk ich hinzuschweifen?
Faßt mich ein Zauberschwarm?
Will ich die Welt ergreifen
Mit diesem jungen Arm?

Auf Zinnen möcht ich springen,
In alter Fürsten Schloß,
Möcht hohe Lieder singen,
Mich schwingen auf das Roß;

Und stolzen Siegeswagen
Stürzt ich mich brausend nach,
Die Harfe wird zerschlagen,
Die nur von Liebe sprach.

– Wie? schwärmst du so vermessen,
Herz! hast du nicht bedacht,
Hast, Närrchen, ganz vergessen,
Was dich so trunken macht?

Ach wohl, was aus mir singet
Ist nur der Liebe Glück;
Die wirren Töne schlinget
Sie sanft in sich zurück.

Was hilft, was hilft mein Sehnen!
Geliebte, wärst du hier!
In tausend Freudetränen
Verging' die Erde mir.

Bei seiner Ankunft im Schlosse fand er den Italiener, einen lebhaften Mann von mittleren Jahren, in komisch leidenschaftlichem Kommando mit den Leuten begriffen, welche die marmornen Kunstwerke in dem Hauptsaale aufzustellen hatten. Zwischen Zorn und Spaß schrie und lachte der Strudelkopf auf das grellste und brauchte zuweilen auch wohl den Stock gegen einen der Arbeiter, wovon keiner seine Sprache verstand. Theobald, nach einer sorgfältigen Beachtung der in ihrer Art einzigen Skulpturen, redete den Fremden italienisch an, und würde sich bei seiner Unterhaltung hinlänglich interessiert gefunden haben, wäre das Bestreben des Fremden, immer nur recht paradox zu sein und das Ernsthafte ins Lächerliche zu ziehen, nicht allzu widrig aufgefallen. Ja, am Ende, als der künstlerische Charakter Theobalds zur Sprache kam, konnte der Mann eine gewisse tückische Neckerei nicht lassen. Halb gekränkt und unwillig entzog sich unser Freund, um auf die spätere Ankunft des Grafen ein frugales Mittagsmahl in der Meierei zu bestellen. Müßig wie er war, besah er sich sodann die Umgebungen und die innere Einrichtung des fürstlichen Aufenthalts. Mehrere Zimmer gewährten eine reiche und belehrende Unterhaltung an ausgesuchten Malereien; es war leicht, sich in diesen geschmackvollen Räumen auf einige Zeit selber zu vergessen, und so stand er eben betrachtend mit sich allein, als ihm der entfernte Spiegel eines dritten Zimmers zwei von der entgegengesetzten Seite herbeikommende Personen zeigte, in denen er bei genauerem Hinblicken endlich den Grafen, und gegen alle seine Erwartungen, Constanzen selbst erkennen konnte. Ganz außer Fassung gebracht schaute er unverrückt mit klopfendem Herzen noch immer auf die nah und näher im Spiegel herbeischwebenden Gestalten, bis die Tritte hinter ihm rauschten, und seinerseits ein ziemlich verwirrtes, andererseits ein durchaus unbefangenes und fröhliches Willkommen stattfand. Nie war ihm die Gräfin so reizend, so anmutig vorgekommen, sie trug ein mild graues Kleid mit roten Schnüren, Gürtel und Schleifen, deren Faltung und Farbe ihm flüchtig die Granatblüte wieder in das Gedächtnis rief; an die zarte Wange, von der frischen Luft mit einem leisen Karmin überhaucht, legte sich ein weißer Pelz, und der zurückgeschlagene Schleier ließ dem Beschauer den Anblick des holdesten Gesichtes frei. Man kehrte fürs erste zu den neuen Sehenswürdigkeiten und ihrem tollen Meister zurück, an dessen Art und Weise der Graf sich dergestalt erbaute, daß die Schwester, sich mit einiger Ungeduld nach anderen umsehend, den Vorschlag Noltens, in den mannigfaltigen Sälen hin und wieder zu wandeln, nicht ungerne annahm. Gar bald ging ihre Unterhaltung auf eigene Verhältnisse und Persönlichkeiten über, denn Noltens leidenschaftlich beengte und zurückhaltende Stimmung gab Constanzen Anlaß, einen leichten Vorwurf gegen ihn auszusprechen, den er sogleich ergriff und ins Allgemeine über sich ausdehnte.

»Sie haben recht!« sagte er, »und nicht heute, nicht in gewissen Augenblicken bloß bemächtigt sich meiner dieser lästige, mir selbst verhaßte Mißmut; es ist keine Laune, die nur kommt und geht, es ist ein stetes unruhiges Gefühl, daß es anders mit mir sein sollte und könnte, als es ist.«

»Wie meinen Sie das? Sollte Ihnen Ihre Lage nicht genügen? Das wäre mir doch kaum gedenkbar.«

»Sprechen Sie's geradezu aus, gnädige Frau: Es wäre unbillig. Wohl, es ist wahr, ich könnte glücklich sein, aber ich weiß nicht eigentlich zu sagen, warum ich es nicht bin. Ich wäre undankbar, wollte ich nicht gerne bekennen, daß während meines ganzen Lebens sich alle Umstände vereinigten, mich endlich bis zu dem Punkte zu führen, auf dem ich jetzt stehe, in eine Lage, die mancher andere und würdigere Mann vergebens suchte. Ein günstiges Schicksal, so grillenhaft und mißwollend es mitunter scheinen mochte, trug nur dazu bei, ein Talent in mir zu fördern, in dessen freier Ausübung ich von jeher das einzige Ziel meiner Wünsche erblickt hatte. Manche Arbeit ist mir gelungen, ich habe, wenn ich meinen Freunden glauben darf, den höheren Forderungen der Kunst einiges Genüge getan, und, was mir fast ebenso lieb sein sollte, man hat von der Zukunft größere Erwartungen, ohne daß mir vor ihrer Erfüllung bange wäre. Ein unendliches Feld dehnt sich vor mir aus, und wenn ich sonst an der Möglichkeit verzweifelte, die Welt, welche sich in mir drängte, jemals in heiterer Gestaltung an das Licht hervorzuführen, so sehe ich, daß sie jetzt, sobald ich recht will, von selber leicht und zwanglos unter meinem Pinsel sich befreit. Aber wie kommt es, daß eben jetzt mein Fleiß und meine Lust nachläßt? Warum so manche Arbeit angefangen, ohne sie zu vollenden? Woher die Ungeduld, sich auswärts umzutun, überall, nur nicht in meinen vier Pfählen, vor meiner Staffelei, mich zu befriedigen? Was den Künstler sonst wohl reizt und treibt und ermuntert, das ist die Hoffnung auf die ruhmvolle Anerkennung der Verständigen, die rege Teilnahme zunächst seiner Freunde; auch mir war dies Gefühl nicht fremd, jetzt vermag es nichts mehr auf mich. Ungenützt und trocken und verdrießlich gehn mir die Wochen dahin, und nur *die* Stunden glaub ich wirklich gelebt zu haben, die mir in Ihrem Hause vergönnt sind. Aber nun, für einen Mann, welcher seine Pflicht so gut fühlt, als ein jeder andere, sagen Sie mir, ist so ein Leben nicht ein unerträgliches? Und sehen Sie ein Mittel, es zu ändern? Könnten Sie auch nur den kranken Fleck entdecken, wovon mir all dies Unheil kommt, das mich so gänzlich von mir selber trennt und scheidet?«

»Mit Verwunderung, Nolten, hör ich Sie an«, erwiderte die Gräfin, »und Ihre Klagen, ich gestehe, mißfallen mir mehr, als daß mein Mitleid dadurch rege würde. Ich verstehe Sie nicht ganz, nur glaub ich fast zu sehen, die Schuld liegt meist an Ihnen. Gern dacht ich Sie mir diese ganze Zeit her tätig, frisch und aller Hoffnung voll. Ließen nicht Ihre Gespräche nur den wärmsten Eifer blicken für Ihren Beruf und alles, was dahin gehört? War Ihr Benehmen denn nicht weit mehr heiter als zerstreut und unbefriedigt? Wie angenehm für unsern kleinen Kreis, wenn Sie des Abends als ein mehr und mehr unentbehrlich werdender Gast bei uns erschienen, munter, gefällig, teilnehmend an allem, erfinderisch für jede Art von Unterhaltung, dabei bescheiden und ohne viel Worte. Dann, was soll ich's Ihnen bergen, so wie auf diese Weise wir Ihnen manches schuldig wurden, so mochten wir uns gerne überreden, daß eben in unserem Hause eine Zuflucht für Nolten gefunden sei, wo der Künstler das vielfach bewegte Leben seines Innern harmlos und ruhig mit der Gesellschaft zu vermitteln imstande wäre, um immer wieder mit freigeklärter Stirne in den Ernst seiner Werkstätte zurückzukehren und sich mit mehr Gelassenheit alles desjenigen zu bemeistern, was sonst mit verworrener Übermacht betäubend und niederschlagend auf ihn eindrang. Ja, mein Freund, Sie mögen im stillen meiner spotten, ich leugne nicht, so weit gingen meine Hoffnungen.«

»Verhüte Gott es, edle vortreffliche Frau, daß ich verkennen sollte, was Sie mit unverdienter Güte für mich dachten! Mehr, weit mehr als Sie soeben angedeutet haben, könnte der herrliche Kreis mir gewähren, wofern ich den Segen zu nutzen verstünde, den er mir bietet. Aber, meine Gnädige, wenn gerade der neue Reiz dieser schönen Sphäre einen Zwiespalt in mir hervorbrächte, wenn der innige Anteil, den das *Herz* hier nehmen muß, dem weit allgemeineren Interesse des *Geistes* im Wege stünde, wenn ich, statt beruhigt und gestärkt zu mir selbst zurückzukehren, immer das leidenschaftliche Verlangen fühlte, in den Mittelpunkt eines so lieblichen Vereins alle Strahlen meines menschlichen und künstlerischen Daseins zu versammeln, sie ewig dort festzuhalten, und so meinem Bestreben einen um so wärmeren Schwung, einen unmittelbaren Lohn zu verschaffen, als der zerstreute Beifall der Welt jemals gewähren kann?«

»Es liegt«, antwortete die Gräfin nach einigem Nachsinnen mit Heiterkeit, »es liegt in der Natur von Männern Ihresgleichen, alles nur einseitig zu nehmen, von *einer* Seite her alles zu erwarten, und zwar je unmöglicher, je schädlicher es wäre. Indessen, mein lieber Maler, ich bin für jetzt nicht gefaßt, noch geneigt, in Ihren gegenwärtigen Zustand, in Ihr Wünschen und Wollen augenblicklich ratend und helfend einzugehen. Die erhabenen Grillen dieses Geschlechts von Künstlern sind schwer zu fassen, und wir scharfsinnigen Frauen haben jedesmal Mühe, um bei dergleichen subtilen Erörterungen, wo wir nur lauschen, nur tasten und halb erwidern können, nicht unsern Blödsinn, unsre Einfalt zu verraten. Am Ende möchten wir bei einem Menschen, welchem wir doch einmal herzlich wohlwollen, alles gerne mit *einem* Schlage gutmachen, und, dem Unnatürlichen zum Trotz, mit der natürlichsten Auskunft dazwischenfahren. Gar oft sind wir aber selbst um eine solche Zauberformel verlegen, ja, wenn wir sie gefunden zu haben glauben, will es uns manchmal gefährlich dünken, davon Gebrauch zu machen, und so können wir zuletzt nichts Besseres tun, als – mit Bedeutung schweigen und die Herren an ihren Genius verweisen.«

Theobald machten diese Worte nachdenklich; sie schienen ein Verständnis der Absicht, welche er vorhin halb versteckt Constanzen nahegelegt, ebenso zweideutig zu verhüllen, und obgleich sich bereits ein guter Schluß auf die Gesinnungen der liebenswürdigen Frau daraus machen ließ, so hatte der muntere ablehnende Ton ihn doch etwas erschreckt, sogar verletzt.

Die Gräfin sah sich im Vorbeigehen nach den beiden Herren um; da jedoch der Italiener soeben in einer lustigen und langen Erzählung begriffen war, welche für ein weibliches Ohr nicht eben von der delikatesten Art sein mochte, so zog sich Constanze wieder zurück, und Theobald verfehlte keineswegs, ihr Gesellschaft zu leisten.

Sie stiegen die breiten Stufen zur Gartenanlage hinab, und die Gräfin bezeugte auf eine drollige und neckische Art ihre Freude über die Leichtigkeit, womit sie auf der gefrorenen Schneedecke hinschlüpfen konnte, indes ihr Begleiter zuweilen unversehens mit dem Fuße einsank. Aber all ihr munteres Wesen vermochte kaum etwas gegen den sinnenden Ernst des Malers. Sie kam vor eine dunkle Gruppe hoher Forchen, welche den Eingang zu der sogenannten *schönen Grotte* vorbereiteten. Diese zog sich eine beträchtliche Länge unter einem reichbewachsenen Felsen fort und führte unmittelbar in den großen Saal der Orangerie. Nicht ohne vielen Sinn war die Sache so angelegt worden, um dem Spaziergänger eine höchst überraschende Szene zu bereiten, wenn man, besonders zu dieser Jahreszeit, aus dem toten Wintergarten in eine schauerliche Nacht eingetreten, nach etlichen hundert Schritten mit *einem* Male einen hellgrünen, warmen Frühling zauberhaft aus breiten Glastüren sich entgegenleuchten sah.

Theobald forderte zu einem Gang durch die Höhle auf, und die Gräfin, die den Ort noch nicht kannte, nahm nach kurzem Zaudern den Arm ihres Begleiters an. Ein eisernes Geländer, woran man fortlief, leitete sicher an den Wänden hin, und so waren beide mit vorsichtigen Tritten eine Strecke weit gewandert, als Constanze, das Ende des dunklen Ganges vergeblich erwartend, bereits ängstlich die Umkehr verlangte. Nolten bat dringend, vollends auszuhalten, und überredete sie endlich. Aber in steter Frucht, einen Mißtritt zu tun, oder gegen einen Vorsprung des Felsens zu stoßen, hielt sich die zarte Frau fest und fester an ihren Führer, und indes beide schweigend und sachte nebeneinander gingen, wie seltsam war es unserem Freunde, so viel Schönheit und Jugend in voller und doch unsichtbarer Gegenwart leis atmend an seiner Seite! Sein Herz pochte gewaltsamer, und wie schon das Wunderbare und Großartige eines solchen Ortes erhöhend auf die Sinne wirkt, so steigerte sich jetzt seine Phantasie bis zu einer gewissen Feierlichkeit, alles schien ihm etwas Außerordentliches, etwas Entscheidendes ankündigen zu wollen.

Dies trat auch nur zu bald und auf ganz andere Weise ein, als er sich hätte je vermuten können; denn in dem Augenblick, wo ihm vorne ein dämmernd hereinfallendes Licht den nahen Ausgang verheißt, glaubt er von derselben Seite her eine Stimme zu vernehmen, deren wohlbekannter Ton ihn plötzlich starr wie eingewurzelt stehenbleiben macht. Constanze fühlt, wie er zusammenschrickt, wie sein Atem ungestüm sich hebt, wie er mit der Faust gegen die Brust fährt. »Was ist das? Um Gottes willen, Nolten, was haben Sie?« Er schweigt. »Wird Ihnen nicht wohl? Ich beschwöre, reden Sie doch!«

»Keine Furcht, edle Frau! Besorgen Sie nichts – aber ich gehe nicht weiter – keinen Schritt – denken Sie was Sie wollen, nur fragen Sie mich nicht!«

»Nolten!« entgegnete die Gräfin mit Heftigkeit, »was soll der unsinnige Auftritt? kommen Sie! Soll ich mich etwa krank hier frieren? Was haben Sie vor? Den Augenblick verlaß ich diesen Ort – werden Sie mir folgen oder geh ich allein? Lassen Sie mich los! ich befehl es Ihnen.« – Er hält sie fester. »Nolten! Ich rufe laut, wenn Sie beharren!«

»Ja, rufen Sie! rufen Sie ihn herbei – er ist nicht weit von uns – ich hab seine Stimme gehört, meines schlimmsten, meines tödlichsten Feindes – Herzog Adolph ist in der Nähe!«

Nun erst schien Constanze zu begreifen; sie stand sprachlos, ohne Bewegung.

»Der Augenblick ist da!« rief Theobald, »ich fühl es, jetzt, oder nie muß es heraus, das Geheimnis, das seit Monaten an meinem Leben zehrt und frißt, das mich zugrunde richten wird, wenn ich's nicht endlich darf aus der Brust stoßen – Constanze! ahnest du es nicht? O daß ich dir ins Auge blicken, dir's von der Stirne lesen könnte, du habest längst erraten!«

»Still, Nolten! schweigen Sie – um meiner Ruhe willen, kein Wort weiter! Kommen sie vorwärts, dort an das Licht –«

»Dorthin? nein, nimmermehr! sein Sie barmherzig – Nicht daß ich mich fürchtete vor ihm, dem Übermütigen – sein Anblick nur ist mir unerträglich – Jetzt, eben jetzt, als hätte die Hölle ihn bestellt, mir jede meiner kurzen Seligkeiten zu vergiften! Ich haß ihn, haß ihn, weil er um deine Liebe schleicht, Constanze! Ist's nicht so? kannst du's leugnen? und dürft er hoffen? Er? Gib einen Laut! Laß mich's erfahren! Alles weißt du, weißt, was ich leide, mein Herz, mein Verlangen kann dir nicht unbekannt sein; Engel! o himmlischer, gib mir ein Zeichen! Laß mir ein Lispeln, mir einen schwachen Händedruck bekennen, was du im stillen mir zudenkst, was deine Güte schüchtern mir gewähren möchte! Glaub mir, ein Gott hat uns hierher geführt, mein Innerstes erst bitter aufgeregt und alles, alles – Haß, Verzweiflung, Angst, die unbegrenzte Wonne deiner Nähe zusammengedrängt hier in diesem verborgenen Winkel, um endlich mein Herz hervorzurufen, mir das Bekenntnis zu entreißen, und auch deine Lippen aufzuschließen – so sprich denn, o sprich! die Minuten sind kostbar!« Er zog die Zitternde, Verstummte an sich. Ihr Haupt sinkt unwillkürlich an seine Brust, indes ihre Tränen fließen und sein Kuß auf ihrem Halse brennt. Den Mund in die dichte Lockenfülle drückend, hätte er ersticken mögen vom süß betäubenden Dufte der üppigen Haare – der Boden schien sich zu teilen unter den Füßen Constanzes – Erd und Himmel zu taumeln vor ihrem geschlossenen Auge – in eine unendliche Nacht voll seliger Qualen stürzt ihr Gedanke hinab – liebliche Bilder in flammendem Rosenschein, wechselnd mit drohenden, grünäugigen Larven, dringen auf sie ein – aber noch immer halten ihre Kniee sich aufrecht, noch immer entfährt ihr kein Laut, kein Seufzer, nur von einem flüchtigen Schauder zuckt augenblicklich ihr Körper zusammen. Mächtiger, kecker fühlt das herrliche Weib sich umschlungen; da rauscht auf einmal der Tritt eines Menschen unfern von ihnen, jäher Schrecken faßt Theobald an, und eh er noch seitwärts ausbeugen kann, streift schon das Kleid des Vorübergehenden an ihnen hin. Glücklich war die Gefahr überstanden. Niemand als der Herzog kann es gewesen sein. Theobald schöpft wieder Atem. Constanze, regungslos in seinen Armen, scheint von allem nichts bemerkt zu haben. Nach einer Weile fährt sie wie aus einem Traume empor und – »Fort! fort!« ruft sie mit durchdringender Stimme – »Wo bin ich? Was soll ich hier? Hinweg, hinweg!« Sie riß sich heftig los und eilte voran, so daß Theobald kaum mehr folgen konnte. Ein blendendes Meer von Sonnenschein empfängt die Eilenden an der Schwelle des blühenden Saales. Nolten will soeben die Gräfin erreichen, aber die große Glastüre schlägt klirrend hinter ihr zu, ohne daß er sie wieder öffnen könnte. Er sieht die geliebte Gestalt zwischen dem Laub der Orangen verschwinden. Trunken an allen Sinnen, ratlos, verwirrt, in schmerzlicher Furcht steht er allein. Noch einmal versucht er das verwünschte Schloß – umsonst, er sieht sich gezwungen, rückwärts zu gehen. Wütend rennt er eine Strecke fort bis in die Gegend der verhängnisvollen Stelle, wo er stehenbleibt, sich fragt, ob es Blendwerk, ob es Wirklichkeit gewesen, was hier vorgegangen? Unmöglich schien es, daß noch soeben Constanze hier zwischen diesen Felsen gestanden, daß er *sie*, sie selber in seinen Armen gehalten, ihren Busen an dem seinigen klopfen gehört. Wie kalt und teilnahmslos lag jetzt diese Finsternis um ihn her, wie so gar nicht schienen diese rohen Massen von jener holden Gegenwart zu wissen, deren Gottheit noch soeben rings die Nacht purpurisch glühen machte! Hier klang das Rufen der Geliebten, hier fiel der Tropfe aus dem schönen Auge! O läßt kein leiser Geisterton sich hören, der mir versichere: ja, hier war es, hier geschah's! Begreife denn dein Glück, ungläubig Herz! umfaß, umspanne den vollen Gedanken, wenn du es kannst, denn ohne Grenzen ist dein Glück, auch dann, wenn du sie nimmer sehen solltest, wenn dich ihr Zorn, ihr Stolz auch auf immer verbannte! War sie nicht *dein*, dir hingegeben einen vollen, unerschöpflichen Moment? O dieser Augenblick sollte eine bettelarme, leere Ewigkeit reich machen können!

Glühend aufgeregt verließ der Freund den Ort, und um sich, so gut es gehen mochte, noch zu sammeln, nahm er absichtlich einen weiten Umweg nach dem Saale, wo die Gesellschaft beieinander war.

»Sie bleiben lange aus!« rief ihm der Graf entgegen, »und haben dadurch den Herzog versäumt, welcher diesen Morgen auf eine Stunde hier gewesen, aber bereits wieder weg ist.«

Die Unbefangenheit dieses Empfangs, den er mit einer leichten Entschuldigung erwiderte, und die Ruhe, welche sich in Constanzens Benehmen aussprach, überzeugte Theobald hinlänglich, daß ihre und seine Abwesenheit nicht aufgefallen war. Dennoch wollte ihn die Art, wie die schöne Frau sich anließ, befremden: sie kam ihm beinahe wie ein anderes Wesen vor, ernst ohne niedergeschlagen, zurückhaltend und höflich, ohne abstoßend zu sein; eine gleichgültige Frage, die er an sie richtete, beantwortete sie mit mehr Natürlichkeit und Geistesgegenwart, als der Frager in diesem Augenblick selbst besaß. Bei alledem schien ihre Miene das, was vorgefallen war, eher stillschweigend zu verzeihen als zu billigen, ja es hatte das Ansehen, als verleugnete sie die Erinnerung daran ganz und gar.

Nicht mehr lange, so wurde das Mittagessen angesagt, wozu der Graf ohne weiteres auch den Italiener geladen hatte, zu nicht geringem Verdrusse Noltens, der es denn auch geduldig geschehen lassen mußte, als jener sich die Gnade erbat, Eccellenza der Frau Gräfin seinen Arm zum Gange nach dem Meierhause leihen zu dürfen.

Die kleine Tafel fiel reichlicher aus, als man erwartet hatte, denn außer dem fremden Weine, der im Schlitten des Grafen mitgekommen war, fand sich ein schmackhafter und seltener Bissen Geflügel ein, bei dessen Auftischung der Graf zu bemerken nicht unterließ, daß man den trefflichen Seevogel der Galanterie seiner Hoheit verdanke, der Herr Herzog haben ihn vorhin am großen Teiche geschossen.

Der Italiener hielt sich besonders an den feinen Roussillon und schwatzte kunterbuntes Zeug durcheinander, was indessen für Theobald zu jeder andern Zeit ärgerlicher gewesen wäre, als jetzt, wo er seine Zerstreuung gerne hinter diesen Lärm verbarg. Man redete dem Ausländer zuliebe, der kein Deutsch verstand, und Constanzen, der das Italienische nicht geläufig war, französisch, und unser Freund fand in dieser fremden Sprache eine willkommene Art von Scheidewand zwischen sich selber und seinem gegenwärtigen Gefühl; aber sonderbarerweise rückte sich ihm auch die lebhafte Szene von heute morgen nur um desto mehr ins Unglaubliche, ja Constanze selbst verschwand ihm in eine zweifelhafte Ferne, so nahe ihm ihre äußere Gestalt auch war. Er sah die jetzt verflossenen Stunden, wenn er je sie wirklich verlebt haben sollte, wie eine längst entflohene Vergangenheit an, aber die Gegenwart deuchte ihm deshalb um nichts wahrhafter und gegenwärtiger und die Zukunft völlig ein Unding.

(…)

Bei der Gräfin selbst war der Rückblick auf den heutigen Morgen leichter, weil seine Wirkung wenigstens äußerlich durch so manches andere in etwas war verdrängt worden; nur sobald Nolten ihr näher kommen wollte, wich sie schüchtern und unbehaglich aus. Im allgemeinen, dies durfte er sich mit Recht sagen, ließ ihr Benehmen sich gar nicht zu seinen Ungunsten auslegen, ja er konnte den tief gegründeten Keim wirklicher Liebe nicht mehr an ihr verkennen, er hoffte eine zwar langsame, aber unaufhaltsame Entwicklung. Nur jede Voreiligkeit, alles dringend Heftige, sosehr dies in seinem Temperamente lag, beschloß er zu vermeiden, und wir selber sind der Meinung, daß er dabei seinen Vorteil und die Sinnesart der Frauen von Constanzens Werte fein genug zu schätzen gewußt.

Man hätte gerne noch den echten Italiener gesehen, allein der Abend nahte stark heran, es war unwahrscheinlich, daß der Künstler noch käme, überdies verlangte Constanze nach Haus, und so schickte man sich denn zum Aufbruch an.

Nolten, der den Schlitten des Grafen eine Weile rasch verfolgte, blieb mit seinem Pferde doch bald zurück. Er hatte Zeit, seinen Gedanken über den heutigen Tag, seinen Besorgnissen und Hoffnungen stille nachzuhängen, indes der Mond mit immer hellerem Lichte die dämmernde Schneelandschaft überschien. Was hatte sich doch verändert in den wenigen Stunden, seit er diese Wege hergeritten! um wieviel näher war er gegen alles Denken und Vermuten seinem ersehntesten Ziele gekommen, ja, das er wirklich schon erreicht, das er schon mit kühnen Armen umschlungen und auf alle Zukunft für sich geweiht hatte! Je verwunderter er diese rasche Wendung bei sich überlegte, desto stärker drang sich ihm der alte Glaube auf, daß es Augenblicke gebe, wo ein innerer Gott den Menschen unwiderstehlich besinnungslos vorwärts stoße, einer großen Entscheidung entgegen, so daß er, daß sein Schicksal und sein Glück sich selber gleichsam übertreffen müssen. Er schauderte im Innersten, er drang mit weit offenen Augen in das tiefe Blau des nächtlichen Himmels und forderte die Gestirne heraus, seine Seligkeit nachzuempfinden. Was doch jetzt in Constanzen vorgehen mag! – er hätte die Welt verschenken mögen, um dieses Einzige zu wissen, und doch pries er weder seine Ungewißheit, weil sie ihm vergönnte, alles zu glauben, was er wünschte. Sollte jetzt nicht auch in *ihrem* Busen der wonnevollste Tumult von Freude, Furcht und Hoffnung laut sein? und ist nicht der Grund ihrer Seele, wie die Tiefe eines stillen Meeres, jetzt von jener unendlichen Ruhe beherrscht, welche im Bewußtsein hoher Liebe liegt? – So dachte er, so durchlief er noch manches, was ihn mächtig emporhob; kräftig gab er seinem Pferde die Sporen, als gälte es, noch heute allen seinen Wünschen die Krone aufzusetzen.

Ein Stündlein wohl vor Tag

Derweil ich schlafend lag,
Ein Stündlein wohl vor Tag,
Sang vor dem Fenster auf dem Baum
Ein Schwälblein mir, ich hört es kaum,
Ein Stündlein wohl vor Tag:

»Hör an, was ich dir sag,
Dein Schätzlein ich verklag:
Derweil ich dieses singen tu,
Herzt er ein Lieb in guter Ruh,
Ein Stündlein wohl vor Tag.«

O weh! nichts weiter sag!
O still! nichts hören mag!
Flieg ab, flieg ab von meinem Baum!
– Ach, Lieb und Treu ist wie ein Traum
Ein Stündlein wohl vor Tag.

Nimmersatte Liebe

So ist die Lieb! So ist die Lieb!
Mit Küssen nicht zu stillen:
Wer ist der Tor und will ein Sieb
Mit eitel Wasser füllen?
Und schöpfst du an die tausend Jahr,
Und küssest ewig, ewig gar,
Du tust ihr nie zu Willen.

Die Lieb, die Lieb hat alle Stund
Neu wunderlich Gelüsten;
Wir bissen uns die Lippen wund,
Da wir uns heute küßten.
Das Mädchen hielt in guter Ruh,
Wie's Lämmlein unterm Messer;
Ihr Auge bat: nur immer zu,
Je weher, desto besser!

So ist die Lieb, und war auch so,
Wie lang es Liebe gibt,
Und anders war Herr Salomo,
Der Weise, nicht verliebt.

Ernst Freiherr von Feuchtersleben
1806–1849

Was geht's dich an?

»Wenn ich dich liebe, was geht's dich an?« Wer das so recht beherzigte und besäße! Der hätte ein Paradies, wo andere von Höllenflammen selbstischer Sehnsucht verzehrt werden. Alles Schöne und Herrliche gehört sein eigen, ob es um ihn wisse oder nicht, und es gibt für den Menschen kein Eigentum als das, was er liebt.

Der Keim der Liebe

Auch dies trägt zur Öde vieler Ehen bei, daß die Gatten nie Liebende waren; wären sie's je gewesen, so würde die Erinnerung an jene schönste Illusion des Menschenlebens sie nie ganz verlassen. In jedem Weibe liegt der Keim der Liebe, aber die wenigsten Männer wissen ihn zu pflegen.

Liebe ist ein Geschenk

Liebe als Pflicht zu fordern, bleibt lächerlich, und alle Neigung ist Geschenk. Bist du ihrer unwert, – was kannst du dagegen sagen? Findest du die Geliebte unwürdig, was kann dir an ihr liegen? Und, abgesehen von Wert oder Unwert, was die Natur mit leiser, aber allmächtiger Hand zueinander neigt, – willst du's trennen? Das beste Mittel, dir Liebe zu sichern und zu bewahren, ist: so liebenswürdig zu sein, daß es schändlich wäre, sich von dir abzuwenden.

Friedrich Halm
1806–1871

Mein Herz, ich will dich fragen

Mein Herz, ich will dich fragen,
Was ist denn Liebe, sag'? –
»Zwei Seelen und ein Gedanke,
Zwei Herzen und ein Schlag!«

Und sprich, woher kommt Liebe? –
»Sie kommt und sie ist da!«
Und sprich, wie schwindet Liebe? –
»Die war's nicht, der's geschah!«

Und was ist reine Liebe? –
»Die ihrer selbst vergißt!«
Und wann ist Lieb' am tiefsten? –
»Wenn sie am stillsten ist!«

Und wann ist Lieb' am reichsten? –
»Das ist sie, wenn sie gibt!«
Und sprich, wie redet Liebe? –
»Sie redet nicht, sie liebt!«

Heinrich Hoffmann
1809–1894

Das häusliche Gewitter

1

Donnernd zürnt der Mann und blitzend,
Nimmt's mit Worten nicht genau;
Und in stiller Ecke sitzend
Tränenregen bringt die Frau.
So ist das Gewitter fertig.
Aber häßlich, widerwärtig.

2

Wenn ein derbes Ungewitter
Über Berg' und Täler fegt,
Sproßt und grünt und blüht es allwärts,
Lebenslustig angeregt.
Doch ein häuslich Ungewitter
Macht die Luft nur dick und schwer,
Von Belebung, von Erquickung
Merkt man wahrlich nichts nachher.

3

Aber lieber tausendmal
Arger Guß und Blitzesstrahl,
Als ein Regen ohne Ende,
Nasser Boden, kalte Hände!
Besser noch ein derber Zank,
Worteswechsel frisch und frank,
Als ein wochenlanges Quälen,
Hetzen, Spötteln, Brummen, Schmälen.

4

Manches willig sich versagen,
Fremde Schwäche billig tragen,
Reicher Trost in schwerer Stunde,
Gleicher Mut für schlimme Kunde,
Fromm Vertrauen allerwegen
Und der Liebe voller Segen,
Dies sind eure Blitzableiter,
Und die Wetter ziehen weiter.

Georg Büchner
1813–1837

An die Braut

Gießen, März 1834.

Ich wäre untröstlich, mein armes Kind, wüßte ich nicht, was Dich heilte. Ich schreibe jetzt täglich, schon gestern hatte ich einen Brief angefangen. Fast hätte ich Lust, statt nach Darmstadt gleich nach Straßburg zu gehen. Nimmt Dein Unwohlsein eine ernste Wendung – ich bin dann im Augenblicke da. Doch was sollen dergleichen Gedanken? Sie sind mir Unbegreiflichkeiten. – Mein Gesicht ist wie ein Osterei, über das die Freude rote Flecken laufen läßt. Doch ich schreibe abscheulich; es greift Deine Augen an, das vermehrt das Fieber. Aber nein, ich glaube nichts, es sind nur die Nachwehen des alten nagenden Schmerzes; die linde Frühlingsluft küßt alte Leute und hektische tot; Dein Schmerz ist alt und abgezehrt, er stirbt, das ist alles, und Du meinst, Dein Leben ginge mit. Siehst du denn nicht den neuen lichten Tag? Hörst Du meine Tritte nicht, die sich wieder rückwärts zu Dir wenden? Sieh, ich schicke Dir Küsse, Schneeglöckchen, Schlüsselblumen, Veilchen, der Erde erste schüchterne Blicke ins flammende Auge des Sonnenjünglings. Den halben Tag sitze ich eingeschlossen mit Deinem Bild und spreche mit Dir. Gestern morgen versprach ich Dir Blumen; da sind sie. Was gibst Du mir dafür? Wie gefällt Dir mein Bedlam? Will ich etwas Ernstes tun, so komme ich mir vor wie Larifari in der Komödie: will ich das Schwert ziehen, so ist's ein Hasenschwanz …

Ich wollte, ich hätte geschwiegen. Es überfällt mich eine unsägliche Angst. Du schreibst gleich; doch um 's Himmels willen nicht, wenn es Dich Anstrengung kostet. Du sprachst mir von einem Heilmittel; lieb Herz, schon lange schwebt es mir auf der Zunge, ich liebte aber so unser stilles Geheimnis –. Doch sage Deinem Vater alles –, doch zwei Bedingungen: Schweigen, selbst bei den nächsten Verwandten; ich mag nicht hinter jedem Kusse die Kochtöpfe rasseln hören und bei den verschiedenen Tanten das Familienvatergesicht ziehen. Dann: nicht eher an meine Eltern zu schreiben, als bis ich selbst geschrieben. Ich überlasse Dir alles, tue, was Dich beruhigen kann. Was kann ich sagen, als daß ich Dich liebe; was versprechen, als was in dem Wort Liebe schon liegt, Treue? Aber die sogenannte Versorgung? Student noch zwei Jahre; die gewisse Aussicht auf ein stürmisches Leben, vielleicht bald auf fremdem Boden!

Friedrich Hebbel
1813–1863

Aphorismen

Ideen-Kaleidoscop

Nicht auf den Gegenstand kommt es an, *der* gesehen wird, sondern auf die Art, *wie* man ihn sieht: der liebende feurige Jüngling schaut da einen Engel, wo der sinnlose Wüstling bloß einen Becher schaut, worin er seine Begierden ersäufen, und woran er sie stillen kann.

Ich und du

Wir träumen von einander
Und sind davon erwacht,
Wir leben, um uns zu lieben,
Und sinken zurück in die Nacht.

Du tratst aus meinem Traume,
Aus deinem trat ich hervor,
Wir sterben, wenn sich Eines
Im Andern ganz verlor.

Auf einer Lilie zittern
Zwei Tropfen, rein und rund,
Verfließen in Eins und rollen
Hinab in des Kelches Grund.

Theodor Storm
1817–1888

Angelica

I

Seit Jahren hatten im Stillen seine Augen an ihren feinen Zügen gehangen; denn sie war aufgewachsen, während er, wie auch noch jetzt, fast täglich in ihrem mütterlichen Hause verkehrte. Aber er war in einer erst in spätester Jugend eingeschlagenen Laufbahn, welche ihm die Aussicht auf Begründung einer Familie für immer oder wenigstens innerhalb der Jahre zu verwehren schien, in welchen Sitte und Gefühl dies gestatten. Noch jetzt nach fast geschlossener Jugend ein Anderes zu versuchen, vergönnte ihm der Umfang seiner Bildung und seiner äußern Mittel nicht. – Alles dessen war er sich bewußt; oft und vergeblich hatte er auf Mittel gedacht, wie er die Geliebte, wenn sie ja sonst die seine sein würde, vor der geistigen und körperlichen Verkümmerung zu bewahren vermöchte, welche in dem Staate, dem seine Heimat angehörte, das gewöhnliche Los der Frauen seines Standes war. So gelangte er endlich dahin, in allen Gedanken an die Zukunft sein Leben von dem ihrigen zu trennen.

Schon als sie noch kaum erwachsen war und während ihre Jungfräulichkeit noch in fester Knospe lag, hatte er oftmals ihrer dargereichten Hand die seinige mit einer Ängstlichkeit entzogen, über deren Ursache sie vergeblich nachgesonnen. Als aber allmählich Angelica groß und selbständig geworden war, als auch ihre Augen die seinen zu suchen begannen, und erschrocken zurückfuhren, wenn sie ertappt wurden; als andererseits ihm die Möglichkeit des Verlustes immer näher rückte und er mitunter schon die Gestalt dessen zu erkennen glaubte, an den er sie verlieren würde, da war endlich aller Erkenntnis und allen Willens unerachtet der Augenblick gekommen, in dem die Liebe ihr leidvolles Wunder zwischen ihnen vollbracht hatte. – –

Der Mond stand über dem Garten; aber er drang nicht durch die Blätterfülle des Bosquets, welches die Beiden und ihr atemloses Geheimnis vor aller Welt verbarg. Sie hatten endlich auch zu einander geredet, einzelne scheue Worte, kaum halb gesprochen und dennoch ganz verstanden. Sie lag so leicht, so fest in seinen Armen; er sah plötzlich über alle Gegenwart hinweg bis an das Ziel seines Lebens, und glaubte auch dort sie ebenso zu halten. Aber er war von jenen Menschen, deren Wesen auf die nächsten Dinge zwar mit Sorgfalt und Ausdauer gerichtet, denen aber der Glaube an die Erreichung eines Außerordentlichen versagt ist, weil die Phantasie ihnen die vielfachen Möglichkeiten nicht vorzuenthalten vermag, durch deren Verwirklichung sie allein dazu gelangen könnten. – Er ließ das Mädchen sanft aus seinen Armen und setzte sich auf die nebenstehende Gartenbank. Seine Augen ruhten auf ihrem jungen Antlitz; aber seine Gedanken forschten schon wieder grübelnd an der herben, unüberwindlichen Gegenwart.

Angelica mochte allmählich, während sie an seine Kniee gelehnt vor ihm stand, sich selber unbewußt sein Schweigen als einen Ausdruck der Sorge und des Kampfes empfinden, denn sie legte wie zur Kühlung die Fläche ihrer Hand auf seine Augen.

Er zog die Hand hinweg und sagte: »Du darfst mich nicht blind machen, Angelica; um Deinetwillen nicht! – Du weißt es, oder vielleicht Du weißt es nicht: es sind in unsern Tagen der Menschen auf Erden so viele geworden, daß einem jeden unter ihnen ein volles Lebenslos nicht mehr zu Teil werden kann. Aber das weißt Du, unter welche Zahl ich gehöre, wenn Du Dir zurückrufst, was in Deiner Gegenwart oft genug unter uns geredet worden.«

Sie neigte ihre Stirn auf die seine und schüttelte den Kopf.

»Du weißt es nicht, Angelica?«

»Nein«, sagte sie schüchtern, »was meinst Du, Ehrhardt?«

Er schwieg einen Augenblick, um sich zu sammeln; dann aber sagte er ihr Alles mit klaren Worten, die Ungunst seiner vergangenen Jahre so wie die Öde und Kargheit seiner Zukunft, die er sicher und, als wäre sie bereits Vergangenheit, vor ihr beschrieb.

Er fühlte das Zittern ihrer Hände; aber er ließ sich dadurch nicht irren, sondern setzte noch hinzu: »Was zwischen uns geschehen, das hätte nicht geschehen sollen;

denn es ist ohne Frucht für die Bildung Deines ferneren Lebens. Wir werden nie bekennen können, daß wir uns gehören; jetzt nicht und auch in Zukunft nicht, so lange es sonst geschehen darf. Und nun – Angelica, vergib mir, daß ich einen Augenblick dies Alles habe vergessen können!«

Er hatte ihre Hand losgelassen, und es war ein kleiner Raum zwischen ihnen, so daß sie sich nicht berührten.

»Hast Du mir nichts zu sagen?«

»Nichts!« sagte sie, während er ihre Tränen auf seiner Hand fühlte. »Es ist nun einmal so – wir müssen doch auch hoffen.«

Ehe er hierauf zu erwidern vermochte, hörten sie von der Hoftür her die Mutter rufen, und standen auf, um in's Haus zurückzukehren. Als sie aber an den Ausgang des Gebüsches kamen und nun das volle Mondlicht seine Stirn beschien, da legte Angelica plötzlich die Arme um seinen Nacken, und indem sie ihn mit klaren Augen ansah, preßte sie ihre Lippen auf die seinen. »Dein!« sagte sie; und mit der Hand die Tränen von den Wangen trocknend, entriß sie sich ihm und lief in den Garten hinab, daß ihre feine Gestalt seinen Augen in der Mondesdämmerung verschwand.

Und dieser Augenblick wurde das erste Glied einer Kette, von der sie nicht bedachten, ob die Kraft ihres Wesens sie zu tragen ausreichen würde. Zwar verlieh das Gefühl, sich ganz in dessen Hand gegeben zu haben, in dessen Liebe und Verehrung sie sich für immer gesichert fühlte, ihr Dritten gegenüber ein erhöhtes Bewußtsein ihrer Persönlichkeit; ihr Gang wurde fester und sie trug, wenn sie mit andern Männern sprach, den Kopf ein wenig höher als zuvor. Allein die Not des Lebens, die ihnen verwehrte, auch vor den Menschen Hand in Hand zu sein und Eines für das Andere einzustehen, wurde unmerklich zu einem Abgrund zwischen ihnen, über dessen Rand sie in dem einen Augenblick sehnsüchtig und vergebens die Arme nach einander ausstreckten, um gleich darauf wie Kinder ratlos und grollend sich gegenüber zu stehen. Dazwischen kamen Augenblicke, glimmten Funken auf, flüchtig und unerkennbar fast, die aber dennoch sie immer wieder dahin verlockten, wo nichts ist, als das dunkle unwiderstehliche Walten der Naturkräfte.

Es war Spätnachmittags auf dem Wasser; das Boot fuhr weich und lautlos darüber hin, nur in langen Pausen und wie zum Zeitvertreib tauchte der Schiffer die Ruder ein. Die junge Gesellschaft, die im Boote war, blickte seitwärts auf den See hinaus und rief und lockte nach den Schwänen, welche feierlich und immer ferner in das aufsteigende Abendrot hineinschwammen. Angelica und Ehrhardt saßen nebeneinander an der Bordseite; aber sie waren nur für sich. Um sie her war es so still, das Wasser ohne Wind und ohne Welle; nur bisweilen von unten herauf stieg ein Bläschen an die Oberfläche und blinkte und verschwand. Angelica zeigte mit der Hand danach, als frage sie, was das bedeute.

»Geheimnis!« sagte Ehrhardt.

»Geheimnis?«

»Es blüht etwas im Grunde!« – Und ihre Augen hielten ihm Stand, daß er bis in die allerdunkelsten Tiefen sehen konnte. Sie lächelte, ihre Lippen waren rot, ihr Atem ging schwer wie Sommerluft. Er ließ seine Hand über Bord in's Wasser gleiten, die ihre folgte ihm, und während die Flut durch ihre Finger quoll, hielten sie sich gefaßt, und fühlten das geheimste Klopfen ihres Lebens.

Am Himmel drangen einzelne Sterne hervor, der See wurde dunkel vom Abendrot; die Mädchen hatten die Hände in den Schoß gelegt und begannen mehrstimmige Lieder zu singen. Einzelne andere Böte, die noch auf dem See waren, nahten sich und folgten ihnen mit leisem Ruderschlag.

Allmählich wurde es kühler; der Abendwind erhob sich und Ehrhardt nahm ein Tuch von der Bank, um es über Angelicas Schoß zu legen. Aber sie setzte sich plötzlich auf die andere Seite, daß das Tuch wie zufällig zwischen ihnen niederfiel. Als er aufsah, bemerkte er, wie der Blick eines schon älteren Frauenzimmers auf ihm verweilte und dann ebenso zu Angelica hinüberglitt. Ein Gefühl von Unbehaglichkeit überkam ihn; er wußte selbst nicht, war es das spürende Auge jener Fremden, war es die Leichtigkeit, womit Angelica jetzt zu dieser ein Gespräch begann.

Nach einer Weile stieß das Boot an's Ufer und die Gesellschaft stieg aus, um zu Lande nach der noch eine halbe Stunde weit entlegenen Stadt zurückzukehren. Auf halbem Wege wurde Rast gemacht; man setzte sich in bunter Reihe auf einen kleinen Rasenabhang, der im Rücken durch eine Tannenwand geschützt war. In der Tiefe zu ihren Füßen jenseits eines abschüssigen Wiesengrundes lag die finstere Masse eines Buchenwaldes; von dort aus wetterleuchtete es manchmal; dazwischen flogen die Fledermäuse. Ehrhardt saß an dem einen, Angelica wie auf Verabredung an dem andern Ende der ziemlich langen Reihe. Als er sich mit dem Arm auf den Rasen zurücklehnte, sah er wie durch einen Schleier die Umrisse ihres Nackens und ihres hellen Kleides; nur die weiße Rose, die sie im Haar trug, schimmerte ein wenig deutlicher. So eben legte sie die Hand daran, die Finger nestelten in ihrem Haar. – Es wetterleuchtete wieder. »Sieh, sieh!« riefen die Mädchen; und in demselben Augenblick flog hinter ihrem Rücken die Rose zu Ehrhardt hinüber. Angelica hatte sich zurückgeneigt; in dem plötzlichen Wetterschein sah er ihr lächelndes Angesicht, ihre Hand, die ihm die Blume zuwarf. Dann war Alles wieder dunkel; einzelne Tropfen fielen; ein dumpfes Donnern rollte in der Ferne.

Man stand auf, um noch bei Zeiten die Stadt zu erreichen. Ein süßer, schwerer Sommerduft stieg aus den Wiesen, an denen der Weg entlang führte. Ehrhardt ging langsam hinten nach, in dem träumerischen Bewußtsein, daß eine jener jugendlichen Gestalten, deren Geplauder dort aus dem Dunkel zu ihm herüber klang, so ganz und aller Welt geheim die seine sei.

Zu Hause angelangt, setzte er sich an seinen Schreibtisch und begann eine Arbeit, die in den nächsten Tagen abzuliefern war. Die Fenster standen offen, das Gewitter hatte sich verzogen; nur manchmal blätterte der Nachtwind in den vor ihm liegenden Papieren. Plötzlich war es ihm, als spüre er Angelicas Nähe. Er sah sich unwillkürlich um; aber das Zimmer war leer und still wie immer. Die Uhr wies schon auf Mitternacht. – Es war nicht Angelica; es war nur der Duft der Rose, die vor ihm auf dem Tische lag.

Angelicas Mutter hatte für die Zukunft ihrer Tochter nur den einfachen Wunsch, sie Gattin und Mutter werden zu sehen, wie sie es selbst geworden war, ohne sich noch des der Jugend eingeborenen Gefühles bewußt zu sein, daß auch diese sittlichen Verhältnisse zu ihrer keuschen und vollen Verwirklichung der Leidenschaft als ihres natürlichen Einganges bedürfen. Sie sah es daher gern, und gab auch wohl Gelegenheit dazu, daß Angelica in geselligen Verkehr trat, welcher eine Verwirklichung jenes Wunsches herbeiführen konnte. Diese selbst, wie es der sinnlichen Empfänglichkeit der Jugend und dem Gefühl der Schönheit entsprechend ist, sah sich gern in Gewändern, die gleich ihren Gliedern zart und schmiegsam waren, und konnte sich ein Gefühl glückseligen Übermutes nicht versagen, wenn dann auch andere Augen an ihr hingen, als die des resignierten Mannes, in welchem gleichwohl ihr Herz allein bestehen wollte. Ehrhardt dagegen suchte umsonst seinen eifersüchtigen Unmut zu bekämpfen, wenn ihr selbst auch von Frauen Vertraulichkeiten erwiesen wurden, mit denen er vor Anderen ihr nicht begegnen durfte. Es tat ihm weh, wenn in seiner Gegenwart von ihr gesprochen wurde als von einer Dritten, an der er keinen nähern Anteil habe, so daß er oft wie durch einen körperlichen Schmerz zusammenschrak, wenn nur der Name Angelica genannt wurde.

Sie tanzte gern, und wenn nun er, den die Beschränktheit seines Lebens von solchen Dingen ausgeschlossen hatte, auch sie davon zurückzuhalten suchte, so konnte sie nicht umhin, dies als eine Laune zu empfinden, wodurch sie ohne Grund in dem Gefühle ihrer Jugend verkümmert werde; um so mehr, als er durch sein Verhältnis zu ihr sie für derartige Entsagungen nicht zu entschädigen vermochte.

Während das heimliche Wachsen und Drängen solcher Gegensätze die Sicherheit ihres Herzens störte und sie wenig geneigt machte, für den Freund in den seltenen Minuten des Alleinseins ein offenes Ohr zu haben, war der Tag einer Herbstfeier herangekommen, bei welcher die jungen Leute sich Abends im Saale des Stadthauses zum Tanze zu versammeln pflegten. Unaufgefordert hatte Angelica: »Ich gehe nicht!« gesagt; als jedoch späterhin einige der Tänzer ihre Teilnahme von der Mutter erbeten und von dieser ohne der Tochter Zuziehung und Mitwissen eine bereitwillige Zusage erhalten hatten, wußte sie, da sie den eigentlichen Grund ihrer Weigerung nicht offenbaren durfte, der also entschiedenen Frau nichts entgegen zu setzen, weshalb diese einer nach ihrer Ansicht so unjugendlichen Grille hätte nachgeben sollen. So mußte denn die Tochter nachgeben; nicht ohne dieses und die Freudigkeit, womit sie sich gezwungen sah, wie eine geheime Schuld gegen den Geliebten und wiederum zugleich eine Gereiztheit gegen ihn zu empfinden, daß er sie in diese Gemütslage gebracht und sie daher das ihr nur gleichsam aufgedrungene Vergnügen dennoch nicht ungetrübt werde genießen können.

Es war einige Tage vor dem Festabende, als Ehrhardt das Resultat dieser Vorgänge im Gespräch mit Dritten erfuhr. Mit dem Scharfsinn der Leidenschaft erkannte er sogleich, was hier geschehen war; dennoch aber, oder vielleicht deshalb und weil er Alles bis in die dunkelsten Motive nachempfand, suchte er umsonst sich selbst zu überzeugen, daß in einer solchen Sache Angelica den Willen der Mutter, der in letzter Verwirklichung doch nur ihre Trennung beabsichtigte, als eine Notwendigkeit habe anerkennen müssen. – Er hatte eben zu ihr gehen wollen; nun ging er nicht. Denn er sah sehr wohl, daß hier nichts mehr zu ändern sei, und so wollte er, wie jede Äußerung darüber, so auch jede Bestätigung aus ihrem Munde vermeiden, und lieber, was geschehen würde, wie ein Ganzes und Unabwendliches über sich kommen lassen.

Als der Abend des Festes da war, saß Ehrhardt zwischen weitschichtigen Arbeiten an seinem Schreibtisch, in die er sich gewaltsam zu vertiefen suchte. Bald aber störte ihn das Rollen der Wagen, die durch die sonst so stille Straße nach dem Stadthause fuhren. Er stand auf und trat an's Fenster. Es war dunkel draußen; nur wenn eine Kutsche im raschen Trabe vorüberfuhr, warfen die Laternen einen flüchtigen Schein an die Mauer der gegenüberstehenden Häuser. Ehrhardt rätselte vergebens, ob auch Angelica dort unten in der Dunkelheit an ihm vorüberfliege. Er hielt den Atem an, er horchte auf jedes Rollen, das von unten aus der Stadt heraufdrang; und wenn es näher kam, wenn schon der Hufschlag auf dem Pflaster hallte, paßte er gespannt auf die Kutschenfenster und suchte im Fluge den mattbeleuchteten Fond des Wagens zu durchdringen; aber ein Häufchen Flor, der Schimmer eines weißen Gewandes oder eines Blumenstraußes war Alles, was seine Augen erhaschten. Als auch der letzte Wagen vorüber war, und nachdem er das Fenster geöffnet und lange Zeit vergebens in die Stadt hinabgelauscht hatte, setzte er sich auf's Neue an seinen Schreibtisch und hörte zwischen der Arbeit, die er mit Mühe wieder aufgenommen, nur noch die Menschen auf der Straße hin und wider gehen, und endlich, als es später geworden war, das Klappen der Läden und das Schließen der Haustüren in der Nachbarschaft. Dann drang unmerklich ein anderer Laut zu ihm herüber – von dorther, wohin vor Stunden er die Wagen hatte fahren sehen – und drängte sich dunkel in seine Vorstellungen. Er legte die Feder nieder; er besann sich, daß das Musik sei, und bald hörte er es deutlicher; denn der Wind erhob sich, oder vielleicht eine Tür im Festhause drunten war geöffnet worden. Er arbeitete nicht mehr; er vermochte es nicht. Ihm war, als stehe seine Jugend in unendlicher Ferne hinter ihm, und strecke mit schmerzlicher Gebärde die Arme nach ihm aus.

Die Stunden vergingen. Als er aber endlich von seinem Tische aufstand, da war es doch nur die feine, zärtliche Gestalt Angelicas gewesen, auf der sein inneres Auge so lang und voll Sehnsucht geruht hatte. Ein Gefühl unnennbaren, unverhofften Glückes überkam ihn, als er sich dessen bewußt wurde; was auch geschehen sei, sie war ihm nicht verloren. Die Uhr wies weit nach Mitternacht; es wurde wieder lauter in der Stadt, die ersten Wagen begannen zu rollen. In einem plötzlichen Entschluß, voll Ungeduld, kleidete er sich an und ging auf die Straße hinab. Er gedachte nicht mehr dessen, was kurz zuvor geschehen war; er hatte keinen Wunsch und keinen Gedanken, als sie zu sehen.

Die Fenster des Stadthauses leuchteten weit durch das Dunkel hinaus. Ehrhardt hörte die Musik und sah in den Vorhängen die Schatten der Tanzenden. Er hielt sich nicht auf, er trat unter das Portal, als eben ein Wagen vor der breiten, hell erleuchteten Treppe anfuhr. Oben im Hause wurden Türen auf- und zugeschlagen, dann rauschte es am Treppengeländer und eine jugendliche Gestalt stieg herab, mit leichtem Tritt Stufe um Stufe messend; den Kopf in einem weißen Tüchlein ein wenig zurückgeneigt, daß die blonden Locken von den Schläfen auf den Nacken fielen. Er hatte sich nicht getäuscht, das war Angelica; nur eine Magd ging hinter ihr, sonst Niemand. Als sie die Schwelle überschritt, trat er aus dem Dunkel ihr entgegen und reichte ihr die Hand, um sie in den Wagen zu heben. Sie sah ihn mit großen erschrokkenen Augen an. »Ehrhardt!« rief sie, und ihre Hand zuckte wie unwillkürlich nach der seinen; aber sie schien sich plötzlich zu besinnen und zog die Hand zurück; die Züge des jungen Antlitzes verwandelten sich. Er erschrak und langte nach ihr mit beiden Armen. Aber sie zog die seidene Mantille fester um die Schulter. »Nein, nein!« rief sie. »Was willst Du hier?«

Er verstummte. – »Dich, Dich Angelica!« rief er endlich. Es war zu spät; nur der Wind wehte durch's Portal; der Wagen mit Angelica war nicht mehr da.

Am Nachmittage darauf wanderte Ehrhardt, nachdem er seine amtlichen Geschäfte abgetan, einem unwillkürlichen Antriebe folgend, nach einem unweit der Stadt an einem Landsee gelegenen Dörfchen. Hier hinaus hatte er oft Angelica und ihre Mutter begleitet, wo sie dann hart am Wasser in einer kleinen Schenkwirtschaft eingekehrt waren, um sich von dort aus in der anmutigen Gegend umzutun. – Es war spät am Nachmittage, aber die Sonne schien noch warm und golden; der herbstkräftige Duft des fallenden Laubes erfüllte die Luft; vom See herüber, an dem der Weg durch Laubgehölze entlang führte, kam ein sanfter frischer Hauch. Als er nach halbstündiger Wanderung zwischen den Buchen heraustrat, sah er in einiger Entfernung das bekannte Häuschen mit dem bunten Fachwerk und den weißen Fensterladen; davor, dem Wasser zugekehrt, saßen zwei Frauen, in denen er bald Angelica und ihre Mutter erkannte.

Er zweifelte einen Augenblick, ob er zu ihnen gehen oder unter die Bäume zurücktreten und einen andern Weg einschlagen solle. Aber in dem Bedenken, er könne von ihnen schon bemerkt worden sein, tat er das Erstere.

Nachdem zwischen ihm und der Mutter die alltäglichen Gespräche hin und wider gegangen waren, trat diese in's Haus, um die kleine Zeche zu berichtigen, und dann die gemeinschaftliche Rückkehr anzutreten.

Ehrhardt saß Angelica gegenüber. Als die Tür hinter der Mutter zugefallen war, sah er ihr voll und bittend in's Gesicht. Sie war so blaß geworden, daß die Züge des feinen Gesichtchens in markierter Schärfe hervortraten.

Der Abendwind erhob sich; und Musik, von der Luft getragen, vom Wasser her, ganz aus der Ferne kam herangeweht. Er legte die Arme weit vor sich auf den Tisch; seine Augen glänzten. »Musik!« sagte er; »törichtes Entzücken befällt mich; – mir ist, als müsse nun noch einmal Alles wiederkommen.«

Sie sah in seine Augen, sie konnte nicht anders; aber während er die Hand nach der ihrigen ausstreckte, die ohne Handschuh auf dem Tische lag, stand sie auf und ging über den kurzen Rasen nach dem See hinab. Er gesellte sich zu ihr. Sie sprachen nicht, sie sahen vor sich hinaus auf das Wasser; es war so still, daß sie die Ruderschläge der fernsten Kähne hörten. Er pflückte einen Immortellenstengel, wie deren viele auf dem Rasen waren, und gab ihr den. Sie nahm ihn, ohne hinzusehen und drehte ihn langsam zwischen den Fingern. So gingen sie neben einander her; vom Rasen auf die Kiesel und auf den Sand hinunter, und standen erst still, als schon das Wasser ihre Schuh' benetzte.

Da sie so weit gekommen waren, sagte Ehrhardt, und sie mußte es fühlen, wie mühsam er es sagte: »Angelica, war das ein Abschied gestern?«

Sie antwortete nicht; sie sah in's Wasser zu ihren Füßen, und bohrte mit der Spitze ihres Sonnenschirmes in dem feuchten Sande.

»Antworte mir, Angelica!«

Sie öffnete, ohne aufzusehen, ihre Hand und ließ die Blume, die er ihr gegeben, in den See fallen.

Er fühlt einen Schrei in seiner Brust aufsteigen; aber er biß die Zähne zusammen und erstickte ihn. Dann wandte er sich von ihr ab, und nachdem er einige hundert Schritte am Ufer entlang gegangen war, stieg er in einen am Landungsplatze angeketteten Kahn, um hier den Fährknecht zu erwarten, der eben von jenseits zurückruderte.

Es wurde bereits abendlich; die Wälder rauchten, das gegenüberliegende Ufer war schon im tiefen Schatten. Nachdem seine Augen eine Weile in dieser blauen Dämmerung geruht hatten, konnte er sich nicht enthalten, noch einmal nach der Stelle zurückzublicken, die er soeben verlassen hatte. Angelica war nicht mehr dort; aber als er langsam an dem Strand entlang zurückblickte, sah er sie in nächster Nähe auf sich zukommen. Sie lief wie gejagt über den ebenen Sand, und während er in unwillkürlichem Antrieb den Kahn dichter an das Land zog, sprang sie, ohne darauf zu achten, daß ihr Kleid an den Ruderpflöcken zerrissen wurde, zu ihm herein und faßte mit Heftigkeit seine Arme. Sie wollte sprechen; aber Anstrengung und Schmerz hatten ihr den Atem geraubt; sie stammelte, ihre Pulse flogen. Wie ein verzweifeltes Kind wand sie ihr Schnupftuch um seine Hände, während ihr erhitztes Gesichtchen voll Angst zu ihm emporschaute.

»Sei ruhig«, sagte er, »sei ruhig!« und strich ihr mit zitternder Hand über das heiße Haar. Aber derselbe Augenblick, in welchem sie so die Kränkung der letzten Tage von ihm nahm, legte mit einem Male all' ihren Zwiespalt und ihre Unruhe wie eine Last auf seine Seele, so daß er nur mit Zagen die in seinen Armen hielt, die jetzt mit vollem ungestümem Herzen zu ihm drängte.

2

In der Zeit, die hierauf folgte, vermied Ehrhardt, so viel dies möglich war, das Zusammentreffen mit Angelica; dagegen suchte er mit Anstrengung seine äußeren Verhältnisse zu fördern; selbst die Verpflichtungen der Dankbarkeit, so schwer er sie seinem Wesen nach empfinden mußte, hatte er nicht gescheut; denn er war keine geringe Natur. Allein es war nichts dadurch gewonnen worden. – Dann endlich versuchte er ein Anderes, was ihm gelang. Auf sein Ansuchen erhielt er die Versicherung, daß er seiner hiesigen Verhältnisse in nächster Zeit enthoben und daß er dieselben an einem sehr entfernten Orte wiederfinden werde.

Für Angelica nahm indessen das Drängen der Verhältnisse zu; ein junger Arzt hatte seit einiger Zeit unter unverkennbarer Begünstigung der Mutter so deutlich um den Besitz des Mädchens geworben, daß eine Erklärung nach irgend einer Seite hin in nächster Zukunft unvermeidlich schien.

Es war eines Nachmittags in dieser Zeit. Ehrhardt war auf dem Wege zu Angelica; er wollte sie auf seine Abreise vorbereiten, er wollte, wenn der rechte Augenblick sich böte, ihr sagen, daß sie scheiden müßten. Als er in den Flur des befreundeten Hauses trat, begegnete ihm der junge Arzt, der soeben die Treppe herabgekommen war. Ehrhardt redete ihn an, wie es in solchem Falle zu geschehen pflegt. Er erhielt jedoch keine Antwort; der Andere ging mit stummem Gruß und unverkennbar eilig an ihm vorüber.

Nachdenklich stieg er die Treppe hinauf. – Drinnen im Wohnzimmer fand er Angelica vor dem offenen Klavier sitzend; aber sie spielte nicht. Ihre Gesichtszüge trugen wieder den Ausdruck der Schärfe, der ihn schon einmal erschreckt hatte. Als er sie grüßte, neigte sie ohne aufzusehen den Kopf, und ließ die eine Hand, die auf den Tasten lag, in ihren Schoß fallen. Es war sehr still im Zimmer; man hörte nur das Knistern einer Bernsteinperlenschnur, mit der ein kleines Mädchen, Ehrhardts Schwesterkind, in dem Schoße der Mutter spielte, die scheinbar unbeschäftigt auf dem Sofa saß.

Die alte Frau blickte über die vor ihr stehende Kleine nach ihrer Tochter, deren Antlitz sie nicht zu sehen vermochte. Sie rührte sich nicht aus der Stellung, als Ehrhardt ihr über den Tisch hinweg die Hand entgegen reichte.

»Ich bin eine alte, einsame Frau, Ehrhardt!« sagte sie, während sie seine Hand ein Weilchen in der ihren hielt.

Er wußte hierauf nicht zu erwidern; aber unwillkürlich sprach er den Namen »Angelica« aus.

»Angelica!« wiederholte die Mutter. »Sie wird es auch sein. – Sie will es sein!« fügte sie leiser hinzu, indem sie mit einem Ausdruck von Kummer und Zärtlichkeit das Haar des ruhig fortspielenden Kindes streichelte.

Angelica, die bei diesen Worten aufgestanden war, hob die Kleine mit Heftigkeit auf den Arm und ging schweigend in das Nebenzimmer, ihr blondes Haar in das noch blondere des Kindes drückend.

Es trat eine Pause zwischen den Zurückbleibenden ein.

Als Angelicas Mutter reden wollte, unterbrach Ehrhardt sie. »Es bedarf dessen nicht«, sagte er, und blickte dabei zu Boden, als würden ihm die Worte schwer, »ich werde gehen; nicht heute oder morgen schon, aber um einige Wochen und für immer; es ist Alles vorbereitet. Sie können Recht haben, daß ich es muß.«

»Aber«, fuhr er fort und legte seine Hand auf den Arm der alten Frau, die ihm, wie er nicht verkennen konnte, ihre Zufriedenheit und ihren Dank für diese Worte aussprechen wollte, »aber für den Mann, der vor einer Stunde Ihr Haus verlassen hat, wird es dasselbe bleiben.«

»Gehen Sie nur, gehen Sie nur, Ehrhardt«, sagte sie schüchtern, »es kann mit Gottes Hülfe noch Alles wieder gut werden.«

Er blickte ratlos um sich her, als suchte er nach Worten der Verständigung, die von ihm zu dieser Frau doch nirgends in der Welt zu finden waren.

Es war um die fünfte Stunde; die Magd brachte das Teegeschirr und auch Angelica trat wieder herein und ließ das Kind aus ihren Armen an die Erde gleiten. Ehrhardt konnte sich nicht entschließen, jetzt zu gehen; er hoffte noch aus ihrem Wesen heraus eine Bestätigung seiner letzten Worte zu gewinnen. So blieb er denn und begann, so gut es gehen wollte, über andere Dinge zu sprechen, während Angelica den Tee bereitete und die Kleine zwischen ihnen hin und wider ging.

Als aber jene, nachdem sie ihr häusliches Geschäft beendet, das kleine Mädchen auf den Schoß nahm und sich bald darauf mit ihr abseits unter den Akazienbaum an's Fenster setzte, flüsternd und erzählend, das Kind mit beiden Armen an sich drückend, da fühlte er wohl, sie wolle sich vor allen Ansprüchen verschließen, die er oder Andere an sie machen könnten.

Seitdem hatte Angelica die Kleine noch öfterer um sich. – Eines Abends kam Ehrhardt, um sie abzuholen und dann mit ihr zu seiner Schwester zu gehen. Sie war aber schon mit dem Mädchen fortgeschickt. Angelica, die auf sein Schellen die Flurtüre öffnete, sagte ihm das. Er zögerte einen Augenblick. »Willst Du nicht eintreten?« fragte sie, indem sie den Türgriff in der Hand behielt.

Er dankte. »Die Schwester wartet; ich kam nur des Kindes wegen.«

»Du wirst sie noch einholen«, erwiderte Angelica, »sie sind erst eben fort.«

Er sagte gute Nacht, stieg die Treppe hinab und ging eilig die Straße entlang, bis er vor der Wohnung seiner Schwester stand. – Aber wie so oft das innere Erlebnis erst eine ganze Weile nach dem äußern eintritt, so fühlte er auch jetzt, daß Angelica vorhin eine Andere, als sonst ihm gegenüber, gewesen sei. Nun in der Erinnerung erst hörte er deutlich den Ton ihrer Stimme und sah ihre Gestalt im trüben Schimmer des Flurlämpchens vor sich stehen. Er erschrak; denn er wußte plötzlich, daß er heute nicht willkommen gewesen wäre, wenn er Angelicas Einladung angenommen hätte.

Als er in die Wohnung seiner Schwester kam, war die Kleine schon eine geraume Zeit zu Hause gewesen, und saß plaudernd auf dem Schoße der Mutter. Ehrhardt trat zu ihnen und ließ sich erzählen.

»Waren denn Fremde bei der Tante?« fragte er.

Die Kleine nickte. »Ein Doktor!« sagte sie wichtig. »Der ist schön! Er hat mir Bonbons gegeben.«

Wieder kam ein Augenblick des Alleinseins für die Liebenden. Das Gebüsch des Gartens schützte sie wieder einmal vor der Mittagssonne und vor den Augen der Welt; sie waren aber nicht wie früher Hand in Hand; es schien kein Geheimnis, das sich mit ihnen hier verbarg.

»Und wenn er noch einmal um Dich werben sollte?« fragte Ehrhardt, während sie sich an dem steinernen Gartentischchen gegenüber standen.

»Er wird nicht wieder um mich werben.«

»Aber wenn er es dennoch täte?«

»Du quälst mich!« sagte sie, indem sie einen Zweig mit ihren Fingern knickte und einige Schritte von ihm abwärts in's Gebüsch ging.

»O Angelica!« rief er, »sage, daß es nie geschehen könne! Denn wenn Du es begangen, davon ist keine Rückkehr.«

Sie sagte: »Wie ich jetzt lebe, so kann ich nicht fortleben. Was soll ich tun?«

»Antworte mir Eines: Ist jener Mann dir mehr, als Einer von den Andern?«

Sie antwortete ihm nicht; aber ein Tropfen Blutes sprang zwischen den Zähnen hindurch auf ihre Lippen. – Es war wie Zorn, das ihn bei diesem Anblick überkam, und er schüttelte ihren Arm, daß sie ihm Rede stehe. Aber sie sagte nur: »Du kannst nichts für mich tun; – Du darfst das nicht von mir verlangen.«

»Angelica!« schrie er; aber sie sah ihn mit müden, ausdruckslosen Augen an, er begrub sein Gesicht in ihren Händen und sagte leise: »Du liebst mich ja, Angelica!« Aber sie hatte sich schon losgerissen; sie hörte es nicht mehr.

Während dessen näherten sich ihr Manche, die sie sonst fern gehalten, die sich instinktmäßig nicht in ihre Nähe gewagt hatten. Sie neigte sich dem und jenem; nicht weil ihr Herz seiner Liebe oder ihre Sinne ihrem Herzen treulos geworden wären; sondern weil sie es so wollte, weil sie glaubte, das Leben weise sie auf diesen Weg.

So zersplitterte sie allmählich ihr schönes festes Herz, so verlor sich bei ihr das Gefühl, daß Liebe nichts wollen dürfe, als nur dem Geliebten angehören, daß in ihm das kleinste Regen der Neigung Anfang und Ende haben müsse.

Auch in ihrem Äußern wurde sie anders; sie hatte sich früher in Farben und Stoffe gekleidet, hatte solche Kleinigkeiten zu ihrem Putze genommen, von denen sie wußte, daß sie ihm an ihr gefielen, und dann die Freude über dieses ihr Verständnis in seinen Augen nachgesucht. Nun sah er Bänder und Farben, von denen er ihr gesagt hatte, sie seien ihm leid an ihrem Körper; ihre Hände, die sie ihm zu Liebe sonst gepflegt hatte, wurden jetzt vernachlässigt.

Sie sah ihn dabei leiden; das schlimmste Leiden, das eines Menschen Brust zerreißen kann; sie sah es, aber sie änderte nichts, denn sie hatte schon nicht mehr das Bedürfnis, für sein Herz zu sorgen. Der Reiz der Neuheit, der stets mit dem Alltäglichen sich einstellt; kam an sie heran; ein Ausdruck von Mißbehagen oder Trauer, den sie auf dem Gesicht eines fremden Menschen wahrnahm, wenn seine Huldigungen nicht von ihr erwidert wurden, konnten ihr Herz zu einer Art mitleidiger Liebe bewegen, während sie in demselben Augenblicke übersah, wie auf dem Antlitz des geliebten, ihr ganz gehörenden Mannes die tödlichsten Qualen zu kämpfen begannen.

War dann ein Abend in seiner stummen verzweifelnden Gegenwart dahingegangen, so sprach er später wohl zu ihr; schmerzlich oder heftig, wie eines Menschen Brust in solchem Weg bewegt wird. Sie schwieg meistens ganz darauf, oder antwortete ebenfalls heftig; aber das Verständnis der Liebe war von ihnen gewichen. Sie konnten sich anschauen mit unendlichem Groll, aber mit noch unendlicherem Schmerz; sie vergingen in Qual, daß sie nicht Eins im Andern selig sein konnten, wie sie es einst gekonnt; das erlösende Wort schwebte auf ihren Lippen, in ihren Augen; aber sie fanden es nicht mehr. So entstand allmählich eine doppelte Angelica; beide hatten sie die zarte schmächtige Gestalt, das sonnenblonde Haar, das er vor Allem liebte; aber die eine hing an seinen Augen, seinen Lippen und hatte nichts, was nicht auch ihm gehörte; die andere wußte nichts von seinem Herzen, sie wandte, wenn er ihren Arm, ihren Nacken berührte, sich unwillig von ihm ab, wie von einem Frechen, und er, mit ersticktem Wehschrei in der Brust, erkannte das fremde Wesen in der geliebtesten Gestalt.

Spät Abends vor der Abreise nach seinem neuen Bestimmungsorte sah er Angelica noch einmal in ihrer Wohnung. Als sie ihm beim Abschiede, wie sie es seit ihren Kinderjahren gewöhnt war, die Treppe hinunter und bis vor die Haustür begleitet hatte, – noch dieses Mal, zum letzten Male Hand in Hand – und als er schon, ehe sie sich dessen recht bewußt geworden, »leb wohl, Angelica!« gesagt hatte, und während sie ihm nachschaute, vor ihr im Dunkel verschwunden war, kam er plötzlich noch einmal zurück, als wolle er etwas sagen, das er vergessen habe und das sie dennoch wissen müsse. Aber er bat sie nur: »Bleib noch ein Weilchen stehen, Angelica! – und«, fügte er leise hinzu, »wenn Du hineingehst, zieh nicht zu hart die Tür hinter Dir zu!« Sie nickte, und nun ging er wirklich fort.

In den meisten Häusern waren schon die Lichter ausgetan; nur seine Schritte hallten noch auf den Steinen. – Da er tief unten in der Straße war, hörte er die Hausglocke. Er schrak zusammen, als sei hinter ihm die Tür seines Glückes zugefallen.

3

In dem Jahre, welches diesen Vorgängen folgte, war in den öffentlichen Dingen eine Sturm- und Drangperiode eingetreten, welche jede bisherige Berechnung in den Verhältnissen der Einzelnen über den Haufen warf. Ehrhardt, der in seiner neuen Heimat nur seltene und allgemeine Kunde über Angelica erhalten hatte, mühte sich einer Zukunft zu gedenken, an der sie keinen Anteil habe; gleichwohl aber hatte er nicht verhindern können, daß er fortwährend und sich selber kaum bewußt auf irgend einen unerhörten Zufall hoffte, der sie ihm dennoch zu eigen geben würde. Und dieser Zufall war nun wirklich da; er sah sich plötzlich in einer äußern Lage, welche seine früheren Wünsche in dieser Beziehung bei Weitem übertraf.

Sobald er die Gewißheit dieses Umstandes in der Hand hielt, machte er sich reisefertig, und fuhr Tag und Nacht, bis er seinen früheren Wohnort erreicht hatte. Es begann schon wieder Abend zu werden, als er an den Gärten der Stadt vorbeifuhr, welche gegen die Landstraße hinaus liegen. Hier kannte er jeden Baum, jedes hölzerne Pförtchen, das an ihm vorüberflog; und eines, ihm das vertrauteste, stand offen; er konnte in das Bosquet hinein bis auf die Gartenbank sehen; aber es war Niemand da. Der Wagen rollte vorüber.

Bald darauf stieg er in einem Gasthofe ab; denn er wollte seine Schwester nicht sehen, ehe Alles entschieden wäre.

Nachdem er seine Reisekleider gewechselt, ging er in die dunkle Stadt hinaus; in atemloser Hast aus einer Gasse in die andere, während er mit Gewalt die eindringende Fülle der Gedanken und Vorstellungen von sich abzuwehren suchte; denn ihm war, als dürfe er seine Phantasie der überschwenglichen Wirklichkeit nicht vorgreifen lassen, in welche ihm nun nach wenigen Augenblicken leibhaftig einzutreten bestimmt sei. Endlich stand er vor dem wohlbekannten Hause, dessen zwei obere Fenster auch jetzt, wie zur Zeit, da er hier zuletzt gewesen, erleuchtet waren; wo ihm auch jetzt, wie so manches Mal zuvor, der Schatten des Akazienbaumes in den vorgezogenen Gardinen anzudeuten schien, daß hier noch Alles auf dem alten Platze stehe.

Er läutete an der Hausglocke; und als er es bald darauf im Hause die Treppe herunterkommen hörte, dachte er: »Es ist Angelica.«

Aber sie war es nicht; ein Dienstmädchen, das er zuvor im Hause nicht gesehen, öffnete die Tür und erkundiget sich nach seinem Begehren. Er fragte nach Angelica.

»Fräulein sind mit Herrn Doktor im Theater«, sagte das Mädchen.

»Wer ist der Herr Doktor?«

»Herr Doktor sind Fräuleins Bräutigam.«

»So!« – Als er aber die Augen des Mädchens in seinem Antlitz forschen fühlte, setzte er hinzu: »Wie heißt denn der Bräutigam Deines Fräuleins?«

Ihm wurde der Name des Mannes genannt, der in jener letzten Zeit zu so schmerzlichen Erörterungen zwischen ihnen Veranlassung gegeben hatte; und während diese Erinnerung ihn mit allem Grimm der Leidenschaft anfiel, nahm er beim Schein der Gaslaterne eine Karte aus seinem Portefeuille und schrieb darauf unter seinen Namen: »Um Glück zu wünschen.«

Aber schon im Begriff, sie abzugeben, zog er plötzlich die Hand zurück, zerriß die Karte vor den Augen des erstaunten Mädchens und ging, ohne einen Auftrag zu hinterlassen oder seinen Namen zu nennen, in den Gasthof zurück.

Bald saß er wieder im Wagen und fuhr, wie am Nachmittag, hinter den Gärten der Stadt vorüber. Das hölzerne Pförtchen warf jetzt im Mondschein seinen Schatten auf den Weg hinaus; ein Streifen Lichtes fiel auf die kleine Bank, die einsam zwischen den dunklen Büschen des Gartens stand. – Wo war Angelica? – Einst war sie da gewesen; ihre zarten Gliedmaßen, ihr weißes Gewand waren da gewesen, wo jetzt das wesenlose Mondlicht war; sie hatte um seinen Nacken die Hände ineinander gefaltet und die Berührung ihrer Lippen hatte ihm die Kraft geraubt zu gehen, wie er doch so fest gewollt. – Unerbittliche, vergebliche Gedanken suchten ihn heim: Wie, wenn er gegangen wäre, was würde jetzt gewesen sein? Oder da er zu gehen damals nicht vermochte, wenn er nie gegangen wäre? Wenn er den rücksichtslosen Mut gewonnen, sie aller Welt zu Trotz in seinen Armen festzuhalten? – Wie dann Angelica, wie Alles dann geworden wäre?

Längst lag die Stadt im Rücken und immer weiter fuhr der Wagen in das stille Land hinaus. Er hatte sich in die eine Ecke zusammengedrückt; und während der Mond durch die Fenster hereinspielte und die Dinge draußen wie Schatten an ihm vorüber flogen, maß er mit grausamem Scharfsinn die Schwäche seiner Natur und die Schwere seiner Schuld.

Die Zeit verstrich. Er ging seinem Berufe nach, einen Tag wie den andern, und alle Tage waren sich gleich; denn in der Brust dieses Menschen war ein toter Fleck, welcher Alles, was ihm auch geschehen mochte und was die Anderen Freude nannten, in ein graues Einerlei verwandelte.

So saß er eines Spätherbstabends allein in seinem weiten Zimmer, den Kopf gestützt, an einem Tisch, der mit Büchern und Schriften bedeckt war. Die Lampe brannte, es war tiefe Stille, nur zuweilen unterbrochen durch den draußen gehenden Wind und durch das Fallen einer späten Frucht im Garten; dann hob er den Kopf von seiner Hand und sah durch die unverhangenen Fenster in die Dunkelheit hinaus;

lange, sehr lange. Als er die Augen abwandte, blieben sie auf dem Flügel haften, der verschlossen in der Ecke des Zimmers stand. Es lagen Briefe darauf; er hatte sie bei seiner Heimkunft in der Dämmerung übersehen. Nun legte er sie vor sich hin und brach sie; es waren fremde, gleichgültige Namen darunter, nur einer von bekannter Hand; er hatte sie lange nicht gesehen, von Freundeshand. Er zögerte ihn zu brechen, er besah die Aufschrift, den Stempel; sein Herz klopfte hörbar, der Brief wurde schwer in seiner Hand. Endlich brach er ihn doch und las; und als er die erste Seite umgewandt hatte, las er auf der zweiten:

»Angelicas Verbindung ist vor der Hochzeit durch den Tod des Bräutigams gelöst; komm nun und hole Dir Dein Glück! – – «

Die Schrift verschwamm ihm vor den Augen, das Papier flog in seiner Hand; dann überfiel ihn unerbittliche Wehmut. Heimweh, flehend mit Kinderstimme, kam an ihn heran und führte ihn seine träumerischen Irrgänge; weit, weit aus seiner Einsamkeit – in einen stillen Garten – über einen See im klaren Mittagssonnenschein – dann hinein in den Abend auf dunklem Waldpfad, wo sich das Mondlicht durch die Blätter stahl, wo er ihre Gestalt kaum sah, nur die schmale Hand in der seinen fühlend, die sich heimlich ihm zurückgereicht – dann zurück in frühe, früheste Zeit – sie hatte ihn einst daran erinnert, das Haar an seine Wange lehnend – in ein Zimmer ihres elterlichen Hauses; das kleine blasse Mädchen in den blonden Flechten beim Vorlesen ihr Schemelchen an seine Kniee rückend, andächtig aufhorchend, zu ihm emporschauend, bis er die Hand auf ihr Köpfchen legte und sie endlich, wie sie es wollte, im Stillen zu sich auf den Schoß nahm – dann wieder, wie er sie nie gesehen – aber es war ein Geständnis der innigsten Stunde – das leidenschaftliche Kind, schlaflos die Nacht durchweinend, der zufälligen Nähe des heimlich Geliebten sich bewußt, die Händchen an die kleine Brust gepreßt, die schon so früh den Gott in sich empfangen – und später dann, ihm ganz gehörend, über ihn gebeugt, das Haar über ihn herabfallend, er selbst an ihrem Leibe hängend, nur Eins im Andern, Aug' in Aug untergehend.

Er sank auf seine Kniee, er streckte die Arme nach ihr aus und rief stammelnd vor Schmerz und Leidenschaft ihren Namen. – Aber sie kam nicht, die er rief, sie konnte nicht mehr kommen; der Zauber ihres Wesens, wie er noch einmal vom Abendschein erinnernder Liebe angestrahlt erschien, war in der ganzen Welt nur noch in seiner Brust zu finden.

Die Lampe brannte schon nicht mehr, ein trüber Mond war draußen aufgegangen und sah herein. Da stand er auf und, seine Schreibschatulle aufschließend, nahm er ein Päckchen Briefe aus einer Schublade und löste die Schnur, womit sie zusammengebunden waren; dann nahm er den eben gelesenen Brief, legte ihn zu den anderen und verschloß das Päckchen wieder an seinem alten Ort.

Nachdem er das getan, öffnete er das Fenster und lehnte sich weit hinaus. Es regnete, die schweren Tropfen fielen in sein Haar, auf seine heißen Schläfen. So lag er lange regungslos, gedankenlos; nur im Innern das heimliche Toben seines Blutes fühlend und mechanisch unter sich auf das Rauschen der Blätter horchend. Aber die Natur, in der er schon so oft sich selbst wiedergefunden, kam ihm auch hier zu Hülfe; sie zwang ihn nicht, sie wollte nichts von ihm; aber sie machte ihn allmählich kühl und still. Und als er endlich seiner Sinne und seiner Seele wieder Herr geworden war, da wußte er auch, daß er erst jetzt Angelica verloren und daß sein Verhältnis zu ihr erst jetzt für immer abgeschlossen und zu Ende sei.

Noch einmal!

Noch einmal fällt in meinen Schoß
Die rote Rose Leidenschaft;
Noch einmal hab' ich schwärmerisch
In Mädchenaugen mich vergafft;
Noch einmal legt ein junges Herz
An meines seinen starken Schlag;
Noch einmal weht an meine Stirn
Ein juniheißer Sommertag.

Ich dacht an Liebchens Bette

Ich dacht an Liebchens Bette,
Ich stand vor Liebchens Tür
Und seufzte um die Wette
Mit ihrem Pudeltier.

Der Pudel schrie und bellte,
Ich sang so zart, so trüb,
Der Pudel schrie vor Kälte,
Ich sang vor lauter Lieb.

Was immer dir das Herz bedrückt

Was immer dir das Herz bedrückt,
Ich teile deine Last,
Und wärens tausend Küsse auch,
Die du auf dem Herzen hast.

Gottfried Keller
1819–1890

Liebchen am Morgen

Die Sonne fährt durch's Morgentor
Goldfunkelnd über den Bergen,
Und wie zwei Veilchen im frühen Mai,
Zwei blaue Augen klar und frei,
Die lachen auf ihren Wegen
Geöffnet ihr entgegen.

Glück auf, mein Liebchen ist erwacht
Mit purpurroten Wangen!
Ihr Fenster glitzert im Morgenstrahl
Und alle Blumen in Garten und Tal
Erwarten sie mit Sehnen,
Die Äuglein voller Tränen.

Es ist nichts Schöneres in der Welt,
Als diese grüne Erde,
Wenn man darauf ein Schätzlein hat,
Das still und innig, früh und spat,
Für einen lebt und blühet,
Ein heimlich Feuerlein, glühet.

Halloh, du später Jägersmann,
Was reibst du deine Augen?
Ich hab' die ganze Nacht geschwärmt
Und mich am Mondenschein gewärmt,
Und steige frisch und munter
Vom hohen Berg herunter.

Mein Mädchen durch den Garten geht
Und singt halblaute Weisen;
Mich dünkt, ich kenne der Lieder Ton,
Was gilt's, ich habe sie alle schon
Heut Nacht dort oben gesungen!
Sie sind herüber geklungen.

Theodor Fontane
1819–1898

Aus der Ferne

Wolken eilen, wie geflügelt,
Windesschnell am Himmel hin; –
Könnt' ich doch so ungezügelt
In die weite Ferne ziehn.

Lüfte wehen, Wellen rauschen
Ungestüm durch Wald und Flur; –
Könnte ich mit ihnen tauschen,
Zu dem Liebchen zög' ich nur.

»Leichte Wolke, sei mein Wagen,
Flüchtger Wind, sei du mein Roß,
Laßt mich dann zum Liebchen jagen
Und entfliehn dem Sorgentroß!«

Doch es ziehn die Himmelsschleier
Ohne mich zur Ferne hin;
Über mir wird's wolkenfreier,
Aber trüber wird mein Sinn.

Und die schnellen Lüfte tragen
Nur dies Lied zu meinem Lieb;
Nur beteuern ihm die Klagen:
Wie gar treu mein Herz verblieb. –

Veränderungshalber!

»Es geht nicht mehr im fremden Lande,
Die Welt birgt nur ein Paradies,
Das liegt daheim am Meeresstrande,
Wo ich mein trautes Liebchen ließ.

Ich kann das Herz nicht länger zügeln
Und nicht regieren meinen Sinn,
So eil' ich denn auf Liebesflügeln
Zu ihr, der Heißgeliebten, hin.«

Bald zog ich jubelnd auch von dannen,
Durch Fluren und durch Wälder hin,
Mein Herz verhöhnte selbst die Tannen
In ihrem ewgen Hoffnungsgrün.

Und endlich kehrt' ich heim ins Städtchen
Erblickte meines Liebchens Haus;
»Bald bin ich dein, mein herzig Mädchen,
Und ruh' in deinen Armen aus!«

Da stand ich nun in ihrem Stübchen
Nach einem langen, langen Jahr,
Da sah ich nun das schöne Liebchen
So wunderschön, wie sonst sie war.

Es glühte noch der Augen Feuer,
Es glänzte noch das schwarze Haar,
Noch schien ich ihrem Herzen teuer
Und alles so, wie's früher war.

Das Liebchen vor und nach der Reise,
Sie glichen sich bis auf ein Haar,
Nur daß sie jetzt zufäll'gerweise
Die Braut von einem andern war.

Sonst wär' auch alles mir geblieben,
Drum ward, woran mein Herz geglaubt,
Und all sein Hoffen, all sein Lieben
Verändrungshalber mir geraubt.

Marie von Ebner-Eschenbach
1830–1916

Das Beste

Zu dem Erdgeist Gaeus war das Mondwesen Elanuh zu Besuch gekommen. Sie flogen zusammen durch die herrlichsten Gegenden der Erde, und Elanuh, entzückt von dem Anblick der Wiesen, der Wälder, der Flüsse und Seen, rief aus: »Sie haben einen schönen Wohnplatz, die Menschen, es muß sich gut auf ihm leben lassen.«

»Jawohl«, erwiderte der Erdgeist mit Stolz, »besonders dann, wenn sie, die atmen in dieser reichen Natur, mit ihrer höchsten Kraft begnadet und fähig sind, das Beste, das es gibt, zu empfinden.«

»Was ist das Beste?« fragte Elanuh.

»Die Liebe«, entgegnete der Erdgeist.

Während ihres Gesprächs schwebten sie über den Dächern einer großen Stadt. Auf einem Hügel, das Häusermeer beherrschend, erhob sich ein fürstlicher Palast, von einem goldenen Gitter umgeben. Elanuh flog hinüber, ließ sich an eines der Fenster gleiten und guckte voll Neugier in ein prunkhaft eingerichtetes Schlafgemach.

Da sah er ein Weib auf dem Boden liegen, ein reizvolles Weib, in der Fülle des Lebens. Sie raufte ihr Haar und rang verzweiflungsvoll die Hände vor einem Christusbilde an der Wand und betete: »Gib es nicht zu, o Herr! Errette mich! Laß mich nicht unterliegen in Schmach. Nimm mich zu dir, eh ich verderbe! ... Denn ich verderbe, Herr – ich bin verloren. Ich war eine treue Frau, eine gute Mutter, und bin nun verloren. – Herr! Herr! ... Der du für uns geblutet hast, sieh meinen Undank ... Laß deine Blitze auf mich niedersinken – ich frevle, indem ich zu dir bete, denn während des Gebets denk ich nur Sünde ... Töte mich, retten kannst du mich nicht mehr!«

Sie zerriß ihre prächtigen Gewänder und raste in Verzweiflung gegen sich selbst.

Elanuh wandte sich ab und sprach zu Gaeus: »Die Unselige ringt wie in den Krallen eines wilden Tieres. Was ist die Ursache ihrer Leiden?«

Gaeus, etwas verlegen, antwortete: »Die Liebe.«

Er flog weiter mit seinem Gaste, bis dieser vor einer Dachkammer haltmachte, die, trotz der vorgerückten Nachtstunde, noch erleuchtet war. Wieder sah er durch das Fenster und überblickte einen kleinen Raum, eine Stätte der Armut. Auf einem Bänkchen an der Wand saß ein greises Ehepaar Schulter an Schulter, und Elanuh hörte die Alten jammern und wehklagen.

»Sie hat uns verlassen, sie hat uns dem Elend preisgegeben. Was bleibt uns noch übrig, als zu sterben, da sie fort ist, unsere Erhalterin, unsere Trösterin, unsere Einzige!«

»Fluch ihm, der unser Kind verleitet hat«, sprach der Greis und hob die geballte, zitternde Faust gen Himmel. – Und die Greisin, mit dem Aufblitzen des Wahnsinns in ihren trüben Augen, wiederholte: »Fluch ihm!«

»Komm näher, Gaeus«, sprach Elanuh, »sieh diese Armen und sage mir, welche Macht konnte eine gute Tochter bewegen, ihre Eltern, die hilflosen – die sterbenden, in solchem Elend zurückzulassen?«

Gaeus senkte das Haupt und murmelte: »Die Liebe.«

Abermals nahmen sie ihren Flug, und plötzlich schoß Elanuh aus seiner Höhe zu einem kleinen, ebenerdigen Hause herab. Er schmiegte sich an das Fenster einer einfachen, weißgetünchten Stube und erblickte ein liebliches Mädchen, das halb ausgekleidet an ihrem Bette lehnte. Mit dem Ausdruck der Todesangst ruhten ihre Augen auf einem jungen Manne, der vor ihr stand, verstört und bleich.

»Geh«, beschwor sie ihn – »der Vater erwacht. – Geh – was willst du von mir?«

»Dich fragen: Ist morgen deine Hochzeit?«

Sie brach in Tränen aus: »Quäle mich nicht – frage nicht, was du weißt.«

»So ist deine Hochzeit?« sprach er knirschend.

Das Mädchen schluchzte: »Du weißt es ja, und wem mein Herz gehört, das weißt du auch.«

Wild und glühend sah er sie an: »Wenn du nicht lügst, einen Kuß denn! – den ersten, den letzten: Ich will's!«

Verstohlen zog er mit der Rechten ein Messer hervor, riß mit dem linken Arme die Widerstrebende an sich, küßte sie und stieß ihr den Stahl in die Brust.

»Alle guten Geister! … Was hat diesen Mann zum Mörder gemacht?« fragte Elanuh.

Gaeus verhüllte sein Antlitz und antwortete: »Die Liebe.«

»Und das ist das Beste, was es auf Erden gibt?« rief sein Gastfreund entsetzt. »Der gnädige Schöpfer steh mir bei. Ich wünsche nichts mehr von eurem Besten zu sehen. Lebe wohl.«

»Verweile«, bat Gaeus. »Ein unglücklicher Zufall hat uns geführt. Ich zeige dir andere Bilder.«

»Sei bedankt, du vermagst mir keine zu zeigen, welche mich diese vergessen machen könnten.«

Und ehe Gaeus ihn zurückhalten konnte, war Elanuh entflohen nach seiner kühlen Heimat.

Wilhelm Busch
1832–1908

Schön ist's, Junggeselle sein!

Keine Frau befiehlt ihm was,
Hindert ihn durch dies und das,
Und er sorgt für sich allein –
Schön ist's, Junggeselle sein!

Mancherlei gibt's Zeitvertreib
Auf den Gassen, in der Kneip',
Auch gefäll'ge Mägdelein –
Schön ist's, Junggeselle sein!

Sitzt er abends lang beim Bier,
Schilt ihn nicht die Frau dafür;
Darum schenkt noch einmal ein –
Schön ist's, Junggeselle sein!

Geht er endlich selig fort,
Winket Ruh' im Bette dort.
Ei, wie gut schläft's sich allein –
Schön ist's, Junggeselle sein!

Wenn er morgens schlafen will,
Störet ihn kein Kindsgebrüll,
Keine Frau red't ihm was drein –
Schön ist's, Junggeselle sein!

Zieht ein frisches Hemd er an,
Fehlt gar oft ein Knopf daran,
Fröhlich näht er ihn dann ein –
Schön ist's, Junggeselle sein!

Und noch manche andre Freud'
Sich der Junggesell bereit',
Auch geht er mitunter ein –
Schön ist's, Junggeselle sein!

Harmlos lebt er so dahin
Und versimpelt oft im Sinn;
Manchmal ist er auch ein Schwein –
Schön ist's, Junggeselle sein!

Heut stolziert er auf und ab,
Morgen scheißt der Hund aufs Grab,
Dies ist dann sein Leichenstein –
Schön ist's, Junggeselle sein!

Die Liebe war nicht geringe

Die Liebe war nicht geringe.
Sie wurden ordentlich blaß;
Sie sagten sich tausend Dinge
Und wußten noch immer was.

Sie mußten sich lange quälen,
Doch schließlich kam's dazu,
Daß sie sich konnten vermählen.
Jetzt haben die Seelen Ruh.

Bei eines Strumpfes Bereitung
Sitzt sie im Morgenhabit;
Er liest in der Kölnischen Zeitung
Und teilt ihr das Nötige mit.

Wärst du ein Bächlein, ich ein Bach

Wärst du ein Bächlein, ich ein Bach,
So eilt ich dir geschwinde nach.
Und wenn ich dich gefunden hätt'
In deinem Blumenuferbett:
Wie wollt ich mich in dich ergießen
Und ganz mit dir zusammenfließen,
Du vielgeliebtes Mädchen du!
Dann strömten wir bei Nacht und Tage
Vereint in süßem Wellenschlage
Dem Meere zu.

Leopold von Sacher-Masoch
1836–1895

Was Liebe ist? (aus: Die Liebe des Plato)

Den 31. December.

Liebe Mutter!

Die Frage, die Du an mich richtest, ist sehr wichtig und sehr ernst, ich habe viel darüber nachgedacht und will heute versuchen, sie Dir zu beantworten.

Was Liebe ist?

Ich kann Dir nur sagen, was ich unter Liebe verstehe.

Jener sinnliche Reiz, welcher meist die größten Gegensätze zusammenführt, Menschen, die sich zugleich hassen und küssen, kann es nicht sein, denn sie ist *nichts Sinnliches.*

Auch jene Neigung, welche der Zufall schürzt und die Gewohnheit freundlich befestigt, in welcher so viel Behagen, so viel Fröhlichkeit liegt, die aber ebenso mit jedem andern guten Menschen möglich wäre, kann es nicht sein, denn sie ist *nichts Zufälliges.* Am wenigsten aber kann es jene Leidenschaft sein, welche die Tragödien des Lebens macht, solange ihre Flammen lodern, und wenn sie erloschen sind, die spaßigsten Komödien, welche mit Dolch und Gift wie mit Fächer und Lorgnette spielt, denn sie ist *nicht vergänglich.* Die Liebe entsteht nie und hört nie auf, sie ist nur zwischen zwei bestimmten Menschen möglich, welche gleich denken, gleich fühlen, welche denselben Willen haben und wenn sie sich treffen, im ersten Augenblick wissen, daß sie zueinander gehören, Niemand sagt es ihnen, keine Erkenntnis leitet sie, kein

Wohlgefallen besticht sie, keine Erfahrung belehrt sie, aber sie wissen es doch und jede Stunde, wo sie sich gehören, und jeder Tag und jedes Jahr bestätigt es ihnen, daß ihr Wissen ein wahrhaftiges war. Und diese Liebe hört nur mit dem Leben auf und vielleicht auch da nicht, denn wenn etwas in uns weiterlebt, so ist es das Beste in uns, und mit diesem Besten lebt die Liebe fort. Ich weiß nicht, ob ich das, was mir selbst so klar vor der Seele steht, auch klar ausgedrückt habe.

Die Liebe ist mir vor Allem das *geistige Hingeben* an eine andere Persönlichkeit. Man gibt seine Seele hin für eine Seele. Jeder Mensch hat, glaube ich, diesen schönen Trieb, aber einen Jeden beinahe führt er zu dem andern Geschlechte, wo ihm, ich fürchte es, nie Genüge wird, weil tausend sinnliche Dinge die Wahl irre leiten. Sie glauben zu finden, zu lieben und sehen sich nur zu bald getäuscht, und suchen und finden wieder, nur um sich immer wieder zu täuschen und enden in Genußsucht, Müdigkeit und Ekel oder in finsterer, selbstsüchtiger Verschlossenheit.

Nur weil ich mich so sehr vor diesem Verluste fürchte, fürchte ich die Liebe, und wenn ich einmal ein Weib liebe, will ich es nie besitzen, um es niemals zu verlieren.

Gibt es aber ein Weib, das einer *geistigen Liebe* fähig ist?

Der Versuch wäre interessant, aber ich werde ihn gewiß nicht wagen.

Als das edelste, das beste Gefühl, das uns am meisten Befriedigung bietet, erscheint mir die Freundschaft des Mannes mit dem Manne, weil sie allein auf Gleichheit beruht und vollkommen geistig ist.

Dein
H.

Heinrich Seidel
1842–1906

Tristan und Isolde

König Marke, wie die Sage meldet,
Ließ begraben Tristan und Isolden
Zu den beiden Seiten eines Kirchleins,
Noch im Tod die Liebenden zu trennen.
Doch aus Tristans Hügel schoß ein Weinstock,
Rosen wuchsen aus Isoldens Grabe,
Strebten eilig aufwärts an den Mauern,
Trieben mächt'ge, sehnsuchtsvolle Ranken,
Spannen sich empor des Daches Flächen,

Und – ein Wunder war's – nach wenig Jahren
Rankten hoch am First schon ineinander
Unzertrennbar Rosenbusch und Rebe.
Rosen blühten leuchtend nun im Weinlaub,
Trauben hingen in den Rosenzweigen!
Dieses holde Wunder zu beschauen,
Pilgerten herbei aus weitem Umkreis
Gern die zärtlich hold verliebten Paare,
Und nachdem voll Andacht sie gestaunet,
Schauten sie sich leuchtend in die Augen,
Ihre Hände rankten ineinander,
Und sie küßten sich und sprachen gläubig:
»Stärker als der Tod ist treue Liebe!«

Friedrich Nietzsche
1844–1900

Aphorismen (aus: Menschliches Allzumenschliches)

Was man versprechen kann. – Man kann Handlungen versprechen, aber keine Empfindungen, denn diese sind unwillkürlich. Wer jemandem verspricht, ihn immer zu lieben oder immer zu hassen oder ihm immer treu zu sein, verspricht etwas, das nicht in seiner Macht steht; wohl aber kann er solche Handlungen versprechen, welche zwar gewöhnlich die Folgen der Liebe, des Hasses, der Treue sind, aber auch aus anderen Motiven entspringen können: denn zu einer Handlung führen mehrere Wege und Motive. Das Versprechen, jemanden immer zu lieben, heißt also: solange ich dich liebe, werde ich dir die Handlungen der Liebe erweisen; liebe ich dich nicht mehr, so wirst du doch dieselben Handlungen, wenn auch aus anderen Motiven, immerfort von mir empfangen: so daß der Schein in den Köpfen der Mitmenschen bestehen bleibt, daß die Liebe unverändert und immer noch dieselbe sei. – Man verspricht also die Andauer des Anscheins der Liebe, wenn man ohne Selbstverblendung jemandem immerwährende Liebe gelobt.

Ehe von gutem Bestand. – Eine Ehe, in der jedes durch das andere ein individuelles Ziel erreichen will, hält gut zusammen, zum Beispiel wenn die Frau durch den Mann berühmt, der Mann durch die Frau beliebt werden will.

Probe einer guten Ehe. – Die Güte einer Ehe bewährt sich dadurch, daß sie einmal eine »Ausnahme« verträgt.

Geliebt sein wollen. – Die Forderung, geliebt zu werden, ist die größte der Anmaßungen.

Lieben lernen. – Man muß lieben lernen, gütig sein lernen, und dies von Jugend auf; wenn Erziehung und Zufall uns keine Gelegenheit zur Übung dieser Empfindungen geben, so wird unsere Seele trocken und selbst zu einem Verständnis jener zarten Erfindungen liebevoller Menschen ungeeignet. Ebenso muß der Haß gelernt und genährt werden, wenn einer ein tüchtiger Hasser werden will: sonst wird auch der Keim dazu allmählich absterben.

Liebe und Zweiheit. – Was ist denn Liebe anders als verstehen und sich darüber freuen, daß ein andrer in andrer und entgegengesetzter Weise als wir lebt, wirkt und empfindet? Damit die Liebe die Gegensätze durch Freude überbrücke, darf sie dieselben nicht aufheben, nicht leugnen. – Sogar die Selbsthilfe enthält die unvermischbare Zweiheit (oder Vielheit) in einer Person als Voraussetzung.

Die Quelle der großen Liebe. – Woher die plötzlichen Leidenschaften eines Mannes für ein Weib entstehen, die tiefen, innerlichen? Aus Sinnlichkeit allein am wenigsten: aber wenn der Mann Schwäche, Hilfsbedürftigkeit und zugleich Übermut in einem Wesen zusammen findet, so geht etwas in ihm vor, wie wenn seine Seele überwallen wollte: er ist im selben Augenblick gerührt und beleidigt. Auf diesem Punkte entspringt die Quelle der großen Liebe.

Detlev von Liliencron
1844–1909

Liebesnacht

Nun lös ich sanft die lieben Hände,
Die du mir um den Hals gelegt,
Daß ich in deinen Augen finde,
Was dir das kleine Herz bewegt.

O sieh die Nacht, die wundervolle;
In ferne Länder zog der Tag.
Der Birke Zischellaub verstummte,
Sie horcht dem Nachtigallenschlag.

Der weiße Schlehdorn uns zu Häupten,
Es ist die liebste Blüte mir;

Trenn ab ein Zweiglein, eh wir scheiden,
Zu dein und meines Hutes Zier.

Laß, Mädchen, uns die Nacht genießen!
Allein gehört sie mir und dir.
Die Blüte will ich aufbewahren
An diese Frühlingsstunde hier.

Peter Altenberg
1859–1919

Ehebruch

»Und welche Folgen hat bei euch der Ehebruch, Samson Adukuè?!?«

»Wie meinst du es, Herr?!?«

»Nun, prügelt er sie, schickt er sie zurück zu den Eltern, tötet er sie sogar?!?«

»Weshalb sollte er solches unternehmen, Herr?!? Er hat sie ja geheiratet, weil er sie lieb hat!?«

»Nun, irgendwelche Folgen muß es dennoch nach sich ziehen?!?«

»O ja, Herr, schreckliche Folgen. Bis dahin hat er die *große* Liebe zu ihr gehabt, von da an hat er nur mehr die *kleine Liebe*!«

Erste Liebe

Meine »erste Liebe« war Rosie Mischischek, gleichalterig mit mir, zwölf Jahre alt. Wir spielten täglich »Verstecken« auf den Stufen des Theseustempels im Volksgarten. Sonntags trug sie ein grünseidenes Kleid, geputzt mit schmalen schwarzen Samtbändern, nackte rundlich-eckige Schultern, offene Locken und war überhaupt vollkommen. Wenn sie sich einbildete, ein besonderes Versteck hinter Säulen gefunden zu haben, so übersah ich sie absichtlich, lief an ihr vorbei, auf die Gefahr hin, für einen Dummkopf gehalten zu werden!

Ihr Glück war mir eben damals alles.

Eines Abends hörte mich meine wunderschöne Mama in meinem Bette schluchzen und weinen.

»Was ist denn los?!«

»Rosie Mischischek hat mir beim Weggehen heute nicht die Hand gegeben!« Das sprach sich herum. Frau Mischischek machte ihrem Töchterchen sanfte Vorwürfe: »Einmal interessiert sich jemand ernstlich für dich, und du reichst ihm beim Weggehn vom Theseustempel nicht einmal dein Händchen?!«

Rosie hatte am nächsten Tag, obzwar es nur ein gewöhnlicher Wochentag war, das grüne seidene Kleid an mit den schmalen schwarzen Samtmaschen, nackte, rundlich-eckige Schultern, offene Locken und ihr gewöhnliches süßes Wildkatzengesichterl.

»Du hast dich bei deiner Mama beklagt, daß ich dir gestern beim Weggehn nicht die Hand gegeben habe?! Da hast du sie heute zweimal, so, und für morgen gleich auch, wenn ich vergessen sollte, dummer Bub!«

Sie sah wunderbar erregt aus, eine kleine Furie, noch lieblicher, aparter als sonst. Sie sagte: »Mit dir spiele ich überhaupt nicht mehr ›Verstecken‹, du gehst *absichtlich* an mir vorüber, obwohl du mich ganz genau gesehen haben mußt! Glaubst du, daß das lustig ist für mich? Dummer Bub! Geh und tratsche es wieder!«

So endete meine »erste, zarteste, rücksichtsvollste Liebe« in meinem zwölften Lebensjahre. Alle späteren waren *ebenso*! Nein, ärger, *kränkender*.

Arthur Schnitzler
1862–1931

Die Braut

Auf einem Maskenball lernte ich sie kennen, nach Mitternacht. Ihre klugen und ruhigen Augen hatten mir gefallen und das dunkelblaue Kleid, das sie trug. Sie war nicht maskiert und machte durchaus kein Hehl aus ihrer wahren Person. Sie gehörte zur Kategorie der aufrichtigen Dirnen und hatte selbst in dem Maskentrubel, der alle Frauen so sehr dazu reizt, durchaus kein Bedürfnis, Komödie zu spielen. Das erfrischte mich, da ich mich von all den trivialen Faschingslügen, die mich umschwirrten recht ermüdet und angewidert fühlte.

Sie war ungewöhnlich intelligent, man hörte es ihren Reden und sah es ihren Bewegungen an, daß sie aus besseren Kreisen herkam. Bei ihr lag die Frage besonders nahe, die man so oft an Weiber ihrer Art stellt, um schließlich immer dieselbe abgedroschene Geschichte zu hören, wie es denn eigentlich dahin mit ihnen gekommen. Von dieser aber mit den klugen Augen vermutete ich etwas anderes zu vernehmen, und darum blieb ich mit ihr zusammen.

Es ging gegen Morgen zu, als wir, vom Champagner ein wenig angeduselt, einen Wagen nahmen und in den Prater fuhren. Es war im März, eine merkwürdig linde

Nacht. Momente lang hatte ich das Gefühl, als wenn da ein Wesen an meiner Seite lehnte, das ich schon lange, lange kannte und sehr lieb hätte. Mir war sehr wohl neben ihr, und geraume Zeit sprachen wir gar nichts. Ich konnte mich nicht entschließen, sie schlechthin als das Weib zu nehmen, das den Abschluß einer lustigen Nacht bedeutet, ich wollte sie kennenlernen. Von ihrem Leben wollte ich wissen, von ihrer Jugend, von den Männern, die sie geliebt, bevor sie sich entschloß, alle zu lieben, die sie wollten.

Hier gab es ein Schicksal zu entdecken, und endlich, wie wir schon weit unten im Prater waren, nach langem Schweigen, fragte ich sie. Sie ließ sich nicht lange um eine Antwort bitten. Freilich hab' ich nun die Worte, mit denen sie mir schlicht und bereitwillig ihr Bekenntnis ablegte, vergessen, aber die Geschichte selbst steht mir eigentlich klarer vor Augen als in der Stunde, da ich sie vernahm. Übergänge haben sich für mich gefunden, Lücken, welche sie im Erzählen ließ, habe ich unbewußt im Bedenken, im Erinnern ausgefüllt.

Sie war aus einer guten Familie, aus einer sehr geachteten und bekannten, behauptete sie sogar, und man hatte sie zu Hause streng erzogen. Aber ihre Sinne erwachten früh und in heftigem Verlangen. In den einsamen Nächten ihrer frühreifen Mädchenzeit hatte sie viele Qualen zu überstehen, und ein seltsamer Vorsatz bildete sich in ihr, aus unklaren Wünschen zu immer festerer Gestaltung. Sie wollte warten, bis sich der Gatte gefunden, denn das mußte sie wohl, dann aber, wenn die Gefahr vorüber, wollte sie sich freimütig den ursprünglichen und wilden Trieben ihrer Natur, wollte sich jedem hinschleudern, der ihr gefiel ... Männerschönheit und Männerstärke genießen, wo sie sich bot.

Mit siebzehn Jahren verlobte sie sich, und nun kam in ihrem Leben eine kurze Zeit, über die sie sich in fast sentimentalen Worten ausließ. Da fand ich jene merkwürdige Stelle in ihrem Herzen, die man auch in den Verworfensten entdeckt – das Heimweh nach der Unschuld. Denn es gibt ja auch ein Heimweh für die Heimatlosen, und vielleicht empfinden die es am schmerzlichsten von allen. Daß man eine Heimat überhaupt hat, ist schon ein wenig Trost, der aber fehlt den andern.

Nun aber geschah etwas Seltsames. Sie begann den Bräutigam, der ihr anfangs nur Mittel zum Zwecke bedeutet hatte, ernstlich zu lieben. Anfangs wollte sie sich's selbst nicht glauben; aber sie mußte es endlich, denn wie anders war es zu erklären, daß sie sich plötzlich ihrer früheren Vorsätze zu schämen anfing – so heftig und schmerzlich, wie vielleicht keine Sünderin der Tat sich der Vergangenheit zu schämen vermag –, daß sie bereute? Sie wollte ihm eine brave Gattin werden, treu und ergeben. Sie wurde ruhiger. Ihre Empfindungen bekamen einen eigentümlichen Hauch von Frieden und Keuschheit, und sie liebte ihn tief. Ein paar Monate, oder waren es nur Wochen, ich weiß es nicht mehr – dauerte dieser Zustand an. Der Tag der Hochzeit rückte näher. Da regte sich allmählich wieder die alte Raserei in ihr. Vielleicht lag da ein besonderer Grund vor, über den sie sich selbst nicht klar war, vielleicht war es nur der natürliche Gang, und die kurze Periode der Beruhigung nahm ihr Ende, weil das eben in dem Temperament des Mädchens lag. Es kam in einer entsetzlichen Weise über sie. Zehnmal war sie daran – nicht sich ihrem Verlobten hinzugeben – nein … ihn zu nehmen, selbst zu nehmen, mit sich zu ziehen in das dunkle Zimmer neben dem Salon – oder dorthin in die Nische – oder dort … Aber die Umstände fügten es nicht, sie war nie allein mit ihm. Vielleicht auch verließ sie der Mut, wenn die Gelegenheit kam, und bald begann sie auch wieder zu merken, wie ihre Glut ins Allgemeine ging, wie er eigentlich nicht mehr der Geliebte war. Ja, sie wollte ihn – freilich – aber auch den – und jenen – und jenen – und alle. Sie fühlte, daß es unabänderlich vorbei war mit ihrer einen, ach, mit ihrer Liebe überhaupt. Es war wieder Trieb geworden, wütender, durstiger Trieb, der den Mann wollte, einfach den Mann, nicht ihn, den einen! Etwas war dennoch von ihrer tiefen Neigung zurückgeblieben: sie war dem Mann, der sie unendlich Hohes hatte empfinden lassen, der sie aus der Dumpfheit fiebernden Verlangens für einige Zeit zur schönen Heiterkeit der Liebe hinaufgehoben hatte, diesem Mann war sie etwas schuldig geworden. Wahrheit! … Es wühlte in ihr, es ließ sie nicht ruhn. Sie mußte sich ihm entdecken. Sie wußte, was es für ein Ende nehmen mußte. Darum wünschte sie ihn von Schmach und Gram frei zu erhalten. Sie war nicht geschaffen zum braven Weib, aber sie wollte auch nicht das seine werden, den sie vielleicht schon nach der ersten Nacht hätte betrügen müssen – und der sie dann – das schwebte ihr wohl auch dunkel vor – am nächsten Tage davongejagt hätte. Der Gedanke, daß er ihr am Ende genügen, daß mit seinem Besitz ihr Wahnsinn gemildert, gestillt sein könnte, war ihr zu einer kindischen Erinnerung geworden, aber gestehen wollte sie's ihm, ihm sagen: Ich bin nicht geschaffen, deine brave Hausfrau zu werden, laß mich frei.

Die Zeit rückte vor. Die ruhigen und festen Grenzen ihrer Liebe zu dem einen vermischten sich mehr und mehr und flossen auseinander zu den zitternden Linien einer schmerzlichen, ungestillten, kaum mehr zu zügelnden Sehnsucht nach dem Manne.

Und eines Abends – sie schilderte mir die Stimmung jenes Abends mit frappierender Kraft, wie sie nur das sichere Bewußtsein von der Bedeutsamkeit eines Erlebnisses besitzt –, eines Abends, im Hause ihrer Eltern, im Salon, der in das Halbdunkel von matten, farbigen Lampen getaucht war, während sie mit ihm an dem offenen Fenster stand, das auf eine reiche und helle Straße hinausführte, da gestand sie's ihm ein. Alles. Die brennenden Wünsche ihrer kaum erwachten Jugend, die kurze Zeit ihrer stillen erwachenden Glückseligkeit und endlich das rasche Untergehen dieses Traumes. Er war wie erstarrt. Nie hatte er Ähnliches in dem braven Mädchen aus gutem Hause vermutet, das er mit der freudigen Zustimmung seiner Eltern zur Frau nehmen wollte und in dem er wahrscheinlich auch das zu finden hoffte, was wir ja alle von unserem künftigen Weibe erwarten: den wundersamen, heiligen, tugendhaften Kontrast zu der tollen Leidenschaftlichkeit unserer Jugendliebeleien … Er versuchte ihr zu widersprechen. Er wollte ihr klarmachen, daß sie sich über sich selber täusche, daß sie ein natürliches und im Grunde schönes Verlangen heruntersetze und entweihe, weil sie sich in ihrer stolzen Jungfräulichkeit desselben schäme. Es war vergebens. Je eindringlicher er sie über ihren Zustand beruhigen wollte, mit um so heftigeren und deutlicheren und frecheren Worten ließ sie ihn in das Zittern und Glühen ihrer tiefsten Seele schauen. Und sie erklärte ihm, daß sie ihr Wort zurücknehme, ihm das seine zurückgebe. Sie flehte ihn an, daß er sie ihrem Schicksal überlassen und in dieses Haus nicht mehr wiederkehren sollte. Was ihr eigenes Los anbelangt, so stand ihr Plan fest. Morgen noch, vielleicht heute nacht auf und davon, mit einem Male verschwunden aus dem Kreise der Ihren, weg von allen diesen Menschen, die ruhig und zufrieden und gesund waren und zu denen sie nicht gehörte, fort von hier und toll hinausgejubelt in ein Leben ungezügelter Lust, für das sie nun einmal bestimmt war, in das sie hineinmußte, wenn sie nicht verrückt werden, wenn sie nicht zugrunde gehen sollte.

Wie er, der Bräutigam, sie so reden hörte, mußte sie ihm wohl von wilderer und flammenderer Schönheit erschienen sein als je. Und der klagende Ausdruck seiner Augen wandelte sich allmählich in den Glanz bebenden Begehrens, das heftiger und heftiger daraus hervorbrach.

Er stand dicht neben ihr, und eben noch bittend, beschwörend, hatte er ihre beiden Hände gefaßt – und noch klangen ihr seine gramvollen Worte ins Ohr: sie mißverstehe sich selbst, und er verzeihe ihr alles, und sie solle nur bei ihm bleiben; da mit einem Male wurde der Druck seiner Hände fester, heißer, und das Zittern der Verzweiflung in seiner Stimme ward zum Zittern des Verlangens, und seine Worte klangen anders mit einem Male, ganz anders, bis es ihr endlich frech, schrill, brutal an ihr Ohr klang, das er mit seinen Lippen berührte: wenn es schon sein muß, wenn du schon fort willst, wenn du schon die brave Hausfrau nicht sein kannst, wenn du allen gehören willst, die dich wollen, so gehöre doch zuerst mir, der dich will wie kein anderer, mir, den du geliebt hast, mir … mir … mir …, der dich anbetet.

Da aber fuhr sie zurück, und mit Ekel stieß sie ihn fort und entriß ihm ihre Hände.

Er begriff anfangs nicht, versuchte noch ungeschickt und flehend ihr klarzumachen, daß es ja nun das Gescheiteste wäre, was sie tun könnte. Ihr aber war dieser Mann, den sie so sehr geliebt hatte, mit einem Male der einzige geworden, den sie nicht mehr lieben konnte, den sie haßte, der sie anwiderte. Der Hauch, der von seinem Munde kam, die trockenen heißen Hände, das weit offene starre Auge, seine Stimme, die etwas Klirrendes und Weinendes hatte, all das ward ihr innerhalb eines Augenblickes so unsagbar unerträglich, daß sie von ihm fort mußte, rasch, zu einem anderen, zu dem anderen, zu irgendwem, der ein Mann und nicht er war. Und noch in derselben Nacht verließ sie das Haus ihrer Eltern, in derselben Nacht irrte sie durch die schwülen Straßen der Stadt, in derselben Nacht noch trug sie sich irgendeinem auf der Straße an, der eben vor ihr her spazierte und dessen Gang leicht und vergnügt war und den sie früher nie gesehen hatte. Und der nahm sie und jagte sie wieder fort, und das war ihr erster Liebhaber!

Sie schwieg, nachdem sie mir das gesagt, ohne daß sie Näheres über diesen Mann mitgeteilt hätte. Ich war neugierig geworden und wollte mehr wissen. Wer er war, ob sie ihn geliebt, ob sie ihm nachgeweint, was sie empfunden, als er sie nahm, und wie ihr war, als sie das erste Mal verlassen wurde. Da aber sah sie mich mit großen Augen an. Und dann, als wäre das etwas ganz Selbstverständliches, in einem Tone der Bestimmtheit, der mir jetzt noch im Ohr klingt, sagte sie: »Das ist ja vollkommen gleichgültig.« Ich verstand sie nicht gleich, aber wie ich sie nun eine Weile anschaute, dieses Antlitz mit dem ruhigen Ausdruck der Glücklichen, welche ihren wahren Beruf gefunden, unbekümmert um die Meinung der anderen, da fiel es mit einem Mal hell in meine Seele, und ich konnte begreifen, was sie gemeint. Ja, es war gleichgültig, wer jener Mann gewesen, mit dem sie die erste Nacht durchlebt, gleichgültig, wer nach ihm gekommen, und gleichgültig war es auch, ob ich oder ein anderer da neben ihr im Wagen lehnte. Nicht weil sie das war, was wir so leichthin eine Verworfene nennen. Denn haben wir's nicht alle an den Frauen, von denen wir wahrhaftig geliebt wurden, schaudernd und in stummer Verzweiflung hundertmal erlebt, wie wir im Moment der Erfüllung für sie verlorengingen, wir, mit der ganzen Majestät unseres Ich, und wie unsere gleichgültige Persönlichkeit nur mehr das allmächtige Gesetz bedeutete, zu dessen zufälligen Vertretern wir bestellt waren.

Und wenn sie aus ihrem höchsten Rausch langsam erwachen, sehen wir nicht, wie sie mit einem unheimlichen Staunen uns ansehen, nein, wie sie uns wiedersehen, um sich an uns zu erinnern, weil wir gerade in dem Momente ihrer herrlichsten Entzükkung mit allen unsern höchst eigenen Eigenschaften, mit unserem Geist und unserer Schönheit, mit all den Tugenden und all den Lastern, womit wir sie gewannen, so unbeschreiblich überflüssig geworden sind, gegenüber dem ewigen Prinzip, das in der Maske eines Individuums erscheinen muß, um walten zu dürfen: denn der kurze und bewußtlose Augenblick, in welchem die Natur ihren Zweck durchzusetzen weiß, braucht nur den Mann und das Weib, und wenn wir auch sein Vorher und Nachher so erfindungsreich von den tausend Lichtern unserer Individualität umtanzen lassen – sie löschen doch alle aus, wenn uns die dumpfe Nacht der Erfüllung umfängt.

Arno Holz
1863–1929

Er verlustirt sich über die kleine Kloris

Die kleine Kloris wollte /
oho!
daß ich sie küssen sollte /
soso.

Das Mihder stund ihr offen /
oho!
So hatt ich sie bedroffen /
soso.

Im Lazz die beyde Schlehen /
oho!
kunt ich ihr grade sehen /
soso.

Darzwischen stach dem Mäußgen /
oho!
ein kleines Nelcken=Sträußgen /
soso.

Ihr Mund auff meinem jukkte /
oho!
worbei sie nicht mahl zukkte /
soso.

Du lihber / lihber Junge!
oho!
Sie biß mir auff die Zunge /
soso.

Nicht Indjens Pärlen=Pläzze /
oho!
dauscht ich for solche Schmäzze /
soso.

Darbey so kam mein Finger /
oho!
ihr an die beyde Dinger /
soso.

Sie waren brall wie Zwettschen /
oho!
ich hub sie an zu knettschen /
soso.

Da kunte sie's nicht lassen /
oho!
mich gleich=falls zu ümbfassen /
soso.

Gern sah ich solche Driebe /
oho!
schon rein aus Menschen=Liebe /
soso.

Was nüzzen mir wo Beeren /
oho!
wenn andre sie verzehren /
soso.

Flinck glitt ich rischel=ruschel /
oho!
ihr in die Purpur=Muschel /
soso.

Ümb mich in ihre Gaben /
oho!
rächt innig zu begraben /
soso.

Erst dhat sie wie Dorinde:
oho!
»Nein / wie ich sowaß finde!«
soso.

Doch bald so kunt ich spühren /
oho!
ihr wonnigliches Rühren /
soso.

Die Läden draussen knarrten /
oho!
sie wusste hundret Arten
soso.

So zekkten sich nicht Spazzen /
oho!
so lihbten sich zwo Razzen /
soso.

Cupido wickel=wackel /
oho!
Cupido hihlt die Fakkel /
soso.

Biß *Titan* wihder strahlte /
oho!
und uns mit Goldt bemahlte /
soso.

Paul Scheerbart
1863–1915

Wenn du mich nicht mehr lieben willst

Wenn du mich nicht mehr lieben willst,
So geh ich zum Kuppelweibe!
Wenn du mich nicht mehr lieben willst,
So will ich Dich vergessen –
In wilder toller Brunst –
Bei Wein und Saitenkunst –
Da lieb ich, was ich finde –
Verschwinde nur! Verschwinde –
Wenn Du mich nicht mehr lieben willst.

Frank Wedekind
1864–1918

Stallknecht und Viehmagd

Die Bärin wohnt im tiefen Walde,
Im tiefen Wald wohnt auch der Bär,
Und an demselben Aufenthalte,
Da wohnen Bären bald noch mehr.

Und im Olymp, da wohnen Götter,
Darunter Venus und Apoll;
Dort hat man ewig schönes Wetter
Und jeder Gott ist liebevoll.

Auf ödem Felde schafft die Viehmagd,
Tut ob der Arbeit manchen Schrei,
Jedoch Cupido, der sich nie plagt,
Wälzt sich im Grase nebenbei.

Nun kommt der Stallknecht mit den Kühen;
Auch Ochsen ziehen an dem Pflug,
Doch muß er selbst das meiste ziehen,
Dann geht es eben flott genug.

Cupido duckt sich listig nieder,
Er legt den Bogen an mit Lust
Und schießt der Viehmagd durch das Mieder
In ihre ahnungslose Brust.

Der Stallknecht kommt herbeigesprungen,
Auf daß er rasch ihr Hilfe bringt;
Cupido trifft den guten Jungen,
Daß er mit ihr zu Boden sinkt.

Da liegen Stallknecht nun und Viehmagd,
Und schauen sich verwundert an,
Und nachher tun sie, was man nie sagt,
Doch was man leicht erraten kann.

Morgenstimmung

Leise schleich' ich wie auf Eiern
Mich aus Liebchens Paradies,
Wo ich hinter dichten Schleiern
Meine besten Kräfte ließ.

Traurig spiegelt sich der bleiche
Mond in meinem alten Frack;
Ach, die Wirkung bleibt die gleiche,
Wie das Kind auch heißen mag.

Wilhelmine, Karoline,
's ist gesprungen wie gehupft,
Nur daß hier die Unschuldsmiene,
Dort dich die Routine rupft.

Brigitte B.

Ein junges Mädchen kam nach Baden,
Brigitte B. war sie genannt,
Fand Stellung dort in einem Laden,
Wo sie gut angeschrieben stand.

Die Dame, schon ein wenig älter,
War dem Geschäfte zugetan,
Der Herr ein höherer Angestellter
Der königlichen Eisenbahn.

Die Dame sagt nun eines Tages,
Wie man zu Nacht gegessen hat:
Nimm dies Paket, mein Kind, und trag es
Zu der Baronin vor der Stadt.

Auf diesem Wege traf Brigitte
Jedoch ein Individuum,
Das hat an sie nur eine Bitte,
Wenn nicht, dann bringe er sich um.

Brigitte, völlig unerfahren,
Gab sich ihm mehr aus Mitleid hin.
Drauf ging er fort mit ihren Waren
Und ließ sie in der Lage drin.

Sie konnt es anfangs gar nicht fassen,
Dann ließ sie heulend und gestand,

Daß sie sich hat verführen lassen,
Was die Madam begreiflich fand.

Daß aber dabei die Turnüre
Für die Baronin vor der Stadt
Gestohlen worden sei, das schnüre
Das Herz ihr ab, sie hab sie satt.

Brigitte warf sich vor ihr nieder,
Sie sei gewiß nicht mehr so dumm;
Den Abend aber schlief sie wieder
Bei ihrem Individium.

Und als die Herrschaft dann um Pfingsten
Ausflog mit dem Gesangverein,
Lud sie ihn ohne die geringsten
Bedenken abends zu sich ein.

Sofort ließ er sich alles zeigen,
Den Schreibtisch und den Kassenschrank,
Macht die Papiere sich zu eigen
Und zollt ihr nicht mal mehr den Dank.

Brigitte, als sie nun gesehen,
Was ihr Geliebter angericht,
Entwich auf unhörbaren Zehen
Dem Ehepaar aus dem Gesicht.

Vorgestern hat man sie gefangen,
Es läßt sich nicht erzählen wo;
Dem Jüngling, der die Tat begangen,
Dem ging es gestern ebenso.

Otto Erich Hartleben
1864–1905

Lore

Da ich dich wiedersah,
bebte die Brust mir –
nun ich dich fasse,
bebt mir die Hand.

Fülle der Seligkeit
lässt mich erzittern –
Sonne des Glückes
sengt mir das Hirn.

Ehemals bangte mir,
ob ich dich fände –
aber nun bangt mir:
halt ich dich, Kind?

Ricarda Huch
1864–1947

Du

Seit du mir ferne bist,
Hab' ich nur Leid,
Weiß ich was Sehnsucht ist
Und freudlose Zeit.

Ich hab' an dich gedacht
Ohn' Unterlaß
Und weine jede Nacht
Nach dir mein Kissen naß.

Und schließt mein Auge zu
Des Schlafes Band,
So wähn' ich, das tust du
Mit deiner weichen Hand.

Hans von Gumppenberg
1866–1928

Sommermädchenküssetauschelächelbeichte

An der Murmelrieselplauderplätscherquelle
Saß ich sehnsuchtstränentröpfeltrauerbang:
Trat herzu ein Augenblinzeljunggeselle
In verweg'nem Hüfteschwingeschlendergang,
Zog mit Schäkerehrfurchtsbittegrußverbeugung
Seinen Federbaumelriesenkrämpenhut –
Gleich verspürt' ich Liebeszauberkeimeneigung,
War ihm zitterjubelschauderherzensgut!

Nahm er Platz mit Spitzbubglücketückekichern,
Schlang um mich den Eisenklammermuskelarm:
Vor dem Griff, dem grausegruselsiegesichern,
Wurde mir so zappelseligsiedewarm!
Und er rief: »Mein Zuckerschnuckelputzelkindchen,
Welch ein Schmiegeschwatzeschwelgehochgenuß!«
Gab mir auf mein Schmachteschmollerosenmündchen
Einen Schnurrbartstachelkitzelkosekuß.

Da durchfuhr mich Wonneloderflackerfeuer –
Ach, das war so überwinderwundervoll . .
Küßt' ich selbst das Stachelkitzelungeheuer,
Sommersonnenrauschverwirrungsrasetoll!
Schilt nicht, Hüstelkeifewackeltrampeltante,
Wenn dein Nichtchen jetzt nicht knickeknirscheknìet,
Denn der Plauderplätscherquellenunbekannte
Küßte wirklich wetterbombenexquisit!!

Nach O. J. Bierbaum und anderen Wortkopplern

Stefan George
1868–1933

wechsel

Ich sah sie zum erstenmal . . sie gefiel mir nicht:
Es ist an ihr nichts schönes
Als ihre schwarzen schwarzen haare.
Mein mund berührte sie flüchtig eines tags
Und sehr gefielen mir ihre haare
Und auch ihre hand . .
Es ist an ihr nichts schönes
Als ihre haare – ja – und ihre feine hand.
Ich drückte sie etwas wärmer eines tags
Und sehr gefiel mir ihre hand
Und auch ihr mund.
Heute ist nichts mehr an ihr
Was mir nicht sehr gefiele
Was ich nicht glühend anbetete.

wenn ich heut nicht deinen leib berühre

Wenn ich heut nicht deinen leib berühre
Wird der faden meiner seele reissen
Wie zu sehr gespannte sehne.
Liebe zeichen seien trauerflöre
Mir der leidet seit ich dir gehöre.
Richte ob mir solche qual gebühre
Kühlung sprenge mir dem fieberheissen
Der ich wankend draussen lehne.

Else Lasker-Schüler
1869–1945

Mein Liebesbrief

Durch den goldenen Himmel blicken blau die Sterne, aber die Fenster des Harems sind schon dicht verhangen. Meinen schwarzen Perlenohrreif trägt der Eunuche am Daumen – dafür läutet er zeitiger zum Schlaf. Die Frauen träumen schon von ihrem neuen Naschwerk, von verzuckerten, roten Rosen; und der Schlummer liegt auf den Wangen der kleinen Prinzen und Prinzessinnen wie Tauben. Und ich bin heimlich durch den Vorraum des Harems entkommen, die herrlichen Türen des großen Sultansaals schließen sich hinter mir, eherne schützende Arme. Und meine andächtige Freundin wartet auf mich, die schlanke Kerze auf dem Marmortisch; sie ist bereit, für mich ihr Leben zu lassen. – O Abdul, deine Augen schweifen immer über die Dämmerung, und mein Herz ist blau geworden, dunkelblau wie der Garten des Jenseits. Auf dem Gipfel des Balkans sehe ich dich herannahen, wie auf dem Buckel eines Dromedars. Abdul, ich bin verliebt in dich, und das ist viel rauschender, als wenn ich dich lieben würde. Wie der Frühling ist es, verliebt zu sein ...... Immer kommen große Stürme über mein Blut; ich fürchte mich vor ihnen, aber sie überjubeln mich mit tausend blühenden Wundern. Und der Schleier vor meinem Antlitz ist zerrissen, zu stürmisch dachte ich an unser Wiedersehn. Aber die Stunde unseres Glückes muß stumm sein – nicht reden, Abdul ... Und die Augen geschlossen halten, unsere Liebe selbst darf nicht ahnen, daß sie sich zwischen unsern Lippen verfing. Der große Prophet mag die Ungläubigen deiner neuen Heimat und ihre Lehren nicht, und er könnte aus einer heimlichen Spalte der Nacht lauschen. Aber ich habe einen dunklen Stern auf meine Stirn gemalt, und es wird alles nur ein unsichtbares Keimen sein und unsere Lippen werden Knospen bleiben, Abdul ....

Freundschaft und Liebe

Jede Liebe, jede Freundschaft, die bestanden wird, dient zum Vorbild der Welt. Die Liebe vor allen Dingen, da sie nicht von dieser Welt ist, ihr Verbleiben nicht in unserer Macht liegt. Die Flamme der Freundschaft hingegen wir noch zu schüren vermögen. Wie eine Sturmbraut naht die Liebe von Liebwest oder wie Palmensäuseln aus der Morgenlandferne. Ein Komet ist sie mit allen Verheißungen, steht man von ihr umarmt ganz im Lichte. Eine Sternschnuppe, überraschend, taucht die Liebe unsichtbar in das willenlos verzauberte Herz. Eine Himmelsschnuppe! Der Tropfen eines zerborstenen Himmels versüßt unser Blut und färbt unser Herz blau. Die Liebe ist ein

Zustand, in den man durch himmlische Geschehnisse versetzt wird. Ein Zustand vor oder nach dem Tode: beglückende, in Herz sich senkende Atmosphäre. Ein Engel, zweier sich verschmolzener Blicke. Die Freundschaft aber ist: von dieser Welt. Wir sind ihr gewachsen; in unserer Macht liegt es, sie aufblühen oder verwelken, sie glühen oder erkalten zu lassen. Ihre Lebensdauer richtet sich nach dem Zeiger des gegenseitigen Vertrauens. Die Liebe hingegen wird vom Jenseits betreut. Sie hindern oder eigenmächtig anlocken zu wollen, vergebliche Müh'! Die Liebe ist ein von allerhöchsten Höhen geweihter Zustand, den man wie Duft über sich kommen lassen sollte. Man rühre an die Liebe nicht …

Meine Schamröte

Du! Sende mir nicht länger den Duft,
Den brennenden Balsam
Deiner süssen Gärten zur Nacht!
Auf meinen Wangen blutet die Scham
Und um mich zittert die Sommerluft.

Du … wehe Kühle auf meine Wangen
Aus duftlosen, wunschlosen
Gräsern zur Nacht.
Nur nicht länger den Hauch Deiner sehnenden Rosen,
Er quält meine Scham.

Christian Morgenstern
1871–1914

Liebeserklärung des Raben Ralf an die Räbin Louise Broxak

Tőr! tőr! tőr!
broxak! broxak!
kokoloko? klokoko!

Kar! Kar! Kar!
broxak! broxak!
Kalakaka! Kralkaka!

Serbo – serbo –
broxak! broxak!
kolkrekolo! krekloko?

Liebe

Das Feuer brennt,
das Feuer nennt,
die Luft sein Schwesterelement –
und frißt sie doch (samt dem Ozon)!
Das ist die Liebe, mein Sohn.

Vielleicht

Vielleicht kehrt sich's in grausem Scherz einst um:
Du bist der Mann und ich das Weib, und du
liebst mich dann so, wie ich jetzt dich, und ich –

ich liebe dich, wie du jetzt mich, nichts mehr;
nur dies. Nur daß die Waage wieder still,
und jeder Schale so ihr Maß zuteil.

Es ist Nacht

Es ist Nacht,
und mein Herz kommt zu dir,
hält's nicht mehr aus bei mir.

Legt sich dir auf die Brust,
wie ein Stein,
sinkt hinein,
zu dem deinen hinein.

Dort erst,
dort erst kommt es zur Ruh,
liegt am Grund
seines ewigen Du.

Hochsommernacht

Es ist schon etwas, so zu liegen,
im Aug der Allnacht bunten Plan,
so durch den Weltraum hinzufliegen
auf seiner Erde dunklem Kahn!

Die Grillen eifern mit den Quellen,
die murmelnd durch die Matten ziehn;
und droben wandern die Gesellen
in unerhörten Harmonien.

Und neben sich ein Kind zu spüren,
das sich an deine Schulter drängt,
und ihr im Kuß das Haar zu rühren,
das über hundert Sterne hängt …

Es ist schon etwas, so zu reisen
im Angesicht der Ewigkeit,
auf seinem Wandler hinzukreisen,
so unaussprechlich *eins zu zweit* …

Roda Roda (Alexander Friedrich Rosenfeld) 1872–1945

Liebe in der Ehe

Nie hat, soweit die arabische Zunge klingt, ein glücklicherer Ehemann gelebt als Ragib ibni Muhammed, bin Idris, bin Abbas, bin Osman, bin Beker vom Stamme der Fezzaru, den man später kurzweg Imam'i Beker nannte. Er hatte ein Mädchen gefreit vom Geschlecht der Abd-el-Menaf – ein Mädchen, dessen Schönheit sich nur dem Gatten offenbarte, ein Mädchen, dessen Güte vier Himmelswinde priesen.

Einst war Imam'i Beker ermüdet von weiter Reise heimgekehrt und sagte zu seiner Frau:

»Teuerste, ich möchte schlafen. Sorg, daß man mich nicht störe!«

»Streck dich«, sprach sie, »Teuerster, auf deinem Lager aus – ich werde mich auf einen Schemel vor deine Tür setzen, um deinen Schlummer zu behüten.«

Sprachs und tat es.

Ihn aber duldete es nicht im Bett, da er die geliebte Gattin auf der Schwelle wußte.

Er trat vor die Tür und bat:

»Süße, du sollst nicht die lange, kalte Nacht vor meiner Tür durchwachen. Komm in unser Bett und ruh gleich mir!«

»Süßer, mir ziemt, hier draußen zu bleiben und acht zu haben, daß man dich nicht wecke.«

Gerührt von so viel Güte, rief Imam'i Beker:

»Gut denn, Herzliebste – da deine Sanftmut auf ihrem Willen beharrt: so mach mir ein wenig Platz auf deinem Schemelchen, und ich will mit dir wachen.«

Und saßen beide bis zum Morgen mucksmäuschenstill vor Imam'i Bekers Tür.

Wilhelm Lobsien
1872–1947

Auf dem Heimwege

Tiefe, weiche Dunkelheit,
Alle Straßen schlafen,
Nur ein leises Windeswehn
Fernher aus dem Hafen.

Alle andern ließen uns,
Und wir gehn alleine,
Und in stummer Liebe grüßt
Meine Seele deine.

Kein Gedanke wacht in mir,
Der nicht dir gehöre,
Und kein Traum, drin deine Lieb
Königin nicht wäre.

Tiefe Stille ist ringsum,
Stille uns im Herzen,
Über uns voll Leuchten stehn
Goldne Himmelskerzen.

Alfred Polgar
1873–1955

Symptome oder die Liebe höret manchmal auf

Im Walde stand das väterliche Haus, und dort, in strengster Abgeschiedenheit, lebte Pauline, vor den Verführungen der Jünglinge sicher. Keine Autostraße, keine Eisenbahn, kein Fahrzeug führte zum Haus.

Im nächsten Städtchen, zwei gute Gehstunden entfernt, wohnte der Assessor, der Pauline liebte und von ihr wiedergeliebt wurde. Bei Tage war jede Zusammenkunft ausgeschlossen; der Vater ließ seine Tochter nicht aus dem Haus und niemand zu seiner Tochter. Aber nachts sahen sich die Liebenden, und das war eine recht umständliche Sache. Zwei Stunden mußte der Assessor marschieren durch den nächtlichen Wald, bis er unter Paulinens Fenster gelangen und mit ihr ein paar zärtliche Worte tauschen konnte. Nur wenige Minuten dauerten diese Zusammenkünfte, denn der Assessor hatte ja wieder zwei Stunden Wegs zurückzulegen, um rechtzeitig heimzukommen.

»Wenn du den kürzeren Weg nimmst«, sagte Pauline, »den durch die steilen Gräben – die freilich voll Kreuzottern sind –, so könntest du vielleicht fünf Minuten länger bleiben. Denke doch: fünf Minuten!«

Die Welt erfuhr von dem romantischen Handel und sagte: »Wie häßlich von dem

Mädchen! Wegen der paar Minuten Beisammenseins den Mann Nacht für Nacht seines Schlafes zu berauben! Was er nur an Zeit, Schuhen und Nervenkraft verbraucht! Und das nennt die Frau: Liebe.«

Später heiratete der Assessor Pauline. Ihre Wohnung war eine Viertelstunde von seinem Amt entfernt, mit der elektrischen Straßenbahn fuhr man sechs Minuten.

»Weißt du«, sagte Pauline, »es ist besser, wenn du dir das Mittagessen ins Amt holen läßt. Willst du täglich den weiten Weg machen wegen der einen Stunde, die du mit mir beisammen sein kannst? Wegen einer Stunde?! Außerdem zieht es in der Straßenbahn, und deine Bronchien sind ohnehin wie aus Seidenpapier. Wenn du aber zu Fuß gehst, verbrauchst du mehr an Schuhen, als wir uns leisten können, seit Papa Pleite gemacht hat.«

Die Leute im Städtchen waren beschämt. »Niemand«, sagten sie, »hätte geglaubt, daß diese Frau, die als Mädchen eine so rücksichtslose, kalte Egoistin war, eine so liebevolle Gattin sein würde.«

Die Scheidung erfolgte wegen unüberwindlicher gegenseitiger Abneigung.

Hugo von Hofmannsthal
1874–1929

Das Glück am Weg

Ich saß auf einem verlassenen Fleck des Hinterdecks auf einem dicken, zwischen zwei Pflöcken hin- und hergewundenen Tau und schaute zurück. Rückwärts war in milchigem, opalinem Duft die Riviera versunken, die gelblichen Böschungen, über die der gezerrte Schatten der schwarzen Palmen fällt und die weißen, flachen Häuser, die in unsäglichem Dickicht rankender Rosen einsinken. Das alles sah ich jetzt scharf und springend, weil es verschwunden war, und glaubte, den feinen Duft zu spüren, den doppelten Duft der süßen Rosen und des sandigen, salzigen Strandes. Aber der Wind ging ja landwärts, schwärzlich rieselnd lief er über die glatte, weinfarbene Fläche landeinwärts. So war es wohl nur Täuschung, daß ich den Duft zu spüren glaubte. Dann sprangen dort, wo golden der breite Sonnenstreifen auf dem Wasser lag, drei Delphine auf und sprudelten sprühendes Gold und spielten gravitätisch und haschten sich heftig rauschend und tauchten plötzlich wieder unter. Leer lag der Fleck und wurde wieder glatt und blinkte.

Jetzt hätte es dort aufrauschen müssen, und wie der wühlende Maulwurf weiche Erdwellen aufwerfend den Kopf aus den Schollen hebt, so hätten sich die triefenden Mähnen und rosigen Nüstern der scheckigen Pferde herausheben müssen, und die weißen Hände, Arme und Schultern der Nereiden, ihr flutendes Haar und die zackigen, dröhnenden Hörner der Tritonen. Und in der Hand die rotseidenen Zügel, an denen grüner Seetang hängt und tropfende Algen, müßte er im Muschelwagen stehen, Neptun, kein langweiliger, schwarzbärtiger Gott, wie sie ihn zu Meißen aus Porzellan machen, sondern unheimlich und reizend, wie das Meer selbst, mit weicher Anmut, frauenhaften Zügen und Lippen rot, wie eine giftig rote Blume ...

Über das leere, glänzende Meer lief schwärzlich rieselnd der leise Wind. Am Horizont, nicht ganz dort, wo in der kommenden Nacht wie ein schwarzblauer Streif der bergige Wall von Corsica auftauchen sollte, stand ein winziger schwarzer Fleck.

Nach einer Stunde war das Schiff recht nahe gegen unseres gekommen. Es war eine Yacht, die offenbar nach Toulon fuhr. Wir mußten sie fast streifen. Mit guten Augen unterschied man schon recht deutlich die Maste und Raaen, ja sogar die Vergoldung, dort, wo der Name des Schiffes stand. Ich wechselte meinen Platz, trug meinen englischen Roman ins Lesezimmer zurück und holte mein Fernglas. Es war ein sehr gutes Glas. Es brachte mir einen bestimmten runden Fleck des fremden Schiffes ganz nahe, fast unheimlich nahe. Es war, wie wenn man durchs Fenster in ein ebenerdiges Zimmer schaut, worin sich Menschen bewegen, die man nie gesehen hat und wahrscheinlich nie kennen wird; aber einen Augenblick belauscht man sie ganz in der engen dumpfen Stube, und es ist, als ob man ihnen da unsäglich nahe käme.

Den runden Fleck in meinem Glas begrenzte schwarzes Tauwerk, messingeingefaßte Planken, dahinter der tiefblaue Himmel. In der Mitte stand eine Art Feldsessel, auf dem lag, mit geschlossenen Augen, eine blonde junge Dame. Ich sah alles ganz deutlich: den dunklen Polster, in den sich die Absätze der kleinen, lichten Halbschuhe einbohrten, den moosgrünen breiten Gürtel, in dem ein paar halboffene Rosen steckten, rosa Rosen, la France-Rosen ...

Ob sie schlief?

Schlafende Menschen haben einen eigentümlichen, naiven, schuldlosen, traumhaften Reiz. Sie sehen nie banal und nie unnatürlich aus.

Sie schlief nicht. Sie schlug die Augen auf und bückte sich um ein heruntergefallenes Buch. Ihr Blick lief über mich, und ich wurde verlegen, daß ich sie so anstarrte, aus solcher Nähe; ich senkte das Glas, und dann erst fiel mir ein, daß sie ja weit war, dem freien Auge nichts als ein lichter Punkt zwischen braunen Planken, und mich unmöglich bemerken könne. Ich richtete also wieder das Glas auf sie, und sie sah jetzt wie verträumt gerade vor sich hin. In dem Augenblick wußte ich zwei Dinge: daß sie sehr schön war und daß ich sie kannte. Aber woher? Es quoll in mir auf, wie etwas Unbestimmtes, Süßes, Liebes und Vergangenes. Ich versuchte es, schärfer zu denken: ein gewisser kleiner Garten, wo ich als Kind gespielt hatte, mit weißen Kieswegen und Pegonienbeeten ... aber nein, das war es nicht ... damals mußte sie ja auch ein kleines Kind gewesen sein ... ein Theater, eine Loge mit einer alten Frau und zwei Mädchenköpfe, wie biegsame lichte Blumenköpfe hinter dem Zaun ... ein Wagen, im Prater, an einem Frühlingsmorgen … oder Reiter? … Und der starke Geruch der taufeuchten Lohe und Kastanienblütenduft und ein gewisses helles Lachen … aber das war ja jemand Anderes Lachen … ein gewisses Boudoir mit einem kleinen Kamin und einem gewissen hohen Louis-Quinze-Feuerschirm … alles das tauchte auf und zerging augenblicklich, und in jedem dieser Bilder erschien schattenhaft diese Gestalt da drüben, die ich kannte und nicht kannte, diese schmächtige lichte Gestalt und die blumenhafte müde Lieblichkeit des kleinen Kopfes und darin die faszinierenden, dunklen, mystischen Augen … Aber in keinem der Bilder blieb sie stehen, sie zerrann immer wieder, und das vergebliche Suchen wurde unerträglich. Ich kannte sie also nicht. Der Gedanke verursachte mir ein unerklärliches Gefühl von Enttäuschung und innerer Leere; es war mir, als hätte ich das Beste an meinem Leben versäumt. Dann fiel mir ein: Ja, ich kannte sie, das heißt, nicht wie man gewöhnlich Menschen kennt, aber gleichviel, ich hatte hundertmal an sie gedacht, Hunderte von Malen, Jahre und Jahre hindurch.

Gewisse Musik hatte mir von ihr geredet, ganz deutlich von ihr, am stärksten Schumannsche; gewisse Abendstunden auf grünen Veilchenwiesen, an einem rauschenden kleinen Fluß, darüber der feuchte, rosige Abend lag; gewisse Blumen, Anemonen mit müden Köpfchen … gewisse seltsame Stellen in den Werken der Dichter, wo man aufsieht und den Kopf in die Hand stützt und auf einmal vor dem inneren Aug' die goldenen Tore des Lebens aufgerissen scheinen … Alles das hatte von ihr geredet, in all dem war das Phantasma ihres Wesens gelegen, wie in gläubigen Kindergebeten das Phantasma des Himmels liegt. Und alle meine heimlichen Wünsche hatten sie zum heimlichen Ziel gehabt: in ihrer Gegenwart lag etwas, das allem einen Sinn gab, etwas unsäglich Beruhigendes, Befriedigendes, Krönendes. Solche Dinge *begreift* man nicht: man weiß sie plötzlich.

Ja, ich wußte noch viel mehr; ich wußte, daß ich mit ihr eine besondere Sprache reden würde, besonders im Ton und besonders im Stil: meine Rede wäre leichtsinniger, beflügelter, freier, sie liefe gleichsam nachtwandelnd auf einer schmalen Rampe dahin; aber sie wäre auch eindringlicher, feierlicher, und gewisse seltsame Saitensysteme würden verstärkend mittönen.

Alle diese Dinge dachte ich nicht deutlich, ich schaute sie in einer fliegenden, vagen Bildersprache.

In dem Augenblick war uns das fremde Schiff recht nah, näher würde es wohl kaum kommen.

Ich wußte noch mehr von ihr: ich wußte ihre Bewegungen, die Haltung ihres Kopfes, das Lächeln, das sie haben würde, wenn ich ihr gewisse Dinge sagte. Wenn sie auf der Terrasse säße, in einer kleinen Strandvilla in Antibes (ganz ohne Grund dachte ich gerade Antibes) und ich käme aus dem Garten und bliebe unter ihr stehen, drei Stufen unter ihr (und mir war, als wüßte ich ganz genau, das würde hundertmal geschehen, ja beinahe, als wäre es schon geschehen …), dann würde sie mit einer undefinierbaren reizenden kleinen Pose die Schultern wie frierend in die Höhe ziehen und mich mit ihren mystischen Augen ernst und leise spöttisch von oben herab ansehen …

Es liegt unendlich viel in Bewegungen: sie sind die komplizierte und feinabgetönte Sprache des Körpers für die komplizierte und feine Gefallsucht der Seele, die eine Art Liebesbedürfnis und eine Art Kunsttrieb ist: Koketterie ist ein sehr plumpes Wort dafür. In dieser kleinen Pose lag für mich eine Unendlichkeit von Dingen ausgedrückt: eine ganz bestimmte Art, ernsthaft, zufrieden und in Schönheit glücklich zu sein; ganz bestimmte graziöse, freie, wohltuende Lebensverhältnisse und vor allem mein Glück lag darin ausgedrückt, die Bürgschaft meines tiefen, stillen, fraglosen Glückes. Alle diese Gedanken waren ohne Sentimentalität, mit einer sicheren, ruhigen Anmut erfüllt. Dabei sah ich ununterbrochen hinüber. Sie war aufgestanden und sah gerade zu uns her. Und da war mir, als ob sie leise, mit unmerklichem Lächeln den Kopf schüttelte. Gleich darauf bemerkte ich mit einer Art stumpfer Betäubung, daß die Schiffe schon wieder anfingen, sich leise voneinander zu entfernen. Ich empfand das nicht als etwas Selbstverständliches, auch nicht als eine schmerzliche Überraschung, es war einfach, als glitte dort mein Leben selbst weg, alles Sein und alle Erinnerung, und zöge langsam, lautlos gleitend seine tiefen, langen Wurzeln aus meiner schwindelnden Seele, nichts zurücklassend als unendliche, blöde Leere. Mir war, als fühlte ich fröstelnd, wie durch diese Leere ein Lufthauch lief. Stumpf, gedankenlos aufmerksam sah ich zu, wie sich zwischen sie und mich ein leerer, reinlicher, emailblauer, glänzender Wasserstreifen legte, der immer breiter wurde. In hilfloser Angst sah ich ihr nach, wie sie mit langsamen Schritten schlank und biegsam eine kleine Treppe hinabstieg, wie Ruck auf Ruck in der Luke der grüne Gürtel verschwand, dann die feinen Schultern und dann das dunkelgoldene Haar. Dann war nichts mehr von ihr da, nichts. Für mich war es, als hätte man sie in einen schmalen kleinen Schacht gelegt und darüber einen schweren Stein und darauf Rasen. Als hätte man sie zu den Toten gelegt, ja, gar nichts konnte sie mehr für mich sein. Wie ich so hinstarrte auf das schwindende Schiff, das sich ein wenig gedreht hatte, kehrte sich mir unter Bord etwas Blinkendes zu. Es waren vergoldete Genien, goldene, an das Schiff geschmiedete Geister, sie trugen auf einem Schild in blinkenden Buchstaben den Namen des Schiffes: »La Fortune« …

Karl Kraus
1874–1936

Aphorismen

Es kommt gewiß nicht bloß auf das Äußere einer Frau an. Auch die Dessous sind wichtig.

Nicht die Geliebte, die entfernt ist, sondern Entfernung ist die Geliebte.

Es gibt kein unglücklicheres Wesen unter der Sonne als einen Fetischisten, der sich nach einem Frauenschuh sehnt und mit einem ganzen Weib vorlieb nehmen muß.

Tänzerinnen haben die Sexualität in den Beinen, Tenore im Kelhkopf. Darum täuschen sich Frauen in den Tenoren und die Männer in den Tänzerinnen.

Sie verkürzen sich die Zeit mit Kopfrechnen: er zieht die Wurzel aus ihrer Sinnlichkeit und sie erhebt ihn zur Potenz.

Seiner ersten Geliebten trägt man keine Enttäuschung nach. Besonders, wenn man sie in der Turnstunde kennen gelernt hat und es eine Kletterstange war.

Aber ein so besonderes Vergnügen ist die Enthaltung vom Weibe auch nicht, das muß ich schon sagen!

Wenn ein Frauenkenner sich verliebt, so gleicht er dem Arzt, der sich am Krankenbett infiziert. Berufsrisiko.

Die einen verführen und lassen sitzen; die andern heiraten und lassen liegen. Diese sind die Gewissenloseren.

In der Liebe kommt es nur darauf an, daß man nicht dümmer erscheint, als man gemacht wird.

Wie viel gäbe er ihr, wenn sie ihn um seiner selbst willen liebte!

Eifersucht ist ein Hundegebell, das die Diebe anlockt.

Lieben, betrogen werden, eifersüchtig sein – das trifft bald einer. Unbequemer ist der andere Weg: Eifersüchtig sein, betrogen werden und lieben!

Es muß einmal in der Welt eine unbefleckte Empfängnis der Wollust gegeben haben!

Im Liebesleben der Menschen ist eine vollständige Verwirrung eingetreten. Man begegnet Mischformen, von deren Möglichkeit man bisher keine Ahnung hatte. Einer Berliner Sadistin soll kürzlich das Wort entfahren sein: Elender Sklave, ich befehle dir, mir sofort eine herunterzuhauen! ... Worauf der betreffende Assessor erschrocken die Flucht ergriffen habe.

Der Eros von Wien: Unter dem Vorwand, daß jedes Weibi ein Mandi brauche, hatte er sich ihr genähert, worauf sie nicht umhin konnte Gehns weg Sie Schlimmer! zu sagen. Nachdem er aber erklärt hatte, daß er viel lieber doder bleibe, ersuchte sie ihn, wenigstens nicht zu nahe an ihre Gspaßlaberln anzukommen, weil ein Pamperletsch die unausbleibliche Folge wäre und das zuhause einen schönen Pallawatsch gäbe. Er aber bat sie, keine Spompernadeln zu machen, denn sie sei mudelsauber und er zu allem eher geschaffen als zum Simandl. Deshalb ließ er sich nicht länger zurückhalten, und Pumpstinazi da wars aus und gschehn. Er sagte ihr infolgedessen, daß sie eine Schlampen sei, und ging dorthin, wo ein Wein sein wird und mir wer'n nimmer sein. Als sie ihn noch vor Ablauf dieser Frist an seine Pflicht mahnte, dachte er: gar net ingorieren!

Die wahre Eifersucht will nicht nur Treue, sondern den Beweis der Treue als eines vorstellbaren Zustands. Dem Eifersüchtigen genügt nicht, daß die Geliebte nicht untreu ist. Eben das, was sie nicht tut, läßt ihn nicht zur Ruhe kommen. Da es aber für Unterlassung keinen Beweis gibt und der Eifersüchtige auf einen Beweis dringt, so nimmt er schließlich auch mit dem Beweis der Untreue vorlieb.

Thomas Mann
1875–1955

Eine kuriose Frau (aus: Bekenntnisse des Hochstaplers Felix Krull)

Es ist wirklich nichts leichter, als einen Lift zu bedienen. Man kann es beinahe sofort, und da ich mir selbst und, wie so mancher Blick mich merken ließ, auch dar auf- und abfahrenden schönen Welt nicht wenig in meiner schmucken Livree gefiel, dazu viel innere Erfrischung fand an dem neuen Namen, den ich nun führte, so machte der Dienst mir anfangs entschiedene Freude. Allein, ein Kinderspiel an und für sich, ist dieser Dienst, wenn man ihn mit kurzen Unterbrechungen von sieben Uhr morgens bis gegen Mitternacht zu versehen hat, recht sehr ermüdend, und einigermaßen gebrochen an Leib und Seele erklettert der Mensch nach einem solchen Arbeitstage sein Oberbett. Sechzehn Stunden lang, nur ausgenommen die kurzen Fristen, in denen schichtweise dem Personal in einem zwischen Küche und Speisesaal gelegenen Raum die Mahlzeiten verabfolgt wurden – sehr schlechte Mahlzeiten, da hatte der kleine Bob nur zu recht gehabt, Mahlzeiten, zum Murren stimmend, aus allerlei Resten unfreundlich zusammengekesselt – ich fand diese zweifelhaften Ragouts, Hachés und Fricassées, zu denen ein saurer petit vin du pays mit Geiz geschenkt wurde, ernstlich kränkend und habe tatsächlich nur im Zuchthause unlustiger gespeist –: so viele Stunden also war man ohne ein Niedersitzen, in eingeschlossener, von den Parfums der Fahrgäste geschwängerter Luft auf den Beinen, handhabte seinen Hebel, blickte aufs Klingelbrett, machte halt da und dort im Auf- und Abgleiten, nahm Gäste auf, ließ welche aussteigen und wunderte sich über die hirnlose Ungeduld von Herrschaften, die drunten in der Halle unaufhörlich nach einem schellten, da man doch nicht sogleich aus dem vierten Stock zu ihren Diensten hinunterstürzen konnte, sondern erst dort oben und in tieferen Etagen hinauszutreten und mit artiger Verbeugung und seinem besten Lächeln abwärts Verlangende einzulassen hatte.

Ich lächelte viel, sagte: »M'sieur et dame –« und »Watch your step!«, was ganz unnötig war, denn höchstens am ersten Tag war ich hie und da uneben gelandet, dann verursachte ich niemals eine Stufe mehr, vor der ich zu warnen gehabt hätte, oder glich sie doch sofort vollkommen aus. Älteren Damen legte ich leicht die Hand zur Stütze unter den Ellbogen beim Aussteigen, als ob es mit diesem irgendwelche Schwierigkeiten gehabt hätte, und empfing den leicht verwirrten, zuweilen auch melancholisch-koketten Dankesblick, mit dem das Abgelebte die Galanterie der Jugend quittiert. Andere freilich verbissen sich jedes Entzücken oder hatten das nicht einmal nötig, da ihr Herz erkaltet und nur noch Klassenhochmut darin übriggeblieben war. Übrigens tat ich es auch bei jungen Frauen, und da gab es manches zarte Erröten nebst einem gelispelten »Merci« für eine Aufmerksamkeit, die mir das eintönige Tagwerk versüßte, da ich sie im Grunde nur *einer* zudachte und mich nur für sie gewissermaßen darin übte. Auf sie wartete ich, die ich bildhaft – und die mich bildlos – im Sinne trug, die Herrin des Kästchens, die Spenderin meiner Knöpfstiefel, meines Stockschirmes und meines Ausgeh-Anzugs, sie, mit der ich in zartem Geheimnis lebte, – und konnte, wenn sie nicht jäh wieder abgereist war, unmöglich lange auf sie zu warten haben.

Am zweiten Tage schon, nachmittags gegen fünf – auch Eustache war mit seinem Gefährt gerade unten – erschien sie in der Ascenseur-Nische der Halle, den Schleier über dem Hut, wie ich sie schon gesehen. Der gänzlich alltägliche Kollege und ich standen vor unseren offenen Türen, und sie trat mitten vor uns hin, indem sie mich ansah, kurz die Augen aufriß und lächelnd auf ihren Füßen schwankte, ungewiß für welchen Fahrstuhl sie sich entscheiden sollte. Es war gar kein Zweifel, daß es sie zu meinem zog; aber da Eustache schon beiseite getreten war und sie mit der Hand in seinen lud, so dachte sie wohl, er sei dienstlich an der Reihe, trat, nicht ohne sich unverhohlen über die Schulter, mit erneutem Augenaufreißen, nach mir umzusehen, bei ihm ein und entglitt.

Das war alles für diesmal, außer daß ich, bei einem neuen unteren Zusammentreffen mit Eustache, von ihm ihren Namen erfuhr. Sie hieß Madame Houpflé und war aus Straßburg. »Impudemment riche, tu sais«, fügte Eustache hinzu, worauf ich nur mit einem kühlen »Tant mieux pour elle« erwiderte.

Am folgenden Tag um dieselbe Stunde, als eben die beiden anderen Lifts unterwegs waren und ich allein vor dem meinen stand, war sie wieder da, in einer sehr schönen, langschößigen Nerzjacke diesmal und einem Barett aus dem gleichen Pelzwerk, vom Shopping kommend, denn sie trug mehrere, wenn auch nicht große, elegant eingeschlagene und verschnürte Pakete im Arm und in der Hand. Befriedigt nickte sie bei meinem Anblick, sah lächelnd meiner von einem ehrerbietigen „Madame –« begleiteten Verbeugung zu, die etwas von einer Aufforderung zum Tanze hatte, und ließ sich mit mir in dem erleuchteten Schwebestübchen einschließen. Währenddessen klingelte es vom vierten Stock.

»Deuxième, n'est-ce pas, Madame?« fragte ich, da sie mir keine Weisung gegeben hatte.

Sie war nicht in den Hintergrund des kleinen Raumes getreten, stand nicht hinter mir, sondern neben mir an der Tür und sah abwechselnd auf meine den Hebel haltende Hand und in mein Gesicht.

»Mais oui, deuxième«, sagte sie. »Comment savez-vous?«

»Je le sais, tout simplement.«

»Ah? – Der neue Armand, wenn ich nicht irre?«

»Zu Diensten, Madame.«

»Man kann sagen«, gab sie zurück, »daß dieser Wechsel einen Fortschritt in der Zusammensetzung des Personals bedeutet.«

»Zu Diensten, Madame.«

Ihre Stimme war ein sehr wohliger, nervös bewegter Alt. Aber während ich es dachte, sprach sie von meiner eigenen.

»Ich möchte Sie«, sprach sie, »wegen Ihrer angenehmen Stimme loben.« – Die Worte des Geistlichen Rates Chateau!

»Je serais infiniment content, Madame«, erwiderte ich, »si ma voix n'offensait pas votre oreille!«

Es klingelte wiederholt von oben. Wir waren im zweiten Stock. Sie fügte hinzu:

»C'est en effet une oreille musicale et sensible. Du reste, l'ouïe n'est pas le seul de mes sens qui est susceptible.«

Sie war erstaunlich! Ich unterstützte sie zart beim Hinaustreten, als ob es da irgend etwas zu unterstützen gegeben hätte, und sagte:

»Erlauben Sie, daß ich Sie endlich von Ihren Lasten befreie, Madame, und sie Ihnen auf Ihr Zimmer trage!«

Damit nahm ich ihr die Pakete ab, sammelte sie einzeln von ihr ein und folgte ihr damit, meinen Lift einfach im Stich lassend, den Korridor entlang. Es waren nur zwanzig Schritte. Sie öffnete zur Linken No. 23 und betrat, mir voran, ihr Schlafzimmer, dessen Tür zum Salon offenstand, – ein luxuriöses Schlafzimmer, parkettiert, mit großem Perserteppich, Kirschholzmöbeln, blitzendem Gerät auf dem Toilettentisch, einer breiten, mit gestepptem Atlas bedeckten Messing-Bettstatt und einer grausamtenen Chaiselongue. Auf diese sowie auf die gläserne Platte des Tischchens legte ich die Pakete, während Madame ihr Barett abnahm und ihre Pelzjacke öffnete.

»Meine Zofe ist nicht zur Hand«, sagte sie. »Sie hat ihr Zimmer eine Treppe höher. Würden Sie Ihre Aufmerksamkeit vollenden, indem Sie mir aus diesem Kleidungsstück helfen?«

»Mit außerordentlichem Vergnügen«, erwiderte ich und machte mich ans Werk. Während ich aber damit beschäftigt war, ihr das erwärmte, mit Seide gefütterte Pelzwerk von den Schultern zu streifen, wandte sie den Kopf im reichen braunen Haar, worin über der Stirn eine gewellte weiße Strähne, erbleicht vor dem übrigen, sich freimütig hervortat, zu mir herum, und indem sie die Augen zuerst kurz aufriß, sie dann jedoch zwischen den wieder verengten Lidern traumhaft verschwimmen ließ, sprach sie das Wort:

»Du entkleidest mich, kühner Knecht!«

Eine unglaubliche Frau und sehr ausdrucksvoll! Verblüfft, aber gefaßt, ordnete ich meine Antwort wie folgt:

»Wollte Gott, Madame, meine Zeit erlaubte mir, den Dingen diese Deutung zu geben und in einer so reizenden Beschäftigung nach Belieben fortzufahren!«

»Du hast keine Zeit für mich?«

»Unglücklicherweise nicht in diesem Augenblick, Madame. Mein Ascenseur wartet draußen. Er steht offen da, während von oben und unten nach ihm geläutet wird und vielleicht in diesem Stockwerk Gäste sich vor ihm ansammeln. Ich würde meinen Posten verlieren, wenn ich ihn länger vernachlässigte ...«

»Aber du hättest Zeit für mich, – wenn du Zeit für mich hättest?«

»Unendlich viel, Madame!«

»*Wann* wirst du Zeit für mich haben?« fragte sie, wiederholt zwischen der jähen Erweiterung ihrer Augen und dem schwimmenden Blicke wechselnd, und trat in dem eng den Körperformen sich anschmiegenden Tailormade von blaugrauer Farbe, das sie trug, dicht vor mich hin.

»Um elf Uhr werde ich dienstfrei sein«, erwiderte ich gedämpft.

»Ich werde dich erwarten«, sagte sie in demselben Ton. »Dies zum Pfande!« Und ehe ich mich's versah, war mein Kopf zwischen ihren Händen und ihr Mund auf dem meinen, zu einem Kuß, der recht weit ging – weit genug, um ihn zu einem ungewöhnlich bindenden Pfande zu machen.

Gewiß war ich etwas bleich, als ich ihre Pelzjacke, die ich noch immer in Händen gehalten, auf die Chaiselongue niederlegte und mich zurückzog. Wirklich standen, ratlos wartend, drei Personen vor dem offenen Lift, bei denen ich mich nicht nur wegen meines durch einen dringenden Auftrag verursachten Säumens zu entschuldigen hatte, sondern auch dafür, daß ich sie, bevor ich sie hinabbrachte, erst in den vierten Stock hinauffuhr, von wo ich gerufen worden, wo aber niemand mehr war. Unten bekam ich der Verkehrsstockung wegen, die ich angerichtet, Grobheiten zu hören, die ich mit der Erklärung abwehrte, ich hätte notwendig eine von plötzlicher Schwäche befallene Dame zu ihrem Zimmer geleiten müssen.

Madame Houpflé – und Schwäche! Eine Frau von solcher Bravour! Diese, so dachte ich, wurde ihr freilich erleichtert durch ihr dem meinen so überlegenes Alter und dazu durch meine untergeordnete soziale Stellung, der sie einen so seltsam gehobenen Ausdruck verliehen hatte. »Kühner Knecht«, hatte sie mich genannt – eine Frau von Poesie! »Du entkleidest mich, kühner Knecht?« Das packende Wort lag mir den ganzen Abend im Sinn, diese ganzen sechs Stunden, die hinzubringen waren, bis ich »Zeit für sie haben« würde. Es kränkte mich etwas, das Wort, und erfüllte mich doch auch wieder mit Stolz – sogar auf meine Kühnheit, die ich gar nicht besessen, sondern die sie mir einfach unterstellt und zudiktiert hatte. Jedenfalls besaß ich sie nun im Überfluß. Sie hatte sie mir eingeflößt – besonders noch durch jenes sehr bindende Unterpfand.

Um sieben Uhr fuhr ich sie zum Diner hinunter: zu anderen Gästen in Abendtoilette, die ich aus den oberen Stockwerken geholt und die sich zum Speisen begaben, trat sie bei mir ein, Spitzen und gestickter Tunika, deren Taille ein schwarzes Sammetband gürtete, um den Hals ein Collier milchig schimmernder, untadelig gestalteter Perlen, das zu ihrem Glück – und zu Meister Jean-Pierre's Mißgeschick – nicht in dem Kästchen gewesen war. Die Vollendung, mit der sie mich übersah – und das nach einem so weitgehenden Kuß! –, mußte ich bewundern, rächte mich aber dafür, indem ich nicht ihr, sondern einer gespenstisch aufgeputzten Greisin beim Austritt die Hand unter den Ellbogen legte. Mir ist, als hätte ich sie lächeln gesehen über meine mildtätige Galanterie.

Zu welcher Stunde sie in ihre Zimmer zurückkehrte, blieb mir verborgen. Einmal aber mußte es elf Uhr werden, um welche Stunde der Dienst zwar weiterging, aber nur noch von *einem* Lift unterhalten wurde, während die Führer der beiden anderen Feierabend hatten. Ich war heute einer von ihnen. Um mich nach der Tagesfron zum zartesten aller Stelldichein etwas zu erfrischen, suchte ich zuerst unseren Waschraum auf und stieg dann zu Fuß in den zweiten Stock hinab, dessen Korridor mit seinem den Schritt zur Lautlosigkeit dämpfenden roten Läufer um diese Stunde schon in unbegangener Ruhe lag. Ich fand es schicklich, an der Tür von Madame Houpflé's Salon, No. 25, zu klopfen, erhielt aber dort keine Antwort. So öffnete ich die Außentür von 23, ihrem Schlafzimmer, und pochte mit hingeneigtem Ohr direkt an die innere.

Ein fragendes »Entrez?« von leise verwunderter Betonung kam zurück. Ich folgte ihm, da ich die Verwunderung in den Wind schlagen durfte. Das Zimmer lag im rötlichen Halbdunkel des seidenbeschirmten Nachttischlämpchens, von dem es allein erhellt war. Die kühne Bewohnerin – gern und mit Recht übertrage ich auf sie das Beiwort, das sie mir verliehen – erblickte mein rasch die Umstände erforschendes Auge im Bette, unter purpurner Atlas-Steppdecke, – in der prächtigen Messing-Bettstatt, die, das Kopfende zur Wand gekehrt und die Chaiselongue zu ihren Füßen, freistehend ziemlich nahe dem dicht verhangenen Fenster aufgeschlagen war. Meine Reisende lag dort, die Arme hinter dem Kopf verschränkt, in einem batistenen Nachtgewande mit kurzen Ärmeln und einem von Spitzen umrahmten quellenden Décolleté. Sie hatte ihren Haarknoten zur Nacht gelöst und die Flechten auf eine sehr kleidsame, lockere Art kranzförmig um den Kopf gewunden. Zur Locke gewellt ging die weiße Strähne von ihrer nicht mehr furchenfreien Stirn zurück. Kaum hatte ich die Tür geschlossen, als ich hinter mir den Riegel vorfallen hörte, der vom Bette aus durch einen Zug zu dirigieren war.

Sie riß die goldenen Augen auf, für einen jähen Moment nur, wie gewöhnlich; aber ihre Züge blieben in einer Art nervöser Lügenhaftigkeit leicht verzerrt, als sie sagte:

»Wie? Was ist das? Ein Hausangestellter, ein Domestik, ein junger Mann vom Gesinde tritt bei mir ein, zu dieser Stunde, da ich bereits der Ruhe pflege?«

»Sie haben den Wunsch geäußert, Madame –«, erwiderte ich, indem ich mich ihrem Lager näherte.

»Den Wunsch? Tat ich das? Du sagst ›den Wunsch‹ und gibst vor, den Befehl zu meinen, den eine Dame einem kleinen Bedienten, einem Liftjungen erteilt, meinst aber in deiner ungeheueren Keckheit, ja Unverschämtheit ›das Verlangen‹, ›das heiße, sehnsüchtige Begehren‹, meinst es ganz einfach und mit Selbstverständlichkeit, weil du jung bist und schön, so schön, so jung, so dreist … ›Den Wunsch‹! Sag mir doch wenigstens, du Wunschbild, Traum meiner Sinne, Mignon in Livree, süßer Helot, ob du in deiner Frechheit diesen Wunsch ein wenig zu teilen wagtest!«

Damit nahm sie mich bei der Hand und zog mich auf den Rand ihres Bettes nieder zu schrägem Kantensitz: ich mußte der Balance wegen meinen Arm ausstrecken über sie hin und mich gegen die Rückwand des Bettes stützen, so daß ich über ihre von feinem Leinen und Spitzen wenig verhüllte Nacktheit gebeugt saß, deren Wärme mich duftig berührte. Leicht gekränkt, wie ich zugebe, durch ihre immer wiederholte Erwähnung und Betonung meines niedrigen Standes – was hatte und wollte sie nur damit? – neigte ich mich statt aller Antwort vollends zu ihr hinab und senkte meine Lippen auf ihre. Nicht nur aber, daß sie den Kuß noch weitgehender ausgestaltete als den ersten vom Nachmittag, wobei es an meinem Entgegenkommen nicht fehlte, –

so nahm sie auch meine Hand aus ihrer Stütze und führte sie in ihr Décolleté zu ihren Brüsten, die sehr handlich waren, führte sie da am Gelenk herum auf eine Weise, daß meine Männlichkeit, wie ihr nicht entgehen konnte, in den bedrängendsten Aufstand geriet. Von dieser Wahrnehmung gerührt, gurrte sie weich, mit einer Mischung aus Mitleid und Freude:

»Oh, holde Jugend, viel schöner als dieser Leib, dem es vergönnt ist, sie so zu entflammen!«

Damit begann sie, mit beiden Händen an dem Kragenverschluß meine Jacke zu nesteln, ihn aufzuhaken und mit unglaublicher Geschwindigkeit ihre Knöpfe zu öffnen.

»Fort, fort, hinweg damit und damit auch«, hasteten ihre Worte. »Ab und hinweg, daß ich dich sehe, daß ich den Gott erblicke! Hilf rasch! Comment, à ce propos, quand l'heure nous appelle, n'êtes-vous pas encore prêt pour la chapelle? Déshabillez-vous vite! Je compte les instants! La parure de noce! So nenn' ich deine Göttterglieder, die anzuschaun mich dürstet, seit ich zuerst dich sah. Ah so, ah da! Die heilige Brust, die Schultern, der süße Arm! Hinweg denn endlich auch hiermit – oh, la, la, das nenne ich Galanterie! Zu mir denn, bien-aimé! Zu mir, zu mir ...«

Nie gab es eine ausdrucksvollere Frau! Das war Gesang, was sie von sich gab, nichts anderes. Und sie fuhr fort, sich auszudrücken, als ich bei ihr war, es war ihre Art, alles in Worte zu fassen. In ihren Armen hielt sie den Zögling und Eingeweihten der gestrengen Rozsa. Er machte sie sehr glücklich und durft' es hören, daß er es tat:

»O Süßester! O Engel du der Liebe, Ausgeburt der Lust! Ah, ah, du junger Teufel, glatter Knabe, wie du das kannst! Mein Mann kann gar nichts, überhaupt nichts, mußt du wissen. O du Beseliger, du tötest mich! Die Wonne raubt mir den Atem, bricht mein Herz, ich werde sterben an deiner Liebe!« Sie biß mich in die Lippe, in den Hals. »Nenne mich du!« stöhnte sie plötzlich, nahe dem Gipfel. »Duze mich derb zu meiner Erniedrigung! J'adore d'être humiliée! Je l'adore! Oh, je t'adore, petit esclave stupide qui me déshonore ...«

Sie verging. Wir vergingen. Ich hatte ihr mein Bestes gegeben, hatte, genießend, wahrlich abgezahlt. Wie aber hätte es mich nicht verdrießen sollen, daß sie auf dem Gipfel von Erniedrigung gestammelt und mich einen dummen kleinen Sklaven genannt hatte? Wir ruhten noch verbunden, noch in enger Umarmung, doch erwiderte ich aus Mißmut über dieses »qui me déshonore« nicht ihre Dankesküsse. Den Mund an meinem Körper, hauchte sie wieder:

»Nenne mich du, geschwind! Ich habe dies Du von dir zu mir noch nicht vernommen. Ich liege hier und mache Liebe mit einem zwar göttlichen, doch ganz gemeinen Domestikenjungen. Wie mich das köstlich entehrt! Ich heiße Diana. Du aber, mit deinen Lippen, nenne mich Hure, ausdrücklich ›du süße Hure‹!«

»Süße Diane!«

»Nein, sag ›du Hure‹! Laß mich meine Erniedrigung so recht im Worte kosten ...«

Ich löste mich von ihr. Wir lagen, die Herzen noch hoch klopfend, beieinander. Ich sagte:

»Nein, Diana, du wirst solche Worte von mir nicht hören. Ich weigere mich. Und ich muß gestehen, es ist für mich recht bitter, daß du Erniedrigung findest in meiner Liebe ...«

»Nicht in deiner«, sagte sie, indem sie mich an sich zog. »In meiner! In meiner Liebe zu euch nichtigen Knaben! Ach, holder Dümmling, du verstehst das nicht!« Und dabei nahm sie meinen Kopf und stieß ihn mehrmals in einer Art zärtlicher Verzweiflung gegen den ihren. »Ich bin Schriftstellerin, mußt du wissen, eine Frau von Geist. Diane Philibert, – mein Mann, er heißt Houpflé, c'est du dernier ridicule, – ich schreibe unter meinem Mädchennamen Diane Philibert, sous ce nom de plume. Natürlich hast du den Namen nie gehört, wie solltest du wohl? – der auf so vielen Büchern zu lesen ist, es sind Romane, verstehst du, voll Seelenkunde, pleins d'esprit, et des volumes de vers passionnés ... Ja, mein armer Liebling, deine Diane, sie ist d'une intelligence extrême. Der Geist jedoch – ach!« – und sie stieß wieder, etwas härter sogar als vorhin, unsere Köpfe zusammen – »wie solltest du das begreifen! Der Geist ist wonnegierig nach dem Nicht-Geistigen, dem Lebendig-Schönen dans sa stupidité, verliebt, oh, so bis zur Narrheit und letzten Selbstverleugnung und Selbstverneinung verliebt ist er ins Schöne und Göttlich-Dumme, er kniet vor ihm, er betet es an in der Wollust der Selbstentsagung, Selbsterniedrigung, und es berauscht ihn, von ihm erniedrigt zu werden ...«

»Nun, liebes Kind«, so unterbrach ich sie denn doch. »Schön hin und her – wenn die Natur es mit mir recht gemacht –, für gar so auf den Kopf gefallen solltest du mich nicht halten, auch wenn ich deine Romane und Gedichte ...«

Sie ließ mich nicht weiterreden. Sie war auf unerwünschte Weise entzückt.

»Du nennst mich ›liebes Kind‹?« rief sie, indem sie mich stürmisch umfing und ihren Mund an meinem Hals vergrub. »Ah, das ist köstlich. Das ist viel besser noch als ›süße Hure‹! Das ist viel tiefere Wonne als alle, die du Liebeskünstler mir angetan! Ein kleiner nackter Lifttreiber liegt bei mir und nennt mich ›liebes Kind‹, mich, Diane Philibert! C'est exquis ... ça me transporte! Armand, chéri, ich wollte dich nicht kränken. Ich wollte nicht sagen, daß du besonders dumm bist. Alle Schönheit ist dumm, weil sie ganz einfach ein Sein ist, Gegenstand der Verherrlichung durch den Geist. Laß dich sehen, ganz sehen, – hilf Himmel, bist du schön! Die Brust so süß in ihrer weichen und klaren Strenge, der schlanke Arm, die holden Rippen, eingezogenen Hüften, und ach, die Hermes-Beine ...«

»Aber geh, Diane, das ist nicht recht. Ich bin es doch, der alles Schöne an dir ...«

»Unsinn! Das bildet ihr euch nur ein. Wir Weiber mögen von Glück sagen, daß unsere runden Siebensachen euch so gefallen. Aber das Göttliche, das Meisterwerk der Schöpfung, Standbild der Schönheit, das seid ihr, ihr jungen, ganz jungen Männer mit den Hermes-Beinen. Weißt du, wer Hermes ist?«

»Ich muß gestehen, im Augenblick –«

»Céleste! Diane Philibert macht Liebe mit einem, der von Hermes nie gehört hat! Wie das den Geist köstlich erniedrigt! Ich will dir sagen, süßer Tropf, wer Hermes ist. Er ist der geschmeidige Gott der Diebe.«

Ich stutzte und wurde rot. Ich sah sie nahe an, vermutete und ließ die Vermutung wieder fallen. Ein Gedanke kam mir, doch stellte ich ihn noch zurück; sie übersprach ihn auch mit den Geständnissen, die sie in meinem Arm ablegte, raunend und dann wieder die Stimme warm und sanghaft erhebend.

»Willst du glauben, Geliebter, daß ich nur dich, immer nur dich geliebt habe, seit ich empfinde? Will sagen, natürlich nicht dich, doch die Idee von dir, den holden Augenblick, den du verkörperst? Nenn es Verkehrtheit, aber ich verabscheue den Vollmann mit dem Vollbart, die Brust voller Wolle, den reifen und nun gar den bedeutenden Mann – affreux, entsetzlich! Bedeutend bin ich selbst, – das gerade würde ich als pervers empfinden: de me coucher avec un homme penseur. Nur euch Knaben hab' ich geliebt von je, – als Mädchen von dreizehn war ich vernarrt in Buben von vierzehn, fünfzehn. Der Typus wuchs ein wenig mit mir und meinen Jahren, aber über achtzehn hat er's, hat mein Geschmack, hat meiner Sinne Sehnsucht es nie hinausgebracht. ... Wie alt bist du?«

»Zwanzig«, gab ich an.

»Du siehst jünger aus. Beinahe bist du schon etwas zu alt für mich.«

»Ich, zu alt für dich?«

»Laß, laß nur! Wie du bist, bist du mir recht bis zur Glückseligkeit. Ich will dir sagen ... Vielleicht hängt meine Leidenschaft damit zusammen, daß ich nie Mutter war, nie Mutter eines Sohnes. Ich hätte ihn abgöttisch geliebt, wär' er nur halbwegs schön gewesen, was freilich unwahrscheinlich, wäre er mir von Houpflé gekommen. Vielleicht, sag' ich, ist diese Liebe zu euch versetzte Mutterliebe, die Sehnsucht nach einem Sohn ... Verkehrtheit, sagst du? Und ihr? Was wollt ihr mit unseren Brüsten, die euch tränkten, unserem Schoß, der euch gebar? Wollt ihr nicht nur zurück zu ihnen, nicht wieder Brustkinder sein? Ist es nicht die Mutter, die ihr unerlaubterweise im Weibe liebt? Verkehrtheit! Die Liebe ist verkehrt durch und durch, sie kann gar nicht anders sein als verkehrt. Setzte die Sonde an bei ihr, wo du willst, so findest du sie verkehrt ... Aber traurig ist es freilich und schmerzensreich für eine Frau, den Mann nur ganz, ganz jung, als Knaben zu lieben. C'est un amour tragique, irraisonnable, nicht anerkannt, nicht praktisch, nichts fürs Leben, nichts für die Heirat. Man kann sich mit der Schönheit nicht verheiraten. Ich, ich habe Houpflé geheiratet, einen reichen Industriellen, damit ich im Schutze seines Reichtums meine Bücher schreiben kann, qui sont énormément intelligents. Mein Mann kann gar nichts, wie ich dir sagte, wenigstens bei mir. Il me trompe, wie man das nennt, mit einer Demoiselle vom Theater. Vielleicht kann er was bei der – ich möchte es bezweifeln. Es ist mir auch gleichviel, – diese ganze Welt von Mann und Weib und Ehe und Betrug ist mir gleichviel. Ich lebe in meiner sogenannten Verkehrtheit, in meines Lebens Liebe, die allem zum Grunde liegt, was ich bin, in dem Glück und Elend dieses Enthusiasmus mit seinem teueren Schwur, daß nichts, nichts in dem ganzen Umkreis der Phänomene dem Reiz gleichkommt jugendlicher Früh-Männlichkeit, – in der Liebe zu euch, zu dir, du Wunschbild, dessen Schönheit ich küsse mit meines Geistes letzter Unterwürfigkeit! Ich küsse deine anmaßenden Lippen über den weißen Zähnen, die du im Lächeln zeigst. Ich küsse die zarten Sterne deiner Brust, die goldenen Härchen auf dem brünetten Grunde deines Unterarms. Was ist das? Woher nimmst du bei deinen blauen Augen und blonden Haaren diesen Teint, den hellen Bronzeton deiner Haut? Du bist verwirrend. Ob du verwirrend bist! La fleur de ta jeunesse remplit mon cœur âgé d'une éternelle ivresse. Nie endigt dieser Rausch; ich werde mit ihm sterben, doch immer wird mein Geist, ihr Ranken, euch umwerben. Du auch, bien aimé, du alterst hin zum Grabe gar bald, doch das ist Trost und meines Herzens Labe: ihr werdet immer sein, der Schönheit kurzes Glück, holdseliger Unbestand, ewiger Augenblick!«

»Wie sprichst du nur?«

»Wie denn? Bist du verwundert, daß man in Versen preist, was man so heiß bewundert? Tu ne connais pas donc le vers alexandrin – ni le dieu voleur, toi-même si divin?«

Beschämt, wie ein kleiner Junge, schüttelte ich den Kopf. Sie wußte sich darob nicht zu lassen vor Zärtlichkeit, und ich muß gestehen, daß so viel Lob und Preis, in Verse ausartend zuletzt sogar, mich stark erregt hatte. Obgleich das Opfer, das ich bei unserer ersten Umarmung gebracht, nach meiner Art der äußersten Verausgabung gleichgekommen war, fand sie mich wieder in großer Liebesform, – fand mich so mit jener Mischung aus Rührung und Entzücken, das ich schon an ihr kannte. Wir einten uns aufs neue. Ließ sie aber von dem, was sie die Selbstentäußerung des Geistes nannte, von dieser Erniedrigungsnarretei wohl ab? Sie tat es nicht.

»Armand«, flüsterte sie an meinem Ohr, »treibe es wüst mit mir! Ich bin ganz dein, bin deine Sklavin! Geh mit mir um wie mit der letzten Dirne! Ich verdiene es nicht anders, und Seligkeit wird es mir sein!«

Ich hörte darauf gar nicht. Wir erstarben wieder. In der Ermattung aber grübelte sie und sagte plötzlich:

»Hör, Armand.«

»Was denn?«

»Wenn du mich etwas schlügest? Derb schlügest, meine ich? Mich, Diane Philibert? So recht geschähe mir, ich würde es dir danken. Da liegen deine Hosenträger, nimm sie, Liebster, drehe mich um und züchtige mich aufs Blut!«

»Ich denke nicht daran, Diane. Was mutest du mir zu? Ich bin solch ein Liebhaber nicht.«

»Ach, wie schade! Du hast zuviel Respekt vor der feinen Dame.«

Da kehrte mir der Gedanke wieder, der mir vorhin entglitten war. Ich sagte:

»Höre nun du, Diane! Ich will dir etwas beichten, was dich vielleicht in seiner Art entschädigen kann für das, was ich dir aus Gründen des Geschmackes abschlagen muß. Sage mir doch: als du nach deiner Ankunft hier deinen Koffer, den großen, auspacktest oder auspacken ließest, hast du da vielleicht nicht etwas vermißt?«

»Vermißt? Nein. Aber ja. Wie weißt du?«

»Ein Kästchen?«

»Ein Kästchen, ja! Mit Schmuck. Wie weißt du denn?«

»Ich habe es genommen.«

»Genommen? Warum?

»Bei der Douane standen wir nebeneinander. Du warst beschäftigt, und da nahm ich es.«

»Du hast es gestohlen? Du bist ein Dieb? Mais ça c'est suprême! Ich liege im Bett mit einem Dieb! C'est une humiliation merveilleuse, tout à fait excitante, un rêve d'humiliation! Nicht nur ein Domestik – ein ganz gemeiner Dieb!«

»Ich wußte, daß es dir Freude machen würde. Aber damals wußte ich das nicht und muß dich um Verzeihung bitten. Ich konnte nicht vorhersehen, daß wir uns lieben würden. Sonst hätte ich dir den Kummer und Schreck nicht angetan, deinen wunderschönen Topasschmuck, die Brillanten und all das andere entbehren zu müssen.«

»Kummer? Schrecken? Entbehren? Liebster, Juliette, meine Zofe, hat eine Weile gesucht. Ich, ich habe mich keine zwei Augenblicke um den Plunder gekümmert. Was gilt der mir? Du hast ihn gestohlen, Süßer – so ist er dein. Behalt ihn! Was machst du übrigens damit? Doch einerlei. Mein Mann, der morgen kommt mich holen, ist ja so reich! Er macht Klosettschüsseln, mußt du wissen. Die braucht jeder, wie du dir denken kannst. Straßburger Klosettschüsseln von Houpflé, die sind sehr gefragt, die gehen nach allen Enden der Welt. Er behängt mich mit Schmuck im Überfluß, aus lauter schlechtem Gewissen. Er wird mich mit dreimal schöneren Dingen behängen, als die du mir gestohlen. Ach, wieviel kostbarer ist mir der Dieb als das Gestohlene! Hermes! Er weiß nicht, wer das ist, und ist es selbst! Hermès, Hermès! – Armand?«

»Was willst du sagen?«

»Ich habe eine wundervolle Idee.«

»Und welche?«

»Armand, du sollst bei mir stehlen. Hier unter meinen Augen. Das heißt, ich schließe meine Augen und tue vor uns beiden, als ob ich schliefe. Aber verstohlen will ich dich stehlen sehen. Steh auf, wie du da bist, diebischer Gott, und stiehl! Du hast mir bei weitem nicht alles gestohlen, was ich mit mir führe, und ich habe für die paar Tage, bis mein Mann mich holt, nichts im Bureau deponiert. Da im Eckschränkchen, in der oberen Lade zur Rechten liegt der Schlüssel zu meiner Kommode. Darin findest du unter der Wäsche allerlei. Auch Bargeld ist da. Schleich herum mit Katzentritten im Zimmer und mause! Nicht wahr, du wirst deiner Diane diese Liebe erweisen!«

»Aber, liebes Kind – ich sage so, weil du es gerne hörst aus meinem Munde – liebes Kind, das wäre nicht schön und gar nicht gentlemanlike nach dem, was wir einander geworden …«

»Tor! Es wird die reizendste Erfüllung unserer Liebe sein!«

»Und morgen kommt Monsieur Houpflé. Was wird er …«

»Mein Mann? Was hat der zu sagen? Beiläufig erzähl' ich ihm mit dem gleichgültigsten Gesicht, ich sei auf der Reise ausgeplündert worden. Das kommt vor, nicht wahr, wenn man als reiche Frau ein wenig unachtsam ist. Hin ist hin und der Räuber längst über alle Berge. Nein, mit meinem Mann laß mich nur fertig werden!«

»Aber, süße Diane, unter deinen Augen …«

»Ach, daß du keinen Sinn hast für die Lieblichkeit meines Einfalls! Gut, ich will dich nicht sehen. Ich lösche das Licht.« Und wirklich drehte sie das rotbeschirmte Lämpchen auf dem Nachttische ab, so daß Finsternis uns umhüllte. »Ich will dich nicht sehen. Ich will nur hören, wie leise das Parkett knackt unter deinem Diebestritt, nur deinen Atem hören beim Stehlen, und wie sacht in deinen Händen das Diebesgut klirrt. Fort, stiehl dich entschlüpfend weg von meiner Seite, schleiche, finde und nimm! Es ist mein Liebeswunsch …«

So war ich ihr denn zu Willen. Behutsam hob ich mich fort von ihr und nahm im Zimmer, was sich da bot – überbequem zum Teil, denn gleich auf dem Nachttisch in einem Schälchen waren Ringe, und die Perlenkette, die sie zum Diner getragen, lag offen auf der Glasplatte des von Fauteuils umstandenen Tisches. Trotz tiefer Dunkelheit fand ich auch gleich im Eckschränkchen den Schlüssel zur Kommode, öffnete deren oberste Schublade fast lautlos und brauchte nur ein paar Wäschestücke aufzuheben, um auf Geschmiedetes sowohl, Gehänge, Reifen, Spangen, wie auf einige bedeutend große Geldscheine zu stoßen. Dies alles brachte ich ihr anstandshalber ans Bett, als hätte ich es für sie eingesammelt. Aber sie flüsterte:

»Närrchen, was willst du? Es ist ja dein Liebes-Diebesgut. Stopf es in deine Kleider, zieh sie an und mach dich aus dem Staube, wie sich's gehört! Mach schnell und flieh! Ich habe alles gehört, ich habe dich atmen hören beim Stehlen, und nun telephoniere ich nach der Polizei. Oder tue ich das lieber nicht? Was meinst du? Wie weit bist du? Bald fertig? Hast du deine Livree wieder an mit allem, was an Liebes- und Diebesgut darin? Meinen Schuhknöpfer hast du wohl nicht gestohlen, hier ist er … Adieu, Armand! Leb ewig, leb wohl, mein Abgott! Vergiß nicht deine Diane, denn bedenke, in ihr dauerst du. Nach Jahr und Jahren, wenn – le temps t'a détruit, ce cœur te gardera dans ton moment bénit. Ja, wenn das Grab uns deckt, mich und dich auch, Armand, tu vivras dans mes vers et dans mes beaux romans, die von den Lippen euch – verrat der Welt es nie! – geküsst sind allesamt. Adieu, adieu, chéri …«

Rainer Maria Rilke
1875–1926

Lieben

I

Und wie mag die Liebe dir kommen sein?
Kam sie wie ein Sonnen, ein Blütenschnein,
kam sie wie ein Beten? – Erzähle:

Ein Glück löste leuchtend aus Himmeln sich los
und hing mit gefalteten Schwingen groß
an meiner blühenden Seele …

II

Das war der Tag der weißen Chrysanthemen, –
mir bangte fast vor seiner schweren Pracht …
Und dann, dann kamst du mir die Seele nehmen
tief in der Nacht.

Mir war so bang, und du kamst lieb und leise, –
ich hatte grad im Traum an dich gedacht.
Du kamst, und leis wie eine Märchenweise
erklang die Nacht …

Liebende könnten, verstünden sie's

Liebende könnten, verstünden sie's, in der Nachtluft
wunderlich reden. Denn es scheint, daß uns alles
verheimlicht. Siehe, die Bäume *sind*; die Häuser,
die wir bewohnen, bestehn noch. Wir nur
ziehen allem vorbei wie ein luftiger Austausch.
Und alles ist einig, uns zu verschweigen, halb als
Schande vielleicht und halb als unsägliche Hoffnung.

Liebende, euch, ihr in einander Genügten,
frag ich nach uns. Ihr greift euch. Habt ihr Beweise?
Seht, mir geschiehts, daß meine Hände einander
inne werden oder daß mein gebrauchtes
Gesicht in ihnen sich schont. Das giebt mir ein wenig
Empfindung. Doch wer wagte darum schon zu *sein*?
Ihr aber, die ihr im Entzücken des anderen
zunehmt, bis er euch überwältigt
anfleht: nicht *mehr* –; die ihr unter den Händen
euch reichlicher werdet wie Taubenjahre;
die ihr manchmal vergeht, nur weil der andre
ganz überhand nimmt: euch frag ich nach uns. Ich weiß,
ihr berührt euch so selig, weil die Liebkosung verhält,
weil die Stelle nicht schwindet, die ihr, Zärtliche,
zudeckt; weil ihr darunter das reine
Dauern verspürt. So versprecht ihr euch Ewigkeit fast
von der Umarmung. Und doch, wenn ihr der ersten
Blicke Schrecken besteht und die Sehnsucht am Fenster,
und den ersten gemeinsamen Gang, *ein* Mal durch den Garten:
Liebende, *seid* ihrs dann noch? Wenn ihr einer dem andern
euch an den Mund hebt und ansetzt –: Getränk an Getränk:
o wie entgeht dann der Trinkende seltsam der Handlung.

Ich fühle oft mitten im Alltagsmühn

Ich fühle oft mitten im Alltagsmühn
wenn mein Wesen dürstet:
Alltagsabend und Sonntagsfrühn
hat mich dennoch gefürstet.

Ich weiß oft mitten im Alltagsgrau:
Ich darf mit meinem Beschwören
deine Stille nicht stören.

Du bist so leise, liebe Frau.
Du wirst mein Schweigen hören.

Mein lieber Herr Kappus

Rom, am 14. Mai 1904

Mein lieber Herr Kappus,

es ist viel Zeit hingegangen, seit ich Ihren letzten Brief empfangen habe. Tragen Sie mir das nicht nach; erst war es Arbeit, dann Störung und endlich Kränklichkeit, was mich immer wieder von dieser Antwort abhielt, die (so wollte ich es) aus ruhigen und guten Tagen zu Ihnen kommen sollte. Nun fühle ich mich wieder etwas wohler (der Frühlingsanfang mit seinen bösen, launischen Übergängen war auch hier arg zu fühlen) und komme dazu, Sie, lieber Herr Kappus, zu grüßen und Ihnen (was ich so herzlich gerne tue) das und jenes auf Ihren Brief zu sagen, so gut ich es weiß.

Sie sehen: ich habe Ihr Sonett abgeschrieben, weil ich fand, daß es schön und einfach ist und in der Form geboren, in der es mit so stillem Anstand geht. Es sind die besten von den Versen, die ich von Ihnen lesen durfte. Und nun gebe ich Ihnen jene Abschrift, weil ich weiß, daß es wichtig und voll neuer Erfahrung ist, eine eigene Arbeit in fremder Niederschrift wiederzufinden. Lesen Sie die Verse, als ob es fremde wären, und Sie werden im Innersten fühlen, wie sehr es die Ihrigen sind. –

Es war eine Freude für mich, dieses Sonett und Ihren Brief oft zu lesen; ich danke Ihnen für beides.

Und sie dürfen sich nicht beirren lassen in Ihrer Einsamkeit, dadurch, daß etwas in Ihnen ist, das sich herauswünscht aus ihr. Gerade dieser Wunsch wird Ihnen, wenn Sie ihn ruhig und überlegen und wie ein Werkzeug gebrauchen, Ihre Einsamkeit ausbreiten helfen über weites Land. Die Leute haben (mit Hilfe von Konventionen) alles nach dem Leichten hin gelöst und nach des Leichten leichtester Seite; es ist aber klar, daß wir uns an das Schwere halten müssen; alles Lebendige hält sich daran, alles in der Natur wächst und wehrt sich nach seiner Art und ist ein Eigenes aus sich heraus, versucht es um jeden Preis zu sein und gegen allen Widerstand. Wir wissen wenig, aber daß wir uns zu Schwerem halten müssen, ist eine Sicherheit, die uns nicht verlassen wird; es ist gut, einsam zu sein, denn Einsamkeit ist schwer; daß etwas schwer ist, muß uns ein Grund mehr sein, es zu tun.

Auch zu lieben ist gut: denn Liebe ist schwer. Liebhaben von Mensch zu Mensch: das ist vielleicht das Schwerste, was uns aufgegeben ist, das Äußerste, die letzte Probe und Prüfung, die Arbeit, für die alle andere Arbeit nur Vorbereitung ist. Darum *können* junge Menschen, die Anfänger in allem sind, die Liebe noch nicht: sie müssen sie lernen. Mit dem ganzen Wesen, mit allen Kräften, versammelt um ihr einsames, banges, aufwärts schlagendes Herz, müssen sie lieben lernen. Lernzeit aber ist immer eine lange, abgeschlossene Zeit, und so ist Lieben für lange hinaus und weit ins Leben hinein –: Einsamkeit, gesteigertes und vertieftes Alleinsein für den, der liebt. Lieben ist zunächst nichts, was aufgehen, hingeben und sich mit einem Zweiten vereinen heißt (denn was wäre eine Vereinigung von Ungeklärtem und Unfertigem, noch Ungeordnetem – ?), es ist ein erhabener Anlaß für den einzelnen, zu reifen, in sich etwas zu werden, Welt zu werden, Welt zu werden für sich um eines anderen willen, es ist ein großer, unbescheidener Anspruch an ihn, etwas, was ihn auserwählt und zu Weitem beruft. Nur in diesem Sinne, als Aufgabe, an sich zu arbeiten (›zu horchen und zu hämmern Tag und Nacht‹), dürften junge Menschen die Liebe, die ihnen gegeben wird, gebrauchen. Das Aufgehen und das Hingeben und alle Art der Gemeinsamkeit ist nicht für sie (die noch lange, lange sparen und sammeln müssen), ist das Endliche, ist vielleicht das, wofür Menschenleben jetzt noch kaum ausreichen.

Darin aber irren die jungen Menschen so oft und so schwer: daß sie (in deren Wesen es liegt, keine Geduld zu haben) sich einander hinwerfen, wenn die Liebe über sie kommt, sich ausstreuen, so wie sie sind in all ihrer Unaufgeräumtheit, Unordnung, Wirrnis …: Was aber soll dann sein? Was soll das Leben an diesem Haufen von Halbzerschlagenem tun, den sie ihre Gemeinsamkeit heißen und den sie gerne ihr Glück nennen möchten, ginge es an, und ihre Zukunft? Da verliert jeder sich um des anderen willen und verliert den anderen und viele andere, die noch kommen wollten. Und verliert die Weiten und Möglichkeiten, tauscht das Nahen und Fliehen leiser, ahnungsvoller Dinge gegen eine unfruchtbare Ratlosigkeit, aus der nichts mehr kommen kann; nichts als ein wenig Ekel, Enttäuschung und Armut und die Rettung in eine der vielen Konventionen, die wie allgemeine Schutzhütten an diesem gefährlichsten Wege in großer Zahl angebracht sind. Kein Gebiet menschlichen Erlebens ist so mit Konventionen versehen wie dieses: Rettungsgürtel der verschiedensten Erfindung, Boote und Schwimmblasen sind da; Zuflüchte in jeder Art hat die gesellschaftliche Auffassung zu schaffen gewußt, denn da sie geneigt war, das Liebesleben als ein Vergnügen zu nehmen, mußte sie es auch leicht ausgestalten, billig, gefahrlos und sicher, wie öffentliche Vergnügungen sind.

Zwar fühlen viele junge Menschen, die falsch, d. h. einfach hingebend und uneinsam lieben (der Durchschnitt wird ja immer dabei bleiben –), das Drückende einer Verfehlung und wollen auch den Zustand, in den sie geraten sind, auf ihre eigene, persönliche Art lebensfähig und fruchtbar machen –; denn ihre Natur sagt ihnen, daß die Fragen der Liebe, weniger noch als alles, was sonst wichtig ist, öffentlich und nach dem und jenem Übereinkommen gelöst werden können; daß es Fragen sind, nahe Fragen von Mensch zu Mensch, die einer in jedem Fall neuen, besonderen, *nur* persönlichen Antwort bedürfen –: aber wie sollten sie, die sich schon zusammengeworfen haben und sich nicht mehr abgrenzen und unterscheiden, die also nichts Eigenes mehr besitzen, einen Ausweg aus sich selbst heraus, aus der Tiefe der schon verschütteten Einsamkeit finden können?

Sie handeln aus gemeinsamer Hilflosigkeit, und sie geraten, wenn sie dann, besten Willens, die Konvention, die ihnen auffällt (etwa die Ehe), vermeiden wollen, in die Fangarme einer weniger lauten, aber ebenso tödlichen konventionellen Lösung; denn da ist dann alles, weithin um sie – Konvention; da, wo aus einer früh zusammengeflossenen, trüben Gemeinsamkeit gehandelt wird, ist *jede* Handlung konventionell: jedes Verhältnis, zu dem solche Verwirrung führt, hat seine Konvention, mag es auch noch so ungebräuchlich (d.h. im gewöhnlichen Sinn unmoralisch) sein; ja, sogar Trennung wäre da ein konventioneller Schritt, ein unpersönlicher Zufallsentschluß ohne Kraft und ohne Furcht.

Wer ernst hinsieht, findet, daß, wie für den Tod, der schwer ist, auch für die schwere Liebe noch keine Aufklärung, keine Lösung, weder Wink noch Weg erkannt worden ist; und es wird für diese beiden Aufgaben, die wir verhüllt tragen und weitergeben, ohne sie aufzutun, keine gemeinsame, in Vereinbarung beruhende Regel sich erforschen lassen. Aber in demselben Maße, in dem wir beginnen, als einzelne das Leben zu versuchen, werden diese großen Dinge uns, den einzelnen, in größerer Nähe begegnen. Die Ansprüche, welche die schwere Arbeit der Liebe an unsere Entwicklung stellt, sind überlebensgroß, und wir sind ihnen, als Anfänger, nicht gewachsen. Wenn wir aber doch aushalten und diese Liebe auf uns nehmen als Last und Lehrzeit, statt uns zu verlieren an all das leichte und leichtsinnige Spiel, hinter dem die Menschen sich vor dem ernstesten Ernst ihres Daseins verborgen haben, – so wird ein kleiner Fortschritt und eine Erleichterung denen, die lange nach uns kommen, vielleicht fühlbar sein; das wäre viel.

Wir kommen ja doch eben erst dazu, das Verhältnis eines einzelnen Menschen zu einem zweiten einzelnen vorurteilslos und sachlich zu betrachten, und unsere Versuche, solche Beziehung zu leben, haben kein Vorbild vor sich. Und doch ist in dem Wandel der Zeit schon manches, das unserer zaghaften Anfängerschaft helfen will.

Das Mädchen und die Frau, in ihrer neuen, eigenen Enthaltung, werden nur vorübergehend Nachahmer männlicher Unart und Art und Wiederholer männlicher Berufe sein. Nach der Unsicherheit solcher Übergänge wird sich zeigen, daß die Frauen durch die Fülle und den Wechsel jener (oft lächerlichen) Verkleidungen nur gegangen sind, um ihr eigenstes Wesen von den entstellenden Einflüssen des anderen Geschlechts zu reinigen. Die Frauen, in denen unmittelbarer, fruchtbarer und vertrauensvoller das Leben verweilt und wohnt, müssen ja im Grunde reifere Menschen geworden sein, menschlichere Menschen als der leichte, durch die Schwere keiner leiblichen Frucht unter die Oberfläche des Lebens herabgezogene Mann, der, dünkelhaft und hastig, unterschätzt, was er zu lieben meint. Dieses in Schmerzen und Erniedrigungen ausgetragene Menschentum der Frau wird dann, wenn sie die Konventionen der Nur-Weiblichkeit in den Verwandlungen ihres äußeren Standes abgestreift haben wird, zutage treten, und die Männer, die es heute noch nicht kommen fühlen, werden davon überrascht und geschlagen werden. Eines Tages (wofür jetzt, zumal in den nordischen Ländern, schon zuverlässige Zeichen sprechen und leuchten), eines Tages wird das Mädchen da sein und die Frau, deren Name nicht mehr nur einen Gegensatz zum Männlichen bedeuten wird, sondern etwas für sich, etwas, wobei man keine Ergänzung und Grenze denkt, nur an Leben und Dasein –: der weibliche Mensch.

Dieser Fortschritt wird das Liebe-Erleben, das jetzt voll Irrung ist (sehr gegen den Willen der überholten Männer zunächst), verwandeln, von Grund aus verändern, zu einer Beziehung umbilden, die von Mensch zu Mensch gemeint ist, nicht mehr von Mann zu Weib. Und diese menschlichere Liebe (die unendlich rücksichtsvoll und leise, und gut und klar in Binden und Lösen sich vollziehen wird) wird jener ähneln, die wir ringend und mühsam vorbereiten, der Liebe, die darin besteht, daß zwei Einsamkeiten einander schützen, grenzen und grüßen.

Und das noch: Glauben Sie nicht, daß jene große Liebe, welche Ihnen, dem Knaben, einst auferlegt worden ist, verloren war; können Sie sagen, ob damals nicht große und gute Wünsche in Ihnen gereift sind und Vorsätze, von denen Sie heute noch leben? Ich glaube, daß jene Liebe so stark und mächtig in Ihrer Erinnerung bleibt, weil sie Ihr erstes tiefes Alleinsein war und die erste innere Arbeit, die Sie an Ihrem Leben getan haben. Alle guten Wünsche für Sie, lieber Herr Kappus!

Ihr:
Rainer Maria Rilke

Hermann Hesse
1877–1962

Der Prinz

Wir wollten zusammen bauen
Ein eigenes schönes Haus,
Hoch wie ein Schloß zu schauen
Mit dem Blick über Strom und Auen
Auf die stillen Wälder hinaus.

Wir wollten alles verlernen,
Was klein und häßlich war,
Wir wollten Nähen und Fernen
Mit Glücksliedern übersternen,
Die Kränze des Glückes im Haar.

Nun hab ich ein Schloß erbauet
In verstiegener Höhenruh;
Meine Sehnsucht steht dort und schauet
Sich müd und den Tag vergrauet, –
Prinzessin, wo bliebest du?

Nun gebe ich allen Winden
Meine heißen Lieder mit.
Sie sollen dich suchen und finden
Und sollen das Leid dir künden,
Das mein Herz um dich erlitt.

Sie sollen dir auch erzählen,
Ein lockend unendliches Glück,
Sie sollen dich küssen und quälen
Und sollen den Schlummer dir stehlen –
Prinzessin, wann kommst du zurück?

Meine fröhliche Liebe

Meine fröhliche Liebe hat mich verlassen.
Ich suchte sie wieder in allen Gassen,
Sie aber lag schon weit von mir
In einem hellen Birkenwald
Und freute sich ihrer Wohlgestalt
Und reckte die Glieder lang und zier.

Dort spielt sie nun mit Elf und Nick,
Läßt über ihr schneeweiß Genick
Die langen Ringelhaare fließen,
Pflückt Enzian zum Zeitvertreib
Und läßt sich nachts den blanken Leib
Mit Mondenschein begießen.

Ich aber warte nun in Ruh,
Schließ Tür und Laden sorglich zu
Und leg mich in die kühlen Kissen.
Wenn sie der grünen Tage satt
Den Weg zurück gefunden hat,
Soll sie erst klopfen müssen.

Liebe

Wieder will mein froher Mund begegnen
Deinen Lippen, die mich küssend segnen,
Deine lieben Finger will ich halten
Und in meine Finger spielend falten,
Meinen Blick an deinem dürstend füllen,
Tief mein Haupt in deine Haare hüllen,
Will mit immerwachen jungen Gliedern
Deiner Glieder Regung treu erwidern
Und aus immer neuen Liebesfeuern
Deine Schönheit tausendmal erneuern,
Bis wir ganz gestillt und dankbar beide
Selig wohnen über allem Leide,
Bis wir Tag und Nacht und Heut und Gestern
Wunschlos grüßen als geliebte Schwestern,
Bis wir über allem Tun und Handeln
Als Verklärte ganz im Frieden wandeln.

Verführer

Gewartet habe ich vor vielen Türen,
In manches Mädchenohr mein Lied gesungen,
Viel schöne Frauen sucht ich zu verführen,
Bei der und jener ist es mir gelungen.
Und immer, wenn ein Mund sich mir ergab,
Und immer, wenn die Gier Erfüllung fand,
Sank eine selige Phantasie ins Grab,
Hielt ich nur Fleisch in der enttäuschten Hand.
Der Kuß, um den ich innigst mich bemühte,
Die Nacht, um die ich lang voll Glut geworben,
Ward endlich mein – und war gebrochene Blüte,
Der Duft war hin, das Beste war verdorben.
Von manchem Lager stand ich auf voll Leid,
Und jede Sättigung ward Überdruß;
Ich sehnte glühend fort mich vom Genuß
Nach Traum, nach Sehnsucht und nach Einsamkeit.
O Fluch, daß kein Besitz mich kann beglücken,

Daß jede Wirklichkeit den Traum vernichtet,
Den ich von ihr im Werben mir gedichtet
Und der so selig klang, so voll Entzücken!
Nach neuen Blumen zögernd greift die Hand,
Zu neuer Werbung stimm ich mein Gedicht ...
Wehr dich, du schöne Frau, straff dein Gewand!
Entzücke, quäle – doch erhör mich nicht!

Was der Dichter am Abend sah

Der südliche Julitag sank glühend hinab, die Berge schwammen im blauen Sommerdunst mit rosigen Gipfeln, im Gefilde kochte schwül das schwere Wachstum, strotzend stand der hohe fette Mais, in vielen Kornfeldern war das Korn schon geschnitten, in den lauen, mehlig satten Staubgeruch der Landstraße flossen aus Feldern und Gärten süß und überreif die vielen Blumendüfte. Im dicken Grün hielt die Erde noch die Tageswärme zurück, die Dörfer strahlten aus goldenen Giebeln warmen Nachglanz in die beginnende Dämmerung.

Von einem Dorfe zum andern ging auf der heißen Straße ein Liebespaar, ging langsam und ziellos, den Abschied verzögernd, manchmal lose Hand in Hand, manchmal umschlungen, Schulter an Schulter. Schön und schwebend gingen sie, in leichten Sommerkleidern schimmernd, auf weißen Schuhen, barhaupt, gezogen von Liebe, im leisen Abendfieber, das Mädchen mit weißem Gesicht und Halse, der Mann braun verbrannt, beide schlank und aufrecht, beide schön, beide im Gefühl der Stunde Eins geworden und wie aus einem Herzen genährt und getrieben, beide doch tief verschieden und weit voneinander. Es war die Stunde, in der eine Kameradschaft zur Liebe und ein Spiel zum Schicksal werden wollte. Beide lächelten sie, und waren beide ernst bis fast zur Traurigkeit.

Kein Mensch ging zu dieser Stunde die Straße zwischen den beiden Dörfern, die Feldarbeiter hatten schon Feierabend. Nahe einem Landhaus, das hell durch Bäume schien, als stünde es noch in der Sonne, blieben die Liebenden stehen und umarmten sich. Sanft führte der Mann das Mädchen zum Rand der Straße, da lief eine niedere Mauer hin, auf die setzten sie sich, um noch beisammen zu bleiben, um nicht ins Dorf und zu Menschen zu müssen, um nicht den Rest des gemeinsamen Weges schon zu verbrauchen. Still saßen sie auf der Mauer, in Nelken und Steinbrech, Reblaub über sich. Durch Staub und Düfte kamen Töne vom Dorf her, Kinderspiel, Ruf einer Mutter, Männergelächter, ein altes Klavier fern und schüchtern. Stille saßen sie, lehnten aneinander, sprachen nicht, fühlten gemeinsam Laub über sich dunkeln, Düfte um sich irren, warme Luft in erster Ahnung von Tau und Kühle schauern.

Das Mädchen war jung, war sehr jung und schön, schlank und herrlich kam aus dem leichten Kleide der hohe lichte Hals, schlank und lang aus weiten kurzen Ärmeln die hellen Arme und Hände. Sie liebte ihren Freund, sie glaubte ihn sehr zu lieben. Sie wußte sehr viel von ihm, sie kannte ihn so gut, sie waren lange Zeit Freunde gewesen. Oft hatten sie, einen Augenblick lang, sich auch ihrer Schönheit und ihres Geschlechts erinnert, hatten einen Händedruck zärtlich verzögert, hatten sich kurz und spielend geküßt. Er war ihr Freund gewesen, auch ein wenig ihr Ratgeber und Vertrauter, der Ältere, der Wissendere, und nur manchmal, für Augenblicke, war ein schwaches Wetterleuchten über den Himmel ihrer Freundschaft gezuckt, kurze holde Erinnerung, daß zwischen ihnen nicht bloß Vertrauen und Kameradschaft bestand, daß auch Eitelkeit, auch Machtbegierde, auch süße Feindschaft und Anziehung der Geschlechter spielte. Nun wollte das reif werden, nun brannte dies andere auf.

Schön war auch der Mann, doch ohne die Jugend und innige Blüte des Mädchens. Er war viel älter als sie, er hatte Liebe und Schicksal gekostet, Schiffbruch und neue Ausfahrt erlebt. Streng stand Nachdenken und Selbstbewußtsein in seinem magern braunen Gesicht geschrieben, Schicksal in Stirn und Wangen gefaltet. An diesem Abend aber blickte er sanft und hingegeben. Seine Hand spielte mit der Mädchenhand, lief leise und schonend über Arm und Nacken, über Schultern und Brust der Freundin, kleine spielende Wege der Zärtlichkeit. Und während ihr Mund ihm aus dem stillen dämmernden Abendgesicht entgegen kam, innig und wartend wie eine Blume, während Zärtlichkeit in ihm aufwallte und aufsteigender Hunger der Leidenschaft, dachte er doch immerzu daran und wußte davon, daß viele andere Geliebte ebenso mit ihm durch Sommerabende gegangen waren, daß auf anderen Armen, auf anderen Haaren, um andre Schultern und Hüften seine Finger dieselben zarten Wege gegangen waren, daß er Gelerntes übte, daß er Erlebtes wiederholte, daß für ihn das ganze strömende Gefühl dieser Stunde etwas anderes war als für das Mädchen, etwas Schönes und Liebes, aber nicht mehr Neues, nicht mehr Unerhörtes, nicht mehr Erstes und Heiliges.

Auch diesen Trank kann ich schlürfen, dacht er, auch er ist süß, auch er ist wunderbar, und ich kann diese junge Blüte vielleicht besser lieben, wissender, schonender, feiner als ein junger Bursch es könnte, als ich selber es vor zehn, vor 15 Jahren gekonnt hätte. Ich kann sie zarter, klüger, freundlicher über die Schwelle der ersten Erfahrung heben als irgend ein andrer, ich kann diesen holden edlen Wein edler und dankbarer kosten als irgend ein Junger. Aber ich kann ihr nicht verbergen, daß nach dem Rausch die Sattheit kommt, ich kann ihr nicht über den ersten Rausch hinaus einen Liebenden vorspielen, wie sie ihn träumt, einen nie Ernüchterten. Ich werde sie zittern und weinen sehen und werde kühl und heimlich ungeduldig sein. Ich werde mich vor dem Augenblick fürchten, fürchte mich jetzt schon vor dem Augenblick, da sie mit erwachenden Augen die Ernüchterung kosten muß, da ihr Gesicht keine

Blume mehr sein und im aufzuckenden Schreck über das verlorene Mädchentum sich verziehen wird.

Sie saßen schweigend auf der Mauer im blühenden Gekräut, aneinander geschmiegt, hin und wieder von Wollust überschauert und enger aneinander getrieben. Sie sprachen nur selten ein Wort, ein lallendes, kindisches Wort: Lieber – Schatz – Kind – hast Du mich lieb?

Da kam aus dem Landhause, dessen Schein im Laubdunkel nun auch zu verblassen begann, ein Kind gegangen, ein kleines Mädchen, vielleicht zehn Jahre alt, barfuß, auf schlanken bräunlichen Beinen, im kurzen dunklen Kleid, mit dunklem langem Haar überm bleichbräunlichen Gesicht. Spielend kam sie daher, unschlüssig, etwas verlegen, ein Springseil in der Hand, lautlos liefen die kleinen Füße über die Straße. Sie kam spielerisch daher, schrittwechselnd, gegen den Ort, wo die Liebenden saßen. Sie ging langsamer, als sie zu ihnen kam, als ginge sie ungern vorüber, als zöge etwas hier sie an, wie einen Abendfalter die Phloxblume anzieht. Leise sang sie ihren Gruß »buona sera«. Freundlich nickte das große Mädchen von der Mauer herüber, freundlich rief der Mann ihr zu: »Ciao, cara mia.«

Das Kind ging vorüber, langsam, ungern, und zögerte mehr und mehr, blieb nach 50 Schritten stehen, kehrte um, zögernd, kam wieder näher, ging nah an dem Liebespaar vorüber, blickte verlegen und lächelnd her, ging weiter, verschwand im Garten des Landhauses.

»Wie hübsch sie war!« sagte der Mann.

Wenig Zeit verging, wenig hatte die Dämmerung sich vertieft, da kam das Kind von neuem aus der Gartenpforte hervor. Es blieb einen Augenblick stehen, äugte heimlich die Straße entlang, erspähte die Mauer, das Reblaub, das Liebespaar. Dann begann das Kind zu rennen, lief in schnellem Trab auf nackten federnden Sohlen die Straße heran, am Paar vorbei, kehrte rennend um, lief bis zum Gartentor, machte eine Minute halt, und rannte nochmals und noch zweimal, dreimal ihren stillen einsamen Trab.

Schweigend sahen die Liebenden ihr zu, wie sie lief, wie sie umkehrte, wie der kurze dunkle Rock um die schlanken Kinderbeine schlug. Sie fühlten, daß dies Traben ihnen galt, daß Zauber von ihnen ausstrahlte, daß dies kleine Mädchen in seinem Kindertraum die Ahnung von Liebe und schweigendem Rausch des Gefühls empfinde.

Der Lauf des Mädchens wurde nun zu einem Tanz, schwebend kam sie näher, wiegend, schrittwechselnd. Einsam tanzte die kleine Gestalt im Abend auf der weißen Straße. Ihr Tanz war eine Huldigung, ihr kleiner Kindertanz war ein Lied und ein Gebet an die Zukunft, an die Liebe. Ernst und hingegeben vollzog sie ihr Opfer, schwebte her, schwebte davon, und verlor sich am Ende in den dunklen Garten zurück.

»Sie war von uns bezaubert«, sagte die Liebende. »Sie spürt Liebe.«

Der Freund schwieg. Er dachte: Vielleicht hat dies Kind in seinem kleinen Tanzrausch von der Liebe Schöneres und Volleres genossen als es je erleben wird. Er dachte: Vielleicht haben auch wir beide von unsrer Liebe das Beste und Innigste nun schon genossen, und was noch kommen kann, ist schale Neige.

Er stand auf und hob seine Freundin von der Mauer.

»Du mußt gehen«, sagte er, »es ist spät geworden. Ich begleite Dich bis zum Kreuzweg.«

Eingeschlafen lag Landhaus und Garten, als sie am Tor vorübergingen. Granatblüten hingen übers Tor, noch in der einsinkenden Nacht klang hell ihr frohes Rot.

Umschlungen gingen sie bis zum Kreuzweg. Zum Abschied küßten sie sich heiß, rissen sich los, gingen auseinander, kehrten beide nochmals um, küßten sich nochmals, der Kuß gab kein Glück mehr, nur heißeren Durst. Das Mädchen begann rasch davon zu gehen, lange sah er ihr nach. Und auch in diesem Augenblick stand Vergangenheit bei ihm, sah ihm Gewesenes in die Augen: andre Abschiede, andre nächtliche Küsse, andre Lippen, andre Namen. Traurigkeit überfiel ihn, langsam ging er seine Straße zurück, Sterne kamen über den Bäumen hervor.

In dieser Nacht, die er nicht schlief, kamen seine Gedanken zu diesem Schluß:

Es ist nutzlos, Gewesenes zu wiederholen. Noch manche Frau könnte ich lieben, noch manches Jahr vielleicht ist mein Auge hell und meine Hand zärtlich, und mein Kuß den Frauen lieb. Dann muß Abschied genommen werden. Dann muß der Abschied, den ich heute freiwillig nehmen kann, in Niederlage und Verzweiflung genommen werden. Dann ist der Verzicht, der heut ein Sieg ist, nur noch schmählich. Darum muß ich heute schon verzichten, muß heut schon Abschied nehmen.

Viel habe ich heut gelernt, viel muß ich noch lernen. Von dem Kinde muß ich lernen, das uns mit seinem stillen Tanz entzückt hat. In ihm ist Liebe aufgeblüht, als es ein Liebespaar am Abend sah. Eine frühe Welle, eine bangschöne Vorahnung der Lust floß diesem Kind durchs Blut, und es begann zu tanzen, da es noch nicht lieben kann. So muß auch ich tanzen lernen, muß Lustbegierde in Musik verwandeln, Sinnlichkeit in Gebet. Dann werde ich immer lieben können, dann werde ich nie mehr Gewesenes unnütz wiederholen müssen. Diesen Weg will ich gehen.

Robert Walser
1878–1956

Eine verflixte Geschichte

Laß dir, lieber Leser, über eine Liebe erzählen, die von viel zu hoher und zarter Art war, als daß sie irgendeine handfeste, ordentliche Folge hätte haben können. Ich sollte freilich einen langen und feingegliederten Roman über ein so rührend schönes Thema schreiben, aber es ist gegenwärtig so schönes, helles und heißes Wetter; da geht ein so ordinärer Mensch, wie ich einer bin, gern spazieren, oder er pflegt mit sichtlichem Behagen in einem schattigen Platanengarten ein Glas Bier zu trinken, oder er geht bei erquickendem Westwind in den nahe gelegenen See baden. Daher fasse ich mich kurz und sage, daß vor etlicher Zeit eine Frau (o wäre sie doch eine Schwedin, Russin, Dänin!) einen jungen Mann liebte, und zwar so leidenschaftlich liebte, daß sie am liebsten mit ihm in die weite Welt hätte fliegen mögen, und das noch Krümmere bei der Geschichte war, sie war nicht fähig, ihrem Gatten ein Leid zuzufügen. Hier, o du verehrter Leser von schwedischen und nordischen Romanen, komme ich und trete nun kniedick und tief in das, was man den dänischen oder psychologischen Roman nennt. Ich fahre also mit zitternder Feder, nein, Hand (und daher Feder!) fort und teile mit, was ein Schriftsteller von Herz nicht mitteilen kann, ohne zu schluchzen, nämlich, daß die Frau fast den gesunden Verstand einbüßte. Auch der gute Gatte büßte ihn beinahe ein. Beide Leute waren nämlich zu fein, vornehm und feinfühlend, als daß sie es über sich gebracht hätten, sich gegenseitig ein Leid anzutun. Verzwickte und verwickelte Geschichte, in welche ich Unbesonnener mich da verwickle. Die Frau wäre allzugern mit ihrem stürmischen Geliebten auf und davon gegangen, aber sie war zu edel zum Davonlaufen, und sie liebte ja, ach du guter Gott, beide: ihren Mann sowohl wie den jungen Mann. Fürchterlicher Zustand. Jetzt, jetzt, bei der Ehre, die ich als flotter Federzeichner und -führer genieße, jetzt dänelt und schwedelt es, daß es mir, wie ich felsenfest glaube, weit und breit niemand nachmacht. Kann ich mit meinem Liebhaber fortreisen und das Weite suchen, wenn ich gleichzeitig von Herzen gern bei meinem braven Gatten zu Hause sitzen bleiben möchte? Kann ich den Geliebten genügend lieben, wenn ich nicht aufzuhören vermag, den leibeigenen und zugewandten Gatten zu lieben? Hier, so dünkt mich, wimmle es von ächten, wo nicht gar waschächten Seelen- und Romanproblemen. Doch weiter! Der gute Mann wollte ja aus ganzer Seele gern seiner Frau erlauben, davonzubrennen, damit sie sich an einem unerhörten ungeheuren Liebesglück berausche, aber er gab ihr doch auch die Erlaubnis wieder nicht, denn dieselbe würde ihm ja das Herz zerrissen haben. Aus Liebe erlaubte er es ihr gern, doch wiederum aus Liebe und aus sonst gar nichts anderem bat und beschwor er sie, hübsch artig bei ihm zu Hause zu bleiben, damit er nicht den gesunden und armen Verstand verliere, den er doch gern aus Liebe zu ihr verlieren und für immer vermissen wollte. Die Frau weinte, weil sie erstens nicht mit dem Geliebten in die Welt hinauszuziehen, und zweitens, weil sie nicht ruhig zu Hause bei ihrem Mann zu sitzen und sorgfältig, wie bisher, die Haushaltung zu machen mehr die Kraft fand. Der Mann weinte, vergoß Tränen und gebärdete sich wie ein Verzweifelter, erstens, weil er ja genötigt war, der Frau zu sagen, sie solle gefälligst zu Hause bleiben und sich ruhig verhalten, was ihm Schmerz verursachte, da er ja als liebender Mann seiner Frau alles gewähren wollte, und zweitens, weil er seiner Frau alles Mögliche und alles Erdenkliche gönnte, aber doch nicht konnte. Die Frau wollte wohl, war aber nicht imstande, und ebenso wollte der Mann wohl, aber er konnte nicht. Und so weinten sie beide. Auch der junge Mann mußte wohl oder übel mithelfen weinen. Alle drei schluchzten zum Erbarmen. Sie waren eben alle drei zu fein, und daher wurde nichts draus, und hiermit ist auch die Geschichte aus.

Liebespaare

Helene spazierte mit Hugo. Sie liebt einen anderen, aber Hugo gefällt ihr. Sie setzen sich unter dem Grün auf eine Bank; unfern plaudert ein Bächlein. Er wird zärtlich, sie sieht es mit Entzücken und Schrecken. Er umarmt und küßt sie. Schade um die Mühe. Sie gesteht ihm, sie sei verlobt. Er freut sich schier über die Mitteilung, denn er hat es gar nicht sehr ernst gemeint. Fröhlich begleitet er sie bis vor ihr Haus und nimmt artig Abschied. Sie lächelt, denn sie fühlt sich geschmeichelt.

Ottilie pflegt ihren Edgar rührend, springt für ihn von morgens bis abends, kennt keine Müdigkeit, dient ihm unablässig. Sie hat Mitleid mit ihm. Er ist krank, weiß sich nicht zu helfen. Er leidet, und sie findet es herrlich, ihm Zeit und Kraft und die Mittel zu widmen, über die sie verfügt. Sich gibt sie damit eine Tätigkeit, ihm einen Trost. Ihre Wohltaten sind für sie so wohltuend wie für ihn. Er erholt sich, hat sie nun nicht mehr nötig, langweilt sich bei ihr und gibt ihr das mehr oder weniger deutlich zu verstehen. Sie begreift ihn, hat ihn überhaupt immer gut begriffen, und wahrscheinlich ist es das, was er uninteressant findet. Sie wünscht ihn krank und muß sich natürlich zugleich freuen, daß er gesund ist; tut's auch und verzichtet auf ihn.

Vormittagssonne scheint in ein Zimmer, draußen spielt die Stadtmusik, in der blauen Luft fliegen Schwalben, auf der Straße promenieren Menschen. Arthur hat Besuch. Er ist Künstler. Wer verkürzt ihm die Zeit? Lina! Diese ist hübsch und geistreich. Sie besitzt, gleichsam für alle Fälle, bescheiden im Hintergrund, einen ehrlichen Anhänger. Heute nützt sie die Situation, scherzt mit Arthur, genießt den Augenblick, und nennt das bei sich eine »Episode«. Er hat Witz, Phantasie, plaudert ausgezeichnet.

Sie unterhält sich vorzüglich. Am Schluß sagt sie ihm: »Du bist langweilig«, weiß wohl, daß sie die Unwahrheit spricht, sagt's bloß, um den Mut zu bekommen, sich von ihm zu trennen, und denkt später ihr Leben lang an die entzückende Stunde.

Anna wohnt in einem ungemein heimeligen Stübchen. Zwei Fenster bieten die schönste Aussicht. Allerliebste Möbel zieren den Raum. An den Wänden hängen geschmackvolle Bilder. Eine Etagere ist voll Bücher. Man kann sich nichts Wohnlicheres vorstellen. In hellen Nächten wirft der Mond sein liebes Licht ins Zimmer. Anna sagt zu sich: »In solchem Milieu ist es mir unmöglich, ohne Liebe zu leben; ich bin es dieser Behausung schuldig, mir einen Freund anzuschaffen, dem ich sagen kann, wie reizend sie mir vorkommt, und der mir zugibt, daß ich recht habe.« Sie sucht und hat keine Ruhe, als bis ihr Wunsch sich erfüllt. Demnach ist's gleichsam ihr Kunst- und Naturverständnis, wodurch sie glücklich wird.

Erich ist schön und infolgedessen verwöhnt. Kätchen liebt ihn rasend. Sie ist leider etwas leidenschaftlich, er etwas kühl. Was können sie dafür? Es ist ihre Art. Gegen Veranlagungen wehren sich Menschen meist vergeblich. Er ist Zeichner, und sie zeichnet sich dadurch aus, daß sie ihn abzeichnet. Sie schreibt einen schwärmerischen Aufsatz über ihn. Er liest das Produkt, wirft's ihr vor die Füße, will mit einmal nichts mehr von ihr wissen. Arme Verehrerin!

Theodor denkt an nichts als an Lotte. Sie hat schöne Hände und ein niedliches Näschen. Ihr Mund hat Ähnlichkeit mit einer Blüte, aber das Kostbarste ist, was sie damit spricht: »Ich will nur mit wahrer Liebe geliebt sein«. Seltsam, was einem Köpfchen einfällt. Theodor scheint für sie wie gemacht, er liebt sie innig. Sie sehen sich nie, stehen sich darum auch nicht im Wege. Sein Lieben ist selig, er ist glücklich und sie den ganzen Tag fröhlich. Sie scheint zart und er ebenfalls. Wäre er's nicht, wie würd' er sich mit bloßer Herzensnahrung begnügen? Sie leben wie Blumen; eine wächst hier, die andre dort, haben einander im Geist lieb, aber dafür lange, sind allen übrigen Menschen herzlich gut, sind zärtlich, und jedes überläßt das andere ruhig seinem Geschick.

Liebe ist ein zu schönes Wort

Liebe ist ein zu schönes Wort, als daß ich's leichtsinnig in den Mund nähme; ich möchte, was es bedeutet, lieber nur empfinden …

Erich Mühsam
1878–1934

Wie ich dich liebe!

Wie ich dich liebe!
Denn ich liebe alle dunkeln Fragen,
Die die Wahrheit hinterm Auge tragen, –
Und die Worte lieb' ich, die verschwiegen
Auf dem Grunde einer Lüge lieben. –
Sag' mir nichts! – Ich will aus deinem Wesen
Tief heraus mir jedes Goldkorn lesen; –
Aus dem Schimmer der Verschwiegenheiten
Will ich deiner Seele Bild bereiten; –
Und es soll in meinem Herzen stehn,
Hauchlos rein – und nur für dich zu sehn.

Du bist nicht schön

Du bist nicht schön, und dennoch lieb ich dich.
Du lügst, und dennoch glaub' ich deinen Worten.
Nie öffnest du mir deiner Gnadenpforten
Geheiligtes, und dennoch lockst du mich.
Warum verwirrst du, was mein Wesen ist,
Machst meine Wege strauchelnd und gefährlich?
Weil du mir unergründlich, unerklärlich,
Und dennoch aller Rätsel Lösung bist.

(E. B.)

Rendez-vous

Ich bin verdammt zu warten
In einem Bürgergarten
Auf das geliebte Weib.
Nun sitz' ich hier als Beute
Gewissenloser Leute
Mit breitem Unterleib.

Sie sind so froh beim Biere,
Bald zwei, bald drei, bald viere,
Und reden vom Geschäft.
Die Gattin spricht vom Hause;
Die Töchter trinken Brause,
Und Flock, das Hündchen, kläfft.

Die Kellnerinnen schwirren,
Die Tischgeschirre klirren, –
Der Himmel scheint so blau.
Wie süß ist's doch zu warten
In einem Bürgergarten
Auf die geliebte Frau.

Alfred Döblin
1878–1957

Kleine Alltagsgeschichte

Weeßte, ick zittere noch, nee frag mir nich, ick komm schon alleene damit, wart een bisken.

Also ick hab nämlich eben ne Freundin von mir getroffen, von früher, war meine letzte, jetzt hak gakeene mehr, will von keener wat wissen, hab die Neese voll davon. Und det war meine letzte. Wat mit die gewesen, det kann ich dir gar nich erzählen. Det gloobt keen Mensch, jewoll, da kannste dir druff verlassen, det gloobt keen Mensch, – son Luder, son Luder. –

Na nu ween doch nich, Mensch, gebissen wird sie dir doch nich haben, und denn bist se doch los! – Bist se los. Natierlich, Mensch, bin ick se los, und wenn die mir vor die Visage tritt, ick sage dir, denn beherrsch ick mir nich, denn soll die man meine Handschrift, denn soll die wissen, wat los is, son Luder, det gloobste ja nich. – Wat denn, nu wat denn. – Gloobt keen Mensch. – Nu ick. – Ick denk, ich seh nich recht, ick kenn die doch, wer is det, trägt die nen neuen Hut, hat ihn valleicht der Osterhase gebracht, und feine Handschuh und is gar nich wiederzuerkennen und mir kuckt se jar nich an, am Stralauer Tor, da an de Hochbahn, ick denk, mir trifft der Schlag, ick zittere noch immer, so een Luder hats ja noch nich, is ja nich dagewesen. – Hatn Zavalier bei sich gehabt? – Tierlich, die ohne Zavalier, der hat mir leid getan, du den hak nich beneidt, ick nich, dem jehts mal genau wie mir, der hat nich zu lachen, Junge.

Will dir man sagen, wat det fürn Luder is. Also wenn de se ankuckst, is nischt an ihr. Sieht nett aus, war Wicklerin bei uns im Betrieb, ick denk, wir loofen een bischen zusammen, nachher nehm ick mir ne andre, so zum Tanzen und Ausgehen wirds ja reichen. Na, gemacht. Sie sagt ja und kommt und is allens in Butter. Und denn hab ick mir doch richtig verkuckt in det Luder, sie macht son Getue und is immer ordentlich und is richtig angezogen, wie sich det gehört. –

Nu ween doch nich. – Weeste, wenn ick son Italiener wär wie der, der seine Frau totgeschossen hat, denn hätt ick die umgebracht. – Hat dir betrogen? – Darüber reg ich mir uff, betrügen tun alle Weiber, wir sind ja ooch nich besser als die, det es et nich, det hat sie ooch getan, aber wie, nach Strich und Faden, aber det nich. Die war ja so gemein. Also ick merk doch, – nee, weeßte, wie et war? Die muß mir verzaubert haben! – Mensch. –

Anders is det nich zu verstehen. Ick hab doch meinen gesunden Verstand, mir hat doch keener, ick geh in die Fabrik und weeß und tu doch, na seh mir doch an, hak nich meinen gesunden Verstand, also, sie sagt, wir wollen uns bei ihr vor der Tür treffen und ick geh hin mit meinn gesunden Verstand und ick sag, ick werd die verdreschen, det ooch keen Stück an ihr ganz bleibt, und denn gehn wir und denn, denn, und denn redt sie nich und denn frag ick: warum gibst mir keene Antwort, bin ick dein Dussel oder biste taub, und denn kuckt se weg und hält meinn Arm fest, und ick wer wütend und denn zieht se mir rum, son Luder, und weent, die weent, Mensch, die kann weenen, wenn de een Jroschen inn Automat schmeißt, so scheen kann der det nich wie die, und denn muß ick ihr nach Hause bringen, denn wat soll ick uff de Straße mit son Getu, die Leite kucken einen an, denken, ick hab die wat getan, ick die, Mensch, is ja zu lachen, aber so sieht det aus, so is det immer, immer hast du die wat getan. –

Denn hat se dir doch noch lange nich verzaubert! Wo hat sie dir denn verzaubert, wenn se dir bloß einseifen dut. – Sag ich doch, erzähl de een Menschen und schon heest et: einseifen und bis ja keen Mann, wat gloobste, hat mein Bruder zu mir gesagt: bist ja keen Mann, aber denn sei du ma dabei und paß uff, oder mein Bruder, wie die det Ding fingert. Ihr kennt reden, ja kennt Ihr. Ick denke, ick geh ruff und werde ihr Bescheid stoßen, und denn sind keene zehn Minuten um, da stehste da und bist schon zufrieden, wenn se nischt sagt, daß se bloß die Luft anhält, det sie bloß uffhört. Mensch, Mensch, sie hört nich uff, sie sagt »ja« zu alles, wat du willst, und bettelt und heult, und ruft det ganze Haus zusammen und schmeißt sich uff die Erde – und Mensch, Mensch. –

Jott, is dabei! Machen alle so, bist bloß grün, uff son Kalmus piept een Erwachsener nich. – Quatsch nich, quatsch du bloß ooch nich, dazu setz ick mir her, damit du ooch noch quatscht, denn jeh ick schon lieber und zopp ab. – Na is ooch quatsch! Und sag ick dir ooch. – Und du verstehst von soviel wie meine Großmutter vom Radfahren, nischt. – Is quatsch du, und is quatsch mit dein Verzaubern. – Wenn dus weest. – Na wie is et denn? – Edgar. – Sag ick doch, det du übergefahren bist. – Werd ick dirs erklären, weil du mein Freund bist. Heerste! Die verzaubert dir! Det hat sie getan, det is nich natierlich zugegangen, nie und nimmer, sag ick dir! Ick hol ihr ab vom Betrieb, ick hab den hellsten Kopp, ick will Schluß machen mit se, – denk ich, denk ich, – und da will ick Karl Piepenstengel heeßen, wenn ick nich klar inn Kopp bin wie jetzt und sage: aus is et, Karline, wat zuviel ist, ist zuviel, und man is ooch nur een Mensch und det hat ja alles ja keen Zweck und die is een Luder und Canallje, wie sie im Buch steht, und ick will den ganzen Zauber nich mehr und denn. – Denn kommste vielleicht grade uff ihren Bau, wenn een anderer davor spaziert und wartet und kuckt sie an und du bist besoffen und merkst nischt, du merkst eben nischt, wat sagste, nachher merkste allet, denn schlägste dir an den Kopp, wie is denn sowat möglich, und denn haste noch alles im Deetz, wat sie dir von ihr gestoßen ham, und du sagst et ihr, Stück um Stück, jedes Gericht würde sagen, nützt nischt, war alles ganz anders. – Und denn fällste mit ihr in die Klappe. – Wenn det noch wenigsten. Habe det Luder nich mehr anfassen können, ich hab –. – Gloob ick nich. – Denn noch. Und det is drei Monat so gegangen, du, und nu sag du. Und denn – is sie weggeloofen, sie, sie, und ick bin ihr nachgeloofen. – Warum denn, warum aber bloß? –

Und denn war ick schon ganz kaputt und hab mir wieder erholt und denn treff ick die am Stralauer Tor. Und die gehts gut, und die strahlt übers ganze Gesicht und darum hab ick die Monate über det ausgehalten und die hat een Zavalier am Arm und ick hätt ihr übern Haufen knallen müssen oder mir selber. –

Mensch, wenn du nich verrückt bist.

Robert Musil
1880–1942

Leiden einer verheirateten Seele (aus: Der Mann ohne Eigenschaften)

Sie las in ihrem Leiden viel und entdeckte, daß ihr etwas verlorengegangen war, von dessen Besitz sie vordem nicht viel gewußt hatte: eine Seele.

Was ist das? – Es ist negativ leicht bestimmt: es ist eben das, was sich verkriecht, wenn man von algebraischen Reihen hört.

Aber positiv? Es scheint, daß es sich da allen Bemühungen, die es fassen wollen, erfolgreich entzieht. Es mag sein, daß einstmals etwas Ursprüngliches in Diotima gewesen war, eine ahnungsvolle Empfindsamkeit, damals eingerollt in das dünngebürstete Kleid ihrer Korrektheit, was sie jetzt Seele nannte und in der gebatikten Metaphysik Maeterlincks wiederfand, in Novalis, vor allem aber in der namenlosen Welle von Dünnromantik und Gottessehnsucht, die das Maschinenzeitalter als Äußerung des geistigen und künstlerischen Protestes gegen sich selbst eine Weile lang ausgespritzt hat. Es mag auch sein, daß dieses Ursprüngliche in Diotima als ein Etwas von Stille, Zärtlichkeit, Andacht und Güte genauer zu bestimmen war, das nie einen rechten Weg gefunden hatte und beim Bleigießen, welches das Schicksal mit uns veranstaltet, in die komische Form ihres Idealismus geraten war. Vielleicht war es Phantasie; vielleicht eine Ahnung von der instinktiven vegetativen Arbeit, die täglich unter der Decke des Leibes vor sich geht, über der der seelenvolle Ausdruck einer schönen Frau uns anblickt; vielleicht kamen bloß unbezeichenbare Stunden, wo sie sich weit und warm fühlte, die Empfindungen beseelter zu sein schienen als gewöhnlich, wo Ehrgeiz und Wille schwiegen, eine leise Lebensberauschung und Lebensfülle sie ergriff, die Gedanken sich weit weg von der Oberfläche nach der Tiefe richteten, selbst wenn sie nur dem Geringsten galten, und die Weltereignisse fern lagen wie Lärm vor einem Garten. Diotima meinte dann unmittelbar das Wahre in sich zu sehen, ohne sich darum zu bemühen; zarte Erlebnisse, die noch keinen Namen trugen, hoben ihre Schleier; und sie fühlte sich – um nur einiges aus den vielen Beschreibungen anzuführen, die sie in der Literatur dafür vorfand – harmonisch, human, religiös, nah einer Ursprungstiefe, die alles heilig macht, was aus ihr aufsteigt, und alles sündhaft sein läßt, was nicht aus ihrer Quelle kommt: Aber wenn das auch alles recht schön zu denken war, über solche Ahnungen und Andeutungen eines besonderen Zustands kam nicht nur Diotima niemals hinaus, sondern ebensowenig taten es die zu Rate gezogenen prophetischen Bücher, die von dem Gleichen in den gleichen, geheimnisvollen und ungenauen Worten sprachen. Es blieb Diotima nichts übrig, als daß sie auch daran die Schuld einem Zivilisationszeitalter zuschrieb, worin der Zugang zur Seele ebenso verschüttet worden ist.

Wahrscheinlich war, was sie Seele nannte, nichts als ein kleines Kapital von Liebesfähigkeit, das sie zur Zeit ihrer Heirat besessen hatte; Sektionschef Tuzzi bot nicht die rechte Anlagemöglichkeit dafür. Seine Überlegenheit über Diotima war anfangs und durch lange Zeit die des älteren Mannes gewesen; später kam noch die des erfolgreichen Mannes in geheimnisvoller Stellung dazu, der seiner Frau wenig Einblick in sich gewährt und den Nichtigkeiten, die sie treibt, mit Wohlwollen zusieht. Und von der Zeit der Bräutigamszärtlichkeiten abgesehn, war Sektionschef Tuzzi immer ein Nützlichkeits- und Verstandesmensch gewesen, den sein Gleichgewicht niemals verließ. Dennoch umgaben ihn die gut sitzende Ruhe seiner Handlungen und seines Anzugs, der, man könnte sagen, höflich ernste Geruch seines Körpers und Bartes, der vorsichtig feste Bariton, in dem er sprach, mit einem Hauch, der die Seele des Mädchens Diotima ähnlich erregte wie die Nähe des Herrn die des Jagdhunds, der die Schnauze auf sein Knie legt. Und so wie dieser gefühlhaft umfriedet hinterdreintrabt, hatte auch Diotima unter ernster, sachlicher Führung die unendliche Landschaft der Liebe betreten.

Sektionschef Tuzzi bevorzugte darin die geraden Wege. Seine Leensgewohnheiten waren die eines ehrgeizigen Arbeiters. Er stand früh am Morgen auf, um entweder auszureiten oder, noch lieber, eine Stunde spazierenzugehn, was nicht nur der Erhaltung der Elastizität diente, sondern auch eine pedantisch einfache Gewohnheit darstellte, die, unerschütterlich durchgeführt, vorzüglich zum Bild verantwortungsvoller Leistungen paßt. Und daß er abends, wenn sie nicht eingeladen waren oder Gäste hatten, sich alsbald in sein Arbeitszimmer zurückzog, versteht sich von selbst, denn er war gezwungen, sein großes sachliches Wissen auf jener Höhe zu halten, in der seine Überlegenheit über die adeligen Kollegen und Vorgesetzten bestand. Ein solches Leben setzt feste Schranken und ordnet die Liebe der übrigen Tätigkeit ein. Wie alle Männer, deren Phantasie nicht vom Erotischen versehrt wird, war Tuzzi in seiner Junggesellenzeit – wenn er sich auch hie und da des diplomatischen Rufes halber in Gesellschaft seiner Freunde mit kleinen Theaterchoristinnen gezeigt hatte – ein ruhiger Bordellbesucher gewesen und übertrug den regelmäßigen Atemzug dieser Gewohnheit auch in die Ehe. Diotima lernte deshalb die Liebe als etwas Heftiges, Anfallweises, kurz Angebundenes kennen, das von einer noch stärkeren Gewalt nur einmal in jeder Woche losgelassen wurde. Diese Veränderung des Wesens zweier Menschen, die auf die Minute begann, um wenige Minuten später in ein kurzes Gespräch über nachzutragende Tagesereignisse und dann in planen Schlaf überzugehn, etwas, wovon man in der Zwischenzeit nie oder höchstens in Andeutungen sprach (etwa so, daß man über die »partie honteuse« des Körpers einen diplomatischen Scherz macht), hatte jedoch unerwartete und widerspruchsvolle Folgen für sie.

Einesteils wurde es die Ursache ihrer übermäßig angeschwollenen Idealität; jener offiziösen, nach außen gewandten Persönlichkeit, deren Liebeskraft, deren seelisches Verlangen sich auf alles Große und Edle ausdehnte, das in ihrem Umkreis sichtbar wurde, und so innig sich daran verteilte und damit verband, daß Diotima jenen die Männerbegriffe verwirrenden Eindruck einer mächtig glühenden, aber platonischen Liebessonne hervorrief, durch dessen Schilderung Ulrich auf ihre Bekanntschaft neugierig geworden war. Andrerseits aber hatte sich der breite Rhythmus ehelicher Berührung rein physiologisch in ihr zu einer Gewohnheit entwickelt, die ihre Bahnung für sich besaß und sich ohne Verbindung mit den höheren Teilen ihres Wesens wie der Hunger eines Knechts meldete, dessen Mahlzeiten spärlich, aber kräftig sind. Mit der Zeit, als kleine Härchen aus Diotimas Oberlippe brachen und in ihr mädchenhaftes Wesen sich die männliche Selbständigkeit der gereiften weiblichen Person mischte, kam ihr das als Schrecken zu Bewußtsein. Sie liebte ihren Gatten, aber es mengte sich ein wachsendes Maß Abscheu darein, ja eine fürchterliche Beleidigung der Seele, die man schließlich nur den Empfindungen vergleichen konnte, die der in seine großen Unternehmungen vertiefte Archimedes gehabt haben würde, wenn ihn der fremde Soldat nicht erschlagen, sondern ihm ein sexuelles Ansinnen gestellt hätte. Und da ihr Gatte das weder merkte, noch ebenso darüber nachgedacht haben würde, ihr Körper aber sie gegen ihren Willen schließlich doch jedesmal an ihn verriet, fühlte sie sich einer Zwangsherrschaft unterworfen; es war wohl eine, die nicht für untugendhaft gilt, aber ihr Ablauf war genau so quälend, wie sie sich das Auftreten eines Tics oder die Unentrinnbarkeit des Lasters vorstellte.

Hans Adler
1880–1957

Die Braut spricht

Dich will ich haben!
Du bist nicht wie die anderen Knaben,
Die mich lüstern umschmeichelten,
Meine Brüstlein streichelten
Und verschwanden.
Du hast mich verstanden!
Bist ernst und fromm und still,
Wirst immer dankbare Augen machen,
Mit mir weinen und lachen
Und tun, was ich will.

Gläubig zu meinen Füßen
Darfst du den ganzen Tag
Auf dem Teppich knien.
Ich will dich an den Ohren ziehn
Und zwischen die Augen küssen,
Wenn ich mag.
Ich liebe dich!
Mit einem blauen Seidenband
Werd ich dich lenken.
Komm, küß mir die Hand!

Du sollst nichts denken
als mich.
Mir gehörst du allein!
Für mich wirst du sorgen und singen,
Drachen töten, durch Reifen springen,
Wolle haspeln und Nüsse knacken
Und Dukaten kacken …

Wie schön wird das sein.

Karl Valentin
1882–1948

Herzens Lust

Damals um die Jahrhundertwende war das Gigerltum große Mode.

Gigerl sein,
Das ist fein,
Gigerl kann nicht jeder sein!

sang die ganze Welt und trug weite Hosen, spitze Schuhe, kurzes Sakko, Knopfstieferl, hohe Eckenkragen, dicken Stock, steifen Hut mit flacher Krempe, Zickzackfrisur – und wie die Alten sungen, so zwitscherten die Jungen. Piekfein schlichen wir Auer alle Sonntage zur Tanzmusi beim Stadtwirt, zum Linksumadrahn und zum »Frassäh«. Ich kann es mit Sicherheit behaupten, daß die damaligen Tänze mehr Leben in die Bude brachten als das heutige Tango-, Foxtrott- und Rumba-Gewerkel. Ein Glück, daß ich damals jung war und es heute nicht mehr zu sein brauche.

Mein erstes Schäferstündchen freilich habe ich verschlafen. Als ich sechzehn Jahre alt war, hatte ich ein Verhältnis mit einem Mädchen in genau dem gleichen Alter, und weil wir zusammen zweiunddreißig Lenze zählten, glaubte ich bereits längst majorenn zu sein. Wir wählten zu unserem mitternächtigen Rendezvous einen Möbelwagen.

Und milde sang die Nachtigall
Ein Liedchen in die Nacht:
Die Liebe, ja die Liebe
Ist eine Himmelsmacht.

Aber ehe sie ausgesungen hatte, lagen wir schon in Morpheus' Armen, und als am frühen Morgen die Hähne krähten und unser Fuhrmann den Möbelwagen anspannte, fuhr er uns Siebenschläfer ahnungslos zum Hof hinaus. Nun war aber der polternde Möbelwagen beileibe keine Luxusequipage und rüttelte uns schnellstens wach. Allmählich dämmerte es mir, in welche peinliche Situation wir gekommen waren. In der Entenbachstraße bei der Isarbrücke, wo heute das Müllersche Volksbad steht, ließ ich meine Angebetete zum Möbelwagen hinaus, und bald kroch ich hinterher. Ob uns jemand gesehen hat, weiß ich nicht. Denn wir haben beide unsere Augen nicht vom Boden weggebracht, als wir jedes einzeln der heimatlichen Klause zuschlichen, so sehr schämten wir uns.

Einst liebte ich ein Mädchen, und auch das Gegenteil war der Fall: sie liebte mich wider. Aber nicht etwa, weil ich eine ausgesprochene Schönheit gewesen wäre, sondern weil ich so ein Gaudibursch war. Sie schwärmte für jede Viecherei. Sobald sie mich nur sah, lachte sie schon. Und was ich mit ihr anfangen mochte – sie lachte immer. Gelacht hat sie sogar, als ich ihr einmal ihren neuen Strohhut so unsanft auf einen Kleiderhaken stülpte, daß der ganze Kopf hinausflog und das Prachtstück zerfetzte. Kurzum, sie verstand Spaß, wenn es auch eine Sachbeschädigung war. Dennoch habe ich sie nicht geheiratet, und kurz darauf ging sie mit einem Kapellmeister in die Schweiz durch, so daß ich mir ein anderes Mädchen zum Lachen suchen mußte.

Immerhin, gänzlich unempfindlich für weibliche Reize war ich durch diese Jugendsünde keineswegs geworden. Bei meinem Meister Hallhuber mußten wir Lehrlinge alle Tage Brennholz machen in seinem Keller. Neben unserem Hause war eine Drogerie mit großer Kundschaft. Und wenn wir zum Kellerfenster hinaus gen Himmel schauen wollten, wie das Wetter wird, stand oft gerade irgendein dummes Frauenzimmer auf dem eisernen Rost davor und versperrte uns die ganze Aussicht, so daß wir den Himmel völlig vergaßen.

Geheiratet habe ich dann trotzdem. Und wenn meine gute Frau nicht so oft über mich gelacht hätte, hätte sie weiß Gott nichts zu lachen mit mir gehabt! Als wir einmal in Starnberg dem »Nordexpreß« entstiegen waren, ging ich schnell noch einmal zu unserem Abteil zurück und schaute zum Fenster hinaus. Mein Weib frug mich: »Was ist los?« – »Nichts ist los, ich hab nur vorsichtshalber in das Coupé hineingeschaut, ob ich auch wirklich ausgestiegen bin!«

Schon seit meiner Kindheit, als ich zehn Jahre alt war, hatte ich für dicke Frauen etwas übrig. Warum, weiß ich nicht. Wenn mich meine Onkel und Tanten im Scherz fragten: »No, Valentin, wen heiratest denn du einmal?«, gab ich prompt zur Antwort: »Eine ganz dicke Frau!« Diese Leidenschaft ist mir glücklicherweise geblieben, denn noch heute nach fünfzig Jahren habe ich den gleichen Geschmack. Für mich geht die Schönheit einer Frau erst mit zwei Zentnern an.

Es ist mir neulich passiert, daß ich eine Dame ziemlich frech auf offener Straße mit flacher Hand auf das Rückgebäude klopfte, wozu ich meinte: »Grüß Gott, Frau N.!«

Aber Irren ist menschlich. Es war nämlich leider gar nicht die Frau N., sondern eine mir gänzlich Unbekannte. Sie sah nur von rückwärts der Frau N. so ähnlich wie ein Ei dem andern.

Franz Kafka
1883–1924

Das Unglück des Junggesellen

Es scheint so arg, Junggeselle zu bleiben, als alter Mann unter schwerer Wahrung der Würde um Aufnahme zu bitten, wenn man einen Abend mit Menschen verbringen will, krank zu sein und aus dem Winkel seines Bettes wochenlang das leere Zimmer anzusehen, immer vor dem Haustor Abschied zu nehmen, niemals neben seiner Frau sich die Treppe hinaufzudrängen, in seinem Zimmer nur Seitentüren zu haben, die in fremde Wohnungen führen, sein Nachtmahl in einer Hand nach Hause zu tragen, fremde Kinder anstaunen zu müssen und nicht immerfort wiederholen zu dürfen: »Ich habe keine«, sich im Aussehn und Benehmen nach ein oder zwei Junggesellen der Jugenderinnerungen auszubilden.

So wird es sein, nur daß man auch in Wirklichkeit heute und später selbst dastehen wird, mit einem Körper und einem wirklichen Kopf, also auch einer Stirn, um mit der Hand an sie zu schlagen.

Joachim Ringelnatz
1883–1934

Ein Nagel saß in einem Stück Holz

Ein Nagel saß in einem Stück Holz.
Der war auf seine Gattin sehr stolz.
Die trug eine goldene Haube
Und war eine Messingschraube.
Sie war etwas locker und etwas verschraubt,
Sowohl in der Liebe, als auch überhaupt.
Sie liebte ein Häkchen und traf sich mit ihm
In einem Astloch. Sie wurden intim.
Kurz, eines Tages entfernten sie sich
Und ließen den armen Nagel im Stich.
Der arme Nagel bog sich vor Schmerz.
Noch niemals hatte sein eisernes Herz
So bittere Leiden gekostet.

Bald war er beinah verrostet.
Da aber kehrte sein früheres Glück,
Die alte Schraube, wieder zurück.
Sie glänzte übers ganze Gesicht.
Ja, alte Liebe, die rostet nicht!

Ansprache eines Fremden an eine Geschminkte vor dem Wilberforcemonument

Guten Abend, schöne Unbekannte! Es ist nachts halb zehn.
Würden Sie liebenswürdigerweise mit mir schlafen gehn?
Wer ich bin? – Sie meinen, wie ich heiße?

Liebes Kind, ich werde Sie belügen,
Denn ich schenke dir drei Pfund.
Denn ich küsse niemals auf den Mund.
Von uns beiden bin ich der Gescheite.
Doch du darfst mich um drei weitre
Pfund betrügen.

Glaube mir, liebes Kind:
Wenn man einmal in Sansibar
Und in Tirol und im Gefängnis und in Kalkutta war,
Dann merkt man erst, daß man nicht weiß, wie sonderbar
Die Menschen sind.

Deine Ehre, zum Beispiel, ist nicht dasselbe
Wie bei Peter dem Großen *L'honneur*. –
Übrigens war ich – (Schenk mir das gelbe
Band!) – in Altona an der Elbe
Schaufensterdekorateur. –

Hast du das Tuten gehört?
Das ist Wilson Line.

Wie? Ich sei angetrunken? O nein, nein! Nein!
Ich bin völlig besoffen und hundsgefährlich geistesgestört.
Aber sechs Pfund sind immer ein Risiko wert.
Wie du mißtrauisch neben mir gehst!

Wart nur, ich erzähle dir schnurrige Sachen.
Ich weiß: Du wirst lachen.
Ich weiß: daß sie dich auch traurig machen.
Obwohl du sie gar nicht verstehst.

Und auch ich –
Du wirst mir vertrauen, – später, in Hose und Hemd.
Mädchen wie du haben mir immer vertraut.

Ich bin etwas schief ins Leben gebaut.
Wo mir alles rätselvoll ist und fremd,
Da wohnt meine Mutter. – Quatsch! Ich bitte dich: Sei recht laut!

Ich bin eine alte Kommode.
Oft mit Tinte oder Rotwein begossen;
Manchmal mit Fußtritten geschlossen.
Der wird kichern, der nach meinem Tode
Mein Geheimfach entdeckt. –
Ach Kind, wenn du ahntest, wie Kunitzburger Eierkuchen schmeckt!

Das ist nun kein richtiger Scherz.
Ich bin auch nicht richtig froh.
Ich habe auch kein richtiges Herz.
Ich bin nur ein kleiner, unanständiger Schalk.
Mein richtiges Herz. Das ist anderwärts, irgendwo
Im Muschelkalk.

Ich habe dich so lieb

Ich habe dich so lieb!
Ich würde dir ohne Bedenken
Eine Kachel aus meinem Ofen
Schenken.

Ich habe dir nichts getan.
Nun ist mir traurig zu Mut.
An den Hängen der Eisenbahn
Leuchtet der Ginster so gut.

Vorbei – verjährt –
Doch nimmer vergessen.
Ich reise.
Alles, was lange wärt,
Ist leise.

Die Zeit entstellt
Alle Lebewesen.
Ein Hund bellt.
Er kann nicht lesen.
Er kann nicht schreiben.
Wir können nicht bleiben.

Ich lache.
Die Löcher sind die Hauptsache
An einem Sieb.

Ich habe dich so lieb.

Gedicht in Bi-Sprache

Ibich habbibebi dibich,
Lobittebi, sobi liebib.
Habist aubich dubi mibich
Liebib? Neibin, vebirgibib.

Nabih obidebir febirn,
Gobitt seibi dibir gubit.
Meibin Hebirz habit gebirn
Abin dibir gebirubiht.

Offener Antrag auf der Straße

Ich habe einen Frisiersalon.
Komm mit. Dort wollen wir knutschen.
Ich wollte, ich wäre ein Malzbonbon
Und du, du würdest mich lutschen.

Wir geben dem Lehrbub den Nachmittag frei
Und schreiben »Geschlossen bis sieben«.
Ich habe Rotwein im Laden und drei
Dicke Roßhaarsäcke zum Lieben.

Ich werde dich unentgeltlich frisiern
Und dir die Nägel beschneiden.
Du brauchst dich gar nicht vor mir geniern,
Denn ich mag dicke Fraun leiden.

Ich habe auch Schwarzbrot und Butter und Quark
Und außerdem einen großen – –
Donnerwetter sind deine Muskeln stark!
Du, zeig mal: was hast du für Hosen?

Wenn du dann fortgehst, bedanke dich nicht,
Sondern halt es mit meinem Freund Franke.
Der sagt immer, wenn man vom lieben Gott spricht:
»Wem's gut geht, der sagt nicht danke.«

Gnädige Frau, bitte trösten Sie mich

Gnädige Frau, bitte trösten Sie mich
Über mein inneres Grau.
Das ist kein Scharwenz um ein Liebedich. –
Gnädige Frau, seien Sie gnädige Frau.

Mein Herz ward arm, meine Nacht ist schwer,
Und ich kann den Weg nicht mehr finden. –
Was ich erbitte, bemüht Sie nicht mehr,
Als wenn Sie ein Sträußchen binden.

Es kann ein Streicheln von euch, ein Hauch
Tausend drohende Klingen verbiegen.

Gnädige Frau,
Euer Himmel ist blau!

Ich friere. Es ist so lange kein Rauch
Aus meinem Schornstein gestiegen.

Ina Seidel
1885–1974

Ehe

Oh, daß ich dich fand,
Einzig warm und fest,
Hand in meiner Hand,
Hand, die mich nicht läßt.

Meiner Sinne Sinn,
Meiner Augen Licht,
Wenn ich nächtig bin,
Wandelst du dich nicht.

Unsrer Sterne still
Ziehn wir morgenwärts,
Wie dein Blutstrom will,
Meines Herzens Herz.

Max Hermann-Neisse
1886–1941

Dein Glück nur ist mein ganzes Leben, Liebste!

Ich wünsche mir nur, dich immer glücklich zu wissen:
daß dir Trübsal und Reue für ewig erspart bleibt,
das Morgenrot deiner Wangen bewahrt bleibt
und der Glanz deiner Augen vor Finsternissen!

Daß dein Schlaf immer tröstet wie Träume von schönen
beseligten Stunden, die still und besternet sind,
daß immer, weil Fürchten und Feindschaft entfernt sind,
unsrer Betten Brücken von Tänzen tönen!

Daß alle rein zu dir reden und lieb an dich schreiben,
daß dein Gang durch den Garten ein holdes Geschenk wird,
daß die Welt nie zu weit dir, dein Haus nie zu eng wird,
denn nur wenn du glücklich bist, darf ich leben bleiben!

Hermann Broch
1886–1951

Ruzena (aus: Die Schlafwandler)

Ruzena war von der steifen Konvention entzückt, mit der Joachim sie im Restaurant behandelt hatte, und sie vergaß darüber sogar die Enttäuschung, daß er in Zivil gekommen war. Der Tag war regnerisch und kühl; dennoch hatte sie auf ihr Programm nicht verzichten wollen und so waren sie nach dem Mittagessen nach Charlottenburg und an die Havel gefahren. Schon in der Droschke hatte Ruzena Joachims Handschuh abgestreift, aber jetzt, da sie den Uferweg entlang gingen, hatte sie seinen Arm genommen und unter den ihren geschoben. Sie gingen langsam, schritten in einer Landschaft, die erwartungsvoll war vor Stille, und dennoch nichts anderes erwarten konnte als den Regen und den Abend. Der Himmel lag weich darüber, oftmals durch Regenstriche mit der Erde wie zu innigerer Einheit verbunden, und auch für sie, wandelnd in der Stille, war es so, als ob ihnen nichts zurückgeblieben wäre denn Erwartung, als wäre alles, was in ihnen lebendig gewesen, in ihre Finger geflossen, die ineinandergelegt und ineinandergefaltet ruhten wie die Blätter einer geschlossenen Knospe. Schulter an Schulter gelehnt, von weitem einem Dreieck gleichend, gingen sie den Uferweg, stumm, denn sie wußten beide nicht, was sie zueinandergeweht hatte. Doch unversehens, während sie gingen, hatte Ruzena sich über seine Hand gebeugt, die in der ihren gefesselt lag, und hatte sie geküßt, noch ehe er sie freimachen konnte. Er schaute in Augen, die voll Tränen standen, auf einen Mund, der zum Weinen schon zuckte, doch noch sagte: »Wie bist mir auf Stiegen entgegen, hab' ich gesagt, Ruzena, hab' ich gesagt, ist nicht für dich, ist nie für dich. Und jetzt bist da ...« Aber sie gab ihm die Lippen nicht zum erwarteten Kuß, sondern fiel, gierig fast, nochmals mit dem Gesicht auf seine Hand und als er es nicht dulden wollte, biß sie sich fest, nicht arg, sondern so vorsichtig und zart wie ein kleiner Hund, der spielt; dann das Mal befriedigend betrachtend, sagte sie: »Jetzt gehme weiter spazieren. Regen schadet nicht.« Sanft sank der Regen in den Fluß, rieselte leise in den Blättern der Weiden. Ein Kahn lag halb ertränkt im Uferwasser; unter einem kleinen Holzsteg mündete ein Rinnsaal mit rascherem Gefälle in das ruhige Gewässer des Flusses und Joachim fühlte auch sich fortgeschwemmt, als wäre das Sehnen, das ihn erfüllte, ein weiches, lindes Fließen seines Herzens, ein atmendes Gewässer, bangend danach, im Atem geliebten Mundes aufzugehen und zu vergehen wie in einem See unermeßlicher Stille. Es war, als taute der Sommer, so wurde das Wasser erst lind, rieselte es von den Blättern, Tautropfen die Gräser behangen. Ein sanfter Nebelschleier stand in der Ferne, und wandten sie sich um, so hatte er sich auch hinter ihnen geschlossen, so daß ihr Schreiten wie ein Ruhen war; setzte der Regen stärker ein, suchten sie Schutz bei den Bäumen, unter denen der Boden noch trocken lag, ein Flecken trockenen unerlösten Sommerstaubes, fast armselig in all der Gelöstheit ringsum; Ruzena zog die Nadeln aus dem Hut, nicht bloß weil der städtische Zwang sie störte, sondern auch um Joachim vor den scharfen Spitzen zu bewahren, nahm den Hut ab und lehnte sich mit dem Rücken an Joachim, als wäre er der schützende Baum. Ihren Kopf hatte sie zurückgebeugt, und senkte er sein Gesicht, so berührten seine Lippen ihre Stirn und die Locken, die schwarz sie rahmten. Er sah nicht die dünnen und ein wenig dummen Querfalten auf der Stirn, vielleicht weil er zu nahe war, um sie zu unterscheiden, vielleicht weil alles Schauen zu Fühlen aufgetaut war. Sie aber fühlte seine Arme um sie geschlungen, seine Hände in den ihren, fühlte sie sich wie im Geäst des Baumes, und sein Atem auf ihrer Stirn war wie das Rieseln des Regens in den Blättern; so unbewegt standen sie, und der graue Himmel wurde so eins mit der Wasserfläche, daß die Weiden der Insel drüben wie in einem grauen See schwebten, aufgehängt oben oder ruhend unten, man wußte es nicht. Doch dann betrachtete sie die nassen Ärmel ihrer Jacke und bedeutete leise, daß sie umkehren müßten. Nun schlug ihnen wohl die Nässe ins Gesicht, aber sie durften nicht eilen, denn es hätte den Zauber zerbrochen und sie wurden seiner erst wieder sicher, als sie in der kleinen Schenke Kaffee tranken. An den Scheiben der ländlichen Glasveranda rann der Regen nun immer dichter herab und von der Dachrinne plätscherte es dünn. Ging die Wirtin aus dem Raum, setzte Ruzena ihre Tasse hin, nahm ihm die seine aus der Hand und packte seinen Kopf, zog ihn herüber, ganz nahe zu ihren Augen, so nahe und doch immer noch kußlos, daß ihrer beider Blicke schmolzen und die Spannung schier unerträglich war in ihrer Süße. Als sie aber in der Droschke unter dem aufgestellten Dach mit der heruntergelassenen Regenklappe wie in einer dunklen Höhle saßen, leises, sanftes Trommeln der Tropfen auf dem gespannten Leder über sich, nichts sahen als den Pelerinenrand des Kutschers und von der Welt nicht mehr als die zwei grauen nassen Streifen des Fahrdammes in den Ausschnitten links und rechts und bald auch dies nicht mehr sahen, da beugten sich ihre Antlitze ineinander, mündeten und vergingen ineinander, ruhend und fließend wie der Fluß, verloren und uneinbringlich, immer wieder gefunden und im Zeitlosen untergetaucht. Es war ein Kuß, der eine Stunde und vierzehn Minuten währte. Dann hielt der Wagen vor Ruzenas Haus. Doch als er mit ihr eintreten wollte, schüttelte sie den Kopf und er wandte sich zum Gehen: aber der Schmerz dieses Abschiedes war so groß, daß schon nach wenigen Schritten er umkehrte und die Hand ergriff, die unbewegt sehnend noch ausgestreckt war, gezogen vor der eigenen Bangigkeit und hingezogen von der ihren, wie im Traume schon beide, schlafwandelnd sie hinaufstiegen, die dunkle Treppe, die unter den Füßen knarrte, dunklen Vorraum durchquerten und in dem Zimmer, das im Schatten früher Regendämmerung lag, hinsanken auf den rauhen Teppich, der das Bett dunkel bedeckte, den Kuß wieder suchten, aus dem sie gerissen worden waren, ihre Gesichter feucht von Regen oder von Tränen, sie wußten es nicht. Ruzena aber machte sich frei, führte seine

Hand zu den Haften, die ihre Taille am Rücken verschlossen und ihre singende Stimme war dunkel: »Mach auf das«, flüsterte Ruzena, riß zugleich an seiner Krawatte und den Knöpfen seiner Weste. Und wie in plötzlich jäher Demut, sei es vor ihm, sei es in Dankbarkeit vor Gott, fiel sie auf die Knie, den Kopf an der Bettkante, riß die Knöpfe seiner Schuhe auf. Oh, wie war dies fürchterlich, warum nicht hinsinken, unerinnert an die Futterale, in denen sie steckten, und doch, wie war er ihr dankbar, daß rührend sie es erleichterte: oh, Erlösung ihr Lächeln, mit dem sie das Bett aufschlug, in das sie stürzten. Noch störte das scharfkantige gestärkte Plastron des Hemdes, das ins Kinn sie stach, und es öffnend und das Gesicht zwischen die scharfen Kanten zwängend, befahl sie: »Gib weg das«, und nun war Gelöstheit und Fühlen, Weichheit des Körpers, Atem, Ersticken in Verströmtheit des Gefühls, Entzücken, was aus der Bangigkeit aufsteigt. Oh, Bangigkeit des Lebens, die aus dem lebendigen Fleisch strömt, mit dem die Knochen überlagert sind, Weichheit der Haut, die darüber gebreitet und gespannt ist, furchtbare Mahnung des Knochengerüstes, des vielrippigen Brustkorbes, den du umfassen kannst und der atmend sich an dich drängt mit dem Herzen, das an dem deinen pocht. Oh, süßer Geruch der Haut, feuchter Duft, weiche Rinne unter den Brüsten, Dunkel der Achselhöhle. Aber noch war Joachim zu verwirrt, waren sie beide zu verwirrt, um das Entzücken zu wissen, wußten bloß, daß sie beisammen waren und sich doch suchen mußten. Im Dunkel sah er Ruzenas Gesicht, doch wie dahingleitend war es, gleitend zwischen den dunkleren Ufergebüschen der Locken, und seine Hand mußte es suchen, sich vergewissern, daß es da sei, fand die Stirn und die Lider, unter denen hart der Augapfel ruht, fand die beglückende Rundung der Wange und die Linie des Mundes zum Kusse geöffnet. Welle des Sehnens schlug gegen Welle, hingezogen von der Strömung fand sein Kuß den ihren, und während die Weiden des Flusses emporwuchsen und von Ufer zu Ufer sich spannten, sie umschlossen wie eine selige Höhle, in deren befriedeter Ruhe die Stille des ewigen Sees ruhte, war es, so leise er es sagte, erstickt und nicht mehr atmend, bloß ihren Atem noch suchend, war es wie ein Schrei, den sie vernahm: »Ich liebe dich«, sie aufschloß, so daß wie eine Muschel im See sie sich aufschloß und er in ihr ertrinkend versank.

Gottfried Benn
1886–1956

Dir auch –:

Dir auch –: tauschen die Nächte
dich in ein dunkleres Du,
Psyche, strömende Rechte
schluchzend dem andern zu,
ist es auch ungeheuer
und du littest genug:
Liebe ist Wein ins Feuer
aus dem Opferkrug.

Selbst du beugst dich und jeder
meint, hier sei es vollbracht,
ach, in Schattengeäder
flieht auch deine, die Nacht,
wohl den Lippen, den Händen
glühst du das reinste Licht,
doch die Träume vollenden
können wir nicht.

Nur die Stunden, die Nächte,
wo dein Atem erwacht,
Psyche, strömende Rechte,
tiefe rauschende Nacht,
ach, es ist ungeheuer,
ach, es ist nie genug
von deinem Wein im Feuer
aus dem Opferkrug.

Kurt Schwitters
1887–1948

An Anna Blume

Oh Du, Geliebte meiner 27 Sinne, ich liebe Dir!
Du, Deiner, Dich Dir, ich Dir, Du mir, – – – – wir?
Das gehört beiläufig nicht hierher!

Wer bist Du, ungezähltes Frauenzimmer, Du bist, bist Du?
Die Leute sagen, Du wärest.
Laß sie sagen, sie wissen nicht, wie der Kirchturm steht.

Du trägst den Hut auf Deinen Füßen und wanderst auf die Hände,
Auf den Händen wanderst Du.

Halloh, Deine roten Kleider, in weiße Falten zersägt,
Rot liebe ich Anna Blume, rot liebe ich Dir.
Du, Deiner, Dich Dir, ich Dir, Du mir, – – – – – wir?
Das gehört beiläufig in die kalte Glut!
Anna Blume, rote Anna Blume, wie sagen die Leute?

Preisfrage:

1.) Anna Blume hat einen Vogel,
2.) Anna Blume ist rot.
3.) Welche Farbe hat der Vogel.

Blau ist die Farbe Deines gelben Haares,
Rot ist die Farbe Deines grünen Vogels.
Du schlichtes Mädchen im Alltagskleid,
Du liebes grünes Tier, ich liebe Dir!
Du, Deiner, Dich Dir, ich Dir, Du mir, – – – – wir!
Das gehört beiläufig in die – – – Glutenkiste.

Anna Blume, Anna, A – – – – N – – – – N – – – – A!
Ich träufle Deinen Namen.
Dein Name tropft wie weiches Rindertalg.
Weißt Du es Anna, weißt Du es schon,
Man kann Dich auch von hinten lesen.
Und Du, Du Herrlichste von allen,
Du bist von hinten, wie von vorne:
A – – – – – – N – – – – – – N – – – – – – A
Rindertalg träufelt STREICHELN über meinen Rücken.
Anna Blume,
Du tropfes Tier,
Ich – – – – – – – liebe – – – – – – – Dir!

Schnuppe

Meine süße Puppe,
Mir ist alles schnuppe,
Wenn ich meine Schnauze
Auf die Deine bautze.

Du, unbekannte Frau

Du,
Unbekannte Frau,
Dich liebe ich.
Ich hab' Dich nie gesehn
Und kenne Dich.
Ich liebe Dich,
Denn Du bist die,
Die mich versteht,
Die alles mir verzeiht.
Die alles, was ich tu und was ich denke
Mit Liebe füllt
Und Glück.
Du, unbekannte Frau, Dir gelten meine Träume, meine Sehnsucht.
Und wenn ich einst Dich finde,
Dann,
Ja dann??
Die Welt ist groß und tief.
Dir gelten meine Träume,
Dir,
Nur Dir!

Kurt Tucholsky
1890–1935

Mikrokosmos

Daß man nicht alle haben kann –!
Wie gerne möcht ich Ernestinen
als Schemel ihrer Lüste dienen!
Und warum macht mir Magdalene,
wenn ich sie frage, eine Szene?
Von jener Lotte ganz zu schweigen –
ich tät mich ihr als Halbgott zeigen.
Doch bin ich schließlich 1 Stück Mann ...
Daß man nicht alle haben kann –!

Gewiß: das Spiel ist etwas alt.
Ich weiß, daß zwischen Spree und Elbe
das Dramolet ja stets dasselbe,
doch denk ich alle, alle Male:
entfern ich diesmal nur die Schale –
was wird sich deinen Blicken zeigen?
Was ist, wenn diese Lippen schweigen?
Nur diesmal greifts mich mit Gewalt …
(Gewiß: das Spiel ist etwas alt.)

Daß man nicht alle haben kann –!
Das läßt sich zeitlich auch nicht machen …
Ich weiß, jetzt wirst du wieder lachen!
Ich komm doch stets nach den Exzessen
zu dir und kann dich nicht vergessen.
So gib mir denn nach langem Wandern
die Summe aller jener andern.
Sei du die Welt für einen Mann …
weil er nicht alle haben kann.

Das Liebesgespenst

Das Liebesgespenst übt sein Gewerbe im Umherziehen aus. Es hat stets alte Fotografien bei sich und kann ein schönes Lied singen: »Ja – hättest du damals!« Dann werden Liebende leicht nachdenklich. Das Liebesgespenst hat kein Geschlecht, bewegt sich in Frauenröcken wie in Herrenfräcken und wirft auf weiße Vorhänge mit einer kleinen Laterna magica bunte Bilder: Sieh, wie hübsch Arthur ist! Was hältst du von Helene –? Das Liebesgespenst hat ein Salzbüchschen, damit streut es den Liebenden Salz ins Herz. Es verändert Frisuren, läßt Bartstoppeln wachsen, verdirbt manchmal mit einer künstlich erzeugten Sommersprosse ganze Ehen und ist an sämtlichen Überraschungen (»Himmel, mein Mann!«) schuld. Das Liebesgespenst gespenstert durch Bälle, auf Tanzdielen, durch Schlafzimmer und Salons – es macht Männer zur Unzeit korpulent und Frauen unvorteilhaft dünn. Es hat noch nie Liebende zueinander und zusammengebracht – es ist ein Gegner der Liebe. Manchmal bringt es aber doch ein Paar zusammen – das ist dann aber auch danach. Liebesgespenster sind Optiker – sie setzen den in Mitleidenschaft gezogenen Parteien Brillen auf, schwarze, rosenrote, gebatikte …

Das Liebesgespenst kommt in allen Weltteilen wild vor.

Das Liebesgespenst gaukelt dem Verliebten das Mädchen vor, betörend. Hat er sie, dreht es eine Lampe auf – entzaubert, enttäuscht, melancholisch sieht der Düpierte, was er sich da eingekauft hat. Dann geht ein trocknes Rascheln durchs Zimmer. Das Gespenst hat gelacht. »Was war das?« haucht die verliebte Braut. »Nichts – meine Hosenträger!« sagt der Bräutigam.

Der andre Mann

Du lernst ihn in einer Gesellschaft kennen.
Er plaudert. Er ist zu dir nett.
Er kann dir alle Tenniscracks nennen.
Er sieht gut aus. Ohne Fett.
  Er tanzt ausgezeichnet. Du siehst ihn dir an …
  Dann tritt zu euch beiden dein Mann.

Und du vergleichst sie in deinem Gemüte.
Dein Mann kommt nicht gut dabei weg.
Wie er schon dasteht – du liebe Güte!
Und hinten am Hals der Speck!
  Und du denkst bei dir so: »Eigentlich …
  Der da wäre ein Mann für mich!«

Ach, gnädige Frau! Hör auf einen wahren
und guten alten Papa!
Hättest du den Neuen: in ein, zwei Jahren
ständest du ebenso da!
  Dann kennst du seine Nuancen beim Kosen;
  dann kennst du ihn in Unterhosen;
  dann wird er satt in deinem Besitze;
  dann kennst du alle seine Witze.
  Dann siehst du ihn in Freude und Zorn,
  von oben und unten, von hinten und vorn …
Glaub mir: wenn man uns näher kennt,
gibt sich das mit dem happy end.
Wir sind manchmal reizend, auf einer Feier …
und den Rest des Tages ganz wie Herr Meyer.
Beurteil uns nie nach den besten Stunden.

Und hast du einen Kerl gefunden,
mit dem man einigermaßen auskommen kann:
  dann bleib bei dem eigenen Mann!

Klabund
1890–1928

Noch spüre ich den Ruch

Noch spüre ich den Ruch
Von deinem Schoß
An meinen Fingerspitzen.
Noch schwebe ich,
Ein seliges Schiff,
Auf blondem Flusse
Ganz bekränzt.
Um meine Stirne
Schwirren Bienen bunt.
Die Blüte rauscht:
Lupinen! Fernes Feld!
Weit offen
Steht das Tor der nächsten Nacht.
Mein Herz:
Ja, tausendfach erglüht im Dunkeln
Herz neben Herz im milden Morgenwind.

Kein Brief heute morgen

Kein Brief heute morgen.
Alle Postboten
Sind erfroren.
In den Lawinen
Stecken die Züge.
Alle Briefkästen in Basel
Barsten.
Die Briefe, die an mich bestimmt,
Flatterten,
Weiße Möwen,
Über den Rhein.
Eine, hoch schon am Himmel,
Schreit.
Irene!

Ich lieb ein Mädchen, welches Margot heißt

Ich lieb ein Mädchen, welches Margot heißt,
Sie hat zwei Brüste wie zwei Mandarinen.
Wenn wir der holden Göttin Venus dienen,
Wie gern mein Mund in diese Früchte beißt.

Ich lieb ein Mädchen, welches Margot heißt.
Doch wer sie liebt, muß sie zu zuweilen prügeln.
Es läßt sich leicht nicht ihre Wildheit zügeln,
Wenn man sie tändelnd nur als Eva preist.

Ich lieb ein Mädchen, welches Margot heißt,
Bewandert in den Liebesdialekten,
Die schon die alten Phrygier entdeckten,
(Gebenedeit sei ihr antiker Geist!)

Ich lieb ein Mädchen, welches Margot heißt,
Sie wohnt in einem schmutzigen Bordelle,
Man zieht an einer rostigen Klingelschelle,
Worauf Madam den Gast willkommen heißt.

Ich lieb ein Mädchen, welches Margot heißt.
Ich liebe diese ganz allein, nur diese.
Der Louis fand die passende Louise –
Bis man die Scherben auf den Müllplatz schmeißt …

Der Dichter an die Geliebte

Bei der heiligen Schildkröte will ich dir schwören –
Nein,
Bei heiligerem:
Bei deiner blassen Stirn, bei deinem hellen Haar –
Daß ich dich nicht verlassen werde:
In diesem und in dem zweiten und in dem dritten Leben nicht.
Denn du bist alles,
Die drei und die eins,
Die Orchidee und der silberne Maimorgen und der tönende Gesang des Regens im Herbstlaub.

Franz Werfel
1890–1945

Par l'amour

Bertrand, ein Junggeselle, fuhr jeden Morgen zwischen zehn und elf von der verträumten Station Le Vesinet mit dem Vorortszug zum Bahnhof St. Lazare. Er fuhr in ›sein‹ Ministerium, wo er wie so mancher seiner literarischen Kollegen eine Sinekure innehatte; ein erstaunliches Fremdwort übrigens, dieses Ohnesorg, das aus dem Sprachschatz des glücklichen Frankreich noch immer nicht geschwunden ist. Bertrand pflegte sich während der täglichen Fahrzeiten gewöhnlich in seine Zeitung zu vertiefen, wobei ›vertiefen‹ einen übertriebenen Ausdruck für oberflächlich schläfriges Zeilenschlucken und Sogleich-Vergessen bedeutet. Der Junggeselle nämlich gehörte zu jenen Auserwählten und Unverwundbaren, denen die Zeit und die Zeitung nicht weh tun konnten, es sei denn durch allfällig unfreundliche Anmerkungen über eines seiner Geistesprodukte.

Auch heute, an einem blendenden Maitag, oberflächlich in die Zeitung vertieft, nahm Bertrand seine Umgebung ebensowenig zur Kenntnis wie sonst. So geschah es, daß er lange Zeit die herzbewegende Erscheinung gar nicht bemerkte, die auf einer der flüchtigen Haltestellen eingestiegen war und ihm gegenüber Platz genommen hatte. Als seine Augen dann plötzlich diese Erscheinung umfaßten, tat ihnen sogleich das Blick-Versäumnis der wenigen Minuten bitter leid. Es war eine junge Frau, nein, ein Mädchen, dem Anschein nach äußerst jung. Die überzarte Gestalt in eine Art Trauer oder Halbtrauer gekleidet, stach gegen die übrige leicht geschürzte Weiblichkeit ringsum ab, deren sommerlich nackte Arme und Waden das starke Tageslicht in dem Eisenbahnwagen durch ihr fröhliches Fleischeslicht zu vervielfältigen schienen. Betrands Gegenüber saß ganz regungslos da, von seiner Umgebung nicht nur durch das bißchen Zwischenraum getrennt, sondern durch ganz Zeitläufte, als der holde Revenant, als das reizende Gespenst irgendeines vergangenen Jahrzehnts, von den schwarzen Lackschuhen unten bis zum punktierten Hutschleier oben. Das Ensemble erweckte jedoch den Eindruck eines besonderen modischen Raffinements. Dieses wundersame Mädchenbild hielt den Kopf gesenkt. Bertrand konnte nichts vom Gesicht sehen. Der punktierte Hutschleier, der die geahnte Helligkeit des Antlitzes umkränzte, zitterte in der Vibration der Fahrt. Hie und da verriet er eine Locke braunen Haares. Die Schöne hielt den Kopf deshalb tief gesenkt, weil sie las und vermutlich ein wenig kurzsichtig war. Was sie las, schien in merkwürdiger Weise ihrem Kleid und Wesen angepaßt zu sein. Es war ein Romanheft, Großquart, doppelspaltig gedruckt. Bertrand wunderte sich darüber, daß dergleichen vergilbtes Lesefutter mit blaß bewegten Illustrationen mitten im Text noch immer verkauft werde, nicht anders wie in seiner Jugendzeit. Er bemühte sich, den Titel der Geschichte zu entziffern, die das Mädchen gegenüber so völlig unbefangen hielt, daß es wie in einer Wolke von selbiger Abwesenheit anwesend war. Doch es gelang ihm erst, als die Lesende, die letzten Zeilen der Spalte genießend, mit ihren matt leuchtenden Fingern im schwarzen Netzhandschuh das Blatt zögernd umwandte, als könne sie sich wie von dem gelesenen Leben nicht trennen.

Wie ein lichter Widerschein spiegelten sich die emsigen Zeilen des wahrscheinlich recht trüben ›Par l'amour‹ auf dem unsichtbaren Gesicht des Mädchens. Bertrand fühlte diesen Widerschein. Es war, als ob die verschiedenen Schatten-Grade eines bilderraschen Films über eine verborgene Leinwand liefen und man gewahre nichts andres als das Heller- und Dunklerwerden zwischen Reflektor und Bild: Vereinigungen und Abschiede, Küsse und Schüsse, Fluchten und Rettungen, und all das durch den gierigen Zeitraffer des lesenden Auges wunderbar beschleunigt. Ohne es zu sehen, sah Bertrand dieses ungeduldige Auge, wie es atemlos die Zeilen entlangwanderte, so innig, ja so inbrünstig, daß der ausgelesene, der abgeerntete Teil der Seite hinterher grau wurde und zu erlöschen schien. Mehr als die zeitfremde Schönheit, als die unbewußte Anmut der Erscheinung entzückte ihn dieses ganz und gar verlorene Lesen, diese bedingungslos saugende Kraft der Hingabe an ein Phantasiewerk in antiquiertem Format, von dem er selbst gewiß nicht zwanzig Zeilen würde herabwürgen können. Doch, was auch immer ›Par l'amour‹ erzählen mochte, erst heute, erst angesichts des Mädchens mit dem Romanheft, hatte Bertrand das leibhaftige Wunder des Lesens kennengelernt.

Der Junggeselle war vor wenigen Tagen vierundvierzig Jahre alt geworden. Mehr denn je den Abenteuern des Auges verfallen und nicht nur denen des Auges, hatte sich in letzter Zeit eine neue schwermütige Ungeduld in sein Herz eingeschlichen. Wie lange noch wird der kleine Tod, der Tod im Tode auf sich warten lassen? Dieser ›kleine Tod‹ – ein halbwüchsiger aber echtbürtiger Verwandter des großen Todes – das war für Bertrand der gefürchtete Augenblick, in welchem das Gegen-Lächeln der Frau aufhören und ihr Auge ihn keiner Antwort mehr würdig finden würde. Beim Anblick der leidenschaftlich Lesenden bedrängte ihn aber nicht diese neue Unsicherheit des Endes, sondern die alte Unsicherheit des Anfangs, die fiebrische Scheu des Knaben, die er doch schon in undenklicher Vergangenheit verloren zu haben glaubte. Unterm Anhauch dieses errötenden Gefühls kannte er sich selbst nicht mehr. Verlegen drückte er seinen Körper, der ihm plötzlich unbequem war, in die Ecke, um der unberührten Erscheinung nicht zu nah zu kommen. Sein ängstlich stockender Blick streichelte den punktierten Hutschleier, die geahnte Helligkeit des Gesichts, den langen untadligen Hals, dessen gelbliches Elfenbein in den gleichfarbigen Spitzenkragen verfloß, die kindhafte Wölbung der Brüste unter dem glänzenden Seidenschwarz; er tastete sich weiter bis zu den matt leuchtenden Händen in Netzhandschuhen, die den Roman ›Par l'amour‹ festhielten, und er gab seine Pilgerfahrt nicht auf, bevor er die feinen Füße in Trauerstrümpfen aus halbgeschlossenen Lidern geliebkost hatte, blinzelnd, als tue er etwas Unerlaubtes.

Bertrand besaß keine Einbildungskraft, die sonst leicht in Gang zu bringen war. An seinen Büchern arbeitete er sehr schwer. Man wußte, daß er weit eher ein skrupelhafter Meister der Konstruktion war als ein gesegneter Jünger der Eingebung und Phantasie. Ein bohrender Trieb zur Rechenschaft stellte sich ihm wieder in den Weg. Jetzt aber, während der Zug über die boots- und wimpelbunte Seine rauschte und das leise Parfüm seines Gegenübers ihn wie ein verstohlener, aber unabweisbarer Bote anrührte, verließ, anrührte – jetzt überfiel Träumerei ohne Rechenschaft diesen kritischen Geist. Konnte das Mädchen da, das er noch vor fünf Minuten nicht gesehen hatte, diese zeitfremde Lieblichkeit inmitten offen dargebotenen Weiberfleisches, diese in einen altertümlichen Roman Verlorene und Eingepuppte, konnte sie nicht die große Wunder-Chance sein, vom Schicksal im letzten Augenblick ihm zugesprochen, im Frühling vierundvierzig seines sich neigenden Lebens?

Überflüssige Frage. Sie ist die Chance. Seit gestern sind sie verheiratet und nun auf der Reise in ihre ersten Ferien. Er wundert sich nicht besonders, daß zwischen Jetzt und Jetzt das Jahr seiner Werbung liegt, so inständig, so heiß, wie er sichs selbst nie zugetraut hätte. Sie liest leidenschaftlich wie sie damals gelesen hatte, als sie einander im Zug nach St. Lazare begegneten. Liest sie vielleicht jetzt eines seiner Bücher? Nein, nein! Sie soll durch keinen seiner gebosselten Sätze verwirrt werden. Hingegen hat er einen ganzen Nachmittag damit verbracht, auf dem rechten Seine-Ufer einen großen Stoß von mumifizierten Romanheften aufzutreiben, die den Vorzug haben, ›Par l'amour‹ zu gleichen. Und nun ist sie wieder verloren und verpuppt – zum Glück nicht in seine mühselig um die Wahrheit kämpfenden Stilkünste, sondern in diese spannend sentimentale Liebesgeschichte, die ihr unsichtbares Antlitz noch immer wie mit einer fernen Glut anhaucht. Bertrand erwägt ernsthaft, ob er das in sich überwinden könnte, was man ›literarisches Niveau‹ nennt, dieses sonderbare Geflecht aus Hochmut, Ehrfurcht, Snobismus, Wahrheitsdrang, Wirklichkeitsscheu und Resignation. Freilich, zu solcher kühnen Hoffnung versteigt er sich nicht, für seine Frau jemals ein ›Par l'amour‹ schreiben zu können. Doch vielleicht werden sie einander auf halbem Wege entgegenkommen dürfen, er, als Schreibender, und sie, als Lesende. Bertrand rührt sich nicht, schließt die Augen. Er ist entschlossen, sein junges Weib nicht zu stören, und sollte es bis zum Ziel der Fahrt vom Hefte nicht aufschauen. Ist es nicht mehr als genug, dem späten Wunder so nahe zu sein, dieser unglaubhaften Erfüllung eines zerfahrenen und vergeudeten Junggesellenlebens? Er wird diesmal das eigenlebendige Bild der Frau vor sich selbst verteidigen, vor seiner männlichen Rücksichtslosigkeit, Gier, Sättigung und Fluchtbereitschaft. Demütig wird er mit geschlossenen Augen und mit geschlossenem Egoismus das Gottesgeschenk ihrer Existenz genießen, das mit ihm verbunden ist in seltsam luftiger Weise und doch ganz und gar. Deshalb hat er sie ja in edelster Selbstüberwindung bis zu dieser Stunde noch nicht berührt, nicht einmal mit dem Ferngefühl der Spitze seines Mittelfingers. Deshalb winkt er unausgesetzt begütigend seinen aufgeputschten Sinnen ab, die hinter den Gitterstäben seiner selbst meutern. Die Lesende soll nicht vorzeitig seine Geliebte sein, nicht einmal in der Vergewaltigung durch den Gedanken. Im Frühjahr vierundvierzig hat man es endlich, es war auch höchste Zeit, zur Meisterschaft der Liebes-Geduld gebracht. Man hat sich ohne einen Schatten von Ironie oder Kritik dem Sippengesetz einer Familie unterworfen, deren labyrinthische Strengbürgerlichkeit in unserm Zeitalter stehn geblieben ist wie das kühle, ein wenig schon verschollene Haus, in dem sie wohnt. Statt des verstorbenen Vaters nimmt dessen vergrößerte Photographie den leeren Ehrenplatz an der Familientafel ein. Die Argusaugen von zwanzig Onkeln und Tanten haben Bertrand aufs Korn genommen und allerlei Hausgeistern hat er Prüfungsfragen aus dem vorigen Jahrhundert beantworten müssen, ehe man die Braut mit ihm ziehen ließ. Zuletzt wurde noch ein Hundertjähriger hereingeschoben, der älteste des Geschlechts, der das Ehrenbändchen an seinem Krankenhemde trug. Er gab unter vielen Vorbehalten seinen miselsüchtigen Segen, der eher wie eine Verstoßungsformel klang.

Bertrand denkt sich dies alles nicht aus. Die Kraft seiner durch die dichte Nähe der Lesenden aufgewirbelten Träumerei ist so neuartig, so tief, daß keine richtigen Bilder seinen Geist durchziehen – das wäre nichts Besonderes –, vielmehr die beinahe schon bildlose Erinnerung an Bilder, an durchlebte Szenen, überwundene Schwierigkeiten, an lange Spaziergänge, Gespräche, Bekenntnisse – der füllige, duftende Nachklang dessen, was sich niemals begeben hat, nicht einmal im Traum des Träumers. Es ist ungefähr ähnlich als wenn einen alten Bergsteiger bei bloßer Nennung eines Gipfelnamens die atemlose Erschöpfung des vollendeten Aufstiegs befiele.

Wahrhaftig, Bertrand spürte Herzklopfen. Der rebellierende Liebeswunsch in ihm hatte sich der Lesenden schon so tief eingelassen, daß er erschrak. Es wäre geradezu schmachvoll gewesen, so zu tun, als habe sich nichts ereignet. Schon bestand eine heimliche Pflicht, die ihn mit der ahnungslosen Geliebten verband. Die große letzte Chance: War nicht die überraschende Heftigkeit seines Gefühls der Ruf des Schicksals selbst? Er durfte sich beim Aussteigen nicht einfach wegstehlen wie ein banaler Liebesschwindler und die große letzte Chance seines Lebens verpassen.

Bertrand begann zu erwägen, wie er am feinsten und natürlichsten sich dem Mädchen nähern könnte. Ein Schweißtropfen trat auf seine Stirn. Trotz seines abenteuerlichen Lebens kostete es ihm schwere Selbstüberwindung, eine Frau anzusprechen. Er drehte den Kopf von der noch immer inbrünstig Lesenden zum Fenster ab. An einer trostlosen Mauer lief in großen schwarzen Lettern die Aufschrift: ›7 km bis zum Bahnhof St. Lazare‹. Noch zehn Minuten. Ein Wort vielleicht über ›Par l'amour‹, ein lächelndes Wort über dieses Zauberwerk, welches so herrlich zu bannen versteht, daß man nichts hört und sieht und fühlt, auch nicht die Blicke der Bewunderung. Das mit den ›Blicken der Bewunderung‹ unterbleibt besser, beschloß das literarische Niveau in Bertrand, das sich nicht geschlagen gab. Seltsam gequält starrte er auf die verrauchten Feuermauern der Häuser, auf die häßliche Hinterseite von Paris. Plötzlich fiel ihm ein: Ich habe ihr Gesicht noch gar nicht gesehen. Und er wunderte sich sehr darüber, daß er dieses Gesicht, daß er noch nicht gesehen hatte, schon so lange in sich trug und hegte und liebte.

Langsam wandte Bertrand seinen Blick. Die Lesende hatte zu lesen aufgehört. Das Heft mit ›Par l'amour‹ lag verbraucht, ausgesogen, erschlafft in ihrem Schoß. Das Gesicht, das er noch nicht gesehen hatte, sah ihn an, sehr aufmerksam, sehr offen. Es war ein junges Gesicht, wenn auch nicht achtzehnjährig, wie er geträumt hatte, so doch auch nicht mehr als fünfundzwanzig Jahre alt. Es war ein recht schönes Gesicht, wenn auch nicht die Schönheit, die Bertrand in seinem Gemüt gehegt hatte, ohne an ihr zu zweifeln. Und doch, seine Hände waren kalt von schwer beschreiblicher Ernüchterung. Wäre dieses Gesicht durch ein Feuermal entstellt gewesen, oder häßlich, oder auch nur mittelmäßig hübsch, der Junggeselle hätte die süße Liebesphantasie dieses Maitages zwischen Le Vesinet und Saint Lazare sofort vergessen und sich wieder oberflächlich in die Zeitung vertieft. Wäre dieses Gesicht dirnenhaft gewesen, der Junggeselle hätte, durch den nicht gerade originellen Widerspruch zwischen Lastermund und Trauerkleidung aufgereizt, ein praktisches Abenteuer in die Wege geleitet. Dieses Gesicht war aber weder mittelmäßig hübsch, noch auch lasterhaft. Es wurde von sehr dunklen, leuchtenden Augen beherrscht. Die Augen in diesem jungen Gesicht aber, so sehr sie auch leuchteten, waren böse und alt. Und sie waren (warum?) strafend auf Bertrand gerichtet. Er hielt ihren Blick aus, obgleich furchtsames Unbehagen ihn erfüllte. Schnellten die Augen dieser Frau das endgültige Urteil gegen ihn ab? War er anstatt der späten Chance seines Lebens dem ›kleinen Tode‹ in dieser tückisch Lesenden unversehens begegnet, ja, wirklich unversehens? Nein, eine andre Feindschaft traf ihn aus diesen dunklen Augen, die ätzten und stachen. In seiner Träumerei hatte er eines hellsüchtig herausgefühlt: den Widerwillen der Sippe, die sich in dem Mädchen verkörperte, gegen seinesgleichen. Bourgeoise Wespennatur, dachte er, voll berechnender Gewöhnlichkeit und gekränkter Selbstverkapselung. Selbst die ätherische Gestalt, vor zwei Sekunden herzbewegend, nahm plötzlich eine andere Bedeutung an. Sie war durchsichtig und feingliedrig, doch so wie Insekten es sind. Und diese Blicke waren wahrhaftig Insektenstiche mit Widerhaken. Das ganze Gift, das sie aus der sentimentalen Süßigkeit von ›Par l'amour‹ gesogen hatten, spritzten sie nun gegen ihn, den Gegner erkennend. Sie verteidigten ›Par l'amour‹ gegen seinen Hochmut. Zwischen ihm und ›Par l'amour‹ war beim besten Willen kein Bund zu flechten. Der unbegreifliche Haß einer trauerbekleideten Abgeschlossenheit ballte sich in diesen unnachgiebigen Blicken zusammen, ein Haß, an dem die vielen Toten des Clans beteiligt waren, für die man jahraus, jahrein in Schwarz ging. Die strafenden Augen wandten sich von Bertrand nicht ab. Er hätte sich geschämt, ihnen zu weichen, und so hielt er mit einem mageren und hilflosen Lächeln stand. Es war eine vollkommene Niederlage. Ohne Zweifel hatte sich Bertrands zarte Liebes- und Ehephantasie in der Seele der Lesenden abgespiegelt und ihren höhnischen Widerstand hervorgerufen. Denn nicht nur in, sondern auch zwischen den Menschen geht zehntausendmal mehr vor als sie erahnen dürfen. Die großen dunklen Augen schonten den Durchschauten noch immer nicht. Sie erhoben die Anklage als alte Bekannte, vor denen kein dunkler Winkel sicher ist. Sie nahmen nicht nur Rache an Bertrands eigensüchtiger Träumerei, sie gaben ihm plötzlich die ganze Zweifelhaftigkeit seiner Natur schmerzlich zu spüren.

Als einige Minuten später die liebliche Gestalt in gemilderter Trauer mitten im Gedränge des Bahnhofs Saint Lazare verschwunden war, dachte Bertrand: Ich habe mich verliebt, habe geheiratet, habe eine Ehe geführt und schließlich einen langwierigen Scheidungsprozeß verloren. Und während er die Treppe zur Metro hinabstieg, nahm es ihn wunder, daß er sich ausgesprochen erleichtert fühlte.

Georg Britting
1891–1964

Die schöne Handschuhverkäuferin

Die Frau, von der hier die Rede sein wird, die Frau, deren Augen kastanienrund waren, ein wenig tiefliegend und braun, braun wie ihr Haar, wie ihr dickes und üppiges und langes Haar, diese Frau trug den Namen Lina Esprester und war dreiundzwanzig Jahre alt, als sie zu dem Herrn des Hauses ging, zu dem Herrn des versteckten Hauses unten am Strom, und ihm ihre Dienste anbot. Ohne Befangenheit, und selber erstaunt, daß sie nicht befangen war, löste sie die Haken ihres Kleides, stand wie Eva einst da und sah ihr Bild in vielen Spiegeln, in trüben und glänzenden und goldgerahmten Spiegeln aufgefangen. Weil sie gefiel, und sie gefiel genügend und mehr als genügend, wurde sie in die Schar der Mädchen aufgenommen.

Die Tage, die vielen, vielen Tage, die nun kamen, verschlief sie, erhob sich erst am späten Nachmittag, und im Zimmer mit den roten Plüschmöbeln verbrachte sie die Abende. Das goldfarbene Kleid ließ ihre wirklich schön geformten Schultern frei, und wenn sie sich mit den schmalen Händen das hochgesteckte Haar zurechtschob, denn die Frauen jener Tage trugen das Haar noch nicht wie Knaben kurz geschnitten, flammte verführerisch der Flaum ihrer Achselhöhlen.

Mit Alma und den anderen Mädchen kam sie gut aus. Wenn es Sekt gab, trank sie mäßig und sparte mit den Zigaretten. Mit kleiner Stimme sang sie Lieder zur Laute, schlichte und ein wenig rührselige Lieder, aber auch freche sang sie, sogar abscheuliche, wenn man es verlangte. Die schlimmen Worte sprangen von ihren Lippen, und sie lächelte kindlich.

Wenn ein Gast mir ihr nach oben zu gehen wünschte, schritt sie rasch voran. Der erste Kunde, mit dem sie den Gang antrat, war ein ruhiger Herr mit grauen Schläfenhaaren, der nicht sehr erstaunt war, als sie zwar seinen Zwanzigmarkschein mit gelassener Hand in ihr schwarzes Ledertäschchen senkte, aber ihn dann mit leiser Stimme bat, nichts zu fordern, was ihre Ehre verletzen würde. Er blieb eine halbe Stunde bei ihr, plauderte von diesem und jenem und ging wieder voll Freundlichkeit.

Der Arbeiter dann, dessen zerknitterter Schein in ihr Täschchen wanderte, brauste zuerst auf und sprach von Betrug, als sie sich ihm verweigerte. Auch ihn entwaffnete ihre Sanftmut, und er verließ sie mit dem Gefühl, an einer Ungehörigkeit verhindert worden zu sein.

So gelang es ihr mit allen. Von jedem nahm sie Geld, und keinem gewährte sie mehr als den Glanz ihrer kastanienrunden, ein wenig, ein winziges wenig tiefliegenden Augen und ein Streicheln mit leichter Hand. Nun darf man nicht sagen, daß es sonderbar um das Haus am Strom bestellt gewesen sein muß, daß der Besitzer und Herr nichts von dem seltsamen Tun Linas erfuhr. Was heißt das auch? Er bekam sein Geld, er bekam das Vereinbarte, und solange er das bekam, das Vereinbarte, kümmerte ihn anderes nicht.

Zwar, es war verwunderlich, daß die Männer sich fügten, ohne Lärm zu schlagen. Aber es war so. Und wenn sie wiederkamen, wandten sie sich freilich an andre Mädchen, aber nie verrieten sie mit einem Ton, wie es ihnen mit ihr ergangen war.

Klingt das wie eine Legende? Ist das so wie im Märchen? Aber Männer können gut sein, können anständig sein – und hier, in dieser Geschichte, waren sie gut, waren sie anständig und wahrscheinlich billigten sie das Verhalten Linas, wahrscheinlich mißbilligten sie ihr, der Männer, eigenes Tun in dem versteckten Haus am Strom, und wahrscheinlich auch fanden sie, daß Linas Handlungsweise die beste, die gebührende Antwort war auf ihre, der Männer, schmähliche Zumutung – kurz, wie dem auch sei, es ließe sich darüber noch viel sagen, sie schwiegen unverbrüchlich.

Immer an den Samstagabenden erschien ein schwarzer, kleiner Herr, mit dem sie die Nacht verbrachte. Er war ihr Bräutigam, ein Buchdruckergehilfe, der sich mit dem Plan trug, einen Papierladen zu eröffnen. Die dazu notwendige kleine Summe rasch zu beschaffen, war Lina in das Haus eingetreten. Er glaubte ihr, daß sie sich nichts vergab, und seine Neigung half ihr, die Unannehmlichkeiten ihrer ungewöhnlichen Lage mit Anstand zu ertragen.

Einmal kam ein junger Mensch aus guter Familie, kaum siebzehn Jahre alt, ein Schüler noch, wie sich zeigte, der vor Begierde zitterte wie ein Pfeil vor dem Flug. Seine Teilnahme galt unverkennbar Linas schönen Schultern. Sie gingen nach oben, Lina voran, und sie fühlte, wie sein Wille an ihren Kleidern riß. Er legte das Geld auf den Tisch, und seine heißen Augen brannten ihr Löcher in das Fleisch. Sie begann das alte Spiel und bat ihn, sie zu schonen. Die Qual des ungelöschten Verlangens warf ihn zu Boden. Er drückte das Gesicht fest gegen den Teppich, fest, als könne er es dort wie in Sand einwühlen. Ihre tröstenden Worte erreichten ihn nicht. Da zog sie sich aus und nahm ihn mütterlich an die Brust. Seine wilden Tränen näßten ihren Leib, der ihn schmerzte und beglückte. Aber sie gab sich ihm nicht, obwohl das Mitleid sie weich und unsicher gemacht hatte.

Als er gegangen war, überkam zum erstenmal und mit zwingender Heftigkeit sie das Gefühl des Unrechts, des vielfach und vorsätzlich zugefügten Unrechts, das sie an jedem Tage neu beging. Sogar zu denken wagte sie, aber sie vertrieb den Gedanken schleunig wieder, daß es, von einer anderen Seite her betrachtet, und daß jedes Ding zwei Seiten hat, sie wußte es lange, daß von dieser Seite her betrachtet, daß es da menschlicher, edler schlechthin, daß es ehrlicher gewesen wäre, sich den Männern nicht zu entziehen, wenn sie schon das Geld dieser Männer nahm.

Nun, sie würde nicht mehr lange in diesem Hause bleiben. Die Summe, die zu ersparen sie sich vorgenommen hatte, war voll. Sie würde heiraten, ihren Buchdrucker heiraten, den Papierhandel beginnen, in einer anderen Stadt, versteht sich, und sie würde in einer glücklichen Ehe bald alle Abscheulichkeiten vergessen, denen sie so lange ausgesetzt gewesen war.

Ich weiß wohl, daß das bisher Erzählte sehr unwahrscheinlich klingt. Fast wie eine Legende, fast wie im Märchen. Zu meiner Entschuldigung könnte ich anführen, daß wir es hier ja auch nur mit einer erfundenen Geschichte zu tun haben, mit einer durchaus und ganz und gar erfundenen Geschichte. Auch ich glaube nicht, daß es eine Frau gegeben hat, die aus freiem Entschluß so handelte und die Stärke hatte, so zu handeln. Auch ich glaube nicht, daß es je so eine Frau geben wird. Aber es ist angenehm, es sich vorzustellen.

Sie machten ihren Papierladen auf, Lina und ihr schwarzhaariger Buchdrucker, und hatten Glück mit ihm. Das Geschäft ging gut, und alles wäre in schönster Ordnung gewesen, wenn Lina nicht nach einiger Zeit hätte merken müssen, daß ihr Mann ein sonderbares Benehmen ihr gegenüber zur Schau trug. War er anfangs die liebevollste Zärtlichkeit selbst, wurde er bald scheu, wortkarg, ja mürrisch, geriet in Wut, wenn sie ein falsches Wort sagte, und schüttete auf den weißen Fleck einer freundlichen Stunde, die immer seltner kam, gleich wieder die Tinte seiner galligen Laune. Er quälte sie wegen jeder Kleinigkeit, mißtraute jedem ihrer Schritte und war ein zorniger Kläger, wenn ihre Unschuld klar zutage lag. Lina, die keine Ursache finden konnte für das Verhalten ihres Mannes, weinte lange Stunden und war sanftmütig nur immer bemüht, ihn zu versöhnen, je unschuldiger sie sich fühlte. Bis sie erkannte, daß Eifersucht ihren Mann zermarterte, wilde und schreckliche Eifersucht, die durch nichts zu erlösen war, weil sie aus Vergangenem Nahrung und Triebkraft sich holte. Das halbe Jahr, das sie in jenem Hause zugebracht hatte, jeder Tag und jede Stunde dieses halben Jahrs lag für ihn hinter Schleiern, die Fürchterliches verhüllten.

Seine Verblendung ließ ihn Bilder sehen, die ihm die Augäpfel aus den Höhlen trieben. Er raste, wenn er an Umarmungen dachte, die ihn schändeten, an ein Lächeln ihres Mundes, das ihn zum Narren machte. Er rieb sich auf, warf sich gegen Steinwände und zerbrach sich die Knochen. Er konnte nicht mehr Herr über sich werden. Er sah nur mehr höhnische Masken und konnte kein Gesicht darunter erkennen. Das Gift, das er sich, unbedacht und nachgiebig, selbst eingeflößt hatte, zerfraß ihn. Der Teufel ließ ihn nicht mehr los. Der Kampf war ungleich, und er mußte unterliegen.

Als er sie schlug und wieder schlug und das böse Wort »Hure« sagte, verließ sie ihn. Sie zerbrach nicht. Sie war wohl von jener Art, die nicht hart genug ist, um zerbrochen werden zu können, die sich nur bückt und beugt und duldet. Der Gedanke ging ihr durch den Sinn, wie früher schon einmal, das Opfer jenes halben Jahres sei vergeblich gewesen, weil sie sich nicht selbst dargebracht hatte. Aber sie hätte sich ja gar nicht selber darbringen können, ihre Wesensart hätte das nicht erlaubt (das hätte ja alles nur noch schlimmer gemacht!), und so hatte sie andere gezwungen, zu opfern, für sie zu opfern, und nun stellte sich heraus, daß auch das keine guten Folgen hatte. So grübelte sie und sah den jungen Menschen wieder verkrampft am Boden liegen. So dachte sie, und es war so richtig gedacht, als es falsch gedacht war. Denn die Männer damals im versteckten Haus am Donauufer hatten ihr ja nichts übelgenommen. Aber hatte sie darum weniger unrecht getan? Wieder lag der junge Mensch wie ein Fisch zuckend auf dem Teppich. Der vielleicht, der hatte es übelgenommen. So grübelte sie, aber nur kurz, lange über etwas nachzugrübeln, war sie nicht geschaffen. Und was auch, sie mußte leben, essen und trinken und schlafen und also Arbeit suchen, um leben zu können, und so suchte sie Arbeit und fand eine Anstellung in der Handschuhabteilung eines Warenhauses der Landeshauptstadt.

Und als einmal, ein halbes Jahr nach ihrer Flucht, an einem braunen Septembernachmittag vor ihrem Verkaufspult eben der junge Mann stand, an dem sie damals im Haus am Strom nicht wie eine Bajadere, sondern wie eine blasse Nonne getan hatte – nun trug er eine Studentenmütze – schlug sie ihm ein Stelldichein nicht ab.

Sie ging auch zu dem Stelldichein, an einem Sonntagvormittag, und trug ein helles Kleid, ein hellvergißmeinnichtblaues Kleid, das zu bügeln und glatt und straffrauschend zu machen sie den ganzen Samstagabend verwandt hatte. Und als sie am Sonntagabend ihr kleines Zimmer wieder betrat und einen Tag hinter sich hatte, voll Sonne, mildheißer Septembersonne, und voll von Geruch von Heidekraut und Fichtenharz, und sich im Spiegel besah, und sah, daß das helle Kleid, das hellvergißmeinnichtblaue Kleid, das glatt zu bügeln sie den ganzen Samstagabend verwandt hatte, verdrückt war, verfältelt, verrunzelt und waldmüde an ihr hing, da lächelte sie nur leise, ganz leise und ging schlafen. Sie sah ihn dann, den Studenten, noch öfter und sah ihn noch oft und lehnte den braunäugigen, braunhaarigen Kopf, den Kopf einer nun Fünfundzwanzigjährigen, an seine Schulter, an die Schulter des nun Neunzehnjährigen und wurde seine Freundin und blieb ein halbes Jahr lang seine Freundin, seine zärtliche Winterfreundin.

Und als der Winter verging und das Frühjahr kam, mußte der Freund, dem Wunsch seiner Eltern sich fügend, nach Berlin übersiedeln. Sie blieb im Warenhaus und verkaufte weiterhin ihre Handschuhe, und später söhnte sie sich auch mit ihrem Mann wieder aus, der inzwischen das Papiergeschäft hatte aufgeben müssen, vielleicht weil sie ihm fehlte, vielleicht aus anderen Gründen, und nun wieder hinter einer Setzmaschine saß, hinter der Setzmaschine der hauptstädtischen Zeitung.

Sie lebten, ein gefrorenes Ehepaar, still zusammen. Ihre Stellung verließ Lina nicht mehr. Die Demut ihrer Bewegungen, der Glanz ihres braunen Haares (sie ließ es sich kurz schneiden, später, als das Sitte wurde) und der ruhige Blick ihrer kastanienrunden, ein wenig tiefliegenden Augen lockten viele Kunden an und in der ganzen Stadt war sie bekannt unter dem Namen der schönen Handschuhverkäuferin.

Ernst Penzoldt
1892–1955

Die schöne Gärtnerin

Es ist eine wunderbare Gabe der Schöpfung, daß Menschen, die man liebt, nicht altern. Du freilich vermagst es noch nicht zu ermessen, was es bedeutet: zu lieben, noch was es heißt: zu altern.

Es war einmal ein junges Mädchen, das war so über die Maßen schön, daß alle Menschen, die es sahen, sich darein verlieben mußten, auch ich. Dir wäre es gewiß nicht anders ergangen. Es trug ein rotes Mützchen, das ihm ganz allerliebst zu Gesicht stand, und einen roten Sweater. Denn es war Winterszeit. Wir fuhren in der Eisenbahn. Ich saß dem Mädchen gegenüber und mußte es immerzu anschauen. Es bildete sich getreulich ab in meinem törichten Herzen und blieb jung in mir bis auf den heutigen Tag. Dreißig Jahre beiläufig sind seitdem vergangen.

Gestern just sah ich meine Jugendfreundin wieder, und das ist es, was ich Dir schreiben wollte.

Ich kam von Dir auf dem Rade, beschwingten Herzens und zu allen Zärtlichkeiten der Welt aufgelegt. Wenn man radfährt in meinen Jahren, fühlt man sich immer etwas verjüngt, man gleitet so mühelos durchs Dasein und empfindet anders als zu Fuß.

Da nun geschah mir's, daß ich alles noch einmal genauso erlebte wie damals vor dreißig Jahren. Sie stand in ihrem Garten und topfte Pflanzen um, die sommers im Freiland sein durften. Ich stieg vom Rad und guckte durch den Zaun, eine gute Weile. Sie wandte mir den Rücken zu.

Da sammelte ich angestrengt meine Gedanken und sandte sie aus, hoffend, ich könnte sie also bewegen, sich nach mir umzuschauen. Allein sie tat nichts dergleichen und ließ sich nicht stören. Sie trug übrigens zur Arbeit eine verschossene Flügelschürze, wie sie einst in Mode gewesen war.

Nun rief ich, da die Kraft meiner Gedanken so kläglich versagt hatte, ihren Namen und trat zu ihr in den herbstlichen Garten. In den Bäumen raschelten knitternd silberne Streifen aus Stanniolblech, die Vögel zu schrecken. Aber sonst war es ganz still ringsum.

Die schöne Gärtnerin indessen grub jetzt ein Beet um, nachdem sie es genau nach Maß abgesteckt, rechte es, zog nach der Schnur die Rinnen für die Saat, und da sie sich bückte und mit gespreizter Hand sich aufstützte, gab sich's, daß der Abdruck davon in der schwarzen Erde blieb. Und wenn sie ihn auch der Ordnung wegen sogleich wieder glattstrich, so konnte ich's doch nicht vergessen. Denn mochte ihre Hand auch gealtert sein, die Fährte im Beet war jungmädchenhaft, war so rührend anzusehen wie die Spuren von Kinderhänden in einem Sandhaufen.

Wir verspeisten dann zusammen einen ganz vorzüglichen nassen Zwetschenkuchen mit ganz dünnem mürbem Boden und paßten genau auf, daß wir keine Wespen mitaßen. Zwetschenkuchen und Wespen, das bedeutet unentrinnbar den Herbst.

Der Himmel war klar, ein kühles Blau, und der wilde Wein, der über den Zaun hing, wurde schon rot. In einem steinernen Brunnentrog schwamm ein vergessenes Segelschiff. In den Telegraphendrähten hing ein Papierdrachen.

Aber da war ein junger Apfelbaum, der blühte, o Wunder, erst jetzt.

Und? Nichts und. Menschen, die man von Herzen lieb hat, altern nicht.

Oskar Maria Graf
1894–1967

Grüß Gott, tritt ein …

Vorige Woche war in unserem Pfarrdorf Alkirchen, im Gasthaus zur Post, die Hochzeit vom Schlemmerwastl von Atzing und von der Rehbinder-Traudl von Boling. Über die Einzelheiten der Feierlichkeit brauche ich mich nicht weiter auszulassen. Wenn es auch nicht mehr ist wie in früheren Zeiten, halbwegs geht es doch immer noch brauchmäßig zu. Indessen, dies kennt ja sowieso jeder. Neues käme also dabei nicht heraus. *Daß* aber die zwei überhaupt endlich – nachdem sie fast acht Jahre miteinander gegangen sind – die Schneid aufbrachten und heirateten, das ist schon des Erzählens wert.

Der Schlemmer-Wastl als einziger Sohn vom Schlemmer ist überall als der schüchternste, gottseligste Jüngling bekannt. Deswegen hat ihn auch der Pfarrer zum zweiten Vorstand des »Katholischen Burschenvereins« gemacht. Er selber ist der erste.

Bei keinem Hochamt, bei keinem Jahrtag, bei keinem Umgang hat der Wastl je gefehlt. Er geht bloß ins Wirtshaus, wenn der Burschenverein zusammenkommt, er sauft, flucht und rauft nicht. Er weiß, was einem ordentlichen Burschen zusteht. Zwischen ihm und der Traudl hat es in den ganzen acht Jahren nie etwas Unrechtes gegeben. Wenn er beispielsweise sonntags einmal nach Boling hinüberradelte, der Wastl, so suchte er selbstredend die Rehbinders auf. Mit dem Bauern und mit der Bäuerin redete er, was man eben so redet. Ob jetzt der neue Heurechen gut aufnehme, ob die gescheckte Kuh schon gekalbt habe und dergleichen sachliche Dinge mehr. Statt »Grüaß Good« und »Pfüad Good« sagte er stets »Gelobt sei Jesus Christus« und nahm einen Spritzer Weihwasser dabei. Ein kreuzbraves Mannsbild ist er, der Schlemmer-Wastl. Wo andere nichts denken, wird er rot, und wenn die Traudl einmal einen Gspaß machte, kannte er sich nicht aus, wußte nicht, sollte er lachen oder was sonst. In den ganzen langen acht Jahren hat er der Traudl vielleicht sieben oder acht Karten von seinen verschiedenen Radtouren geschickt, darauf stand jedesmal das gleiche. Nämlich: »Liebe Traudl! Vom schönen Tölz schicke ich Dir und Deinen lieben Eltern beste Grüße. Gelobt sei Jesus Christus. Viele Grüße. Wastl.«

Was Religiössein anbelangt, so stand die Traudl dem Wastl nicht nach. Auch sie war im »Katholischen Jungfrauenverein«, beichtete jede Woche und kommunizierte. – Läßt sich denken, daß böse Mäuler hin und her redeten. Ein Spott ist gleich beieinander.

»Geh, der aa no!« sagte beispielsweise der Wopfner-Toni vom Wastl: »Der mit seiner betertn Traudl! … Dö zwoa san recht! So wos mog i! … Dö wenn amoi verheirat san, betn aa jedsmoi an Rosnkranz, ehvor sie si ausziagn a der Ehkamma … Dö iahnane Kinda, moan i, kemma aa untern Betn zstand.«

»Ja, Liacht macha dö ganz gwiß nia«, bestätigte der Hengersbacher-Wiggl ebenso.

Schon das ganze Heiratmachen ging sehr hart zwischen dem Wastl und der Traudl. Der alte Schlemmer mußte mit seinem Sohn hinübergehen nach Boling und beim Rehbinder die Rede vorbringen. Der Wastl stand dabei, sagte nicht Gick und nicht Gack, schier so wie mit einer vollen Hose. Die Traudl hockte bei ihrer Mutter auf der Bank, die Augen niedergeschlagen, bethaft die Hände ineinander auf ihrem Schoß, und schließlich fing sie das Flennen an. Eine rechte Umständlichkeit war es. Der Schlemmer wurde zuletzt sogar ärgerlich und sagte: »No, nacha müäßts hoit it heiratn, wennds enk oi zwoa schaamts.«

Gottseidank, die Hochzeit selber verlief lustig. Das Allerärgste aber ereignete sich erst, als man endlich nachts im Schlemmerhof in Atzing ankam. Der Altbauer und die Bäuerin hatten dem Bier gut zugesprochen, hübsch gefährlich wankten sie miteinander und voller Fidelität war der Schlemmer.

Besorgterweise sagte die Schlemmerin zu ihrer Schwiegertochter in einem fort: »So – so, Traudl, so, jetzt gehts nu as Bett, und gell, schaughts fei, daß's wos werd, gell!« Und dann lachte sie verkniffen.

Offener hingegen meinte der Altbauer, indem er fort und fort rülpste: »U – hujupp! ... So, Wastl, daß d' fei it so lappert bist, gell! Daß fei d' Traudl zu sein Sach kimmt! ... Dö erst Nocht muaßts zoagn, wos d' konnst! «

Die Alten lachten breit, die Jungen nickten mit ihren gefrorenen Gesichtern. Dastanden sie alle zwei wie kaum ausgeschloffene Stare. Dem Wastl trieb es direkt den Angstschweiß aus dem Hirn.

»Geh weita, Michi! Mir gehnga ins Bett! Loß dö Junga alloa!« rettete sozusagen die alte Schlemmerin die Situation und zog ihren Alten aus der Stube. »Guat Nacht, Leitln! Und bets fei it zvui dö ganz nocht! U – jupp!« plärrte dieser noch zurück, bevor er die Tür zuzog. Die Jungen hörten das Gepumper über die Stiege hinauf und trauten sich nicht, einander anzuschauen.

»Geh ma aa!« brachte endlich die Traudl heraus und der Wastl nickte. Er und sie nahmen wieder einen Spritzer Weihwasser, jedes machte ein Kreuz, der Wastl drehte in der Stube das Elektrische aus und alsdann tappten sie hintereinander die Stiege hinauf. Auch in der Ehkammer ist beim Schlemmer das Elektrische, überhaupt im ganzen Haus. Der Wastl wollte wirklich kein Licht aufdrehen, aber, wahrscheinlich weil sie sich nicht auskannte in der Finsternis, die Traudl stolperte, wie sie in die Ehkammer wollten und – bumsdi – lag sie gestreckterlängs da. Und wieder bumsdi, lag auch schon der knapp hinter ihr dreingehende Wastl auf ihr. Dumm, dumm, saudumm sowas!

»Jessas – Jessas!« stieß die Traudl heraus. »Mariandjosef!« ergänzte der Wastl ganz wirsch und sprang schnell auf. Er drehte das Licht auf. Die Traudl stand auch schon wieder.

So, jetzt war es schon so. Wieder dunkel machen kam sogar dem Wastl unrecht vor. Er zog die Tür zu. Sie und er schnauften, sie und er wurden rot, sie und er schlotterten schier. Alle zwei schauten aneinander vorbei.

»Traudei«, sagte jetzt der Wastl und schluckte schon wieder. Dappig klang es.

»Wast-«, schnappte die Traudl nach Luft. Grad so wars, als wie wenn einer dem andern gut zureden wollte, als wie wenn einer mit dem anderen Mitleid hätte. Stockstumm wurden sie wieder.

»Ge-ge-gelobt sei Jesus Chrischtus!« stotterte der Wastl in Ermangelung eines anderen Einfalls und: »I-in Ewkeit, am-amn!« gab die Traudl Antwort. Jetzt war es noch ärger. Indem daß man nämlich mit solcher Frömmigkeit anfing, stiegs den zweien erst recht in den Sinn, wie sündhaftig das sei, Mannsbild und Weiberts nachts allein in einer Ehkammer. Dem Wastl kam vor lauter Verlegenheit ein Drang an, so gewaltig, daß ihm ein lauter Wind hinterrücks auskam. »O – ha!« stammelte er vollends wirsch und zuckte direkt zusammen. Auch die Traudl muß einen solchen Drang gehabt haben, bloß hörte man bei ihr nichts. Sie zuckte genau so. Jetzt dachte sich der Wastl, jetzt wirds aber Zeit.

»Trau-au-audei!« ermannte er sich hinwiederum.

»Gehng ma as Bett!« gab die Traudl demütig Antwort, was den Wastl ein wenig couraschierter machte.

»Ja – Traudei, ziagn mir üns aus!« sagte er: »I schaug it hi!« Er drehte sich geschämig um, zog seine Schuhe ab, die Joppe und so weiter. Auch die Traudl machte es ihm nach. Er schaute auf die herentere, die auf die drentere Wand. Sie sagte nichts und er auch nichts.

Eine Ehkammer ist wie eine Mausefalle, wenn du einmal drinnen bist, kommst du der Unkeuschheit nicht mehr aus. Schließlich, die ganze nacht, einander den Rükken zugewendet stehen, das ging auch nicht. Also gut, die zwei drehten sich herum, jedes im Hemd. Der Wastl glotzte und war ganz verdattert, die Traudl verzog mit harter Mühe ihre Lippen und, nun ja, man ging halt zueinander. Der Wastl schwang sich auf und gab seiner jungen Bäuerin ein Busserl. Sie röchelte und stöhnte fast weinerlich: »Wawastl! Wa-wastei!« Wenngleich aber jetzt Sündhaftigkeit und Heiligmäßigkeit unter dem Wastl seiner haarigen Brust hart kämpften und die erstere schon halbwegs die Oberhand gewann, erraffte seine ganze Bravheit zusammen. »Trau-au-dei!« stotterte er wieder und wieder heraus, ganz windelweich. Auf das hin erfaßte die gottselige Traudl doch ein arges Mitleid und sie legte sich auf das aufgeschlagene Bett. Der Wast fiel ih schier nach, tapsig und dalgert wie eine einhaxerte Henne. »Trau-au-audei!« flennte er fast: »A-a Bussei, Trau-au-dei!«

Und – gut ists, wenn ein Mensch Mitleid im Herz hat – also sagte halt die Traudl, weil sie so was schon einmal gelesen hatte: »Grüß Gott, tritt ein, bring Glück herein, Wastl!«

Ja – und der Wastl »trat« selbstredend ein.

Bertolt Brecht
1898–1956

Erinnerung an die Marie A.

1

An jenem Tag im blauen Mond September
Still unter einem jungen Pflaumenbaum
Da hielt ich sie, die stille bleiche Liebe
In meinem Arm wie einen holden Traum.
Und über uns im schönen Sternenhimmel
War eine Wolke, die ich lange sah
Sie war sehr weiß und ungeheuer oben
Und als ich aufsah, war sie nimmer da.

2

Seit jenem Tag sind viele, viele Monde
Geschwommen still hinunter und vorbei
Die Pflaumenbäume sind wohl abgehauen
Und fragst du mich, was mit der Liebe sei?
So sag ich dir: Ich kann mich nicht erinnern.
Und doch, gewiß, ich weiß schon, was du meinst
Doch ihr Gesicht, das weiß ich wirklich nimmer
Ich weiß nur mehr: Ich küßte es dereinst.

3

Und auch den Kuß, ich hätt ihn längst vergessen
Wenn nicht die Wolke da gewesen wär
Die weiß ich noch und werd ich immer wissen
Sie war sehr weiß und kam von oben her.
Die Pflaumenbäume blühn vielleicht noch immer
Und jene Frau hat jetzt vielleicht das siebte Kind
Doch jene Wolke blühte nur Minuten
Und als ich aufsah, schwand sie schon im Wind.

Terzinen über die Liebe

Sieh jene Kraniche in großem Bogen!
Die Wolken, welche ihnen beigegeben
Zogen mit ihnen schon, als sie entflogen

Aus einem Leben in ein andres Leben.
In gleicher Höhe und mit gleicher Eile
Scheinen sie alle beide nur daneben.

Daß also keines länger hier verweile
Daß so der Kranich mit der Wolke teile
Den schönen Himmel, den sie kurz befliegen

Und keines andres sehe als das Wiegen
Des andern in dem Wind, den beide spüren
Die jetzt im Fluge beieinander liegen.

So mag der Wind sie in das Nichts entführen;
Wenn sie nur nicht vergehen und sich bleiben
So lange kann sie beide nichts berühren

So lange kann man sie von jedem Ort vertreiben
Wo Regen drohen oder Schüsse schallen.
So unter Sonn und Monds wenig verschiedenen Scheiben

Fliegen sie hin, einander ganz verfallen.

Wohin ihr?
  Nirgendhin.

Von wem entfernt?
  Von allen.

Ihr fragt, wie lange sind sie schon beisammen?
Seit kurzem.
  Und wann werden sie sich trennen?
  Bald.

So scheint die Liebe Liebenden ein Halt.

Der Liebhaber sagte von seiner Eifersucht

Der Liebhaber sagte von seiner Eifersucht: Es ist wie mit der Todesfurcht, sie beruht auf einem Irrtum. Man bedenkt grämlich, was einem alles fehlt, wenn man tot ist, was man alles versäumt, und man vergißt, daß man gar nicht mehr da ist. Es wäre natürlich unangenehm, in einem Erdloch zu liegen, ohne Nahrung und Unterhaltung, und woanders werden Forellen blau gegessen. Aber in Wirklichkeit ist doch eben niemand da, dem dies oder anderes fehlt, der ohne dies oder das auskommen muß. Man kann darüber beim Lukrez nachlesen. Ist man nun eifersüchtig, denkt man, daß ein anderer bekommt, was man selber haben möchte, aber auch das ist meist irrtümlich. Denn wie angenehm es auch ist, wenn der Geliebte oder die Geliebte so in einen vernarrt ist, daß sie keinen andern Menschen sieht, so ist er oder sie dann doch etwas albern und seine oder ihre Schätzung zeigt eine gewisse Voreingenommenheit, etwas Schematisches und Billiges. Und vor allem sollte man nicht zweifeln, daß eine gewisse Widersprüchlichkeit volle Hingabe keinesfalls ausschließt. Meine Geliebte mag sich andern hingeben und dazu mag im Widerspruch stehen, daß sie sich mir hingibt, aber deswegen kann sie sich mir doch völlig hingeben, in einer durchaus besonderen Weise, besonders darin, daß sie sich eben ganz auf mich einstellt und anders ist als sonst, anders in für mich gerade angenehmer Weise. (Ich spreche hier nicht davon, daß man sich lediglich ein Vergnügen holt, das man mehr oder weniger ähnlich auch woanders holen kann, das hat mit Liebe und ihren ganz eigentümlichen Vergnügungen nichts zu tun. Über derlei eifersüchtig zu sein, ist ganz unstatthaft, wenn man Beweise hat, daß die eigene Beziehung mit Liebe zu tun hat.)

Ich bin mir klar darüber, daß diese Betrachtungen allein mich von Eifersucht nicht befreien können, jedenfalls nicht ganz, aber von einem Teil derselben können sie es, und das ist auch schon etwas. Auf keinen Fall ist es zulässig zu sagen, eine Liebe, der man durch Betrachtungen die Eifersucht herausoperieren kann, sei nicht genug elementar. Betrachtungen sind ebenfalls elementar.

Die Antwort

Es war ein reicher Mann, der hatte eine junge Frau, die war mehr wert als all sein Gut, und das war nicht wenig. Sie war nicht mehr sehr jung und er auch nicht. Aber sie lebten zusammen wie zwei Tauben, und er hatte zwei gute Hände, das waren ihre Hände, und sie hatte einen guten Kopf, und das war sein Kopf. Sie sagte oft zu ihm: »Ich kann nicht gut denken, lieber Mann, ich sage alles nur so heraus.« Er aber besaß einen scharfen Verstand, und darum wurde sein Besitztum immer schöner. Da geschah es nun eines Tages, daß er einen Schuldner in die Hände bekam, dessen Gut er notwendig brauchte, auch war es kein guter Mensch. Deshalb machte er nicht viel

Federlesens mit ihm und pfändete ihn aus. Der Mensch sollte noch eine Nacht in seinem Hause schlafen, in dem er alle seine Jahre so gelebt hatte, daß er nun in die Fremde ziehen mußte, am Morgen danach sollte ihm alles genommen werden.

In dieser Nacht nun konnte seine Frau nicht schlafen. Sie lag neben ihrem Manne da und dachte nach und stand auf. Sie stand auf und ging zu dem Nachbar hinüber, den ihr Mann pfänden wollte, mitten in der Nacht. Denn sie dachte, daß sie ihren eigenen Mann nicht kränken durfte, indem sie mit seinem Wissen dem Nachbar half. Und sie konnte den Menschen auch nicht leiden sehen. Der Mensch war auch wach, da hatte sie recht geraten, er saß in seinen vier Wänden und genoß die Stunden aus. Als er sie sah, erschrak er, sie aber wollte ihm nur recht schnell ihren Schmuck geben.

Weil sie nun dazu Zeit brauchte oder weil ihr Mann im Schlaf spürte, daß sie nicht bei ihm war, erwachte er und stand ebenfalls auf und ging im Hause herum, rief sie und ängstigte sich und ging auf die Straße. Da sah er Licht in seines Nachbars Hause und ging hinüber, um zu sehen, ob er was vergrabe, das ihm nicht mehr gehörte, und dabei, als er durchs Fenster sah, erblickte er seine Frau bei dem Nachbar, mitten in der Nacht. Er hörte sie nicht und sah auch das Kästchen in ihrer Hand nicht, darum stieg ihm das Blut in den Kopf, und er zweifelte an seiner Frau. Zugleich faßte er sein Messer in der Tasche und überlegte sich, wie er die beiden töten könnte. Da hörte er seine Frau sagen: »Nimm es nur; ich will nicht, daß mein Mann eine solche Sünde auf sich lädt, und ich will auch nicht, daß ich ihm wehe tue, indem ich dir helfe; denn du bist ein schlechter Mensch.« Damit ging sie zur Tür, und der Mann hatte Eile, sich zu verstecken, da sie schnell heraustrat und in ihr Haus hinüberlief.

Er ging stumm hinter ihr her, und drinnen sagte er ihr, er hätte nicht schlafen können und sei aufs Feld gegangen, weil ihn sein Gewissen bedränge darüber, daß er dem Nachbar sein Haus nehmen wolle. Da fiel ihm die Frau an die Brust und weinte, eine solche Freude hatte sie. Aber als sie nun wieder zusammenschliefen, schlug des Mannes Gewissen erst recht, und er hatte eine große Scham, denn nun war er zweimal zu klein gewesen, einmal, als er ihr mißtraute, und zum andernmal, als er sie anlog. Seine Scham war so groß, daß er sich einredete, er sei ihrer nicht mehr wert, und wieder aufstand und in die Stube hinunterging und lange dasaß, so wie der Nachbar drüben in seinem Haus. Dann aber ward es schlimmer bei ihm, denn ihm half niemand, weil er sogar versagt hatte. Darum ging er gegen Morgen von seinem Hause, als es noch dunkel war, und lief fort mit dem Wind, ohne eine Richtung.

Er lief den ganzen Tag, ohne etwas zu essen, auf einer Straße, die in eine leere Gegend führte, und wenn sie durch Dörfer kam, machte er einen Bogen. Am Abend kam er an einen schwarzen Fluß, an dem fand er eine zerfallene Hütte, in der niemand war, und da um sie herum in den Auen fette Kräuter wuchsen und der Fluß fischreich war, so blieb er dort drei Jahre lang und vertrieb sich die Zeit mit Kräutersammeln und indem er Fische fing. Dann wurde es ihm zu einsam dort, das heißt: die Stimmen der Wasser wurden zu laut für ihn, und die Gedanken wuchsen zu zahlreich, von denen es heißt: sie sind wie Vögel, die das Essen bedrecken. Darum ging er in eine Stadt, und dann in viele Städte, ohne Richtung, und bettelte dort und kniete in den Kirchen.

Aber mit der Zeit wurden seine Gedanken mächtiger über ihn und sie quälten ihn sehr. So begann er zu trinken und herumzulaufen wie ein Hund, der für die Kette zu schlecht ist. Es vergingen aber unterdem viele Jahre. Da geschah es einmal zu der Zeit, wo er seinen Namen schon vergessen hatte, daß er, der halb blind geworden war, wieder zu der Stadt zurückkehrte, in der er einmal gewohnt hatte, das war viele Jahre her. Er erkannte sie auch nicht wieder und kam nicht weiter als bis zu der Vorstadt, da lag er im Hof einer Schenke.

Nun kam eines Tages um die Mittagszeit eine Frau des Weges in den Hof und redete mit dem Wirt. Als der Bettler aber die Stimme hörte, durchfuhr es ihn, und sein Herz ging schneller, wie das eines geht, der versehentlich in einen Saal gekommen ist, in dem es schöne Musik gibt, aber er hat kein Recht dazu. Und der Mann sah, daß es seine Frau war, die da redete, und brachte kein Wort heraus. Nur die Hand streckte er aus, als sie vorüberging. Aber die Frau erkannte ihn nicht, denn er sah sich nicht mehr ähnlich, in keinem Zug, ja, man sah ihm nicht einmal mehr an, daß er eine solche Qual hatte, so war sein Gesicht geworden. Also wollte die Frau vorübergehen, denn es gab so viele Bettler, und dieser schien unverschämt. Da aber brachte der Mann den Mund auseinander, und es gelang ihm, etwas zu sagen, das klang, als hieße es: Frau!

Da beugte sich die Frau nieder und sah ihn an und ihre Kniee begannen zu wanken, und sie erblaßte sehr. Und als er schon nicht mehr sein Herz hörte, da hörte er sie, und sie sagte: »Mein lieber Mann, wie hast du mich doch lange warten lassen, bis daß ich nun häßlich geworden bin, dieweil sieben Jahre mir wie Schmerzen vergangen sind und ich *fast* an dir gezweifelt hätte.«

Erich Kästner
1899–1974

Besagter Lenz ist da

Es ist schon so. Der Frühling kommt in Gang.
Die Bäume räkeln sich. Die Fenster staunen.
Die Luft ist weich, als wäre sie aus Daunen.
Und alles andre ist nicht von Belang.

Nun brauchen alle Hunde eine Braut.
Und Pony Hütchen sagte mir, sie fände:
die Sonne habe kleine, warme Hände
und krabble ihr mit diesen auf der Haut.

Die Hausmannsleute stehen stolz vorm Haus.
Man sitzt schon wieder auf Caféterrassen
und friert nicht mehr und kann sich sehen lassen.
Wer kleine Kinder hat, der fährt sie aus.

Sehr viele Fräuleins haben schwache Knie.
Und in den Adern rollt's wie süße Sahne.
Am Himmel tanzen blanke Aeroplane.
Man ist vergnügt dabei. Und weiß nicht wie.

Man sollte wieder mal spazierengehn.
Das Blau und Grün und Rot war ganz verblichen.
Der Lenz ist da! Die Welt wird frisch gestrichen!
Die Menschen lächeln, bis sie sich verstehn.

Die Seelen laufen Stelzen durch die Stadt.
Auf dem Balkon stehn Männer ohne Westen
und säen Kresse in die Blumenkästen.
Wohl dem, der solche Blumenkästen hat!

Die Gärten sind nur noch zum Scheine kahl.
Die Sonne heizt und nimmt am Winter Rache.
Es ist zwar jedes Jahr dieselbe Sache,
Doch es ist immer wie zum erstenmal.

Nachtgesang des Kammervirtuosen

Du meine Neunte letzte Sinfonie!
Wenn du das Hemd* anhast mit rosa Streifen …
Komm wie ein Cello zwischen meine Knie,
und laß mich zart in deine Seiten greifen!

Laß mich in deinen Partituren blättern.
(Sie sind voll Händel, Graun und Tremolo.)

Ich möchte dich in alle Winde schmettern,
du meiner Sehnsucht dreigestrichnes Oh!

Komm, laß uns durch Oktavengänge schreiten!
(Das Furioso, bitte, noch einmal!)
Darf ich dich mit der linken Hand begleiten?
Doch bei Crescendo etwas mehr Pedal!

Oh deine Klangfigur! Oh die Akkorde!
Und der Synkopen rhythmischer Kontrast!
Nun senkst du deine Lider ohne Worte …
Sag einen Ton, falls du noch Töne hast!

Anmerkung: In besonders vornehmer Gesellschaft
ersetze man das Wort »Hemd« durch das Wort »Kleid«.

Ein Beispiel von ewiger Liebe

Im gelben Autobus ging's durch den Ort.
Schnell hinein. Schnell heraus.
Erstes Haus. Letztes Haus.
Fort.

Hab ich den Namen vergessen?
Ob ich ihn überhaupt las?
Es war eine Kleinstadt in Hessen,
zwischen Reben und Gras.

Du standest am Gartenrand,
als du mich plötzlich erblicktest.
Zärtlich hob ich die Hand.
Du nicktest.

Darf ich nicht Du zu dir sagen?
War keine Zeit dazu,
lang um Erlaubnis zu fragen.
Ich sag du.

Ich wünschte so sehnlich,
ich stünde bei dir.
Ging dir's nicht ähnlich?
Ging dir's wie mir?

Der Zufall hat keinen Verstand.
Es heißt, er sei blind.
Er gab und entzog uns hastig die Hand,
wie ein ängstliches Kind.

Ich bin entschlossen, fest daran zu glauben,
daß du die Richtige gewesen wärst.
Du kannst mir diese Illusion nicht rauben,
da du sie nicht erfährst.

Du lehntest lächelnd am grünen Staket.
Es war im Taunus. Es war in Hessen.
Ich habe den Namen des Ortes vergessen.
Die Liebe besteht.

Es gibt noch Don Juans

Das, was ich erzählen will, erlebte ich vor zwei Jahren während eines Winteraufenthalts in einem großen Gebirgshotel. Seitdem ist viel Neuschnee über die Sache gewachsen. Ich traue mich langsam mit der Sprache heraus.

Ich begegnete dort einem Mann – er mochte Anfang der Vierzig sein –, von dem die jungen Mädchen und die jungen Frauen behaupteten, sie seien ihm »verfallen«. Sie hatten die verschiedensten Charaktere, Haarfarben, Erfahrungen und Figuren, und sie waren verschieden klug, verschieden alt, verschieden gebildet. Aber darin stimmten sie überein: sie seien ihm, wenn er nur wolle, ausgeliefert. Und es war deutlich zu sehen, daß er meistens wollte. Er hatte Sinn für Vollständigkeit, und wenn er durch die Hotelhalle ging, glaubte man, alle Frauenherzen schlagen zu hören.

Die Männer waren, soweit sie ihren Aufenthalt mit kleinen Abenteuern auszuschmücken suchten, in bedauerlicher Lage. Es befand sich, das fühlten sie schnell heraus, einer in ihrer Mitte, der ihnen, noch dazu auf geheimnisvolle Art, überlegen war. Was da vor sich ging, grenzte an unlauteren Wettbewerb. Und es gab keine Instanz, vor der sie hätten Beschwerde führen dürfen. Die Situation war eigentlich zu unheimlich, um komisch genannt zu werden. Und doch war es für den neutralen Beobachter erheiternd, zu sehen, wie Angst und Erwartung wuchsen, sobald der Mann auftauchte, und wie sich Angst und Erwartung mit ihm durch den Saal bewegten.

Man darf mir glauben, daß ich nicht ohne weiteres gesonnen war, den Zauber, von dem die Frauen und Mädchen benommen flüsterten, als erwiesen hinzunehmen. Ich wagte denen gegenüber, die mich ein wenig zu ihrem Vertrauten gemacht hatten, Zweifel zu äußern. Es ist ja ausreichend bekannt, daß die Besucherinnen winterlicher Sporthotels nicht eigentlich mit ausgesprochen klösterlichen Plänen ins Gebirge geraten. Und ich ließ mir, nahezu über die Grenze der Höflichkeit hinaus, anmerken, daß ich in dieser Richtung Verdacht hegte. Auch daß man meine Vermutung lebhaft bestritt, vermochte mich nicht zu überzeugen. Ich war eher geneigt, an das Libertinertum sämtlicher Frauen als an geheimnisvolle Einflüsse jenes Mannes zu glauben.

Als ich aber sah, wie eines der jungen Mädchen umfangreiche Angstzustände bekam und, wenn auch leise, mit den Zähnen klapperte, so oft er sich ihr näherte, und daß sie, obwohl es den Spielregeln des Hotelbetriebs widersprach, seine Tanzaufforderungen ausschlug, und als ich ferner feststellte, daß sich Ehefrauen, deren Ehemänner dabeisaßen, zu recht unbedachtem Verhalten hinreißen ließen, wurde ich allmählich immer neugieriger und verbrachte die Abende damit, daß ich den gefürchteten Mann nicht mehr aus den Augen ließ.

Eines Tages war eine der mir bekannten Damen sehr vergnügt. Sie erzählte, eine ihrer Freundinnen werde am Nachmittag eintreffen, und zwar handle es sich um eine ungewöhnlich selbstsichere und schlagfertige Person. Daß auch sie dem Don Juan unterliegen werde, sei wohl ausgeschlossen. Die ungewöhnliche Peson erschien. Der Mann – er war auf alle Neuerscheinungen abonniert – bat sie sofort um einen Tanz. Sie lächelte uns, ehe sie sich erhob, listig zu. »Jetzt werde ich euch alle rächen«, besagte der Blick. Sie tanzte mit ihm. Er betrachtete sie aufmerksam, unterhielt sie und sich und brachte sie an unseren Tisch zurück.

Sie war blaß, lehnte sich tief in den Sessel und sagte: »Das hätte ich nie für möglich gehalten!« Dann berichtete sie etwas ausführlicher. Er habe sie forschend angesehen. Er habe, ohne daß sie Anlaß gegeben hätte, Reden geführt, wie sie beim ersten Tanz nicht erlaubt sind. Sie sei außerstande gewesen, ihn in die Schranken zu weisen. Sie habe es nicht einmal vermocht, Empfindungen in sich zu unterdrücken, die sie bisher in ihrer Gewalt geglaubt hatte. Ja, sie erklärte, und diese Offenherzigkeit machte der an ihr gerühmten Klugheit Ehre: »Wenn er mich aufgefordert hätte, sofort den Saal zu verlassen und ihm, wohin auch immer, zu folgen, hätte ich's getan.« Dann schüttelte sie sich vor nachträglichem Schreck und meinte: »Entsetzlich, daß es so etwas gibt. So wenig ist man seiner selbst sicher.«

Am gleichen Abend gab es eine weitere kleine Sensation. Der Mann tanzte mit einer Aristokratin, die ihm, wie ich erfuhr, bis jetzt ausgewichen und unnahbar begegnet war. Als sie das dritte Mal an unserem Tische vorüberkamen, schloß die Dame die Augen, taumelte, wäre fast hingesunken, brach den Tanz, sich entschuldigend, ab und begab sich, mit Schritten, als sei sie lange krank gewesen, auf ihr Zimmer.

Ich vergaß bis jetzt, das Äußere des Mannes zu beschreiben. Ich wartete, genauer, damit, weil diese Beschreibung den Lesern keinerlei Aufschluß bieten wird. Er war mittelgroß, untersetzt gebaut, hatte ziemlich brutale Gesichtszüge, dunkle Augen, ein vorzügliches Gebiß – diese Angaben werden keinen Eindruck machen. Aber ich kann ihn zum Glück anschaulicher vorstellen. Denn er kam, anläßlich eines Maskenballs, als Douglas Fairbanks und sah diesem Schauspieler allerdings verblüffend ähnlich. Er wirkte wie ein stämmigerer, unfeinerer Bruder des Amerikaners. Den Männern im Hotel war nicht klar, wieso man bei solch einem Aussehen ein Don Juan sein könne, den Frauen auch nicht.

Da weder das Äußere des Mannes noch die Eindrücke der Frauen als Erklärungen dienten und ich doch auf nichts neugieriger war als auf einen Erklärungsversuch, tat ich das Letzte, was mir helfen konnte: Ich ging auf den Mann zu und sagte ihm, wie sehr er mich, im Hinblick auf seine merkwürdige Wirkung, interessiere. Er nickte. Dann bummelten wir in die Bar, tranken etwas und unterhielten uns über ihn. Er dachte wahrscheinlich, ich wolle seine Abenteuer kennenlernen, und erzählte mir eine haarsträubende Geschichte nach der anderen. (Diese Geschichten sind es wert, verschwiegen zu werden.) Ihm lag keineswegs daran, sich in Szene zu setzen. Er übertrieb bestimmt nicht. Er berichtete nur und war selber verwundert, daß ihm solche Affären zustoßen können. »Ich weiß auch nicht, woran es liegt«, meinte er, »aber die Frauen rennen mir die Bude ein. Und je älter ich werde, um so jünger werden die Jahrgänge.« Auf das, was mir am Herzen lag, wußte er keine Antwort. Er gab zu, daß er ziemlich brutal auftrete und daß sein Blick bestimmte Wirkungen hervorzurufen scheine. Oft gegen seinen Willen. Denn ich könne verstehen, daß ihm sein Talent oft genug lästig und ungesund vorkomme.

Dann geriet er wieder ins Erzählen. Stoff genug hatte er ja. Es war Morgen, als wir uns trennten und zu Bett gingen. Ich wußte nicht mehr als vorher. Der einzige Trost war jetzt, daß der Mann selber auch nichts wußte.

Wenige Tage danach reiste er ab. Er fuhr nach Davos, und anschließend wollte er nach Afrika, um Löwen und andere wilde Tiere totzuschießen. Die Abenteuer in Europa waren ihm zu gefährlich. Und außerdem lebte er als jüngerer Sohn und Miterbe von beachtlichen Einkünften einer Fabrik im Rheinland.

Die Frauen atmeten hörbar auf. Mehrere Ehen renkten sich wieder ein. Ein paar junge Mädchen bekamen wieder rote Backen. Und alle gestanden sie: Sie hätten vor dem Mann Angst gehabt, unbeschadet aller sonstigen Begleitgefühle. Sie hatten Angst gehabt, bevor er sich ihnen näherte. Sie hatten Angst gehabt, wenn er sich mit ihnen beschäftigte. Sie hatten noch Angst gehabt, wenn er sie schon wieder ignorierte.

Jetzt war er fort, und ich habe nur noch von einem kleinen Nachspiel zu berichten, an dem er, wenn auch unfreiwillig, nicht schuldlos war. Eine Kaufmannsgattin, die ohne den dazugehörigen Kaufmann im Gebirge war, kam zum Hoteldirektor und teilte empört mit, daß man ihr die erlesensten Stücke ihrer Leibwäsche entwendet habe. Es war von Dessous aus Paris, von Nachthemden mit Brüsseler Spitzen und von anderen hauchdünnen Dingen die Rede. Und es lag nahe und war in diesem Fall wohl auch richtig, das Hotelpersonal zu verdächtigen.

Der Direktor zitierte den Chef d'Etage, die Gouvernante, die Stubenmädchen und Hausburschen, suchte anschließend die Bestohlene auf und erklärte rundheraus, er könne, obwohl der Verdacht fortbestehe, nichts unternehmen. Die Dame war entrüstet, sagte, was in solchen Fällen gesagt wird, und drohte, sie werde die Ortspolizei verständigen. »Das möchte ich der gnädigen Frau nicht unbedingt empfehlen«, antwortete der Direktor behutsam, »denn die Polizei würde das Etagenpersonal verhören müssen, und eine der ersten Routinefragen wäre, ob man einmal oder auch öfter jemanden in Ihr Zimmer hineingehen oder aus dem Zimmer herauskommen sah, der, eh, sich in der Zimmernummer geirrt haben könnte. Irren ist menschlich, gnädige Frau, doch das Personal meint, mindestens viermal und jedesmal etwa zwei Stunden lang pflege man Zimmernummern nicht zu verwechseln. Auch daß ein solcher Irrtum so oft und lange der gleichen falschen Nummer gegolten habe, meint eines der Stubenmädchen, sei einigermaßen seltsam. Gerade dieses Mädchen dürfte die Diebin sein, und ich werde sie entlassen, sobald ich kann. Im vorliegenden Fall bin ich im Zweifel, was ich tun soll. Wünschen Sie, daß ich die Polizei anrufe?«

Die Kaufmannsgattin wünschte es nicht. Sie zog auch nicht aus. Sie wagte es nicht. Denn der zu ihr gehörige Kaufmann wurde in ein paar Tagen erwartet. Das Zimmer neben jenem, das zu einigen Verwechslungen und zu einem Wäschediebstahl Anlaß gegeben hatte, war für ihn seit langem vorbestellt und vorgesehen. Er traf pünktlich ein, erwies sich als umgänglicher Hotelgast und besorgter Gatte, konnte nicht ahnen, was alle anderen wußten, und spielte seine fatale Rolle zur allgemeinen Zufriedenheit. Bis er einen anonymen Brief erhielt, zum nächsten Kostümfest – verblüffenderweise und sogar zur Überraschung seiner Frau – als Douglas Fairbanks erschien und um Mitternacht im Großen Saal ...

Doch das ist eine ganz andere Geschichte. Sie gehört nicht hierher. Vielleicht erzähl ich sie ein andermal. Vielleicht aber auch nicht.

Marieluise Fleisser
1901–1974

Briefe aus dem gewöhnlichen Leben

Geliebter Max!

Ich muß es Dir doch einmal sagen. Ich habe Dir absichtlich nichts verheimlicht, als wir uns kennenlernten. Du wußtest, daß ich öfter mit Herren zusammen war und daß das bei mir nicht so viel ausmacht, Max, ich meine heute, ich hätte Dir das nicht in dieser Weise hinsagen müssen. Du wärest dann vielleicht ganz anders zu mir gewesen.

Ich habe ja auch übertrieben, weil ich, wie ich in dem Lokal neben Dir saß, so traurig war, daß ich mir gar nicht genug antun konnte. Und Du hast mich noch hineingesteigert. Ihr Männer habt das gern, wenn Ihr eine Frau dazu bringen könnt, daß sie wegwerfend von sich spricht. Dann könnt Ihr stechen mit Euren Augen. Das hast Du fleißig bei mir gemacht. Ich weiß, daß Ihr hinter einer Frau stets noch Schlechteres vermutet, als sie selber zugibt. Ich habe mich doch so schlecht gemacht, Max, wie das gar nie bei mir war. Aber das wolltest Du von mir hören, unter der Voraussetzung hast Du mich ja bloß angesprochen. Ich habe das wohl gespürt und darauf reagiert: das war an dem Abend Deine seelische Lust. Mein Gott, das war mir furchtbar. Aber bei Dir mochte ich mich nicht wehren. Du warst der Leichtfertigere von uns beiden, Max, so wie Du bin ich niemals an einen Menschen herangetreten.

Wie ich dann mit Dir war, sagte ich Dir, Du bist der erste Mann, mit dem ich das gern mache. Aber ich sah Dir an, daß Du mir nicht glaubst. Du hast gewiß gemeint, es gehört dazu und ich verabreiche das jedesmal. Das hat mich so traurig gemacht. Denn wenn alle anderen bloß dazu da sind, daß man sie anlügt und mit ihnen kämpft wegen der Gemeinheit, die sie mit einem im Sinn haben, Dich würde ich niemals anlügen, Max. Was Du für mich gewesen bist, kann ich keinem Menschen sagen. Du warst für mich das Wunder. Um mich ein wenig zu verstehn, mußt Du daran denken, daß ich einmal ein armes vergewaltigtes Mädchen war. Das war meine erste Erfahrung. Ich dachte, Liebe ist nicht für eine wie mich. Der Mann war für mich ein Würger, der an sich reißt, was er braucht. Was hat denn ein alleinstehendes Mädchen für ein Leben? Ich dachte immer, was sind wir für arme Luder; ich habe mich so danach gesehnt, daß es doch anders und menschlicher sein möge. Die Sicherheit in mir selbst war mir ja genommen.

Bei Dir hat es sich gelöst. Ich habe gleich gespürt, daß ich Dir nahe sein konnte. In der Nacht habe ich mich mit Dir verheiratet, Max, und du hast es nicht gemerkt. Ich lief noch drei Stunden in den Straßen herum, eine solche Gewalt war in mir, und der Mond war so schön, ich hätte den Mond aufessen mögen. Manchmal ist mir, als ob Du nicht wüßtest, wie es mit mir steht. Ist denn die Seele des Nächsten stumpf und sieht nicht, was man ihr nicht zeigt? Ist, was ich um dich leide, nichts, da Du es nicht weißt? Mein Junge, ist es denn wirklich so, hätte ich mehr Wesen daraus machen müssen? Gott ist mein Zeuge, wie ich zu Dir kam, war ich in der Seele noch nie berührt. Du konntest alles aus mir machen. Warum hast Du so wenig aus mir gemacht? Ich weiß, Du hast Deine Arbeit und kannst oft nicht, wie Du willst. Ich werde die Zähne aufeinanderbeißen. Aber sage mir, daß Dir meine Hingabe was hilft, daß sie Dich reicher macht. Gib mir Ruhe in diesem Gedanken. Ich will es meinetwegen bei einem Menschen schwierig haben, wenn ein Aufschwung, eine Leistung von ihm ausgeht. Laß mir dies: daß ich von den andern mich abgrenzen und für Dich mich hinaufsteigern darf.

Deine Anna

Liebes Kind!

Dein Brief ist mir ein neuer Beweis, daß zwei Menschen sich unter einer Sache etwas ganz Verschiedenes vorstellen können. Es tut mir leid, was Du mir da sagst, daß Du mit keinem andern Mann so weit kommen kannst, wie mit mir. Ich gebe zu, daß es für Dich höchste Zeit ist, wenn Du nicht vor die Hunde gehen willst. Aber warum hast Du Dir gerade mich ausgesucht? Warum klammerst Du Dich nicht an einen anderen? Ich bin dafür sehr ungeeignet. Du mußt entschuldigen, wenn ich ein wenig deutlich werde. Ich will Dir was erzählen. Anfang März, wir beide kannten uns seit einigen Wochen, sah ich auf der Straße eine Frau und sagte zu einem Bekannten: Die gefällt mir. Er lachte mich aus, weil er wußte, daß die Frau durch ihre Position für mich unerreichbar war. Das ging mir nicht aus dem Kopf. Nach zwei Monaten brachte ich es fertig, daß sich die Frau von mir ansprechen ließ. Später kam ich in die Familie hinein. Ich konnte sie jetzt fast jeden Tag sehn. Ich war einfach verrückt vor Freude. Wir dachten uns unser ganzes Leben zusammen. Für die Frau habe ich einen Tempel aufgerichtet in mir. Ich weiß eigentlich nicht, was denn so Verheerendes an ihr dran war. Vielleicht nur, weil es so schwer war, an die heranzukommen. Die Eitelkeit spielt ja bei uns eine große Rolle.

Ich bin jetzt nicht mehr mit der Frau zusammen. Sie hat mir abgesagt. Sie entdeckte auf einmal, daß sie mich nicht mit der großen Liebe liebt. Seitdem bin ich mit der Frau fertig, wenn ich sie auch nicht vergessen kann. Sie könnte hier auf dem Boden liegen und krepieren, ich würde nicht einmal nach ihr hinsehn. Sie hat mich zu tief verletzt. Was ich ihr gab, hat ein Mann nur einmal im Leben zu bieten. Ich weiß, daß es ihr heute schlecht geht. Jetzt tut es ihr wahrscheinlich leid. Aber ich rühre keinen Finger, ihr zu helfen. Ich will sie noch in der Gosse sehen. Warum ich Dich da hineinsehen lasse? In der ganzen Zeit, wo Du zu mir kamst, habe ich eine Frau wahnsinnig geliebt. Ich bin ihr aber nie zu nahe getreten. Der bloße Gedanke daran war Sünde. Verstehst Du nun, warum ich Dich brauchte? Du warst gut zu mir. Der

Gedanke war mir widerwärtig, in dieser Zeit diesen Leib zu einem platten Freudenmädchen zu tragen. Liebes Kind, was weiß ein Mensch davon, was hinter einem anderen Menschen an Anhang steht? Die Kreuzungspunkte mit anderen Schicksalen sind zahlreich. Man kommt nicht immer unverletzt durch.

Ich weiß, daß Du kein Mensch bist, über den man wegsieht. Aber das Leben ist sinnlos und ungerecht. So wie es jetzt steht, bekommt mich überhaupt keine Frau mehr. Ich will mir nicht mehr hineinreden lassen.

Aber laß Dir einen guten Rat geben für Deinen nächsten Versuch: Du hättest von Anfang an mehr zu sagen gehabt, wenn Du Dich nicht so grenzenlos auf mich eingestellt hättest.

Max

Marie Luise Kaschnitz
1901–1974

Adam und Eva

Als Adam und Eva gezwungen wurden, das Paradies zu verlassen, ging es ihnen gewiß lange Zeit ziemlich schlecht. Wie man hört, waren die Tiere draußen unfreundlich, der Boden steinig und das Klima rauh. Adam und Eva hatten nichts gelernt als faulenzen, und die Arbeit fiel ihnen schwer. Kaum daß sie, wie man zu sagen pflegt, auf einen grünen Zweig gekommen waren, geschah das Unglück mit den beiden ältesten Söhnen, die sie schlecht erzogen hatten, so daß der selbstgefällige Abel nun unter dem Rasen lag, während der gewalttätige Kain irgendwo herumirrte und die Eltern sehen konnten, wie sie zurechtkamen ohne den Gärtner Abel und den Jäger Kain. Aber dann wuchsen ihnen neue Kinder heran und immer wieder neue, wenigstens stelle ich mir das so vor, und auch, daß Adam und Eva ziemlich alt wurden, ehe sie zu altern begannen. Um diese Zeit hatten sie gewiß längst ein Haus, und Eva ging nicht mehr im Schürzchen aus Palmblättern umher. Obwohl beide an den Garten Eden nur noch eine schwache Erinnerung hatten, ahmten sie doch nach, was sie einmal dort gesehen hatten, indem sie einen Brunnen gruben, der dem Wasser des Lebens glich, einen Garten pflanzten und einige Tiere zähmten, die sich auf dem umfriedeten Grundstück friedlich wie die Tiere des Paradieses benahmen. Dies alles war ganz unvollkommen, aber es machte Freude, daran zu arbeiten und abends umherzugehen und darüber nachzudenken, was sich noch tun ließ. Es machte soviel Freude, daß sie mit der Zeit ganz zufrieden wurden und Adam sich manchmal selbst ein bißchen so fühlte, als sei er der liebe Gott.

Es war darum eine große Erschütterung für ihn, als er eines Tages erfuhr, daß er sterben müßte. Nicht, daß er darüber eine bestimmte Nachricht erhalten hätte. Er sah nur eines Abends ein Tier seiner Herde tot umfallen, und da er sich selbst diesem großen, starken Leittier oft verglichen hatte, kam ihm mit einemmal der Gedanke, daß er in dieser Beziehung nicht mehr und nichts Besseres sei als ein Tier. Als er zu dieser Erkenntnis gekommen war, wurde er sich verschiedener Mängel bewußt, die er vorher nicht gekannt hatte, einer Schwäche der Augen, einer Unsicherheit der Hände, einer Trübung des Gehörs. Das ist der Tod, dachte er entsetzt, als an diesem Abend ein zerbrechlicher Gegenstand seiner Hand entglitt. Was hast du denn? fragte Eva, weil er wie versteinert dastand, während sie die Scherben zusammenlas.

Diese Frage: Was hast du denn? stellte Eva noch einige Male in der folgenden Zeit. Denn Adam begann sich in der Tat wunderlich zu benehmen. Es fing damit an, daß er nicht mehr schlief in der Nacht. Er wälzte sich bald auf die eine, bald auf die andere Seite und lag auch still auf dem Rücken und starrte zur Decke hinauf. Er konnte nicht schlafen, weil er zu viel denken mußte, aber die Gedanken, die ihn wachhielten, waren keineswegs erhabene, an den Tod oder an Gott, vielmehr drehten sie sich mit gräßlicher Beharrlichkeit um kleine häusliche Mißstände, einen Fehler in der Bewässerungsanlage, eine schadhafte Stelle im Dach. Wenn die Nacht vorüber war und alle im Hause sich wieder an ihre Arbeit begaben, überfiel ihn dann eine schreckliche Müdigkeit, und es kam vor, daß er sich gleich nach dem Frühstück wieder hinlegen mußte und eine ganze Weile liegen blieb. Das war ihm selbst verwunderlich, aber noch viel erstaunlicher war die Empfindlichkeit, die er gegenüber den verschiedensten Geräuschen an den Tag zu legen begann. Das Bellen der Hunde machte ihn rasend, noch mehr das Kreischen der Papageien und das alberne Geschrei der Affen, die in den Bäumen hinter dem Hause spielten und von denen er sich bald einbildete, daß sie ihn verfolgten und nur zu seinem Ärger ihren törichten Lärm vollführten. Die Kinder, und zwar noch mehr die halberwachsenen als die kleinen, erregten seinen Unmut auf Schritt und Tritt. Es fiel ihm plötzlich auf, daß sie gewisse idiotische Redewendungen beständig wiederholten und daß sie, ohne die geringste Rücksicht auf ihn zu nehmen, mit schallender Stimme ihre aufreizend stupiden Lieder sangen.

Schließlich bin ich der Vater, dachte er, und ein Mann, der einiges geleistet hat und dem es lange Zeit schlecht gegangen ist, ein Mann, der Anspruch darauf erheben kann, das man ihn respektiert. Solche Gedanken waren neu, und neu war auch der Wunsch, der ihn jetzt von Zeit zu Zeit überkam, der Wunsch nämlich, sich zu entfernen aus einer Umgebung, in der man ihn so wenig achtete und seinen Worten so wenig Aufmerksamkeit zollte. Er ging ein paarmal fort in der Nacht, bald in dieser, bald in jener Richtung, und schließlich ertappte er sich darauf, daß er bei diesen Spaziergängen etwas ganz Bestimmtes suchte: nämlich die Mauer des Gartens Eden, auf die er im Anfang, also vor vielen Jahrzehnten, herumwandelnd noch manchmal gestoßen war und auf der im roten Abendhimmel die Engelwachen gestanden hatten, sehr schön, mit ihren Wolkenflügeln aus schimmerndem Grau. Aber diese Mauer war nicht mehr da, und er hörte auch bald auf, sie zu suchen. Statt allein fortzugehen, machte er immer öfter die Runde durch sein Anwesen, betrachtete alles, was er gemacht hatte, und fand es schlecht genug. Er beobachtete auch seine Kinder und fand sie faul und leichtsinnig, unfähig, das Werk fortzuführen, das er begonnen hatte und das zu vollenden ihm nicht Zeit genug blieb. Und dann versuchte er über dies alles mit Eva zu sprechen, aber Eva lachte nur, und er war von ihrer Gleichgültigkeit aufs tiefste gekränkt.

In der folgenden Zeit fand er immer mehr Ursache, mit seiner Frau unzufrieden zu sein. Denn wenn Eva auch im Anfang seiner Verdüsterung recht lieb und freundlich gewesen war und sich bemüht hatte, ihm ein wenig Ruhe zu verschaffen, so schien sie doch von Tag zu Tag weniger um ihn besorgt zu sein. Ihre Laune war ausgezeichnet, ihr Appetit vorzüglich, und obwohl sie nicht jünger war als Adam selbst, schlief sie, auch ohne nur ein einziges Mal aufzuwachen, die ganze Nacht. Wenn er sich über den Lärm beschwerte, machte sie ein erstauntes Gesicht, wenn er über das Wetter klagte, sagte sie: Es wird schon wieder besser werden, und mit dieser Redewendung, die ihm leichtfertig und frech erschien, schob sie seine Leiden und Ängste, das einzige, das er noch hatte, in das Reich lächerlicher Grillen, denen niemand Aufmerksamkeit schuldig ist. Es fehlte nicht viel, daß sie gesagt hätte: Ach sei doch still, wenigstens meinte Adam dies herauszuhören und auch einen kleinen Ärger über seine Mutlosigkeit, und dieses Unverständnis kränkte ihn tief. Natürlich konnte er trotzdem nicht schweigen, da ja das Sagenmüssen wie Rauch zum Feuer zu diesem inneren Brande gehört. Also sprach er weiter, sprach mit einer Stimme, die ihm selbst verhaßt war, weil sie so nörglerisch und griesgrämig klang. Er beklagte sich über die Sonne und den Regen, über das Unkraut und die Schädlinge und die Kinder, und Eva sagte in der ersten Zeit noch ein paarmal: Das ist doch nicht so arg, und dann sagte sie gar nichts mehr, und er hatte den Verdacht, sie höre ihm überhaupt nicht mehr zu.

Das ist gewiß schlimm für einen Mann, der eingesehen hat, daß sein Leben nicht ewig währt, und der angesichts dieser Tatsache an dem Wert alles Geleisteten zu zweifeln beginnt. Es war schlimm für Adam, der jetzt umherging und alles, was er gemacht hatte, gering achtete und der aus seinen früheren Leiden einen glühenden Anspruch sog. Aber es erwies sich, daß dies noch längst nicht das Ärgste war. Denn das Ärgste ist nicht die Gleichgültigkeit, sondern der Verrat.

Man muß bedenken, daß Adam, der so vieles kannte, so etwas in seinem Leben nie erfahren hatte. Er war der einzige Mann, der für Eva in Frage kam, da es neben ihm nur Söhne und Enkel gab. Zwar war er früher, wenn Eva allein fortging und lange ausblieb, manchmal ein wenig unruhig geworden. Aber Eva war, wenn sie zurückkam, immer besonders strahlend und liebevoll gewesen, immer hatte sie etwas Besonderes mitgebracht, ja, es schien ihm jetzt, als habe er in seinem ganzen Leben nichts als Liebe und Freundlichkeit von ihr erfahren. Aber in dem Augenblick, in dem er sich seines Glückes bewußt wurde, war es mit diesem Glück auch schon vorbei. Denn wenn er bisher niemals in Evas Augen einen verräterischen Glanz gesehen hatte, wenn Eva sich niemals von ihm abgewendet hatte, um ihr Ohr einer anderen Stimme zu leihen: jetzt erfuhr er dies alles, alle Qualen der Eifersucht, nur daß kein Liebhaber, sondern ein Phantom sein Nebenbuhler war, kein Mann, mit dem er hätte kämpfen können, sondern das Traumbild der Jugend und des Lebens schlechthin.

Denn er sah es wohl, der Jugend und dem Leben neigte sich Eva zu. Mit einemmal gewahrte er sie auf der Seite der Kinder, ach, nicht mit Worten, aber mit mancher geheimen Zärtlichkeit, manchem vertraulich wiedergutmachenden Blick. Als Adam den ersten dieser Blicke auffing, zuckte er zusammen wie unter einem Schlag. Von da an wurde er mißtrauisch, horchte und schlich im Hause umher. Einmal, als er sich Eva gegenüber über die stechende Sonne beklagte, bemerkte er, wie sie ihr Gesicht und ihre Arme dieser Sonne entgegenhob, als sei gerade das, was ihn quälte, ihr eine Quelle der Lust. Durch solche Beobachtungen wuchs das Gefühl der Verlassenheit in ihm immer mehr. Er erinnerte sich der Zeiten, in denen Eva und er noch allein gewesen waren, und wie sie da, furchtbar allein und aufeinander angewiesen, sich geschworen hatten, einander niemals zu verlassen. Jetzt war Eva noch immer an seiner Seite, sie war nicht fortgegangen, aber es kam ihm vor, als entfernte sie sich dennoch, ein wenig weiter mit jedem Tag. In seinem schrecklichen Mißtrauen zeichnete Adam jede Station dieser Entfernung getreulich auf. Er glaubte zu bemerken, wie bei seinen Worten eine leise Ungeduld über Evas Züge glitt. Wenn er ein längeres Ausbleiben ankündigte, meinte er, auf ihren Lippen ein Lächeln der Erleichterung zu sehen, und wenn er dann fortging, bildete er sich ein, daß ihre Stimme, die er aus der Ferne noch hörte, froher und heiterer klang. Einmal, als sie bei der Abendmahlzeit saßen, faßte er sie ins Auge und stellte fest, daß ihre Haut schlaff wurde und ihre Haare sich zu verfärben begannen. Er bemerkte auch, daß sie Schmerzen in den Gliedern hatte und sich nicht mehr so frei und anmutig bewegte wie vorher. Sie ist nicht jünger als ich, dachte er, aber sie tut, als habe sie unbegrenzte Zeit vor sich, ewige Zeit. Und dann dachte er plötzlich, sie weiß nichts, sie weiß es nicht, und er war über ihre Dummheit empört.

Nach dem Essen ging Eva noch auf den Hof hinaus, um das Spielzeug der kleinen Kinder zusammenzusuchen. Adam ging ihr nach und blieb bei ihr stehen und sah sie flehend an. Werde mit mir alt, wollte er sagen, werde mit mir alt. Aber natürlich brachte er diese Worte nicht über die Lippen, sondern begann sich statt dessen über die Mücken zu beklagen in einem wilden und verzweifelten Ton. Was du nur immer hast, sagte Eva, und sah ihn kopfschüttelnd an.

In dieser Nacht beschloß Adam, Eva zu sagen, daß sie sterben müsse. Vielleicht hätte er es nicht getan, wenn nicht der Mondschein so hell im Zimmer und gerade auf Evas Gesicht gelegen hätte und wenn dieses Gesicht nicht so voll von Lebensentzücken gelächelt hätte im Schlaf. Aber dieser Anblick rief in Adam, der schon viele

Stunden schlaflos gewesen war, eine dunkle Rachsucht hervor. Er weckte Eva auf, und Eva rieb sich die Augen und fragte, ob etwas mit den Kindern sei. Wir müssen sterben, sagte Adam, und es war ihm zumute, als beginge er einen Mord. Große Neuigkeit, sagte Eva spöttisch. Das weiß ich schon lang. Hast du dir keine Gedanken gemacht? fragte Adam, sobald er sich von seiner Überraschung erholt hatte. Was wir hier zurücklassen, ist unfertig und keinen Pfifferling wert.

Jemand wird es schon fertig machen, sagte Eva.

Die Kinder, sagte Adam streng, sind träge und leichtsinnig. Sie wissen nicht, was arbeiten heißt, und werden elend zugrunde gehen.

Es wird schon noch etwas aus ihnen werden, sagte Eva.

Und was wird aus uns? fragte Adam und stützte seinen Kopf in die Hand.

Wir bleiben zusammen, sagte Eva. Wir gehen zurück in den Garten. Und sie legte ihre Arme um Adams Hals und sah ihn liebevoll an.

Ist er denn noch da? fragte Adam erstaunt.

Gewiß, sagte Eva.

Wie willst du das wissen? fragte Adam mürrisch.

Woher meinst du, fragte Eva, daß ich die Reben hatte, die ich dir gebracht habe, und woher meinst du, daß ich die Zwiebel der Feuerlilie hatte, und woher meinst du, hatte ich den schönen, funkelnden Stein?

Woher hattest du das alles? fragte Adam.

Die Engel, sagte Eva, haben es mir über die Mauer geworfen. Wenn wir kommen, rufe ich die Engel, und dann öffnen sie das Tor.

Adam schüttelte langsam den Kopf, weil eine ferne und dunkle Erinnerung ihn überkam. Gerade dir, sagte er. Aber dann fing er an zu lachen, laut und herzlich, zum erstenmal seit ach wie langer Zeit.

Vom Strand wo wir liegen

Vom Strand wo wir liegen
Silberne Häute ausgespannt
Stehen wir auf
In der mondlosen Nacht
Begehen das Feigental
Und die feurige Macchia
Lieben im Fleische
Reden mit Zungen
Tauschen das Augenlicht.
Ziehen auf aus der Erde
Hausmauern
Tisch und Bett
Reichen uns ernsthaft
Der eine dem andern
Der andre dem einen
Handüber herzüber
Bis zum Morgengrauen
Das rehrote Windei
Hoffnung.

Theodor W. Adorno
1903–1969

Constanze

Überall besteht die bürgerliche Gesellschaft auf der Anstrengung des Willens; nur die Liebe soll unwillkürlich sein, reine Unmittelbarkeit des Gefühls. In der Sehnsucht danach, die den Dispens von der Arbeit meint, transzendiert die bürgerliche Idee von Liebe die bürgerliche Gesellschaft. Aber indem sie das Wahre unvermittelt im allgemeinen Unwahren aufrichtet, verkehrt sie jenes in dieses. Nicht bloß, daß das reine Gefühl, soweit es im ökonomisch determinierten System noch möglich ist, eben damit gesellschaftlich zum Alibi für die Herrschaft des Interesses wird und eine Humanität bezeugt, die nicht existiert. Sondern die Unwillkürlichkeit von Liebe selber, auch wo sie nicht vorweg praktisch eingerichtet ist, trägt zu jenem Ganzen bei, sobald sie sich als Prinzip etabliert. Soll Liebe in der Gesellschaft eine bessere vorstellen, so vermag sie es nicht als friedliche Enklave, sondern nur im bewußten Widerstand. Der jedoch fordert eben jenes Moment von Willkür, das die Bürger, denen Liebe nie natürlich genug sein kann, ihr verbieten. Lieben heißt fähig sein, die Unmittelbarkeit sich nicht verkümmern zu lassen vom allgegenwärtigen Druck der Vermittlung, von der Ökonomie, und in solcher Treue wird sie vermittelt in sich selber, hartnäckiger Gegendruck. Nur der liebt, wer die Kraft hat, an der Liebe festzuhalten. Wenn der gesellschaftliche Vorteil, sublimiert, noch die sexuelle Triebregung vorformt, durch tausend Schattierungen des von der Ordnung Bestätigten bald diesen bald jenen spontan als attraktiv erscheinen läßt, dann widersetzt dem sich die einmal gefaßte Neigung, indem sie ausharrt, wo die Schwerkraft der Gesellschaft, vor aller Intrige, die dann regelmäßig von jener in den Dienst genommen wird, es nicht will. Es ist die Probe aufs Gefühl, ob es übers Gefühl hinausgeht durch Dauer, wäre es auch selbst als Obsession. Jene aber, die, unterm Schein der unreflektierten Spontaneität und stolz auf die vorgebliche Aufrichtigkeit, sich ganz und gar dem überläßt, was sie für die Stimme des Herzens hält, und wegläuft, sobald sie jene Stimme nicht mehr zu vernehmen meint, ist in solcher souveränen Unabhängigkeit gerade das Werkzeug der Gesellschaft. Passiv, ohne es zu wissen, registriert sie die Zahlen, die in der Roulette der Interessen je herauskommen. Indem sie den Geliebten verrät, verrät sie sich selber. Der Befehl zur Treue, den die Gesellschaft erteilt, ist Mittel zur Unfreiheit, aber nur durch Treue vollbringt Freiheit Insubordination gegen den Befehl der Gesellschaft.

Geliebt

Geliebt wirst du einzig, wo du schwach dich zeigen darfst, ohne Stärke zu provozieren.

Elias Canetti
1905–1994

Die Heilung des Eifersüchtigen

Von allen schwierigen Unternehmungen dieser Welt ist nichts so schwer wie die Heilung des Eifersüchtigen. Bevor man sich nicht genau darauf besonnen hat, was Eifersucht ist, wird man ihn kaum heilen können. Es ist eine Verengung der Gedanken und der Luft, als hätte man in einem kleinen Zimmer zu leben, aus dem es kein Entkommen gibt. Hie und da wird ein Fenster geöffnet, sie, der Gegenstand der Eifersucht, blickt rasch herein, verschwindet und schließt es wieder. Während sie nun frei und nach Willkür herumschweift, ist man selber eingesperrt und kann nirgends hin. Die Eifersucht entsteht, weil man nirgends hin kann. Die Wege, die man hätte gehen müssen, zusammen mit ihr, sind nicht gegangen worden. So gibt es viele ungeschützte Wege, man war dort nicht, sie sind frei, da kann jeder sich alles erlauben. Jemand, der den vielen Wegen verfallen ist, scheint wie geschaffen zur Erregung von Eifersucht. Wie wäre es möglich, überall dabei zu sein, bei jeder Laune, bei jedem Schritt, man müßte ein Trabant werden, eigentlich ein Hund; Hunde machen es am besten, sie wollen nichts anderes als auf den Wegen ihres Herrn immer dabeisein. Ein Mann aber kann nicht gut der Hund einer Frau sein. Läßt er sich nur ein wenig dazu herbei, so ist er nicht mehr er selbst, und mit wenig kann ihm gar nicht geholfen werden.

Nun gibt es Unglückliche, die gern zu Hause bleiben, unter Büchern oder Noten; für diese, die sich in ein stilles Dasein spinnen, ist eine Frau gar nicht geeignet. Denn wenn sie sie bei sich halten, ist es mit der Stille nichts, und wenn sie sie fernhalten, wissen sie bald nicht, was sie tut. Die Männer, die sich selber einschließen, sind gezwungen, ihre Frauen noch mehr einzuschließen als sich selbst. Die Frau, die in der Ferne eingeschlossen ist, hat einen langen Weg, und immer einmal wird der Weg lebendig. Die Luft hat ihre Versuchungen und formt sich zu männlichen Worten. Für jede Aufforderung eines Weges zusammen, die der Mann nicht erfüllt, kommt später ein Weg mit einem anderen, und wenn sie diese neuen Wege auch noch so satt bekommt, sie sind der Beginn eines anderen Lebens, das niemand mehr einzudämmen vermag. Der Ort, an dem man sich selber einschließt, muß der Frau, vor der man sich schützen will, geheim bleiben. Denn läßt man sie hin, so bringt sie ihre Schwankungen mit und der Ort ist zerstört. Läßt man sie aber nie hin, kann sie den Ort sich überhaupt nicht vorstellen, so holt sie sich andere Orte. Das Opfer der Eifersucht hat es in modernen Zeiten schwerer. Er kann telefonieren und die Schuld der Abwesenden jederzeit feststellen, so daß kein Zweifel bleibt; er kann sich nicht einmal die Hoffnung bewahren, daß er sich irrt. Sein Unglück ist immer klar, es gibt keine Ausflucht, es gibt keinen Trost.

Hilft es dem Eifersüchtigen, daß er viele Frauen liebt, daß er seine Liebe verteilt? Nein, es hilft ihm nicht, denn seine Liebe, wenn sie eine ist, wird immer groß sein. Entweder die Menschen, die er »liebt«, sind im gleichgültig, das heißt sie *bestehen* nicht wirklich für ihn, und dann kann es ihm gleichgültig sein, was sie tun. Oder er liebt, das heißt er nimmt die Menschen voll in sich ein: da können es ihrer sein, so viele sie wollen, jeder ist ein ganzer Mensch, und jeder, in seinem Bezirk, kann den Liebenden auf den Tod betrüben. Die Verteilung ist nur von Nutzen, wenn sie einem den Ernst des Gefühls überhaupt nimmt. Dafür lohnt es sich nicht zu leben. Dann lieber allein sein, ganz für sich selber und einen Gott glühend verehren, der nie zu fassen ist. Die Vielen sind nur mehrere Anlässe zur Eifersucht.

Vielleicht aber hilft es, auf eine andere Weise zu lieben? Ohne die Entscheidung über Tod und Leben, ohne die Verantwortung, ohne die Angst um das Leben des anderen, das jede Stunde gefährdet ist. Die Eifersucht ist am schlimmsten im Herzen des Verantwortlichen, dessen Angst immer wach ist, und solche sind es gewöhnlich, die sich eingeschlossen halten, die Angst beläßt sie nicht immer auf Wegen. Wenn es den Tod nicht gäbe, wäre auch die Eifersucht erträglich. Denn man wüßte, daß der Mensch, der einem verschwindet, irgendwo ist, und vielleicht trifft man ihn wieder, vielleicht kommt er wieder zu einem gerannt. Der Tod aber kann es anders wollen. Das Geschöpf, das man liebt, mag zu Ende gehen, kaum hat man es aus den Augen verloren, und wenn es gestorben ist, wer bringt es wieder? Und hätte man den Tod, den man nicht überwachen durfte, vielleicht nicht verhüten können? Welche Liebe ist so kurz, daß sie nicht des Todes denkt, welche Liebe ist so schwach, daß sie es nicht unternimmt, den Tod zu bezwingen?

Ohne Tod wäre ein Weg zur Heilung des Eifersüchtigen abzusehen, aber das ist müßig. Es soll ein Weg in diesem begrenzten Leben zu finden sein.

Wolfgang Koeppen
1906–1996

Arme Diotima. Ein Märchen

Es war einmal ein Philosoph, der lebte in unserer Zeit. Als Philosoph war er wohl weise. Aber er war nicht klug. Wäre er klug gewesen, hätte er sich einen anderen Beruf gesucht, denn das Leben des Philosophen war schwer. Diktatoren und Eroberer kamen und gingen. Aber der Philosoph war noch nicht seinem Alexander begegnet, und niemand war weit und breit, den er bitten konnte, aus der Sonne zu gehen. Die Diktatoren mieden das Gesicht der Philosophen. In der Sonne brüsteten sich die Schergen der Diktatoren, und diesen Schergen zu sagen, sie möchten beiseite treten, war viel zu gefährlich. Die Weisen schwiegen philosophisch. Erst als der Diktator gefallen und die Eroberer in das Land gekommen waren, schien sich die Lage der Philosophen zu bessern. Die Eroberer forderten sie auf zu reden. Aber das Volk hatte unter dem Diktator verlernt, nach der Meinung der Weisen zu fragen. Vielleicht waren dem Volk die Lehren der Weisen gleichgültig geworden, weil die Philosophen so lange in der Tonne gelegen und geschwiegen hatten.

Der Philosoph hungerte. Er wäre wohl würdig verhungert, wenn er nicht Diotima geliebt hätte. Als sich nach der großen Notzeit die Magazine wieder mit schönen Dingen füllten, sah Diotima, wie die anderen Mädchen von ihren Freunden, die Gemüsehändler, Metzger und Kinobesitzer waren, schöne Wildlederschuhe, schicke Kleider, lustige Hüte, wohlriechende Wasser und teure Sachen geschenkt bekamen. Nur der Philosoph konnte seiner Freundin nichts schenken, da er kein Geld hatte. Zur Sommerzeit ging er mit Diotima am Stadtrand spazieren, und er erzählte ihr, während aus den Wirtschaften Musik und das Gelächter der Schmausenden klang, daß nach Platon die Seele einem Gespanne geflügelter Pferde gleiche. Da wurde Diotima sehr traurig; denn mochte die Seele auch von Flügelrossen zum Himmel getragen werden, ihr schöner Leib wanderte arm in abgetragenen Kleidern an der Seite des armen Philosophen durch den Staub, während die Freundinnen der Geschäftsleute in neuen Automobilen vorüberfuhren.

»Du könntest mir auch einmal was schenken«, sagte Diotima zu ihrem Philosophen, und sie weigerte sich, mit ihm auszugehen, bevor er ihr nicht mit einem Geschenk seine Liebe bewiesen habe.

Der Philosoph zerbrach sich den Kopf, wie er zu einem Geschenk für Diotima kommen sollte. Er versuchte, seinen alten, oft geflickten Wintermantel bei einem Trödler zu verkaufen, aber der Trödler sagte: »Ich kaufe jetzt nur Sommermäntel, und Ihr Wintermantel ist ein alter Fetzen.« Da dachte der Philosoph, durch Arbeit etwas zu verdienen, und er kündete an, daß er einen Vortrag halten würde. Er sprach über

»Die Existenz und die Philosophie der Existenz«. Den Vortrag besuchten aber nur andere Philosophen, die auch kein Geld hatten und auf Pressekarten kamen. Diotima sagte: »Du hast nichts eingenommen. Du hast dich lächerlich gemacht!« Und sie wollte sich ganz bestimmt mit dem Philosophen nicht mehr sehen lassen, bevor er es nicht zu einem kleinen Geschenk für sie gebracht habe.

Der Philosoph dachte tief nach, und endlich entschloß er sich, zu stehlen. Er entschloß sich nicht leichtfertig zum Diebstahl, denn im Grunde seines Herzens war er ein strenger Moralist. Er verwarf dann auch gleich das Stehlen von Geld oder die Entwendung eines wirklichen Wertgegenstandes, wie eines Kleides, eines Ringes oder eines Hutes. Er studierte die Moralprediger aller Religionen, er las die indischen Weisen, stärkte sich am Tao-te-king, prüfte die Strafgesetzbücher der Länder und gedachte dann, einen Mundraub zu begehen – wenn auch zu Gunsten seiner Freundin.

Damit alles nach der Vorschrift geschehe, fastete der Philosoph einige Tage. Dann stieg er in der Morgenfrühe, als die Vögel zu singen begannen, in den Garten der Witwe Oberhimmel, wo schöne Kirschen an einem Baume reiften. Der Philosoph kletterte, vom Fasten leicht, in die Zweige und füllte sich ein kleines mitgebrachtes Körbchen mit den köstlichen Früchten.

Leider hatte der Philosoph wohl das ethische Problem seiner Tat weise erwogen, aber nicht mit dem Mißtrauen der Menschen und mit der haushälterischen Sorge der Witwe Oberhimmel gerechnet. Die Witwe, die schöne Kirschen reif und ungepflückt in ihrem Garten wußte, hatte das Nahen von Dieben vorausgesehen, und sie war Weib genug, ihnen entgegen zu treten. So erschien sie – vom Turm der nahen Kirche schlug es fünf –, die Haare in Lockenwickel gewunden, den Regenmantel des seligen Gatten übergeworfen, mit einem Teppichklopfer in der Hand unter dem Kirschbaum und schrie: »He! Sie da! Kommen Sie nur mal runter!«

Der Philosoph erkannte, daß er mit einer Vertreterin der gefährlichen Gattung der vernünftigen, fest auf der gewöhnlichen Erde stehenden Geschäftsfrauen zu tun hatte und daß Erklärungen des philosophischen Standpunktes und der verschiedenen geistigen Vorbehalte, die er um den Begriff des Diebstahls errichtet hatte, hier gar nichts nützen würden. Er fügte sich philosophisch in sein Schicksal, stieg vom Baume herab, reichte der Witwe artig das Körbchen mit den geernteten Kirschen und sagte höflich: »Wenn Sie mich der Polizei übergeben wollen, verehrte Dame – des Teppichklopfers bedarf es nicht!«

Frau Oberhimmel fühlte sich durch die Anrede in ihrer Absicht, den Dieb mit Schlägen aus dem Garten zu jagen, gestört. »Der feine Herr Stehler meint, ich geh jetzt so einfach mit ihm auf die Polizei«, schimpfte sie. »Vor meinem Teppichklopfer haben Sie Respekt! Aber Sie sind mir viel zu windig, als daß ich auf Sie einschlage! Durch Sie scheint ja die Sonne!«

Und wie die Sonne durch ihn schien! Sie war hell hinter einer Wolke hervorgekommen und hüllte den Garten, den Kirschbaum, die frohen Vögel, den Philosophen und Frau Oberhimmel in ihr goldenes Morgenlicht. »Geben Sie mal Ihre Personalien«, sagte die Witwe. »Es wird sich dann alles finden, und der Appetit auf meine Kirschen wird Ihnen schon vergehen!«

Der Philosoph reichte der Oberhimmel seine Kennkarte, und die Frau las, daß der Weise nicht nur ein einfacher Philosoph, sondern auch ein Doktor der Philosophie war. Dieser Umstand stimmte sie milder. »Sie haben wohl Hunger gehabt«, fragte sie.

Der Philosoph dachte an seine Mundraubtheorie und nickte. Er verschwieg, daß er die Kirschen für seine Freundin Diotima gepflückt hatte. »Dann kommen Sie man, Herr Doktor«, sagte Frau Oberhimmel und führte den Philosophen in das Haus, wo sie eine gutgehende Gastwirtschaft unterhielt.

In der großen, wohleingerichteten Küche stellte die Wirtin eine Pfanne auf den Herd, schnitt Speck und schlug Eier hinein, kochte Kaffee, schmierte Butter aufs weiße Brot und setzte dem Philosophen ein Frühstück vor, das an Nährwerten ungefähr seinem Monatsverbrauch entsprach.

»Wenn Sie täglich so frühstücken, würden Sie bald besser aussehen. Sie würden Farbe ins Gesicht und Fleisch auf die Knochen bekommen«, meinte die Witwe und sah zu, wie es dem Philosophen schmeckte.

Von einem solchen Frühstück könne er leider nur träumen, erwiderte der Philosoph und kaute mit vollen Backen.

»Warum nur träumen«, fragte die Witwe. »Warum immer nur träumen?«

Der selige Herr Oberhimmel blickte aus einem Bild, das über dem Sofa hing, teils mitleidig, teils ironisch auf den Philosophen und sein früheres Weib hinunter.

Die Witwe, die bei sich dachte, »Frau Doktor, das klänge gar nicht schlecht«, spann ihren Faden weiter und äußerte: »Sie müßten nicht allein durch das Leben gehen. Zu zweit trägt sich alles leichter.«

»Aber das führt zu einem Konflikt der Existenz mit der Moral«, antwortete der Philosoph, und er dachte dabei an die arme Diotima, der er nun wieder nichts schenken konnte.

»Wieso? Ich habe eine Existenz«, entgegnete die Wirtin stolz, »eine gute und ausreichende Existenz, und was die Moral betrifft – mir kann niemand etwas nachsagen.«

Sie ging zur Theke, holte den besten Cognac, den sie im Geschäft hatte, und schenkte dem Philosophen ein. Der Weise hatte lange keinen Alkohol getrunken, und plötzlich merkte er, daß man mit gutem Cognac und gutem Essen im Leibe angenehme, vielleicht nicht einmal unphilosophische Gedanken haben könne. Und als Frau Oberhimmel dem Philosophen nach dem dritten Glas Cognac das Ultimatum stellte, daß er mit ihr zum Standesamt oder sie mit ihm zur Polizei gehen müßte, da zauberte er zum letzten Male wehmütig das Bild der schönen Diotima vor seine Seele und willigte in den Gang zum Altar.

Heute steht der Philosoph in den Anzügen des Herrn Oberhimmel, in die er allmählich hineinwächst, hinter der Theke und schenkt den Gästen das Bier ein. Zuweilen treten – unsichtbar für alle, nur nicht für ihn – Diogenes, Sokrates, Kant und Schopenhauer in die Wirtschaft, nicken ihm freundlich zu und trinken einen Schnaps. Unser Philosoph schämt sich dann immer ein wenig seines zunehmenden Bauches.

Mascha Kaléko
1907–1975

Liebeslied

Wenn du mich einmal nicht mehr liebst,
Laß mich das ehrlich wissen.
Daß du mir keine Lüge gibst
Noch Trug in deinen Küssen!

Daß mir dein Herz die Treue hält,
Mußt du mir niemals schwören.
Wenn eine andre dir gefällt,
Sollst du nicht mir gehören.

Wenn du mich einmal nicht mehr magst,
Und geht mein Herz in Scherben –
Daß du nicht fragst, noch um mich klagst!
Ich kann so leise sterben.

Ich und Du

Ich und Du wir waren ein Paar
Jeder ein seliger Singular
Liebten einander als Ich und als Du
Jeglicher Morgen ein Rendezvous
Ich und Du wir waren ein Paar
Glaubt man es wohl an die vierzig Jahr
Liebten einander in Wohl und in Wehe
Führten die einzig mögliche Ehe
Waren so selig wie Wolke und Wind
Weil zwei Singulare kein Plural sind.

Hilde Domin
1909–2006

Dein Mund auf meinem

Dein Mund auf meinem.
Ich verlor allen Umriß.
Tausend kleine Blüten
öffneten ihre Kelche
auf meinem Körper.

Du küßtest mich zärtlich
und gingst.

Trockene Scham wie ein Feuer
stand rot mir
auf Bauch und Brüsten.

Neue Wege

Neue Wege möchte ich finden
schmerzhaft ungegangene
vom Du zum Ich.

Keine Handbreit an mir
die deinem Eintritt
widersteht.

Ich lade dich ein

Liebster, ich lade dich ein,
komm in das Haus unsrer Wünsche
und häng deinen Hut an die Wand,
den Hut mit dem kleinen Schußloch.
Denn ich habe das Haus
ganz nach deinem Befehle gebaut.
Es ist alles darin, was wir brauchen.

Der blaue Himmel der Tropen,
die leichte Luft von Madrid,
doch ohne den lästigen Wind, der
dir die Papiere zerzaust.
Die Zimmer sind im gobelinweichen Grün
der Hänge von Heidelberg gestrichen.
Ich gebe dir die alte Brücke als Bett
mit einer Lastexmatratze darauf.
Es riecht nach den Glyzinien
der Via Monte Tarpeo,
Marc Aurel ist wieder unser Portier.
Des Abends vergoldet die Sonne den Tiber,
dann singt uns die Nachtigall am Palatin.
Danach gehen wir in die Kammerspiele,
in die Scala oder Old Vic,
oder sehn den großen Barrault,
ob Paris ihn gerade mag oder nicht.
Du hast immer Zeit,
und es fällt dir was ein, wenn du Zeit hast.
(Die Schreibmaschine kopiert von allein,
völlig geräuschlos, versteht sich.)
Und was du schreibst,
wird im ersten Monat gedruckt
und sofort darauf rezensiert
und gefällt dir und den andern, und das mit Recht,
denn es ist bahnbrechend, einfach und gut
und zur richtigen Stunde gesagt. –
Und für die Flauten schreibt Händel
dir neue Concerti Grossi,
weil du die alten schon kennst,
und der tote Busch dirigiert.
Dann ißt du gebratene Enten
und Frühlingssalat aus Florenz.
Wir spülen nie. Die Teller
werfen wir zum Fenster hinaus,
wie in Rom in der Neujahrsnacht.
Sei unbesorgt, sie fallen
niemand auf den Kopf,
denn unten ist keine Straße.
Deswegen ist's auch so ruhig,

und nichts stört deinen Schlaf.
(und morgens bleibt dir nie
ein weißes Haar an der Bürste).
Dabei sind die Oper und das Kino
mit ausgewähltem Programm
gleich um die nächste Ecke,
und dort stehen auch die Museen.
Die frühen Kulturen sind gut vertreten,
die fernöstliche Sammlung ist exquisit,
und ein Wiener Café in der Nähe.
Dort sehen wir rasch die Zeitungen durch,
sie sind, wie immer,
empörend interessant,
nur ist alles viel weiter weg.
Wir lesen mit kopfschüttelndem Entsetzen,
wie die Schwalben vom Himmel fallen
nach den Atomexplosionen
auf einer anderen Erde.
Dann gehn wir nachhause, und du schläfst Siesta,
und für mich steht bei der Terrasse ein Baum
mit dem unentbehrlichen grünblauen Muster.
Wir arbeiten viel,
und wir lachen noch mehr,
und wir haben reizende Gäste
– wer käme nicht gern in das Haus? –
denen liest du in allen Sprachen,
am liebsten auf deutsch,
das Geschriebene vor.
Dann fahren wir zusammen zu Martha Graham
oder zum Negerballett von Port-au-Prince,
oder machen einen kurzen Mondscheinspaziergang
in den Löwenhof der Alhambra.
Der Briefträger, mein Herz, kommt pünktlich
zum Frühstück,
gleich nach dem blauweißen Gruß
der kleinen Möwen über der See,
und bringt Liebesbriefe von deinem Verleger
und Angebote von Stellen, die du nicht brauchst.
Denn du hast, was du wünschst,
und du tust, was du magst.

Und du tobst nur ganz selten,
damit ich behalte, wie gut du es kannst,
und bist viel geduldiger als sonst.
Liebster, nimm deinen Hut von der Wand,
den Hut mit dem kleinen Schußloch,
und geh auf ein Wohnungsbüro, ich bitt dich,
und sieh,
was sie uns anbieten können.
Sonst stürz ich mich noch aus dem Fenster
dieses Hauses, das es nicht gibt.

Und das Fenster, glaub mir, ist hoch.

Irmgard Keun
1910–1982

Der ideale Mann

Von einem, der eine Statistik darüber anlegen will, wurde ich gefragt: »Welcher Mann wird geliebt?« Ich mache mir nicht viel aus solchen Testen, aber ich finde es immer noch lohnender und interessanter, über männliche Vorzüge nachzudenken als über Umfragen wie zum Beispiel: »Welcher Unterschied besteht Ihrer Meinung nach zwischen Marlene Dietrich und dem Bundeskanzler?«, »Halten Sie Libido für einen Seestrand in Italien oder für ein nordafrikanisches Gesellschaftsspiel?«, »Ziehen Sie eine Alkoholvergiftung einer Vorladung zum Finanzamt vor?«

Ich weiß nicht, ob es einen idealen Mann gibt. Wenn ich in einen Mann verliebt bin, finde ich ihn so einmalig und wundervoll, daß ein Attribut wie »ideale« viel zu blaß und kümmerlich für ihn ist. Später, wenn das Hoch sozusagen dem Eindringen kühlerer Meeresluft weichen mußte, kommt mir die Bezeichnung »ideal« erst recht nicht in den Sinn. Die Vorstellung, alle Männer, die ich mal reizend fand, zu einem Haufen versammelt zu sehen, hat etwas Beklemmendes für mich. Vergangene Begeisterung und künftige Kriege soll man sich nicht vorstellen.

Ich weiß auch nicht, welche Art Mann mir nun besonders gut gefällt. Mit sechzehn Jahren hatte ich mal gehört, wie meine mir durch Reife und Welterfahrung überlegene achtzehnjährige Kusine, die sogar eine imitierte Sealkaninjacke und eine mondäne Stofforchidee besaß, von einem Mann sagte: »Der könnte mein Typ sein.« Daraufhin wollte ich auch einen Typ haben und mixte mir eine Art dämonischen

Menschenverächter, elegant tanzenden Globetrotter, leidenschaftlichen Violinspieler und gütig-souveränen Nervenarzt zusammen. Nachdem ich mich zum drittenmal in drei verschiedene Männer, die weder mit meinem Typ noch miteinander die leiseste Ähnlichkeit aufwiesen, verliebt hatte, gab ich die Sache mit dem Typ auf. Das einzig Gemeinsame, das ich bei den Männern, die mir im Laufe der Jahre gefallen haben, feststellen kann, besteht darin, daß sie keine Frauen waren.

Um auf die Frage »Welcher Mann wird geliebt?« zurückzukommen, überlege ich, welche Eigenschaften ich an Männern schätze und welche ich nicht ausstehen kann.

Zu den Männern, aus denen ich mir nichts mache, gehören unter anderem:

1. Gewisse Witzbolde, die sich innerhalb einer Stunde zwanzigmal der gleichen, gerade populären, witzigen Redensarten bedienen und jedesmal selbst ihre helle Freude daran haben.

2. Männer, die mit wildem Eifer und grimmiger Entschiedenheit zum fünfzigstenmal todsichere politische Prognosen stellen, nachdem dreiundfünfzigmal das genaue Gegenteil des von ihnen Prophezeiten eingetroffen ist. Ich meine, es hat keinen Sinn, ihnen andächtig zu lauschen, obwohl sie sich meistens aufspielen, als wären sie als einzige Lebewesen in sämtliche vergangenen und künftigen Geheimnisse der Weltgeschichte eingeweiht. Mein Bedarf an politischen Informationen ist durch Zeitungsartikel und Rundfunkkommentare so reichlich gedeckt, daß ein zusätzlicher politischer Amateurpfau mich nur noch bis zu Tränen langweilen kann.

3. Don Juans und Casanovas. Sie haben im Laufe der Jahrhunderte eine etwas schimmlige und antiquierte Routine erworben und sind meistens in ihre eigene Unwiderstehlichkeit verliebt. Ich fand es aber immer netter, wenn ein Mann in mich statt in sich selbst verliebt war. Auch kommt es mir komisch vor, wenn Männer nach einem bestimmten Eroberungsgesetz arbeiten und zum Beispiel nach dem Motto »Das Weib will im Sturme genommen werden«, plötzlich auf eine Frau losstürzen und sie wild schütteln wie eine Medizinflasche.

4. Männer à la »Fliegender Holländer«, auf denen ein Fluch lastet. Ich weiß nichts mit ihnen anzufangen, obwohl es ja viele Frauen geben soll, die gern die erlösende Sentarolle spielen und gern leiden. Ich leide nicht gern und mag auch keine Männer, die verbittert und enttäuscht sind und erwarten, daß ich ihnen helfe, den Glauben ans Leben und an die Frau wiederzufinden. Ich weiß, daß es ein häßlicher Charaktermangel von mir ist, aber ich eigne mich nun mal nicht zum Psycho-Therapeuten-Ersatz und hab auch weder Talent noch Lust, einen Mann vor dem moralischen Untergang zu retten und aus dem Sumpf zu ziehen. Wie gut, daß es andere Frauen gibt, die geradezu passionierte »Aus-dem-Sumpf-Zieherinnen« sind.

Es hat auch keine anziehende Wirkung auf mich, wenn ein Mann damit kokettiert, daß ihm seine Frau mit sämtlichen Möbeln fortgelaufen ist. Allenfalls kann ich eine kollegiale Bewunderung für die Möbel transportierende Frau aufbringen. Zu den chronisch Verbitterten gehören auch Männer, die sagen: »Tiere sind besser als Menschen.« Tiere dürften auf Grund weitreichender Erfahrungen anderer Meinung sein, und wenn sie mitteilen könnten, wie kalt sie derartige menschliche Wertschätzungen lassen, würden die Verbitterten, gekränkter Eitelkeit voll, sich durch die gesamte Zoologie beleidigt fühlen. Ich jedenfalls habe keine Lust, einem Mann zu beweisen, daß ich besser bin als Tiere, oder mich ihm zuliebe in einen treuergebenen Hund, ein niedlich-bescheidenes Kanarienvögelchen oder ein zahmes Kaninchen zu verwandeln.

Ich will mich aber nicht weiter in mir zuwidere männliche Eigenschaften verbohren, sondern lieber an die netten Männer denken.

Mir gefällt's, wenn ein Mann wirklich ein Mann ist, der es nicht nötig hat, seine Männlichkeit besonders zu betonen und besonders stolz darauf zu sein. Er kann sich ruhig etwas unbesonnen, unbeholfen und schüchtern zeigen. Lieber soll er eine leichte Neigung zur Faulheit haben als sich in wildem Ehrgeiz verzehren. Zuviel Ehrgeiz macht einen Mann nur ungemütlich und geht auf Kosten seiner Heiterkeit. Auch frißt er ihm die Zeit auf, die eine Frau gern für sich haben möchte.

Im übrigen habe ich nie das Bedürfnis gehabt, einen Mann zu ändern oder gar zu erziehen. Man kommt viel besser mit einem Mann aus, wenn man ihm sagt, daß man ihn bewundere und reizend finde. Darum verstehe ich auch gar nicht, warum heute noch so viele Frauenzeitschriften Erziehungsrezepte für Männer herausgeben, ganz abgesehen davon, daß die Männer sie von selbst gar nicht lesen und höchstens muffig werden, wenn man sie ihnen als Ausschnitte auf die Wirtschaftszeitung, auf den letzten Zahlungsbefehl oder in den Kriminalroman klebt. Warum wird eigentlich dauernd verlangt, daß ein Mann seiner Frau immerzu Blumensträußchen mitbringt? Ich finde, ein Mann kann überzeugendere und originellere Liebesbeweise geben, und gerade die neckische Sträußchenschenkerei liegt nicht jedem, nachdem sie als feststehende Dauergalanterie ewig und überall gefordert wird. Ich will ja den Blumenläden nicht das Geschäft verderben, aber ich weigere mich, angesichts einiger räudiger Tulpen vor Rührung zu zerfließen und an einen Mann Ansprüche zu stellen, wenn sie seiner Phantasie und Individualität nun mal nicht entsprechen. Kein vernünftiger Mann wird jemals begreifen, warum seine Frau sich in Gottes Namen nicht selber ein Veilchenbukett kauft, wenn Lebensglück und Seelenfrieden für sie davon abhängen.

Ich weiß auch nicht, warum ein Mann zu Haus nicht gelegentlich in Hemdsärmeln und Pantoffeln rumlaufen soll. Ein Mann soll sich zu Hause nicht gehenlassen? Wo soll er sich denn gehenlassen, wenn nicht zu Haus? Hauptsache, er fühlt sich wohl und läßt sich seine gute Laune anmerken. Und um zu wissen, daß ich ihm gefalle, brauche ich weder Sträußchen noch Smoking. Mir ist viel lieber, ein Mann steigert seinen Charme dadurch, daß er im Haushalt hilft und nett und aufmunternd ist, wenn man sich krank fühlt. Gerade männliche Männer wirken bezaubernd, wenn sie ein bißchen ungeschickt und eifrig Arbeiten verrichten, die ihnen eigentlich nicht liegen. Es gefällt mir auch, wenn ein Mann über genügend Muskelkraft und Elan verfügt, um gelegentlich mal jemand zu verprügeln, der's verdient hat. (Natürlich nicht mich!)

Ich will jetzt aufhören, weitere reizvolle Männereigenschaften aufzuzählen. Es gibt noch sehr viele. Aber wie bereits gesagt – wenn ich verliebt bin, gibt es überhaupt keine Eigenschaften mehr, weder nette noch unnette – dann gibt es nur noch einen rundherum vollendeten und bezaubernden Mann.

Max Frisch
1911–1991

Durchaus möglich (aus: Stiller)

Immer wieder muß ich feststellen, daß ich mich mit meinem Staatsanwalt, meinem Ankläger, besser unterhalte als mit meinem sogenannten Verteidiger. Das führt zu Vertraulichkeiten, die nicht ohne Gefahr sind. Heute zeigt er mir ein Foto von Sibylle, seiner Gattin, die mich jedesmal grüßen läßt. Wir unterhalten uns lange über die Ehe; selbstverständlich ganz allgemein. Mein Staatsanwalt hält die Ehe (offenbar haben ihn gewisse Erfahrungen daran zweifeln lassen) für durchaus möglich, wenn auch schwierig. Natürlich meint er die wirkliche, die lebendige Ehe. Zu den Voraussetzungen rechnet er unter anderem: das beidseitige Bewußtsein davon, daß wir kein Anrecht haben auf die Liebe unseres Partners; die lebenslängliche Bereitschaft für das Lebendige, selbst wenn es die Ehe gefährdet, und also eine immer offene Tür für das Unerwartete, nicht für Abenteuerchen, aber für das Wagnis; in dem Augenblick, wo zwei Partner glauben, einander sicher zu sein, haben sie sich meistens schon verloren. Ferner: die Gleichberechtigung von Mann und Frau; Verzicht auf die Meinung, daß die geschlechtliche Treue hinreiche, und ebenso auf die andere Meinung, daß es ohne geschlechtliche Treue überhaupt keine Ehe gebe; eine möglichst weitgehende und lautere, nicht aber rücksichtslose Offenheit in allen Nöten dieser Art. Und wichtig scheint ihm auch der gemeinsame Mut gegenüber der Umwelt; ein Paar hat bereits aufgehört, ein Paar zu sein, wenn einer der beiden Partner oder beide Partner sich mit der Umwelt verbünden, um den anderen Partner unter Druck zu setzen; ferner die Tapferkeit, ohne Vorwurf denken zu können, daß der Partner vielleicht glücklicher wird ohne uns; ferner die Fairneß, nie dem Partner einzureden oder sonstwie glauben zu machen, daß sein Austritt aus der Ehe uns töten würde usw. … All dies, wie gesagt, redet er ins allgemeine, dieweil ich das Foto seiner Gattin betrachte, ein Gesicht, das gar nicht allgemein ist, ein einmaliges Gesicht, lebendig, liebenswert im höchsten Grad, viel fesselnder als seine Rede, die doch nur wahr ist, indem er seine verschwiegene Erfahrung mit diesem Gesicht meint; dann gebe ich das Foto zurück.

»Ja«, sagt mein Staatsanwalt, »wovon sind wir eigentlich ausgegangen?«

»Daß Ihre Frau ein Kind erwartet.«
»Ja«, sagt er, »wir freuen uns sehr.«
»Hoffentlich geht es gut.«
»Ja«, sagt er, »hoffen wir's.«

Eine Geschichte für Camilla (aus: Mein Name sei Gantenbein)

Ein Mann und eine Frau, als der erste Rausch der unpersönlichen Liebe verrauscht war, erkannten, daß sie wie für einander geschaffen waren. Sie verstanden einander so trefflich. Nur war der Rausch eben verrauscht. Und so lebten sie zusammen, nicht übermütig, aber ohne Zerwürfnisse. Nur manchmal geschah es, daß er die Umarmung, während sie stattfand, wie von außen sah, als sitze er in einem Sessel daneben oder als stehe er grad am Fenster, er hatte Gedanken, wie wenn man auf die Straße hinausschaut, keine schlimmen, aber Gedanken, dann wieder war er eins mit sich und mit ihr, und später, wenn sie einen Tee kochte, rief er sie mit ihrem Kosenamen, und als sie den Tee eingoß, sagte er, daß er sie liebe. Es war durchaus wahr. Und ihr ging es wahrscheinlich ebenso. Auch sie liebte ihn, nur ihn, wenn auch anders als im Anfang, persönlicher. Sie waren unzertrennlich, sie reisten zusammen. Einmal, in einem Hotel, war er bestürzt, als er die Umarmung, während sie stattfand, in einem Spiegel sah, und froh, daß es sein Körper war, mit dem sie ihn betrog, und er schaute in den Spiegel, in dem er sie ebenso betrog. Es kam zu Krisen über Lappalien. Dabei liebten sie einander. Eines Abends, später, saß er eine Zeitung lesend, während sie im Bett lag; er hatte Gedanken, alltägliche, wie er sie manchmal in der Umarmung heimlich hatte, aber er saß tatsächlich in dem Sessel; sie schlief, und er konnte sich, von jenem Spiegel belehrt, ohne weiteres vorstellen, wie ein andrer sie umarmt, und saß daneben, keineswegs bestürzt, eher froh um die Tilgung seiner Person, eigentlich heiter: Er möchte nicht der andere sein. Zeitung lesend, während sie schlief und vielleicht träumte, was er sich von draußen vorstellte, war er eins mit seiner großen Liebe. Sie hießen Philemon und Baucis: Das Paar.

Rudolf Hagelstange
1912–1984

Ich bin von dir verwundet

Ich bin von dir verwundet. Kann ein Mann
dies eingestehen, ohne daß Gefahr
ihm droht, daß er mit Haut und Haar
der ausgeliefert ist, in deren Bann

ein Liebespfeil ihn schlug? Und kann
er ihrer sicher sein und muß er nicht
Furcht hegen, daß sie Bogen und Gesicht
gelangweilt wendet zu erproben, wann

sie Macht hat und wieweit sie reicht?
Ich aber weiß zu gut, daß solches Tun
die Liebe tötet. Denn es teilt nicht leicht,
wer sich ganz gab. Und der zu deinen Schuhn
verwundet liegt, erhebt sich heil. Doch du verweile!
Mein Herz hat Raum für tausend deiner Pfeile.

Kehrreim der Liebe

Ich will dich haben wie mein eigen Blut,
wie meinen Atem, wie mein Angesicht,
wie meine Wünsche, meinen stillen Mut,
wie meine Freude, wie mein Augenlicht,
Wie alles, das in mir zur Wohnung ruht
und zu mir kommt und aus mir bricht.
Ich will, du sollst fortan ich selber sein:
Wein in der Traube, Traube in dem Wein.

Ich liebe dich, wie es mein Herz vermag.
Es würde springen, liebt' es dich noch mehr,
und krank sein ohne dich an jedem Tag
und niemals müde werden im Begehr,
dich so zu lieben – sag es selber, sag,

wie ich dich lieben soll. Wie jemand, der
nicht mehr sein eigen ist, nie mehr allein?
Wein in der Traube, Traube in dem Wein.

Es sei kein Ding fortan, das an mich rührt,
und hätte nicht von dir den Hauch verspürt,
und keine Lust, dich ich verspürt,
und du verspürtest sie nicht auch,
und kein Begehren, das nicht du geschürt.
So sei von nun an dieses unser Brauch:
Meins ist das deine, deins ist also mein,
Wein in der Traube, Traube in dem Wein.

So soll es sein. Denn alles Lieben dünkt
mich nur wie Licht und Lichtes Widerschein.
Kein Herz soll wissen, wo der Funke springt,
der Feuer wirft, so wie's der Stein dem Stein
entschlägt. Kein Mund, von wem er trinkt.
Und kein Umarmen, das da bleibt allein.
Wo Wunder, so zu lieben, so geliebt zu sein:
Wein in der Traube, Traube in dem Wein.

Karl Krolow
1915–1999

Zärtlichkeit

Das raschelnde Laub in der Brise,
die Blütenblätter im Wind –
ich möchte hingehn, wo diese
anderen Menschen sind:

ahnungslos in der Liebe,
liebevoll, Wort um Wort,
und zueinander, als riebe
sich Wange an Wange am Ort,

den es niemals gegeben
und schon gar nicht im Paradies:
irgendwo nur und daneben,
was man mit Zärtlichkeit hieß

das Leben, wie das Empfinden
von etwas, das raschelt im Laub
in der Brise, um zu verschwinden
im wehenden Blütenstaub.

Wer nach der Liebe fragt

Wer sieht noch fremden Augen auf den Grund?
Man fragt und fragt nach dem, was nützt.
Die Liebespaare liegen Mund an Mund
im hohen Gras, das ihre Körper schützt.

Sie liegen so und haben ihr Gefühl.
Was kommen wird, fühlt jeder nur allein.
Das Gras ist weich und in der Wärme kühl
und nachts ist es sehr still. Das Glücklichsein

hat überall nur seine kurze Frist.
Wind fährt durchs Gras. Und wer nach Liebe fragt,
fragt allemal nach dem, was unnütz ist
und fraglos nur solange, bis es tagt.

Wolfgang Hildesheimer
1916–1991

Ich und Franziska

Sanft und allmählich, wie das Laub im Herbst, fielen mir die Schuppen der Unwissenheit von den Augen; mein Einblick in das vielfältige Gefüge menschlicher Beziehungen begann sich zu erweitern und wurde schließlich früh mit dem Verlust meiner eigenen Unschuld gekrönt, gleichsam als Belohnung für Fleiß und Aufmerksamkeit in der Schule des Lebens.

Oft erwache ich in den niedrigen Stunden der Nacht, wenn die dichte Masse der Dunkelheit mich zu erdrücken scheint. Verlassen, in diesem Niemandsland der Zeit, ohnmächtig, in meinen Gedanken den rechten Punkt zu finden, an welchen ich den Faden der Kontinuität zu knüpfen vermöchte, sende ich sie nach fernen, freundlichen Erinnerungen aus.

Öfter als alle anderen Erlebnisse wird mir dann eine Szene gegenwärtig, die in meinem Leben einen besonderen Platz einnimmt, und an die ich immer wieder – auch tags – mit viel Vergnügen und ein wenig Sentimentalität denke: meine Verführung durch Franziska, die Gute (hier ist allerdings zum ersten Male dieses Beiwort im strengsten Sinne nicht mehr am Platze). Sie selbst ist sich wohl ihrer Urheberschaft nie so recht bewußt geworden: es geschah – um mich so auszudrücken – im Affekt. Denn eigentlich war sie tugendhaft; davon bin ich auch jetzt noch überzeugt, wobei ich betonen möchte, daß mir ihr Andenken nicht weniger bedeuten würde, wäre sie es nicht gewesen.

Ich war damals fünfzehn Jahre alt, und somit den Kinderschuhen entwachsen, deren übrigens Tante Lydia, einem damals üblichen Brauch folgend, sich einige hatte galvanisieren lassen, um sie als Zierat aufzustellen. Dennoch war ihr, die den Vorgang des Alterns in ihrer Umgebung nur ungern zur Kenntnis nahm, die Tatsache entgangen, daß ich seit geraumer Zeit bereits keines Kindermädchens mehr bedurfte; und so war Franziska noch bei uns, in unbestimmbarer Funktion.

Es war im Hochsommer. Tante Lydia nahm die Bäder irgendwo. Philipp hatte Ferien von uns und war angeblich auf einer seiner Afrikareisen, welche es ihm später ermöglichen sollten, die Welt des Kunsthandels als Besitzer und Kenner afrikanischer Eingeborenenkunst wieder zu betreten.

Eines Nachmittags im Park geschah es, daß wir, auf Franziskas Vorschlag hin, von betretenen Pfaden abwichen. Wie weit dieser Vorschlag wörtlich zu verstehen war, weiß ich nicht. Wir lagen jedenfalls bald darauf im weichen Gras, und nach einem Vorspiel gewohnter Liebkosungen zog sie mich an sich, in dem Augenblick, als ich, einem Impuls folgend, nach ihr, die rotwangig und verführerisch mit zugewandt lag, hatte greifen wollen. Sie drückte mich fest an sich und fragte, ob ich sie liebe. Ich sagte ja, das täte ich, und in diesem Moment, als habe ich auf das Wort gewartet, um jene Empfindung auszulösen, begann ich, sie zu lieben. Unsere Liebkosungen, die anfangs und bisher den Grad der Zärtlichkeit nicht überschritten hatten, steigerten sich zur Leidenschaft. Einen kleinen Augenblick noch schalteten wir unser Bewußtsein ein, um uns, mit unverschämter Hast, auch technisch auf das Kommende vorzubereiten; dann verschwand die Umgebung, und alles versank in Genuß. (Es war zunächst kein Erfolg. Aber, wie ja schließlich auf allen Gebieten, mußte dieser erarbeitet werden, eine Aufgabe, welcher wir uns später mit Eifer und Hingebung widmeten, und die uns nicht schwerfallen sollte.)

Bestürzt von solch unerwarteten Geschehnissen erhoben wir uns; denn damals entbehrten wir noch des gelassenen Humors, der einem später im Leben über gewisse Augenblicke hinweghilft. Und wie hätte es anders sein können? Das Erlebnis war neu und ungeahnt: jahrelang hatten wir in einer Art Partnerschaft gelebt, in welcher jeder von uns beiden eine Rolle gespielt hatte, ich die Einfalt und sie die Vernunft. Das hatte sich jetzt mit einem Schlage geändert, und nun, da wir uns wirklich nahegekommen waren, standen wir uns plötzlich in Verwirrung gegenüber, gleich Fremden.

Im Laufe der Zeit fanden wir uns jedoch in der veränderten Situation zurecht; Franziska war zwar beinahe zwölf Jahre älter als ich, aber sie war weder erfahren noch befangen. Ihre Naivität brachte eine Ursprünglichkeit der Empfindung mit sich, die jegliches Mißverständnis im Keim erstickte.

Und nun erfuhr ich zum ersten, vielleicht zum einzigen Male das, was ich Liebe nennen möchte.

Ich will mich nicht der Beschuldigung aussetzen, mich des erhabenen, indessen allzu oft mißbrauchten Wortes »Liebe« leichtfertig bedient zu haben. Trotzdem gebrauche ich das Wort bewußt und absichtlich. Denn indem ich es tue, ist mein Maßstab die Intensität meiner eigenen Empfindung, die mir heute noch beinahe so gegenwärtig ist, wie sie damals war; und dazu die Art unserer wechselseitigen Beziehung, die sich mit wachsender Intimität steigerte und somit zu einem normalen, selbstverständlichen Zustand wurde.

Während ich dies niederschreibe, bin ich mir sehr wohl darüber im klaren, daß Dante oder Petrarca, lebten sie heute, mir eine Rüge erteilen würden. Auch Tristan hätte Bedenken über meine Ansichten geltend gemacht, aber viel mehr noch rümpfen jene ihre Nasen, welche eben diese Männer als die klassischen Idealbilder echter Liebender darzustellen sich bemühen. Ich will zugeben, daß es ein weiter Schritt ist von Tristan und Isolde zu mir und Franziska, und es wäre wohl auch müßig, eine Parallele aufstellen zu wollen. Um indessen den Vergleich zwischen dieser tragischen Affäre und meinem frühzeitigen Abenteuer zu rechtfertigen, möchte ich dem Leser folgendes zur Überlegung anbieten:

Für die oben erwähnten Klassiker der Liebe war diese ein Idealzustand; ein Zustand also, der in der Wirklichkeit nicht existierte und nicht existieren konnte: eine Sehnsucht, die vielleicht nach Erfüllung verlangte – ich selbst kann es nicht beurteilen, weil ich sie nicht nachzuempfinden vermag –, diese Erfüllung indessen niemals erfahren durften. Denn für sie hatte das Schicksal keine Vorsehung getroffen.

Wenn ich also den Leser dazu auffordere, sich vorzustellen, Dante säße mit Beatrice und seinen beiden – sagen wir – halbwüchsigen Töchtern beim Abendessen, so wird er mich für geschmacklos halten, aber eben deshalb, weil er die Vorstellung einer solchen Szene als absurd verwirft. Sie entweiht die Figuren, sagt er, und er hat recht.

Es ist also vom Schicksal ausgeschlossen, daß solche Paare glücklich miteinander geworden wären. Was sie ersehnten, lag fern, wie ein unbekanntes Land. Die Intensität ihrer Vorstellung konnte in der Verwirklichung zu nichts als tiefer Enttäuschung führen. Unbewußt haben sie das auch erahnt: Tristan, angesichts des Schiffes, welches ihm seine Isolde näher bringt, reißt sich den Verband von der Wunde, und sein Auge bricht in dem Augenblick, da er die geliebte Stimme hört. Wäre er gesundet, so gäbe es seine Sage nicht, denn der Kampf gegen Schwierigkeiten vor einer glücklichen Vereinigung ist ein Lustspielstoff. Davon handelt ein »Barbier von Sevilla«. Nur um zwei Sekunden haben sich Romeo und Julia verpaßt; ein tragischer Zufall; ihm jedoch verdanken wir die Sage; die Überlieferung weiß warum!

Und selbst das, was man heute noch gemeinhin als Liebe bezeichnet – das Sujet so vieler zweitklassiger Romane –, ist nichts als eine temporäre Gemütsverfassung, ein Zustand außerhalb der Bahn des normalen Lebens; aber sie hat etwas mit der klassischen Liebe gemein: in der Verwirklichung ist sie zum Scheitern verurteilt; denn sie sieht mit anderen Augen, riecht mit einer anderen Nase, und wen sie einmal gepackt hat, der ist außerstande zu urteilen, ob das Objekt seiner würdig sei.

Aber ich schweife ab: belehren werde ich nur solche, die schon ohnehin zu dieser meiner Meinung neigen. – Franziska hat später einen rechtschaffenen Mann geheiratet – ich weiß nicht, ob er tatsächlich ein Handwerker war: ich verbinde mit der Vorstellung eines rechtschaffenen Mannes einen Handwerker –; aber obgleich ich annehmen muß, daß sie unsere gemeinsamen Erfahrungen auf ihre Ehe übertragen hat – ein Gedanke, bei dem ich seltsamer- oder vielleicht gerade natürlicherweise nicht gern verweile –, möchte ich wetten, daß es mit ihm nicht so schön war wie mit mir.

Heinrich Böll
1917–1985

Aufenthalt in X

Als ich wach wurde, erfüllte mich das Bewußtsein fast vollkommener Verlorenheit; ich schien in der Dunkelheit zu schwimmen wie in einem träge fließenden Gewässer, dessen Strömung ohne Ziel war; wie ein Leichnam, den die Welle endgültig an die unbarmherzige Oberfläche gespült hat, trudelte ich leise schwankend hin und her in dieser Finsternis, die ohne Halt war. Meine Glieder spürte ich nicht, sie waren ohne Zusammenhang mit mir, auch meine Sinne waren erloschen; es war nichts zu sehen, nichts zu hören, kein Geruch bot mir Anhalt; einzig die sanfte Berührung des Kissens an meinem Kopf gab mir Zusammenhang mit der Wirklichkeit; ich war mir nur meines Kopfes bewußt; die Gedanken waren eisklar, leise nur getrübt von jenem peinvollen Kopfschmerz, den schlechter Wein verursacht.

Nicht einmal ihren Atem hörte ich neben mir; sie schlief so leicht wie ein Kind, und doch mußte ich glauben, daß sie neben mir lag. Es wäre sinnlos gewesen, die Hände auszustrecken und nach ihrem Gesicht oder den sanften Haaren zu tasten, ich hatte keine Hände mehr; die Erinnerung war einzig eine Erinnerung der Gedanken, ein blutloses Gefüge, das keine Spur an meinem Körper hinterlassen hatte.

So war ich oft am Rande der Wirklichkeit einhergegangen mit der Sicherheit eines Trunkenen, der auf der schmalen Kante eines Abgrundes seinen Weg macht, in unerklärlichem Gleichgewicht einem Ziele zutaumelnd, dessen Schönheit auf seinem Munde zu lesen ist; Alleen war ich entlanggeschritten, die nur von spärlichen grauen Lichtern erhellt waren, bleiernen Lichtern, die die Wirklichkeit nur anzudeuten schienen, um sie besser leugnen zu können; blinden Auges war ich in schwarze Straßen hineingesunken, die von Menschen wimmelten, während ich wußte, daß ich allein war, allein.

Allein mit meinem Kopf, nicht einmal mit meinem ganzen Kopf; Mund, Nase, Augen und Ohren waren tot; allein nur mit meinem Gehirn, das sich bemühte, die Erinnerung wiederherzustellen, so wie ein Kind aus scheinbar sinnlosen Stäbchen scheinbar sinnlose Gebilde errichtet.

Sie mußte neben mir liegen, obwohl ich nichts von ihr spürte.

Tags zuvor war ich dem Zuge entstiegen, der weiterfuhr den Balkan hinunter bis nach Athen, während ich an dieser kleinen Station umzusteigen und auf einen Zug zu warten hatte, der mich den Karpatenpässen näher bringen sollte. Als ich über den Bahnsteig stolperte, ungewiß des Namens der Station, wankte mir ein Betrunkener entgegen, einsam in seiner grauen Uniform unter den buntgekleideten ungarischen Zivilisten; der Kumpel stieß laute Drohungen aus, die sich mir einprägten wie Ohrfeigen, deren brennendes Mal man sein Leben lang auf der Wange trägt.

»Hurenbande«, schrie er, »Schweine, die ganze Horde, ich hab' den Kram satt.« Das schrie er ganz deutlich den töricht lächelnden Ungarn entgegen, während er mit einem schweren Tornister auf den Zug losging, dem ich entstiegen war.

Schon rief ein finster bestahlhelmter Kopf aus einem Abteil: »Sie da! He! Sie da!« Der Betrunkene zog die Pistole, zielte auf den Stahlhelm, die Leute schrien, ich fiel dem Kumpel in den Arm, entzog ihm die Waffe und verbarg sie, während ich den eifrig sich Wehrenden mit einem geschickten Griff umfaßt hielt. Der Stahlhelm schrie, die Leute schrien, der Kumpel schrie, doch der Zug fuhr ab, und gegen einen fahrenden Zug ist in den meisten Fällen sogar ein Stahlhelm machtlos. Ich ließ den Kumpel los, gab ihm die Pistole zurück und drängte den Verdutzten zum Ausgang.

Das kleine Nest sah öde aus. Die Leute hatten sich schnell verzogen, der Bahnhofsvorplatz war leer, ein müder und schmutziger Beamter wies uns in eine winzige Kneipe, die jenseits des verstaubten Platzes unter niedrigen Bäumen lag.

Wir legten unser Gepäck nieder, und ich bestellte Wein, jenen schlechten, die Ursache der Übelkeit, die mich nun nach dem Erwachen quälte. Der Kumpel saß stumm und böse da. Ich bot ihm Zigaretten an, wir rauchten, und ich betrachtete ihn: Er war in der üblichen Weise dekoriert, war jung, meines Alters, das blonde Haar hing ihm lose auf der flachen, weißen Stirn in dunkle Augen hinein.

»Die Sache ist die«, sagte er plötzlich, »Kumpel, ich hab' den Kram satt, verstehst du?«

Ich nickte.

»So satt, wie ich gar nicht sagen kann, verstehst du, ich geh' stiften.«

Ich blickte ihn an.

»Ja«, sagte er nüchtern, »ich geh' stiften, in die Pußta hinein. Ich kann mit Pferden umgehen, zur Not eine manierliche Suppe kochen, sie können mich alle am Arsch lecken. Machst du mit?«

Ich schüttelte den Kopf.

»Angst, wie? ... Nein? ... Gut, jedenfalls, ich geh' stiften. Wiedersehen.«

Er stand auf, ließ sein Gepäck stehen, legte einen Schein auf den Tisch, nickte mir noch einmal zu und ging.

Ich wartete lange. Ich glaubte nicht, daß er wirklich stiftengegangen war, einfach in die Pußta hinein. Ich bewachte sein Gepäck und wartete, trank den schlechten Wein und versuchte vergebens ein Gespräch mit dem Wirt, starrte auf diesen Vorplatz, über den manchmal, in Staubwolken gehüllt, ein Gefährt mit mageren Pferden raste.

Später aß ich Beefsteak, trank immer wieder den schlechten Wein und rauchte Zigarren dazu. Es wurde dämmerig, durch die offene Tür drang manchmal eine Staubwolke in den Raum, der Wirt gähnte oder unterhielt sich mit Ungarn, die Wein tranken.

Schnell wurde es dunkler; niemals werde ich wissen, was alles ich dachte, während ich dort saß und wartete, Wein trank, Fleisch aß, den dicken Wirt betrachtete, auf den Vorplatz starrte und Zigarren paffte ...

Mein Gehirn gab das alles teilnahmslos wieder, spie es aus, während ich schwindelnd auf diesem dunklen Gewässer einherschwamm, in dieser Nacht ohne Stunde, in einem haus, das ich nicht kannte, einer namenlosen Straße, neben einem Mädchen, dessen Gesicht ich nicht recht gesehen hatte ...

Später war ich schnell zum Bahnhof hinübergegangen, hatte festgestellt, daß mein Zug weggefahren und der nächste erst am Morgen fällig war; ich hatte meine Zeche bezahlt, mein Gepäck neben dem des Kumpels liegenlassen und war in der Dämmerung in dieses Städtchen hineingetaumelt. Von allen Seiten strömte es grau, dunkelgrau über mich hin, und nur spärliche Lichter ließen die Gesichter der Menschen wie die Gesichter von Lebenden erscheinen.

Irgendwo trank ich besseren Wein, blickte verloren in ein ernstes Frauengesicht hinter der Theke, roch etwas wie Essig aus einer Küchentür, bezahlte und verschwand wieder in der Dämmerung. Dieses Leben, dachte ich, ist nicht mein Leben. Ich muß dieses Leben spielen, und ich spiele es schlecht. Es war ganz dunkel geworden, und ein milder Himmel hing über der sommerlichen Stadt. Irgendwo war auch der Krieg, unsichtbar, unhörbar in diesen stillen Straßen, wo die niedrigen Häuser neben niedrigen Bäumen schliefen; irgendwo in dieser vollkommenen Stille war der Krieg. Ich war ganz allein in dieser Stadt, diese Menschen gehörten nicht zu mir, diese Bäumchen waren aus Spielzeugschachteln ausgepackt und auf diese sanften, grauen Bürgersteige geklebt, und der Himmel schwebte über allem wie ein lautloses Luftschiff, das stürzen würde ...

Irgendwo stand ein Gesicht unter einem Baum, schwach beleuchtet aus sich selbst. Traurige Augen unter sanften Haaren, die hellbraun sein mußten, obwohl sie grau aussahen in dieser Nacht; eine blasse Haut mit einem runden Mund, der rot sein mußte, obwohl auch er grau aussah in dieser Nacht.

»Komm«, sagte ich zu diesem Gesicht.

Ich faßte ihren Arm, einen menschlichen Arm, unsere Handflächen krampften sich ineinander, unsere Finger fanden sich und schlossen sich zusammen, während wir in dieser unbekannten Stadt in eine unbekannte Straße gingen.

»Mach kein Licht«, sagte ich, als wir dieses Zimmer betraten, in dem ich nun zusammenhanglos in der Dunkelheit schwimmend lag.

Ich spürte im Dunkeln ein weinendes Gesicht und stürzte Abgründe hinab, Abgründe, wie man die Stufen einer Treppe hinunterrollt, einer schwindelerregenden Treppe aus Samt; ich stürzte, endlos, sich immer wieder erneuernde Abgründe hinab …

Meine Erinnerung sagte mir, daß dies alles geschehen war und daß ich nun auf diesem Kissen liege, in diesem Zimmer, sie neben mir, ohne daß ich ihren Atem höre; sie schläft so leicht wie ein Kind. Mein Gott, war ich nur noch Gehirn?

Oft schien das finstere Gewässer stillzustehen, dann überkam mich die Hoffnung, daß ich erwachen würde, meine Beine spüren, wieder hören, riechen und nicht nur denken würde; und schon diese leise Hoffnung war viel, während sie leise wieder abflaute, denn das finstere Gewässer kreiste wieder, nahm wieder meinen hilflosen Leichnam und ließ ihn zeitlos treiben in der vollkommenen Verlorenheit.

Meine Erinnerung sagte mir auch, daß die Nacht begrenzt war. Es mußte ja wieder Tag werden. Sie sagte auch, daß ich trinken konnte, küssen und weinen, auch beten; aber man kann nicht bloß mit dem Gehirn beten. Während ich wußte, daß ich wach war, wach lag im Bett eines ungarischen Mädchens, auf ihrem sanften Kissen in einer sehr dunklen Nacht; während ich das alles wußte, mußte ich doch glauben, daß ich tot sei …

Es war wie eine Dämmerung, die sehr leise und langsam kam, so unsagbar langsam, daß man ihr nicht folgen kann. Erst glaubt man sich zu täuschen; wenn man in einem Erdloch steht in einer dunklen Nacht, dann kann man nicht glauben, daß das wirklich der Dämmer ist, dieser ganze, sanfte, helle Streifen hinter dem unsichtbaren Horizont; man glaubt sich zu täuschen, die müden Augen sind überreizt und scheinen sich aus irgendwelchen geheimen Lichtreserven etwas vorzuspiegeln. Und doch ist es wirklich der Dämmer, der nun sogar stärker wird. Es wird wirklich hell, heller, das Licht wird stärker, der graue Flecken dort hinter dem Horizont breitet sich langsam aus, und man muß es glauben, daß nun Tag wird.

Ich spürte plötzlich, daß ich fror; meine Füße waren durch die Decke gerutscht, bloß und kalt, und ich spürte die Wirklichkeit der Kühle; ich seufzte tief, fühlte den eigenen Atem, der mein Kinn berührte, beugte mich vor, tastete nach der Decke, bedeckte meine Füße. Ich hatte wieder Hände, hatte wider Füße und spürte meinen eigenen Atem.

Dann griff ich links in den Abgrund, fischte meine Hose vom Boden auf und hörte in der Tasche das Geräusch der Streichholzschachtel.

»Mach kein Licht, bitte«, sagte jetzt ihre Stimme neben mir, und auch sie seufzte.

»Willst du rauchen?« fragte ich leise.

»Ja«, sagte sie.

Im Licht des Zündholzes war sie ganz gelb. Ein dunkelgelber Mund, runde, schwarze, ängstliche Augen, die Haut wie feiner, sanftgelber Sand und das Haar wie dunkler Honig.

Es war schwer zu sprechen; irgendwo anzuknüpfen. Wir hörten beide, wie die Zeit verrann, ein wunderbares dunkles Rauschen, in dem die Sekunden verschwammen.

»Was denkst du?« fragte sie ganz plötzlich. Es war wie ein sanfter, sehr sicherer Schuß, der das Ziel traf, in meinem Innern einen Damm zerbrach, und noch ehe ich Zeit fand, schnell noch einmal ihr Gesicht zu sehen im Licht der aufblakenden Glut, sprach ich schon. »Ich denke gerade, wer in siebzig Jahren in diesem Zimmer liegen wird, wer auf diesem halben Quadratmeter hier sitzen oder liegen wird und was er wissen wird, von dir und mir. Nichts«, sagte ich, »er wird eben nur wissen, daß Krieg war.«

Wir warfen beide unsere Zigarettenstummel links neben das Bett auf die Erde; sie fielen lautlos auf meine Hose, und ich mußte sie abschütteln, so daß die beiden kleinen Gluten nebeneinanderlagen.

»Und dann habe ich gedacht, wer vor siebzig Jahren hier gewesen ist, oder was. Vielleicht war hier ein Acker, Mais oder Zwiebeln sind hier gewachsen, zwei Meter unter meinem Kopf, und der Wind strich hier rüber, und jeden Morgen kam über den Horizont der Pußta diese traurige Dämmerung. Oder vielleicht hatte jemand hier schon ein Haus.«

»Ja«, sagte sie leise. »Vor siebzig Jahren war hier schon ein Haus.«

Ich schwieg.

»Ja«, sagte sie, »ich glaube, vor siebzig Jahren baute mein Großvater dieses Haus. Damals müssen sie hier die Bahn gebaut haben, und er arbeitete bei der Bahn und baute von dem Geld dieses kleine Haus. Und dann zog er in den Krieg, damals, weißt du, 1914, und er fiel in Rußland. Und dann war da mein Vater, der hatte etwas Land und arbeitete auch an der Bahn; er starb in diesem Krieg.«

»Er fiel?«

»Nein, er starb. Meine Mutter war schon früher gestorben. Und jetzt wohnt mein Bruder hier mit seiner Frau und den Kindern. Und in siebzig Jahren werden die Urenkel meines Bruders hier wohnen.«

»Vielleicht«, sagte ich, »aber sie werden nichts wissen von dir und mir.«

»Nein, kein Mensch wird wissen, daß du bei mir warst.«

Ich faßte ihre kleine Hand, diese sehr sanfte Hand, und hielt sie nahe vor mein Gesicht.

Dort, wo das Fenster war, stand jetzt im Ausschnitt eine dunkelgraue Dunkelheit, heller als die Finsternis der Nacht.

Ich spürte plötzlich daß sie sich an mir vorbeibewegte, ohne mich zu berühren, und ich hörte die leichten Tritte ihrer nackten Füße auf dem Boden; dann hörte ich, daß sie sich anzog. Ihre Bewegungen und Geräusche waren so leicht; nur als sie nach hinten auf ihren Rücken griff, um die Knöpfe der Bluse zu schließen, hörte ich ein heftigeres Atmen.

»Jetzt mußt du dich anziehen«, sagte sie.

»Laß mich liegen«, sagte ich.

»Ich möchte kein Licht machen.«

»Du mußt doch etwas essen, ehe du gehst.«

»Ich gehe ja nicht.«

Ich spürte, daß sie innehielt im Zuziehen der Schuhe und erstaunt im Dunkeln dorthin blickte, wo ich lag.

»So«, sagte sie nur leise, und ich konnte nicht feststellen, ob sie erstaunt oder erschrocken war.

Wenn ich den Kopf zur Seite wandte, konnte ich jetzt in dieser dunkelgrauen Dämmerung ihre Umrisse sehen. Sie bewegte sich sehr sanft im Raum, suchte Holz und Papier zusammen und nahm die Streichholzschachtel aus meiner Hosentasche.

Diese Geräusche erreichten mich fast wie leise, ängstliche Rufe von jemand, der am Ufer steht und einem anderen nachruft, der von der Strömung in ein großes Gewässer hineingetrieben wird; und ich wußte jetzt, wenn ich nicht aufstand, nicht in den folgenden Minuten mich entschloß, dieses leise schwankende Schiff der Verlorenheit zu verlassen, würde ich in diesem Bett sterben wie ein Gelähmter oder über diesem Kissen erschossen werden von den unermüdlichen Schergen, denen nichts verborgen blieb.

Während ich ihr kleines Summen vernahm, wie sie dort am Herd stand und dem Feuer zublickte, dessen warmer Schein mit stillem Flügelschlag wuchs, schien ich durch mehr als eine Welt von ihr getrennt. Sie stand da irgendwo am Rande meines Lebens, summte leise und freute sich des wachsenden Feuers; ich verstand das alles, sah es, roch den brandigen Qualm versengten Papiers, und doch hätte sie nirgendwo ferner stehen können von mir.

»Steh doch jetzt auf«, sagte das Mädchen vom Ofen her, »du mußt ja gehen.« Ich hörte, daß sie eine Kasserolle aufs Feuer setzte und zu rühren begann, es war ein sehr schönes und stilles Geräusch, dieses sanfte Kratzen des hölzernen Löffels, und der Geruch von geröstetem Mehl erfüllte die Stube.

Ich sah jetzt alles. Die Stube war sehr klein. Ich lag in einem flachen Holzbett, daneben stand ein Schrank, der den Raum bis zur Tür ausfüllte, ein brauner Schrank ohne jede Verzierung. Hinter mir mußte irgendwo ein Tisch sein, Stühle und das Öfchen am Fenster. Es war sehr still, und der Dämmer noch so dicht, daß er wie Schatten in der Stube lag.

»Ich bitte dich«, sagte sie leise, »ich muß ja gehen.«

»Du mußt gehen?«

»Ja, ich muß zur Arbeit, und vorher mußt du weg, mit mir.«

»Arbeiten«, fragte ich, »warum?«

»Oh, was du fragst.«

»Wo denn?«

»An der Bahn.«

»An der Bahn?« fragte ich. »Was macht ihr denn da?«

»Steine aufschütten, Schotter, damit nichts passiert.«

»Es wird nichts passieren«, sagte ich, »wo bist du denn? Nach Großwardein zu?«

»Nein, nach Szegedin zu.«

»Das ist gut.«

»Warum?«

»Weil ich dann nicht an dir vorbeifahren werde.«

Sie lachte leise. »Du willst also doch aufstehen.«

»Ja«, sagte ich. Ich schloß noch einmal die Augen und ließ mich zurückfallen in dieses schaukelnde Nichts, dessen Atem ohne Geruch war und ohne Spur, dessen Plätschern mich nur wie ein leises, kaum spürbares Wehen berührte; dann öffnete ich seufzend die Augen und griff nach meiner Hose, die nun säuberlich neben dem Bett auf einem Stuhl lag.

»Ja«, sagte ich noch einmal und stand auf.

Sie stand mit dem Rücken zu mir, während ich schnell die gewohnten Griffe tat, die Hose hochzog, Schuhe zuband und die graue Jacke überstreifte.

Eine Zeitlang stand ich noch still, die Zigarette kalt im Mund, und blickte auf ihre Gestalt, die klein und schmal nun deutlich sichtbar dort im Fensterausschnitt stand. Ihr Haar war schön und sanft wie eine ruhige Flamme.

Sie wandte sich um und lächelte. »Was denkst du wieder?« fragte sie.

Ich blickte ihr zum ersten Male ins Gesicht: Es war so einfach, daß ich es nicht begreifen konnte: runde Augen, in denen Angst Angst und Freude Freude war.

»Was denkst du wieder?« fragte sie nochmals, und sie lächelte nicht mehr.

»Nichts«, sagte ich, »ich kann nichts denken. Ich muß weg. Es gibt kein Entrinnen.«

»Ja«, sagte sie und nickte. »Du mußt weg. Es gibt kein Entrinnen.«

»Und du mußt hierbleiben.«

»Ich muß hierbleiben«, sagte sie.

»Du mußt Steine aufschütten, Schotter, damit nichts passiert und die Züge ruhig dorthin fahren können, wo etwas passiert.«

»Ja«, sagte sie, »das muß ich.«

Wir sind eine sehr stille Straße hinuntergegangen, die zum Bahnhof führte. Alle Straßen führen zu Bahnhöfen, von denen aus es in den Krieg geht. Wir sind in eine Haustür getreten und haben uns geküßt, und ich habe gespürt, während meine Hände auf ihren Schultern lagen, dort habe ich gespürt, daß sie mein ist. Und sie ist weggegangen mit hängenden Schultern, ohne mich noch einmal anzusehen.

Sie ist ganz allein in dieser Stadt, und obwohl ich den gleichen Weg habe, zum Bahnhof, ich kann nicht mit ihr gehen. Ich muß warten, bis sie um jene Ecke verschwunden ist, hinter dem letzten Baum dieser kleinen Allee, die nun unerbittlich im Hellen liegt. Ich muß warten und kann ihr nur folgen in einem Abstand, und niemals werde ich sie wiedersehen. Ich muß in diesen Zug, in diesen Krieg …

Mein einziges Gepäck, nun, da ich zum Bahnhof gehe, sind die Hände in meinen Taschen und die letzte Zigarette zwischen meinen Lippen, die ich bald ausspucken werde; aber es ist leichter, ohne Gepäck zu sein, wenn man langsam und doch schwankend wieder an den Abgrund tritt, von dessen Rand man in einer bestimmten Sekunde stürzen wird, dorthin, wo wir uns wiedersehen …

Und es war tröstlich, daß der Zug pünktlich kam, fröhlich dampfend zwischen Maisstauden und scharf riechenden Tomatenpflanzen.

Paul Celan
1920–1970

Nachts

Nachts, wenn das Pendel der Liebe schwingt
zwischen Immer und Nie,
stößt dein Wort zu den Monden des Herzens
und dein gewitterhaft blaues
Aug reicht der Erde den Himmel.

Aus fernem, aus traumgeschwärztem
Hain weht uns an das Verhauchte,
und das Versäumte geht um, groß wie die Schemen der Zukunft.

Was sich nun senkt und hebt,
gilt dem zuinnerst Vergrabnen:
blind wie der Blick, den wir tauschen,
küßt es die Zeit auf den Mund.

Irisch

Gib mir das Wegrecht
über die Kornstiege zu deinem Schlaf,
das Wegrecht
über den Schlafpfad,
das Recht, daß ich Torf stechen kann
am Herzhang,
morgen.

Meine dir zugewinkelte Seele

Meine
dir zugewinkelte Seele
hört dich
gewittern,

in deiner Halsgrube lernt
mein Stern, wie man wegsackt
und wahr wird,

ich fingre ihn wieder heraus –
komm, besprich dich mit ihm,
noch heute.

Wolfgang Borchert
1921–1947

Liebeslied

Weil nun die Nacht kommt,
bleib ich bei dir.
Was ich dir sein kann,
gebe ich dir!

Frage mich niemals:
woher und wohin –
nimm meine Liebe,
nimm mich ganz hin!

Sei eine Nacht lang
zärtlich zu mir.
Denn eine Nacht nur
bleib ich bei dir.

Erich Fried
1921–1988

Werbung

Komm gestern zu mir
komm wieder
vorigen Sommer
Da will ich noch frei sein für dich
noch jung genug
Wir werden glücklich sein
wie vor der Sintflut die Tiere
und wenn wir durstig sind
spüren
Der Regen kommt

Rätsel zu einem Geburtstag

Wieviel Jahre werden das sein
treu mal treu mal treu
oder dreimal nein?

Was es ist

Es ist Unsinn
sagt die Vernunft
Es ist was es ist
sagt die Liebe

Es ist Unglück
sagt die Berechnung
Es ist nichts als Schmerz
sagt die Angst
Es ist aussichtslos
sagt die Einsicht
Es ist was es ist
sagt die Liebe

Es ist lächerlich
sagt der Stolz
Es ist leichtsinnig
sagt die Vorsicht
Es ist unmöglich
sagt die Erfahrung
Es ist was es ist
sagt die Liebe

Friedrich Dürrenmatt
1921–1990

Die Liebe – ein Wagnis

Was uns vor diesen zwei extremen Möglichkeiten der Liebe rettet, vor der Don Quijotes, die sie ins Ideale entrückt, und der Don Juans, die sie zerstört, ins nur Sexuelle verwandelt, in die Welt der auswechselbaren Schöße und Schweife, ist die Liebe vom Einzelnen zum Einzelnen, die nicht abstrahierte Liebe. Nicht daß diese Liebe einfacher zu fassen wäre – gerade sie ist unfaßbar, ist sie doch eine immer anders geartete Beziehung, je nach den Einzelnen bestimmt, die sich durch ihre Liebe ineinander verstrickt haben. Über diese Liebe kann freilich von keinem anderen geredet werden als von dem, der liebt, somit weder theologisch noch philosopohisch, weil jeder andere Standpunkt als der des Liebenden die Liebe exemplarisch setzt, literarisch, wenn man will, und sie nicht mehr vom Einzelnen her bestimmt, an den sie doch gekettet ist, weil sie sich zwischen Menschen abspielt und daher nicht verallgemeinert werden kann. Und wenn gar die Liebe als etwas rein Psychologisches behandelt wird, als Trieb oder als dumpfe Sehnsucht zurück in den Mutterschoß, ins Embryonale, ins Gefühl des Geliebtseins, löst sich die Liebe ins Nichts auf, wird zu einem Schatten, verkrümelt sich zu einem bloßen Gedankending, von dem es gleichgültig ist, wie man es nennt. Wenn aber von der Liebe nur der Liebende zu reden fähig ist, redet er am besten gar nicht von ihr – schweigt doch ein echter Liebhaber über seine Geliebte –, denn falls er doch von ihr redet, muß er sich seine Liebe noch, oder schon, einreden, wird er erst lieben oder hat schon geliebt. Die Liebe schweigt; daß sie freilich ein Gesprächsthema darstellt, ist eine andere Angelegenheit. Man redet so viel von ihr, auch wenn man nicht viel mehr als den Beischlaf darunter versteht, um ihr Schweigen zu übertönen, um sie gleichsam aus der Welt zu schwatzen, aber auch um sie aus der Welt zu schreiben, zu philosophieren, oder zu theologisieren, ja zu politisieren – wir sind alle Brüder –, kommt doch niemand recht zurande mit ihr; und was wir im Leben nicht lösen, versuchen wir wenigstens mit einem Begriff zu lösen, mit jenem der Liebe, in den wir unendliche Gebote, Komplexe, Tabus, Sublimationen und Neurosen verpackt haben. Die Liebe ist wie kaum je ein anderes Substantiv zu einer metaphysischen Größe geworden. Daß aber dieses pompöse Wort ein Schweigen zudeckt, etwas Sprachloses, davon zeugt nicht nur die Liebe eines jeden von uns, darauf deuten auch die Liebesgeschichten, die dieses Schweigen dokumentieren: Nicht mehr wie die Liebe sich durchsetzt ist ihr Inhalt, sondern wie eine Liebe verlorengeht, bis nur noch die Schwermut übrigbleibt, nicht mehr lieben zu können, die beiden, die sich einst geliebt haben, fallen ins Unbegreifliche zurück, in die Tiefe des kaum mehr Wahrnehmbaren, ins Fiktive endlich. Die Liebe wird zum hoffnungslosen Versuch, sich selbst zu entkommen, sich in einem anderen zu sehen. So hat denn jede Liebesgeschichte, auch die erhabenste, auch die gewöhnlichste, auch die groteskeste, auch die jämmerlichste, etwas Grandioses und Banales zugleich und ist um so trauriger, je banaler sie endet, auch wenn jedermann aufatmet, daß der gute Mann oder die gute Frau oder das gute Mädchen aus ihrer unglücklichen Liebe davongekommen sind: auch wenn die Liebe unglücklich war, war sie eben doch eine Liebe. Der Umstand, daß jede Liebe eine Prüfung vor sich selbst ist, wechselseitig, bei der die Beteiligten durchfallen oder, wenn sie nicht durchfallen, die sie doch nur mit Mühe bestehen, mit Glanz nur die Heiligen, ist nun einmal das Genierlichste und das Beste, was sich vom Menschen sagen läßt: daß der Mensch die Liebe überhaupt wagt, ist sein paradoxer Ruhm. Untersteht aber die Liebe nur sich selbst, so hat ein jeder mit sich selbst auszumachen, wie er vor seiner Liebe bestanden hat, es ist seine Liebe, die ihn richtet oder freispricht, ohne daß von außen, von einem Objektiven her, darüber ein Urteil zu fällen wäre, objektiv ist nur der Grad der Schwierigkeit abzuschätzen, die einer auf sich nimmt, sobald er sich mit der Liebe einläßt; bei etwas klarem Verstand könnte es einem schwindlig werden dabei.

Hans Carl Artmann
1921–2000

komm schnell

komm schnell
in den garten
ludmilla ..
die luft
ist rein
die engel
sind heut ausgeflo-
gen!

willst du
schaukeln?
willst du gaukeln ..?
willst du
etwa gar
einen stiglitz
stehlen ..?

o nein!
wir wollen
eine partie
tamerlan
spielen ..
tim tam
tamerlan ..

warum auch nicht –
sagt ludmilla –
mein mäulchen
mein mäuschen
mein kleines
cartäuschen
stehn tag
und nacht
offen
für jeden
der mag ..
nur
geduld dich
ein wenig –
ich will
noch vorerst
ein frisches
taschentuch
aus dem wandschrank
holen
damit wir uns
nachher
abwischen können ..

Georg Kreisler
1922

Als wir noch dünner waren

Als wir noch dünner waren, standen wir uns näher.
Wir brannten ohne Kalorien ganz lichterloh.
Dein Griff war härter, deine Muskeln waren zäher
und deine Augen lagen tief – ich weiß nicht wo.

Du wurdest kribblig schon beim Nahen meines Schrittes
und flogst mit Lust an meine knochenharte Brust.
Jetzt wirst du kribblig beim Beefsteak mit Pommfrittes
und fliegst per Flugzeug, und auch das nur, wenn du mußt.

Ja, damals warst du arm und blöd,
doch deine Haut war straff und spröd,
bei jedem Kusse knirschte hörbar dein Skelett,
jetzt bist du fett, jetzt bist du reich,
doch deine Haut ist dafür weich
und wenn du leidenschaftlich wirst, knirscht bloß das Bett.

Ja, wir sind leider viel zu lang schon Pharisäer,
denn ach, die Wahrheit gipfelt nur in diesem Satz:
Als wir noch dünner waren, standen wir uns näher.
Jetzt sind wir dicker und wir brauchen zu viel Platz.

Wir küßten uns im Schwarzwald bis wir schwarz waren
und hüpften leichtfüßig durch einen kühlen Bach,
wir wanderten so lang bis wir im Harz waren
und legten uns auf Sonnenwiesen flach.

Und einmal, als wir ganz besonders keß waren,
durchschwammen wir die Windungen des Rheins.
Jetzt sitzen wir zu Hause bei den Freßwaren
und streiten über'n Jahrgang eines Weins.

Die Zeit vergeht, die Zeit ist fort,
die Liebe flieht, es flieht der Sport,

man flieht vor'm Anderen und am Ende vor sich selber.
Das Fleisch war schwach und heiß und wild,
jetzt ist's gebraten und gegrillt
mit Suppe vorher und danach mit Pfirsich Melba.

Als wir noch dünner waren, standen wir uns näher
und hatten Liebe anstatt Bratensaft im Blut.
Du wolltest heiraten. Ich sagte, nein, nicht eher,
bis es uns besser geht. Jetzt geht's uns viel zu gut.

Ich habe Hunger und das läßt sich kaum vermeiden,
jedoch man hungert nur nach dem, was man nicht hat.
Drum wird's am besten sein, ich laß mich von dir scheiden,
denn als geschiedene Frau wird man am schnellsten satt.

Ich krieg bestimmt als Apanage
sofort zwei Drittel deiner Gage,
ich krieg den Wagen und das Haus und die Fabrik.
Dann hab ich alles, was ich brauch,
und du hast nichts als deinen Bauch.
Und wenn du den dadurch verlierst, komm ich zurück.

Wir sind und bleiben kultivierte Europäer,
drum reich ich freudig vor der Scheidung dir die Hand.
Als wir noch dünner waren, standen wir uns näher.
Jetzt sind wir dicker und wir gehen auseinand'.

Ernst Jandl
1925–2000

a love-story, dringend

d dr dri drin ring inge ngen gend end nd d

der und die

kam der und die kam und die kam vor ihm ins tal und
das war der ort und die sah hin und her und tat das
oft und war müd und bös und wie eis und sah hin und
her bis der kam der ins tal kam und nun los und das
eis weg und der kam und der kam nah und kam ihr nah
und war bei ihr und war nah bei ihr und sah auf ihr
hin und her und die war wie für ihn war für ihn ist
was für ihn ist muß mit und den hut und wie der den
zog und zog auf bei aug auf ihr hin und her und ihr
kam der ist wie ein ist was das ist was das ist für
uns nun los und gib wie das eis weg süß und küß bis
ans end der uhr und tag aus auf und ohr weg nur gut
und naß und süß tau mit rum und nun los bot den arm
und gab ihm den und das Ohr und das Aug und süd und
ost und zog mit ihr mit ihm mit und das tor war los
und die tür und der tag weg mit eis und müd und wut
und hut und der ihr und die ihm und sog kuß aus kuß
und hob und lud sie auf das ist gut ist für uns und
los und ihn biß und der riß und zog und die ihn und
bot ihm naß und süß tau mit rum und sog was der und
der lag auf ihr und zog und tat und riß und biß und
sog und ihr arm und das aug süd und das ohr die tür
zur see und das amt aus und tot und wer vor mir ist
weg ost weg nur ich auf hin und her hin und her hin
hin her hin her bis rot und süß und wut die see ins
tal riß und goß und den ort naß und müd lag auf uns

liegen, bei dir

ich liege bei dir. deine arme
halten mich. deine arme
halten mehr als ich bin.
deine arme halten, was ich bin
wenn ich bei dir liege und
deine arme mich halten.

vor damals

Zwei, die einander alles bedeuten.
alles, was ist das?
alles, das ist die welt.
und was ist die welt?
zwei, die einander alles bedeuten.
heute wie gestern wie damals.
und alle jahre seit damals
als sie einander dazu bestimmten
einander alles zu bedeuten.
und am tag vor damals?
und in den jahren vor damals?
was hatte vor damals bedeutung
ohne diese kannibalische liebe?

Ingeborg Bachmann
1926–1973

Nebelland

Im Winter ist meine Geliebte
unter den Tieren des Waldes.
Daß ich vor Morgen zurückmuß,
weiß die Füchsin und lacht.
Wie die Wolken erzittern! Und mir

auf den Schneekragen fällt
eine Lage von brüchigem Eis.

Im Winter ist meine Geliebte
ein Baum unter Bäumen und lädt
die glückverlassenen Krähen
ein in ihr schönes Geäst. Sie weiß,
daß der Wind, wenn es dämmert,
ihr starres, mit Reif besetztes
Abendkleid hebt und mich heimjagt.

Im Winter ist meine Geliebte
unter den Fischen und stumm.
Hörig den Wassern, die der Strich
ihrer Flosse von innen bewegt,
steh ich am Ufer und seh,
bis mich Schollen vertreiben,
wie sie taucht und sich wendet.

Und wieder vom Jagdruf des Vogels
getroffen, der seine Schwingen
über mir streift, stürz ich
auf offenem Feld: sie entfiedert
die Hühner und wirft mir ein weißes
Schlüsselbein zu. Ich nehm's um den Hals
und geh fort durch den bitteren Flaum.

Treulos ist meine Geliebte,
ich weiß, sie schwebt manchmal
auf hohen Schuh'n nach der Stadt,
sie küßt in den Bars mit dem Strohhalm
die Gläser tief auf den Mund,
und es kommen ihr Worte für alle.
Doch diese Sprache verstehe ich nicht.

Nebelland hab ich gesehen,
Nebelherz hab ich gegessen.

Erklär mir, Liebe

Dein Hut lüftet sich leis, grüßt, schwebt im Wind,
dein unbedeckter Kopf hat's Wolken angetan,
dein Herz hat anderswo zu tun,
dein Mund verleibt sich neue Sprachen ein,
das Zittergras im Land nimmt überhand,
Sternblumen bläst der Sommer an und aus,
von Flocken blind erhebst du dein Gesicht,
du lachst und weinst und gehst an dir zugrund,
was soll dir noch geschehen –

Erklär mir, Liebe!

Der Pfau, in feierlichem Staunen, schlägt sein Rad,
die Taube stellt den Federkragen hoch,
vom Gurren überfüllt, dehnt sich die Luft,
der Entrich schreit, vom wilden Honig nimmt
das ganze Land, auch im gesetzten Park
hat jedes Beet ein goldner Staub umsäumt.

Der Fisch errötet, überholt den Schwarm
und stürzt durch Grotten ins Korallenbett.
Zur Silbersandmusik tanzt scheu der Skorpion.
Der Käfer riecht die Herrlichste von weit;
hätt ich nur seinen Sinn, ich fühlte auch,
daß Flügel unter ihrem Panzer schimmern,
und nähm den Weg zum fernen Erdbeerstrauch!

Erklär mir, Liebe!

Wasser weiß zu reden,
die Welle nimmt die Welle an der Hand,
im Weinberg schwillt die Traube, springt und fällt.
So arglos tritt die Schnecke aus dem Haus!

Ein Stein weiß einen andern zu erweichen!

Erklär mir, Liebe, was ich nicht erklären kann:
sollt ich die kurze schauerliche Zeit

nur mit Gedanken Umgang haben und allein
nichts Liebes kennen und nichts Liebes tun?
Muß einer denken? Wird er nicht vermißt?

Du sagst: es zählt ein andrer Geist auf ihn …
Erklär mir nichts. Ich seh den Salamander
durch jedes Feuer gehen.
Kein Schauer jagt ihn, und es schmerzt ihn nichts.

Ihr Ungeheuer mit euren Frauen!

Hast du nicht gesagt: Es ist die Hölle, und warum ich bei ihr bleibe, das wird keiner verstehen. Hast du nicht gesagt: Meine Frau, ja, sie ist ein wunderbarer Mensch, ja, sie braucht mich, wüßte nicht, wie ohne mich leben –? Hast du's nicht gesagt! Und hast du nicht gelacht und im Übermut gesagt: Niemals schwer nehmen, nie dergleichen schwer nehmen. Hast du nicht gesagt: So soll es immer sein, und das andere soll nicht sein, ist ohne Gültigkeit! Ihr Ungeheuer mit euren Redensarten, die ihr die Redensarten der Frauen sucht, damit euch nichts fehlt, damit die Welt rund ist. Die ihr die Frauen zu euren Geliebten und Frauen macht, Eintagsfrauen, Wochenendfrauen, Lebenslangfrauen und euch zu ihren Männern machen laßt. (Das ist vielleicht ein Erwachen wert!) Ihr mit eurer Eifersucht auf eure Frauen, mit eurer hochmütigen Nachsicht und eurer Tyrannei, eurem Schutzsuchen bei euren Frauen, ihr mit eurem Wirtschaftsgeld und euren gemeinsamen Gutenachtgesprächen, diesen Stärkungen, dem Rechtbehalten gegen draußen, ihr mit euren hilflos gekonnten, hilflos zerstreuten Umarmungen. Das hat mich zum Staunen gebracht, daß ihr euren Frauen Geld gebt zum Einkaufen und für die Kleider und für die Sommerreise, da ladet ihr sie ein (ladet sie ein, zahlt, es versteht sich). Ihr kauft und laßt euch kaufen. Über euch muß ich lachen und staunen, Hans, Hans, über euch kleine Studenten und brave Arbeiter, die ihr euch Frauen nehmt zum Mitarbeiten, da arbeitet ihr beide, jeder wird klüger an einer anderen Fakultät, jeder kommt voran in einer anderen Fabrik, da strengt ihr euch an, legt das Geld zusammen und spannt euch vor die Zukunft. Ja, dazu nehmt ihr euch die Frauen auch, damit ihr die Zukunft erhärtet, damit sie Kinder kriegen, da werdet ihr mild, wenn sie furchtsam und glücklich herumgehen mit den Kindern in ihrem Leib. Oder ihr verbietet euren Frauen, Kinder zu haben, wollt ungestört sein und hastet ins Alter mit eurer gesparten Jugend. O das wäre ein großes Erwachen wert! Ihr Betrüger und ihr Betrogenen. Versucht das nicht mit mir. Mit mir nicht!

Martin Walser
1927

Ein Siegertyp (aus: Ehen in Philippsburg)

Als sie dann nebeneinander im Wagen saßen, von ihren feinen Kleidern wohl behütet, den Reifen nachhörend, die in regelmäßigen Abständen durch die Pfützen zischten, da summte Alwin eine Melodie und wiegte seine breite Brust zwischen den durch das Steuerrad fixierten Armen hin und her und dachte, daß er das Menschenmögliche getan habe, um Ilse vor allem Unschönen zu bewahren. Er durfte es sich hoch anrechnen, daß er Ilse nicht mit allem behelligte. Es gab Ehemänner in seinem Bekanntenkreis, die wußten nichts Besseres zu tun, als zu ihren Frauen heimzurennen, um loszuheulen und zu beichten und alles auf die armen Frauen abzuladen! Da war Herr Alwin schon ein anderer Kerl! Er sagte sich immer wieder: Alwin, das mußt du ganz allein tragen. Nicht einmal seinem engsten Freund, wenn er einen gehabt hätte, hätte er je etwas von Vera erzählt; von Vera nicht und nicht von denen, die er vor Vera gekannt hatte. Er hatte immer alles allein getragen. Ihm wäre es wahrhaftig auch manchmal leichter gefallen, wenn er sich hätte einem Freund an den Hals werfen können, um dem alles zu erzählen; um endlich auch einmal ein bißchen renommieren zu können, sich beneiden zu lassen, von Frantzke zum Beispiel, dem protzigen Fabrikanten, der keinen Hehl aus seinen Liebschaften machte, auch wenn er seine Frau dadurch bloßstellte. Und dem Dr. Benrath, dem hatte es jeder angesehen, daß in seiner Ehe nicht alles stimmte, was dann ja auch durch den Selbstmord der armen Frau hinlänglich bestätigt worden war. Wahrscheinlich hatte der auch nichts Besseres zu tun gewußt, als seine Frau in alles hineinzuziehen. Alwin aber schonte seine Frau. Er würde sie nie so bloßstellen und blamieren. Lieber ließ er sich als ein allzu braver Ehemann bespötteln, lieber duldete er es, daß sie ihm im Nachtlokal »Sebastian« über alle Tische hinweg zuriefen, ob ihn seine Frau eine halbe oder eine ganze Stunde beurlaubt habe. Diese aufgeblasenen Junggesellen, die dort allabendlich herumsaßen! Er ging bloß hin, weil einige einflußreiche Journalisten dort verkehrten, ein paar Politiker auch, und weil Cordula, die Besitzerin, eine charmante Frau war, rothaarig und gebildet; ihn schätzte sie besonders, das hatte sie ihm mindestens schon fünfzigmal über die Theke herüber zugeflüstert. Meistens setzte er sich nämlich an die Bar und wandte den Tischen den Rücken zu. Er haßte den Hochmut der Junggesellen, die auf alle Ehemänner wie auf Krüppel herabsahen und ihnen mit einem geringschätzigen Mitleid begegneten. Ihm trauten sie überhaupt nichts zu. Wahrscheinlich weil er dick war, weil er kein Sportsmann war, keine Schwimmlehrerfigur zur Schau trug, ja ja, wenn die wüßten, was der bemitleidete, der bespöttelte Ehesklave Alwin, der dicke Alwin, wie er auf der Universität genannt worden war, was der schon an Liebesleistungen hinter sich gebracht hatte! Aber er hatte sich alle Erzählungen, alle Mitteilungen versagt. Getreu seinem Grundsatz: was meine Frau nicht weiß, das geht auch keinen anderen etwas an.

Die Augen wurden ihm feucht, wenn er daran dachte, wie sehr er doch seiner Frau die Treue hielt, auf was er ihr zuliebe alles verzichtete. Seit Jahren saß er still am Tisch oder an der Bar und hörte zu, wenn die Junggesellen und bedenkenlosen Ehemänner von ihren Eroberungen wie von Heldentaten berichteten, und was hätte er da alles zu vermelden gehabt! Aber nein, er hatte geschwiegen, hatte höchstens da und dort einen Einwand gemacht, ein Detail hinzugefügt, eine kleine Korrektur angebracht, um den Herren Junggesellen und bedenkenlosen Ehemännern zu beweisen, daß auch ein schweigender Ehemann manchmal mitreden kann. Über Andeutungen war er allerdings nie hinausgegangen. So treu war er Ilse. Und um dieser Treue willen brachte er große Opfer. Was hatte er denn von seinen zahlreichen Abenteuern, wenn er keinem Menschen davon erzählen durfte?

Oft war es doch eine rechte Mühe, bei Frauen ein Held zu sein, und die wäre eigentlich erst belohnt gewesen, wenn seine Taten im Ruhm hätten dauernde Auferstehung feiern können, wenn er im Nachtlokal »Sebastian«, wo er ja Stammgast war und Schlüsselherr (denn das Sebastian war eine Schlüsselbar, exklusiv also im ganzen Sinne des Wortes, und die Schlüsselherren waren fast ein Orden), wenn er im Sebastian hätte beginnen können: Hört Freunde … und dann hätte er in die vor Respekt und Erstaunen schweigende Runde hineinerzählt: ja, da habe ich doch in Hamburg, oder war es in Stuttgart, ich weiß es nicht mehr, ich sprach da auf jeden Fall mit einer Dame und lud sie dann auch zu noch näherer Bekanntschaft ein, und was, ratet einmal, sagte die zu mir: mein Herr, ich bin verheiratet! Na und ich darauf, ohne auch nur ein Quentchen Luft zu holen: das trifft sich ja ausgezeichnet, Madame, ich auch! Daß danach natürlich die Ampel auf Grün sprang, brauche ich wohl nicht mehr zu sagen. Wie ja überhaupt jede Frau zu haben ist, wenn man es wirklich darauf abgesehen hat, aber auch jede. Bitte, manchmal will man ja gar nicht, da gibt man auf, freiwillig, aber wenn man will, dann kommt einem keine aus! Bitte, ich will keinem zu nahetreten, ich urteile da nur nach meinen ureigenen Erfahrungen, vielleicht sind die nicht übertragbar, das mag sein, so was kann man ja schlecht beurteilen. Ja, was ich noch hinzufügen muß, damit ihr mich nicht für einen dummen Optimisten haltet (wie die meisten Optimisten genierte sich auch Dr. Alwin, einer zu sein), ich weiß auch, daß die Liebe nicht bloß eine rosige Angelegenheit ist, in der man von Erfolg zu Erfolg schreitet. Ich müßte weniger Erfahrungen hinter mich gebracht haben, als es Gott sei Dank oder leider – ich schwanke hier wirklich, was ich sagen soll – der Fall ist, um nicht zu wissen, daß jede neue Affäre ein Griff nach dem Unmöglichen ist und den Keim der Enttäuschung schon von Anfang an in sich trägt. Ich sage euch eines, Freunde (hier würde Dr. Alwin die ganze Runde noch einmal prüfen, gewissermaßen um zu sehen, ob sie würdig sei, die Quintessenz seiner Erfahrung zu vernehmen): die Frau, die wir lieben, ist immer ein Ersatz für eine, die wir noch nicht haben, oder (Alwin würde die Stimme senken und zweimal schlucken) oder nie haben werden …

Aber all das durfte er sich ja nicht gestatten. Wenn er seine Frau wenigstens hätte wissen lassen können, wie treu er ihr in dieser Hinsicht war! Das war leider ganz unmöglich. Er hätte, um ihr seine Treue in der Wahrung eines einwandfreien Familiengesichtes rühmen zu können, auch alles andere, gerade das, womit er sie nicht behelligen wollte, verraten und ihr auf den Hals laden müssen. Und so schwer es war, anständig zu sein, ohne daß ihn jemand dafür bewunderte, Ilse zuliebe brachte er es fertig und blieb diskret.

Aber sie sollte ihn jetzt bald um anderer Eigenschaften willen bewundern. Und nicht nur sie! Wenn seine politische Laufbahn erst einmal in die Höhe führen würde (er hatte dabei unwillkürlich die Vorstellung von einer marmornen Straße, die aus einer Gasse aufsteigend über die höchsten Häuser der Stadt hinwegführte, feierliche Leuchter zu beiden Seiten, triumphale Architekturen), dann würde er sich nicht mehr im Dunkel herumplagen müssen wie bisher, dann würde er auch Ilse ein anderes Leben bieten können. Bisher war er nichts gewesen, ein kleiner Anwalt, von Terminen gehetzt, stundenlang vor Klienten sitzend, um deren schlecht formulierte Reden anzuhören, Tag für Tag unterwegs wegen Testamentsanfechtungen und Mieterzwist! Jetzt aber würde er aus der christlich-sozial-liberalen Partei eine Führungspartei machen, ein Machtinstrument für seine Interessen. Ilse mußte noch ein wenig Geduld haben. Die Zeit, da er keine anderen Betätigungen mehr nötig hatte, würde kommen, und das würde dann ihre Zeit sein, seine und ihre Zeit, der Beginn eines neuen Lebens, das jeden Morgen mit einem ausgedehnten zärtlichen Frühstück auf einer Sonnenterrasse gefeiert werden sollte! Er war sich der Liebe zu seiner Frau so sicher, daß er sich kaum bemüßigt fühlte, sie dann und wann einmal nachzuprüfen. Er trug sie gewissermaßen in einer fest verschlossenen Kapsel mit sich herum und verehrte die Kapsel für ihren Inhalt. Die Zärtlichkeit, die er all die Jahre hindurch für seine Frau aufgebracht hatte, die ihn, wenn sie aufbrach, ganz übermannte, die ihn rührte, die er sich hoch anrechnete, weil er sie als eine edle menschliche Leistung empfand (sie drängte ja, da er das auswärts hatte, auf nichts Körperliches hin, war reine Zuneigung), diese Zärtlichkeit war für ihn zum Statthalter der künftigen Liebe geworden: es war eine zelebrierte Zärtlichkeit, rituell und regelmäßig, bereichert durch Zufälle, Anschwemmungen des Klimas, der Jahres- und Tageszeiten, der wechselnden Temperaturen (und wie gesagt, kaum Bettaufbrüche dabei), Demonstrationen halt, die er sich selbst und dem Familienbewußtsein zuliebe veranstaltete, um zu beweisen, daß das gemeinsame Leben von den rechten Gefühlen getragen sei. Und dann war diese Zärtlichkeit auch ein Racheakt gegen seine Geliebten. Es war Zorn in dieser Zärtlichkeit, Zorn gegen die Geliebten. Es sollte ihnen damit bewiesen werden (in Herrn Dr. Alwins Bewußtsein), daß es keiner von allen gelingen werde, ihn daran zu hindern, seiner Frau das tägliche erotische Brot zu verabreichen, und war's auch bloß Brot und keine fette Suppe, es war doch ein dauerhaftes und regelmäßiges Brot, und aus ihm – das rief er der ganzen Welt und insbesondere der vor ihm stehenden Reihe seiner vergangenen und gegenwärtigen Geliebten zu –, aus diesem Brot, dessen Name Dauer ist, würden dereinst die … die … Dr. Alwin mußte scharf bremsen, weil ein Fußgänger die Straße nicht rasch genug geräumt hatte. Das brachte ihn um den glanzvollen Schluß seines Satzes, den er gerade der Welt hinzuschleudern im Begriff gewesen war. Auf jeden Fall war Ilse besser als alle anderen. Sie saß neben ihm, er war stolz, im eigenen Wagen, eine Abendfahrt, Lichter oben, quer und längs und im nassen Asphalt, das Gezirpe der braven Scheibenwischer, die er für so zuverlässig hielt wie sich selbst, nur war's bei denen selbstverständlich, sie konnten nicht anders, waren Apparate, aber er, ein Mann von seiner Phantasie, daß er zuverlässig, und, im Grunde genommen, doch einer einzigen Frau treu war, das war schon etwas, an das er nicht denken konnte, ohne daß ein Prickeln seine Haut überfuhr, etwas Großes, in die Zukunft Weisendes, Beifall bitte … Dr. Alwin lächelte. Warum sollte er den Mund nicht auch einmal etwas voller nehmen dürfen, er war immer zu bescheiden gewesen, aber wenn er schon mit Ilse durch die Stadt fuhr, so festlich gekleidet, eingeladen zu einer Verlobungsparty, zu der nicht jeder geladen wurde, das war schon eine Freude, die einem den Mund füllen durfte. Eine Freude auch, dachte Alwin, und eine milde Trauer breitete sich wohltuend in ihm aus, eine Freude, die er gerne seiner Vera gegönnt hätte! Aber leider, leider – so beschränkt sind des Menschen Möglichkeiten – konnte er das Glück, ihn zu dieser Party begleiten zu dürfen, nur einer Frau bescheren, und das war natürlich, bei aller Verliebtheit in Vera, doch Ilse! Und doch, wenn er mit Vera im Grünen Salon bei Volkmanns erscheinen würde, das wäre ein Auftritt! Und wenn er sich vorstellen würde, der Hausfrau zum Beispiel, dieser affektierten Gans, die sich bewegte wie ein italienischer Tenor, der in einer ihm unverständlichen Fremdsprache eine Rolle singt, von der man ihm gesagt hat, daß sie tragisch ist. Und was würde Büsgen sagen, und erst Frantzke, wenn Vera ihn begrüßen würde: Guten Abend, Herr Frantzke, mit ihrer Stimme, so tief wie ein Fluß in der Nacht. Und ihre Augen erst! Der Frantzke würde staunen, wenn der dicke Alwin mit einer Frau käme, der die Augen ganz schräg im Gesicht lagen, und groß waren wie Hummeln, sie waren überhaupt wie trunkene Hummeln, wenn ihm ein so ausgreifender Vergleich gestattet war. Ja, Vera verdiente schon, da er sie liebte. Die Schöpfung machte ihn in Vera mit Eigenschaften bekannt, die er wahrscheinlich sonst nirgendwo mehr antreffen würde, und das war für ihn eine Aufforderung, diese Nuance der Kreatur nicht unbesehen der allgemeinen Vernichtung zutreiben zu lassen. Und dann ihre Ergebenheit! Sei verehrte ihn so, wie er sich selbst verehren würde, wenn er in einer zweiten Person auftreten könnte. Solange er noch keinen über alle Häuser der Stadt hinwegstrahlenden Namen hatte, war ihm die Bewunderung und Verehrung, die ihm nachts in den Zimmern seiner Geliebten zugeflüstert wurde, so wichtig wie die Nahrung am Tage. Später, wenn einmal die Leute nach links und nach rechts auseinandertreten würden, wenn er irgendwo erschien, wenn sie seinen Namen mit vorgehaltener Hand ihrem Nachbarn zuraunen würden, stolz darauf, daß sie ihn kannten, der Nachbar aber noch nicht, später, wenn solche Spaliere der Bewunderung seine Wege säumen würden, dann wollte er nur noch Ilse lieben, dann war die Zeit des Ausgleichs und der Belohnung gekommen: Ilse allein sollte die Bewunderung an seiner Seite genießen, mit einer noblen Handbewegung würde er alle Aufmerksamkeit auf sie lenken, ihr gewissermaßen so sein Lebenswerk und den strahlend aufgehenden Ruhm widmend. Sie allein sollte angeschaut werden mit ihm, und die Geliebten würden hinter Vorhängen hervor neidisch herunterspähen, um sich dann fluchend und weinend ins ungemachte Bett zu werfen. Das würde seine Rache an den Geliebten sein, weil die sich heute einbildeten, er liebe sie mehr als seine eigene Frau. Alwin gestand sich ein, daß er in gewissen Augenblicken immer wieder zu weit ging, er wurde zu weich, sagte mehr, als er wollte. Aber diese Frauen waren selbst schuld, wenn sie ihm glaubten! Die hatten doch Erfahrung. Keine Geliebte ist zum ersten Mal Geliebte, auch wenn sie's noch so beteuert, sie hat immer schon einem anderen oder vielen anderen den gleichen Gefallen getan, also mußte sie doch wissen, daß man auf die Worte eines hastig atmenden Ehemanns nicht allzu viel geben kann. Jawohl, das konnte man von ihnen verlangen! Mein Gott, und er nahm sich doch wirklich in acht, er ließ sich nie gar zu weit ein mit diesen Mädchen und Frauen. Abgesehen von den wenigen Sekunden, in denen er hechelnd überfloß und fast alles zu verraten und zu versprechen bereit war, hatte er seine Geliebten immer spüren lassen, daß sie Mannequins, Tontechnikerinnen, Sekretärinnen, Sprechstundenhilfen oder Platzanweiserinnen waren. Er hatte ihnen beigebracht, daß er, der Rechtsanwalt Dr. Alwin, der sich jetzt sogar ganz der Politik verschrieben hatte, um eine große Karriere zu absolvieren, daß er es eigentlich gar nicht nötig hätte, sich eine Geliebte aus dem mittleren oder gar unteren sozialen Milieu zu wählen. Auch konnte er seinen Geliebten gegenüber immer wieder betonen – und er versäumte das nie –, daß er ja glücklich verheiratet sei, daß Ilse eine hochachtbare und ganz liebenswerte Frau sei, daß er also gewissermaßen grundlos, vielleicht sogar aus Mitleid oder Gutmütigkeit oder allenfalls, weil er ein Übermann war, weil ihn seine Vitalität treibe, aus der belle étage seiner glanzpolierten Ehe herunter ins Parterre der Geliebtenzimmerchen steige. (Nur im Vergleich, nur in Alwins sozialen Abmessungen war das ein Heruntersteigen, in der Wirklichkeit dagegen war es meistens ein mühseliges Hinaufklettern in schrägwandige Mansarden.)

Zu Vera ging er nun schon über ein Jahr. Keines seiner früheren Verhältnisse hatte er so lange dauern lassen. Die Damen wurden zu anspruchsvoll, wenn sie merkten, daß man sich nicht gern von ihnen trennte, sie glaubten dann, man brauche sie, und das nützten sie aus: sie begannen die Regelmäßigkeit der Besuche zu fördern, wußten einem Bedürfnisse der verschiedensten Art unaufdringlich mitzuteilen, und das kostete mehr Geld als Alwin für diesen Bereich seines Lebens ausgeben wollte. Vor allem empfingen ihn dann die Geliebten allmählich mit einer Selbstverständlichkeit, die von keiner Ehefrau übertroffen werden konnte, das Abenteuerliche, das den Besuchen ehedem angehaftet hatte, wurde von dem immer häuslicher, immer familiärer werdenden Gebaren der Damen nach und nach mit Schürzen, festen Zeiten, geblümtem Geschirr und Strickarbeit erstickt.

Ein untrügliches Zeichen diente Alwin immer als Signal zum Aufbruch, zur endgültigen Trennung: die Aufforderung, beim Spülen des Kaffeegeschirrs zu helfen. Dieser Aufforderung gingen meist mehr oder weniger verhüllte Andeutungen über Alwins Frau voraus, über seine Ehe, ob er denn immer bei Ilse bleiben wolle ... dann wußte er Bescheid, dann wurde er sicher beim nächsten oder übernächsten Besuch aufgefordert, beim Abspülen zu helfen, die Häuslichkeit auszudehnen, über Sonntag zu bleiben ... Ja, Alwin war auf der Hut, er ließ sich nicht fangen. Im rechten Augenblick abzuspringen, das war nach seiner Ansicht das wichtigste Gebot, das ein Ehemann im Umgang mit Geliebten zu beachten hatte. Und doch lief er jetzt schon so lange zu Vera. Aber das lag an Vera. Sie war nicht wie die anderen. Noch nicht ein einziges Mal hatte sie vom Heiraten gesprochen, nicht ein einziges Mal hatte sie ihn aufgefordert, beim Geschirrspülen zu helfen, und nicht ein einziges Mal hatte sie ihn gebeten, übers Wochenende zu bleiben. Sie sprach nur immer davon, daß sie sich seiner nicht würdig fühle, daß sie nie wagen würde, seine Frau zu werden, daß sie es als ein reines Geschenk betrachte, ihn dann und wann bei sich empfangen zu dürfen. Sie hatte ihr Auskommen als Platzanweiserin im Kino und hätte von ihm nie etwas erbeten, ja sie weigerte sich sogar, Geschenke anzunehmen. Da sie ihn so sehr von allen Verpflichtungen entband und sich trotzdem immer nur als die Beschenkte fühlte, sah er keinen Grund mit ihr zu brechen. Vera brachte Alwins Ehe jenen Respekt entgegen, den Alwin von seinen Geliebten zu fordern gewohnt war. Nur sich selbst gestattete er in den wenigen Sekunden der völligen Vereinigung, seine Frau und seine Ehe zu vergessen oder zu verleugnen. Die dem Bett vorausgehenden Kaffee- oder Kognakgespräche aber durften seine Ehe nicht verletzen, das mußte er sich ausbedingen, das war er Ilse und seinem Gewissen schuldig. O ja, Dr. Alwin war nicht bedenkenlos, er verlor sich nicht so leicht, und er war stolz darauf, daß er seiner Frau auch noch in der verborgensten Kammer Achtung verschaffte und ihr auf seine Weise auch hier die Treue hielt. Wenn er es Ilse bloß hätte sagen können! Wenn er daran dachte, wie andere ihre Frauen preisgaben, schon in den Armen einer Prostituierten! Prostituierte kamen für ihn überhaupt nicht in Frage. Das würde er Ilse nie antun. Und sich selbst auch nicht. Auch noch Geld ausgeben für etwas, was er anderswo umsonst haben konnte! Aber es gab auch noch andere Gründe, die gegen Prostituierte sprachen, hygienische Gründe und vor allem psychische, jawohl, denn diese bezahlten Frauen brachten ihm nicht jene Verehrung, jene dienende Hingabe entgegen, die er von seinen Geliebten verlangte. Er hatte das schon in seinen Studentenjahren erfahren. Seitdem wußte er, daß er einfach zu sensibel war, um das rohe Geschäftsgebaren dieser Straßenmädchen zu ertragen. Und dann konnte die ja jeder haben, während er sich bei seinen Geliebten schmeicheln durfte, der Eroberer zu sein, der einen anderen aus dem Feld geschlagen hatte, oder doch einer, der alle seine Vorgänger übertraf. Bei jeder Frau, die er für sich gewann, fragte er nach seinen Vorgängern und ließ sich bestätigen, daß er sie alle bei weitem übertreffe. Wo diese Bestätigung ausblieb, machte er sehr schnell Schluß. Er ertrug es nicht, einer unter anderen zu sein. Was die Öffentlichkeit noch nicht wußte, was sie aber bald erfahren würde, wenn der jetzt Fünfunddreißigjährige nach den nächsten Wahlen in den Landtag einziehen würde und später vielleicht sogar in den Bundestag, was die Öffentlichkeit dann erst erkennen würde, daß Dr. Alexander Alwin ein Besonderer war, eine Kraftnatur, ein Herschermann, das sollten seine Geliebten jetzt schon wissen, sollten es ihm bestätigen und sollten ihn darum lieben und bewundern. Hatte eine keine Augen dafür, bitte, das war ihre Sache, dann konnte er ihr nicht helfen, dann hatte es auch keinen Sinn, daß er sie auch nur noch ein einziges Mal sah.

Schmachten, nein danke, Dr. Alwin nicht! Er war gewohnt zu siegen. Vitalität, das war sein Schlüsselwort, mit Vitalität würde er Politik machen, einen neuen Stil der politischen Laufbahn kreieren. Andere mochten klug sein, wieder andere erfinderisch, raffiniert oder vorsichtig, er war vital, das konnte ihm keiner bestreiten, und mit Vitalität würde er seinen Weg machen.

Sich geliebt zu wissen

Sich geliebt zu wissen ist etwas, auch wenn es die Katastrophe ist, die sich in einen verknallt hat.

Günter Grass
1927

Ehe

Wir haben Kinder, das zählt bis zwei.
Meistens gehen wir in verschiedene Filme.
Vom Auseinanderleben sprechen die Freunde.
  Doch meine und Deine Interessen
  berühren sich immer noch
  an immer den gleichen Stellen.
  Nicht nur die Frage nach den Manschettenknöpfen.

Auch Dienstleistungen:
Halt mal den Spiegel.
Glühbirnen auswechseln.
Etwas abholen.
Oder Gespräche, bis alles besprochen ist.
Zwei Sender, die manchmal gleichzeitig
auf Empfang gestellt sind.
Soll ich abschalten?
Erschöpfung lügt Harmonie.
Was sind wir uns schuldig? Das.
Ich mag das nicht: Deine Haare im Klo.
Aber nach elf Jahren noch Spaß an der Sache.
Ein Fleisch sein bei schwankenden Preisen.
Wir denken sparsam in Kleingeld.
Im Dunkeln glaubst du mir alles.
Aufribbeln und Neustricken.
Gedehnte Vorsicht.
Dankeschönsagen.
Nimm Dich zusammen.
Dein Rasen vor unserem Haus.
Jetzt bist Du wieder ironisch.
Lach doch darüber.
Hau doch ab, wenn Du kannst.
Unser Haß ist witterungsbeständig.
Doch manchmal, zerstreut, sind wir zärtlich.
Die Zeugnisse der Kinder
müssen unterschrieben werden.
Wir setzen uns von der Steuer ab.
Erst übermorgen ist Schluß.
Du. Ja Du. Rauch nicht so viel.

Oskars erste Liebe (aus: Die Blechtrommel)

Da Oskar nicht die erforderliche Größe hatte, auch nicht gewillt war, hinter dem Ladentisch zu stehen, Knäckebrot, Margarine und Kunsthonig zu verkaufen, nahm Matzerath, den ich der Einfachheit halber wieder meinen Vater nenne, Maria Truczinski, meines armen Freundes Herbert jüngste Schwester, ins Geschäft.

Sie hieß nicht nur Maria, sie war auch eine. Abgesehen davon, daß es ihr gelang, unsern Laden innerhalb weniger Wochen abermals in guten Ruf zu bringen, zeigte sie neben solch freundlich gestrenger Geschäftsführung – der sich Matzerath willig unterwarf – auch einigen Scharfsinn in der Beurteilung meiner Lage.

Noch bevor Maria ihren Platz hinter dem Ladentisch fand, hatte sie mir, der ich mit dem Schrotthaufen vor dem Bauch anklagend das Treppenhaus, die über hundert Stufen auf und nieder stampfte, mehrmals eine gebrauchte Waschschüssel als Ersatz angeboten. Aber Oskar wollte keinen Ersatz. Standhaft weigerte er sich, auf der Kehrseite einer Waschschüssel zu trommeln. Kaum hatte jedoch Maria im Geschäft Fuß gefaßt, wußte sie gegen Matzeraths Willen durchzusetzen, daß meinen Wünschen Rechnung getragen wurde. Allerdings war Oskar nicht dazu zu bewegen, an ihrer Seite Spielzeughandlungen aufzusuchen. Das Innere solch bunt überfüllter Läden hätte mir gewiß schmerzliche Vergleiche mit dem zertretenen Laden des Sigismund Markus aufgezwungen. Maria, sanft und fügsam, ließ mich draußen warten oder tätigte die Einkäufe alleine, brachte mir, je nach Bedarf, alle vier bis fünf Wochen ein neues Blech und mußte während der letzten Kriegsjahre, da selbst die Blechtrommeln rar und bewirtschaftet wurden, den Händlern Zucker oder ein Sechzehntel Bohnenkaffee bieten, um mein Blech unter dem Ladentisch, als sogenannte UT-Ware gereicht zu bekommen. Das tat sie alles ohne Seufzen, Kopfschütteln und Augenaufschlagen, vielmehr unter aufmerksamstem Ernst und mit jener Selbstverständlichkeit, mit der sie mir frischgewaschene, ordentlich geflickte Hosen, Strümpfe und Kittel anzog. Wenn die Beziehungen zwischen Maria und mir während der folgenden Jahre auch ständigem Wechsel unterworfen waren, selbst heute noch nicht geklärt sind, die Art, wie sie mir die Trommel reicht, ist dieselbe geblieben, mag auch der Preis für Kinderblechtrommeln heute erheblich höher liegen als im Jahre neunzehnhundertvierzig.

Heute ist Maria Abonnentin eines Modejournals. Von Besuchstag zu Besuchstag trägt sie sich eleganter. Und damals?

War Maria schön? Sie zeigte ein rundes frischgewaschenes Gesicht, blickte kühl, doch nicht kalt aus etwas zu stark hervortretenden grauen, kurz aber dicht bewimperten Augen, unter kräftigen dunklen, an der Nasenwurzel zusammengewachsenen Brauen. Deutlich sich abzeichnende Backenknochen, deren Haut bei starkem Frost bläulich spannte und schmerzhaft sprang, gaben dem Gesicht eine beruhigend wirkende Flächenmäßigkeit, die durch die winzige, aber nicht unschöne oder gar komische, vielmehr bei aller Zierlichkeit wohldurchgebildete Nase kaum unterbrochen wurde. Ihre Stirn faßte sich rund, maß sich niedrig und wurde schon früh durch senkrechte Grübelfalten über der bewachsenen Nasenwurzel gezeichnet. Rund und leicht gekräuselt setzte auch jenes braune Haar, welches heute noch den Glanz nasser Baumstämme hat, an den Schläfen an, um dann straff den kleinen, griffigen, wie bei Mutter Truczinski kaum einen Hinterkopf aufweisenden Schädel zu bespannen. Als Maria sich die weiße Mantelschürze anzog und sich hinter den Ladentisch unseres Geschäftes stellte, trug sie noch Zöpfe hinter ihren rasch durchbluteten, derb gesunden Ohren, deren Läppchen leider nicht frei hingen, sondern direkt, zwar kein unschönes Fältchen ziehend, aber doch degeneriert genug in das Fleisch überm Unterkiefer wuchsen, um Schlüsse über Marias Charakter zuzulassen. Später schwatzte Matzerath dem Mädchen Dauerwellen auf: die Ohren blieben verborgen. Heute stellt Maria unter modisch kurzgeschnittenem Wuschelkopf nur die angewachsenen Läppchen zur Schau; schützt aber die kleinen Schönheitsfehler durch große, ein wenig geschmacklose Klips.

Genau wie Marias mit einem Griff zu fassender Kopf volle Wangen, deutliche Backenknochen, großzügig geschnittene Augen beiderseits der eingebetteten, fast unauffälligen Nase zeigte, waren ihrem eher kleinen als mittelgroßen Körper etwas zu breite Schultern, schon unter dem Arm ansetzende volle Brüste und ein dem Becken entsprechendes, reiches Gesäß beigegeben, das hinwiederum von zu schlanken, dennoch kräftigen, unterhalb der Schamhaare Durchblick gewährenden Beinen getragen wurde.

Vielleicht war Maria damals eine Spur x-beinig. Auch wollten mir ihre immer geröteten Hände im Gegensatz zur ausgewachsenen und endgültig proportionierten Figur kindlich, ihre Finger wurstig vorkommen. Diese Patschhände hat sie bis heute nicht ganz verleugnen können. Ihre Füße jedoch, die sich damals in klobigen Wanderschuhen, etwas später in ihr kaum angemessenen, altmodisch eleganten Schühchen meiner armen Mama abmühten, haben trotz des ungesunden Schuhwerks aus zweiter Hand nach und nach die kindliche Röte und Drolligkeit verloren und sich modernen Schuhmodellen westdeutscher und sogar italienischer Herkunft angepaßt.

Maria sprach nicht viel, sang aber gerne beim Abwaschen des Geschirrs und gleichfalls beim Abfüllen des Zuckers in blaue Pfund- und Halbpfundtüten. Nach Geschäftsschluß, wenn Matzerath abrechnete, auch sonntags, und sobald sie sich ein halbes Stündchen Ruhe gönnte, griff Maria zu ihrer Mundharmonika, die ihr der Bruder Fritz geschenkt hatte, als er eingezogen wurde und nach Groß-Boschpol kam.

Maria spielte ziemlich alles auf der Mundharmonika. Wanderlieber, die sie während der BdM-Heimabende gelernt hatte, Operettenmelodien und Schlager, die sie dem Radio und ihrem Bruder Fritz ablauschte, den Ostern vierzig eine Dienstreise für einige Tage nach Danzig brachte. Oskar erinnert sich, daß Maria »Regentropfen« mit Zungenschlag spielte und auch »Der Wind hat mir ein Lied erzählt« aus der Mundharmonika hervorlockte, ohne dabei Zarah Leander nachzuahmen. Niemals jedoch holte Maria ihre »Hohner« während der Geschäftszeit hervor. Selbst wenn keine Kundschaft kam, enthielt sie sich der Musik und schrieb, kindlich runde Buchstaben setzend, Preisschildchen und Warenlisten.

Wenn es sich auch nicht übersehen ließ, daß sie es war, die dem Geschäft vorstand, die einen Teil der Kundschaft, der sich nach dem Tode meiner armen Mama bei der Konkurrenz angemeldet hatte, zurückgewann und zu festen Kunden machte, behielt sie Matzerath gegenüber eine an Unterwürfigkeit grenzende Hochachtung bei, die jenen, der ja immer schon an sich geglaubt hatte, nicht einmal verlegen werden ließ.

»Schließlich habe ich das Mädchen ins Geschäft geholt und angelernt«, lautete sein Argument, wenn der Gemüsehändler Greff und Gretchen Scheffler sticheln wollten. So einfach waren die Gedankengänge dieses Mannes, der eigentlich nur während seiner Lieblingsbeschäftigung, während des Kochens differenzierter, ja, sensibel und deshalb beachtenswert wurde. Denn das muß Oskar ihm lassen: seine Kassler Rippchen mit Sauerkraut, seine Schweinenieren in Senfsoße, seine panierten Wiener Schnitzel und, vor allen Dingen, sein Karpfen mit Sahne und Rettich ließen sich sehen, riechen und schmecken. Wenn er Maria im Geschäft auch nicht allzuviel beibringen konnte, weil erstens das Mädchen einen angeborenen Geschäftssinn für Handel mit kleinen Beträgen mitbrachte, weil zweitens Matzerath von den Finessen des Handels über den Ladentisch kaum etwas verstand und sich allenfalls für den Einkauf auf dem Großmarkt eignete, das Kochen, Braten und Dünsten jedoch brachte er Maria bei; denn wenn sie auch während zwei Jahren Dienstmädchen bei einer Beamtenfamilie in Schidlitz gewesen war, konnte sie, als sie bei uns anfing, nicht einmal Wasser zum Sieden bringen.

Bald durfte es Matzerath ähnlich wie zu Lebzeiten meiner armen Mama halten: er regierte in der Küche, steigerte sich von Sonntagsbraten zu Sonntagsbraten, konnte sich glücklich und zufrieden stundenlang beim Abwaschen des Geschirrs aufhalten, besorgte so nebenbei die während der Kriegsjahre immer schwieriger werdenden Einkäufe, Vorbestellungen und Abrechnungen bei den Firmen auf dem Großmarkt und beim Wirtschaftsamt, pflegte mit einiger Gerissenheit den Briefwechsel mit dem Steueramt, dekorierte nicht einmal ungeschickt, vielmehr Phantasie und Geschmack beweisend, alle vierzehn Tage das Schaufenster, erledigte verantwortungsbewußt seinen Parteikram und war, da ja Maria unerschütterlich hinter dem Ladentisch stand, voll und ganz beschäftigt.

Sie werden fragen: was sollen diese Vorbereitungen, dieses umständliche Eingehen auf die Beckenknochen, Augenbrauen, Ohrläppchen, Hände und Füße eines jungen Mädchens? Ganz auf Ihrer Seite stehend, verurteile ich mit Ihnen diese Art Menschenbeschreibung. Ist Oskar doch fest überzeugt, daß es ihm bisher allenfalls gelungen ist, Marias Bild zu verzerren, wenn nicht für alle Zeiten zu verzeichnen. Deshalb ein letzter und hoffentlich klärender Satz: Maria war, wenn ich von all den anonymen Krankenschwestern absehe, Oskars erste Liebe.

Es wurde mir dieser Zustand bewußt, als ich eines Tages, wie ich es selten tat, meinem Trommeln zuhörte und bemerken mußte, wie neu, wie eindringlich und dennoch behutsam Oskar dem Blech seine Leidenschaft mitteilte. Maria nahm dieses Trommeln gut auf. Dennoch liebte ich es nicht besonders, wenn sie zu ihrer Mundharmonika griff, über der Maultrommel häßlich die Stirn runzelte und meinte, mich begleiten zu müssen. Oftmals jedoch, beim Strümpfestopfen oder Zuckerabfüllen, ließ sie die Hände sinken, blickte mir ernst und aufmerksam mit ganz und gar ruhigem Gesicht zwischen die Trommelstöcke und fuhr mir, bevor sie wieder zum Stopfstrumpf griff, mit weicher, verschlafener Bewegung über die kurzgeschnittenen Stoppelhaare.

Oskar, der sonst keine noch so zärtlich gemeinte Berührung vertrug, duldete Marias Hand, verfiel diesem Streicheln dergestalt, daß er oft stundenlang und schon bewußter die zum Streicheln verführenden Rhythmen aufs Blech legte, bis endlich Marias Hand gehorchte und ihm gut tat.

Es kam dazu, daß mich Maria jeden Abend zu Bett brachte. Sie zog mich aus, wusch mich, half mir in den Schlafanzug, empfahl mir, vor dem Schlafengehen noch einmal die Blase zu entleeren, betete mit mir, obgleich sie protestantisch war, ein Vaterunser, drei Gegrüßetseistdumaria, auch dann und wann: Jesusdirlebichjesusdirsterbich, und deckte mich schließlich mit freundlichem, müde machendem Gesicht zu.

So schön diese letzten Minuten vor dem Lichtausknipsen auch waren – nach und nach tauschte ich Vaterunser und Jesusdirlebich zart anspielend in Meersternichdichgrüße und Mariazulieben um – die allabendlichen Vorbereitungen für die Nachtruhe waren mir peinlich, hätten fast meine Selbstbeherrschung untergraben und mir, der ich sonst jederzeit das Gesicht zu bewahren wußte, jenes verräterische Erröten der Backfische und verquälten jungen Männer befohlen. Oskar gibt zu: jedesmal, wenn mich Maria mit ihren Händen entkleidete, in die Zinwanne stellte und mir mit einem Waschlappen, mit Bürste und Seife den Staub eines Trommlertages von der Haut laugte und schrubbte, jedesmal also, wenn mir bewußt wurde, daß ich, ein fast Sechzehnjähriger, einem bald siebzehn Jahre alten Mädchen nackt und überdeutlich gegenüber stand, errötete ich heftig und anhaltend nachglühend.

Doch Maria schien den Farbwechsel meiner Haut nicht zu bemerken. Dachte sie etwa, Waschläppchen und Bürste erhitzten mich so? Sagte sie sich, es wird die Hygiene sein, die Oskar so einheizt? Oder war Maria schamhaft und taktvoll genug, diese meine alltägliche Abendröte zu durchschauen und dennoch zu übersehen?

Bis heute bin ich diesem jähen und durch nichts zu verbergenden, oft fünf Minuten und länger anhaltenden Anstrich verfallen. Ähnlich meinem Großvater, dem Brandstifter Koljaiczek, der feuerzündgockelrot wurde, wenn nur das Wörtchen Streichholz fiel, schießt mir das Blut durch die Adern, sobald jemand, den ich gar nicht zu kennen brauche, in meiner Nähe etwas von kleinen Kindern erzählt, die jeden Abend in der Badewanne mit Waschläppchen und Bürste behandelt werden. Wie ein Indianer steht Oskar dann da; schon lächelt die Umwelt, heißt mich absonderlich, sogar abwegig: denn was kann es meiner Umwelt bedeuten, wenn kleine Kinderchen eingeseift, abgeschrubbt und von einem Waschläppchen an den verschwiegensten Orten besucht werden.

Maria jedoch, das Naturkind, erlaubte sich in meiner Anwesenheit, ohne verlegen zu werden, die gewagtesten Dinge. So zog sie sich jedesmal, bevor sie die Dielen des Wohnzimmers und Schlafzimmers wischte, vom Oberschenkel abwärts jene Strümpfe aus, die ihr Matzerath geschenkt hatte, die sie schonen wollte. Eines Sonnabends nach Geschäftsschluß – Matzerath hatte in der Ortsgruppendienststelle zu tun, wir waren alleine – ließ Maria Rock und Bluse fallen, stand in armseligem aber sauberem Unterrock neben mir am Wohnzimmertisch und begann, mit Benzin einige Flecken aus dem Rock und der kunstseidenen Bluse zu reiben.

Wie kam es wohl, daß Maria, sobald sie die Oberkleider ablegte, sobald sich der Benzingeruch verflüchtigte, angenehm und naiv betörend nach Vanille roch? Rieb sie sich mit solch einer Wurzel ein? Gab es ein billiges Parfum, das diese Geruchsrichtung vertrat? Oder war dieser Duft ihr so zu eigen, wie etwa eine Frau Kater Salmiakgeist ausdünstete, wie etwa meine Großmutter Koljaiczek leichtranzige Butter unter ihren Röcken riechen ließ? Oskar, der allen Dingen auf den Grund gehen mußte, ging auch der Vanille nach: Maria rieb sich nicht ein. Maria roch so. Ja, ich bin heute noch überzeugt, daß sie sich dieses ihr anhaftenden Duftes gar nicht bewußt war; denn wenn bei uns am Sonntag nach Kalbsbraten mit Stampfkartoffeln und Blumenkohl in brauner Butter, ein Vanillepudding auf dem Tisch zitterte, weil ich mit dem Stiefel gegen ein Tischbein stieß, aß Maria, die für Rote Grütze schwärmte, davon nur wenig und mit Widerwillen, während Oskar bis zum heutigen Tage in diesen einfachsten und vielleicht banalsten aller Puddinge verliebt ist.

Im Juli vierzig, kurz nachdem Sondermeldungen den hastig erfolgreichen Verlauf des Frankreichfeldzuges gemeldet hatten, begann die Badesaison an der Ostsee. Während Marias Bruder Fritz als Obergefreiter die ersten Ansichtspostkarten aus Paris schickte, beschlossen Matzerath und Maria, Oskar müsse an die See, die Seeluft könne seiner Gesundheit nur gut tun. Maria solle mit mir während der Mittagspause – das Geschäft blieb von ein Uhr bis drei Uhr geschlossen – an den Brösener Strand, und wenn sie bis vier bleibe, sagte Matzerath, schade das auch nichts, er stehe dann und wann ganz gerne hinter dem Ladentisch und präsentiere sich der Kundschaft.

Für Oskar wurde ein blauer Badeanzug mit draufgenähtem Anker gekauft. Maria hatte schon einen grünen mit roten Rändern, den ihr die Schwester Guste zur Einsegnung geschenkt hatte. In einer Badetasche aus Mamas Zeiten wurde ein weißer flauschiger Bademandel, den gleichfalls Mama hinterlassen hatte, gestopft, dazu kamen überflüssigerweise ein Eimerchen, ein Schäufelchen und diverse Sandkuchenförmchen. Maria trug die Tasche. Meine Trommel trug ich selbst.

Oskar hatte Angst vor der Straßenbahnfahrt am Friedhof Saspe vorbei. Mußte er nicht befürchten, daß ihm der Anblick des so stillen und dennoch beredten Ortes die ohnehin nicht übermäßige Badelaune verschlüge? Wie wird sich der Geist Jan Bronskis verhalten, fragte sich Oskar, wenn leicht sommerlich gekleidet sein Verderber in einer Straßenbahn nahe seinem Grabe vorbeiklingelt?

Die Linie Neun hielt. Der Schaffner rief die Station Saspe aus. Ich blickte angestrengt an Maria vorbei in Richtung Brösen, von wo her die Gegenbahn, langsam größer werdend, herankroch. Nur nicht den Blick abschweifen lassen! Was gab es dort schon zu sehen! Kümmerliche Strandkiefern, verschnörkelte Rostgitter, ein Durcheinander von haltlosen Grabsteinen, deren Inschriften nur noch Stranddisteln und tauber Hafer lesen mochten. Dann lieber den Blick aus dem offenen Fenster raus und hochgerissen: da brummten sie, die dicken Ju 52, wie eben nur dreimotorige Flugzeuge oder ganz fette Fliegen am wolkenlosen Julihimmel brummen können.

Klingelnd fuhren wir an und ließen uns von der Gegenbahn die Sicht versperren. Gleich hinter dem Anhänger verdrehte es mir den Kopf: den ganzen verfallenen Friedhof bekam ich mit, auch ein Stück der Nordmauer, deren auffallend weiße Stelle zwar im Schatten lag, aber dennoch höchst peinlich …

Und dann war die Stelle fort, wir näherten uns Brösen, und ich blickte wieder Maria an. Sie füllte ein leichtes geblümtes Sommerkleid. Um ihren runden, matt glänzenden hals, über gutgepolstertem Schlüsselbein reihte sich eine Kette aus altroten Holzkirschen, die alle gleich groß waren und platzvoll Reife vortäuschen. Ahnte ich es nur oder roch ich es wirklich? Oskar beugte sich leicht – Maria nahm ihren Vanillegeruch an die Ostsee mit – atmete das Aroma tief ein und hatte den modernen Jan Bronski augenblicklich überwunden. Es war die Verteidigung der Polnischen Post schon historisch geworden, ehe den Verteidigern das Fleisch von den Knochen gefahren war. Oskar, der Überlebende, hatte ganz andere Gerüche in der Nase, als etwa die, die sein einst so eleganter, nun mürber mutmaßlicher Vater an sich haben mochte.

In Brösen kaufte Maria ein Pfund Kirschen, nahm mich bei der Hand – sie wußte, das Oskar nur ihr das erlaubte – und führte uns durch den Strandkiefernwald zur Badeanstalt. Trotz meiner fast sechzehn Jahre – der Bademeister hatte keinen Blick dafür – durfte ich in die Damenabteilung. Wasser: achtzehn; Luft: sechsundzwanzig; Wind: Ost – weiterhin heiter, stand an der schwarzen Tafel neben dem Anschlag der Lebensrettungsgesellschaft, die Vorschläge für Widerbelebungsversuche neben linkischen, altmodischen Zeichnungen ausbreitete. Es hatten die Ertrunkenen alle gestreifte Badeanzüge an, die Retter trugen Schnurrbärte, Strohhüte schwammen auf tückisch gefährlichem Wasser.

Das barfüßige Bademädchen ging voran. Wie eine Büßerin trug sie den Strick um den Leib, und an dem Strick hing ein mächtiger Schlüssel, der alle Zellen aufschloß. Laufstege. Das Geländer an den Stegen. Ein dürrer Kokosläufer an allen Zellen vorbei. Wir bekamen Zelle 53. Das Holz der Zelle warm, trocken, von einer natürlich weißbläulichen Farbe, die ich blind nennen möchte. Ein Spiegel neben dem Zellenfenster, der sich selbst nicht mehr ernst nahm.

Zuerst mußte Oskar sich ausziehen. Ich tat das mit dem Gesicht zur Wand und ließ mir nur widerwillig dabei helfen. Dann drehte mich Maria mit ihrem praktisch handfesten Griff, hielt mir den neuen Badeanzug hin und zwängte mich, ohne Rücksicht zu nehmen, in die enganliegende Wolle. Kaum hatte sie mir die Träger geknöpft, hob sie mich auf die Holzbank vor der Rückwand der Zelle, drückte mir Trommel und Stöcke auf die Schenkel und begann sich mit raschen, kräftigen Bewegungen zu entkleiden.

Zuerst trommelte ich ein bißchen, zählte auch die Astlöcher in den Fußbodenbrettern. Dann ließ ich das Zählen und das Trommeln. Unbegreiflich blieb mir, warum Maria mit komisch geschürzten Lippen geradeaus vor sich hin pfiff, während sie aus den Schuhen stieg, zwei Töne hoch, tief pfiff, die Söckchen abstreifte, wie ein Bierkutscher pfiff, den geblümten Stoff von sich nahm, pfeifend den Unterrock über das Kleid hängte, den Büstenhalter von sich abfallen ließ, immer noch, ohne eine Melodie zu finden, angestrengt pfiff, als sie die Schlüpfer, die eigentlich Turnhosen waren, bis zu den Knien herunterzog, auf die Füße rutschen ließ, ausstieg aus den gerollten Hosenbeinen und mit linkem Fuß den Stoff in die Ecke wischte.

Maria erschreckte Oskar mit ihrem behaarten Dreieck. Zwar wußte er von seiner armen Mama her, daß Frauen unten nicht kahl sind, aber Maria war ihm in jenem Sinne nicht Frau, in dem sich seine Mama einem Matzerath oder Jan Bronski gegenüber als Frau bewiesen hatte.

Und nun erkannte ich sie sofort. Wut, Scham, Empörung, Enttäuschung und eine halb komisch, halb schmerzhaft beginnende Versteifung meines Gießkännchens unter dem Badeanzug, ließen mich Trommel und beide Trommelstöcke um des einen, mir neu gewachsenen Stockes willen vergessen.

Oskar sprang auf, warf sich Maria zu. Die fing ihn auf mit ihren Haaren. Er ließ sich das Gesicht zuwachsen. Zwischen die Lippen wuchs es ihm. Maria lachte und wollte ihn wegziehen. Ich aber zog immer mehr von ihr in mich hinein, kam dem Vanillegeruch auf die Spur. Maria lachte immer noch. Sie ließ mich sogar bei ihrer Vanille, das schien ihr Spaß zu machen, denn das Lachen gab sie nicht auf. Erst als mir die Beine wegrutschten und ihr mein Wegrutschen Schmerzen bereitete – denn die Haare ließ ich nicht los oder die ließen mich nicht – erst als mir die Vanille Tränen in die Augen preßte, als ich schon Pfifferlinge oder sonst was Strenges, nur keine Vanille mehr schmeckte, als dieser Erdgeruch, den Maria hinter der Vanille verbarg, mir den modernen Jan Bronski auf die Stirn nagelte und mich für alle Zeiten mit dem Geschmack der Vergänglichkeit verseuchte, da ließ ich los.

Oskar glitt auf die blindfarbenen Bretter der Badezelle und weinte immer noch, als ihn Maria, die schon wieder lachte, hob, auf den Arm nahm, streichelte und gegen jene Holzkirschenkette drückte, die sie als einziges Kleidungsstück anbehalten hatte.

Kopfschüttelnd sammelte sie ihre Haare von meinen Lippen und verwunderte sich: »Du best mir so ain Schlingelchen! Jehst da ran und waißt nich, was is, und nachher weinste.«

Peter Hacks
1928–2003

Brauch

Neue Bezirke und immer wildre durchläuft unsre Liebe.
Neue Räusche erdenkt, neue genießt sie. Kein Tag
Ähnelt dem, der war oder folgt. Doch ängstlich an jeder
Roten Ampel, wie einst, will ich bis heute von dir
Auf die begehrlichen Lippen mit Sorgfalt geküßt sein. Wir hüten
Unserer Liebe Bestehn in dem gehüteten Brauch.

Des Mannes Liebe wohnt im Herzen

Des Mannes Liebe wohnt im Herzen,
Dort ist er ihrer sich bewußt.
Drum kann er mit der Liebe scherzen.
Wer reißt das Herz ihm aus der Brust?

Des Weibes Liebe wohnt in Worten,
In Seufzern und dem Augenschein.
Drum aller Weilen aller Orten
Muß sie der Lieb versichert sein.

Dem Mann, ihm sind die Zweifel ferne,
Dran es dem Weibe nie gebricht.
Drum sagt das Weib zum Mann so gerne:
Treuloser, ach, du liebst mich nicht.

Hans Magnus Enzensberger
1929

die windsbraut

Sie schlägt die türen zu
sie reißt die türen auf
sie wirft dir sand in die augen
ihr haar ist dunkel wie die vernunft

sie stöhnt und ist taub
gegen dein stöhnen
sie ist ein atem der atem raubt
und atem schenkt

sie kommt mit staubwolken auf der stirn
und zerfetzt die fahnen
alte Zeitungen neue
jagt sie über den roten platz

sie wälzt ruß und gift vor sich her
sie reißt dir das wort aus dem mund
sie herzt dich und prüft deine lungen
sie zerrt und springt und schlägt um

sie ist schön
sie denkt auf biegen und brechen
sie umarmt die wurzeln und rauft sie aus
sie empfängt den flüchtigen samen

stämme dich gegen sie
und sie trägt dich
gibt dich hin
und du fällst

sie weht
sie erhebt sich
sie wiegt dich
sie wirft dich

stämme dich auf ihre brust
nimm sie
sie trägt dich
sie trägt dich fort

Sprechstunde

Wissen Sie, Herr Doktor,
früher war ich verrückt nach ihr.
Was hab ich nicht alles getan,
ihr zuliebe. Hier
ist mein Krankenschein. Mit der Zeit
hab ich dann eingesehn,
daß ich der Dumme war.
Nie wollte sie sich festlegen.
Monatelang *la vie en rose*, und dann,
auf einmal, Heulen und Zähneknirschen.
Alles Theater, sagte ich mir.
Sie will mir nur Angst einjagen
mit ihren Grimassen. Übrigens,
die Tabletten habe ich weggeschmissen.
Ganz zu schweigen von ihren Launen.
Immer war sie unpünktlich!
Aber bei all ihren Fehlern, Herr Doktor,
ich hatte viel für sie übrig.
Mein Appetit ist wieder normal.
Natürlich, unentbehrlich ist niemand.
Es wird auch ohne sie gehen.
Doch seitdem sie fort ist, verschwunden,
einfach abhandengekommen,
ehrlich gesagt, Herr Doktor,
seitdem fehlt mir was.
Sie werden lachen:
Ich denke gern an die Zukunft zurück.

Genetik

Man sagt: Er hat's mit ihr, sie hat's mit ihm gemacht.
Geschenkt! Doch ob das alles war?
Ein nackter Zufall, kurz vor Mitternacht?

Sie bot ihm alles, was sie hatte, dar,
doch er hat nur das Mindeste vollbracht,
was ihm von Darwins Gnaden aufgetragen war.

War's Not, war's Liebe, war es Niedertracht?
Ach was! Sie waren aller Absicht bar
und haben sich schon früh davongemacht.

Zwei Somnambule waren sie, ein Paar.
Was hat der Würfelwurf hervorgebracht,
aus dem besinnungslosen Repertoire?

War es ein Niemand, ein Geschöpf der Nacht?
Ob es ein Monster, ein Gerechter war?
Sie hat's mit ihm, er hat's mit ihr gemacht,

und dabei haben sie sich wirklich nichts gedacht.

Günter Kunert
1929

Eins plus eins gleich eins

Äußerst schwierig für einen Mann: über eine Frau schreiben. Andere Physis, andere Psyche; zu anderer biologischer Funktion geboren, zu anderer gesellschaftlicher Funktion abgerichtet durch maskuline, glorreich-katastrophale Jahrtausende. Ergebnis: die natürlich wirkende Entfremdung zwischen dem, was von Anbeginn an natürlich zusammengehört. Etwas davon ahnt eine alte indische Legende von der Weltschöpfung, derzufolge der Weltschöpfer ein einziges, glücklich in sich ruhendes Wesen schuf, das er aber dann doch mit einem Schwerthieb spaltete: aus den beiden zur Rechten wie zur Linken niedersinkenden Teilen wurden Mann und Frau, die seitdem einander suchen, um sich zu dem einstmals seligen Geschöpf wiederzuvereinen. Manchmal, so schließt die mündlich tradierte Geschichte, begegnen unter besonders günstigen Umständen die passenden Hälften sich wirklich aufs neue: durch eine glückliche Ehe die Richtigkeit der Legende beweisend. Dabei handelt es sich jedoch offenkundig um nichts anderes als um die moralische Rechtfertigung des »ewigen« Suchens, das immer erneut scheitert, immer erneut ohne das ersehnte Ergebnis endet: nie kann gefunden werden, was nicht existiert: das irreale Ideal.

Mit einer Frau zusammenleben heißt vor allem: mit einem Menschen zusammenleben. Und da es *die Frau* so wenig gibt wie *den Menschen* (was unerträglich wäre wie jede Vollkommenheit, die dem ständig mit ihr Konfrontierten das Gleiche abverlangt: oh Grauen), so bedeutet das: sich einem Menschen verbinden, dessen Unvollkommenheit der eigenen kongenial sein möge. Wir vereinen einfach unsere Schwäche, damit sie zu gemeinsamer Stärke werde.

Mit diesen allgemeinen Sentenzen nähere ich mich – man merkt es schon – dem besonderen privaten Fall. Ich wüßte ja auch gar nicht, über welche mehr oder weniger gesellschaftlich relevante Frau ich mich äußern sollte; ich empfinde es nicht als Besonderheit, daß es weibliche Arbeiter, Ingenieure, Polizisten, Politiker und Schriftsteller gibt, entgegen einem gewissen euphorischen Philo-Feminismus, der nur das alte Vorurteil, das an der Vordertür verabschiedet wurde, mit umgekehrten Vorzeichen durch die Hintertür wieder einschleppt. Wenn man in dieses Komitee, in jenen Beirat, in welches Gremium auch immer eine Frau aufnimmt, damit man eine Frau aufgenommen und damit der lästigen Pflicht der Toleranz-Reputation genüge getan hat, unter Betonung des Besonderen solchen Vorganges – das ähnelt einem geheimen Rassismus, der zwar behauptet: Neger sind auch Menschen, gleichzeitig aber durch dieses freundlich gemeinte, brutale Axiom den Unterschied neu konstituiert.

Also schreibe ich mangelnder Zuständigkeit halber über meine eigene Frau, bei der es sich um einen Menschen handelt, den ich, ohne mit sokratischer Laterne bei Sonnenschein umhergehen zu müssen, gefunden habe, und mit dem oder der ich in achtzehn Jahren so verschmolzen bin, daß dieses Verhältnis weit über andere Verhältnisse auf anderen Grundlagen hinausgeht. Sobald den einen, mich eigentlich, die Lebenskraft verläßt, als wäre man schwer verwundet, was man ja auch ist, nur nicht äußerlich sichtbar, dann vollzieht sich eine Art Vitalitäts-Transfusion, derer kein Arzt, kein Seelenklempner, fähig wäre. Der Mensch, von dem die Rede geht, besitzt eine spezifische Eigenart: heiteres Gemüt (im Gegensatz zu mir), das zu einem Lachen befähigt, das mich am Leben hält. Dieser Mensch, meine Frau, von dem ich gar nicht behaupte, ihn oder doch besser: sie, bis in den letzten Freudschen Winkel zu kennen, erreicht mit ihrem Gelächter, daß ich von den Toten, zumindest von den Scheintoten, auferstehe und wandle. Was stellt dagegen die Verwandlung von Wasser in Wein dar oder die des Mondes in ein mäßig lockendes Ausflugsziel?!

Sie ist mit einem Wort, bis zu dem zu gelangen ich so viel gleichwertige brauchte:

das Elementare. Elementar ist unser Zusammenleben. Im Wagen nebeneinander eingekapselt, unterwegs nach Irgendwo, wo alles Anschauliche und Ersichtliche unsere vier Augen verbindet; elementar und gemeinsam die Furcht vor Gebirgspässen, vor ungeahnten Windungen, und gemeinsam und elementar sind wir vom gleichen Schnaps betrunken. Uns binden elementare Verrichtungen und Vollzüge: schamlos und naiv – kindheitsgleich, denn im elementaren Zusammenleben wird Kindheitshaftes lebendig: sobald Dressur und Deformation vergessen sind, melden sich frühe Lebensstadien, vorschnell beschädigt durch eine Welt, in der Kindlichkeit und Unschuld als lästiger Flaum gelten, von dem man so rasch wie möglich frei werden müsse, statt sie zu erhalten als verborgenes Gegengift. In diesem Sinne sind wir Kinder und auch in dem Sinne von François Villons berühmter Ballade.

Uns bindet das gemeinsam Schweigenkönnen und Nichtredenmüssen, um einander zu verstehen. Uns binden gemeinsame Vorstellungen, wie und was Menschen sein sollten: nämlich menschlicher Gemeinsamkeit fähig. Uns bindet der Genuß an gutem Essen, das langandauernde Frühstück, der Schlaf. Uns bindet ein Zeit-Raum von täglich vierundzwanzig Stunden; uns beide umgibt ein durchlässiges Schneckenhaus, voll von unerheblichen Erlebnissen, von nichtssagenden Abenteuern, von banalen Gefährlichkeiten, von der Groteske des Lebens, das man gemeinsam zwar auch nicht eher begreift als allein, aber bestimmt eher anzunehmen und zu bestehen versteht.

So umschlingt uns ein Rankenwerk aus gemeinsamen Erinnerungen, aus gleichen Erfahrungen, hinter dem uns die andern langsam entschwinden und wir gewiß auch ihnen: ohne Bedauern.

Kein Bildnis, kein Porträt, kein Psychogramm: bestenfalls eine Erklärung über das Einanderzugeneigtsein von zweien, das so nicht bloß wie ein Halt erscheint, sondern es ihnen auch ist: bildlich und wirklich und allen Augsburger Kranichen zum Trotz.

Michael Ende
1929–1995

Was sollen wir tun?

Wie hat es nur angefangen?
Wir haben uns kaum gekannt.
Wir sind in die Falle gegangen
wie Kinder, Hand in Hand.
Wir stiegen bei günstigen Winden
ins Boot, das »Liebe« hieß.

Wir wollten zu zweit etwas finden,
ich glaube – das Paradies …

Das Schiff ist leider gestrandet,
ich kann dir nicht sagen wieso.
Nun sind wir woanders gelandet,
der Teufel mag wissen wo.
Nun sitzen wir Stunden um Stunden
und gehen mit uns ins Gericht.
Wir schlagen uns tödlich Wunden
und tun so, als fühlten wir's nicht.

Wir wollten uns Sonne geben
und stehen uns nur noch im Licht.
Wir können zusammen nicht leben,
doch ohne dich lebe ich nicht.
Wir können einander nicht retten,
denn wenn sich der eine nur rührt,
dann schmerzen den andern die Ketten:
Das Herz wird ihm abgeschnürt.

Ich möchte dich gerne beschützen
vor mir und dem Schmerz, der ich bin.
Ich möchte mich zu dir flüchten,
ich habe sonst niemand, wohin.
Ich möchte mich dir überlassen,
um einmal nur auszuruhn
von all diesem Lieben und Hassen –
sag mir, was sollen wir tun?

Mein Liebes, was sollen wir tun?

Eva Strittmatter
1930

Elmsfeuer

Der Gegenstand der Liebe wechselt.
Die Liebe bleibt sich gleich:
Elmsfeuer überm Unkenteich.
Am Ende arm, am Anfang reich:
Das Gold zu Stroh und Staub verhäckselt.
Und doch bleibt sie das einzge Ziel.
Nicht auf den Tod zielen wir hin,
Nur auf die Liebe. Nur das Spiel
Der Sinne ist der Sinn
Unseres Lebens. Alle Leiden
Und alle die verfluchte Qual
Sind nichts gegen die kurzen Freuden.
Und noch einmal und noch einmal …

Weisheit

Alle Verantwortung loszuwerden
Und ohne allzuviele Beschwerden
Die Tage des Alters hinzubringen,
Umgeben von den gealterten Dingen,
Die jung unser jüngeres Leben umgaben,
Nicht die Vergangenheit umzugraben
Und nichts zu hoffen, das wäre weise.
Einfach nur leben, verborgen und leise,
Mit der Gewißheit, es wird nichts geschehen,
Ich werde auf Erden nichts Neues mehr sehen.
Glaube und Hoffnung sind hingeschwunden,
Und ist die Liebe noch überwunden,
Werde ich ganz in mir genesen …

Sie aber ist das *Größte* gewesen.

Rolf Hochhuth
1931

11. Oktober, im Bett

11. Oktober, im Bett

Ohne Tagebuch wäre ich krank, so abhängig hat die Ehe mich vom Gesprächspartner gemacht.

Lange habe ich Ingrid angesehen, sie schläft neben mir – drei Jahre noch, dann beginnt mit der Periode und den Beschämungen der Pubertät die Zeit der »Erkenntnis«, die alle in Resignation darüber münden, daß wir Menschen mit dem Glück nur bekannt gemacht werden, um es zeitlebens zu suchen.

Die Liebe, Ingrid, ist nicht liebenswert – und doch, eine Frau setzt sich stets ins Unrecht, wenn sie die Liebe verdächtigt; ich hätte es ja auch nie getan, solange man mich liebte. –

Sie ist so niederträchtig, du ahnungsloses Kind, daß die Alten den Liebestrank erfinden mußten, nur um den jahrelangen Betrug von Tristan und Isolde am guten König Marke zu rechtfertigen. Oder die Tarnkappe, glaubst du, es hätte sie je gegeben? Oh, Brunhild hat den Schänder des königlichen Bettes, über dessen sehr verdienten Tod du traurig warst, schon erkannt – und *wie* sie ihn erkannt haben wird! Wie Hamlets Mutter den Brudermörder …

Dein Vati betrügt mich, seit Monaten schon, mit Renate – und sooft er heimkam, sei es aus ihrem Bett, sei es aus dem Operationssaal, küßte er mich vor euch und allen wie immer. Und nichts, liebes Kind, gar nichts fällt deiner Mutter ein, was dich später, in fünf oder sieben Jahren, vor dieser Teufelei, die auch du mitmachen wirst, bewahren könnte. Du siehst mir so ähnlich, Ingrid – wie sollte ich dich da bewahren!

Wie du da schläfst, ebenso unschuldig lag ich vor 23 Jahren in meinem Bett in Ostpreußen, und etwas, das ich Neugier nannte, erregte mich, weil ich unsere Einquartierung auf der Treppe gehört hatte, einen »schneidigen« Offizier, der mich offenbar ganz als Erwachsene achtete. Jedes seiner Worte verwirrte mich, einmal fuhr er mir über die Arme und durchs Haar, dann küßte er mich. Sonntag, sehr früh, irrte er sich in der Tür – und saß nun an meinem Bett, versprach, mit mir auszureiten, und tupfte mir mit seiner Zungenspitze den Schlaf aus den Augen. Und nur knapp eine Woche nachdem ich diesen Fremden zuerst gesehen, jammerte ich, keine drei Kilometer entfernt von Gemeindehaus und Bibelstunde, wo die Eltern mich vermuteten, unter Tannen auf seinem Mantel wie eine Gezeichnete, die geopfert werden soll – ein Überfall, der, gemessen an meiner damals überirdisch »reinen« Vorstellung von Liebe einem Lustmord gleicht. Und dennoch, Ingrid, du würdest deine Mutter nur hassen, wollte sie dich je vor solchen Erfahrungen bewahren. So ist die Liebe.

Schon wußte ich, halb noch auf den Knien, dann schon auf dem Rücken, daß seine Hände, die meinen Leib magnetisierten, mir auch das letzte abstreifen würden, Höschen und Hemd, nachdem Ernst mich mit List und Leidenschaft dazu gebracht hatte, »nur« das Kleid auszuziehen, »um dich einmal, nur *einmal* im Unterzeug zu küssen – wir haben doch keine Zeit!« Als er selbst die Kleider abwarf, erschrak ich und gab nach ohne Liebe – nur aus der Backfisch-Angst, dieser Mann halte mich sonst für eine »dumme Gans«.

Nun sah er das körperlich noch sehr unreife Mädchen – weiblich, reizvoll bestrikkend nur erst in seinem Wesen, das ihn gefoppt hatte. Ich konnte ihn nicht einmal küssen, worum er bat – und bevor ich sein Entsetzen und Versagen vor meinem halb kindlichen Körper begriffen hatte, drängt er sich im hohen Waldgras hilfesuchend an meine Haut und deckte mich und meine und auch seine eigene jammervolle Beschämung zu mit seinen Küssen, seinem Körper. Er blieb wie gelähmt in seinem Schuldgefühl, bis er instinktsicher tat, was uns beiden allein noch helfen konnte: Er drückte mir die Knie auf die Schlüsselbeine und nahm mich mit dem Mund, daß nicht länger die Scham mich verschloß, sondern die Lust mich öffnete. Sofort war ich unter seinem wühlenden Kuß wie in eine Stichflamme verwandelt, ich loderte auf in Wonne und Widerwillen – dann verströmte ich meine Kraft, mein Kopf fiel wie abgeschlagen zur Seite, meine Hände, die sich in Ernst verkrallt hatten, lösten sich, und auch meine kurzen, atemlos flachen Schreie, tierische Laute, wie man sie manchmal hört, wenn Jungen im Frühjahr die Raine abbrennen, auch sie verstummten.

Es war so gut. Als ich wieder zu mir kam, nicht mehr gewillt, noch aufzustehen, zog ich in verzweifelter Anhänglichkeit sein Gesicht an meine Augen – ich hatte nur noch diesen Mann, ich wollte ihn lieben, denn ich würde ja nie mehr wie bisher unter Menschen gehen können. Und Ernst war jetzt so ruhig und sicher, daß er mich mit heilendem Zartgefühl in der Wärme seines Wesens und seiner Arme bergen konnte. Er sprach lange auf mich ein, schmeichelnd und stetig, wie ein großes Tier Wunden leckt, während sein mächtiger Körper, in dem ich noch die pulsierende Erregung abklingen fühlte, mich wie ein breites, langsames Floß trug. Ich gehörte ihm völlig. Und er war so gerührt, daß ich die letzte Scheu überwand und mich stockend zu der Frage durchrang, ob das nicht »schrecklich« sei, wie er mich da geküßt habe ...

»Das steht doch schon in der Bibel, mein nasses, neugeborenes Fohlen«, sagte er. Seine große, so beruhigende Hand lag wieder fest in meiner Schonung, wie er das nannte, er zitierte gelassen: »Dein Schoß ist ein runder Becher, dem nimmer Getränk mangelt ...« Neben das ›*Wunschkind*‹ legte ich nun das schönste aller Liebeslieder auf meinen Nachttisch, das ›*Hohe Lied Salomos*‹. Und »des Nachts auf meinem Lager suchte ich, den meine Seele liebt«. Meine Hände zitterten, ich lag nackt unter der Decke und flüsterte – wenn ich nicht in seinem Bett war – die zärtlich klagenden Sätze, die ich schnell auswendig wußte, wie seinen Namen vor mich hin. Keine Sekunde fühlte ich mich schuldig. Nur wenn ich vor dem Spiegel stand, was jetzt immer öfter und länger geschah, wurde ich melancholisch, weil ich noch nirgends so schön war wie die Braut vom Libanon und sicher niemals »Brüste wie zwei junge Rehzwillinge« haben würde. Mein Selbstbewußtsein stieg, als Ernst mich dann in der dritten Nacht ganz »erkannte« – wie stark und gütig finde ich heute dieses biblische Wort.

Liebt eine Frau, fühlt sie sich auch schon dazu berechtigt – Männer, ich sah es bei Ernst, haben ihre Skrupel. Wenn ich das weiß, wie kann ich Freds Geliebte dann noch verurteilen? Und wie kommt es, daß niemand von Liebe, selbst von verruchter, von demütigender Liebe sprechen kann, ohne ihr schon zu huldigen? Ich fürchtete für Ingrid, als ich sie so ahnungslos da schlafen sah, ich wollte sie in meiner stummen Zwiesprache *warnen* vor einer ähnlichen Leidenschaft – und sprach ich nicht so, daß ich sie dazu verführt hätte? Bin ich nicht dankbar, daß ich mich diesem Mann geben konnte, bevor er fiel – obwohl ich doch weiß, daß wir an seiner Frau so scheußlich gehandelt haben wie Fred und Renate an mir? (Sie hat es allerdings nicht erfahren.)

Schlaf, Ingrid, so gut schläfst du schon bald nicht mehr oder nur dann wieder, wenn du dich auf der Flucht vor den Heimsuchungen der Liebe, vor Treulosigkeit, Alleinsein, Eifersucht und Schuld, *in* die Liebe retten kannst. Dann schläfst du gut.

Die Liebe und der Amtsschimmel

Humaner hat Behördenwillkür sich nie geäußert als in der Generaldirektion der Österreichischen Bundesbahn, die darauf verzichtet hat, die Geldstrafe einzutreiben, die sonst überall in der Welt »für unbefugtes Betätigen der Notbremse« erhoben wird. Denn nur Verkehr – nicht: ein Verkehrs-Unfall hat die Notbremse im Orientexpreß in Gang gesetzt: Der berühmte, aus Paris kommende Zug war am 6. September im Hauptbahnhof Innsbruck an seiner Weiterfahrt nach Venedig behindert worden, weil der Fuß einer schönen Blondine, die sich in ihrem Schlafwagen-Abteil temperamentvoll eines älteren Herrn angenommen hatte, in den Griff der Notbremse geraten war – sie hängt bekanntlich, diese Bremse, nur einen halben Armlang unter dem Plafond! Techniker untersuchten vergebens die E-Lok, weil der Zug keinen Zentimeter von der Stelle zu bringen war – bis die Bahnbeamten endlich in einem abgedunkelten Schlafwagenabteil das Paar höflich aufforderten, den Fuß aus der Bremse zurückzuziehen. Die Direktion hat zugesichert, wenn Liebe die Bremse ziehe, sei das zwar »verkehrs«-widrig, jedoch nicht strafbar …

Alexander Kluge
1932

Ein Liebesversuch

Als das billigste Mittel, in den Lagern Massensterilisationen durchzuführen, erschien 1943 Röntgenbestrahlung. Zweifelhaft war, ob die so erzielte Unfruchtbarkeit nachhaltig war. Wir führten einen männlichen und einen weiblichen Gefangenen zu einem Versuch zusammen. Der dafür vorgesehene Raum war größer als die meisten anderen Zellen, er wurde mit Teppichen der Lagerleitung ausgelegt. Die Hoffnung, daß die Gefangenen in ihrer hochzeitlich ausgestalteten Zelle dem Versuch Genüge leisteten, erfüllte sich nicht.

Wußten sie von der erfolgten Sterilisation?

Das war nicht anzunehmen. Die beiden Gefangenen setzten sich in verschiedene Ecken des dielengedeckten und teppichbelegten Raumes. Es war durch das Bullauge, das der Beobachtung von außen diente, nicht zu erkennen, ob sie seit der Zusammenführung miteinander gesprochen hatten. Sie führten jedenfalls keine Gespräche. Diese Passivität war deshalb besonders unangenehm, weil hochgestellte Gäste sich zur Bobachtung des Versuchs angesagt hatten; um den Fortgang des Experiments zu beschleunigen, befahl der Standortarzt und Leiter des Versuchs, den beiden Gefangenen die Kleider fortzunehmen.

Schämten sich die Versuchspersonen?

Man kann nicht sagen, daß die Versuchspersonen sich schämten. Sie blieben im wesentlichen auch ohne ihre Kleidung in den bis dahin eingenommenen Positionen, sie schienen zu schlafen. Wir wollen sie ein bißchen aufwecken, sagte der Leiter des Versuchs. Es wurden Schallplatten herbeigeholt. Durch das Bullauge war zu sehen, daß beide Gefangene auf die Musik zunächst reagierten. Wenig später verfielen sie aber wieder in ihren apathischen Zustand. Für den Versuch war es wichtig, daß die Versuchspersonen endlich mit dem Versuch begannen, da nur so mit Sicherheit festgestellt werden konnte, ob die unauffällig erzeugte Unfruchtbarkeit bei den behandelten Personen auch über längere Zeitabschnitte hin wirksam blieb. Die am Versuch beteiligten Mannschaften warteten in den Gängen des Schlosses, einige Meter von der Zellentür entfernt. Sie verhielten sich im wesentlichen ruhig. Sie hatten Weisung, sich nur flüsternd miteinander zu verständigen. Ein Beobachter verfolgte den Verlauf des Geschehens im Innenraum. So sollten die beiden Gefangenen in dem Glauben gewiegt werden, sie seien jetzt allein.

Trotzdem kam in der Zelle keine erotische Spannung auf. Fast glaubten die Verantwortlichen, man hätte einen kleineren Raum wählen sollen. Die Versuchspersonen selbst waren sorgfältig ausgesucht. Nach den Akten mußten die beiden Versuchspersonen erhebliches erotisches Interesse aneinander empfinden.

Woher wußte man das?

J., Tochter eines Braunschweiger Regierungsrates, Jahrgang 1915, also etwa 28 Jahre, mit arischem Ehemann, Abitur, Studium der Kunstgeschichte, galt in der niedersächsischen Kleinstadt G. als unzertrennlich von der männlichen Versuchsperson, einem gewissen P., Jahrgang 1900, ohne Beruf. Wegen P. gab die J. den rettenden Ehemann auf. Sie folgte ihrem Liebhaber nach Prag, später nacht Paris. 1938 gelang es, den P. auf Reichsgebiet zu verhaften. Einige Tage später erschien auf der Suche nach P. die J. auf Reichsgebiet und wurde ebenfalls verhaftet. Im Gefängnis und später im Lager versuchten die beiden mehrfach, zueinanderzukommen. Insofern unsere Enttäuschung: jetzt durften sie endlich, und jetzt wollten sie nicht.

Waren die Versuchspersonen nicht willig?

Grundsätzlich waren sie gehorsam. Ich möchte also sagen: willig.

Waren die Gefangenen gut ernährt?

Schon längere Zeit vor Beginn des Versuchs waren die in Aussicht genommenen Versuchspersonen besonders gut ernährt worden. Nun lagen sie bereits zwei Tage im gleichen Raum, ohne daß Annäherungsversuche festzustellen waren. Wir gaben ihnen Eiweißgallert aus Eiern zu trinken, die Gefangenen nahmen das Eiweiß gierig auf. Oberscharführer Wilhelm ließ die beiden aus Gartenschläuchen anspritzen, anschließend wurden sie wieder, frierend, in das Dielenzimmer geführt, aber auch das Wärmebedürfnis führte sie nicht zueinander.

Fürchteten sie die Freigeisterei, der sie sich ausgesetzt sahen? Glaubten sie, dies wäre eine Prüfung, bei der sie ihre Moralität zu erweisen hätten? Lag das Unglück des Lagers wie eine hohe Wand zwischen ihnen?

Wußten sie, daß im Falle einer Schwängerung beide Körper seziert und untersucht würden?

Daß die Versuchspersonen das wußten oder auch nur ahnten, ist unwahrscheinlich. Von der Lagerleitung wurden ihnen wiederholt positive Zusicherungen für den Überlebensfall gemacht. Ich glaube, sie wollten nicht. Zur Enttäuschung des eigens herangereisten Obergruppenführers A. Zerbst und seiner Begleitung ließ sich das Experiment nicht durchführen, da alle Mittel, auch die gewaltsamen, nicht zu einem positiven Versuchsausgang führten. Wir preßten ihre Leiber aneinander, hielten sie unter langsamer Erwärmung in Hautnähe aneinander, bestrichen sie mit Alkohol und gaben den Personen Alkohol, Rotwein mit Ei, auch Fleisch zu essen und Champus zu trinken, wir korrigierten die Beleuchtung, nichts davon führte jedoch zur Erregung.

Hat man denn alles versucht?

Ich kann garantieren, daß alles versucht worden ist. Wir hatten einen Oberscharführer unter uns, der etwas davon verstand. Er versuchte nach und nach alles, was sonst totsicher wirkt. Wir konnten schließlich nicht selbst hingehen und unser Glück versuchen, weil das Rassenschande gewesen wäre. Nichts von den Mitteln, die versucht wurden, führte zur Erregung.

Wurden wir selbst erregt?

Jedenfalls eher als die beiden im Raum; wenigstens sah es so aus. Andererseits wäre uns das verboten gewesen. Infolgedessen glaube ich nicht, daß wir erregt waren. Vielleicht aufgeregt, da die Sache nicht klappte.

Will ich liebend Dir gehören,
kommst Du zu mir heute Nacht?

Es gab keine Möglichkeit, die Versuchspersonen zu einer eindeutigen Reaktion zu gewinnen, und so wurde der Versuch ergebnislos abgebrochen. Später wurde er mit anderen Personen wieder aufgenommen.

Was geschah mit den Versuchspersonen?

Die widerspenstigen Versuchspersonen wurden erschossen.

Soll das besagen, daß an einem bestimmten Punkt des Unglücks Liebe nicht mehr zu bewerkstelligen ist?

Peter Härtling
1933

Vor deinen Segeln

Wie ich dein Boot bin,
kannst du meines sein.

Spann dein rotes auf mein blaues Segel.

Pflanz den Mond ins Meer
und lache, wenn ich weine.

Sei ein guter Steuermann,
wenn ich langsam sinke,
vor deinen Segeln sinke,
mit meinem Boot
vor deinem.

Reiner Kunze
1933

Die liebe

Die liebe
ist eine wilde rose in uns
Sie schlägt ihre wurzeln
in den augen,
wenn sie dem blick des geliebten begegnen
Sie schlägt ihre wurzeln
in den wangen,
wenn sie den hauch des geliebten spüren
Sie schlägt ihre wurzeln
in der haut des armes,
wenn ihn die hand des geliebten berührt
Sie schlägt ihre wurzeln,

wächst wuchert
und eines abends
oder eines morgens
fühlen wir nur:
sie verlangt
raum in uns

Die liebe
ist eine wilde rose in uns,
unerforschbar vom verstand
und ihm nicht untertan
Aber der verstand
ist ein messer in uns

Der verstand
ist ein messer in uns,
zu schneiden der rose
durch hundert zweige
einen himmel

Rudern zwei

Rudern zwei
ein boot,
der eine
kundig der sterne,
der andre
kundig der stürme,
wird der eine
führn durch die sterne,
wird der andre
führn durch die stürme,
und am ende ganz am ende
wird das meer in der erinnerung
blau sein

Sarah Kirsch
1935

Bei den weißen Stiefmütterchen

Bei den weißen Stiefmütterchen
Im Park wie ers mit auftrug
Stehe ich unter der Weide
Ungekämmte Alte blattlos
Siehst du sagt sie er kommt nicht

Ach sage ich er hat sich den Fuß gebrochen
Eine Gräte verschluckt, eine Straße
Wurde plötzlich verlegt oder
Er kann seiner Frau nicht entkommen
Viele Dinge hindern uns Menschen

Die Weide wiegt sich und knarrt
Kann auch sein er ist schon tot
Sah blaß aus als er dich untern Mantel küßte
Kann sein Weide kann sein
So wollen wir hoffen er liebt mich nicht mehr

Ich bin sehr sanft

Ich bin sehr sanft nenn
Mich Kamille
Meine Finger sind zärtlich braun
Kirchen in deiner Hand meine Nägel
Flügelschuppen von Engeln liebkosen ich bin
Der Sommer der Herbst selbst der Winter im Frühling
Möchte ich bei dir sein du
Zeigst mir das Land wir gehn
Von See zu See da braucht es
Ein langes glückliches Leben
Die Fische sind zwei
Die Vögel baun Nester wir
Stehn auf demselben Blatt

Christoph Meckel
1935

Glück und Unfug 1

Wenn ich adieu sage, spät am Morgen, bleibt die Dachwohnung zurück und das von Regentropfen fleckige, spaltbreit geöffnete Fenster hinter Gardinen, die wie Trachtenröcke sich falten und schwingen
der nie benutzte, dreibeinige Großvater-Ofen mit Kacheln aus Blattornamenten und meergrünem Hochglanz
und die Mäntel im fensterlosen Flur, der eng und lichtlos wie ein Kleiderschrank ist und den Kleiderschrank ersetzt, im Winter nach Regen und Seife, im Sommer nach Gewürznelken duftend
Ninas vogelverscheuchender irischer Regenmantel und ihre GEWAGTEN VORZEIGEKLEIDER auf gestohlenen Bügeln, ihre Wildlederjacke, die Fingerabdrücke von Umarmungen bewahrt
Ninas umgekippte, oder aufrecht aber durcheinanderstehende Schuhe, hochhackige Stöckelschuhe, Strohbürsten, tingeltangelnde Pappsohlen für Sommernachtspartys und Beatschuppen, RUDERBOOTE und Latschen, polierte Galastiefel zwischen Töpfen und Kognakflaschen, winterfeste Laut- und Leisetreter, Schneeschieber, über den großen Onkel schief gelaufene Ausflugsschuhe, Badeschuhe mit kirschroten Roßhaarbommeln und Sandalen, in die sich Reißnägel und Laubreste eingetreten haben
und das Bett bleibt zurück, Staub zwischen den Beinen, einziges feststehendes Möbel in Ninas Weltplunderkram, kissenfeste Burg für Lesestunden und tagträumende Columbusreisen über die seit Jahren nicht mehr getünchte Zimmerdecke voller Ozeane aus Regenflecken und Inseln aus erschlagenen Fliegen
und die orangenen Teebüchsen in der Dreh-dich-nicht-um-Küche, die Schwarzwälder Holzlöffel und der herkunftslose Bauernkalender mit Wetterprognosen von 1902 und eselsohrigen Buntbildern von den Lofoten
und die Bücher bleiben zurück, Ladenhüter und Jessenins, Adys, Radnótis Gedichte, ungelesene Goldschnittschmöker im Lexikonformat, die als Kopfstütze, Fliegenklatsche und Tablett Verwendung finden, von Kochbüchern zerdrückte Groschenhefte, die ein Mieter von Anno Habenichts zurückließ
und die katholische Kerze im Eierbecher und das Grammophon, auf dem man Teetassen Karussell fahren läßt an Stubenhocker-Abenden im November, die Schallplattenkiste voll tipptopp Ohrenschmeichler und Ninas Tequila-Sauza-Flasche voll Hustensaft
und die leeren Schnapsflaschen mit bunt etikettiertem Embonpoint, die überall ohne

Nina herumlaufenden Socken, die Mäuse aus Lakritze, die Lavendelfläschen, die Bänder, die Kämme, die Zweck- und Zierschleifen im Bastkorb und die unausgewaschenen Weingläser

die Ansichtskarten aus Mexico City, Catania und Quakenbrück, das zerknitterte Briefpapier mit der Handschrift:

Glück und Unfug
hast du mir gestohlen
weil mein Mund in deinen Mund verirrt ist
weil der Abschied alle Lust verscherzt hat
Küsse, Stöckelschuh
und Sherry Brandy.

Und mein Mund
küßt Luft von deinen Lippen
und mein Auge schwimmt in Sherry Brandy
meine Stimme redet Glück und Unfug
kurz, zu kurz
die Eintagsnacht der Liebe.

Deine Stöckelschuh
und meine Raubgier
deine grauen Augen, nicht zu fassen
weil ich Glück und Ungestüm verscherzt hab
weil ich trinke, trinke und nichts lerne
aus dem Unfug, und weil ich dich liebe
Küsse, Eintagsnacht
und Sherry Brandy.

und die Zigarrenkiste voller Ketten, Ringe, Lazuligeleucht, die Shawls aus schottischer Wolle und die Shawls aus bengalischer Seide

die Puderdosen, die Handspiegel, die angeknabberten Bleistifte, Mädchenkrims und Damenkrams und was von Ninas privatem Einmaleins zusammengerechnet wird.

Wolf Biermann
1936

Das Frühstück

1

Ich bring noch das Salz!
ein Frühstück mit Sonne
aus Wehmut und Wonne
ein Kuss für dein' Hals
Iiii, Honig mit Quark!
Vom Schwarzbrot die Krume
Mit Butter und Blume
Da kommt Tine Barg

So ist meine Tine
am Morgen noch Traube
am Mittag Rosine
am Abend schon Wein
So ist es gut
und so ist gut
und so noch viel besser
und soll auch so sein

2

Stell hin, das Tablett!
schön klingeln die Tassen
– nicht fallen lassen!
komm, knall dich aufs Bett!
Wo kommt denn das vor
So früh frische Schrippen
Komm, laß mich mal stippen
Mein' Bart in dein Ohr!

So ist meine Tine ...

3

Was steht im eNDee?
  du, gib mir mal rüber!
  – jetzt kocht die Milch über
  schnell, puste! schnell, dreh
Den Hahn zu! ein Scheiß
Mach bloß keine Dinger!
Pass auf, deine Finger!
Der Henkel ist heiß

  So ist meine Tine …

4

Die Eier im Glas
  probier mal die Eier!
  ich hab sie zur Feier
  des Tages aus Spaß
Gekocht mit Muskat
Rosinen, Dillspitzen
Salamiwurstschnitzeln
Die hatte ich grad

  So ist meine Tine …

5

Den Kaffe laß stehn!
  du bist ja noch müde
  trink aus, meine Liebe
  mach los! du mußt gehn
Das ist ein Gejag
Vergiss nicht die Schlüssel!
Ach, komm, noch paar Küsse
Auf Vorrat fürn Tag!

  So ist meine Tine …

6

Jetzt kommst du zu spät
  steck ein das Stück Kuchen!
  die werden schön fluchen
  oh, meine Uhr geht:
Ein Glück! stell dir vor
(gib her, deine Schnute!)
Die liebe, die gute
Die Uhr geht ja vor

  So ist meine Tine …

7

Ich bring noch das Salz!
  ein Frühstück mit Sonne
  aus Wehmut und Wonne
  ein Kuss für dein' Hals
Iiii, Honig mit Quark!
Vom Schwarzbrot die Krume
Mit Butter und Blume
Da geht Tine Barg

  So ist meine Tine
    am Morgen noch Traube
      am Mittag Rosine
        am Abend schon Wein

  So ist es gut
    und so ist gut
      und so noch viel besser
        und soll auch so sein

Einschlaf- und Aufwachelied

Schlaf ein, mein Lieb, sonst ist die Nacht
Vorbei und hat uns nichts gebracht
Als wirre irre Fragen
Gib mir dein' Arm und noch ein' Kuss
Ich muß ja durch den Schlafefluß
Und will dich rüber tragen

Wach auf, mein Lieb, du schläfst ja noch!
Komm aus den dunklen Träumen hoch
Und freu dich an uns beiden!
Die Sonne hat längst dein Gesicht
Gestreichelt, und du merkst das nicht
– das mag ich an dir leiden

Robert Gernhardt
1937–2006

Lieben heißt

Lieben heißt
das
Rechnen verlernen:

Eins plus Eins gleich Eins
Eins minus Eins gleich Zwei
Eins mal Eins gleich Unendlich
Eins durch Eins gleich Glücklich.

Ich Du Wir

I rrsinn
C haos
H altlosigkeit

D auer
U marmung

W ärme
I ntensität
R uhe.

Ich schaue dir zu

Ich schaue dir zu,
wie du Tee
bereitest.
Wie du die Kanne mit
kochendem Wasser
anwärmst.
Wie du es
ausschüttest
und den Tee
hineintust.
Wie du ihm Zeit läßt,
sich zu entfalten,
bevor du
zum Wasser greifst.
Und ich fühle,
wie ich mich selber
entfalten könnte
durch deine Gegenwart,
durch deine Sorgfalt,
durch deine Wärme,

Wenn ich mir nur die Zeit nähme.
Und wenn du mir die Zeit gibst.

Kontaktanzeigen

Ich bewundre die Perversen,
denn sie wissen, was sie wollen:
Wollen
Bürosp. mit Schreibtisch
Sado-Maso in Vollendung
Fesselungen, Thai-Massage
Stiefellady – Fußerotik
Tabul. Telefongespräche
Wollen
Exkl. Sie in Strapsen
Zierl. Perle a. d. Ferne
Stark behaartes bld. Mäuschen
Stöckchen u. Nad., Übernachtung
Blonde Sklavin, Regenquelle
Wollen
Kindfr. – Glattras. Schmuse
Kim, schlk. ras. AV-Turbine
Ev, ZA, ZK u. Dildosp.
NS. u. NK-Queen Nicky
ZA, Badespaß a. s. streng
Wollen
Öl u. Po Mass., zart-dom.
Kitty, Jenny, jung u. willig
Susi tabul. Barbie-Puppe
Diktat od. ein Sexy-Stündchen
Neubesetzung Oberroden
Wollen
Telefongeflüster
wollen
Neu! G. Schnecke! AV
wollen
Strenge Gummylady
wollen
Heiße Zungenspiele
wollen
Mediz. Po-Behandlung
wollen
UNSRE SPEISEKARTE
frz. opt., EL, ZA, DS,
AV, RS, NS, NK,
ZK, KB, Lesbo, FE,
TF, LE, FF, AE –:

Ich beneide die Perversen,
wenn sie kriegen, was sie brauchen.

Nicolas Born
1937–1979

Das Brautpaar

Die Braut kam in einem Dorf bei Köln zur Welt
der Bräutigam kam in Hamburg zur Welt
die Braut ist schön
der Bräutigam ist Ingenieur
die Braut hat Eltern die Brauteltern
die Braut ist zwei Jahre jünger als der Bräutigam

die Brauteltern sind mit dem Bräutigam zufrieden
haben jedoch nie enthusiastisch zugestimmt
das Brautpaar ist unpolitisch
schreitet aber zur Wahl
es ist rechtgläubig und hat eine Wohnung in Aussicht
es hält die Heirat für die Folge bisheriger Beziehungen
es wünscht sich Kinder zunächst eins
Erlebnisse haben stattgefunden
beide hatten schon früher Erlebnisse
die sie einander teilweise nicht verschwiegen
der Bräutigam verdient elfhundert netto
hat gute Aufstiegsmöglichkeiten
die Braut soll noch ein Jahr mitarbeiten
würde aber lieber sofort Schluß machen
mit ihren eigenen Worten: lieber heute als morgen
am Polterabend erhebt sich der Brautvater
er will nicht viele Worte machen
er hält eine Rede
nach dem Willen des Brautvaters
soll der Bräutigam die Braut glücklich machen
zuerst wird aber geheiratet
still in Sankt Andreas

Urs Widmer
1938

Dann lernte ich wirklich eine Frau kennen

»Dann lernte ich wirklich eine Frau kennen. Sie war neunzehn und sprach mit der Abgebrühtheit einer weitaus Älteren, vielleicht, weil sie Hebamme war und aus Casablanca. Ein Opfer des Endes des Kolonialismus. Ich weiß nicht mehr, wie ich sie kennenlernte; ich erinnere mich an den ersten Abend zu zweit, wo wir in einem dunklen Park saßen, einem Statuengarten eher, aus dessen Büschen und Bäumen die Pathétique von Tschaikowsky dröhnte. Das hatte die Stadt für ihre Einwohner so eingerichtet. Wir saßen auf einer Steinbank und sprachen und sprachen, ich glaube, ich hätte die ganze Nacht hindurch weitergeplappert, diesen fremdartigen hektischen

Blödsinn, zu dem ein frisch Verliebter fähig ist, wenn nicht meine neue Freundin plötzlich gesagt hätte, komm, gehn wir nach Hause, und wir gingen durch enge Gassen bis zu einem schwarzen gewaltigen Gebäude, dessen winklige Treppen wir bis unters Dach hinaufstiegen. Ich hätte nie gedacht, daß es so einfach sei. Ich muß anfügen, daß es das erste Mal war. Wie auf Flügeln ging ich im Morgengrauen zur Vespa, die mich in die Mühle flog, wo ich aufs Bett krachte und schlief wie ein Stein. Es folgte eine herrliche Zeit, die, wenn ich sie heute rekonstruiere, etwa eine Woche lang gedauert haben muß. Wir fuhren auf der Vespa über Sträßchen und Wege, meine Freundin um mich geklammert, und ihre Hände waren, während ich meine Leidenschaft in den Fahrtwind hinausschrie, überall und nirgendwo. Wir fuhren zum Meer und stürzten uns ins Wasser, einmal auch nackt mitten in der Nacht (und das kam vielleicht sogar ihr kühn vor); lagen in den Mulden von Dünen und machten uns über einen strandbekannten Voyeur lustig, der stets unter allerlei rührenden Vorwänden in den Dünen unterwegs war. Trafen uns in altmodischen Cafés mit ihren Freundinnen, die alle Hebammen waren und fast ausschließlich vom Wunder der Geburt und dem, was dazu führt, sprachen; ich glaube nicht, daß ein Klassentreffen emeritierter Gynäkologieprofessoren wissendere Witze erzählen kann als diese Gruppe braver Frauen. Ich kam mir wie ein plötzlich Eingeweihter vor. Seltsamerweise war ich der einzige Mann zwischen ihnen. Die Freunde der Freundinnen entzogen sich wohl längst diesem Klima des Einverständnisses. Aber mir gefiel das. Ich konnte ein Gesicht machen, als sei mir kein Geheimnis fremd. Ich, der sich ein paar Tage früher noch gewundert hatte, daß es gemischte Chöre gibt ohne daß ihre Mitglieder falsch singen vor Schreck.

Eine Woche lang schliefen wir zusammen, und ihr gefiel es und mir. Der Rausch dieser Idylle wurde auch dadurch nicht gestört, daß gleich am ersten Wochenende ihr Verlobter auftauchte, der seinen Militärdienst irgendwo in der Gegend von Orange abdiente und von dem sie mir nichts gesagt hatte, erst ein paar Minuten vor seiner Ankunft. Ich nahm das hin wie einen Witz, dessen Pointe noch viel besser ist als nach den ersten Worten des Erzählers vermutet. Als ich am Montag früh wieder bei ihr auftauchte, rührten mich die zwei Kaffeetassen auf dem Tisch, und unser Rausch ging weiter. Plötzlich kannte ich ganz viele Leute. Wir gingen zu Festen in Gärten und auf Dachterrassen und aßen gegrillte Fische in bretterbudenartigen Restaurants, die irgendwo im Schilf standen, da wo der Boden nicht recht weiß, ob er flüssig oder fest sein soll. Dann, urplötzlich, war alles aus. Sie war nun eklig und hatte ein Schmollkinn wie eine Concierge, und wenn ich sie fragte Warum, sagte sie Darum; dazu machte sie ein Gesicht, das eine Ohrfeige kriegen will, und eines Abends kriegte sie wirklich eine, und es war wie im Kino – im Kino von damals –, wir stürzten ein letztes Mal ineinander und heulten aus Lust *und* aus Haß.

Nachher machte sie ihre Türe nicht mehr auf, wenn ich klopfte; ich preßte mein Ohr dagegen und hörte gar nichts, aber in meinem Gehirn drin sah ich quälendste

Szenen, sie besinnungslos hingegeben in jemanden verschlungen, der einen nie gesehenen Wahnsinn in ihr auslöste, aber wer war das? Nun wurde *ich* eklig und stellte ihr in den Cafés nach, wo sie mit ihren Freundinnen saß und lachte, und ich konnte mir denken, worüber, und stänkerte sie an und ließ ihr einmal die Luft aus ihrem Solex, bis mich eine ihrer Freundinnen beiseite nahm und mir in mütterlichem Ton sagte, ich sei ein Arschloch, was ich denn erwarte, es sei doch alles bestens gewesen, und jetzt möge ich mich davonmachen wie eine Schwalbe. Dazu lächelte sie mich ohne jeden Groll an. Ich ging eine Woche lang jeden Morgen in die Berge, das heißt, ich stand mit der Sonne auf und kletterte jene weißen Felsen hinauf, in denen die Vipern herumkriechen. Leuchtend stand ich dann hoch oben im Morgenrot und sah über das ferne tiefe Meer. Die Häuser der Stadt ganz klein. Autostraßen, auf denen Autos fuhren wie Spielzeuge. Einmal brüllte ich wie ein Stier ins All hinaus. Dann rannte ich über die glühenden Steine abwärts, durch Dorngebüsche und Lavendel bis in die Ebene, wo ich keuchend an einem Wegrand liegenblieb. Ich schwamm stundenlang im Meer; nie mehr nachts. Dann hielt ich die Millionen Schrecken nicht mehr aus, die mich jeden Tag überfielen, weil ich vermeinte, sie um irgendeine Straßenecke biegen zu sehen, und fuhr mit meiner Vespa weg, durch die Camargue bis nach Marseille, wo ich in einen schwarzen Dinah-Panhard hineinfuhr, langsam wie in Zeitlupe und doch schnell genug, mich mit schmerzenden Knien auf dem Pflaster wiederzufinden. Das erste, was ich von dort aus sah, war ein Glas Schnaps, das mir eine behaarte Hand entgegenhielt, die dem Wirt eines Cafés an jener Straßenecke gehörte. Erst dann entstieg dem Dinah-Panhard ein etwa achtzigjähriger Mann, der sich zu mir herabbeugte und murmelte, mein Mißgeschick sei ihm sehr unangenehm, in hohem Maße unangenehm, ob ich ihn denn nicht gesehen hätte, er sei nicht schneller als zwanzig gefahren? Und wie ich ihn gesehen hatte! *Weil* er nicht schneller als zwanzig fuhr, füllte er während Stunden die ganze Kreuzung wie ein Cinemascopefilm! Wir wechselten einige weitere bedauernde Worte, ich inzwischen auf dem Rinnstein sitzend, und der Greis fuhr weiter, wieder mit zwanzig; ich humpelte ins Café und ließ, als ich nach einer Stunde wieder gehen konnte, meine Vespa liegen, weil ich ziemlich betrunken war und weil sich das Vorderrad unter die Fußrasten verkrochen hatte, und fuhr per Anhalter weiter.

Ich blieb einige Tage in einem Städtchen an der ligurischen Küste kurz vor Genua, weil ich einen Mann an der Bar eines Campingplatzes vertreten konnte, und geriet an einem Abend ins Gespräch mit einer Landsmännin, die dort mit ihrer Schwester zeltete und am nächsten Abend in unsere Heimat zurückfahren wollte, und probeweise verliebte ich mich ein bißchen in sie; ich fuhr mit den beiden mit; die Fahrt wurde sehr lustig, das heißt, die beiden Schwestern stritten sich über alles und jedes, ich aber kam mit beiden gut aus und hatte, während wir zwischen mondblauen Platanen dahinfuhren, eine immer bessere Laune. Wir kamen die ganze Nacht hindurch aus dem Lachen nicht heraus. Keine Sekunde mehr dachte ich an die Tragik meiner

Verlassenheit. Auf dem San-Bernardino-Paß war der Nebel so dicht, daß die Schwester, die gerade steuerte, den Kopf durch das offene Seitenfenster stecken mußte, um die Straße zu sehen. Da draußen in den Wolken klang ihr Lachen seltsam dumpf. Im Morgengrauen kamen wir in einem Städtchen voller Fischschuppenhäuser an und gingen erschöpft ins Bett, ich zwischen den beiden, und während ich einschlief, spürte ich zu beiden Seiten die zärtliche Wärme der Schläferinnen, und als wir aufwachten, lachten wir wieder.«

F. W. Bernstein
1938

Sieben Huldigungen an Anna B.

Ach Anna

Ich wünscht, ich wäre Du.
Dann guckte ich mir zu,
wie ich mir selber huldige;
ach Anna, ach entschuldige,
ich huldigte ganz ferschterlich
mir selber, meinem Anna-Ich.
Ach Anna, was mich quält
und was mir dabei fehlt:
Hör zu:
Wo wärst dann aber Du?
Ich wünscht', Du wärest ich,
und wärst ganz scharf auf mich
auf Dich! Denn ich wär Du!
Oder wie? Oder wa? oder wu?

Uwe Timm
1940

Petra (aus: Rot)

Petra habe ich ein paar Mal mit Iris getroffen, auch sie gehört zu dem Bekanntenkreis, der immer zugleich auch ihr Kundenkreis ist. Eine Frau, die Iris ähnelt, nicht im Aussehen, Petra hat kastanienbraune Haare, hohe Wangenknochen, grüne Augen, alles andere aber, die Figur, das Alter, die Kleidung, die sie trägt, wie sie redet, geht, erinnert an Iris. Tatsächlich kaufen beide ihre Klamotten in diesen Donna-Karan-Läden. Petra hat ein paar Semester Germanistik studiert und eine Zeitlang als Model ihr Geld verdient, nicht im internationalen Geschäft, aber immerhin in Deutschland auf Modeschauen, auch mit Modefotos. Und dann erhält sie eines Tages auf einer Party ein Angebot. Kommt ein Typ, so um die vierzig, gutaussehend, klasse Figur, klasse Klamotten, fragt, und allein das wies ihn als Nichtprovinzler aus, wollen wir einen Drink haben, dann noch einen, er erzählt, womit er sein Geld macht, aber so betont beiläufig, daß man weiß, daß er sehr viel Geld damit verdient, Internet, und dann bestellt er noch einen Drink, ganz unvermittelt, aber freundlich fragt er sie, ob sie mit ihm schlafen will. Nee. Warum? Wie kommen Sie darauf? Na hören Sie mal, ist doch ganz einfach, ich hab Sie doch vor Augen, da überkommen einen solche Gedanken. Männer sind schlicht gestrickt, sagt er und lacht. Es wird, ich tue es ja selbst, bei Unverschämtheiten viel gelacht, so werden sie hübsch verpackt. Und der Typ sagt aus dem Lachen heraus: Na gut, ich biete 1000 Mark. So wenig? Nein. Sie lacht, und er lacht. Sie lachen beide. Es ist ja alles ein nettes Spiel. Gut: 2000. Sie schüttelt den Kopf. Aller guten Dinge sind drei: 3000. Sie überlegt einen Augenblick, guckt sich den Typen an, der sie verschmitzt anlächelt, dann sagt sie: O. K., versuchen wir es. So fing das an. Und zu Iris soll sie gesagt haben, mit soviel Spaß habe sie noch nie 3000 Mark verdient. Petra hat von der Sorte jetzt ein paar Männer, sieben, maximal acht, nie mehr, Dauerkunden, sie sagt Kunden, nix Freier und diesen Quatsch, überschaubar, handverlesen, alle auf Empfehlung, ein paar von ihnen hat ihr der erste Typ ins Haus gebracht, auf Empfehlung. Einige sind Dauerkunden, seit drei Jahren, seit sie daraus ein Geschäft gemacht hat. Inzwischen müßte sie nicht mehr als Model arbeiten, tut es aber immer noch, und zwar aus Prestigegründen. Das, was die Typen sehen, und zwar mit Hochglanz, garantiert den Preis. Die meisten Polinnen, Russinnen, Ukrainerinnen haben eine ebenso perfekte Figur, kriegen aber nicht mal ein Zehntel. Erst durch die Eroberung der Öffentlichkeit ist eine preissteigernde Begehrlichkeit garantiert. Was gedruckt, was veröffentlicht wird als schön, das ist auch schön. Und dann zitiert Petra Martin Walser, immerhin hat sie ja vier Semester Germanistik studiert, daß unser Begehren immer auch das Ergebnis einer Volksbefragung ist.

Auf einer Party konnte ich beobachten, wie die Männer sie, die aus ihrem Job kein Geheimnis macht, mit Leckaugen ansahen. Ja, auch ich, vermute ich, habe sie mit diesem neugierig begehrlichen Blick angesehen. Gibt es Anzeichen, Signale, die auf ihre Tätigkeit hinweisen? Zeichen, daß man gegen Bezahlung das bekommen könnte, was andere nur gewähren? Nein. Sie sitzt in einer in sich ruhenden Gelassenheit da. Ich weiß, sie erweitert grundsätzlich nicht den Stamm ihrer Klienten durch Männer aus dem Bekanntenkreis. Sie kommt im Schnitt auf 20 000 Mark im Monat, davon verdient sie allenfalls 3000 Mark als Modell. 17 000 also sind steuerfrei. In zwei Jahren will sie aufhören und eine Eventboutique eröffnen. Ich habe keinen Zweifel, daß sie das schaffen wird.

Brigitte Kronauer
1940

Ein selbstgemachter Tag I

»Das Verlaufen«, versuchte Schnurrer, gerade aufgewacht und schon wie zu einer lebenswichtigen Gedächtnisleistung strammstehend, den Anschluß an seine letzten Gedanken gestern abend wiederzufinden, »das natürlich erhoffte, wenn auch nicht direkt oder nur sehr versteckt beabsichtigte Verlaufen in einer von Sehenswürdigkeiten berstenden Stadt, das Annähern an die berühmten Unerläßlichkeiten aus dem Hinterhalt kaum als Gegend zu bezeichnender leerer Quadrate oder entlang hohen Kasernenmauern führender, wüster Straßen: stets gelingt es mir, in diese nützlichen Fallen zu geraten!«

Es war so dunkel im Zimmer wie gestern, als er die Notwendigkeit derartigen Verirrens begriffen hatte, aber seine Stimmung war jetzt – er richtete sich einen Moment verdutzt ein bißchen auf und ließ sich wieder neugierig sinken in die Empfindung – eine ganz andere. Er lächelte wohlgelaunt vor sich hin und wußte gar nicht, warum er es tat, was sein Behagen sofort vergrößerte. Schnurrer verstand, auf dem Rücken liegend unter der neuen Daunendecke, fast nichts von der Welt, aber heute betraf sie ihn, er spürte es unbezweifelbar, heute ging sie ihn herzhaft an. Außerdem gab es diese symptomatische Gewichtsverschiebung: Alles war leicht, hob sich ab, schwebte davon. Nur eine Gestalt, eine Figur saugte die Schwere auf und blieb zurück als einzig maßgebliche. So klaffte es auseinander, die Umgebung und die eine Person. Insofern war das Gefühl theoretisch ermittelt. Schnurrer hatte sich verliebt! Aber in wen? Etwa aufs neue in seine neben ihm noch fest schlafende Frau? Nein, es war etwas anderes. Er hatte keine Ahnung, in wen denn sonst. Aber »verliebt« mußte schon der Wahrheit sehr nahe kommen. Er kannte die Struktur der Sache, und sie galt.

Die ihm gemäße Form von Seitensprüngen hatte er sich immer so vorgestellt: Mit seiner unbeirrbaren Treue zu der neben ihm sacht Träumenden ließen sie sich ohne Schwierigkeiten verbinden, indem er die verbalen und gestischen Freundlichkeiten, die er ihr gegenüber zur Anwendung brachte, so weit wie irgend möglich für sie reservierte. Wo war denn da überhaupt noch ein Treuebruch? Anderen wandte er sich anders zu. Er wandte sich, außer in Gedanken, kaum anderen zu. Und was war jetzt?

Egal, ungerechterweise, wunderbarerweise flog, atmete ihn heute morgen vielleicht etwas unbemerkt nach Mitternacht im Schlaf Erschienenes an, etwas Neues, eine neue Haut stellte sich ihm zur Verfügung. Daraufhin konnte er getrost die alte verlassen, ach, das war ihm also wieder vergönnt, rundherum, aus den verbrauchten Schuppen heraus in eine biegsam frische Behausung zu schlüpfen.

Plötzlich – und leise versuchte er aus dem Bett fortzuschleichen, blieb dann aber auf der Kante sitzen – kam es ihm so vor, als seien das ja wohl eher weibliche Gefühle. War er als verliebte Frau erwacht? Denn eine Rolle spielte in der Erinnerung ein Tisch, an dem ein Mann sich bemühte, ihn, die Zuhörerin und Zuschauerin mit allerlei Geschichten und Augenblitzen zu beeindrucken. Daneben aber saß jemand, der diese Unternehmungen eindeutig warnend als abgebrühtes Verführungsritual herausstrich, so daß er, der weibliche Schnurrer, den gesamten Zauber durchschaute und gleichzeitig der reinen Kraft zur Betörung, aus welchem bösen Grund und zum wievielten Male auch vorgeführt, trotzdem zu erliegen begann.

Sein Herz klopfte heiter. Verliebt war er, auch wenn es dabei bleiben sollte, daß er keine Antwort erhielt auf die Frage: in wen? Eine Aufspaltung spürte er und konnte sogar wohlig gähnen dabei, in die zwei betreffenden Personen, in eine gut zuredende in gewissen Absichten und eine, die sich umwerben ließ. Dabei war er genau wie sonst Schnurrer, er bewegte sich bloß von einem Gehirn, Körper ins andere, in den anderen. Noch während er eroberte, und deshalb gelang es so vorzüglich, kamen schon lokkend, entwaffnend die Schmeicheleien bei ihm selber an. Wie eine Erfrorene steckte er die bewußte Gestalt in das angenehme Nest seiner Zärtlichkeiten zur daunenweichen Bettung und hatte doch selbst die kalten und schon so köstlich sich erwärmenden Füße.

Nun war er draußen aus dem dunklen Zimmer, und noch immer hielt sich das Gefühl, die breitgefächerte Betäubung und die punktuell so exaltierte Wachsamkeit. Verliebt! Verliebt! Er konnte sich nicht täuschen. Er stand im Schlafanzug. Die schöne, sagte er sich, und fast unpersönliche Phase, ja, das traf die Sache, wo sich alle Aufmerksamkeit konzentriert auf einen Einzigen: Er kann sich auf den Kopf stellen, alles, Räuspern, Streichholzanzünden, Lachen usf. sieht man als Wunderwerk an, und der Verliebte hat im Umschwärmten, der Eingefangene im Fänger ein Instrument in Wirklichkeit, aus dem er, Schnurrer, ob Mann oder Frau jetzt, in seiner Angespanntheit die vielfältigsten Töne, Erregungen herausholt ganz für sich. Der andere ahnt vielleicht nicht mal was von den Musikstücken, die er verursacht, hören kann er sie ohnehin nie. Nur Schnurrer, er schon, er konnte beides.

Es reichte nun aber. Ein Gang nach draußen, an einem Wintermorgen, würde ihn rasch zur Vernunft bringen. Es war aber ein Januartag, so prächtig heraufgezogen, als hätte er ihn selbst gemacht. Alles geschah nach seinem, Schnurrers Gutdünken, ein Tag wie Butter. Jeder Blick war einer in ein großes, gutes Butterfaß. Ein Hin- und Herrollen zwischen Butterblumen bei fünf Grad plus. Und obendrein hauten die Meisen, sobald sie ihn erkannten, auf ihren kleinen Silberamboß.

Barbara Frischmuth
1941

Das dachte ich auch

Sie hatte es immer nur schwer ertragen, wenn die Anziehungskraft nachzulassen begann. Mit einem Mann zu schlafen hatte für sie etwas mit Ohnmächtigwerden zu tun. Sie erwartete jedes Mal, daß ihr die Sinne schwanden, und stieß sich vom Ufer ihrer sonstigen Empfindungen gleich einer Selbstmörderin ab. Und wenn sie dann nach einer zeitlosen Ewigkeit wieder zurückgeschwemmt wurde, war ihr, als käme sie tatsächlich aus einem Jenseits, das nur in jener übersteigerten Gefühlslage auffindbar war.

Anfangs brauchte es nur die körperliche Nähe des Geliebten, daß sie sich bis ins Fleisch hinein vergessen konnte. Später bedurfte es immer mehr an Selbstüberredung, und je schwächer die Anziehung wurde, desto entschlossener stürzte sie sich in die Vereinigung, wild nach der Ohnmacht, die sie aus sich herausspülte, und zu allem bereit, um auch dem anderen diese Schreie zu entlocken, die sie noch einmal auslöschen sollten. Das war, was die Männer »gut im Bett« nannten, sie aber empfand es als ein letztes gewaltsames Aufbegehren gegen das Schwinden der Lust. Eines Tages lag sie dann nur mehr da und versuchte, noch ein bißchen so zu tun, während ihre Vorstellung bereits in andere Bereiche fremdging.

Bevor sie sich entschloß, von ihrem Mann wegzugehen, hatte es eine Nacht gegeben, eine Nacht, an die sie sich im Gegensatz zu all den anderen Nächten noch genau erinnerte. Sie war Ende zwanzig gewesen, ihr Mann Anfang dreißig, und beide verzweifelt über die beginnende Alltäglichkeit zwischen ihnen. Er hatte Tabletten nach Hause gebracht, und schon darin lag eine unwiderstehliche Versuchung, da sie angeblich noch im Teststadium waren, und man nicht wissen konnte, was genau sie bewirken würden. Vielleicht waren es aber auch gar nicht die Tabletten, sondern nur die Erwartung einer nie dagewesenen Erregung, jedenfalls waren sie mit einer Schamlosigkeit aufeinander zugestürzt wie noch nie. Sie schrubbten sich gegenseitig und traktierten sich mit Bissen und Kniffen, bis es mehr als wehtat. Es schien, als wäre ihre Wahrnehmung verlangsamt, und wenn sie für kurze Zeit erschöpft auseinanderfielen, konnte sie nicht glauben, daß sie je in ihrem Leben noch einmal mit einem Mann würde schlafen können, aber die Gier erwachte immer aufs neue, und als ihr Mann gegen Morgen plötzlich mit dem Gesicht zur Seite kippte – diesmal war er es, der ohnmächtig wurde –, blieb sie auf ihm, bis schließlich auch sie wie gelähmt zurück aufs Bett fiel.

Von da an hatten sie nichts mehr miteinander gehabt, und zwei Wochen später zog sie aus, allen flehentlichen Vorschlägen für einen Neuanfang zum Trotz. Sie wußte, daß ihre Beziehung sich verbraucht hatte und es Wiederholungen in dieser Intensität nicht gab.

»Du hast doch gesagt, daß du mich liebst«, hatte ihr Mann sie angeschrien, »das kann doch nicht nur meinen Schwanz bedeuten!«

Sie war ganz in sich zusammengesunken und hatte mit den Achseln gezuckt. »Das dachte ich auch.« Sie verstand heute noch nicht, wie sie damals so einfach weggehen konnte. Sie hatte es aber auch nie bereut.

Wolfgang Hilbig
1941

geflüster

der rote duft der nacht –
die rosen verglühen im dunkeln
efeu an trunknen bäumen
im schlafenden gras
such ich mein herz
wo ichs gelassen find ich
nichts feuchtes im dunkel.

ach
ich schmeck mir
so steinern heut

aber irgendwo flüstern
mit meinem herzen
frauen die ich nicht geküßt hab
von der süße der rosen und
wie dunkel der efeu ist.

ein dunkles zimmer

in das du mich führtest
flüsternd und atmend daß
uns keiner höre

draußen im hof indes dröhnte
die stumme nacht schwarz
in einer schweren linde
die blätter wie sterbend neigte
sie fast zu boden im wind
und wolken warfen sich hin
unter den sternen

herbst –
und es huschten jäh sekundenlange
bleiche blitze des mondes matt
übers bett und uns
atemlos

in diesem dunklen zimmer
und sanft gerann der weiche
duft deiner lenden –

Elke Heidenreich
1943

Wurst und Liebe

Harry hatte damals gerade die Filmhochschule beendet, und zwar mit Bravour, da bekam er die Chance, seinen ersten eigenen Film zu drehen. Fördergelder waren zugebilligt worden, ein Team stand zur Verfügung, und es gab die Zusage des Senders, den Film zu unterstützen und schließlich zu zeigen. Das war Mitte der 70er Jahre. Wir studierten damals alle Theaterwissenschaft, und Harry war noch zusätzlich auf die Filmhochschule gegangen.

Harry glühte. Er saß in unserer Küche und erfand den Film neu, er entwickelte sonderbare Liebesgeschichten, tiefgründige Dramen, doppelbödige Komödien und schließlich einen handfesten Krimi.

»Das wollen sie sehen«, sagte er, »das brauchen sie immer, ich muß gleich etwas liefern, mit dem ich voll einsteige, erst mal ein kommerzieller Erfolg, dann kann ich immer noch Träume verwirklichen.«

Harry ist Realist, nicht umsonst sitzt er inzwischen tatsächlich in Santa Monica und kennt schon Dustin Hoffman. Harry wußte immer, was er wollte; ein großer Regisseur werden. Als Kind hatte er mit einer alten Super acht den Tag an einer der Würstchenbuden seines Vaters festgehalten, die Penner, die da ihr Bier tranken, die Büroangestellten, die sich abends ihre Currywurst mit Pommes rot-weiß reinstopften, die Hausfrauen mit dem Häppchen zwischendurch – Harry hatte sie alle auf Super acht, mit Ton und Musik unterlegt, das war das Leben, das war sein Leben.

Ein Krimi also. Aber mit Liebe. Ein Schüler-Lehrer-Krimi, das Milieu war ihm selbst noch nah, das kannte er, Schüler liebt Lehrerin, nein, besser: Lehrer liebt Schülerin, verführt sie, Freund wird eifersüchtig, Mord, Aufklärung, Tränen, Liebe und Tod, herrlich.

Er machte sich ans Drehbuchschreiben, aber das war nicht seine Stärke. Harry ist ein Mann der Bilder, und in unserer Küche war er durchaus auch ein Mann des Wortes, aber ein Drehbuch – das ist schon was anderes, und wir Freunde mußten mit ran. Wir entwarfen die Geschichte mit ihm zusammen, wir bastelten an den Dialogen herum, machten Vorschläge, er änderte, wir tranken algerischen Tafelrotwein und matschten uns klebrige Tomaten-Käse-Toasts zusammen. Das Drehbuch wuchs, nahm Gestalt an, der Redakteur des Senders war entzückt. Ein erfahrener Schauspieler wurde als Lehrer engagiert, eine blutjunge und wunderschöne Schauspielerin als Schülerin, und irgendwann stand das ganze Projekt tatsächlich vor Drehbeginn.

Harry war selig, aufgeregt, voll in Fahrt und Form. Aber irgend etwas fehlte ihm noch.

»Ich weiß nicht, was«, sagte er, »aber es fehlt etwas, es fehlt eine Idee für den Anfang. Ich kann sie doch nicht einfach in der Klasse sitzen lassen und sie schwärmt ihn an. Doris, was macht ein Mädchen mit siebzehn, wenn es verliebt ist?« fragte er mich.

Was für eine Frage! Ich wunderte mich immer wieder darüber, daß es tatsächlich noch zu Liebesbeziehungen zwischen Männern und Frauen kommt, obwohl sie doch derart wenig voneinander wissen. Ich war mit siebzehn so verliebt, daß ich daran sterben wollte. Er war Geiger, ein blasser, blonder Mensch, und er war so still, wie ich lebhaft war. Deshalb liebte ich ihn ja, alles an ihm war anders als an mir, und wenn man jung ist, liebt man das andere. Später sucht man Gleiches, sucht Ruhe, Verstehen, Harmonie, Übereinstimmung. Aber mit siebzehn muß alles neu und anders und unerhört sein. Ich spielte schlecht Klavier, er spielte hinreißend Geige. Ich war so jung und unerfahren, er war über dreißig, hatte eine feste Freundin im Orchester und eine Affäre mit einer Spanischlehrerin, die große Hüte trug. Aber mit mir machte er lange Spaziergänge, hielt meine Hand und nannte mich Prinzessin. Er nahm mich mit in seine Wohnung und spielte mir auf seiner Geige Tschaikowskij vor und Brahms, und mein Herz zitterte und ich hätte ihn gern sofort geheiratet, aber daran war natürlich nicht zu denken, ich stand zwei Jahre vor dem Abitur. Wir schliefen ja nicht einmal miteinander – es waren die 60er Jahre! Gerade, daß wir uns ab und zu küßten. Ich schrieb Tagebücher voll seinetwegen, über ihn, an ihn. »Heute habe ich dich gesehen und der Tag ist vergoldet«, schrieb ich. Ich dichtete Verse: »So ist zuletzt doch alles nur ein Warten auf deine Liebe und auf dich, so tief, unsagbar tief erfüllst du mich wie Duft von zuviel Blumen einen engen Garten«.

Heute denke ich, etwas Ähnliches muß ich irgendwo gelesen und vielleicht abgeschrieben oder umgedichtet haben, damals schienen aber alle Gefühle nur aus mir selbst zu kommen, kein anderer Mensch fühlte wie ich, und da verwischt sich Angelesenes mit den Träumen.

Einen engen Garten ... nicht schlecht, ich las es Harry vor, und er war begeistert.

»Wunderbar«, rief er, »solche Schmalzgedichte muß sie dem Lehrer schreiben!«

Und es ist nicht so, als hätte es mir nicht doch noch einen kleinen wehen Stich ins Herz gegeben, nach all den Jahren.

»Ich färbte dir den Himmel brombeern mit meinem Herzblut, aber du kamst nie mit dem Abend – ich stand in goldenen Schuhen«, sagte ich, und Harry wälzte sich auf dem Teppich vor Vergnügen. »Goldene Schuhe, ich werd nicht mehr!« lachte er, »das ist große Klasse, hörst du das, Otto? In goldenen Herzensschuhen stehen die Frauen und warten auf uns, komm, schreib das auf, Doris, genau so soll sie ihn anschmachten.«

»Else Lasker-Schüler«, sagte ich kühl, »das ist nicht von mir, das ist von Else Lasker-Schüler«, und er fragte: »Kenn ich die? Studiert die auch Theaterwisseschaft?«

»Nein«, sagte ich schnippisch, »die kennst du nicht, Else Lasker-Schüler ist eine wunderbare große Dichterin, die verwurschtest du nicht in deinem Film.«

Gegen das Wort ›verwurschten‹ war Harry, Sohn des Inhabers einer Würstchenbudenkette, allergisch. »Ich verwurschte nicht«, sagte er, »ich setze künstlerisch um.«

»Jaja«, sagte ich, »und wie nennen wir das, wenn Arthur Miller zu Marylin Monroe sagt: ›Du bist das traurigste Mädchen, dem ich je begegnet bin‹, und sie hält das für einen ganz kostbaren, persönlichen Satz, und schon ist er, schwupp, in seinem nächsten Stück? Man nennt das verwurschten. Da seid ihr doch alle gleich.«

»Das hat Miller gemacht?« fragte Harry, »der gerissene alte Fuchs. Komm, Doris, stell dich nicht an, das wird ein Kultfilm, wir werden alle weltberühmt, wer kennt denn schon Else Müller-Dingsbums. Los, guck deine Tagebücher durch und such mir was raus, Liebesqualen, Geseufze, Herzeleid, den ganzen Sehnsuchtskram. Paß auf, ich fang so an: Schulhof von oben, sie steht unten mit den andern Mädchen, er im zweiten Stock am Fenster, Lehrerzimmer. Er guckt runter, zack, zoom, groß auf sie, sie guckt rauf und dann höre ich, was sie denkt, verstehst du?«

»Was denkt sie?« fragte Otto, »daß sie ihre Tage kriegt und die Lateinarbeit verhauen hat?«

»Blödmann«, sagte Harry, »sie denkt ... sie denkt, ja, das ist es eben, was denkt sie? Doris, genau das mußt du schreiben: was so ein Mädchen denkt, wenn es total verliebt ist. Goldene Schuhe, Himmel färben und so, du weißt schon. Wir hören ihr quasi beim Dichten und Denken zu, komm, Doris, schreib mir das.«

»Was zahlst du?« fragte Otto, »Herzblut kostet.«

»Mensch«, sagte Harry, »sei doch nicht immer so geschäftstüchtig. Du weißt, wie knapp der Etat ist. Doris hat das ganze Liebesgedusel doch drauf, sie muß es doch bloß abschreiben. Oder gib mir dein Tagebuch, Doris, und ich such mir die klebrigsten Stellen raus.«

»Das könnte dir so passen«, sagte ich, »niemals kommt mein Tagebuch in deine fettigen Finger.«

»Ha«, sagte er, »das ist auch gut, so mit Alliteration wie bei Wagner, wigulaweia, Wotan, woge, fasse mit fetten, fiesen Fingern freudloses Flehen ...« Und er und Otto lachten, bis ihnen die Tränen kamen, und dann steckte Harry eine Zigarette an, gab mir einen Abschiedskuß auf die Wange und sagte: »Also, Doris, ich verlaß mich auf dich. Bis Montag.«

Es war ein rührseliges Wochenende. Ich ertrank im Seelenschmerz von damals, ich las die kurzen Zettel, die der Geiger mir geschrieben hatte – »Du meine Prinzessin«, schrieb er, »unser Leben schwebt sehr hoch oben auf einem wackligen Gerüst, Vorsicht, mach nicht die Augen auf, wir stürzen ab ...«

Ich las einen Packen langer Briefe, die ich mit brauner Tinte an ihn geschrieben und nie abgeschickt hatte, reich gespickt mit auf ihn hin abgewandelten Zitaten quer durch die Weltliteratur: »Du mein Geiger, dein Lächeln ist so weich und fein, wie Glanz auf altem Elfenbein, wie Heimweh, wie ein Weihnachtsschnein ...«

Was war das? Rilke? Warum erinnerte ich mich kaum noch daran, war mein jetziges Leben denn so gänzlich abgetrennt von dem des verliebten jungen Mädchens damals? Was war mit mir passiert, wann hatte ich das alles vergessen? Ich dachte so groß damals, so kühn in eigenen und gestohlenen Bildern. Heute denke ich klein, mein Herz brennt nicht mehr und ich habe mich der Welt angepaßt, anstatt die Welt meiner Leidenschaft anzupassen. Ich überlegte, wer die Schuld an all diesen Verlusten trug – das Erwachsenwerden? Das Studium? Ottos Pragmatismus? Ich sehnte mich zurück nach der törichten Beseeltheit der ersten Liebe.

Ich tastete mich Schritt für Schritt in die gefühlsselige Vergangenheit, und Otto hatte schlechte Laune und sagte: »Kochen wir nun diesen verdammten Grünkohl oder nicht?« und ich antwortete sanft: »Koch du, Lieber, ich kann jetzt nicht, ich bin ganz woanders.« Aber ich sagte ihm dann doch, daß er zuerst Zwiebeln in Gänseschmalz andünsten müßte.

»In der herbstlichen Zeit, wie ist es so leicht, schluchzend zur Erde zu sinken«, hatte ich im Oktober 1963 geschrieben, und ich weiß noch heute, daß das von einem ungarischen Dichter ist, dessen Namen ich längst vergessen habe. Ich bin wieder siebzehn und gleich wird es klingeln, der blonde Geiger wird schmal in der Tür lehnen und flüstern: »Hallo, Prinzessin, komm, wir fliegen weg von hier.«

Damals hatte er mir, als ich seinetwegen so traurig war, geschrieben: Flüchte dich in das, was schön ist und nur dir gehört.

Was gehörte denn jetzt nur mir? Sogar meine intimsten Tagebuchaufzeichnungen sollten für einen Film verwendet werden. Warum eigentlich wollte ich das zulassen? Ich glaube, ich hatte das Gefühl, so wären sie nun doch nach so vielen Jahren noch zu etwas nütze, die Welt würde sie hören, zwar nicht wissen, daß es meine Seele war, die da aufschrie, aber doch hören, daß es eine Seele war, die schrie, oder?

Harry rief am Montag an: »Na, was macht mein Liebestext?«

»Bin dabei«, sagte ich und las ihm vor:

»Mit solchen Kronen krönst du mein Geschick.
Du bist durch dich. Ich kann nicht Gleiches geben.
Doch wenn ich einst, noch flammenden Gesichts,
mir auch gestehen müßte, daß ich nichts
dir war als nur ein flüchtger Augenblick –
du warst ja doch mein ganzes junges Leben!«

Harry schwieg verblüfft.

»Bist du noch da?« fragte ich.

»Großer Gott«, sagte er, »ist das von dir?«

»Nein«, sagte ich, »von Rudolf G. Binding, aber ich hab's ein bißchen umgedichtet.«

»Weiter so«, sagte Harry, »mehr davon, ist mir Wurscht, ob es von einer Frau Müller-Dingsbums oder einem Herrn Bending ist – dichte es ein bißchen um, damit wir kein Theater mit den Rechten kriegen, und sieh zu, daß es sich nicht reimt. Die kann ja schließlich nicht dauernd in Versen denken, wenn du verstehst, was ich meine. Laß diese Kronen und das Geschick und flüchtger Augenblick und so, laß das alles weg, laß sie bloß denken: ich bin dir nur ein Augenblick, und du – du bist – was war er noch mal?«

»Du warst ja doch mein ganzes junges Leben«, sagte ich matt.

»Genau«, sagte Harry, »aber nicht ›warst‹, die Affäre kommt ja gerade erst ins Rollen, ›bist‹ muß es heißen, du bist ja doch und so weiter. Herrlich, und das leg ich dann unter den ganzen Vorspann, weißt du, sie geht über den Schulhof, guckt hoch, er guckt zufällig runter und dann –«

»Und dann zack, zoom«, sagte ich, »er sieht sie, und wir hören, was sie denkt.«

»Genau!« schrie Harry ins Telefon, »woher weißt du das?« »Hast du schon erzählt«, sagte ich, und Otto rief aus der Küche: »Frag ihn, was er zahlt! Der soll nicht denken, er kriegt alles umsonst.«

»Was will er?« fragte Harry, und ich sagte: »Bis morgen abend ist es fertig.«

Ich las den ganzen Montag, die ganze Nacht hindurch. Ich tauchte zurück in mich als Siebzehnjährige und fand Gedanken, an die ich mich nicht mehr erinnerte, Gefühle, die mich einmal gewärmt hatten, ich sah mich wieder so mager und immer ganz in Schwarz, ketterauchend und mit viel zu hohen Absätzen, blaß neben meinem bleichen Geiger, der mich ansah und sagte: »Ach, Prinzessin, du bist zu jung …« und ich sagte: »Ich komme mir vor wie ein Baum im Frühlingswind, der zerbrechen wird, wenn der Sturm kommt.« Und ich schrieb bei Rilke ab: »Wenn ich gewachsen wäre irgendwo, wo leichtere Tage sind und schlanke Stunden, ich hätte dir ein großes Fest erfunden, und meine Hände hielten dich nicht so, wie sie dich manchmal halten, hart und bang.«

Kein Wunder, daß er mich damals verlassen hat, ach, was gäbe ich darum, ihn heute noch einmal wiederzusehen und ihm zu erklären, was das ist, ein siebzehnjähriges Mädchen.

Ich schrieb den Sehnsuchtstext für Harry aus allen Gedichten, Briefen und Tagebuchaufzeichnungen jener Zeit zusammen, und er begann so:

»Mein Liebster, ich seh dich an mit meinen Herzensaugen, durchs Meer der Träume bin ich auf dich zugegangen, laß jetzt meine Flügel nicht an deinem steinernen Herzen brechen! Ich möchte immer nur von Liebe zu dir reden, aber du und ich, wir wissen ja, wenn die Liebe spricht, spricht, ach die Liebe nicht mehr. Du bist mir alles, und ich bin für dich nur ein Augenblick …«

»Das ist ganz ganz große Klasse«, sagte Harry ergriffen, »steinernes Herz, Meer der Träume, wie kommt ihr Frauen bloß immer auf sowas? Genauso stell ich mir das vor, und dann guckt sie hoch und –«

»… und zack, zoom«, sagte Otto. »Mein Gott, Doris, hast du dem armen Kerl damals wirklich solche Briefe geschrieben?« Und Harry sagte: »Es ist grandios, ich hätte das nie so schreiben können, was weiß man schließlich schon von den Weibern, und es paßt genau in meinen Film. Doris, du bist eine Wucht.«

Er wollte mich küssen, aber ich bog den Kopf leicht weg und dachte: »Was weißt denn du. Was weißt du denn schon. Dir hat nie jemand solche Briefe geschrieben, dir wird nie jemand solche Briefe schreiben, und all deinen Filmen wird immer das Herz fehlen. Dein Herz, Harry, wird den Sommer der Liebe nur aus verdunkelten Schneideräumen kennen.«

Nun, um es kurz zu machen: Schon Harrys erster Film wurde ein durchschlagender Erfolg – Grimme-Preis, Goldene Kamera, Preis der evangelischen Filmkritik, und heute sitzt Harry, wie gesagt, in Santa Monica und kennt nicht nur Dustin Hoffman, sondern sogar Clint Eastwood, und mit Winona Ryder hat er auch schon einen Film gedreht.

Ich aber hörte damals, vor mehr als zwanzig Jahren, im Fernsehen meine Worte, von der so jungen, schönen Schauspielerin geflüstert, während sie zum Fenster hochsah, an dem der Lehrer stand und nachdenklich nach unten auf den Schulhof schaute, und dann, zack, zoom – und ich dachte: Vielleicht sitzt jetzt irgendwo mein junger, nein, nun alter Geiger vor dem Fernseher und die Worte kommen ihm bekannt vor, dringen durch seine Haut, schmelzen etwas in seinem Innern und er wird – ach nein, er kann sie ja nicht kennen, ich hab den Brief doch niemals abgeschickt. Ich hab ihn nicht einmal geschrieben, nur jetzt, für diesen Film, ich habe ihn aus den echten Gefühlen und den geklauten Zitaten von damals konstruiert, und nun hören ihn acht Millionen Zuschauer. Werden sie etwas dabei empfinden? Werden sie lachen? Oder sich erinnern an die Zeit, als die Gefühle noch so groß und leuchtend waren wie der Vollmond an den Sommerabenden im Süden?

Als ich zwei Wochen nach der Ausstrahlung des Films im Fernsehen in unsere Küche kam, stand da eine große, altmodische, gußeiserne Wurstschneidemaschine, und Otto säbelte gerade millimeterdünne Scheiben von einer ungarischen Salami ab.

»Was ist das?« fragte ich, »woher hast du die?«

»Das«, sagte Otto, »ist die tollste Wurst- und Schinkenschneidemaschine der Welt, sie hat Harrys Großvater gehört, und Harry hat sie vorhin gebracht, als Bezahlung für deinen Liebestext. Ist das okay so? Ich finde es total okay.«

Ich fand es auch in Ordnung. Warum nicht. An der Wurstschneidemaschine war nichts auszusetzen. Aber immer, wenn wir damit Schinken, Mortadella oder Salami schnitten, gab es einen leisen Schmerz in meiner Brust, als wäre es mein eigenes Herz, das da von dieser Wurstmaschine in hauchdünne Scheiben geschnitten wurde.

Als ich Otto kurz danach verließ, nahm ich die Wurstschneidemaschine nicht mit. Er war sehr froh darüber, daß wenigstens sie bei ihm blieb.

Franz Hohler
1943

Eine Liebesgeschichte

Man dürfe nicht einfach sagen, die Deutschen hätten hier gewütet, sagt die 70jährige Frau in Kiew, sondern die deutschen Faschisten. Es habe nämlich auch andere gegeben.

Und sie erzählt die Geschichte von Sonja. Sie sei das schönste Mädchen der Schule gewesen, so schön sei sie gewesen, daß die Jungen am Morgen vor dem Eingang gewartet hätten, nur um sie hineingehen zu sehen. Sie sei Jüdin gewesen, und als die Nazis gekommen seien, habe sie für sie übersetzen müssen. Während dieser Zeit habe sich ein deutscher Soldat in sie verliebt, und sie habe sich auch in ihn verliebt. Als dann nach und nach die jüdische Bevölkerung ausgerottet wurde, zuerst die Alten, dann die Kinder, dann die mittlere Generation, sei die Reihe auch an sie gekommen, und es wurde der Befehl erteilt, sie umzubringen. Da habe der Soldat seinen Vorgesetzten gefragt, ob er das tun dürfe. Das sei ihm zugestanden worden. Er sei dann mit ihr auf einen Liebesspaziergang in den Wald gegangen, habe sie dort von hinten erschossen und habe gleich darauf auch sich selbst getötet und sei neben ihr hingefallen, und so habe man die beiden am Tag darauf gefunden.

Noch eine Liebesgeschichte

Kürzlich wurden in den Ötztaler Alpen die Leichen eines Paares gefunden, das vor 25 Jahren nicht mehr von einer Bergtour zurückgekehrt war.

Die beiden sind damals in eine Gletscherspalte gefallen, und offenbar hörte niemand ihre Hilferufe. Wohl um sich möglichst lange gegen die Kälte und gegen die Verzweiflung zu wehren, umschlangen sie einander, bis sie starben, und so wurden sie nun wieder gefunden. Das Eis hatte sie derart gut erhalten, daß man ihre Gesichtszüge mühelos erkennen konnte, und auch ihre Pässe waren immer noch lesbar. 30 und 28 Jahre waren sie, als sie ums Leben kamen, und ihre Tochter war damals ein halbes Jahr alt und hat jetzt ihre Eltern zum erstenmal wirklich gesehen, zwei junge Leute, wenig älter als sie selbst. Kafka hießen sie und seien weitläufig mit Franz Kafka verwandt gewesen, lese ich am Schluß des Berichtes in der Boulevardzeitung, und es kommt mir nicht nur Johann Peter Hebels Erzählung »Unverhofftes Wiedersehen« in den Sinn, sondern auch, daß Kafka einmal gesagt hat, Franz Kafka also, dies sei die schönste Erzählung, die er überhaupt kenne.

Wilhelm Genazino
1943

Die Obdachlosigkeit der Fische

Seit Wochen mehren sich die Zeichen, daß Helmuth sein Begehren demnächst einstellen wird. Wenn wir zusammen sind, ist er immer öfter kleinlaut und folgsam, manchmal fast devot. Helmuth wird in diesem Winter dreiundfünfzig Jahre alt, und wahrscheinlich ist sein Rückzug nicht ungewöhnlich. Wer altert, wird noch einmal schüchtern, das weiß ich von mir. Besondere Unruhe verursacht ihm vermutlich das Problem, ob er durch die beginnende Abstinenz nur das Verlangen nach Sexualität verliert oder gleich das Interesse an meiner ganzen Person. Oder, noch schlimmer, ob er auch für mich belanglos werden könnte. Ich kann diese Fragen nicht beantworten, und insofern hätten wir Grund, über sie zu sprechen. Wir müßten uns dann allerdings eingestehen, daß alle Erfahrung, auch die sexuelle, nutzlos war, weil sie an Defizite dieses Kalibers nicht heranreicht. Und diese Voraussetzung ist für einen rechnenden Menschen wie Helmuth, der immer mit moralischem Anliegen geliebt hat, unannehmbar. Bis heute hat Helmuth kein Verhältnis zur Vergeudung finden können. Während seiner Liebeszeit verging gleichzeitig seine Lebenszeit, und von dieser Verausgabung wollte er stets sicher sein, daß sie eine sinnvolle Verausgabung war, wenn sie schon eine Verausgabung sein mußte. Wir müßten mit der Überzeugung von überraschend Verarmten davon ausgehen können, daß all unsere Hingabe zu keinerlei Liebesverfestigung geführt hat, ja, daß Leidenschaft eine Beschäftigung ohne jeden Ertrag ist. Ich habe es ein wenig einfacher als Helmuth; weil ich Enthüllungen immer näher war als Illusionen, könnten mir solche Geständnisse leichter von den Lippen gehen. Aber die Mathematik unserer Paarung verhindert auch diese Erleichterung; ich muß Helmuths moralische Bedürfnisse schonen und deshalb, zumindest vorerst, den Mund halten.

Jürgen Theobaldy
1944

Wie dieses Sommerkleid

Auch ich wäre gern leicht
leicht wie dieses Sommerkleid auf der Stange
Es raschelt, wenn man vorbeigeht

es antwortet auf jeden Hauch
und die jungen Mädchen, sie
fassen es an mit Liebe

Ich wäre es gern, dieses Sommerkleid
das du anziehst, um dich
vor dem Spiegel hin und herzuwenden
In seinen Farben wäre ich
dir so nahe zu vergessen, daß ich
wie ein Mann sein soll: stark
und hart im Nehmen

Speziell für dich

Weil du gern Pflaumenmus magst
habe ich heute Pflaumenmus gekauft
Ich nahm mir ein Herz
trat hinein in den Delikatessenladen
und kaufte »Pflaumenmus – Pflückfrisch«
O komm vorbei! du kannst
die Schalen noch schmecken die Kerne
selbst Stengel und kleinere Zweige!

Botho Strauss
1944

Von Zeit zu Zeit (aus: Paare, Passanten)

Von Zeit zu Zeit, wenn ihr eben danach ist, sucht sie einen gutgekleideten, kräftigen Burschen auf und er ist meist für sie da. Sie muß dafür nicht bezahlen. Sie sind Körperfreunde. Sie wissen wenig voneinander, nichts Tieferes, vom Lebensweg des anderen nur eben soviel, wie man in Zigarettenpausen spricht und dann leicht vergißt. So wird es getan, genauso wie es in tausend Magazinen schon beschrieben und sogar empfohlen wurde. So vorbildlich helfen sich hier zwei, die es vorziehen, allein und ungebunden zu leben. Vor dem Haus streichelt sie dem Mann in seinen weißen

Hosen zum Abschied über die Wange. Weich und dankbar sieht es aus, lebensklug und nicht frivol. Eine umfassende Gebärde gleichwohl für die lasche Güte und die Auswegsfülle, in der mittlerweile das Lieben abseits der Liebe verläuft. Wir haben es hier eher zu tun mit einer liberaldemokratischen Einrichtung, chaoslos und angstfrei, die Liebe dem Guten untergeordnet, domestiziert und der Freiheit gewidmet. Die Angst gehört den Atomkraftwerken. Keiner ist mehr gezwungen, sie an ihrer geschlechtlichen Quelle selbst zu ertragen. Und vielen scheint es zu gelingen, die Angst zu provinzialisieren, umzulagern.

Allein das Wort *Beziehungen* immer wieder zu hören, wirkt sich handschweißhemmend aus. So handelsplatt wie es klingt, sucht es den Umgang mit der gründlichen Gefahr, welche die Liebe ihrem Wesen nach für das Gemeinwohl darstellt, künstlich zu ernüchtern und eine Berechenbarkeit hineinzubeschwören in eine Sphäre, die immer noch die ursprünglichste, undurchdringlichste und verschlingendste des Menschen ist. Es mag sein, daß daran die Herrschaft alles Möglichen, die totale Erlaubnis, der Konsum auf die Dauer etwas ändern werden und alle Bindungen lose und schwächlich machen. Wie der Gesichtslose an den kalten Inszenierungen von Vergangenheiten, den plötzlichen Tableaus von Preußen, Staufern, Pharaonengräbern sich erfreut, so wird dann den Lieblosen kaum etwas anderes mehr erregen als die Spurensicherung der Liebe. Zu gern würd' er mal erfahren, was wohl ein sogenanntes erotisches Abenteuer wirklich war, oder wie eine Leidenschaft sich ausnahm, die erst im Bruch von Regeln, Sitte, Widerständen groß geworden war.

Für uns in den Städten, uns Mobile, Beschleunigte und Mischkläßler, entscheidet sich die Partnerwahl in einem ›freien‹ Spiel von anziehenden und abstoßenden Kräften, je nach Lust und Laune und dem Angebot der Reize. Es ist, als sei die erotische Wirklichkeit, die äußere Szene der wechselnden Gelegenheiten, zu einem vollkommenen Abbild der Seele selbst geworden mit ihren wirren, ungeordneten Bedürfnissen und der Fülle ihrer Ambivalenzen. Wir werden diesem Menschen nicht mehr begegnen, von dem wir auf Anhieb wissen, dieser paßt zu uns wie kein zweiter, er ist der einzig Richtige. Für unsere Lebensformen, in denen wir voneinander immer unabhängiger, vom Ganzen aber immer abhängiger werden sollen, ist ein solcher schöner Herzenstrug von keinerlei Nutzen mehr und wir werden ihn allmählich aus unseren Gefühlen verlieren. Wo aber die Seele so wenig äußeren Zwecken gehorchen braucht, tritt die Herrschaft der innersten Ambivalenz-Gefühle umso ungezügelter hervor. Die Rede der Verbindung, die einzig auf Gefühl beruht und kein gemeinsames soziales Geschick mehr zu tragen braucht, ist ein komplexes Ja-Nein und ihr unspaltbarer Kern ist Liebe-Kälte. Alleinbestimmend ist, was gerade der Seele gefällt – und es gefällt ihr schon gleich nicht mehr, wie man weiß, denn sie ist ja der Hort des Gegenwendigen schlechthin. Die Begegnung, die unter den Bedingungen der größtmöglichen äußeren Freiheit und Verantwortungslosigkeit stattfindet, wird bald ein geschundenes Opfer der Zwänge, der Lust- und Zerstörungslaunen des Unbewußten.

Auf diesem Feld, wo das Soziale (Aufbau einer Gemeinschaft, Fortpflanzung, Überlieferung eines kulturellen Erbes usw.) seine vorherrschende Rolle eingebüßt hat, verkehren unbehindert die Launen mit den Gelegenheiten, die äußeren Reize, das Neue mit dem schnellen Wechsel der Behausung, und aus diesem breiten Verkehrsstrom, wo das Gewünschte mit dem Gegebenen sich immer kurzfristig einigen kann, wird sich keine noch so fest versprochene Verbindung heraustrennen können. Er zieht durch uns alle.

Jörn Pfennig
1944

Grundlos zärtlich

Wenn ich dir sage, ich hab dich lieb
wehre dich bitte nicht
zugegeben: wir kennen uns kaum
aber wir haben nicht viel Zeit.
Wenn ich glaube, dich liebzuhaben
dann brauche ich keinen Beweis
daß es wirklich so ist –
was zählt, ist die Möglichkeit.
Du wirst kaum Gelegenheit haben
die Tiefe meines Gefühls zu überprüfen.
Wenn ich dir sage, ich hab dich lieb
dann laß mich ruhig lügen
wenn es dich freut, nimm es an
und laß mich zärtlich sein.
Für Zärtlichkeit
braucht man keinen Grund
und schon gar nicht den Grund
Liebe.

Eine Liebe lang

Sie will ihn immer lieben
er will sie immer lieben
sie wollen sich lieben
ein ganzes Leben lang
schon immer sich suchend
für immer gefunden
das Zauberwort ewig
das Zauberwort treu
dieser unwiderstehliche Drang
nach dem immerwährenden
Glück einer Liebe
dem Traumtanz am Abgrund entlang.

Sie will ihn immer lieben
er will sie immer lieben

sie wollen sich lieben
über die Grenzen der Zeit
verdorben durch Träume
Erlebtes, Versäumtes
verdorben durch Märchen
Enttäuschung und Sehnsucht
nach jener Unendlichkeit
endlich grenzenlos
unendlich begrenzt
vom Freisein glücklich befreit.

Sie will ihn immer lieben
er will sie immer lieben
sie wollen sich lieben
ein ganzes Leben lang
sie wird ihn lieben
er wird sie lieben
eine ganze Liebe lang.

Markus Werner
1944

Kleine Liebes-Organologie

Ein **A**damsapfel oft betört,
Wogegen **A**kne eher stört.

Drängt **B**rust an **B**rust sich in Ekstase,
Inkommodiert die volle **B**lase.

Auf **C**utis stossen zarte Täter
Sehr bald, auf den **C**harakter später.

Man kennt des **D**ünn- und **D**ickdarms Sinn,
Ungleiches gilt vom **D**oppelkinn.

Verweigert seinen Sprung das **E**i,
Misslingt **E**mpfängnis auch im Mai.

Das **F**leisch ist schuld am Sündenfall,
Das **F**ett dämpft den Zusammenprall.

Es beugt das **G**lied, das abwärts weist,
Sich dem **G**ehirn, dem Widergeist.

Das **H**erz verkraftet Stoss und Stich,
Die **H**oden tun sehr zimperlich.

Intimbereiche sind dem Laien
Fast fremder noch als **I**nnereien.

Auf **J**ungfernhaut, hört man oft schelten,
Trifft manch ein **J**ochen nur noch selten.

Das **K**reuzbein hüpft, das Zwerchfell schreit,
Der **K**opf sagt sich: Es ist soweit.

Im **L**iebesfall ist nur zu nippen
An **L**abien, zu deutsch auch **L**ippen.

Der **M**und wird oft zum Liebesgrund,
Die **M**andeln stehn verkannt im Schlund.

Aufreizend ist der **N**ase Burg,
Die **N**ieren sieht nur der Chirurg.

Das **O**hr küsst man bei Kerzenlicht,
Den **O**berkieferknochen nicht.

Der postmoderne **P**enis ist
Pausbackenbunt und Optimist.

Es kommt, wenn sich ein **Q**uerkopf paart,
Zu **Q**uetschungen besondrer Art.

Die **R**ippen pflegen nur zu splittern,
Wenn **R**ümpfe sich zu stark zerknittern.

Der **S**eelen Einklang ist ein Fest,
Schwellkörper sorgen für den Rest.

Umstritten ist der Ausdruck »**T**itten«,
Die **T**itten selbst sind wohlgelitten.

Das **U**rogenitalsystem
Ist ohne **U**lcus doppelt scheen.

Ermatten **V**orhofkammerklappen,
Klappt der **V**erkehr nur in Etappen.

Die **W**ade schmückt, die Wimper ziert,
Der **W**urmfortsatz wird abserviert.

X Glieder können uns umstricken,
X-Beine auch, obwohl sie knicken.

Es schein ein **Y**psilon-Organ
Nicht vorgesehn **y**m Schöpfungsplan.

Die **Z**unge gilt als Freudenquell,
Der **Z**ahn der Zeit nicht speziell.

Doris Lerche
1945

21 Gründe, warum eine Frau mit einem Mann vögelt

1. – weil er ihr leid tut
2. – weil es dazugehört
3. – weil er ein berühmter Verleger ist
4. – weil sie sich rächen will
5. – weil er so süß verklemmt ist
6. – weil sie eine emanzipierte Frau ist
7. – weil er sie schon sechsmal zum Essen eingeladen hat
8. – damit er keine andere vögelt
9. – weil nur ein einziges Bett vorhanden ist
10. – damit er nicht denkt, sie sei frigide
11. – weil die letzte Straßenbahn weggefahren ist
12. – damit er sie nicht verläßt
13. – weil sie Angst vor ihm hat
14. – weil sie Geld braucht
15. – damit er endlich Ruhe gibt
16. – weil ihr eine Freundin gesagt hat, daß er gut vögelt
17. – weil man sich nicht mit ihm unterhalten kann
18. – damit er glaubt, er sei ein guter Liebhaber
19. – weil sie testen will, ob er wirklich schwul ist
20. – weil ihr kein Argument dagegen einfällt

21. – weil sie Lust auf ihn hat

Ulla Hahn
1945

Ein Netz

Freunde sind wir geworden Geliebter
schmolzen im Lauf der Jahre
unsere Schwerter zur Schale
wir tranken draus
Schwermut und Lust

Abschiede kamen wie Hunger und Durst
wir gaben sie immer. Daraus
flocht uns die Zeit ein Netz
aus Treue und Trost

Herzenssatt liege ich bei dir
in sicheren Schlingen
Wir hören zu atmen nicht auf.

Elfriede Jelinek
1946

war das wieder ein schöner beischlaf!
(aus: Die Liebhaberinnen)

ja, das war wieder ein schöner beischlaf, findet heinz. er wischt sich den mund ab, kämmt sein haar, putzt die augenbrauen, die ohren innen, die nase, wäscht sich die hände, trinkt seinen frühstückskaffee und geht aus dem haus, um seinen beruf auszuüben. gleich, wie er aus dem haus kommt, geht er in den streß des berufslebens hinein, in die geheimnisvolle welt der drähte, von denen brigitte nichts versteht.

inzwischen geht brigitte ihrer bestimmung als frau nach, die leichter und einfacher ist als die bestimmung als mann.

sie macht ihren spind auf, zieht rock und pulli aus und streift dafür einen baumwollschürzenkittel über, welcher bunt und adrett und dazu da ist, die arbeitsatmosphäre zu verbessern, ein wenig farbe in das trostlose grau und schwarz der maschinen zu bringen. lustige farbtupfer: sonnenstrahlen. nachdem brigitte die arbeitsatmosphäre verbessert und ihren eigenen zustand dabei verschlechtert hat, schlüpft sie in die gesunden fußgesundheitsholzsandalen, damit der fuß bei der arbeit gesund bleibt und nicht krank wird, wie es manche füße werden. aber brigittes nicht, da baut sie vor.

wenn man das wissen um wissenschaftliche dinge wie gesundheit hat, dann kann man vieles verhindern, sogar krankheiten.

auch alle andren kolleginnen tragen diese sandalen, sie tun auch etwas für die gesundheit ihrer füße. die holzsandale ist beliebt in dieser runde.

und schon hat brigittes dienst am band begonnen, bevor sie richtig schauen kann. der dienst am band beläßt brigitte ihre weiblichkeit, weil es ein weiblicher betrieb mit durchwegs weiblichen angestellten (arbeiterinnen) ist, daher ist es nicht schwer, die sauberkeit aufrechtzuerhalten. das einzige männliche sind die höheren posten, die man nicht sieht, und die die weibliche sauberkeit also nicht stören können.

in durchwegs männl. betrieben liegt schon mal etwas häßliches am boden umher, ohne daß gleich wer was dagegen unternimmt. in diesem büstenhalterbetrieb liegen nur hübsche dinge am boden, manchmal ein stück spitze, ein lachsrosa band, doch sogar das wird gleich eliminiert.

eigentlich liegt überhaupt nie etwas am boden. und erst die tische in der kantine! auch hier überall der vorteil der sauberkeit: so sauber, daß man darauf essen könnte! die frauen und mädchen eifern darin wett, wer zuerst ein stück schmutzstaub oder einen fleck entdeckt, schon ist er vermieden der fleck, manchmal ist er schon vermieden, bevor er überhaupt hergestellt worden ist.

manchmal kommt es so weit, daß ein kaffeefleck von der weißen resopalplatte entfernt werden muß, davon sind hinterher alle befriedigt.

wenn zufällig ein leitender angestellter durchgeht, der aber nie durchgeht, dann hat der fleck längst sein junges leben ausgehaucht.

auch eine chefsekretärin, die zufällig durchgeht, soll keinen fleck sehen dürfen, weil sie sich mit flecken auskennt, aber nie selber welche zu machen scheint.

sekretärinnen haben oft ein hobby. dazu gehört reisen, tanzen, wandern, kino oder handarbeiten.

die männer, die die näherinnen kennen, interessieren sich leider außer für ihre arbeit nur dafür, wie sie sich von dieser arbeit erholen können. sie haben keine hobbies. sie haben oft schlechte hobbies, in die sie die familie nicht mit einbeziehen.

vom verkaufsleiter, vom prokuristen, vom werbeleiter und vom techn. direktor weiß man nicht, wofür sie sich interessieren.

man weiß auch nicht genau, was sie arbeiten. die herren sind nicht von hier.

am büstenhalterband kann man nur schwer büstenhalterfremde interessen haben, weil man oft nicht weiß, welche interessen überhaupt existieren. man weiß nur, daß einer oder mehrere interesse daran haben, daß das büstenhalterband läuft.

selbst, wenn man weiß, daß etwas andres als die arbeit und die männl. arbeiter da sind, dann muß man noch erst auf die idee kommen, daß das andre, das es gibt, auch für einen selbst und nicht nur ständig für die andren da sein könnte.

brigitte jedenfalls hat als eine der wenigen begriffen, daß es etwas gibt, das über die arbeit weit hinausreicht. brigitte hat durch zufall erkannt, daß es mehr gibt als nur arbeit, viel mehr, nämlich: HEINZ.

durch zufall also hat brigitte erkannt, daß es außer der arbeit, die sie nicht will, den kolleginnen, die sie nicht leiden kann, weil sie doch eigentlich keine von ihnen mehr ist, die sie deshalb schon gar nicht leiden kann, weil die kolleginnen sie noch immer für eine der ihren halten, was sie längst nicht mehr ist, dank heinz, dem besseren, dem besten schlechthin, durch zufall also hat brigitte erkannt, daß es im leben außer arbeit, umziehen zur arbeit, kaffeekochen, arbeit etc. auch noch den einen und einzigen gibt, der ihr das alles gründlich vergiftet und verleidet hat, durch zufall hat brigitte HEINZ erkannt. heinz und die folgen.

das bessere – heinz – kann man nur durch zufall erkennen, wenn man in brigittes völlig verfahrener situation am band sitzt.

das bessere – heinz – kann man nur durch einen unwahrscheinlichen zufall auch noch bekommen, wenn man in brigittes verfahrener situation am band sitzt.

wird der zufall brigitte gnädig sein?

während brigitte die zehen in ihren gesunden gesundheitssandalen bewegt, um selbst diese für heinz gesund und frisch zu erhalten, sieht sie aus luftiger höhe auf ihre mitnäherinnen herab, im geist schon durch eine uneinholbare entfernung von ihnen getrennt: brigitte die geschäftsfrau.

die andren, die die geschäfte nur von innen sehen und nur dann, wenn sie babyfutter für ihre brut oder eine dauerwurst für ihre männer kaufen.

brigitte, die das geschäft durch heinz besitzen wird, weiß, wie besitz drücken, aber auch erfreuen kann. jedenfalls wird brigitte dann wissen, für wen sie sich abrackern wird, nämlich für sich selber und heinz und nicht für eine fremde anonyme unfreundliche masse wie hier.

etwas eigenes ist etwas eigenes.

so weit, so wahnsinnig weit können die gedanken brigittes unter umständen wegschweifen!

heinz denkt an alles mögliche, am wenigsten jedoch an brigitte.

heinz denkt an die gleichen sachen wie brigitte, nämlich an sein eigenes geschäft.

heinz hofft, daß das mit brigitte keine folgen haben wird. wenn heinz an brigitte denkt, dann nicht an sie selber, sondern an die möglichen folgen. heinz wägt b. gegen ihre folgen ab.

brigitte hofft, daß das mit heinz folgen haben wird, folgen haben MUSS.

ein kindchen muß her! ein ekelhafter, weißer, krallender engerlingssäugling. für heinz wird es schlicht und prägnant: unser kind! sein. es soll das dauerhafte band verkörpern, nach dem b. sucht.

heinz sucht jedes dauerhafte band mit allen mitteln zu verhindern. für heinz wäre ein baby ein klotz am bein, ein hemmschuh, ein prellbock für seine vielversprechende entwicklung in richtung: unternehmer.

brigitte will es in sich hineinkriegen und, daß es dann auch drinnenbleibt und nicht wieder ungenützt, sinnlos und zukunftslos herausrinnt. brigitte will, daß heinz abdrückt und ihr den extrakt aus dem rindsbraten und den semmelknödeln von heute mittag hineinschießt. jetzt muß dieser schlatzige mist doch endlich hineingespritzt und drinnen sein, aber nein, gut ding braucht weile, und heinz braucht auch weile.

ja, schon in einer sekunde, wer hätte das gedacht, ist ein neues menschlein gemacht.

nimm dir zeit und nicht das leben, oder: immer mit der ruhe, in der ruhe liegt die kraft, entgegnet heinz gutaufgelegt der drängelnden brigitte. heinz bleibt in ruhe und mit all seiner körperfülle auf brigitte liegen und macht erst mal pause. seine last ist schwer, er macht sie um nichts leichter.

brigitte fühlt den schwammigen heinzbauch auf sich herunterdrücken, nichts deutet darauf hin, daß noch leben in diesem koloß ist.

heinz ist nicht gerade der leichteste, doch das bedenkt er nicht.

soll ich ihn in die weichen treten wie ein pferd, durchzuckt es b. flüchtig.

heinz möchte natürlich die wenigen guten augenblicke, die man mit brigitte haben kann, so lange wie möglich verlängern. so schnell schießen die preußen nicht, so schnell schießt heinz auch nicht ab.

immer hat heinz eine schlagfertige antwort parat.

brigitte denkt, während wieder langsam leben und bewegung in heinz kommt, an ihre zukunft. die zukunft soll von der ekelerregenden gegenwart ablenken. brigitte will, daß heinz schneller machen soll, weil die zukunft vielleicht nicht mehr lange warten kann. das vorspiel soll endlich aus sein, damit die hauptsache, der stammhalter, anfangen kann. heinz grunzt und wälzt sich.

was er da macht, ist nicht als ein vorspiel für brigitte gedacht, sondern heinz muß sich erst einarbeiten, bevor es in die endrunde geht.

an ein vorspiel, daß b. spaß machen soll, hat heinz nie gedacht.

jetzt startet heinz erst richtig, der motor ist endlich warm.

jetzt will heinz, der ein augenblicksmensch ist, seinen spaß haben.

heinz rammelt los, daß seine eingeweide in der bauchhöhle ins schleudern geraten.

das ist so sein temperament.

brigitte will lieber erst später, dafür aber umso dauerhafter ihren spaß haben.

die liebe vergeht, doch das LEBEN besteht.

Peter Maiwald
1946

Der Liebebedürftige

Der Liebebedürftige hält ein Stück Papier vor seiner Brust, darauf steht: Inhaber ist der Liebe bedürftig. So steht er in unseren Geschäftsstraßen. Wir nehmen ihn nicht weiter zur Kenntnis. Mein Gott, sagen wir, Bettler gibt es überall. Unsere Historiker sagen: Zu allen Zeiten.

Dabei sieht der Liebebedürftige nicht abgerissen aus. Er trägt einen ordentlichen Anzug. Seine Haare sind geschnitten und gepflegt. Er kann einen Wohnsitz nachweisen, Arbeit auch. Manche Liebebedürftige haben sogar Familien, Verwandtschaften und Bekannte, Kinder! Was wollen diese Leute? Stehen herum, starren uns an. Malen Plakate, darauf steht: Inhaber ist der Liebe bedürftig. Das wissen wir nun. Na und?

Der Liebebedürftige steht immer noch herum. Manche sagen: Er läßt sich gehen. Andere sagen: Er nimmt sich nicht zusammen. Wieder andere: Ein Exhibitionist. Wir nehmen uns zusammen. Wir lassen uns nicht gehen. Wir stellen uns nicht zur Schau, jedenfalls nicht als Liebebedürftige. Unser Bedarf ist gedeckt.

Wir verstehen diesen Menschen nicht. Steht immer noch herum, der Liebebedürftige. Steht uns im Wege. Bleibt auf unserer Strecke. Ist mit Geld und guten Worten nicht wegzukriegen. Dabei tun wir doch schon alles, was wir können. Geben dem Liebebedürftigen die Adresse vom Sozialamt. Empfehlen ihm Ärzte und Therapeuten. Verraten ihm Börsentips und Sonderangebote. Einige von uns gehen so weit und stekken ihm todsichere Lotterielose zu. Es nützt nichts.

Der Liebebedürftige bleibt undankbar, jedenfalls in unserer Stadt, wo doch jeder sich soviel liebe und Liebes erwerben kann, wie und wenn er nur will.

Rafik Schami
1946

Sabri und Rachel

»Eine Frau liebte einen Mann«, erzählte Gibran, »der eine große Warze auf der Nase hatte. Sie hielt ihn für den schönsten Mann auf Erden. Jahre später fiel ihr aber eines Morgens die Warze auf. ›Seit wann hast du diese hässliche Warze auf der

Nase?‹, fragte sie. ›Seitdem du mich nicht mehr liebst‹, antwortete der Mann traurig.«

Gibran schlürfte laut seinen Tee und nickte mit dem Kopf, als ob er an Karime dächte.

»Sag mal, alter Freund«, holte ihn der Tischler Michel aus seinen Gedanken. »Kannst du uns zur Abwechslung einmal eine Liebesgeschichte gönnen, die gut ausgeht?«

Gibran lachte. »Doch, doch.« Und er nahm noch einen kräftigen Schluck, ehe er wieder begann zu erzählen. »Sabri war ein schöner Junge, mutig und ein bisschen verwegen. Er war jünger als ich, aber sehr groß und stark, so dass man ihn für meinen älteren Bruder hielt. Wenn ich mit ihm unterwegs war, wagte keiner, mich zu beleidigen. Ich war immer schon klein und ausgemergelt.

Eines Tages verliebte sich Sabri in Rachel, eine Jüdin aus der benachbarten Judengasse. Ein wenig verrückt war das schon. Sabri und Rachel wurden zum Gesprächsstoff des christlichen wie des jüdischen Viertels. Die Brüder der beiden prügelten auf sie ein, doch immer wieder fanden die zwei zueinander.

Nur Sabris Eltern waren mit Rachel einverstanden, weil ihr Sohn durch die Ehe eine Jüdin bekehrte. Sein Vater war im Vorstand der katholischen Kirche. Für ihn waren Juden arme Blinde, die nicht sahen, dass Gottes Sohn längst gekommen war. Also ermunterte er Sabri, Rachel sehend zu machen.

Doch das änderte sich abrupt, als zwei Monate später der Staat Israel ausgerufen wurde. Die Juden in Damaskus freuten sich, aber sie durften ihre Freude nicht öffentlich äußern. Überall wurden sie misstrauisch beäugt. Als Erster wurde Sabris Vater ängstlich. Er arbeitete als kleiner Beamter im Innenministerium, wo er sich bei den Franzosen hochgedient hatte und nach der Unabhängigkeit geblieben war. Er hatte bloß die Fahne an der Wand ausgewechselt.

›Du bist verrückt‹, schimpfte der Vater. ›Was werden die Leute sagen, wenn mein Sohn eine Israelin heiratet?‹ Doch da biss er bei Sabri auf Granit. ›Sie werden sagen, Sabri hat eine syrische Jüdin geheiratet‹, erwiderte der junge Mann. Sabris Vater kannte die Sturheit seines wortkargen Sohnes.

Von nun an machte die ganze Familie wie auf geheime Anweisung Rachel nieder. Sie hätte schlechte Zähne, viel zu kurze Beine und eine zu lange Nase. Außerdem würde sie unanständig lachen und nichts erben.

Sabri ließ seine Familie und Verwandten mitten in ihren Tiraden sitzen und ging zu seiner Rachel, um sich wie jeden Tag mit einem ihrer vielen Brüder zu prügeln, die ihm das Vorbeischlendern an ihrem Haus verbieten wollten.

Eines Tages verschwand Sabri für volle zwei Wochen. Als er zurückkehrte, hing Rachel an seinem Arm. Er ahnte nicht, dass, während er sie in einer kleinen Stadt im Norden geheiratet hatte, seine Frau durch die bösen Zungen seiner Verwandten zu einer israelischen Spionin geworden war, die den naiven Sabri entführt haben sollte.

Jetzt verstieß Sabris Familie ihren Sohn als Verräter. Der Vater verkündete es ganz offiziell, damit sein Bürochef auch wirklich vom Patriotismus seines Untergebenen überzeugt war. Rachels Familie trug Trauer. Der Vater verstieß und enterbte seine Tochter.

Sabri kümmerte sich weder um die Juden- noch um die Christengasse. Ich habe ihn oft in Salihije besucht. Beide liebten einander und freuten sich über ihren Frieden in der fernen Neustadt, wo sie anonym lebten.

Doch sie lebten dort nicht lange. Bei der ersten militärischen Auseinandersetzung zwischen Israel und Syrien zeigte irgendjemand das Paar an, sie hätten mit einem Gerät den israelischen Bombern die Ziele gezeigt.

Das war Unsinn, aber Sabri und Rachel wurden verhört und gefoltert und keiner nahm sie in Schutz. Weder Bischof noch Rabbi, geschweige denn ihre eigenen Familien.

Es war eine Woche in der Hölle. Als beide herauskamen, waren sie verändert. Ihr Lachen war ihnen abhanden gekommen.

Es verging kein Monat und die zwei waren verschwunden. Das ist jetzt fast zwanzig Jahre her. Die Gerüchte über sie waren haltlos und gemein. Ein halbes Jahr später bekam ich einen Brief, in dem sie mir mitteilten, dass sie glücklich in New York lebten. Sabri hat mir noch jahrelang geschrieben. Seine Kinder, erzählte er, seien nach jüdischem Recht Juden, nach arabischem Recht christliche Araber und nach amerikanischem Recht amerikanische Bürger. Das sei sein Beitrag zum Frieden.«

Marlene Streeruwitz
1950

Lisa's Liebe

Lisa hatte begonnen, sich ein Gefühl für sich zu wünschen. Ein Gefühl nur für sich selbst. Dieses Gefühl sollte mit niemandem anderen zu tun haben. So wie das Gefühl, als sie in den Chorleiter Herbert Drechsler verliebt gewesen war. Sie war 14 Jahre alt gewesen, und das Verliebtsein hatte sie vollkommen ausgefüllt. Ihre Haut hatte sich über dieses Gefühl gespannt, und manchmal war es gewesen, als müßte sie platzen darüber. Sie war jeden Nachmittag mehrere Male am Bahnhof vorbeigegangen und hatte auf alle Züge aus Wien gewartet, um ihn vielleicht von der Ferne sehen zu können. Lisa wußte nicht mehr, wann und wie diese Besessenheit vergangen war. Ein solches Gefühl wünschte sie sich wieder.

Doris Dörrie
1955

I love you, wie klingt denn das?

»Was ist denn schon anders in Amerika als in Deutschland?« dachte Philip, als er versuchte, das Fenster seines Hotelzimmers nach oben zu schieben. Die Türen gehen andersherum auf und die Fenster nach oben. Die Luft, die ins Zimmer drang, war schwer und naß. Die Polizeisirenen klingen anders. Und der Kaffee ist schwächer. Er bestellte neuen. Das Ypsilon und das Zett auf der Schreibmaschine sind vertauscht. Er hatte vergeblich versucht, eine Schreibmaschine mit deutscher Tastatur zu bekommen. Ich kann nicht, dachte er und legte sich aufs Bett. Seine Frau vermißte er nicht, und das tat ihm leid. Die ersten zwei Wochen ohne Sex waren für ihn immer die schlimmsten, dann gewöhnte er sich daran. Vielleicht hätte er doch einen Kaffee bei der jungen Musikerin trinken sollen, sie hatte lange, schlanke Beine, und sie war immerhin sein Thema, das Ende der Popmusik. Beine bis zum Hals. Die längsten Beine, die er jemals an einer Frau gesehen hatte. Er rief sie an.

»Das Ende?« sagte sie. »Es ist ein Anfang. Ein ganz neuer Anfang.«

»Wenn man noch nicht mal einen Akkord spielen kann?«

»Das ist es ja. Wir können nichts, und das macht uns stark. Weil uns alle darum beneiden, daß wir nichts können und es trotzdem tun.«

Sie war blond, 25, und nannte sich Box. Sie spielte mit ihren Eßstäbchen und fragte kichernd, ob sie vielleicht noch eine Portion Sushi haben könne. Er trank den fünften Sake. Sie ist süß, dachte er.

»Die Sex Pistols konnten wenigstens drei Akkorde«, sagte er.

»Das war ihr Fehler. Sie mußten so tun, als seien sie Musiker. Das hat sie umgebracht. Wir sind einfach scharf und können nichts.«

Sie schlang die Sushi in sich hinein und hämmerte mit den Stäbchen auf den Tisch. Er nahm sie ihr weg. Vier kleine verkleidete Mädchen, die mit nichts einen Haufen Geld verdienten. Er fühlte sich beleidigt.

»Sie sind europäisch, so verdammt europäisch«, sagte Box.

Er hätte sie einfach küssen sollen. Fürs Essen hatte sie sich nicht bedankt, sich auch nicht von ihm verabschiedet. Auf der Straße hatte sie sich einfach umgedreht und war in der entgegengesetzten Richtung davonmarschiert. In dieser Stadt marschierten sie alle, sie gingen nicht, sondern rannten, den Kopf gesenkt, auf ein imaginäres Ziel zu. Kampf. Er sah ihren weißblond gefärbten Schopf in der Entfernung auf und nieder hüpfen. Er mochte New York nicht.

Er bestellte sich ein Bier aufs Zimmer und versuchte zu schreiben. WIR KÖNNEN NICHTS, UND DAS MACHT UNS STARK. Die Überschrift deprimierte ihn. Der

Kellner kam mit dem Bier, ein untersetzter, südamerikanisch aussehender junger Mann.

»Ich heiße Gabriel Garcia«, sagte er mit stark spanischem Akzent, »so wie der Schriftsteller.«

Sie lächelten sich zu, Gabriel verschränkte die Hände auf dem Rücken und sah sich im Zimmer um.

»Sie sind auch Schriftsteller, was?« Er deutete auf die Schreibmaschine.

»Journalist«, sagte Philip und wartete ungeduldig darauf, daß der Kellner endlich gehen würde.

»Aber Sie denken sich auch Sachen aus, oder?«

»Naja, wie man's nimmt.« Philip goß das Bier in ein Glas. Auch das Bier ist schwächer hier. Gabriel rührte sich nicht von der Stelle. Philip bot ihm das Glas an.

»Ich trinke sowieso lieber aus der Flasche.«

Gabriel nahm das Glas.

»Es ist verboten, sich von den Gästen einladen zu lassen«, sagte er, »aber manche sind einsam ...«

»Meinen Sie, daß ich einsam bin?«

»Nein, nein, nicht Sie. Aber eine Dame im fünften Stock. Sie ist Deutsche, wie Sie. Ich glaube, sie ist einsam.«

»Aha«, sagte Philip.

»Sie ist wunderschön. Ich bringe ihr morgens das Frühstück. Sie trinkt Tee und ißt immer nur ein Ei. Das andere läßt sie übrig.«

»Und warum glauben Sie, daß sie einsam ist?«

Gabriel trank mit einem Zug das Glas aus und lächelte.

»Was heißt ›Ich bin verrückt nach Ihnen‹ auf deutsch?« fragte er. Philip sagte es ihm.

»Das ist aber schwierig. Können Sie es mir vielleicht aufschreiben?«

Philip übte mit Gabriel die Aussprache. Er war begabt. »Ich bin verrückt nach Ihnen. Seit ich Sie das erste Mal gesehen habe, kann ich nicht mehr schlafen«, las er von dem Blatt ab.

»Und jetzt noch: Wenn Sie mich verschmähen, werde ich der unglücklichste Mann unter der Sonne sein.«

»Das ist lang auf deutsch. Das können Sie bestimmt nicht alles behalten«, sagte Philip. »Und es ist vielleicht ein bißchen sehr dramatisch ... für eine Deutsche.«

»Oh, nein. Ich bin schließlich Puertoricaner. Das erwartet sie von mir.«

Gabriel preßte seinen Spickzettel an die Brust und dankte Philip überschwenglich. Als er gegangen war, fühlte sich Philip einsam. Er sehnte sich nach Box und ihren langen Beinen. Im Fernsehen warben schlanke Mädchen in hautengen Anzügen für Sportgeräte.

Er rief Box an, aber keiner ging ans Telefon.

»Ich bin ein alter Idiot«, dachte er. Er ging an die Bar und wartete auf die Deutsche aus dem fünften Stock. Mit ihm saßen drei offensichtlich einsame Vertreter an der Bar. Sie lachten laut. »So wie die möchte ich nicht enden«, dachte Philip und ging zurück auf sein Zimmer. Er konnte nicht schlafen, die Zeitumstellung machte ihm immer noch zu schaffen. Um drei Uhr wachte er auf und wäre gern spazierengegangen, traute sich aber nicht auf die Straße. Er roch nach Angst, das wußte er, und dann wird es gefährlich. Box hätte über ihn gelacht. »Was will ich von einem fünfundzwanzigjährigen Huhn?« fragte er sich. Er wußte, was er von ihr wollte. Es ödete ihn an. Er nahm eine Dusche. Die Duschköpfe sind anders in Amerika. Gabriel brachte das Frühstück.

»Heute abend sag ich es ihr.« Er sagte die auswendig gelernten Sätze auf, und Philip hatte Mühe, sie wiederzuerkennen. Gabriel lächelte stolz.

Das Telefon klingelte. Box stand im Foyer. Philip zog sich wieder aus und warf sich den Bademantel des Hotels über. Er saß entspannt beim Frühstück, als sie ins Zimmer kam.

»Entschuldigung«, sagte sie, »ich dachte, Sie wären schon auf.«

Er bot ihr Kaffee an. Sie wollte Tee. Er bestellte Tee. Gabriel brachte ihn und zwinkerte ihm zu.

»Kann ich vielleicht duschen?« fragte Box. Das hielt Philip für ein gutes Zeichen. Als sie im Bad war, machte er das Bett. Sie kam geschminkt und angezogen nach einer Viertelstunde wieder heraus und trank ihren Tee.

»Schreiben Sie, daß wir Idioten sind?« fragte sie.

»Nein. Natürlich nicht.«

»Wie heißt Ihr Artikel?«

»Der neue Anfang der Popmusik«, sagte er.

»Sehen Sie. Sie haben also doch was begriffen.«

Sie saß auf der Couch und zog die Beine an.

»Haben Sie eine Freundin?«

»Nein.«

»Was ist los mit Ihnen? Getrennt?«

»Ja«, log Philip

»Oh Gott«, sagte Box und schwang ihre Beine über die Sofalehne.

»Was heißt ›oh Gott‹?«

»Männer, die sich gerade getrennt haben, bringen immer Probleme, das heißt es.«

»Wer sagt, daß ich mich gerade getrennt habe?«

»So was spüre ich.«

»Aha.«

»Ich lerne jetzt Gitarre spielen.« Sie stand auf und wanderte durchs Zimmer.

»Das ist aber gefährlich, finden Sie nicht? Wir können nichts, und das macht uns stark, das stammt von Ihnen.«

»Man kann ja nie wissen.«

»Das ist richtig.«

Sie sah ihn an. Er schlug die Beine übereinander. Seine Waden waren eiskalt von dem Zug der Air-Condition.

»Man kann nie wissen«, sagte sie langsam.

Sie schwiegen. Sie nahm ihre Handtasche, eine leere Konservendose mit einem Band daran, holte einen Lippenstift raus.

Sie beugte sich über ihn und zog vor dem Spiegel ihre Lippen nach. Er rückte zur Seite. Sie roch nach Babypuder.

Sie küßte ihn auf den Mund und kicherte. Er stand auf. Sie winkte ihm zu und ließ die Tür hinter sich ins Schloß fallen.

Er zog sich seine Socken an.

Den ganzen Tag lag er auf dem Bett und hörte dem gleichmäßigen Verkehrsrauschen zu. Hier wird öfter gehupt als zuhause, dachte er. Erst als es ganz dunkel war, suchte er nach dem Lichtschalter der Nachttischlampe. Die Lichtschalter sind anders, kleine Knöpfe zum Drehen. Um zehn rief Box an. Ob er mit ihr essen gehen wolle.

»Ich bin sehr beschäftigt«, sagte er. Sie verabredeten sich beim Japaner.

»Dieser rohe Fisch gibt mir so viel Energie«, sagte sie.

Er war zu früh da. Er wartete eine Stunde. Er mochte keinen rohen Fisch. In der Suppe schwamm ein schwarzer Pilz wie ein Rochen. Auf dem Rückweg ins Hotel kaufte er sich sechs Dosen Bier. Er hatte keine Lust, mit Gabriel Garcia zu reden. Im Fernsehen machte eine Sekte Werbung für die Errettung. Gleich danach pries ein Mann Gewehre an. Philip erinnerte sich an einen Satz, den er irgendwann gehört hatte: Ein deprimierter Europäer macht die Fenster zu und begeht Selbstmord, ein deprimierter Amerikaner macht die Fenster auf und schießt auf andere.

Als er das Fenster zumachen wollte, quetschte er sich den Daumen.

Er war ein lächerlicher Mann. Zur Rache rief er sie um acht Uhr früh an. Sie war so verschlafen, daß sie sich besinnen mußte, wer er war. An die Verabredung konnte sie sich nicht erinnern. Sie wünschte ihm noch einen schönen Aufenthalt in New York, sie würde für ein paar Tage ans Meer fahren, um sich für die Tournee zu entspannen.

»Ihr geht mit eurer Schrottmusik auf Tournee?« fragte er erschrocken.

»Was denken Sie denn?« sagte Box patzig, »wir sind Stars.«

Er legte auf und sah eine Weile aus dem Fenster. Ein Schwarzer zog an einem Bindfaden eine Kiste hinter sich her, in der eine Puppe saß. Er blieb stehen, nahm die Puppe auf den Arm, wiegte sie hin und her, setzte sie wieder in die Kiste und schlurfte langsam weiter.

Hunger hatte er keinen, aber er bestellte Frühstück.

Gabriel Garcia betrat mit strahlendem Lächeln das Zimmer. Er flüsterte verschwörerisch.

»Ich habe schon auf Ihre Frühstücksbestellung gewartet. Stellen Sie sich vor, es hat geklappt!«

»Nein«, sagte Philip.

»Die ganze Nacht. Ein Marathon.« Er machte eine eindeutige Handbewegung. »Wenn das Management davon erfährt, bin ich den Job los. Macht nichts – ich bin der glücklichste Mann von der Welt. Ich liebe sie. Sie war so einsam.«

Philip mußte lachen. Gabriel Garcia klopfte sich an die Brust.

»Ich, ich habe sie glücklich gemacht. Ich kann Ihnen gar nicht genug danken.«

Er wollte Philip um den Hals fallen, aber der trat ein paar Schritte zurück.

»Sie haben wirklich die Sätze aufgesagt, und es hat funktioniert?«

»Ja. Jetzt liebt sie mich.«

»Hören Sie, Gabriel, machen Sie sich nicht zu große Hoffnungen. Das bedeutet nicht allzuviel – in Deutschland.«

»Sie hat die Sprache der Liebe gesprochen«, sagte Gabriel pathetisch.

»Und sie kann gar kein Englisch?«

»Doch, doch, natürlich.«

»Warum mußte ich Ihnen dann diesen ganzen romantischen Mist auf deutsch aufschreiben?«

»Auf englisch hätte sie mir doch nicht geglaubt. ›I love you‹, wie klingt denn das? Wie ein Schlager, aber nicht wie die Wahrheit. Ich weiß das. Wenn eine Frau zu mir sagt ›ti quiero‹, schmelze ich wie Butter an der Sonne. Aber ›I love you‹, das glaubt doch kein Mensch.«

Er klopfte Philip heftig auf die Schulter.

»Sie sind ein guter Mann. Es gibt nicht viele wie Sie.«

Er ging. Philip hörte ihn auf dem Flur vergnügt pfeifen.

Er rief seine Frau in München an.

Matthias Politycki
1955

Gegen eine Frau (aus: Weiberroman)

Gegen eine Frau
hilft bloß eine andere Frau – dieser Satz fiel ihm ein, als er im »Café Hummel« anschließend die Wagesreiter Lotti traf: dieser Satz, den ein gewisser Max seit Jahren als Zauberformel verkündete, ein gewisser Max, mit dem er vor langer, langer Zeit befreundet gewesen. Ob auch eine schöne Wienerin helfen würde? Oder solch ein

Zwischenwesen wie die Lotti mit ihren violetten Weltweisheiten, die ja vor 48 Wochen noch das höchste der Gefühle gewesen wären? Und jetzt – nurmehr violett waren. Oder ob der Satz im Falle einer »Bekannten aus Wiener Neustadt« heißen mußte: Gegen eine Frau helfen bloß *zwei* andre Frauen?
Gregor sah die Lotti an, als hinge er an ihren unentwegt Vokale & Konsonanten formenden Lippen, wo er doch ein paar schreckliche Minuten lang nach einer zweiten Person suchte, die, zusammen mit der Lotti, das Gewicht einer »Bekannten« egalisieren konnte.
Wo er doch partout keine fand.
Wo er doch auf dieselbe ergebnislose Weise den Satz erprobte: Gegen eine Frau helfen bloß *drei* Frauen.
Wo er doch feststellte, daß er mit seinem Abschiedsbrief die größte Dummheit, ja: Dummheit seines Lebens begangen hatte. Gegen eine Frau helfen bloß *viele* Frauen? Gegen eine Frau helfen bloß *alle übrigen* Frauen? Gegen eine Frau –
»Gregor, dei Kaffee is jetz sicha dotal koit.«

In dieser Nacht
schlief Gregor wenig. Stellte sich vor, mit wem Tania, höchstwahrscheinlich! gerade nach Sandelholz roch. Lauschte der Kreuzberger Hermine, wie sie durch die Wand hustete.

Der Männerbeauftragte vom Nebentisch genehmigt sich sein erstes

Schlimm ist's
– jedoch sehr selten –
von hinten eine schöne Frau
zu sehen
(Welch ein Aha-Erlebnis
geht dir schon wieder durch die Lappen?)

Noch schlimmer ist's
– jedoch entsprechend seltener –
von hinten eine schöne Frau
zu sehen und dann auch
von vorne
(Frechheit, so wild das Haar zu werfen;
wenn man so zahm nur blicken kann!)

Am schlimmsten ist's
– jedoch am seltensten, zum Glück –
die schöne Frau zu sehn von allen Seiten
, und dann kein einz'ges Wort mit ihr zu wechseln
, so daß man nicht befriedigen
sich könnte am Gedanken:
Um Himmelswillen,
sie würde Sächsisch mit mir stöhnen
(Herrje,
dann lieber Schwäbisch)

Am allerschlimmsten ist's
– jedoch so gut wie ausgeschlossen –
die schöne Frau zu sehen
den lieben langen Abend und
zu hören und zu riechen und –
wasweißdennich!
, um dann kapiert endlich zu haben,
daß eine Frau man stets geträumt hat, die
von hinten nichts als hübsch ist und
von vorne auch.

Birgit Vanderbeke
1956

Küssen (aus: Alberta empfängt einen Liebhaber)

Ich fand, er hätte wissen müssen, wie Küssen geht, weil er kurz vor dem Führerschein stand. Wir hätten es im Grunde beide wissen können, weil es, als wir jung waren, einfach jeder wußte und alle kreuz und quer durcheinanderküßten. Es sollte gut gegen den Vietnamkrieg sein, und weil alle gegen den Vietnamkrieg waren, wurde sehr viel geküßt, und schließlich schien es zu helfen, irgendwann war der Krieg zu Ende, und als er zu Ende war, ließ man es wieder sin. Ich war auch gegen den Vietnamkrieg und hätte nichts gegen Küssen gehabt, aber Nadan küßte nicht, und ich wollte nicht ohne Nadan.

Man konnte leicht in den Verdacht kommen, den Vietcong zu verraten und heimlich ein Imperialist zu sein.

Es war eine schwierige Zeit. Ich ging in Fellini-Filme und merkte, wie mager ich war. Dann waren Stadtmeisterschaften, und alle fuhren vorher ins Trainingslager. Ich war knapp unter der Altersgrenze, aber ich konnte schnell starten. Für Kurzstrecke würde es reichen. Also durfte ich mit. Nadan wurde später Stadtmeister im Zweitausend-Meter-Lauf. Ich hatte etliche Fehlstarts, und danach stolperte ich über die Hürde und verlor dabei auch noch das Staffelholz.

Vorher waren wir eine Woche im Trainingslager. Wir spielten Pingpong, fanden Abkürzungen für den Trimmpfad und beschummelten die Stoppuhren; es gab Vierfruchtmarmelade und Schinkennudeln und jeden Tag Hagebuttentee, an den Abenden gingen wir in die Kneipe im nächsten Ort und tranken Bier, und am nächsten Tag war uns schlecht. Alle küßten, und weil sie ausprobieren wollten, wie Küssen im Dunkeln ist, wenn man nicht sieht, wer nun wen erwischt, sind wir auch einmal nachtgewandert. Es war eine kühle Nacht. Der Mond schien, man konnte genau sehen, wer wen erwischt hatte, und dann sind wir wieder zurückgegangen.

Plötzlich wurde es aber tatsächlich finster, der Mond war weg, die Sterne waren weg, und ich fiel in eine Grube. Sie war etwas tief und vor allem etwas naß. Weil Nadan hinter mir ging, fiel er auch hinein. Danach kam keiner mehr. Ich hatte erst Lust zu schreien, weil Mädchen im Dunkeln schreien, wenn sie in eine Grube fallen, und auch sonst manchmal, aber es hat mich nicht überzeugt, weil ich mir nichts gebrochen oder geprellt hatte, und als Nadan auch in die Grube gefallen kam und sonst weiter keiner nach ihm, waren wir so dicht über- und unter- und aneinander, daß mir schien, als ob wir uns küssen sollten, wo es sich schon einmal so ergab. Manchmal habe ich ein Gespür dafür, wenn etwas geradezu klassisch ist, und nach meinem Gespür war dies hier klassisch, aber wir waren nur naß geworden, rückten voneinander weg, brauchten einen Moment, um aus der Grube zu klettern, und gingen weiter.

Es war der Abend unserer großen Chance. Wir hatten nicht nur diese eine Chance, sondern gleich eine ganze Serie, eine ganze Nachtvoll Chancen, weil wir nach dem Grubenfall und Herausklettern die anderen verloren hatten und danach wunderbarerweise auch noch den Weg nicht mehr fanden, und besser kann es schon gar nicht mehr kommen.

Wenn ich uns sehe, ist später dann wieder ein Milchmond dabei, und die Sterne sind wiedergekommen. Nadan sieht alles stockfinster. Immerhin haben wir uns irgendwann einmal darauf einigen können, daß wir zuletzt etwa die halbe Nacht auf einer umgefallenen Fichte saßen. Und saßen. Und immer noch weitersaßen. Und sitzen noch. Bis zum Jüngsten Tag. Immer auf dieser Fichte.

Hellmuth Opitz
1959

ein für alle mal

pfusch' mir ins handwerk
leg' hand an mich mit deiner
haut verbrenn die finger mir
zieh' andre saiten auf sodaß
mir hörn vergeht
und sehen
und deine lust
die schärf' mir ein
  und aus
  und ein
für alle mal knall mich doch ab
vom hohen roß
mit einem Blick verschlag'
die sprache mir …

Maxim Biller
1960

Liebe in Zeiten der Inline-Skates

Gestern habe ich von zwei Inline-Skatern geträumt, und Sie können mir glauben, es war kein schöner Traum. Sie fuhren nicht, sie saßen – in einem Café, direkt neben mir. Er hatte kurze, blondgefärbte Graphikerhaare, sie trug eins von diesen engen, phosphoreszierenden T-Shirts, in denen auch noch die bezauberndsten Brüste so spießig und starr aussehen wie die von Doris Day. Sie redeten über Piercing, Darmpilz und die Stefan-Raab-Show, über einen von diesen neuen subversiven Straßenratten-Raves mit Biken im Sinai. Sie waren nicht fröhlich und nicht traurig, sie waren so ernst wie alle Menschen, die eins mit sich und ihrer Welt sind, doch plötzlich sagte er, er werde nächste Woche sein Fitneßstudio wechseln, worauf sie aufstand und im kältesten Zickenton erklärte: »Dann trennen wir uns!«

Jetzt sitze ich wieder ganz allein da, an meinem Schreibtisch, ohne das irre ›Fit for Fun«-Pärchen aus meinem Traum, und ich frage mich, was die beiden eigentlich mit dieser kleinen, betont unwissenschaftlichen Untersuchung zu tun haben, in der es im folgenden darum gehen soll, daß Liebe in so aufregenden Selbstverwirklichungszeiten wie diesen kein Wort mehr ist, das das Gefühl eines Menschen zum anderen bezeichnet, sondern nur zu sich selbst. Ein grauenhaft moralisches Thema, ich weiß, ein echtes Pastoren- und Süssmuth-Thema, und vielleicht habe ich die zwei Freizeitterroristen-Karikaturen ja nur deshalb gebraucht, um mir selbst zu beweisen, daß ich, sogar wenn ich es gut meine, richtig fies sein kann. Vielleicht wollte ich aber auch zeigen, daß die Welt, so wie sie ist, zumindest in meinen Alpträumen nur noch aus einer Bande von egozentrischen Monstern besteht, aus Leuten, die nichts anderes wollen als die permanente und vollkommen zweckfreie Erfüllung jedes einzelnen Wunsches, der ihnen durch ihren leergepumpten Wohlstandskopf schießt, die nur noch Langeweile als existentiellen Feind achten und fürchten und darum immer bloß das machen, was sie wollen – weshalb sie eine Therapiegruppe genauso schnell wechseln können wie ihr Snowboard oder die Liebe ihres Lebens.

Damit das klar ist: Noch nie wurde die Liebe so geliebt wie heute, noch nie wurde über sie so viel geredet, noch nie gab es so viele Single-Shows im Fernsehen, Liebeskomödien im Kino, Beziehungsromane in den Buchhandlungen. Die Liebe ist der Lieblingsfetisch der Freizeitterroristen: Kein Bungeesprung liefert die gleiche Menge Adrenalin wie der erste vertraute Blick in fremde Augen, und natürlich wird man im Büro lieber für diesen tollen neuen Freund gelobt als für ein neues Rückentattoo. Und auch, wenn es dann aus ist, kann man der Liebe einen unbezahlbaren Genuß abgewinnen, man kann allein in seiner verdunkelten Wohnung liegen und wehmütig die Lichter vorbeifahrender Autos an der Decke anstarren oder lange Spaziergänge durch menschenverlassene Parks machen und sich dabei als einsamster Mensch auf der Welt fühlen – als ein Ich eben mit sehr großem I.

Also noch mal: Wer heute liebt, liebt nie den anderen. Wer heute liebt, macht – das weiß ich nicht nur aus Statistiken – fast immer sofort Schluß, wenn es die ersten Probleme gibt. Das könnte mir ziemlich egal sein, denn ich bin natürlich ganz anders, und daß es mich trotzdem beschäftigt, hat – Sie sollten sich jetzt besser setzen – einen politischen Grund. Vielleicht bin ich ja völlig bescheuert, aber ich bin mir sicher, daß der totale und weltumspannende 89er-Sieg des Kapitalismus über den real existierenden Stalinismus (der absurderweise auch das Ende des bislang nur sehr irrealen und trotzdem eine Menge Arschlöcher einschüchternden sozialistischen Traums bedeutete) verdammt viel damit zu tun hat, wie flüchtig und selbstsüchtig die Menschen heute einander lieben. Denn natürlich ist ihr systemimmanenter Konsumismus, der sie zu diesen fanatischen und gehorsamen Spaßungeheuern macht, die das allerneueste Modell der Kapitalismusmaschine braucht, um zu funktionieren – natürlich ist ihr pathologischer Kaufwahn vor allem schuld daran, daß sie einander gegenseitig auch nur noch für Ware halten, für etwas, das man benutzt, damit es einem gutgeht, ohne den Respekt und die Hingabe, die zwischen Leuten herrschen sollten, mit denen zumindest jemand wie ich leben will und kann.

Wer die Liebe genießen möchte, schrieb gerade erst einer in ›Fit for Fun‹, dem Zentralorgan der Freizeitterroristen, der muß frei sein »von Moral, Selbstzweifeln und politisch korrekten Denkfallen«. Ein – wie sollte es bei einem Ideologen auch anders sein – natürlich historischer Irrtum. Warum? Wenn es keine Utopien mehr gibt, stirbt auch die Liebe. Und umgekehrt.

Durs Grünbein
1962

Einige Finten voraus

Einige Finten voraus, und auf der Schwelle das Zögern, erst dann
Fing das Zehnfingerspiel an, ein behutsames Lösen der Schlingen
Vom Mißtraun gelegt, von früheren Lieben, von falscher Scham.
Wie beim Beringen der seltensten Vögel lag alles in einer Hand.
Jeder war hellwach, bereit, mit den heimlichen Zeugen zu streiten,
Die überall saßen, in jedem Café, verscheucht mit nervösem Gruß.
Schneller als sonst wirkten die Drinks, und bald war es bittersüß
Nur von spitzer Berührung, von Worten wie Seitenstechen im Gehn
Auf dem Heimweg.
 ... Rosen ... Kondome ... Sappho ... Serotonin ...
Jeder tat, was den andern verwirrte – mit gespenstischer Neugier,
Den Keuschheiten folgend, den Streifen Lust. War nicht im Dunkeln,
Genitalien die Münder, jeder Zungenkuß Hunger nach Untergang
Wie übers Hochmoor zu laufen, barfuß, oder im Kreuzotternrevier.
Ein wenig Druck auf empfindliche Stellen, und es brach Schweiß aus.
Nachthimmel sanken, Sterne zuhauf. Impfnarben glänzten, entblößt.
Schweigen verbarg Ironie, das Gefälle der Jahre, oben du, unten ich.

Es war im dreißigsten der Sommer

Es war im dreißigsten der Sommer, zählt man deine,
Daß wir zum letzten Mal allein verreisten, nur wir zwei.
Statt deines Kugelbauchs sah ich nur schlanke Beine.

Wir dachten nicht an Embryos, nur an die süße Vögelei
Beim Baden nachts im schwarzen Regenteich.
Wie herrlich war das, egoistisch sein.
                                                            In Serpentinen
Lag vor dem Lenkrad ausgestreckt ein grünes Königreich.
Und in den Ohren fing sich Blütenstaub. »Ihr Bienen,
Vergeßt den Mohn. Nehmt uns, macht keinen Quatsch!«
Gefährlich lebten wir. Der kleine Fiat war, in voller Fahrt,
Mit seiner Windschutzscheibe eine Fliegenklatsche.
»Du bist der einzige, dem ich verzeihen könnte«, sagte sie,
»Wenn er mich totfährt.« Und es klang sehr ernst, sehr zart.
Wenn das nicht Liebe war, dann gabs uns beide nie.

Sibylle Berg
1962

Angst

Angst 3

Wie die Luft schmeckt, frühmorgens um sechs im Herbst. Fließt in die Lungen, wie Leben, die Luft, die Welt lächelt, ab heute fängt ein neues Leben an. Eines, wie er es nur aus Filmen kennt, aus Träumen, aus kurzen Momenten, wenn er Musik hört, die Augen schließt und das Herz ganz schnell wird. Er hatte sie gestern wieder getroffen. Sie waren aufeinander geflogen, hatten sich ineinander verschlungen, und er hatte sie gefühlt, die Worte gekannt, den Sinn dahinter, ihren Geruch, alles machte ihn wissen, daß er angekommen war, nach Hause, ans Ufer, aufs Boot.

Die ganze Nacht, bis der Morgen kam, und die Trennung hatte weh getan, doch er wußte, es war nicht für lange. Er stand vor dem Spiegel, sah sein Eingerichtetsein. Das Bad, wie es glänzte, wie sein Leben funktionierte, und sein Gesicht so müde darin.

Er dachte an sie, und es wurde ihm warm, und er ging durch seine Wohnung, sein Leben und setzte sich ans Fenster, da war es kalt. Sie war ihm so nah gewesen, aber vielleicht hatte er sich das nur eingebildet. Vielleicht war er betrunken gewesen, und war das überhaupt wahr, oder hatte er sich das alles nur eingebildet, das Sich-gut-Verstehn, die Nähe, die Liebe. Liebe. Er lachte leise. Liebe gibt es nicht. Es gibt Prozesse, und dann paart man sich, und dann hören sie auf, die Prozesse, und dann wacht man auf, und da ist ein Mensch, und der geht, und das tut weh, dann ist die Wohnung durcheinander und das Leben, und das tut weh, und wahrscheinlich hat sie nur mit ihm gespielt, Mann, wie weh das tut.

War sie wirklich so schön? Hat es nicht irgendwo eine Schönere, eine, die besser zu ihm paßt? Sicher doch.

Und er schaut aus dem Fenster. Dann steht er auf und geht zu seiner Jacke. Holt ihre Nummer heraus. Dreht sie hin und her und denkt an sein Leben, wie es so schön ist und eingerichtet, und dann legt er die Nummer in eine Schachtel und schläft ein. Und kurz vor dem Eintauchen denkt er schlierig: Wenn sie anrufen würde, gäbe ich ihr noch mal eine Chance. Dann wäre es Schicksal oder so.

Angst 4

Er hat nicht angerufen. Und sie versteht die Welt nicht mehr. Sie war sich doch so sicher gewesen. Daß er es ist. Der eine. Der, den man findet und mit ihm einschläft und erst wieder erwacht, zur silbernen Hochzeit. Und nun ruft er nicht an. Sie ißt nicht mehr, schläft nicht mehr, weint aber viel und kann nicht glauben, daß es sein soll, wie es immer ist. Warum sollte es diesmal anders sein? Weil es sich doch anders angefühlt hat, darum. Und sie sieht sich an, im Spiegel, sieht ihr eingerichtetes Badezimmer, ihre schöne Wohnung und sich darin. Zu klein, zu häßlich, zu alt, zu dick, keiner würde sie je lieben. Niemand. Alleine bleiben in der schönen Wohnung, vertrocknen, verrunzeln, und nie im Leben riefe sie ihn an. Was soll er denken? Man darf Männern nicht hinterherlaufen, darf nicht zu viel lachen, nicht zu schlau sein, darf nicht am ersten Abend mit ihnen geschlechtlich werden, sie hat alles falsch gemacht, und nun ist die Chance vertan, vorbei, eine zweite gibt es nicht.

Und mit den Tagen und Wochen, da sie nichts von ihm hört, werden die Tränen weniger, und sie sieht wieder andere an. So schön war er gar nicht, so toll haben sie sich gar nicht verstanden, und nie wird sie einen finden, der sie erträgt, weil sie doch so individuell ist.

Angst 5–1000 Variante a)

Sie haben sich doch noch getroffen. Haben Pizza gegessen, haben Sex gehabt. War gut, hatten dann Angst vor dem Zusammenziehen. Sind zusammengezogen. Hatten Angst, sich aus den Augen zu lassen, Angst, daß es auseinandergeht, haben ein Kind gemacht, hatten Angst um das Kind. Haben sich gelangweilt. Ein Haus gebaut, Angst gehabt, daß das Haus brennen könnte. Sich angeödet. Sind zusammengeblieben aus Angst vor dem Alleinsein.

Variante b)

Haben sich nicht mehr getroffen. Nie mehr jemanden getroffen. Gewartet, auf die Lösung. Die gibt es nicht.

Begegnen sich nur in Ideen, träumen und leiden, Filme im Kopf. Jeder schön und wichtig und toll. Sie reden ins Leere, fassen ins Leere, gehen nach Hause, da ist es leer. Aber übersichtlich. Nur das Ego da, Gott, sieht das wieder gut aus, das werd ich ficken, werd ich mir doch nicht kaputtmachen lassen, werd mich nicht einschränken lassen, mich nicht abweisen lassen, nicht zeigen lassen, daß ich nicht genüge, verbiegen lassen, mir bessere Chancen nicht nehmen lassen, glauben an nichts mehr, außer an Filme. Götter paaren sich nicht, Nachwuchs gibts da nicht, die Welt wird leer und ohne Angst.

Das ist irgendwie auch schön.

Frank Goosen
1966

Hochzeit mit Ginger Rogers

Es war an einem sonnigen Januarmorgen, kurz nach der Jahrtausendwende. Ich war Mitte dreißig, aber voller Hoffnung, saß am Frühstückstisch und arbeitete irgendein Feuilleton durch, da bemerkte ich, daß die Frau, der ich vor etwa anderthalb Jahren begegnet war, mir immer noch gegenübersaß. Und sie hatte etwas gesagt, das ich zuerst nicht richtig verstanden hatte. Vielleicht hatte ich es auch verstanden, im Sinne von »gehört«, aber nicht verstanden im Sinne von »begriffen«.

Ich sagte: »Könntest du das bitte noch einmal wiederholen?«

»Wenn wir eh zusammenbleiben wollen, könnten wir eigentlich auch heiraten, oder?«

»Wen sollen wir denn heiraten?« entgegnete ich verwirrt.

»Na ja«, sagte sie, »ich dachte, ich heirate dich, und du heiratest mich, dann könnten wir in der gleichen Wohnung wohnen bleiben.«

»Ja, aber ist heiraten denn nicht spießig?«

»Nein, das war früher.«

»Ach so.«

»Frag mal deinen Steuerberater!«

Ich stand auf, ging zum Telefon und rief meinen Steuerberater an. Bis dahin war ich immer davon ausgegangen, daß die meisten Ehen auf dem Stockholm-Syndrom basierten, also der zwanghaften Verbrüderung einer Geisel mit ihrem Kidnapper. Nur daß in der Ehe beide beides waren. Mein Steuerberater rechnete mir vor, was ich sparen könnte, wenn ich die Frau, die bei mir wohnte, gesetzlich an mich binden würde. Das gab mir den Glauben an die Liebe zurück. Ich ging zurück in die Küche.

»Du hast recht«, sagte ich, »es ist überhaupt nicht spießig zu heiraten. Es ist sogar ziemlich cool.«

»Also, dann ist das gebongt. Wann sollen wir es machen?«

»Wir könnten unseren Jahrestag im August nehmen, dann muß ich mir nicht so viele Daten merken.«

»Gute Idee.«

Damit war die Sache erst einmal erledigt. Wir nahmen unser gefahrloses Leben als zusammenlebende Singles wieder auf und waren so glücklich und zufrieden, wie man es sein kann, wenn man Anfang Dreißig ist und sich selbst einer versteckten Leidenschaft für Einbauküchen und Ford Mondeos verdächtigt. Dann erwischte ich meine Frau (die meine Frau noch nicht war, sondern meine *Freundin*, was sich heute in der Rückschau so ein bißchen unanständig anhört, nach Konkubine oder so) eines Nachmittags, wie sie in ihrem Zimmer auf dem Boden kniete, um sich herum unüberschaubare Stapel von Papier. Auf meine Frage, was sie da treibe, antwortete sie, sie ordne ihre Quittungen für unsere Steuererklärung. Unsere? Tatsächlich: auf den zweiten Blick stellte ich fest, daß sie auch *meine* Bahnfahrkarten, Gagenabrechnungen, Buch-, Bürobedarfs- und Taxiquittungen, die ich einmal pro Woche in eine große Kiste warf und damit komplett von meiner internen Festplatte löschte, in eine nachvollziehbare Ordnung zu bringen suchte.

»Ich weiß genau, daß dieses ganze Zeug mich an irgend etwas erinnern soll«, sagte sie, ihre Unterlippe mit den Zähnen knetend, »ich weiß nur nicht mehr, an was.«

»Du tust ja so, als wären wir verheiratet.«

Sie schlug sich mit der flachen Hand gegen die Stirn. »DAS war es! Heiraten? Habe ich mich nicht kürzlich mit irgend jemandem darüber unterhalten?«

»Ich glaube, mit mir«, entgegnete ich.

»Und aus welchem Grund?«

»Ich glaube, du wolltest mich ehelichen.«

»Wirklich? Das ist ja lustig.«

Mühsam rekonstruierten wir unser zurückliegendes Gespräch, ich rief noch mal meinen Steuerberater an, der mich statt einer Begrüßung gleich anschnauzte, wieso er zu der bevorstehenden Hochzeit noch nicht eingeladen worden sei, und als wir wieder wußten, was wir vereinbart hatten, kam die Sprache auf die Angelegenheit mit dem Namen.

»Ich nehme natürlich deinen Namen an«, sagte meine Freundin, meine Konkubine, meine Intensiv-Mitbewohnerin, SIE eben.

»Wie bitte?« Ich dachte, ich hätte mich verhört.

»Doppelnamen finde ich albern.«

»Du könntest doch deinen eigenen Namen einfach behalten.«

»Wie sollen dann unsere Kinder heißen?«

»Was meinst du mit Kindern?«

»Du weißt schon, diese kleinen Wesen, die einem aus dem Bauch wachsen, sehr viel Geld kosten, einen jahrzehntelang in den Wahnsinn treiben und dann in ein Altersheim abschieben.«

Ich runzelte die Stirn. »Sind die nicht verboten worden?«

»Leider nicht.«

»Ist man denn verpflichtet, welche zu machen?«

»Ja, sicher, hast du das noch nicht mitbekommen? Stand neulich in der Zeitung.«

»Muß ich überlesen haben.«

Sie wollte also wirklich meinen Namen annehmen. Das ging doch nicht. Was sollten denn meine ganzen linken Freunde sagen? Ich würde dastehen wie ein drittklassiger Pascha aus der Adenauer-Ära, der sich seine Frau auf den Rücken bindet wie ein prähistorischer Jäger seine erlegte Beute. Ich fragte die Frau, die mit mir die Steuerklasse wechseln wollte, ob sie sich das nicht noch einmal überlegen wolle, ihr Name sei doch eigentlich sehr hübsch, ich würde nie von ihr verlangen, den abzulegen, aber sie sagte, gerade *weil* ich das nicht verlangen würde, sei sie ja bereit, es zu tun. Ich versuchte, meine Strategie zu ändern, und sagte, in der Hoffnung, eine entsprechende Reaktion zu erhalten, na gut, sie habe schon recht, so sei es von der Natur vorgesehen, der Mann nehme sich das Weib, auf daß es seinen Namen trage jetzt und immerdar, im Heim und am Herd, am Tisch und im Bett. Aber sie lachte nur und fragte mich, ob ich wieder an den Mottenkugeln gelutscht hätte. Ich stellte mir vor, wie ich Olaf in Berlin anrief und ihn dabei erwischte, wie er gerade seinen Erstgeborenen stillte, um ihm zu erzählen, daß ich heiraten würde, ach und übrigens, SIE nimmt MEINEN Namen an. Völlig unmöglich. Da konnte ich ja gleich wieder im Stehen pinkeln, ohne die Brille, ach was, ohne den *Deckel* hochzuklappen! Ich machte noch einen letzten Versuch.

»Dann nehme ich deinen Namen an.« Genau, das war noch besser, als wenn sie ihren behielt! Damit würde ich mir freien Eintritt in allen soziokulturellen Zentren der näheren Umgebung sichern, Olaf würde mir ein kenianisches Baby-Tragetuch schenken, und alle meine linken Freunde würden mich neidisch ansehen, weil ich den einen Schritt weiter gegangen war, zu dem sie nicht die Kraft gehabt hatten.

DIE FRAU jedoch machte mir einen STRICH DURCH DIE RECHNUNG.

»Bist du irre?« sagte sie. »Ich habe keine Lust, als männermordende Amazone dazustehen, die ihren Mann nicht nur unter den Pantoffel, sondern gleich unter die Auslegeware zwingt. Wenn man die freie Wahl hat, heißt das auch, daß man sich für den Namen des Mannes entscheiden kann!«

»Findest du nicht, daß du es dir ein bißchen zu einfach machst?«

»Findest du nicht, daß du es dir ein bißchen zu schwer machst? Und mir auch?«

Wir stritten noch zwei Stunden, dann zeugten wir ein Kind.

Ein paar Wochen später gingen wir zum Standesamt und meldeten uns zur Eheschließung an. Ein kleiner Mann mit großen Schweißflecken unter den Achseln stellte uns eine Menge komischer Fragen, wie etwa: Woraus bestehen Schnürsenkel? Was bedeutet das Ribo in Desoxyribonukleinsäure? Heißt gehen auch bleiben? Sind blaue Haare gut? Wer hat den Käse zum Bahnhof gerollt?

Und dann durften wir uns ein Familienstammbuch aussuchen. Am Bochumer Standesamt kann man wählen zwischen den Modellen »Roxana Nubuk«, »Veneto Glanz«, »Palazzo«, »Bozen« und »City«. Ich nahm das Modell »City« in die Hand und war versucht auszurufen: »Ich hätte gerne einmal das Hacksteak mit Bratkartoffeln, den Beilagensalat und eine Cola light ohne Cola«, denn das Ding sah aus wie die Speisekarte einer Pommesbude. Alle anderen waren schwarz und sahen aus, als könne man nur Sterbeurkunden darin abheften. Als ich dem Standesbeamten sagte, daß ich das witzig fände, sah er mich an, als überlege er, mir die Heiratserlaubnis wegen erwiesenen Schwachsinns zu verweigern.

Nachdem wir unseren Wunschtermin festgeklopft hatten, fingen wir mit den Listen an. Listen sind sehr wichtig für eine Hochzeit. Listen sind wichtiger als Ringe. Man erstellt zuerst die Liste der Verwandten, die eingeladen werden *müssen*. Dann die Liste der Verwandten, die man einladen *könnte*, wenn noch Platz wäre. Dann die Liste der Verwandten, die *auf keinen Fall* eingeladen werden *dürfen*, weil sich entweder Braut oder Bräutigam in letzter Minute gegen die Ehe entscheiden könnte, weil er/sie nicht bedacht hat, welchen menschlichen Sondermüll man am Haken haben würde.

Dann kommt die Liste der Freunde, ohne die man nicht leben, geschweige denn heiraten kann. Die ist sehr kurz. Dann kommt die Liste der Freunde, von denen man sich vorstellen kann, daß sie das Fest erotisch und/oder intellektuell bereichern könnten. Dann die Liste der Freunde, die keine mehr sind, denen man das aber nicht sagen will, weshalb man sie trotzdem einladen muß. Diese Liste ist die längste. Zum Schluß die Liste der Leute, denen man Geld schuldet.

Aus all diesen Listen gilt es, eine Festgemeinde zusammenzustellen, bei der die Wahrscheinlichkeit, daß sie sich nach der zehnten Runde Bessen Genever den Schädel einschlägt, möglichst gering ist. Doch merke: Eine Party völlig ohne Ausschreitungen ist langweilig.

Dann kam der große Tag. Verschlafen konnte man gar nicht, weil die Familie meiner Fastfrau angereist war, samt drei Jungs und einem Mädchen, die sich gegen sieben Uhr morgens neben unserem Bett aufbauten und die kongolesische Nationalhymne sangen. Vielleicht imitierten sie auch Störgeräusche einer Funkverbindung zwischen Houston und der Venus, jedenfalls war an Schlaf nicht mehr zu denken. Mir wurde plötzlich klar, daß ich in ein paar Stunden mit diesen ... Kindern verwandt sein würde. Ich fragte mich, ob die Frau, die sich neben mir gerade aus dem Bettenberg wand, mir wohl ein Alibi geben würde, wenn ich das Kindszeug noch eben schnell im Garten vergrub. Ich wollte es nicht darauf ankommen lassen, stand auf, wusch mich und erfuhr beim Frühstück die komplette Lebensgeschichte von Bibi Blocksberg und Benjamin Blümchen, den Pokémons und eines Katers namens Findus, und alles in der Lautstärke, die sonst nur dreihundert gleichzeitig laufende Mähdrescher hinbekommen.

Dann stand plötzlich eine ziemlich gut aussehende Frau in einem knallroten Kleid neben mir, und ich dachte, eigentlich könnte ich sie heiraten. Ich fragte sie, sie sagte ja, und der Einfachheit halber machten wir uns gleich auf den Weg zum Rathaus.

Bisher waren meine Gesuche beim Standesamt immer so verlaufen: »Nun, Herr Goosen, Sie erscheinen jetzt hier zum fünften Male und wollen heiraten, haben aber keine Frau mitgebracht.« – »Na, ich riskiere doch nicht, daß die nein sagt!«

Diesmal aber lief alles glatt. Erste Erleichterung: Wir waren ausverkauft, einige mußten sogar stehen. Alle Gäste sahen lecker aus, die Stimmung war gut, nur als ich meiner attraktiven Trauzeugin am Ohrläppchen herumknabberte, zog noch einmal ein Schatten durch den Raum. Die Neffen und Nichten begannen, sich mit der Zimmerpflanze im hinteren Teil des Raumes zu befassen.

Der Standesbeamte sprach deutlich im hiesigen Idiom, was ich sehr begrüßte, nur war er auch noch ziemlich witzig, was mich durchaus verunsicherte, schließlich war ich hier der Komiker. Plötzlich sagten zwei Menschen nacheinander sehr laut »Ja«, und es machte sich allgemeine Erleichterung breit, daß ich einer von ihnen war. Im Augenwinkel sah ich, wie einer der kleinen Jungen, die jetzt meine Neffen waren, in die Zimmerpflanze pinkelte.

Dann durften wir hinausgehen und die Geldgeschenke entgegennehmen. Wer etwas anderes oder gar nichts schenkte, wurde verhauen.

Dann wurden alle verscheucht, und wir fuhren in die Flitterwochen nach Bottrop. Ach nein, es gab ja noch eine riesige Fete mit Hunderten von Gästen, in deren Verlauf ich meine Omma wiederholt von der Tanzfläche aboperieren mußte, weil sie sich für Ginger Rogers hielt – und das ist sie wohl auch, aber das ist eine ganz andere Geschichte.

Nadja Einzmann
1974

Da kann ich nicht nein sagen

Mein Liebster ist einer, auf den zu warten sich lohnt. Er mag mich, und das genügt mir. Da bin ich gerne sein Haus und sein Hof und prüfe das Dach und öle die Tür, tagein, tagaus, und warte. Es ist eine Nacht, in der er so zu mir kommen wird, übers Feld, und die Sterne werden dröhnen und der Mond pubbern und pulsen, meinem Liebsten zur Begrüßung. Noch lebt er unter anderem Himmel und forscht und strebt und leckt sich die Zungenspitze wund zwischen den Büchern, er hat es mir oft geschrieben. Da kann ich nicht nein sagen und beiseite treten und lasse ihn nicht vorbei: in einer anderen Stadt einer anderen Frau. Da kann ich nicht nein sagen. Und so einen Liebsten hätte ein jeder gern, und hat er ihn nicht, erträumt er ihn. Ich sehe zum Fenster hinaus und sehe ihn kommen, ein Schatten auf dem Weg. Und der Kies wird knirschen unter seinen Füßen, und meine Hand, gestützt auf die Fensterbank, wird schwer werden, meine wartende Hand.

Quellennachweis

Alle Titel mit * stammen vom Herausgeber.

21 WILLIRAM VON EBERSBERG um 1010–1085 Älteste Überlieferung des Hohen Liedes
Aus: Älteste Überlieferung von Willirams Kommentar des Hohen Liedes. Hg. und übersetzt von Rudolf Schützeichel, Birgit Meineke, Dieter Kannenberg. © Vandenhoeck & Ruprecht GmbH & Co. KG, Göttingen 2001. S. 272

21 HILDEGARD VON BINGEN 1098–1179 Adam und Eva
Aus: Dies.: Vom Geschlechtsleben. In: Heilkunde. Das Buch von dem Grund und Wesen und der Heilung der Krankheiten. Übersetzt von Heinrich Schipperges. © Otto Müller Verlag, 6. Auflage, Salzburg 1992. S. 204–205

22 UNBEKANNTER VERFASSER 11. Jh. Eine Dame besiegt einen Ritter* Liebesgruß
Aus: Ruodlieb. Übertragen von Fritz Peter Knapp. Philipp Reclam jun., Stuttgart 1977. S. 113, 115, 117, 119, 131, 133, S. 145

24 UNBEKANNTE VERFASSERIN 12. Jh. Du bist mein, ich bin dein
Aus: Deutsche Lyrik des frühen und hohen Mittelalters. Übersetzt von Margherita Kuhn. Deutscher Klassiker Verlag, Frankfurt am Main 2005. S. 31

25 UNBEKANNTER VERFASSER 12. Jh. Lieben oder kämpfen?
Aus: Aus der Kaiserchronik – Lucretia. In: Frühmittelhochdeutsche Literatur. Übersetzt von Gislea Vollmann-Profe. Philipp Reclam jun., Stuttgart 1996. S. 119, 121

26 GOTTFRIED VON STRASSBURG 12. Jh. Der Liebestrank
Aus: Tristan und Isolde. Übersetzt von Dieter Kühn unter Mitarbeit von Lambertus Okken. Insel Verlag, Frankfurt am Main 1991. S. 359–376

35 HARTWIG VON RAUTE 12. Jh. Wenn ich die beste Frau sehe
Aus: Deutsche Lyrik des frühen und hohen Mittelalters. Übersetzt von Margherita Kuhn. Deutscher Klassiker Verlag, Frankfurt am Main 2005. S. 163

36 MEINLOH VON SEVENINGEN 12. Jh. Ich habe etwas gehört
Aus: Deutsche Lyrik des frühen und hohen Mittelalters. Übersetzt von Margherita Kuhn. Deutscher Klassiker Verlag, Frankfurt am Main 2005. S. 59

36 HEINRICH VON VELDEKE 1140–1210 Jagdglück* Mittelalterliche Aufklärung*
Aus: Eneasroman. Hg. und übersetzt von Hans Fromm nach der Übertragung von Dieter Kartschoke. Deutscher Klassiker Verlag, Frankfurt am Main 1992. S. 99–111, S. 527, 529, 535–549
Tristan mußte gegen seinen Willen
Lieber hätte ich mit ihr zusammen
Aus: Deutsche Lyrik des frühen und hohen Mittelalters. Übersetzt von Margherita Kuhn. Deutscher Klassiker Verlag, Frankfurt am Main 2005. S. 91, 99

48 DER VON KÜRENBERG um 1150 Ich zog mir einen Falken auf
Aus: Deutsche Lyrik des frühen und hohen Mittelalters. Übersetzt von Margherita Kuhn. Deutscher Klassiker Verlag, Frankfurt am Main 2005. S. 45, 47

49 DIETMAR VON AIST um 1150 Schläfst du, mein schöner Liebster
Aus: Deutsche Lyrik des frühen und hohen Mittelalters. Übersetzt von Margherita Kuhn. Deutscher Klassiker Verlag, Frankfurt am Main 2005. S. 83

49 HEINRICH VON MORUNGEN 1150–1222 Ach, wird mir denn je wieder
Aus: Ders.: Lieder. Übersetzt von Helmut Tervooren. Philipp Reclam jun., Stuttgart 1975. S. 125, 127

50 UNBEKANNTER VERFASSER um 1160 Mir hat ein Ritter gedient
Aus: Deutsche Lyrik des frühen und hohen Mittelalters. Übersetzt von Margherita Kuhn. Deutscher Klassiker Verlag, Frankfurt am Main 2005. S. 41

50 REINMAR VON HAGENAU 1160–um 1210 Minneüberfall
Aus: Liedsang aus deutscher Frühe. Hg. und übertragen von Walter Fischer. Kröners Taschenbuchausgabe, Band 158, Alfred Kröner Verlag, Stuttgart 1955. S. 71
Ich glaube, daß mich Liebe erwartet
Aus: Deutsche Lyrik des frühen und hohen Mittelalters. Übersetzt von Margherita Kuhn. Deutscher Klassiker Verlag, Frankfurt am Main 2005. S. 301
51 HARTMANN VON AUE 1165–1215 Erec, der verliebte Ritter
Aus: Erec. Aus dem Mittelhochdeutschen übertragen von Thomas Cramer. © Fischer Taschenbuch Verlag GmbH, Frankfurt am Main 1972. S. 131, 133, 135
Mancher begrüßt mich so
Aus: Deutsche Dichtung des Mittelalters, Band I. Von den Anfängen bis zum hohen Mittelalter. Hg. von Michael Curschmann und Ingeborg Glier. Carl Hanser Verlag, München und Wien 1980. S. 547, 549
54 KAISER HEINRICH 1165–1197 Ich grüße mit Gesang die Holde
Deutsche Dichtung des Mittelalters, Band I. Von den Anfängen bis zum hohen Mittelalter. Hg. von Michael Curschmann und Ingeborg Glier. Carl Hanser Verlag, München und Wien 1980. S. 469–470, 473
55 WOLFRAM VON ESCHENBACH um 1170–1220 Der verliebte Gawan*
Aus: Der Parzival. Übersetzt von Dieter Kühn. Insel Verlag, Frankfurt am Main 1986. S. 810–811
Das Morgenlicht beim Ruf des Wächters sah
Aus: Deutsche Lyrik des frühen und hohen Mittelalters. Übersetzt von Margherita Kuhn. Deutscher Klassiker Verlag, Frankfurt am Main 2005. S. 535, 537
Was tut es, wenn sie es erlaubt
Aus: Titurel, Lieder. Hg. von Wolfgang Mohr. Kümmerle Verlag, Göppingen 1978. S. 93, 95
58 WALTHER VON DER VOGELWEIDE 1170–1230 das rätsel minne
sanfter minnegroll (Ausschnitt)
tandaradei
Die liebe ist nicht mann noch weib
Aus: Ders.: In dieser Welt geht's Wundersam. Die Gedichte. Übertragen von Hubert Witt. Winkler Verlag, München 1984. © Insel Verlag, Frankfurt am Main. S. 79, 111, 141, 143, 281
61 NEIDHART VON REUENTAL um 1190–1246 Herz, du bist zu schnell
Als man Frauenliebe gegen Manneslìebe wog
Wem von Liebe Liebes geschieht
Aus: Die Lieder Neidharts. Hg. und übersetzt von Siegfried Beyschlag. Wissenschaftliche Buchgesellschaft, Darmstadt 1975. S. 285, 307, 309, 425
63 ULRICH VON LIECHTENSTEIN 1198–um 1276 Eine Tanzweise
Aus: Ders: Frauendienst. Aus dem Mittelhochdeutschen übertragen von Franz Viktor Spechtler. © Wieser Verlag, Klagenfurt/Celovec 2000. S. 470–471
Sie soll sich einen Liebhaber nehmen
Aus: Ders.: Das Frauenbuch. Hg. und übersetzt von Christopher Young. Philipp Reclam jun., Stuttgart 2003. S. 103, 105
64 UNBEKANNTER VERFASSER 13. Jh. Wäre die ganze Welt mein
Aus: Deutsche Lyrik des frühen und hohen Mittelalters. Übersetzt von Margherita Kuhn. Deutscher Klassiker Verlag, Frankfurt am Main 2005. S. 33
65 UNBEKANNTER VERFASSER erste Hälfte 13. Jh. Lancelot im Dilemma*
Aus: Lancelot und der Gral. Hg. und übersetzt von Hans-Hugo Steinhoff. Deutscher Klassiker Verlag, Frankfurt am Main 2003. S. 469, 471, 473, 475

67 ULRICH VON SINGENBERG um 1209–um 1224 In welcher Hochstimmung ist ein Mann
Aus: Taglieder des deutschen Mittelalters. Ausgewählt und übersetzt von Martina Backes. Philipp Reclam jun., Stuttgart 1992. S. 119, 121

67 KONRAD VON WÜRZBURG 1220–1287 Engeltrud und Engelhard im Lustgarten*
Aus: Ders.: Engelhard. Nach dem Text von Ingo Reiffenstein übertragen von Klaus Jörg Schmitz. Kümmerle Verlag, Göppingen 1989. S. 99–101

68 FRAUENLOB (HEINRICH VON MEISSEN) 1250–1318 Das Lob der Frau
Aus: Ders.: Ausgewählte Gedichte. Ausgewählt und übertragen von Bert Nagel. F. H. Kerle Verlag, Heidelberg 1951. S. 13

69 STEINMAR VON KLINGENAU 1251–1293 Ein Knecht lag heimlich
Aus: Taglieder des deutschen Mittelalters. Ausgewählt und übersetzt von Martina Backes. Philipp Reclam jun., Stuttgart 1992. S. 181

70 MEISTER ECKHART 1260–1328 Der Ursprung des Einen
Aus: Merksprüche und Weisungen. In: Ders.: Vom Wunder der Seele. Eine Auswahl aus den Traktaten und Predigten. Hg. von Friedrich Albert Schmid Noerr. Philipp Reclam jun., Stuttgart 1989. S. 73

70 JOHANNES HADLAUB Ende 13. Jh.–1340 Nächtliches Stelldichein
Aus: Ders.: Die Gedichte des Züricher Minnesängers. Hg. von Max Schiendorfer. Übersetzt von Max Wehrli. Artemis Verlag, Zürich und München 1986. S. 143, 145

71 UNBEKANNTER VERFASSER Wende 13. und 14. Jh. Ruhmreicher Sieg
Aus: Der Schüler von Paris. In: Novellistik des Mittelalters. Märendichtung. Hg. und übersetzt von Klaus Grubmüller. Deutscher Klassiker Verlag, Frankfurt am Main 1996. S. 297

72 UNBEKANNTER VERFASSER 13. oder 14. Jh. Die Nachtigall
Aus: Das deutsche Dekameron. Hg. von Wolfgang Spiewok. Albatros Verlag, Düsseldorf. © 2002 Patmos Verlag, Düsseldorf. S. 263–268

76 UNBEKANNTER VERFASSER 14. Jh. Das reine Hemd
Aus: Gesta Romanorum. Das älteste Märchen- und Legendenbuch des christlichen Mittelalters. Übersetzt von J. G. T. Gaesse. Ausgewählt von Hermann Hesse. Insel Verlag, Frankfurt am Main 1978. S. 58–61

78 UNBEKANNTER VERFASSER 14. Jh. Ach reines Weib von guter Art
Aus: Die Limburger Chronik des Tilemann Elhen von Wolfhagen (ca. 1348–1420). Hg. und übertragen von Gottfried Zedler. Verlag der Limburger Vereinsdruckerei, Limburg an der Lahn 1930. S. 106

78 UNBEKANNTER VERFASSER 14. Jh. Die Vertreibung des Teufels
Aus: Das deutsche Dekameron. Hg. von Wolfgang Spiewok. Albatros Verlag, Düsseldorf. © 2002 Patmos Verlag, Düsseldorf. S. 627–633

82 OSWALD VON WOLKENSTEIN 1376–1445 Regina Margarita Viel Glück und Heil Ich hör wie mancher Freude hat
Aus: Ders.: Die Lieder. Übertragen von Klaus J. Schönmetzler. Emil Vollmer Verlag, München 1979. S. 159, 165–166, 252–253

85 HERMANN VON SALZBURG Ende 14. Jh. Wach voller Liebe auf
Aus: Das Taghorn. In: Taglieder des deutschen Mittelalters. Ausgewählt und übersetzt von Martina Backes. Philipp Reclam jun., Stuttgart 1992. S. 197

85 HEINRICH WITTENWILER Ende 14. Jh. Nabelreibers Minnelehre*
Aus: Ders.: Der Ring. Hg. und übersetzt von Horst Brunner. Philipp Reclam jun., Stuttgart 1991. S. 95, 99–111

88 HANS ROSENPLÜT um 1400–um 1470 Der Wettstreit der drei Liebhaber
Aus: Das deutsche Dekameron. Hg von Wolfgang Spiewok. Albatros Verlag, Düsseldorf. © 2002 Patmos Verlag, Düsseldorf. S. 716–721

92 UNBEKANNTER VERFASSER 15. Jh. Die Königskinder
Aus: Deutscher Balladenschatz. Gondrom Verlag, Bayreuth 1978. S. 48–49
93 UNBEKANNTER VERFASSER erste Hälfte 15. Jh. Brief eines zweifelnden Liebhabers*
Aus: In Liebe und Zorn. Briefe aus dem Mittelalter. Ausgewählt, übertragen und eingeleitet von Klaus Arnold. © Jan Thorbecke Verlag GmbH, Ostfildern 2003. S. 106
94 SEBASTIAN BRANT 1458–1521 Von Buhlschaft
Aus: Ders.: Das Narrenschiff. Übertragen von H. A. Junghans. Philipp Reclam jun., Stuttgart 1964. S. 51, 55
95 KONRAD CELTIS (KONRAD BICKEL) 1459–1508 Über die Nacht und Hasilinas Kuß
Aus: Humanistische Lyrik des 16. Jahrhunderts. Hg. und übertragen von Wilhelm Kühlmann, Robert Seidel und Hermann Wiegand. Deutscher Klassiker Verlag, Frankfurt am Main 1997. S. 31, 33
95 ERASMUS VON ROTTERDAM 1469–1536 Der Liebesbrief
Aus: Anleitung zum Briefschreiben (Auswahl). In: Ausgewählte Schriften. Achter Band. Hg. von Werner Welzig. Übersetzt von Kurt Smolak. Wissenschaftliche Buchgesellschaft, Darmstadt 1980. S. 241, 243, 245
96 JODOCUS WIND Geschrieben 1482 Ein Pater schreibt an eine Nonne*
Aus: In Liebe und Zorn. Briefe aus dem Mittelalter. Ausgewählt, übertragen und eingeleitet von Klaus Arnold. © Jan Thorbecke Verlag GmbH, Ostfildern 2003. S. 162–163
97 MARTIN LUTHER 1483–1546 Das Hohelied Salomos Das Hohelied der Liebe
Aus: Die Bibel. Nach der Übersetzung von Martin Luther. Deutsche Bibelgesellschaft, Stuttgart 1985. S. 207, S. 657–661
Der eheliche Stand
Aus: Ders.: Vom ehelichen Leben. In: Auseinandersetzung mit der römischen Kirche. In: Ausgewählte Schriften. Dritter Band. Hg. von Karin Bornkamm und Gerhard Ebeling. Insel Verlag, Frankfurt am Main und Leipzig 1982. S. 186–188
105 HANS SACHS 1494–1576 Ein schons Buhllied einer ehrlichen Frauen mit eim Namen in den Anfängen
Aus: Ders.: Werke in zwei Bänden. Erster Band. Spruchgedichte und Lieder, Prosadialoge. Ausgewählt von Reinhard Hahn. Hg. von der Stiftung Weimarer Klassik. Aufbau-Verlag, Berlin und Weimar 1992. S. 264–266
106 PHILIPP MELANCHTHON 1497–1560 An einen Verteidiger des Zölibats
Aus: Lateinische Gedichte Deutscher Humanisten. Ausgewählt und übersetzt von Harry C. Schnur. Philipp Reclam jun., Stuttgart 1966. S. 287
107 JOHANNES SECUNDUS 1511–1536 Welch Rasen Eine Art von Küssen
Aus: Lateinische Gedichte Deutscher Humanisten. Ausgewählt und übersetzt von Harry C. Schnur. Philipp Reclam jun., Stuttgart 1966. S. 381, 383, 385, S. 389
108 SIMON LEMNIUS (SIMON LEMM-MARGADANT) 1511–1550 An Flavia
Aus: Humanistische Lyrik des 16. Jahrhunderts. Hg. und übertragen von Wilhelm Kühlmann, Robert Seidel und Hermann Wiegand. Deutscher Klassiker Verlag, Frankfurt am Main 1997. S. 561–569
111 PETRUS LOTICHIUS SECUNDUS 1528–1560 Über das unglückliche Mädchen
Aus: Humanistische Lyrik des 16. Jahrhunderts. Hg. und übertragen von Wilhelm Kühlmann, Robert Seidel und Hermann Wiegand. Deutscher Klassiker Verlag, Frankfurt am Main 1997. S. 497
111 JACOB REGNART 1540–1599 Venus du und dein Kind Ich bin gen Baden zogen
Aus: Barock. Barocklyrik. 3 Bände. Band 1. Vor- und Frühbarock. Hg. von Herbert Cysarz. Verlag Philipp Reclam jun., Leipzig 1937. S. 91, S. 92

113 JOHANN FISCHART 1546–1590 Zu beyden theylen
Aus: Ehezuchtbüchlein. In: Flöhhatz, Weibertratz, Ehezuchtbüchlein. Hg. von J. Scheible. Verlag des Herausgebers, Stuttgart 1848. S. 490–491

113 ÄGIDIUS ALBERTINUS 1560–1620 Von unsinnigen jungen Liebnarren
Aus: Ders.: Lucifers Königreich und Seelengejaidt. Hg. von Rochus Freiherr von Liliencron. Verlag von W. Spemann, Berlin und Stuttgart (ohne Jahr). S. 253–256

116 JOHANN HERMANN SCHEIN 1586–1630 Mit Freuden, mit scherzen
Aus: Barock. Barocklyrik. 3 Bände. Band 1. Vor- und Frühbarock. Hg. von Herbert Cysarz. Verlag Philipp Reclam jun., Leipzig 1937. S. 99

117 CASPAR VON BARTH 1587–1658 Der Kuß auf die Brust
Aus: Humanistische Lyrik des 16. Jahrhunderts. Hg. und übertragen von Wilhelm Kühlmann, Robert Seidel und Hermann Wiegand. Deutscher Klassiker Verlag, Frankfurt am Main 1997. S. 871, 873

117 HANS DEISINGER 1596–1617 Eine Beichte
Aus: Die drey beichten. In: Martin Montanus. Schwankbücher (1557–1566). Hg. von Johannes Bolte. Georg Olms Verlag, Hildesheim, New York 1972. S. 510

118 MARTIN OPITZ 1597–1639 Wol dem Ach liebste laß uns eilen
Aus: Ders.: Gedichte. Eine Auswahl. Hg. von Jan-Dirk Müller. Philipp Reclam jun., Stuttgart 1970. S. 159–160, S. 162–163

120 HANSS MICHAEL MOSCHEROSCH 1601–1669 Das Schlaraffenland der Liebesnarren* Nicht lieben, ist nicht Leben
Aus: Ders.: Gesichte Philanders von Sittewald. Hg. von Felix Bobertag. Verlag von W. Spemann, Berlin und Stuttgart (ohne Jahr). S. 79–80, 82–84, S. 85

123 SIMON DACH 1605–1659 Annchen von Tharau
Aus: Simon Dach und der Königsberger Dichterkreis. Hg. von Alfred Kelletat. Philipp Reclam jun., Stuttgart 1986. S. 16–17

124 DANIEL VON CZEPKO 1605–1660 Liebe eher ohne Liebe, als ohne Genuß
Aus: Ders.: Weltliche Dichtungen. Hg. von Werner Milch. Wissenschaftliche Buchgesellschaft, Darmstadt 1963. Mit Genehmigung der vereinigten Universitäts- und Fachbuchhandlungen, Köln. S. 424

125 JOHANN RIST 1607–1667 Über die Freiheit der Weiber
Aus: Ders.: Der adeliche Hausvater. In: Sämtliche Werke. Siebenter Band. Hg. von Eberhard Mannack unter Mitwirkung von Helga Mannack und Klaus Reichelt. Walter de Gruyter Verlag, Berlin und New York 1982. S. 279–280, 282

126 PAUL FLEMING 1609–1640 Auf die Italiänische Weise: O fronte serena Pein der Liebe
Aus: Paul Flemings Deutsche Gedichte. Erster Band. Hg. von J. M. Lappenberg. Wissenschaftliche Buchgesellschaft, Darmstadt 1965. S. 397–398, S. 402–403

129 ANDREAS GRYPHIUS 1616–1664 An Lucinden Auff seine und seiner ehegeliebten vermählung
Aus: Ders.: Lyrische Gedichte. In: Werke in drei Bänden. Dritter Band. Hg. von Hermann Palm. Georg Olms Verlagsbuchhandlung, Hildesheim 1961. Mit Genehmigung des Verlags Anton Hiersemann, Stuttgart. S. 113, S. 280–281

130 JOHANN KLAJ 1616–1656 Die Liebe
Ausschnitt aus: Castell des Unfriedens. In: Beispiele manieristischer Lyrik. Hg. von Gerd Henniger. Deutscher Taschenbuch Verlag, München 1970. S. 164

131 CHRISTIAN HOFFMANN VON HOFFMANNSWALDAU 1617–1679 Liebe zwischen Graf Holdenreich und Adelinden
Aus: Helden-Briefe. In: Deutsche Übersetzungen und Getichte. In: Gesammelte Werke. Band 1, Teil 2. Hg. von Franz Heiduk. Georg Olms Verlag, Hildesheim, Zürich, New York 1984. S. 132–135

Abriß eines Verliebten   Er schauet der Lesbie durch ein Loch zu
Albanie gebrauche deiner Zeit
Aus: Ders.: Gedichte. Ausgewählt von Helmut Heißenbüttel. Fischer Taschenbuch Verlag, Frankfurt am Main 1968. S. 42–43, S. 71, S. 101–102

135 PHILIPP VON ZESEN 1619–1689 An die lieb- und freundselige schöne Adelmund
Aus: Liebeslyrik des deutschen Barock. Hg. von Kurt Grützmacher. Winkler Verlag, München 1965. S. 72–73

136 GEORG GREIFLINGER um 1620–1677 Ehehasser
Aus: Ders.: Seladons beständige Liebe. Verlegt von Edouard Schleichen, (ohne Ort) 1644. S. 63–65

138 HANS JACOB CHRISTOFFEL VON GRIMMELSHAUSEN um 1622–1676 Simplicissimus im Venus-Berg
Aus: Ders.: Der abenteuerliche Simplicissimus. Hg. von Alfred Kelletat. Winkler Verlag, München 1956. S. 312–320

143 JOHANN GEORG SCHOCH 1627–1695 Ein Liebesbrief*
Aus: Ders.: Comoedia vom Studenten-Leben. Hg. von Hugh Powell. Verlag Herbert Lang, Bern und Frankfurt am Main 1976. S. 112–114

144 JESAIAS ROMPLER VON LÖWENHALT 1628–1658 Die Lieb ist stärcker / dan der Tod
Aus: Des Jesaias Romplers von Löwenhalt erstes Gebüsch seiner Reim-getichte 1647. Hg. von Wilhelm Kühlmann und Walter E. Schäfer. Max Niemeyer Verlag, Tübingen 1988. S. 216

145 KASPAR STIELER 1632–1707 Frisch bey der Liebe! Der beste Sinn / das Fühlen
Aus: Ders.: Die geharnschte Venus. Hg. von Ferdinand von Ingen. Philipp Reclam jun., Stuttgart 1970. S. 108–109, S. 149–151

147 DANIEL CASPER VON LOHENSTEIN 1635–1683 Der geistige Gebrauch der Wollüste
Aus: Arminius und Thußnelda . In: Die deutsche Literatur. Dritter Band. Das Zeitalter des Barock. Texte und Zeugnisse. Hg. von Albrecht Schöne. C. H. Becksche Verlagsbuchhandlung, München 1963. S. 413–416

150 HEINRICH MÜHLPFORT 1639–1681 Auff die Brüste seiner Liebsten
Aus: Ders.: Teutsche Gedichte. Hg. von Heinz Entner. Keip Verlag, Frankfurt am Main 1991. S. 146–147

151 CHRISTIAN WEISE 1642–1708 Der betrogene Liebhaber Pindarische Traur-Ode eines verzweiffelten; aber beständigen Verliebten
Aus: Ders.: Der grünenden Jugend überflüssige Gedanken. Hg. von Rafael Bernfeld und Max Freiherr von Waldberg. Max Niemeyer Verlag, Halle a. S. 1914. S. 46–47, S. 122–123

154 MAGNUS DANIEL OMEIS 1646–1708 Die in Eginhard verliebte Emma
Aus: Ders.: Die in Eginhard verliebte Emma. Hg. von Damon. Riegel Verlag, Nürnberg 1680. S. 48–64

158 LISELOTTE VON DER PFALZ 1652–1722 Maximen Des Bischofs Weinberg
Aus.: Dies.: Briefe. Hg. von Annedore Haberl. Carl Hanser Verlag und Langewiesche-Brandt, Ebenhausen bei München 1996. S. 187–188, 314–315

159 JOHANN BEER 1655–1700 Wie der Medicus den Mann und die Frau heilte*
Aus: Ders.: Der verliebte Europäer. In: Sämtliche Werke. Band 10. Hg. von Ferdinand van Ingen und Hans-Gert Roloff. Verlag Peter Lang, Frankfurt am Main und New York 2002. S. 107–108

160 CHRISTIAN THOMASIUS 1655–1728 Der Mensch ist zur Liebe geschaffen
Aus: Ders.: Einleitung zur Sittenlehre. In: Ausgewählte Werke Band 10. Hg. von Werner Schneiders. Georg Olms Verlag, Hildesheim, Zürich, New York 1995. S. 91–93

161 BENJAMIN NEUKIRCH 1665–1720 Die schöne Lesbia
Aus: Liebeslyrik des deutschen Barock. Hg. von Kurt Grützmacher. Winkler Verlag, München 1965. S. 114–115

162 GOTTLIEB STOLLE 1673–1744 Die verliebte Verwandelung Als er sie vergebens suchte
Aus: Barock. Barocklyrik. 3 Bände. Band 2. Hoch- und Spätbarock. Hg. von Herbert Cysarz. Verlag Philipp Reclam jun., Leipzig 1937. S. 268, S. 269

163 CHRISTIAN HÖLMANN 1677–1744 Über ihr himmel-bette
Aus: Ders.: Galante Gedichte. Hg. von Franz Heiduk. Kösel Verlag, München 1969. S. 103

163 CHRISTIAN FRIEDRICH HUNOLD 1681–1721 Ein Liebhaber verschafft sich Gewißheit*
Aus: Ders.: Die verliebte und galante Welt. Hg. von Hans Wagener. Verlag Peter Lang, Frankfurt am Main und New York 1988. S. 57–61
Die Schoß
Aus: Barock. Barocklyrik. 3 Bände. Band 2. Hoch- und Spätbarock. Hg. von Herbert Cysarz. Verlag Philipp Reclam jun., Leipzig 1937. S. 174–175

167 JOHANN GOTTFRIED SCHNABEL 1692–um 1750 Eine verpatzte Liebesnacht*
Aus: Ders.: Der im Irrgarten der Liebe herumtaumelnde Kavalier. Verlag Rogner & Bernhard, München 1968. S. 78, 81–83

170 JOHANN CHRISTIAN GÜNTHER 1695–1723 Auf die ihm so beliebte Abwechslung im Lieben An die Phillis Als ein Paar Eleonoren einander küßten
Aus: Ders.: Gesammelte Gedichte. Hg. von Herbert Heckmann. Carl Hanser Verlag, München und Wien 1981. S. 56–58, S. 102–104, S. 122

174 JOHANN JAKOB BODMER 1698–1783 Socrates rettet eine Ehe*
Aus: Johann Jakob Bodmer. Johann Jakob Breitinger. Der Mahler der Sitten. Zweiter Band. Georg Olms Verlag, Hildesheim und New York 1972. S. 338–346

177 JOHANN CHRISTOPH GOTTSCHED 1700–1766 Eines andern Vollkommenheit
Aus: Ders.: Ausgewählte Werke. Fünfter Band. Erster Teil. Hg. von P. M. Mitchell. Walter de Gruyter Verlag, Berlin und New York 1983. S. 543
Madrigal
Aus: Ders.: Ausgewählte Werke. Sechster Band, zweiter Teil. Hg. von Joachim Birke und Brigitte Birke. Walter de Gruyter Verlag, Berlin und New York 1973. S. 768

178 FRIEDRICH VON HAGEDORN 1708–1754 Der Wettstreit
Aus: Friedrich von Hagedorns Gedichte. Ausgewählt von Albert Köster. Gedruckt bei Lütcke & Wulff, Hamburg 1898. S. 25

178 CHRISTIAN FÜRCHTEGOTT GELLERT 1715–1769 Ein Liebesbrief*
Aus: Ders.: Leben der schwedischen Gräfin von G**. In: Werke. Zweiter Band. Hg. von Gottfried Honnefelder. Insel Verlag Frankfurt am Main 1979. S. 11–12
Der gute Rat Das Glück und die Liebe
Aus: Ders.: Fabeln und Erzählungen. In: Werke. Erster Band. Hg. von Gottfried Honnefelder. Insel Verlag Frankfurt am Main 1979. S. 102, S. 198–200

183 JOHANN WILHELM LUDWIG GLEIM 1719–1803 Die geheime Sprache
Aus: Ders.: Ausgewählte Werke. Hg. von Walter Hettche. Wallstein Verlag, Göttingen 2003. S. 21

183 JOHANN ELIAS SCHLEGEL 1719–1749 Die kurze Schöne / Die lange Schöne
Aus: Ders.: Ausgewählte Werke. Hg. von Werner Schubert. Arion Verlag, Weimar 1963. S. 374

184 JOHANN PETER UZ 1720–1796 Die Liebe
Aus: Ders.: Sämtliche poetische Werke. Hg. von August Sauer. Wissenschaftliche Buchgesellschaft, Darmstadt 1964. S. 110

184 JUSTUS MÖSER 1720–1794 Mit Vernunft und Zärtlichkeit
Aus: Ein Wochenblatt. Zwölftes Stück. 23. März 1764. In: Sämtliche Werke in 14 Bänden. Band 1. Erste Abteilung. Hg. von der Akademie der Wissenschaften zu Göttingen. Gerhard Stalling Verlag, Oldenburg und Berlin 1944. S. 64–65

185 FRIEDRICH GOTTLIEB KLOPSTOCK 1724–1803 Die künftige Geliebte (Ausschnitt) Das Rosenband Gegenwart der Abwesenden
Aus: Ders.: Sämtliche Werke. Vierter Band. G. J. Göschen'sche Verlagsbuchhandlung 1854. S. 20, 90–91, 99–100
Freundschaft und Liebe
Aus: Ders.: Moralische und Gesellschaftskritische Schriften. In Ausgewählte Werke. Hg. von Karl August Schleiden. Carl Hanser Verlag, München 1962. S. 936

187 CHRISTIAN FELIX WEISSE 1726–1804 Die stumme Schöne Die Wahl
Aus: Ders.: Scherzhafte Lieder. Hg. von Paul Böckmann und Friedrich Sengle. J. B. Metzlersche Verlagsbuchhandlung, Stuttgart 1965. S. 48, S. 49

187 META KLOPSTOCK 1728–1758 Klopstock!... mein Klopstock...
Aus: Dies.: Briefwechsel mit Klopstock, ihren Verwandten und Freunden. Erster Band 1751–1754. Hg. von Hermann Tiemann. Maximilian Gesellschaft, Hamburg 1956. S. 152–154

189 GOTTHOLD EPHRAIM LESSING 1729–1781 Die schlafende Laura Der schwörende Liebhaber Lied aus dem Spanischen
Aus: Ders.: Gesammelte Werke in zehn Bänden. Erster Band. Gedichte und Sinnsprüche, Fabeln, Jugenddramen. Hg. von Paul Rilla. Aufbau Verlag, Berlin 1954. S. 72, 75, 103

190 SALOMON GESSNER 1730–1788 Milon – Eine Idylle
Aus: Ders.: Idyllen. Kritische Ausgabe. Hg. von E. Theodor Voss. Philipp Reclam jun., Stuttgart 1973. S. 21–22

191 SOPHIE VON LA ROCHE 1731–1807 Brief eines Casanova an einen Freund*
Aus: Dies.: Geschichte des Fräuleins von Sternheim. Hg. von C.M. Wieland. Winkler Verlag, München 1976. S. 84–86

193 CHRISTOPH MARTIN WIELAND 1733–1813 Die Quelle der Liebe
Aus: Ders.: Natürliche Geschichte der Platonischen Liebe. In: Werke in zwölf Bänden. Band drei. Geschichte des Agathon. Hg. von Klaus Manger. Deutscher Klassiker Verlag, Frankfurt am Main 1986. S. 148–149
Der gute Genius
Aus: Ders.: Geschichte des Danischmend. In: Sämmtliche Werke. Band III/8. Hg. von der Hamburger Stiftung zur Förderung von Wissenschaft und Kultur in Zusammenarbeit mit dem »Wieland Archiv«, Biberach / Riß und Hans Radspieler, Neu-Ulm, Hamburg 1984, S. 19–29
Die erste Liebe
Aus: Ders.: Die erste Liebe. In: Sämmtliche Werke. Band III/9. Hg. von der Hamburger Stiftung zur Förderung von Wissenschaft und Kultur in Zusammenarbeit mit dem »Wieland Archiv«, Biberach / Riß und Hans Radspieler, Neu-Ulm, Hamburg 1984, S. 171

198 ULRICH BRÄKER 1735–1798 Wie? Schon Grillen im Kopf?
Aus: Ders.: Der arme Mann im Tockenburg. In: Bräkers Werke in einem Band. Hg. von den nationalen Forschungs- und Gedenkstätten der klassischen deutschen Literatur in Weimar. Ausgewählt von Hans-Günther Thalheim. Aufbau Verlag, Berlin und Weimar 1964. S. 126–130

200 GOTTLIEB KONRAD PFEFFEL 1736–1809 Die Brautwahl
Aus: Ders.: Poetische Versuche. Siebenter Theil. J. G. Cotta'sche Buchhandlung, Tübingen 1804. S. 30–31

201 CHRISTIAN FRIEDRICH DANIEL SCHUBART 1739–1791 An Lischen
Aus: Ders.: Gedichte. Aus der »Deutschen Chronik«. Hg. von Ulrich Karthaus. Philipp Reclam jun., Stuttgart 1978. S. 18–19

202 MATTHIAS CLAUDIUS 1740–1815 Der wohltätige Amor Die süßen Lippen der Mädchen Fritze
Aus: Ders.: Sämtliche Werke. Winkler Verlag, München 1972. S. 706–707, S. 707, S. 44

204 GEORG CHRISTOPH LICHTENBERG 1742–1799 Im Rausch geschrieben*
Aus: Ders.: Schriften und Briefe. Erster Band. Sudelbücher, Fragmente, Fabeln, Verse. Hg. von Franz H. Mautner. Insel Verlag, Frankfurt am Main 1983. S. 107–108

205 FRIEDRICH HEINRICH JACOBI 1743–1819 Vernunft und Liebe*
Aus: Ders.: Bruchstücke der Fortsetzung. In: Werke. Sechster Band. Hg. von Friedrich Roth und Friedrich Köppen. Wissenschaftliche Buchgesellschaft, Darmstadt 1976. S. 86–88

205 JOHANN GOTTFRIED HERDER 1744–1803 Lieben ist das edelste Erkennen
Aus: Ders.: Sämtliche Werke. Achter Band. Hg. von Bernhard Suphan. Georg Olms Verlag, Hildesheim, Berlin, New York 1980. Mit Genehmigung der Weidmann Verlags-Anstalt, Triesenberg. Nachdruck der Ausgabe Berlin 1882. S. 200

206 UNBEKANNTER VERFASSER 18. Jh. Wenn ich ein Vöglein wär
Aus: Des Knaben Wunderhorn. Alte deutsche Lieder. Gesammelt von Achim von Arnim und Clemens Brentano. Kritische Ausgabe. Band 1. Hg. von Heinz Rölleke. Philipp Reclam jun., Stuttgart 1987. S. 204–205

207 GOTTFRIED AUGUST BÜRGER 1747–1794 Die Weiber von Weinsberg
Aus: Bürgers Gedichte. Hg. von Arnold G. Berger. Bibliographisches Institut, Leipzig und Wien (ohne Jahr). S. 84–86

209 LUDWIG CHRISTOPH HEINRICH HÖLTY 1748–1776 Die Liebe An einen Freund, der sich in ein schönes Dienstmädchen verliebte
Aus: Ders.: Sämtliche Werke. Erster Band. Hg. von Wilhelm Michael. Gesellschaft der Bibliophilen, Weimar 1914. S. 141, S. 182–183

211 LEOPOLD FRIEDRICH GÜNTHER GOECKINGK 1748–1828 An Amarant – Krank für Liebe An Nantchen – Dank für das Glück ihrer Liebe
Aus: Ders.: Die Freud ist unstet auf der Erde. Lyrik, Briefe, Prosa. Hg. von Jochen Golz. Verlag Rütten & Loening, Berlin 1990. S. 185–186, S. 202–203

213 JOHANN WOLFGANG GOETHE 1749–1832 Gretchen am Spinnrade allein
Aus: Ders.: Faust. Erster Teil. In: Werke. Hamburger Ausgabe in 14 Bänden. Band III. Dramatische Dichtungen I. Hg. von Erich Trunz. C. H. Beck'sche Verlagsbuchhandlung (Oscar Beck), München 1986. S. 107–109
Werthers Freud und Leid*
Aus: Ders.: Die Leiden des jungen Werther. In: Werke. Hamburger Ausgabe in 14 Bänden. Band VI. Romane und Novellen. Hg. von Erich Trunz. C. H. Beck'sche Verlagsbuchhandlung (Oscar Beck), München 1981. S. 38–44
Willkommen und Abschied Neue Liebe neues Leben Zeitmaß Mignon
Laß dich, Geliebte, nicht reun Froh empfind ich mich nun Eines ist mir verdrießlich
Aus: Ders: Gedichte. Sämtliche Gedichte in zeitlicher Folge. Hg. von Heinz Nicolai. Insel Verlag, Frankfurt am Main 1982. S. 92–93, 170–171, 282, 283, 305, 306–307, 313–314

221 FRIEDRICH MÜLLER (MALER MÜLLER) 1749–1825 Adams erstes Erwachen
Aus: Ders.: Idyllen. Hg. von Peter-Erich Neuser. Philipp Reclam jun., Stuttgart 1977. S. 214–216

223 JAKOB MICHAEL REINHOLD LENZ 1751–1792 Wo bist du itzt, mein unvergeßlich Mädchen Fühl alle Lust fühl alle Pein
Aus: Ders. Werke und Briefe in drei Bänden. Band drei. Hg. von Sigrid Damm. Carl Hanser Verlag, München und Wien. © Insel Verlag Anton Kippenberg, Leipzig 1987. S. 95–96, 114

224 ADOLF FRANZ FRIEDRICH VON KNIGGE 1752–1796 Über den Umgang mit und unter Verliebten
Aus: Ders.: Über den Umgang mit Menschen. Ausgewählt von Iring Fetscher. Fischer Bücherei, Frankfurt am Main 1962. S. 101–103

226 FRIEDRICH SCHILLER 1759–1805 Das Mädchen aus der Fremde Eine großmütige Handlung aus der neusten Geschichte
Aus: Ders.: Gedichte und Erzählungen. Insel Verlag, Leipzig (ohne Jahr). S. 217, S. 459–462

229 JOHANN PETER HEBEL 1760–1826 Unverhofftes Wiedersehen
Aus: Ders.: Werke. Erster Band. Erzählungen des Rheinländischen Hausfreundes – Vermischte Schriften. Hg. von Eberhard Meckel. Insel Verlag, Frankfurt am Main 1968. S. 271–273

231 JOHANN CHRISTOPH SACHSE 1761–1822 Hochzeit mit Hindernissen*
Aus: Ders.: Der deutsche Gil Blas oder Leben, Wanderungen und Schicksale Johann Christoph Sachses von ihm selbst verfasst. Winkler Verlag, München 1964. S. 111–115

233 JOHANN GAUDENZ VON SALIS-SEEWIS 1762–1834 Adelaide
Aus: Ders.: Gedichte. Verlag Orell, Füssli und Compagnie, Zürich 1830. S. 84–85

234 JEAN PAUL (JOHANN PAUL FRIEDRICH RICHTER) 1763–1825 Über die Liebe
Aus: Ders.: Jugendwerke 1. Abteilung. Rhapsodien. In: Sämtliche Werke Abteilung II. Erster Band. Hg. von Norbert Miller unter Mitwirkung von Wilhelm Schmidt-Biggemann. Carl Hanser Verlag, München 1984. S. 303–305

236 FRANZ VON BAADER 1765–1841 Lieben heißt Dienen
Aus: Ders.: Sätze aus der erotischen Philosophie. Hg. von Gerd-Klaus Kaltenbrunner. Insel Verlag, Frankfurt am Main und Leipzig 1991. S. 147

236 SUSETTE GONTARD 1769–1802 Mein Brief hat dich betrübt
Aus: Dies.: Susette Gontards Briefe an Hölderlin. In: Hölderlins Diotima Susette Gontard. Gedichte – Briefe – Zeugnisse. Hg. von Adolf Beck. Insel Verlag, Frankfurt am Main 1980. S. 38–39

237 FRIEDRICH HÖLDERLIN 1770–1843 Lied der Liebe (Erste Fassung)
Diotima (Jüngere Fassung) Hyperions Seligkeit*
Aus: Ders.: In: Sämtliche Gedichte und Hyperion. Hg. von Jochen Schmidt. Insel Verlag, Frankfurt am Main und Leipzig 1999. S. 94–96, 179–181, 546–552

243 NOVALIS (GEORG PHILIPP FRIEDRICH VON HARDENBERG) 1772–1801 Bei der Wiederkunft einer geliebten Freundin gesungen Letzte Liebe Es färbte sich die Wiese grün
Aus: Ders.: Schriften in vier Bänden. Erster Band. Das dichterische Werk. Hg. von Paul Kluckhohn und Richard Samuel unter Mitarbeit von Heinz Ritter und Gerhard Schulz. W. Kohlhammer Verlag, Stuttgart, Berlin, Köln, Mainz. 1960/1977. S. 384, 404, 413–414

246 FRIEDRICH SCHLEGEL 1772–1829 Der Hang zum Romantischen
Aus: Ders.: Lucinde. Hg. von Hans Eichner (Verlag Ferdinand Schöningh, Paderborn 1962). Insel Verlag, Frankfurt am Main 1985. S. 91–94, 96–98

250 LUDWIG TIECK 1773–1853 Der Pokal
Aus: Ders.: Werke, Band 2. Die Märchen aus dem Phantasus, Dramen. Hg. von Marianne Thalmann. Winkler Verlag, München 1964. S. 187–202
Erwartung Die Liebende
Aus: Ders.: Schriften in zwölf Bänden. Band 7. Hg. von Ruprecht Wimmer. Deutscher Klassiker Verlag, Frankfurt am Main 1995. S. 63–64, 156–157

263 ERNST THEODOR AMADEUS HOFFMANN 1776–1822 Der verliebte Kater*
Aus: Ders.: Lebensansichten des Katers Murr. Insel Verlag, Frankfurt am Main 1967. S. 205–213

268 HEINRICH VON KLEIST 1777–1811 Der verliebte Ritter*
Aus: Ders.: Das Käthchen von Heilbronn oder Die Feuerprobe. Ein historisches Ritterschauspiel. Philipp Reclam jun., Stuttgart 1969. S. 28–29

270 CLEMENS BRENTANO 1778–1842 Herzeleid
Aus: Ders.: Werke. Erster Band. Hg. von Wolfgang Frühwald, Bernhard Gajek und Friedhelm Kemp. Carl Hanser Verlag, München 1968. S. 248
An Bettine
Aus: Bettina von Arnim. Clemens Brentanos Frühlingskranz. In: Sämtliche Werke. Erster Band. Hg. von Waldemar Oehlke. Propyläen Verlag 1920. S. 185–191

273 KAROLINE VON GÜNDERRODE 1780–1806 Liebe Die eine Klage
Aus: Dies.: Sämtliche Werke und Ausgewählte Studien. Hg. von Walter Morgenthaler. Verlag Stroemfeld/Roter Stern, Frankfurt am Main 1990. S. 79, S. 328

274 ACHIM VON ARNIM 1781–1831 Alles in Eins und Eins in Allem
Aus: Ders.: Hollin's Liebensleben. In: Werke in sechs Bänden. Band 1. Hg. von Paul Michael Lützeler. Deutscher Klassiker Verlag, Frankfurt am Main 1989. S. 42–48
Lieben und geliebt zu werden
Aus: Ders.: Gedichte. In: Werke in sechs Bänden. Band 5. Hg. von Ulfert Ricklefs. Deutscher Klassiker Verlag, Frankfurt am Main 1989. S. 545

278 LUDWIG AURBACHER 1784–1847 Warum heiraten?
Aus: Ders.: Die Abenteuer der sieben Schwaben. Maximilan Dietrich Verlag, Meiningen 1962. S. 124

279 BETTINA VON ARNIM 1785–1859 Gestern war ich tief bewegt
Aus: Dies.: Goethes Briefwechsel mit einem Kinde. In: Sämtliche Werke. Vierter Band. Hg. von Max Friedlaender. Propyläen Verlag 1920. S. 7–8

280 LUDWIG BÖRNE 1786–1837 Fastenpredigt über die Eifersucht (Ausschnitt)
Aus: Gesammelte Schriften. Erster Band. Verlag der Börneschen Schriften. Hoffmann und Campe Verlag, Hamburg. Literarische Anstalt (Rütten & Löning) 1862. S. 324–327

281 LUDWIG UHLAND 1787–1862 Die schöne Meerfei
Aus: Ders.: Hermann von Sachsenheim. In: Werke, Band II. Sämtliche Dramen und Dramenfragmente, Dichterische Prosa, Ausgewählte Briefe. Hg. von Hartmut Fröschle und Walter Scheffler. Winkler Verlag, München 1980. S. 425–427
Seliger Tod Liebeserklärung
Aus: Ders.: Gedichte. Hg. von Hans-Rüdiger Schwab. Insel Verlag, Frankfurt am Main 1983. S. 24, 41

283 JOSEPH VON EICHENDORFF 1788–1857 Der verliebte Taugenichts*
Aus: Ders.: Aus dem Leben eines Taugenichts. In: Werke, Band II. Romane und Erzählungen. Winkler Verlag, München 1970. S. 569–573
Neue Liebe
Aus: Ders.: Werke, Band I. Gedichte, Versepen, Dramen, Autobiographisches. Winkler Verlag, München 1970. S. 219

287 FRIEDRICH RÜCKERT 1788–1866 Wissen möcht' ich nur, wie lange Darf ich meinen Blicken traun? Eins, nur eines möcht' ich wissen
Aus: Ders.: Werke in sechs Bänden. Erster Band. Hg. von Ludwig Laistner. Verlag der J. G. Cotta'schen Buchhandlung Nachfolger (ohne Jahr). S. 332, 335–336. 339–340
Mein schöner Stern
Aus: Ders.: Poetische Werke in zwölf Bänden. Erster Band. J. D. Sauerländers Verlag, Frankfurt am Main 1882. S. 384
Kehr' ein bei mir
Aus: Ders.: Poetische Werke in zwölf Bänden. Fünfter Band. J. D. Sauerländers Verlag, Frankfurt am Main 1882. S. 318

289 FRANZ GRILLPARZER 1791–1872 Liebe und Wollust (an Molly)
Aus: Ders.: Sämtliche Werke. Erster Band. Gedichte, Epigramme, Dramen I. Hg. von Peter Frank und Karl Pörnbacher. Carl Hanser Verlag, München 1960. S. 62–64

291 GUSTAV SCHWAB 1792–1850 Philemon und Baucis
Aus: Ders.: Sagen des klassischen Altertums. Dritter Teil. Insel Verlag, Frankfurt am Main 1975. S. 942–945

294 WILHELM MÜLLER 1794–1827 Der neue Dädalus O und J
Aus: Ders.: Werke, Tagebücher, Briefe. Band 2. Hg. von Maria-Verena Leistner. Verlag Mathias Gatza, Berlin 1994. S. 87, 218

295 KARL IMMERMANN 1796–1840 Wenn ich dies und das wäre
Aus: Ders.: Werke in fünf Bänden. Erster Band. Hg. von Benno von Wiese. Athenäum Verlag, Frankfurt am Main 1971. S. 17
Die Geschichte von Emerentia*
Aus: Ders.: Werke in fünf Bänden. Dritter Band. Hg. von Benno von Wiese. Athenäum Verlag, Frankfurt am Main 1972. S. 60–69

302 ANNETTE VON DROSTE-HÜLSHOFF 1797–1848 Verliebt
Aus: Dies.: Sämtliche Werke. Hg. von Clemens Heselhaus. Carl Hanser Verlag, München 1952. S. 27–28

303 HEINRICH HEINE 1797–1856 Ein Jüngling liebt ein Mädchen
Sie saßen und tranken am Teetisch Sei mir gegrüßt, du große
Teurer Freund, du bist verliebt Schaff mich nicht ab Du liegst mir so gern im Arme
Aus: Ders.: Sämtliche Gedichte in Zeitlicher Folge. Hg. von Klaus Briegleb. Insel Verlag, Frankfurt am Main 1993. S. 137, 161–162, 166, 197, 355, 377–378
Der Fliegende Holländer
Aus: Ders.: Werke. Zweiter Band. Reisebilder, erzählende Prosa, Aufsätze. Hg. von Wolfgang Preisedanz. Insel Verlag, Frankfurt am Main 1968. S. 532–536

308 AUGUST HEINRICH HOFFMANN VON FALLERSLEBEN 1798–1874 Liebliche Rose
Du wirst der Liebe nicht entgehen
Aus: Ders.: Ausgewählte Werke in vier Bänden. Erster Band. Hg. von Hans Benzmann. Max Hesses Verlag, Leipzig (ohne Jahr). S. 87, S. 71

309 JOHANN NEPOMUK NESTROY 1801–1862 Der betrogene Liebhaber*
Aus: Ders.: Die verhängnisvolle Faschingsnacht. In: Gesammelte Werke. Dritter Band. Hg. von Otto Rommel. Verlag von Anton Schroll, Wien 1962. S. 403–404

310 WILHELM HAUFF 1802–1827 Ihr Auge Serenade
Aus: Ders.: Sämtliche Werke Band drei. Phantasien im Bremer Ratskeller, Kleine Schriften, Gedichte. Winkler Verlag, München 1970. S. 375–376, 378–379

311 UNBEKANNTER VERFASSER 1802 gedruckt Die Greuelhochzeit
Aus: Des Knaben Wunderhorn. Alte deutsche Lieder. Gesammelt von Achim von Arnim und Clemens Brentano. Kritische Ausgabe. Band 1. Hg. von Heinz Rölleke. Philipp Reclam jun., Stuttgart 1987. S. 106–109

314 EDUARD MÖRIKE 1804–1875 Das Geheimnis in der Grotte Ein Stündlein wohl vor Tag
Nimmersatte Liebe
Aus: Ders.: Maler Nolten. In: Sämtliche Werke in zwei Bänden. Band I. Hg. von Helmut Koopmann. Artemis & Winkler Verlag, Düsseldorf und Zürich 1997. S. 68–78, 82–83, 675, 700

324 ERNST FREIHERR VON FEUCHTERSLEBEN 1806–1849 Was geht's dich an? Der Keim der Liebe Liebe ist ein Geschenk
Aus: Ders.: Aphorismen. In: Ausgewählte Werke. Hg. von Richard Guttmann. Max Hesses Verlag, Leipzig (ohne Jahr). S. 192, 193, 264

325 FRIEDRICH HALM 1806–1871 Mein Herz, ich will dich fragen
Aus: Ders.: Werke. Erster Band. Verlag von Carl Gerolds Sohn, Wien 1877. S. 208

326 HEINRICH HOFFMANN 1809–1894 Das häusliche Gewitter
Aus: Ders.: Gesammelte Gedichte, Zeichnungen und Karikaturen. Hg. von G. H. Herzog und Helmut Seifert. Unter Mitarbeit von Marion Herzog-Hoinkis. Insel Verlag, Frankfurt am Main 1987. S. 17–18

326 GEORG BÜCHNER 1813–1837 An die Braut
Aus: Ders.: Werke und Briefe. Deutscher Taschenbuch Verlag, München 1965. S. 167–168

327 FRIEDRICH HEBBEL 1813–1863 Aphorismen
Aus: Ders.: Sämtliche Werke. Neunter Band. Vermischte Schriften. Historisch-kritische Ausgabe besorgt von Richard Maria Werner. B. Behrs Verlag, Berlin 1904. S. 6–7

Ich und du
Aus: Ders.: Sämtliche Werke. Neunter Band. Vermischte Schriften. Historisch-kritische Ausgabe besorgt von Richard Maria Werner. B. Behrs Verlag, Berlin 1904. S. 214

328 THEODOR STORM 1817–1888 Angelica Noch einmal! Ich dacht an Liebchens Bette Was immer dir das Herz bedrückt Laß mich zu deinen Füßen liegen
Aus: Ders.: Sämtliche Werke in vier Bänden. Band I. Hg. von Dieter Lohmeier. Deutscher Klassiker Verlag, Frankfurt am Main 1987. S. 363–385, 21, 157–158, 218, 249

344 GOTTFRIED KELLER 1819–1890 Liebchen am Morgen
Aus: Ders.: Sämtliche Werke in fünf Bänden. Band 1. Hg. von Kai Kaufmann. Deutscher Klassiker Verlag, Frankfurt am Main 1995. S. 439–440

345 THEODOR FONTANE 1819–1898
Aus der Ferne Veränderungshalber!
Aus: Ders.: Werke, Schriften und Briefe. Sechster Band. Hg. von Walter Keitel und Helmuth Nürnberger. Carl Hanser Verlag, München und Wien 1978. S. 620, 623–624

347 MARIE VON EBNER-ESCHENBACH 1830–1916 Das Beste
Aus: Dies.: Das Gemeindekind. Novellen, Aphorismen. Hg. von Johannes Klein. Winkler Verlag, München 1956. S. 940–943

349 WILHELM BUSCH 1832–1908 Schön ist's, Junggeselle sein!
Aus: Ders.: Gesamtausgabe. Erster Band. Hg. von Otto Nöldeke. Verlag Braun & Schneider, München 1943. S. 53–54
Die Liebe war nicht geringe Wärst du ein Bächlein, ich ein Bach
Aus: Ders.: Gesamtausgabe. Fünfter Band. Hg. von Otto Nöldeke. Verlag Braun & Schneider, München 1943. S. 235, 239

351 LEOPOLD VON SACHER-MASOCH 1836–1895 Was Liebe ist?
Aus: Ders.: Die Liebe des Plato. MännerschwarmSkript Verlag, Hamburg 2001. S. 30–32

352 HEINRICH SEIDEL 1842–1906 Tristan und Isolde
Aus: Ders.: Gesammelte Werke Band 5. J. G. Cotta'sche Buchhandlung Nachf., Stuttgart und Verlagsanstalt Hermann Klemm, Berlin-Grunewald (ohne Jahr). S. 343

353 FRIEDRICH NIETZSCHE 1844–1900 Aphorismen
Aus: Ders.: Menschliches Allzumenschliches I und II. Ein Buch für freie Geister. Alfred Kröner Verlag, Stuttgart 1954. I S. 69, 263, 264, 265, 318, 335, II S. 40, 128–129

354 DETLEV VON LILIENCRON 1844–1909 Liebesnacht
Aus: Ders.: Gesammelte Werke. Zweiter Band. Gedichte. Hg. von Richard Dehmel. Verlag Schuster und Loeffler, Berlin 1921, S. 302–303

355 PETER ALTENBERG 1859–1919 Ehebruch
Aus: Ders.: Ausgewählte Werke in zwei Bänden. Band 1. Aphorismen, Skizzen und Geschichten. Hg. von Dietrich Simon (Verlag Volk und Welt, Berlin 1979). Carl Hanser Verlag, München 1979. S. 56
Erste Liebe
Aus: Ders.: Ausgewählte Werke in zwei Bänden. Band 2. Aphorismen, Skizzen und Geschichten. Hg. von Dietrich Simon (Verlag Volk und Welt, Berlin 1979). Carl Hanser Verlag, München 1979. S. 141–142

356 ARTHUR SCHNITZLER 1862–1931 Die Braut
Aus: Ders.: Gesammelte Schriften. Erster Band. S. Fischer Verlag, Frankfurt am Main 1961. S. 84–89

361 ARNO HOLZ 1863–1929 Er verlustirt sich über die kleine Kloris
Aus: Ders.: Dafnis – Freß- Sauf- und Venuslieder. In: Werke Band V. Hg von Wilhelm Emrich und Anita Holz. Hermann Luchterhand Verlag, Neuwied am Rhein und Berlin-Spandau 1962. S. 158–161

362 PAUL SCHEERBART 1863–1915 Wenn Du mich nicht mehr lieben willst
Aus: Ders.: Unverantwortliche Gedichte. Verlag Klaus G. Renner, München 1987. S. 19
363 FRANK WEDEKIND 1864–1918 Stallknecht und Viehmagd Morgenstimmung
Aus: Ders.: Prosa, Dramen, Verse. Band I. Ausgewählt von Hansgeorg Maier. Verlag Albert Langen Georg Müller, München und Wien (ohne Jahr). © by Tilly Wedekind. S. 21–22, 23
Brigitte B.
Aus: Ders.: Prosa, Dramen, Verse. Band II. Ausgewählt von Hansgeorg Maier. Verlag Albert Langen Georg Müller, München und Wien (ohne Jahr). © by Tilly Wedekind. S. 768–770
366 OTTO ERICH HARTLEBEN 1864–1905 Lore
Aus: Ders.: Meine Verse gegen Philister. S. Fischer Verlag, Berlin 1906. S. 69
366 RICARDA HUCH 1864–1947 Du
Aus: Dies.: Gesammelte Werke. Bd. 5. Hg. von Wilhelm Emrich. © by Verlag Kiepenheuer & Witsch, Köln
367 HANS VON GUMPPENBERG 1866–1928 Sommermädchenküssetauschelächelbeichte
Aus: Deutsche Unsinnspoesie. Hg. von Klaus Peter Denker. Philipp Reclam jun., Stuttgart 1978. S. 169–170
368 STEFAN GEORGE 1868–1933 wechsel wenn ich heut nicht deinen leib berühre
Aus: Ders.: Gedichte. Hg. von Ernst Osterkamp. Insel Verlag, Frankfurt am Main 2005. S. 21, 73
369 ELSE LASKER-SCHÜLER 1869–1945 Mein Liebesbrief Freundschaft und Liebe Meine Schamröte
Aus: Dies.: Gesammelte Werke in drei Bänden. Band 2 Prosa und Schauspiele. Hg. von Friedhelm Kemp. Suhrkamp Verlag, Frankfurt am Main 1996. S. 75–76, 612–613, 18
370 CHRISTIAN MORGENSTERN 1871–1914 Liebeserklärung des Raben Ralf an die Räbin Louise Broxak Liebe Vielleicht Es ist Nacht Hochsommernacht
Aus: Ders.: Gedichte in einem Band. Hg. von Reinhardt Habel. Insel Verlag, Frankfurt am Main und Leipzig 2003. S. 127, S. 129, S. 842, S. 846–847, S. 847–848
372 RODA RODA (ALEXANDER FRIEDRICH ROSENFELD) 1872–1945 Liebe in der Ehe
Aus: Ders.: Rote Weste und Monokel. Das neue Roda Roda Buch. Hg. und illustriert von Martin Traxler. © Paul Zsolnay Verlag, Wien 1999
373 WILHELM LOBSIEN 1872–1947 Auf dem Heimwege
Aus: Ders.: Dünung. Gedichte. Niedersachen-Verlag Carl Schünemann, Bremen 1904. © Rechtsnachfolge. S. 108
373 ALFRED POLGAR 1873–1955 Symptome oder die Liebe höret manchmal auf
Aus: Ders.: Auswahl. © 1968 by Rowohlt Verlag GmbH, Reinbek bei Hamburg
374 HUGO VON HOFMANNSTHAL 1874–1929 Das Glück am Weg
Aus: Ders.: Sämtliche Werke. Kritische Ausgabe. Band 28. Erzählungen 1. Hg. von Ellen Ritter. S. Fischer Verlag, Frankfurt am Main 1975. S. 7–11
378 KARL KRAUS 1874–1936 Aphorismen
Aus: Ders.: Schriften. Band 8. Sprüche und Widersprüche, pro domo et mundo., Nachts. Hg. von Christian Wagenknecht. Suhrkamp Verlag, Frankfurt am Main 1986. S. 24, 27, 28, 29, 33, 34, 35, 36, 185, 186, 192, 270–271, 316
379 THOMAS MANN 1875–1955 Eine kuriose Frau
Aus: Ders.: Bekenntnisse des Hochstaplers Felix Krull. In: Gesammelte Werke in dreizehn Bänden. Band VII. © S. Fischer Verlag GmbH, Frankfurt am Main 1960. S. 434–450
391 RAINER MARIA RILKE 1875–1926 Lieben Liebende könnten, verstünden sie's Ich fühle oft mitten im Alltagsmühn
Aus: Ders.: Die Gedichte. Insel Verlag, Frankfurt am Main 1986, S. 86, 634–635, 775
Mein lieber Herr Kappus

Aus: Ders.: Briefe an einen jungen Dichter. Hg. von Franz Xaver Kappus. Suhrkamp Verlag, Frankfurt am Main 1989. S. 47–55

396 HERMANN HESSE 1877–1962 Der Prinz Meine fröhliche Liebe Liebe Verführer
Aus: Ders.: Gesammelte Dichtungen. Fünfter Band. Suhrkamp Verlag, Frankfurt am Main 1952. S. 377–378, 423–424, 578, 690–691
Was der Dichter am Abend sah
Aus: Ders.: Die Kunst des Müßiggangs. Kurze Prosa aus dem Nachlaß. Hg. von Volker Michels. Suhrkamp Verlag, Frankfurt am Main 1976. S. 213–218

403 ROBERT WALSER 1878–1956 Eine verflixte Geschichte Liebespaare Liebe ist ein zu schönes Wort
Aus: Ders.: Liebesgeschichten. Zusammengestellt von Volker Michels. Insel Verlag, Frankfurt am Main 1981. © Suhrkamp Verlag, Zürich 1978. Mit Genehmigung der Carl Seelig Stiftung, Zürich. S. 63–65, 114–116, 159

406 ERICH MÜHSAM 1878–1934 Wie ich dich liebe! Du bist nicht schön Rendez-vous
Aus: Ders.: Wüste – Krater – Wolken. Die Gedichte. Verlegt bei Paul Cassirer, Berlin 1914. Verlag Klaus Guhl, Berlin 1978. S. 83, 93, 169

407 ALFRED DÖBLIN 1878–1957 Kleine Alltagsgeschichte
Aus: Ders.: Die Ermordung einer Butterblume. Sämtliche Erzählungen. Hg. von Christina Althen. Walter Verlag, Düsseldorf und Zürich 2001. © Patmos Verlag GmbH & Co. KG, Düsseldorf. S. 369–371

409 ROBERT MUSIL 1880–1942 Leiden einer verheirateten Seele
Aus: Ders.: Der Mann ohne Eigenschaften [S. 103–106]. In: Gesammelte Werke © 1978 by Rowohlt Verlag GmbH, Reinbek bei Hamburg

412 HANS ADLER 1880–1957 Die Braut spricht
Aus: Ders.: Affentheater. Gedichte. E. P. Tal & Co Verlag, Wien und Leipzig 1929. S. 52–53. © Rechtsnachfolge

413 KARL VALENTIN 1882–1948 Herzens Lust (Auszug)
Aus: Ders.: Gesammelte Werke in einem Band. Hg. von Michael Schulte. Zweitausendeins, Frankfurt am Main. © 1985 Piper Verlag GmbH, München

415 FRANZ KAFKA 1883–1924 Das Unglück des Junggesellen
Aus: Ders.: Drucke zu Lebzeiten. Hg. von Wolf Kittler, Hans-Gerd Koch, Gerhard Neumann. In: Schriften, Tagebücher, Briefe. Kritische Ausgabe. S. Fischer Verlag, Frankfurt am Main. © Schocken Verlag, Berlin, Schocken Books, New York City 1994. S. 20–21

415 JOACHIM RINGELNATZ 1883–1934 Ein Nagel saß in einem Stück Holz Ansprache eines Fremden an eine Geschminkte vor dem Wilberforcemonument Ich habe dich so lieb Gedicht in Bi-Sprache Offener Antrag auf der Straße Gnädige Frau, bitte trösten Sie mich
Aus: Ders.: Liebesgedichte. Ausgewählt von Günter Stolzenberger. Insel Verlag, Frankfurt am Main 2005. S. 17, 22–24, 38, 50, 66, 106

420 INA SEIDEL 1885–1974 Ehe
Aus: Dies.: Gedichte. © 1955 Deutsche Verlags-Anstalt, München in der Verlagsgruppe Random House GmbH. S. 62

420 MAX HERMANN-NEISSE 1886–1941 Dein Glück nur ist mein ganzes Leben, Liebste!
Aus: Ders.: Schattenhafte Lockung. Gedichte 3. Hg. von Klaus Völker. Zweitausendeins, Frankfurt am Main 1987. S. 227. © 1986 by www.zweitausendeins.de

421 HERMANN BROCH 1886–1951 Ruzena
Aus: Ders.: Die Schlafwandler. Suhrkamp Verlag, Frankfurt am Main 1978. S. 37–40

424 GOTTFRIED BENN 1886–1956 Dir auch –:
Aus: Ders.: Sämtliche Werke. Stuttgarter Ausgabe. In Verb. mit Ilse Benn hg. von Gerhard Schuster (Bände I–V) und Holger Hof (Bände VI + VII). Band 1: Gedichte 1. Klett-Cotta, Stuttgart 1986

424 KURT SCHWITTERS 1887–1948 An Anna Blume Schnuppe Du, unbekannte Frau
Aus: Ders.: Lyrik. In: Das Literarische Werk Band 1. Hg. von Friedhelm Lach. Verlag M. DuMont Schauberg, Köln 1973. S. 58–59, 101, 125

426 KURT TUCHOLSKY 1890–1935 Mikrokosmos
Aus: Ders.: Gesammelte Werke in 10 Bänden. Band 2 1919–1920. Hg. von Mary Gerold-Tucholsky und Fritz J. Raddatz. Rowohlt Verlag, Reinbek bei Hamburg 1960. S. 340–341
Das Liebesgespenst
Aus: Ders.: Gesammelte Werke in 10 Bänden. Band 4 1925–1926. Hg. von Mary Gerold-Tucholsky und Fritz J. Raddatz. Rowohlt Verlag, Reinbek bei Hamburg 1960. S. 81
Der andre Mann
Aus: Ders.: Gesammelte Werke in 10 Bänden. Band 8 1930. Hg. von Mary Gerold-Tucholsky und Fritz J. Raddatz. Rowohlt Verlag, Reinbek bei Hamburg 1960. S. 257–258

429 KLABUND 1890–1928 Noch spüre ich den Ruch Kein Brief heute morgen Ich lieb ein Mädchen, welches Margot heißt Der Dichter an die Geliebte
Aus: Ders.: Lyrik. Aus: Sämtliche Werke Band I. Erster Teil. Hg. von Ramazan Sen. C Editions Rodopi B. V. Amsterdam – Atlanta GA 1998. C Könighaus & Neumann, Würzburg 1998. S. 207, 226, 270, 368

431 FRANZ WERFEL 1890–1945 Par l'amour
Aus: Ders.: Gesammelte Werke in Einzelbänden. Weißenstein, der Weltverbesserer. Erzählungen. © S. Fischer Verlag GmbH, Frankfurt am Main 1990

436 GEORG BRITTING 1891–1964 Die schöne Handschuhverkäuferin
Aus: Ders.: Sämtliche Werke, Bd. 1 Frühe Werke (Prosa, Drama, Gedichte). Süddeutscher Verlag übernommen von List Verlag, 1989–1996, S. 325–331. www.britting.com

440 ERNST PENZOLDT 1892–1955 Die schöne Gärtnerin
Aus: Ders.: Causerien. Suhrkamp Verlag vorm. S. Fischer, Frankfurt am Main 1949. S. 19–21

441 OSKAR MARIA GRAF 1894–1967 Grüß Gott, tritt ein …
Aus: Ders.: Erzählungen aus der Weimarer Republik. In: Werkausgabe Band XI/1. Hg. von Wilfried F. Schoeller. © List Verlag in der Ullstein Buchverlage GmbH, Berlin

445 BERTOLT BRECHT 1898–1956 Erinnerung an die Marie A.
Aus: Ders.: Bertolt Brechts Hauspostille. In: Gedichte 1. Sammlungen 1918–1938. In: Werke. Große Kommentierte Berliner und Frankfurter Ausgabe. Band 11. Hg. von Werner Hecht, Jan Knopf, Werner Mittenzwei, Klaus-Detlef Müller. Aufbau Verlag, Berlin und Weimar, Suhrkamp Verlag, Frankfurt am Main 1993. S. 92–93
Terzinen über die Liebe
Aus: Ders.: Gedichte 4. Gedichte und Gedichtfragmente 1928–1939. In: Werke. Große Kommentierte Berliner und Frankfurter Ausgabe. Band 14. Hg. von Werner Hecht, Jan Knopf, Werner Mittenzwei, Klaus-Detlef Müller. Aufbau Verlag, Berlin und Weimar, Suhrkamp Verlag, Frankfurt am Main 1993. S. 15–16
Der Liebhaber sagte von seiner Eifersucht
Aus: Ders.: Prosa 5. Geschichten, Filmgeschichten, Drehbücher 1940–1956. In: Werke. Große Kommentierte Berliner und Frankfurter Ausgabe. Band 19. Hg. von Werner Hecht, Jan Knopf, Werner Mittenzwei, Klaus-Detlef Müller. Aufbau Verlag, Berlin und Weimar, Suhrkamp Verlag, Frankfurt am Main 1997. S. 202–203
Die Antwort
Aus: Ders.: Prosa 4. Geschichten, Filmgeschichten, Drehbücher 1913–1939. In: Werke. Große Kommentierte Berliner und Frankfurter Ausgabe. Band 20. Hg. von Werner Hecht, Jan Knopf, Werner Mittenzwei, Klaus-Detlef Müller. Aufbau Verlag, Berlin und Weimar, Suhrkamp Verlag, Frankfurt am Main 1997. S. 196–198

449 ERICH KÄSTNER 1899–1974 Besagter Lenz ist da Nachtgesang des Kammervirtuosen Ein Beispiel von ewiger Liebe
Aus: Ders.: Gedichte. In: Gesammelte Schriften für Erwachsene Band 1. Lizenzausgabe der Droemerschen Verlagsanstalt Th. Knaur Nachf., München und Zürich 1969. S. 60–61, 77, 250–251
Es gibt noch Don Juans
Aus: Ders.: Romane. In: Gesammelte Schriften für Erwachsene Band 4. Lizenzausgabe der Droemerschen Verlagsanstalt Th. Knaur Nachf., München und Zürich 1969. S. 257–261
© Atrium Verlag, Zürich und Thomas Kästner

456 MARIELUISE FLEISSER 1901–1974 Briefe aus dem gewöhnlichen Leben
Aus: Dies.: Gesammelte Werke. Vierter Band. Aus dem Nachlaß. Hg. von Gunther Rühle in Zusammenarbeit mit Eva Pfister. Suhrkamp Verlag, Frankfurt am Main 1989. S. 13–16

458 MARIE LUISE KASCHNITZ 1901–1974 Adam und Eva
Aus: Dies.: Die Erzählungen. In: Gesammelte Werke. Vierter Band. Hg. von Christian Büttrich und Norbert Miller. Insel Verlag, Frankfurt am Main 1985. S. 67–73. © Rechtsnachfolge
Vom Strand wo wir liegen
Aus: Dies.: Überall nie. Ausgewählte Gedichte 1928–1965. © Claassen Verlag in der Ullstein Buchverlage GmbH, Berlin

463 THEODOR W. ADORNO 1903–1969 Constanze Geliebt
Aus.: Ders.: Minima Moralia. Reflexionen aus dem beschädigten Leben. Suhrkamp Verlag, Frankfurt am Main 1951. S. 255, 226–227

464 ELIAS CANETTI 1905–1994 Die Heilung des Eifersüchtigen
Aus: Ders.: Die Provinz des Menschen. Aufzeichnungen von 1942–1972. © Carl Hanser Verlag, München, Wien 1973. S. 116–118

466 WOLFGANG KOEPPEN 1906–1996 Arme Diotima
Aus: Ders.: Auf dem Phantasieroß. Prosa aus dem Nachlaß. Hg. von Alfred Estermann. Suhrkamp Verlag, Frankfurt am Main 2000. S. 388–392

469 MASCHA KALÉKO 1907–1975 Liebeslied Ich und Du
Aus: Dies.: In meinen Träumen läutet es Sturm. Gedichte und Epigramme aus dem Nachlaß. Hg. von Gislea Zoch-Westphal. © Deutscher Taschenbuch Verlag, München 1977. S. 23, 37

470 HILDE DOMIN 1909–2006 Dein Mund auf meinem Neue Wege Ich lade dich ein
Aus: Dies.: Gesammelte Gedichte. © S. Fischer Verlag GmbH, Frankfurt am Main 1987. S. 54, 62, 46–49

473 IRMGARD KEUN 1910–1982 Der ideale Mann
Aus: Dies.: Wenn wir alle gut wären. Hg. von Wilhelm Unger. Verlag Kiepenheuer und Witsch, Köln 1983. S. 35–39. © Rechtsnachfolge

476 MAX FRISCH 1911–1991 Durchaus möglich
Aus: Ders.: Stiller. In: Gesammelte Werke in zeitlicher Folge. Jubiläumsausgabe in sieben Bänden. Band III, 1949–1956. Hg. von Hans Mayer unter Mitwirkung von Walter Schmitz. Suhrkamp Verlag, Frankfurt am Main 1976, S. 548–549
Eine Geschichte für Camilla
Aus: Ders.: Mein Name sei Gantenbein. In: Gesammelte Werke in zeitlicher Folge. Jubiläumsausgabe in sieben Bänden. Band V, 1964–1967. Hg. von Hans Mayer unter Mitwirkung von Walter Schmitz. Suhrkamp Verlag, Frankfurt am Main 1976, S. 233–234

478 RUDOLF HAGELSTANGE 1912–1984 Ich bin von dir verwundet Kehrreim der Liebe
Aus: Ders.: Lied der Jahre. Gesammelte Gedichte. 1931–1961. Insel Verlag 1961. S. 16–17, 17–18. © Regine Stolzke

479 KARL KROLOW 1915–1999 Zärtlichkeit
Aus: Ders.: Ich höre mich sagen. Gedichte. Suhrkamp Verlag, Frankfurt am Main 1992. S. 67
Wer nach der Liebe fragt
Aus: Ders.: Als es soweit war. Gedichte. Suhrkamp Verlag, Frankfurt am Main 1988. S. 53

480 WOLFGANG HILDESHEIMER 1916–1991 Ich und Franziska
Aus: Ders.: Paradies der falschen Vögel. In: Gesammelte Werke in sieben Bänden. Band I. Erzählende Prosa. Hg. von Christian Lucas Hart Nibbrig und Volker Jehle. Suhrkamp Verlag, Frankfurt am Main 1991. S. 170–174

483 HEINRICH BÖLL 1917–1985 Aufenthalt in X
Aus: Ders.: Werke. Romane und Erzählungen I 1947–1952. Hg. von Bernd Balzer. © 1977, 1987 by Verlag Kiepenheuer & Witsch, Köln. S. 519–529

490 PAUL CELAN 1920–1970 Nachts
Aus: Ders.: Mohn und Gedächtnis. © 1952 Deutsche Verlags-Anstalt, München in der Verlagsgruppe Random House GmbH
Irisch Meine dir zugewinkelte Seele
Aus: Ders.: Liebesgedichte. Hg. von Joachim Seng. Insel Verlag, Frankfurt am Main und Leipzig 2003. S. 32, 72, 88

492 WOLFGANG BORCHERT 1921–1947 Liebeslied
Aus: Ders.: Das Gesamtwerk. © 1949 by Rowohlt Verlag GmbH, Hamburg

492 ERICH FRIED 1921–1988 Werbung Rätsel zu einem Geburtstag
Aus: Ders.: Warngedichte. © Carl Hanser Verlag, München, Wien 1979
Was es ist
Aus: Es ist was es ist. © Verlag Klaus Wagenbach, Berlin 1983

493 FRIEDRICH DÜRRENMATT 1921–1990 Die Liebe – ein Wagnis
Aus: Ders.: Unerbittlichkeit der Liebe. In: Der Mitmacher. © 1998 Diogenes Verlag AG Zürich

495 HANS CARL ARTMANN 1921–2000 komm schnell in deiner liebe netz verfing ich mich
Aus: Ders.: ein lilienweißer brief aus lincolnshire. gedichte aus 21 jahren. Hg. von gerald bisinger. Suhrkamp Verlag, Frankfurt am Main 1969. S. 164–165, 318. © Rosa Artmann

496 GEORG KREISLER 1922 Als wir noch dünner waren
Aus: Ders.: Taubenvergiften für Fortgeschrittene. Wilhelm Heyne Verlag, München 1983. S. 113–114. © Georg Kreisler

498 ERNST JANDL 1925–2000 a love story, dringend der und die liegen, bei dir vor damals
Aus: Ders.: Gedichte 1. In: Poetische Werke. Hg. von Klaus Siblewski. by Luchterhand Literaturverlag, München 1997, einem Unternehmen der Verlagsgruppe Random House GmbH

499 INGEBORG BACHMANN 1926–1973 Nebelland Erklär mir, Liebe
Aus: Dies.: Gedichte. In: Werke. Erster Band. Gedichte, Hörspiele, Libretti, Übersetzungen. Hg. von Christine Koschel, Inge von Weidenbaum, Clemens Münster. R. Piper & Co Verlag, München und Zürich 1978. S. 105–106, S. 109–110. © 1978 Piper Verlag GmbH, München
Ihr Ungeheuer mit euren Frauen!
Aus: Dies.: Undine geht. In: Werke. Zweiter Band. Erzählungen. Hg. von Christine Koschel, Inge von Weidenbaum, Clemens Münster. R. Piper & Co Verlag, München und Zürich 1978. S. 255–256

503 MARTIN WALSER 1927 Ein Siegertyp
Aus: Ders.: Ehen in Philippsburg. Suhrkamp Verlag, Frankfurt am Main 1979. S. 202–212
Sich geliebt zu wissen
Aus: Ders.: Meßmers Gedanken. Suhrkamp Verlag, Frankfurt am Main 1985. S. 10.

509 GÜNTER GRASS 1927 Ehe
Aus: Ders.: Gedichte und Kurzprosa (Werkausgabe Bd. 1). Hg. von Volker Neuhaus und Daniela Hermes. © Steidl Verlag, Göttingen 1997, 2002
Aus: Ders.: Die Blechtrommel (Werkausgabe Bd. 3). © Steidl Verlag, Göttingen 1993, Erstausgabe 1959

518 PETER HACKS 1928–2003 Brauch Des Mannes Liebe wohnt im Herzen
Aus: Ders.: Werke, Band 1 Die Gedichte. © Eulenspiegel Verlag, Berlin 2003

519 HANS MAGNUS ENZENSBERGER 1929 die windsbraut
Aus: Ders.: blindenschrift. Suhrkamp Verlag, Frankfurt am Main 1964. S. 62–63
Sprechstunde
Aus: Ders.: Die Furie des Verschwindens. Gedichte. Suhrkamp Verlag, Frankfurt am Main 1980. S. 68–69
Genetik
Aus: Ders.: Die Geschichte der Wolken. 99 Meditationen. Suhrkamp Verlag, Frankfurt am Main 2003. S. 14

521 GÜNTER KUNERT 1929 Eins plus eins gleich eins
Aus: Ders.: Tagträume in Berlin. Kleine Prosa, Erzählungen, Aufsätze. © Carl Hanser Verlag, München, Wien 1972. S. 119–122

523 MICHAEL ENDE 1929–1995 Was sollen wir tun?
Aus: Ders.: Aber das ist eine andere Geschichte … Das große Michael Ende Lesebuch. Hg. von Andrea und Roman Hocke. © Piper Verlag GmbH, München 2004

525 EVA STRITTMATTER 1930 Elmsfeuer Weisheit
Aus: Dies.: Hundert Gedichte. Hg. von Klaus Trende. Aufbau Verlag, Berlin 2001. S. 30, 36

526 ROLF HOCHHUTH 1931 11. Oktober, im Bett Die Liebe und der Amtsschimmel
Aus: Ders.: Atlantik-Novelle. Erzählungen. © 1985 by Rowohlt Verlag GmbH, Reinbek bei Hamburg

529 ALEXANDER KLUGE 1932 Ein Liebesversuch
Aus: Ders.: Lebensläufe. Henry Goverts Verlag, Stuttgart 1962. S. 133–136

532 PETER HÄRTLING 1933 Vor deinen Segeln
Aus: Ders.: Gesammelte Werke Bd. 8. Gedichte. Hg. von Klaus Siblewski. © 1989 by Verlag Kiepenheuer & Witsch, Köln

532 REINER KUNZE 1933 Die Liebe Rudern zwei
Aus: Ders.: gespräch mit der amsel. © S. Fischer Verlag GmbH, Frankfurt am Main 1984

534 SARAH KIRSCH 1935 Bei den weißen Stiefmütterchen Ich bin sehr sanft
Aus: Dies.: Sämtliche Gedichte. © 2005 Deutsche Verlags-Anstalt, München in der Verlagsgruppe Random House GmbH

535 CHRISTOPH MECKEL 1935 Glück und Unfug I
Aus: Ders.: Ein roter Faden. Gesammelte Erzählungen. © Carl Hanser Verlag, München und Wien 1983. S. 93–95

537 WOLF BIERMANN 1936 Das Frühstück Einschlaf- und Aufwachlied
Aus: Ders.: Alle Lieder. © 1991 by Verlag Kiepenheuer & Witsch, Köln

540 ROBERT GERNHARDT 1937–2006 Lieben heißt Ich Du Wir Ich schaue dir zu
Aus: Ders.: Die Florian-Freyer-Gedichte. In: Robert Gernhardt, Gesammelte Gedichte 1954–2004. © S. Fischer Verlag GmbH, Frankfurt am Main 2005. S. 65–66, 290, 291–292, 378–380
Kontaktanzeigen
Aus: Ders.: Weiche Ziele. © Robert Gernhardt 1994. Alle Rechte vorbehalten S. Fischer Verlag GmbH, Frankfurt am Main

542 NICOLAS BORN 1937–1979 Das Brautpaar
Aus: Ders.: Gedichte. Hg. von Katharina Born. © Wallstein Verlag, 2004. 2. Aufl. 2005. S. 90

543 URS WIDMER 1938 Dann lernte ich wirklich eine Frau kennen
Aus: Ders.: Liebesnacht. © 1982 Diogenes Verlag AG Zürich

546 F. W. BERNSTEIN 1938 Sieben Huldigungen an Anna B.
Aus: Die Gedichte. © Verlag Antje Kunstmann GmbH, München 2003. S. 297

547 UWE TIMM 1940 Petra
Aus: Ders.: Rot. © 2001, 2005 by Verlag Kiepenheuer & Witsch, Köln

548 BRIGITTE KRONAUER 1940 Ein selbstgemachter Tag I
Aus: Dies.: Schnurrer. Geschichten. Klett-Cotta, Stuttgart 1992

550 BARBARA FRISCHMUTH 1941 Das dachte ich auch
Aus: Dies.: Herzsprung. In: Hexenherz. Erzählungen. Residenz Verlag, Salzburg und Wien 1994. S. 111–113

551 WOLFGANG HILBIG 1941 geflüster ein dunkles zimmer
Aus: Ders.: abwesenheit. © S. Fischer Verlag GmbH, Frankfurt am Main 1979

553 ELKE HEIDENREICH 1943 Wurst und Liebe
Aus: Dies.: Der Welt den Rücken. Erzählungen. © Carl Hanser Verlag, München und Wien 2001. S. 149–160

559 FRANZ HOHLER 1943 Eine Liebesgeschichte Noch eine Liebesgeschichte
Aus: Ders.: Der Mann auf der Insel. Ein Lesebuch. Luchterhand Literaturverlag, Frankfurt am Main 1991. S. 83, 90. © Franz Hohler

560 WILHELM GENAZINO 1943 Die Obdachlosigkeit der Fische
Aus: Ders.: Die Obdachlosigkeit der Fische. Deutscher Taschenbuch Verlag, 2004. © 2004 Carl Hanser Verlag, Münschen und Wien. Erstveröffentlichung: Reinbek bei Hamburg, 1994

560 JÜRGEN THEOBALDY 1944 Wie dieses Sommerkleid Speziell für dich
Aus: Ders.: Blaue Flecken. Gedichte. Hg. von Jürgen Manthey. Rowohlt Taschenbuch Verlag, Reinbek bei Hamburg 1974. S. 46, 78. © Jürgen Theobaldy

561 BOTHO STRAUSS 1944 Von Zeit zu Zeit
Aus: Ders.: Paare, Passanten. © Carl Hanser Verlag, München und Wien 1981. S. 16–18

563 JÖRN PFENNIG 1944 Grundlos zärtlich Eine Liebe lang
Aus: Ders.: Grundlos zärtlich. Gedichte. Franz Schneekluth Verlag, München 1979. S. 16, 22. © Jörn Pfennig

564 MARKUS WERNER 1944 Kleine Liebes-Organologie
Aus: Poetisches Abracadabra. Neuestes ABC- und Lesebüchlein. Zusammengestellt von Joseph Kiermeier-Debre und Fritz Franz Vogel. Deutscher Taschenbuch Verlag. München 1992. S. 83–84

567 DORIS LERCHE 1945 21 Gründe, warum eine Frau mit einem Mann vögelt
Aus: Dies.: 21 Gründe, warum eine Frau mit einem Mann schläft. Erzählungen. © Fischer Taschenbuch Verlag GmbH, Frankfurt am Main 1993. S. 8

568 ULLA HAHN 1945 Ein Netz
Aus: Dies.: Unerhörte Nähe. Gedichte. © 1988 Deutsche Verlags-Anstalt, München in der Verlagsgruppe Random House GmbH. S. 28

568 ELFRIEDE JELINEK 1946 war das wieder ein schöner beischlaf!
Aus: Dies.: Die Liebhaberinnen [S. 35–39]. © 1975 by Rowohlt Taschenbuch Verlag GmbH, Reinbek bei Hamburg

572 PETER MAIWALD 1946 Der Liebebedürftige
Aus: Ders.: Das Gutenbergsche Völkchen. Kalendergeschichten. © S. Fischer Verlag GmbH, Frankfurt am Main 1990. S. 11

572 RAFIK SCHAMI 1946 Sabri und Rachel
Aus: Ders.: Die dunkle Seite der Liebe. © Carl Hanser Verlag, München und Wien 2004. S. 735–737

574 MARLENE STREERUWITZ 1950 Lisa's Liebe
Aus: Dies.: Lisa's Liebe. 2. Folge. Suhrkamp Verlag, Frankfurt am Main 1997. S. 82

575 DORIS DÖRRIE 1955 I love you, wie klingt denn das?
Aus: Dies.: Was wollen Sie von mir? © 1989 Diogenes Verlag AG Zürich

579 MATTHIAS POLITYCKI 1955 Gegen eine Frau
Aus: Ders.: Weiberroman. Historisch-kritische Gesamtausgabe. Luchterhand Literaturverlag, München 1997. S. 170–171. © Hoffmann und Campe Verlag, Hamburg
Der Männerbeauftragte vom Nebentisch
Aus: Ders.: Jenseits von Wurst und Käse. 44 Geschichten. Luchterhand Literaturverlag, München 1995. S. 17–18. © Autor

581 BIRGIT VANDERBEKE 1956 Küssen
Aus: Dies.: Alberta empfängt einen Liebhaber. Alexander Fest Verlag, Berlin 1997. Alle Rechte vorbehalten S. Fischer Verlag GmbH, Frankfurt am Main

583 HELLMUTH OPITZ 1959 ein für alle mal
Aus: Ders.: Gebrauchte Gedichte – Poesie aus zwanzig Jahren, Pendragon Verlag 2003. © Pendragon Verlag, Bielefeld 1982, 2003

583 MAXIM BILLER 1960 Liebe in Zeiten der Inline-Skates
Aus: Ders.: Deutschbuch. © Deutscher Taschenbuch Verlag, München 2001. S. 60–62

585 DURS GRÜNBEIN 1962 Einige Finten voraus
Aus: Ders.: Falten und Fallen. Suhrkamp Verlag, Frankfurt am Main 1994. S. 63
Es war im dreißigsten der Sommer
Aus: Ders.: Erklärte Nacht. Gedichte. Suhrkamp Verlag, Frankfurt am Main 2002. S. 41

586 SIBYLLE BERG 1962 Angst
Aus: Dies.: Liebe. Davor. In: Gold. © by Hoffmann und Campe Verlag, Hamburg 2000. S. 18–21

588 FRANK GOOSEN 1966 Hochzeit mit Ginger Rogers
Aus: Ders.: Mein Ich und sein Leben. Komische Geschichten. Eichborn Verlag, Frankfurt am Main 2004. S. 140–147. © Eichborn AG, Frankfurt am Main, Februar 2004

593 NADJA EINZMANN 1974 Da kann ich nicht nein sagen
Aus: Dies.: Da kann ich nicht nein sagen. Geschichten von der Liebe. © S. Fischer Verlag GmbH, Frankfurt am Main 2001. S. 18

Thematisches Register

Alphabetisches Verzeichnis der Überschriften

Alphabetisches Verzeichnis der Autorinnen und Autoren